JN201037

ゾラ・セレクション（全11巻・別巻1）

Les Chefs-d'œuvre d'Émile Zola

■責任編集 ＝ 宮下志朗・小倉孝誠

ゾラ事典

Dictionnaire Zola

小倉孝誠 編

小倉孝誠　佐藤正年　髙井奈緒　高橋愛
田中琢三　寺田寅彦　寺田光德　中村翠
林田愛　福田美雪　宮川朗子　吉田典子

藤原書店

Les Chefs-d'œuvre d'Émile Zola

sous la direction de **Shiro Miyashita et Kosei Ogura**

Annexe

Dictionnaire Zola

édité par Kosei Ogura

ゾラ・セレクション　別巻

ゾラ事典

目次

IV 人名・地名事典 481

V ゾラと日本 569

ゾラ事典

〈序〉読まれつづけるゾラ

小倉孝誠

ゾラの現在地

現代でも、フランスにおけるエミール・ゾラ（一八四〇―一九〇二）の人気と評価には翳りが見えない。書店で文庫本が並ぶ棚の前に立つと、ゾラの作品がじつに大きなスペースを占めていることが一目瞭然である。また、ゾラの作品はしばしば映画やテレビドラマの素材になってきたし、ゾラ自身が歴史上の人物として映画に登場することもある。近年では、ドレフュス事件の真実を抉りだしたロマン・ポランスキーの作品『オフィサー・アンド・スパイ』（二〇一九年、日本公開は二〇二二年）に、短いシーンだが姿を現す。この作品の原題は*J'accuse*「私は告発する」だ。ゾラが一八九八年一月十三日に発表した新聞記事のタイトルであり、この記事がドレフュス事件の流れを大きく変えることになった。原題はゾラに向けられた敬意の表現にほかならない。

他方で、二〇一五年に公表された、二つの雑誌によるアンケート結果がゾラへの高い評価を裏づける。ひとつは「フランス人が愛する十人の作家」を問う調査、もうひとつは「フランス内外において、フランスとその文化、言語そして精神をもっともよく体現していると思われる作家は誰か」という質問だった。前者が読者の嗜好を問い、作家をめぐる人気投票だとすれば、後者は、価値判断のレベルでフランスを代表する「国民作家」は誰か、という問いである。そしてゾラはどちらのアンケートにおいても、堂々と第三位に選ばれていた（ちなみに一位はどちらも、『レ・ミゼラブル』の作家ヴィクトル・ユゴーである）。この調査は、現代のフランス人のあいだでゾラがいかに愛読され、高評価を享受しているかを明確に証言している。

では日本におけるエミール・ゾラの位置づけはどのようなものだったのだろうか。ゾラは、日本では明治時代から翻訳され、戦後いくつもの出版社から刊行されていた「世界文学全集」のラインアップにも、かならずや名をつらねていた作家だから、その知名度は小さくない。しかし、有名だということと、作家が正しく理解され、その全貌が知られているということは別問題である。

ゾラの場合、二十世紀後半まで、数度にわたって翻訳されてきたのは『居酒屋』『ナナ』『ジェルミナール』である。これらがゾラの代表作であり、フランス小説史上の傑作であることに異論の余地はないが、この三作がゾラの文学世界のすべてを代表するわけではない。これら三作が有名であるがゆえに、ゾラ文学がはらむ他の次元が等閑視されてきたという事情がある。またわが国におけるフランス文学研究の領域では、その位置と価値の大きさに比して、ゾラはけっして深く研究されていなかった。日本では自然主義文学にたいして不用意な臆断と根拠のない偏見が付着し、まともに読まれることもなく断罪されるという不幸な時代が長く続いたのである。

状況に変化が萌したのはようやく二十世紀末のことにすぎない。旧来の文学史の紋切り型思考から離れて、ゾラ文学を読み直そうとする流れが鮮明になった。今世紀にはいってからは『ゾラ・セレクション』（藤原書店）が始動し、他社から出版された翻訳を含めて、ゾラの主著『ルーゴン＝マッカール叢書』全二十巻が新訳で読めるようになった。『ゾラ・セレクション』には小説のほかに文学評論、美術批評、時事評論集、書簡集がそれぞれ一巻収められており、これまで体系的に知られていなかったゾラの多面的な活動を読者に教えてくれる。短編集の邦訳が編まれ、晩年の大作『パリ』も日本語で読めるようになった。それと並行するように、若い世代のゾラ研究者が増え、ゾラを論じた本格的な著作や論考が多く発表されるに至ったのである（この点についての詳細は、本書第V部「ゾラと日本」を参照していただきたい）。

世界現象としての自然主義文学

自然主義に特徴的なのは、それがまず西洋全体にほぼ同時的に広まった文学運動だったということであり、これはそれ以前の文学状況と大きく異なる。ロマン主義やレアリスム（リアリズム）もヨーロッパ全体に見られた現象だが、それぞれの国で独自の発展形態を有し、時期的には多少のずれがあり、お互いが強い影響を及ぼしあったということはない。他言語への翻訳も、稀な例外を除いて同時代的には限定されており、特定の作家の作品がリアルタイムであらゆる言語に翻訳されて、世界的な名声を生前から享受するということもなかった。ロマン主義時代にゲーテや、ウォルター・スコットや、バイロンが西洋諸語に翻訳されて評判になり、ボードレールは一八五〇年代にエドガー・アラン・ポーの作品を仏訳しているが、受容者層はかなり限られていた。

十九世紀後半になって、事情は大きく変わる。産業革命がもたらした鉄道の発展、印刷技術の進歩と新聞・書籍の飛躍的な増加、教育の普及に伴う読者層の増加、ダーウィンの進化論など科学思想の普及、近代化にともなう日常生活の変化、劇場の照明システムの改善――こうした一連の出来事が、少なくともヨーロッパ諸国における文学と作家の国際的な交流をうながし、文学の制度的な枠組みに国境を越えた共通性をもたらした。一八七八年には、国際作家連合の第一回大会が開催され、一八八六年に批准されたベルヌ条約は、国際的なレベルで作家の著作権を保護することを目的にしていた。それまでは著者のあずかり知らぬところで翻訳が出版されたり、海賊版が出回ったりしており、それを監視し取り締まる法規が存在しなかったのである。文学と作家を取り巻く物質的な状況と、制度的な枠組みと、交流の密度が、それ以前の時代に較べて根本的に変わった。自然主義文学はそのような中で生成し、推移したのだった。

その中心にあったのがフランス文学であり、なかんずくエミール・ゾラにほかならない。作品ばかりでなく、理論や批評をつうじても新たな文学を喧伝することに努めた彼は、一時代のさまざまな潮流が交わる結節点、西洋諸国の文学運動を推進する中枢の位置にいた。発祥の地はフランスだったとはいえ、自然主義文学はこうしてほぼ同時代的に世界各国に広まり、多かれ少なかれゾラの影響を受けながら、一八八〇年代に西洋全体で文学の表舞台を占めるようになる。自然主義は限られた期間に一気に文学運動としての輪郭を整え、数多くの傑作を生みだし、国境を越えて作家同士の連帯感を生じさせたと言ってよい。これは世界の文学史上、おそらく最初の現象である。そして貧しい下層階級の生態を描くこと、個人よりも環境や集団の力学を重視すること、性、欲望、狂気、逸脱などそれまでタブー視されていた主題を積極的に取り上げたことは、すべての国の自然主義文学に共通していた。

こうしてイギリスのジョージ・ムアやギッシング、ドイツのクレッツェルやハウプトマン、イタリアのヴェルガ、スペインのパルド・バサンやブラスコ・イバーニェス、ポルトガルのエッサ・デ・ケイロース、ベルギーのルモニエ、スウェーデンのストリンドベリ、ノルウェーのイプセンらの代表作は一八八〇年代に集中している。そして少し遅れてアメリカのクレイン、ノリス、ドライサーが作品を世に出す。ムアやヴェルガやルモニエはフランスに足を運び、ゾラを表敬訪問しているほどであり、ゾラの国際的な名声が証拠立てられる。

本書の意図と構成

このような内外の状況を踏まえ、『ゾラ・セレクション』別巻として編まれた本書は、ゾラの作家活動の全体を俯瞰することを目的にした文学事典である。欧米で刊行される作家事典は項目をアルファベット順に配列するだけという形式が目立つが、ゾラにかんして多数の項目を五十音順に並べるだけでは、日本の読者にとってゾラの全体像が認識しづらいし、参考図書として利便性が小さい。編者としては、ゾラの作品の概要、主要なテーマと思想、同時代の文学や思想や社会との関係を分かりやすく、かつ体系的に提示すべきだと考え、そのコンセプトにもとづいて部の構成を定め、項目を立てた。こうして本書は次のような五部構成を採用している。

第Ⅰ部「作品紹介」では、ゾラの大部分の著作の内容を紹介し、その意義と価値を記述する。主著である『ルーゴン＝マッカール叢書』全二十巻、それに続く『三都市』『四福音書』についてはすべての作品を取り上げた。それ以外の初期小説、中・短編集、評論集、さらに数は少ないものの詩、戯曲、オペラの台本については網羅的ではなく、主要な作品を解説するにとどめた。また書簡集にかんする項目は、現在読みうるゾラが書いた手紙の全体をめぐって、作家が誰に、どのような手紙を書いたかを概観し、作家と作品を知るためだけでなく、彼が生きた時代と社会についての貴重な証言であることを示す。

第Ⅱ部「作家活動とそのテーマ」は、大きく二つの部分を含む。第一に人間ゾラの諸側面で、ここには私人としてのゾラの生活を伝える項目と、作家としての活動を具体的に叙述する項目が配列される。小説、演劇、批評、ジャーナリスティックな文章などさまざまなジャンルでの実践と、ゾラと出版界の関係が論じられている。第二に、第Ⅰ部で内容紹介した諸作品にそくして、ゾラの創作方法、ゾラ文学の主要なテーマ、そして作中人物の類型を叙述した事項を数多く収めた。ゾラの小説宇宙は神話的な祖型と深くかかわり、感覚、病、逸脱など身体性の次元を前面に押しだし、十九世紀の産業革命がもたらした近代的な装置をみごとに表象したからである。ゾラ作品があらゆる階級の人間たちを登場させ、振幅の大きなテーマを物語化し、じつに多様な社会空間を描きつくしたことを、あらためて強調しておきたい。

第Ⅲ部「ゾラの全体性――芸術・社会・歴史・科学」は、ゾラと同時代のかかわりを問いかける。自然主義文学の領袖として、あるいは炯眼な美術批評家として、あるいはまたドレフュス事件に際して発表された弾劾文「私は告発する……！」に示されるような、天性の嗅覚に恵まれたジャーナリストとして、十九世紀最後の三十年間にゾラほどフランスの社会、政治、文化に深くコミットした作家はいない。第二帝政の崩壊をうけて一八七〇年から始まった第三共和政は、政治、経済、教育、文化、外交、植民地政策など、社会のおもな領域で決定的な変革が起こり、二十一世紀の現代にまでつながる近代フランスの基盤が築かれた時代である。ゾラの作家活動は、その第三共和政の最初の三十年とぴったり重なっている。したがって、ゾラが同時代の文学制度、諸芸術、社会思想、科学思想をどのように認識したかを問うことで、十九世紀後半のフランス社会の見取り図を素描できるのである。

第Ⅳ部「人物・地名事典」は、家族、友人、文学的な同志、あるいは論敵、先輩作家、同時代の作家、交流をもった出版人、ドレフュス事件関連の人物、さらにはゾラを敬愛し、海外諸国でゾラ作品の普及に尽力した外国の作家・ジャーナリストを取り上げる。ゾラが影響を受けた思想家や作家、逆にゾラが影響を及ぼした作家などが登場する。小説、詩、戯曲、批評、オペラ、美術評論、政治ジャーナリズムなど多くのジャンルで健筆を振るったゾラだけに、その人脈はあらゆる方面におよんだ。またゾラの国際的名声に惹かれて、外国の作家や出版人やジャーナリストとの交流も豊かなものがあった。この第Ⅳ部では、ゾラの幅広い交流と、ときには意外な人脈やつながりを明らかにしたい。最終節では、ゾラが長く住んだ、あるいは短期間暮らした町を中心にして、彼の人生と文学に縁の深い都市について簡単に解説する。

そして最後の第Ⅴ部「ゾラと日本」では、明治以来、日本の作家と批評家がゾラと自然主義文学をどのように理解し、受容してきたかをたどる。西欧の自然主義、そしてその前身としてのレアリスムは、十九世紀前半のロマン主義の美学と精神に異議申し立てするところから始まったものであり、時代的にはロマン主義の後に登場した。他方、日本では西欧文学の影響下でロマン主義と自然主義がほぼ同時期に勃興し、同じ作家が二つの潮流を通過することも稀ではなかった。ここでは、それゆえに生じた誤解や視野狭窄を嘆くのではなく、むしろゾラ受容の日本的な特質を明らかにする。そして最終節において、この半世紀間になされた、日本人による多分野でのゾラ研究の成果を確認したい。

堅苦しい学術書ではなく、ゾラ文学の豊饒な世界を味わうための案内、同時に彼が生き、活躍した十九世紀後半のフランスの文化史を瞥見するためのガイドブックとして、本書を読んでいただければ幸いである。

Ⅰ　作品紹介

1　初期小説

『クロードの告白』（一八六五）

あらすじ

パリに住む主人公の青年詩人クロードが、プロヴァンス地方にいる友人たちに宛てた手紙から構成される書簡体小説で、冬から春にかけて数ヶ月の間に展開する。

クロードはパリの学生街のわびしい屋根裏部屋で、貧しく孤独な生活を送っている。文学の世界で成功することを望み、女性との激しい愛を夢想しているが、今は根なし草的なボヘミアン生活に甘んじている（第一―三章）。

ある夜、同じ階に住む若い女性ローランスが神経症の発作で倒れる。事のなりゆきでクロードはローランスに付き添って、朝まで見守る。それが機縁で二人は親しくなり、ローランスは部屋代が払えずに追い出されたので、クロードが自分の部屋に住まわせ、奇妙な同居が始まる。ローランスは地方の貧しい家庭に生まれ、縫い仕事をするお針子（グリゼット）だったが、その生活が続かず、娼婦に身を落としていた。クロードは彼女にまともな仕事をさせ、なんとか堅気の娘に立ち直らせようとするが、意志が弱く怠惰なローランスには、それができない。若者やお針子たちが集まる場末のダンスパーティが催されると聞いて、ローランスは喜んで着飾り、クロードに伴われて出かける（第四―一三章）。

同じ建物で、南仏時代の同窓生ジャックがマリーと同棲していた。ジャックは暢気な学生、パリの民衆街で育ったマリーは、ローランスと同じく貧しい娼婦である。ある日、試験に合格したことを祝って、ジャックの部屋でパーティが開かれる。クロードはローランスへの愛を自覚するようになるが、かつてプロヴァンス地方で過ごした自由と友情にあふれた幸福な生活に比べ、悲惨な現在を嘆かざるをえない。気分転換のために二人がパリ南郊のフォントネーを散策すると、明るい光とさわやかな草原のなかでローランスは生気を取り戻す（第十四―二十三章）。

パリ郊外でくつろぐ若い男女

（ガヴァルニ作）

その後、ジャックとローランスがひそかに恋人になっていたことを知ったクロードは、激しい嫉妬に苦しむが、初めて愛と快楽を共有した女とすぐに別れられない。病のせいで浄化されたマリーは、やがてクロードの腕のなかで息絶える。クロードは新たな人生に踏み出す決心をして、不実なローランスと手を切り、南仏に帰ると友人たちに告げる手紙で物語は閉じられる

（第二十四―三十章）。

解説

ゾラの最初の長編小説である。二十歳前後に彼はミュッセ、ユゴー、ミシュレなどロマン派の作家を読み耽っていた。この作品はその影響を感じさせると同時に、それを乗り越えようとする若き作家の意志を示している。

パリの屋根裏部屋で暮らす貧しい詩人や呑気な学生は、一八三〇年代からロマン主義文学に登場していたボヘミアン的な人物像である。彼らのかりそめの恋の相手が、若いお針子や娼婦であること、場末のダンスパーティや、ジャックの部屋での宴の場面なども、たとえばミュッセの小説や、ミュルジェール作『ボヘミアン生活の情景』（一八五一）で描かれていた。そのことを意識しつつ、しかしゾラはロマン主義が示したボヘミアンの表象に異議を突きつけた。ミュルジェールの小説と異なり、『クロードの告白』は屈託のない芸術家や学生たちの生態を語る群像劇ではない。クロードは神経症的で、内向的な夢想家であり、ローランスとの愛が彼に幸福をもたらすこともない。ここでは、ボヘミアン性と創造性が結びつかないのだ。

ゾラはこの作品が刊行された直後、ある批評家に宛てた手紙のなかで、自分とミュルジェールをはっきりと差異化して、次のように述べた。「私があなたにお贈りする書物『クロードの告白』も、〔ミュルジェールと〕同じボヘミアン生活を扱った物語です。ただし、恐るべき悲惨と苦悩にさらされる真のボヘミアンの物語です」。

ロマン主義の神話を解体しようとする意志は、女性の登場人物の造型にもよく表れている。ユゴーの『マリオン・ドロルム』（一八二九）やデュマ・フィスの『椿姫』（一八四八）で描かれたように、十九世紀前半の文学には、淪落の淵に沈んでいた女が、男の純粋な愛に触れてまともな人間に生まれ変わるという「贖罪する娼婦」というテーマがある。他方『クロードの告白』

のローランスは、彼女を更生させようとするクロードの愛に心動かされはするものの、結局悔い改めることはなく、汚辱のなかにとどまる。

この作品には、女性の神経症とその悲劇、一人の女と二人の男を巻き込む三角関係（ローランス／クロードとジャック）、悲劇を凝視する視線の無力さ、パリと郊外の対照が物語の進展に深く関わることなど、その後のゾラ文学に繰り返し浮上してくる重要なテーマがすでに明確に表現されている。エクス時代からの親友セザンヌとバイに献呈されたこの小説には、ゾラ自身の個人的追想が織り込まれている。と同時に、それを超えて新たな地平を探求した作品でもある。（小倉孝誠）

『テレーズ・ラカン』（一八六七）

あらすじ

テレーズは従兄カミーユと結婚し、パリ中心部ポン＝ヌフ小路で義母ラカン夫人が営む小間物屋を手伝っている。美しく官能的なテレーズは、鉄道会社に勤める病弱な夫、気難しい義母、そして陰気な小路での単調な生活に不満を抱いていた（第一―四章）。ある日、カミーユが偶然再会した幼馴染みのローランを連れてくると、ローランはやがてラカン家の常連になる。絵心のある彼がテレーズの肖像を描くうちに、二人は愛人関係になる。秘密の逢瀬を頻繁に続けるうちに、とともに情熱的な二人にとってカミーユの存在が邪魔になってくる。そこで彼らはある日、セーヌ川で船遊び

セーヌ河畔にあった死体公示所の光景

（1855年の版画）

をするという口実でカミーユをボートに乗せ、川に漕ぎだすと、人目のないところでローランがカミーユを川に投げこむ。テレーズは恐怖に駆られながら、その場面をじっと見つめていた（第五―十一章）。

殺人は事故として処理され、カミーユの腐乱した遺体が死体公示所（モルグ）で確認される。ラカン夫人はやがて息子の死のショックから立ち直り、日常性が戻ってくる。邪魔者がいなくなったテレーズとローランだが、カミーユの亡霊と悪夢に苦しめられるようになって、かつての情熱は戻ってこない。それでも周囲の後押しもあって、二人は結婚に至る（第十二―二十章）。しかしカミーユの亡霊は消えず、二人は罪の意識に苛まれ、お互いを非難して堪えがたい生活になっていく。かつてローランが描いたカミーユの肖像画が壁に掛けられ、罪ある者たちを断罪しているかのようだ。ラカン夫人は全身が麻痺し、話すこともできない。テレーズたちが自分の息子を殺害したことに気づくが、それを誰かに訴える術もない（第二十一―三十章）。

テレーズは罪を悔い、ローランは放蕩に耽る。人生に堪えられなくなった二人は相手を殺そうと考えるが、お互いがその意図を見抜き、絶望のなかで共に毒を仰ぐ（第三十一―三十二章）。

解説

妻と愛人が共謀して夫を殺し、その後結婚するというおぞましい主題を語ったせいでスキャンダルを巻き起こし、同時に、それがゾラの文名を高めることに貢献した作品であり、もっとも重要な初期作品である。

批評家ルイ・ユルバックは「腐敗した文学」だとして『テレーズ・ラカン』を断罪したが、それに対してゾラは小説の第二版に付した有名な序文において、次のように反論した。「私は性格ではなく、体質（タンペラマン）を研究しようとした。私は神経と血によって支配される人物を選んだのであり、彼らは自由意志を持たず、彼らの人生のすべての行為は肉体の宿命によって引き起こされる」。実際ゾラはこの小説において、フランス文学の伝統である心理分析を周到に回避して、異なる体質の男女が接触したときに何が生じるのか、という生理学的な視点から語ろうとした。

ゾラは本作において、科学者のようにひとつの実験を行なおうとした。神経質な女と多血質の男が出会い、肉体的に結びついた時に、生理学的にどのような結果が引き起こされるのか。二人の中心人物は悪夢のような恐怖と妄執に苦しんだ末に、狂気の淵へと落ちていく。それは、当時の医学理論をたんに作中人物の身体と行動に応用したということではない。不倫の恋に落ち、快楽を知り、邪魔になったカミーユを殺したテレーズとローランは、まさにその時から悔悟と畏怖の念にとりつかれる。外的な出来事が彼らの生を変えるではなく、彼ら自身の内的な論理によって避けがたく破滅に向っていく。全身麻痺で動けず、言葉も失ったラカン夫人が真実を悟り、罪深い二人が狂気と死にいたる行程を凝視するさまは、作品に不気味な緊迫感をあたえている。ゾラは通俗的になりかねないテーマを、ドラマチックな古典悲劇の構図に落とし込んだのである。『テレーズ・ラカン』は後の『ルーゴン＝マッカール叢書』につながるいくつかのテーマとイメージを含んでいる。官能的でみずからの欲望に忠実な女性は、罪に走ることを除けば、ゾラの小説にしばしば登場してくる。民衆であれ、ブルジョワであれ、あるいは貴族であれ、ゾラの女性たちは濃密な身体性を漂わせ、その妖しさによって男たちを魅了し、ときには破滅へと向かわせる。その破滅は狂気への傾向によって促されるが、『プラッサンの征服』や『獣人』に示されるように、狂気や神経症の表象もまたゾラ文学の重要なテーマ系をなす。さらにはパリの民衆地区の息詰まるような雰囲気、それと対比される郊外の明るい風景と開放感などは、後年の『制作』に継承される。

まだほとんど無名だったゾラの作品は、サント＝ブーヴ、テーヌ、ゴンクール兄弟など当時の名だたる批評家と作家によって称賛された。彼らはそこに新たな小説の萌芽を見てとったからだ。その意味で、『テレーズ・ラカン』はゾラをゾラたらしめた最初の作品と言えよう。

（小倉孝誠）

『マドレーヌ・フェラ』（一八六八）

「感応遺伝」の応用

『マドレーヌ・フェラ』は、一八六五年の未発表の戯曲『マドレーヌ』を大幅に改変した作品で、五作目の長編にあたる。この頃ゾラはすでに『ルーゴン＝マッカール叢書』の準備にかかっており、生理学や遺伝学に関する科学書を読み漁っていた。本作では、ミシュレやプロスペル・リュカの著作から想を得て、「感応遺伝」の法則が大胆に応用されている。

「感応遺伝」とは、ある雄と初めて交わった雌には、雄の痕跡が体内に刻印され、その後別の雄によって妊娠・出産したとしても、その子の形質は最初の雄に似るという理論である。もちろん現代の遺伝学では否定された学説だが、アリストテレスの時代から十九世紀末に至るまで、ヨーロッパでは一定の信仰を集めていたのだ。

ゾラは、戯曲版で描いた男女の三角関係に、この「感応遺伝」という設定を融合させてプロットを練り直した。マドレーヌとギヨーム、そしてヒロインの最初の恋人ジャック、三人の過去が思わぬ形で交錯するにつれ、女性に刻まれた「最初の男」の痕跡が、悲劇を呼び起こすのである。

マドレーヌとギヨームの過去（第一―六章）

マドレーヌ・フェラは、あどけなさの残る気丈な娘で、知り合ったばかりの青年ギヨームと、パリ郊外のフォントネーに出かける。夕食の最中に雨に降りこめられた二人は、宿屋で一夜を共にする。繊細で神経質なギヨームには初めての情事だったが、マドレーヌにとってはそうではなく、この過ちが後々彼女にのしかかる。二人の過去は知らないうちに、ひとりの男に繋がっていたのだ。

かつて孤児だったマドレーヌは、彼女に言い寄った後見人の元から逃げ出した夜、カルチエ・ラタンで遊び慣れた医学生に出会う。青年は彼女を部屋に迎え入れ、二人は一時期同棲した。しかし彼は名前さえ教えず、やがて軍医として召集されると、傷心のマドレーヌを置いてあっさりと去った。彼女は初めての恋人が与えた愛撫や口づけを想い、他の男に身体を許さず生きてゆこうと誓ったが、それから程なくして、隣室に越してきたギヨームと出会ったのである。

いっぽうのギヨームは貴族の私生児で、ノルマンディーのヴェトゥイユで孤独な少年期を送った。コレージュでいじめられていた彼を救ったのは、ジャックという陽気で逞しい転校生だった。ギヨームは親友を崇拝し、互いに何でも分かち合おうと約束した。しかし卒業後に上京したとき、ジャックはすでに召集され、再会はかなわなかった。

決断力に富むマドレーヌと感受性豊かなギヨームは、互いに補完し合う性質を見出した。特にギヨームは彼女の純真さを信じて熱愛を捧げ、幸せに包まれた娘は過去を忘れかける。しかし、ある日彼のアルバムをめくっていたマドレーヌは、「親友ジャック」の写真にかつての恋人を認め、衝撃を受ける。さらにその直後、ジャックが船の遭難事故で死亡したとの知らせが届く。マドレーヌは罪悪感に苛まれながらも沈黙を貫き、親友の死を嘆くギヨームを慰めた。

その後ギヨームは父の遺産を相続し、ヴェトゥイユに戻って恋人に求婚する。マドレーヌは葛藤するが、秘密を抱えたまま承諾する。幸福な生活は五年続き、娘リュシーにも恵まれた。心の平穏を得たマドレーヌは、ジャックとの短くも情熱的な日々は過去のものになったと安堵する。

「最初の男」の刻印（第七―第十三章）

ある冬の日、マントに出かけたギヨームは、死んだはずのジャックと再会する。新聞は誤報で、漂流して生き延びた彼は、いっそう逞しくなっていた。歓喜したギヨームは親友を家に連れ帰り、三人で一緒に暮らそうと誘う。ジャックは朗らかに、隠遁生活など自分に向かないと答え、「婚前から関係を持つような女と結婚すべきではない」と忠告する。

昔の恋人の声を聴いたマドレーヌは動揺する。「何でも共有する」という親友同士の約束を知っていた彼女は、その夜秘密の重さに耐えかねて、ジャックとの過去を夫に打ち明けてしまう。この告白は、ギヨームが男女の愛に抱いていたあらゆる幻想を打ち砕いてしまった。動揺した夫婦はジャックを放ったまま、泥だらけで雨中をさまよい、リュシーを預けていた別邸に転がりこむ。そこで娘を改めて見たギヨームは、その顔立ちがジャックに似ていることを認め、二重に衝撃を受ける。「感応遺伝」の働きで、マドレーヌの「最初の男」の痕跡が、その娘に現れていたのだ。

　二人は逃げるようにパリへと旅立ち、途中でマントの宿屋「大鹿亭」に泊まる。しかし案内されたのは、奇しくもかつてマドレーヌがジャックと逗留した部屋だった。さらに偶然にも宿屋にジャックが立ち寄り、彼女と再会を果たす。あくまで屈託ない昔の恋人とは対照的に、葬ったはずの想い出が生々しく蘇ったマドレーヌは戦慄する。彼女の懇願を聞いてジャックは立ち去るが、マドレーヌは過去から逃れることは不可能だと夫に告げ、二人は自宅に戻る。

　隠遁生活の間に、ギヨームは、マドレーヌが本質的には、その処女を捧げた「ジャックの妻」だと思い知る。彼女の気質は、まるでジャックの性格が浸透したかのように男らしく変化し、無意識のうちに仕草や癖、声音までもがそっくりになっていった。マドレーヌも、ギヨームの腕に抱かれるたびに、真の夫に背いているかのような罪悪感に囚われた。「生理学的宿命」によって、情愛の絆は失われてゆき、ギヨームは無邪気になつく自分の娘をも避けるようになった。

　いっぽうマドレーヌは、彼女を「悪魔つきの女」と糾弾する老女中のジュヌヴィエーヴに、精神的に追い込まれてゆく。鬱屈した環境を変えるため、夫婦はパリに居を移す。しかしジャックの幻を挟んだ差し向かいの生活は耐え難く、それぞれ遊興で気を紛らわせるようになった。そんな折、ジャックのパリの住所を知ったマドレーヌは、理性を超えた本能の力に突き動かされ、彼を訪ねて再び身を任せてしまう。

　自らの肉体がもはや意思で制御できないと知ったマドレーヌは、忌まわしさに死を願うようになる。折しもリュシーが、熱病で急死した。幼い娘の死を罪への報いと捉えたマドレーヌは、ジャックと再び関係を持ったことを最後に告白し、毒をあおって自殺する。ギヨームの精神は、一瞬のうちに起きた悲劇に耐えられず、狂気の淵に沈んでいった。

肉体の「宿命」

ヒロインの名は聖書のマグダラのマリアと同じで、本作は「悔い改めた女」のメロドラマ的な要素をかなり含んでいる。発表後も、ゾラが期待したほどの反響は得られなかった。だが、「感応遺伝」に一定の真実味があった時代、ジャックの相貌がリュシーに遺伝し、その性質がマドレーヌに浸透していく描写は決して荒唐無稽とはいえない。冒頭の爽やかなピクニックシーンから、ヴェトゥイユ、マント、パリと徐々に閉塞感を増していく生活空間の描写も見事である。

マドレーヌ、ギヨーム、ジャックの三角関係とその変化は、前作におけるテレーズ、カミーユ、ローランのそれとよく似ている。しかし、過去の報いを受けるのはヒロインのみで、ジャックが夫婦の葛藤を知ることはついぞない。愛情の失せた男に、肉体的に囚われ続ける女性の悲劇は、後の『居酒屋』におけるジェルヴェーズとランティエの関係を予告するようだ。

主人公の服毒自殺で終わる点も、『テレーズ・ラカン』と『マドレーヌ・フェラ』は共通しているが、後者のそれは「夫婦愛し合っているがゆえ」の自己懲罰である。ゾラが「生理学的宿命」と形容した、理性と本能の間に引き裂かれるマドレーヌの姿は、『ルーゴン＝マッカール叢書』に登場する多くのヒロインが辿る運命のひな形なのだ。

（福田美雪）

2 『ルーゴン＝マッカール叢書』

『ルーゴン家の繁栄』（一八七一）

あらすじ

舞台は南フランスの架空の町プラッサン（ゾラが少年時代を過ごしたエクスがモデル）とその近郊、物語の時代は一八五一年十二月、首都パリでルイ＝ナポレオン・ボナパルト（ナポレオンの甥）がクーデタを断行して、共和政を崩壊させた直後の時期に設定されている。若い二人の恋人シルヴェールとミエットが古い墓地で、人目を忍んで会っている。二人は共和主義の理想に賛同し、クーデタに抗議して蜂起した農民や労働者の群れがプラッサンの近くを通過すると、それに合流する（第一章）。

第二章から物語は過去に遡り、ルーゴン家と、シルヴェールが属するマッカール家の歴史が辿られる。ピエール・ルーゴンはプラッサンで商人として地位を築くが、母親の放蕩の後始末や、三人の息子の教育に金がかかり、苦労する。やがて一八四八年の二月革命によって第二共和政が成立して、ひとつの転機になる。保守的な町プラッサンでは、旧来の貴族、新興ブルジョワジー（ピエールはその一員）、そして民衆という三つの社会階級に分かれ、住む界隈も区別されていた。共和政が成立すると、それに反対するピエールは保守派の中心となり、彼の屋敷の「黄色いサロン」には、政府を批判する人々が集う。パリに住む彼の息子ウジェーヌは、時の大統領ルイ＝ナポレオンとその周辺の人物たちとつながりを持ち、父親に首都の情勢を報告する。クーデタが成功すると、ピエールは公然と帝政への支持を表明する（第二―三章）。

市庁舎に押し寄せる民衆

（『ルーゴン家の繁栄』挿絵版より）

ピエールを悩ませるのがアントワーヌ・マッカールだ。母が愛人マッカールとのあいだにもうけた不義の子であり、ピエールによって遺産相続権を剝奪されたせいで、アントワーヌは彼を恨んでいた。さしたる政治信条を持たないが、ルーゴン家への怨恨から、二月革命後は共和派を支持していた。そして甥のシルヴェールを利用して、ルーゴン家の野心を妨害しようとした（第四章）。

ここで物語の時間軸は最初に戻る。クーデタに抗して蜂起した民衆はプラッサンの町に入り、市庁舎を占拠して、貴族とブルジョワを恐怖に陥れる。やがて民衆はアントワーヌを代表として市庁舎に残し、町を離れると、シルヴェールとミエットはそれに付きしたがう（ここで再び物語の時間が過去になり、ミエットの不幸な子供時代と、シルヴェールとの牧歌的な愛が描かれる）。ボナパルト派が派遣した政府軍は反乱者たちとプラッサン郊外で戦いになり、民衆の蜂起は鎮圧されてしまう。ミエットは銃弾に倒れ、シルヴェールは捕らえられる（第五章）。

プラッサンでは民衆と、ルーゴン家を中心とするボナパルト派の対峙が続いていた。ウジェーヌからの報せで、ルイ＝ナポレオンが権力を掌握したことを知ったピエールは、アントワーヌを買収し、共和派に罠をしかけて壊滅させ、勝利を手にする（第六章）。町の秩序を回復させた功績を認められて、ピエールは高い地位を手にいれる。そして邸宅に仲間たちを集めて盛大な宴を催す。邪魔者のアントワーヌは追放され、シルヴェールは憲兵隊に銃殺される（第七章）。

解説

『ルーゴン家の繁栄』は、位相の異なるいくつもの物語が重層的に織りなされた、複雑な構造を有する作品である。

まず『ルーゴン＝マッカール叢書』の劈頭を飾る本作は、このシリーズに登場するルーゴン家、マッカール家の起源を語った小説であり、叢書全体への導入の役割を果たしている。この叢書の副題は、「第二帝政下における一家族の自然的・社会的歴史」である。したがって作品のなかで、第二帝政というひとつの時代が始まり、その時代にさまざまな欲望に突き動かされ、多様な活動にたずさわるひとつの家族が誕生しなければならない。要するに、時代と家族の始まりを語る必要があったのだ。序文において、ゾラは次のように述べる。「私の考えでは、いくつもの挿話を含むこの叢書は、第二帝政下における一家族の自然的・社会的歴史である。そして、第一の物語『ルーゴン家の繁栄』の科学的タイトルは『起源』とされるべきであろう」。科学的とあるのは、ゾラがこのシリーズを構想した際に、当時の医学や生理学を参照したからである。

この作品は、ピエールの活動と成功をつうじて、ルーゴン家がいかにしてプラッサンでの地位を確立したのか、その繁栄の起源を語っている。共和政の時代から王党派に接近し、保守派の中心になっていたルーゴン家は、一八五一年のクーデタとそれに続く騒動をたくみに切り抜けて、帝政を支持することで地位を盤石にする。ピエールは、パリでのクーデタを地方都市で再現してみせた。

一族の起源の物語は、第二帝政という体制の起源の物語と並行して描かれている。実際この作品には歴史小説としての側面が強い。作品で語られる出来事は、一八五一年十二月七日からほぼ一週間のうちに展開し、そのあいだに過去への遡及がはさまる。ルーゴン家の軌跡と変貌は、七月王政から第二共和政を経て、クーデタによる帝政樹立という目まぐるしく動いたフランス史の一時期を、南フランスの町を舞台に表象してみせたのである。たとえば第三章は、第二共和政下のプラッサンを舞台にして、当時の地方習俗を活写してみせる。新たな体制の樹立を喜ぶ共和派と民衆、共和政の成立を知って怖れる貴族、事態の推移を見きわめようと日和見的な態度をとるブルジョワジーなど、プラッサンは同時期のパリの縮図にほかならない。

第二共和政は三年あまりで崩壊したので、フランス史では短い幕間劇と見なされることが多い。しかしこの短命に終わった体制は、思想的にはロマン主義イデオロギーの高揚と終焉を象徴し、政治的には社会主義のインパクトの大きさを示した。この時代のパリ社会を背景にしたのが、フロベールの『感情教育』(一八六九)であり、社会思想の錯綜と、人々の懐疑や変節がなまなましく描かれている。歴史的な事実として、南フランスは共和主義的な風土が深く根付いており、中部と並んで、クーデタ後の抵抗活動がもっとも激しかった地域のひとつである。ゾラは数多くの文献を渉猟して、この時代について資料を集め、それにもとづいて『ルーゴン家の繁栄』を執筆した。この小説は舞台を地方都市に設定したうえで、『感情教育』と同じテーマ系を扱っており、二つの作品は相互補完的な関係にあると言えよう。

十七歳のシルヴェールと、十三歳のミエットは強い寓意性をおびた作中人物である。二人の牧歌的な愛は、古代ギリシアの作家ロンゴスが書き、その後西洋の文学と芸術に着想をあたえてきたダフニスとクロエの純真な恋物語を想起させる。一八五一年の社会を描く『ルーゴン家の繁栄』は、二人の若者が紡ぎだす永遠の愛の神話をも取り込んでいる。同時に彼らは意識しないままに、作家によって政治的、イデオロギー的に深い寓意性を付与されている。シルヴェールは「民衆そのものだった」(第一章)と、作家は書き記す。ミエットは蜂起した民衆に合流して、赤い軍旗を手にした時、かぶっているフードが「彼女の顔をまるでフリギア帽のように覆っていた」(中略)。その時ミエットは無垢な自由の女神だった」。フリギア帽とは、フランス革命以来、共和国の寓意像となった女性マリアンヌがかぶっている帽子であり、共和主義への賛同をしめす記号になっていた。若い二人は共和政の化身のようなものであり、したがって彼らの悲劇的な死は殉教であり、三年あまりで潰えた第二共和政への鎮魂歌にほかならない。

レアリスム的側面と寓意的次元のほかに、この作品は人類学的な位相をはらんでいる。行動する群衆のテーマはゾラが秀でた領域である。一定の目的のために集った群衆が、それを構成する個人の意志を超え、まるでそれ独自の人格を有するかのように振舞う迫力あるシーンが、その後『ジェルミナール』や『壊滅』など多くの作品で描かれるだろう。

神話的な位相もまた無視できない。宗教学者エリアーデは、あらゆる神話が国家の創生を語る言説だと指摘し、哲学者ルネ・ジラールは『暴力と聖なるもの』(一九七二)のなかで、聖書や古代神話において、危機に陥った共同体の秩序はしばしば兄弟の流血によって回復されると述べた。ゾラの小説の最後で、ピエールが町の支配者の地位に収まって、ルーゴン家の繁栄を堅める一方で、アントワーヌがプラッサンから追放され、シルヴェールが暴力的な死を迎える挿話は、プラッサンという都市共同体の秩序が回復されるための象徴

的な供犠として読めるだろう。（小倉孝誠）

『獲物の分け前』（一八七一）

あらすじ

小説の冒頭、ルネとマクシムは、パリ社交界の人々の日課であるブーローニュの森の散歩から馬車で戻るところである。二人は義理の母と息子の関係で、美しいルネは社交界の花形であったが、自身の存在の空虚さを感じている。その夜サッカール邸では晩餐会が催された。ここで、ルネの夫でありマクシムの父であるアリスティッド・サッカールをはじめ、主な登場人物が出そろう。食卓の話題はもっぱらパリ改造事業の賛美で、彼らは皆それによって甘い汁を吸っていた（第一章）。

アリスティッド・ルーゴンは、ルイ・ナポレオンによるクーデタの直後に、妻のアンジェルと四歳の娘クロチルドを連れて、故郷のプラッサンから無一文同然でパリに出てきた。彼の野望は、帝政の機運に乗じ、何としても金儲けをすることだった。後に大臣になる兄ウジェーヌ・ルーゴンから、市役所の道路管理官補佐という職を斡旋してもらい、サッカールと改名する。二年間市役所の中をうろつく間に、パリ大改造による収用予定地の情報も手に入れるが、元手になる資金が欠けていた。その頃、妻のアンジェルが死んだ。サッカールは、レース商を表向きに、あやしげな仲介業をやっている妹のシドニーから、妊娠したためにすぐに結婚させねばならない娘がいて、その叔母が結婚相手に十万フランを出すという話を聞く。これがルネである。生家ベロー・デュ・シャテル家は、古い家柄の法曹ブルジョワで、サン＝ルイ島に館を構えていた。ルネは早くに母親を亡くした後、修道院の寄宿学校で育っており、過ちはそこを出た直後のことだった。サッカールはルネの財産の中に、近い将来収用予定の家屋と土地が含まれていることを知って内心ほくそえむ。彼らは夫婦別財産制で結婚し、ルネはシドニーの目算通り流産する。サッカールは衣裳代などのためにさっそく多額の現金を必要とするようになったルネから、仲介人の名前を借りて問題の家屋を買取り、パリ市から土地収用の補償金を支払わせることに成功、財産の基礎を築いた（第二章）。

サッカールは故郷のプラッサンに残していた前妻の息子マクシムをパリに呼び寄せる。十三歳のマクシムはひょろ長い女の子のような少年で、臆病さと厚かましさが同居していた。ルネは喜んで養育係を引き受け、マクシムはまたたく間に洒落者で遊び好きの上流青年に変貌する。サッカールの事業は拡大し、ルネは派手な生活を送っていたが心は満たされず、次々と愛人を取り替える。サッカールの財力は絶頂期を迎え、モンソー公園横に豪奢を極めた新築の館を建てた（第三章）。

ここで物語は第一章の終わった時点に戻る。ある晩ルネはマクシムに頼み、売れっ子の女優ブランシュ・ミュレールが自宅で催す舞踏会に連れて行ってもらう。黒いドミノ（頭巾のついた長ガウン）を着て仮面をつけたルネは、男の客たちが自分の家の客と同じであることに驚く。馬鹿騒ぎに呆れ果てて早々に退散するが、そのまま帰る気にならず、マクシムの誘いに応じてカフェ・リッシュの個室で夜食をとる。ここで二人はふとしたはずみで肉体関係をもってしまう。翌日、高熱を出して部屋にこもるルネのところへサッカールがやってきて、ルネが渡しておいた仕立屋ウォルムスの請求書を支払うことができないという。彼はルネがパリ東部に持っている土地を狙っており、ラルソノーという男を介して高利で金を貸し付ける（第四章）。

その冬はサッカールにとって、破産の危険と背中合わせの厳しいものであったが、彼はルネに金を貸し続けた。一方ルネとマクシムは金の悩みこそあったものの、幸福な日々を過ごす。モンソー公園の館全体が、そして新しいパリの町そのものが、彼らの愛の舞台となった。しかし翌年の秋に金の問題は深刻になる。夫から金を借りるために彼女は長い間途絶えていた夫婦関係を復活させるが、父と息子の二人と関係を持ったルネは神経の変調をきたす。許婚ルイーズとの結婚が正式に決まったマクシムは、ルネが別の男と会っている証拠を押さえて手を切ることに成功するが、相手が父親だと知ってルネと話し合う必要を感じる。彼はルネが父親の企みをまったく知らないでいることに我慢がならず、ある娼婦の家で聞き知ったその計画をすべて話してしまう。ルネは驚き、自分はもう何にも署名しないことを誓い、マクシムには部屋にとどまるように命じる（第五章）。

四旬節中日の木曜日、サッカール家では仮装舞踏会が開かれた。呼び物は婦人たちの演じる活人画「美貌のナルシスと妖精エコーの恋」で、マクシムがナルシス、ルネがエコーの役であった。活人画の後は仮装舞踏会となり、ルネは体の線を露出した大胆なタヒチ女の扮装で現れる。彼女はマクシムとルイーズが次の日曜日に結婚予定と知って逆上し、マクシムに一緒に逃げようと誘い、狂気の果てに現金を作るためシャロンヌの土地の譲渡書に署名する。抱き合っている二人の前にサッカールが現れる。恐ろしい沈黙の後、サッカールは署名された譲渡書を見つけポケットに入れると、震えているマクシムを伴って何事もなかったかのように部屋を出て行った。ルネは長い間の苦しみがあっけない結末に終わったことに呆然とし、鏡の前で自分の姿を見ながら文字どおり「裸にされた」と考える。彼女の神経は完全に破壊されようとしていた（第六章）。

三ヶ月後、サッカールは四人の男とともに工事現場にやってくる。土地収用の補償金の審査委員会の現地調査であった。彼はルネから取り上げたシャロンヌの土地から、三百万フランという高額の補償金を得ることに成功し、破産寸前のところで息を吹き返す。一方ルネは、頼みにしていた女中のセレストにも去られ、最後の拠り所も失う。彼女は馬車でブーローニュの森へと向かい、そこにすべての登場人物がふたたび集結する。ナポレオン三世の馬車が通りかかり、サッカールは「皇帝万歳」を叫ぶ。ルネはその勝利の凱旋の雰囲気の中にいたたまれず、サン＝ルイ島の古い館へと向かう。次の冬、ルネは急性髄膜炎で死ぬが、その時彼女の借金を払ったのは父親だった。仕立屋ウォルムスの請求書は二五万七千フランに達していた（第七章）。

主要テーマ

この小説の原題 La Curée は、もともと狩猟の用語で、狩猟の終わりに獲物の肉を分け与えられた猟犬たちが、奪い合って貪ることを指す語である。ゾラはこの題名によって、ナポレオン三世下に、セーヌ県知事オスマンの指揮の下で行われたパリの大改造事業に乗じて、政界と癒着した投機家や金融業者、不動産業者や建設業者が繰り広げた富と権力の争奪戦を表そうとした。ゾラはこの小説で、「クーデタから生まれた速成の財産、それに続いた恐るべき金銭の浪費、快楽の中に解き放たれた欲望、社交界のスキャンダルなど」を研究するつもりであること、背景としては「成り上がり、すなわちパリの解体と再建事業で何百万もの金を稼いだ人々の世界」を取り上げることを表明し、それが「非常に近代的で、非常にパリ的な小説」であることを強調している（ルイ・ユルバック宛書簡、一八七〇年五月二十七日）。

この小説において、オスマンの都市改造は作品の基本的な枠組みを構成している。古いパリと新しいパリの対比は、ルネが生まれたサン＝ルイ島の冷たく厳格なベロー・デュ・シャテル家の館と、新興のモンソー地区に建設された「あらゆる様式の豪勢な雑種であるナポレオン三世様式」のサッカール邸との対比によって鮮やかに示される。古いブルジョワの家系の出身であり、「新しいパリの女王の一人」となるルネは、改造されるパリあるいはフランスの社会を体現する存在である。彼女はサッカールの企みによって、先祖から相続した土地財産を失い、破滅してしまうのに対し、サッカールはこの取引きによって財産（資本）を手に入れる。ルネとサッカールの関係を通じて描き出されるのは、古き良き市民としてのブルジョワから、金融資本を背景とした新興成金のブルジョワへの権力の移行であり、世襲財産としての聖なる土地の観念から、投機の対象としての土地の観念への移行である。ここには経済的な観点における「近代」への転換点を認めることができる。

ウォルムスの店
（『獲物の分け前』挿絵版より）

この作品でゾラは、改造事業によって生まれた近代的な都市空間に生起するさまざまな流行現象を小説の中に織り込んでいる。サッカールが、都市改造と経済発展を象徴する存在であるとすれば、ルネとマクシムのカップル、とりわけルネは風俗的な部分で時代の文化を体現する。新しいパリは、二人が馬車で駆け回る大通りやブーローニュの森、ガス燈に照らされたグラン・ブールヴァールのカフェなどによって示されるが、とりわけ特別な空間はサッカール邸の「温室」である。近代的な鉄とガラスの建築物の原型である温室は、異国から蒐集された植物を展示する博覧会場に似た空間であると共に、文字通り「熱」を象徴する場所であり、ルネが自らの欲望を意識し、爛熟させる場所でもある。

またルネの衣装も重要である。彼女は小説の主な場面場面で、つねに華麗で独創的な衣装で登場する。デザイナーの「有名なウォルムス」は、オートクチュールの創始者ウォルトをモデルにしている。ルネの衣装は、夫の経済力と第二帝政の政体の表象であり、また貴重な温室の花として栽培された文化を表象する。彼女の衣装は本質的に「仮装」であり、まわりの空間に応じて、貴婦人、官能的な娼婦、古代の女神、邪悪な「宿命の女」など自在に変貌し、妖精エコー、フェードル、メッサリーナ、スフィンクスにも喩えられる。その姿は歴史や神話や物語からの絶えざる引用であり、またそれらの組み合わせであって、十九世紀のフランスの建築や絵画を特徴づけるエクレクティスム（折衷様式）をよく表している。しかしルネ自身は確たるアイデンティティを持たない。彼女はすべてが外観でしかなく、自身が空っぽの存在であることに気づいたとき、破滅せざるを得ない。

（吉田典子）

『パリの胃袋』（一八七三）

あらすじ

一八五八年のパリ。小説は夜明け前、主人公のフロランが空腹のあまり道端に倒れていたところを、パリ近郊のナンテールから野菜を運んできたフランソワのおかみさんの荷馬車に拾われ、中央市場（レ・アール）にたどり着くところから始まる。彼は一八五一年十二月のルイ・ナポレオンによるクーデタの折に無実の罪で逮捕され、政治犯として南米ギアナのカイエンヌに流刑になっていた。流刑地で恒常的な飢餓に苦しんだフロランは脱獄し、七年後ようやくパリに戻ってきたのである。中央市場はオスマン計画の一環として、鉄骨とガラスの近代建築に生まれ変わっていた。フロランは市場を愛

パリ中央市場の内部
（当時の版画）

する貧乏画家クロード・ランティエ（後の『制作』の主人公）と知り合い、一緒に夜明け方の市場を歩き回る。クロードは朝日に照らされた野菜の山が鮮やかな色彩に輝く光景に熱狂する。食料品に囲まれながら空腹と疲れで倒れそうなフロランはようやく昔の友人ガヴァールに出会い、異父弟のクニュがランビュトー通りに立派なシャルキュトリー（豚肉加工品）の店を構えているのを知る。クニュは兄との再会を喜んで、家に招き入れる（第一章）。

クニュはフロランが母親の死後、法律の道をあきらめ家庭教師で生計を立てながら苦労して育てた異父弟だった。兄は痩せた夢想家の共和派青年、弟は、頭は鈍いが人のいい陽気な子供だった。兄の逮捕後、料理に才能を見出したクニュは叔父クラデルのシャルキュトリーで働き、勘定台に雇われていた美しい娘リザ・マッカールと仲良くなる。リザは安楽な生活を望む賢く働き者のマッカールで、クラデル親父の急死後、塩漬け桶の底に隠されていた遺産を発見しクニュと結婚、新しく建設された中央市場の向かいに、近代的で豪華な店を作って成功し、安定した生活を送っていた。肥満した「美人のリザ」は、満ち足りた「パリの腹（胃袋）」を象徴する存在である。彼女は財産の半分をフロランに渡そうとするが彼は断る。フロランはリザの従兄という触れ込みでクニュの家に居候し、リザに説得されて、不本意ながらガヴァールの持ってきた魚市場の監督官の仕事に就く（第二章）。

鮮魚棟を牛耳っているのはメューダン母娘であり、とりわけ豊かな体つきとみずみずしい美しさを持つ姉娘のルイーズは「美人のノルマンディー女」とあだ名され、「美人のリザ」とライヴァル関係にあった。ルイーズは最初のうち、公然とフロランに敵意を示し、売り場で揉め事を起こしては彼を困らせていたが、淡水魚売りの妹娘クレールは彼に好意を示すようになり、またフロランがルイーズの息子ミュッシュに読み書きを教えるようになったことからルイーズも態度を変える。彼女はフロランに家庭教師を頼み、自分の方に引き寄せることでリザに対抗意識を燃やす。フロランはふたたび政治への情熱に捉えられ、ルビーグルの経営するカフェの小部屋に集まる不満分子のグループに加わり、しだいに社会正義の夢想を強める。リザは自分たちの安楽な生活を脅かすフロランに敵意を募らせる（第三章）。

マルジョランとカディーヌは二人とも中央市場で見つけられた捨て子で、露天で野菜の小売商をしていたシャントメッス叔母さんに一緒に育てられた。マルジョランは、頭は弱いが太った可愛らしい男の子、カディーヌはよく知恵の回るおしゃべりな女の子である。二人は市場のただ中で育ち、カディーヌは花売り娘となった。彼らは家禽棟の地下室から屋根の上まであらゆる空間を自分たちのものとし、本能の赴くままに愛し合う。クロードはよく彼らと一緒に中央市場周辺を散歩し、市場の近代建築を賛美し、さまざまな主題を見つける。クロードとフロランはフランソワのおかみさんに誘われて、腐敗したパリとは対照的な郊外のナンテールの田舎で、新鮮で健康的な一日を過ごすが、パリがふたたび彼らを捕らえる（第四章）。

リザはフロランの留守中に部屋に入って、彼が帝政転覆の計画を書き留めている書類を見つける。一方以前からフロランに疑いの目を向けていた噂好きの老嬢サジェ婆さんは、リザの娘ポーリーヌの口からフロランがかつて徒刑場にいたという決定的な事実を知って驚喜し、市場中に噂を広める。市場全体がフロランに敵意を示していたが、彼はますます盲目的に計画を進める。リザはフロランの部屋が革命行動のための赤い懸章にあふれているのを見て衝撃を受け、ついに警察に告発するが、そこにはすでに多くの知人から密告の手紙が寄せられていた（第五章）。

フロランはついに逮捕され、ガヴァールとともに再び流刑地へ送られた。彼が逮捕されたことで市場は元通りの安泰と繁栄を取り戻す。リザとルイーズは公式に和解し、警察のスパイだったカフェの親父ルビーグルは、貢献が認められて煙草屋の営業許可を獲得し、念願どおりルイーズと結婚して彼女を勘定台に座らせる。小説は、相変わらず腹を空かせたクロードが、満ち足りた幸福に酔いしれる二人の女を前にして、腹立ちまぎれに唸る言葉で幕を閉じる。「まっとうな奴らというのは、なんて悪党なんだ！」（第六章）。

解説

ゾラは草稿の中で、この小説の中心主題は「腹（胃袋）」le ventre であると書いている。それは第一に「パリの腹」と呼ばれる中央市場のことで、「食料が溢れて積み重なり、各地区へと拡散していく」場所である。ゾラがこの小説を設定した一八五八年には、中央市場はパリ改造の目玉として、最新の鉄骨とガラスの建築による六つの棟が完成したばかりだった。第二は「人間の腹」であり、比喩的には「ほどほどの喜びとまっとうさを平和のうちに消化し、反芻し、守っているブルジョワジー」を表す。そして第三は「帝国の腹」であり、「何百万もの金を追いかけるサッカール（『獲物の分け前』の主人公）のような狂気じみた興奮ではなく〔…〕、空腹をたっぷりと満たし、秣棚で干し草をかみ砕く家畜、帝国を暗黙のうちに支えているブルジョワジー」のことである。つまりゾラがこの小説で描こうとしたのは、何よりもまず、腹を充分に満たしたブルジョワジーが、ナポレオン三世による第二帝政を支える基盤となった政治的・社会的状況である。

小説の中で、この「膨れた腹」を代表するのが、シャルキュトリーの女主人、肥満した「美人のリザ」である。彼女はマッカールの系統で、アントワーヌの娘であり、『居酒屋』のジェルヴェーズの姉にあたる。ゾラは草稿の中で次のように書いている。「私の描くルーゴン家とマッカール家の人々は、さまざまな欲求 appétits を体現している。『ルーゴン家の繁栄』では、諸々の欲求の誕生をそっくり描き出した。ルーゴン系統の『獲物の分け前』では、大金への神経症的な欲求を描いた。マッカール系統の『胃袋』では、美しい野菜と美しい赤身の肉への多血質の欲求を描く」。

「欲求」とは生理学的・動物的なレベルの欲望であり、食物に対する欲求は、生き物の殺戮をともなっている。実際、シャルキュトリーで製造されるブーダン（豚の血と脂で作る腸詰め）に象徴されるように、中央市場の世界には、血や内臓のイメージが溢れている。それは弱肉強食の世界であり、自らの腹を満たし、身の安全を図るためには他人を犠牲にすることも厭わない。彼らの道徳は「まっとうさ」honnêteté という言葉で表されるのだが、それは正直で、真面目に働き、身持ちが良く、非難されるべき点がないというだけでなく、自分たちさえ安楽に暮らせるならば、他人はどうなってもいいというエゴイズムをも伴っている。頭の弱い美少年のマルジョランから賛美されることに気をよくしていたリザが、地下室で彼に襲われた時のエピソードがそれをよく表している。彼女は拳で少年の額を一撃し、倒れた彼が石の角で頭を割ったのを放置するのである。

「太っちょと痩せっぽちの戦い」というのは、ブリューゲルなどによる昔の版画シリーズの題名だが、小説中（第四章）ではクロードがフロランにこの寓話を説明し、すべての人間は太っちょか痩せっぽちに分類されるのであって、「一方が他方をむさぼり食い、腹を膨らませ、すべてを享受しているのだ」と言う。リザをはじめ、中央市場の人々はほとんどが「太っちょ」であるが、フロランとクロードは「痩せっぽち」の種族である。帝政への不満を抱いて、カフェの小部屋に集まるフロランの仲間の多くも「痩せっぽち」に分類される。フロランのやや現実離れした理想は、自らの腹を満たすことしか考えない多数派の人々の偽善の前であえなく挫折し、中央市場という巨大な腹からは排除されるしかない。

政治小説としての『パリの胃袋』は、第二帝政を舞台としているが、ゾラがこの小説を発表した一八七三年という時点では、この物語は七一年のパリ・コミューンの挫折と、それを弾圧したティエールの政府、およびそれに続くマクマオン大統領の「道徳秩序」体制に重ねることができる。

この小説のもうひとつの重要な側面は「芸術的側面」であり、後の『制作』の主人公となる画家クロード・ランティエによって主に引き受けられる。彼は市場の周辺をうろつき回る「フラヌール（遊歩者）」であり、「モデルニテ」の信奉者であって、中央市場の鉄とガラスの近代建築に熱狂し、これこそが「現代芸術だ、写実主義だ、自然主義だ」と叫ぶ。彼は、毎朝市場に氾濫する食料品の「巨大な静物画」を描くことを夢見ているが、達成することはできず、時に絶望の発作に襲われる。しかし、小説中で朝日を浴びて燃え上がる色鮮やかな野菜の描写や、魚介類、花や果物の描写、あるいは時刻の変化とともにその様相を変える建築物の描写には、ゾラの目が同時代の新しいヴィジョンを持った画家たちと共通する要素を多く持っていることを示している。第一回印象派展が開催されるのは、この小説が発表された翌年の一八七四年のことである。

（吉田典子）

『プラッサンの征服』（一八七四）

あらすじ

ある秋の午後、ムーレ一家（マッカール家のフランソワとルーゴン家のマルトという従兄妹同士の夫婦に、オクターヴ、セルジュ、デジレの三人の兄妹、女中ローズ）は、庭に面した部屋で静かな時間を過ごしていた。そこに帰宅した父フランソワ・ムーレが、間借り人を置くことに決めたと一方的にマルトに告げる。穏やかな生活を欲する一家の主婦マルトは涙ぐみ反対するが受け入れられない。そしてとうとうフォージャ司祭たちが到着する（第一章）。

司祭とその老母が間借り人となる。大柄で荘重な雰囲気の司祭に圧倒されるムーレ夫妻。寡黙だが激しやすい性格の司祭と、息子の陰に隠れながらも一家を呑み尽くすような視線を這わせる不気味なフォージャ夫人。吝嗇で皮肉家だが、田舎のプチ・ブルジョワらしい陽気なムーレ一家での第一夜、フォージャは無垢な眠りにつくプラッサンの町を眺めながらその征服を誓う。彼は王党派のプラッサンを帝政派へと転じさせるため、隠密に差し向けられた司祭であった（第二章）。

ヴォルテール主義者を自認し聖職者を好まないムーレだが、なぜか謎の多いフォージャに惹きつけられ、その生活を詮索する。司祭親子は規則正しく貞節ある生活を守るが、垢じみた長衣を着た無骨なフォージャは町の人々に侮られる。「小さな楽園」として、見事な菜園のあるムーレの庭に興味を抱くフォージャ。王党派である郡庁舎の庭―共和派ムーレの庭―帝政派ラストワル氏の庭という、三つの庭の特徴が示される（第三―四章）。

マルトの母親であり、帝政派の野心家で政治的手腕に長けたフェリシテ・ルーゴンがムーレ家を訪ね、フォージャ司祭を自分のサロンへ招待せよとマルトに告げる。このサロンは町で政治的に相対する者たちも含んだ上流社会の人々が集う「中立地帯」であった。フォージャはここでフェリシテから、「プラッサンの町を牛耳るには女たちに気に入られよ」という助言を受ける。フォージャは用心深くマルトに寄り添いながら、たわいない会話や表情のはしばしからその心の葛藤を鋭く読み解く。夫婦ともに祖母のアデライードに顔が生き写しということもあり、〈発狂〉という考えを異常に恐れるマルトは、家の外の生活にも神経質な不安を覚えるほどである。フォージャはマルトに慈善事業を提案し、厳しさと優しさの絶妙なさじ加減でマルトの心を虜にしてゆくだけではなく、口さがない上流階級の夫人たちからも協力をえて、徐々に町の尊敬を集めるようになる。慈善事業にともなう改築のために教会に通うマルトであったが、信仰への「緩慢な目覚め」によって子供の世話や家事をおろそかにするようになる（第五―九章）。

庭で過ごす時間が多くなるフォージャ。ムーレは「自分の家ではないような気分」になる。聖母慈善会が発足する頃、フォージャ司祭の妹夫婦トルシュが新たな下宿人として家に転がりこむ。フォージャの戦略的な優しさに陶酔し、自分だけの幸福にとじこもって信仰へとすべり込んでゆくマルトは、教会を畏れながらも宗教的法悦に身を任せるようになる。家庭の秩序はもはや失われその荒廃が進むなか、ムーレがマルトに無断で長男オクターヴを奉公に出す。一方フォージャは着々と成功への道をのぼりはじめ、ついにルスロ猊下によりサン＝サチュルナン教会の主任司祭に任命される。上品な長衣をまとい堂々とフェリシテのサロン（「緑のサロン」）にも現れるようになった。子供たちへの夢も失い、老け込んで自分の部屋に引きこもるようになるムーレ。そのような中、一家の希望ともいえるセルジュが神学校入学のため家を出る。呆けた家主をもはや意には介さず、気ままに庭に降りて傍若無人にふるまうトルシュ夫婦。そして帝政派と王党派、二つ

教会で祈る敬虔な女性たち

（ジョンジュ作、1866年）

の社交界の人々をムーレの庭でもてなすフォージャは、「私の楽園は開かれています」と公言する（第十一―十四章）。

狂気じみた信仰にかられるマルトはフォージャから教会に立ち入ることを禁止されるが従わない。ついにはあれほど慈しんでいた精神遅滞のある愛娘デジレさえも疎ましくなるマルトに絶望したムーレは、娘をもと乳母のもとに送り出す。結核の症状が懸念されるマルトは主治医から馬車での遠出をすすめられマッカール叔父の地所テュレットに赴くが、その敷地内にある祖母アデライードのいる精神病院を見て恐怖に襲われ、体調をいちじるしく悪化させて帰宅する。その後さらに衰弱は進むが、宗教的法悦に糧を得て神秘的な美を全身から放つようになる。それに比例してマルトの夫への憎しみ、「ルーゴン家代々の恨みの酵母」が目覚めた。信仰にのめり込むマルトはヒステリーの様相を呈し、夜になると繰り返し激しい発作を起こし全身傷だらけになる。家の者たちから夫の暴力のせいだと決めつけられ、悪意の噂は町中に広まり、ある夜とうとうムーレはあのアデライードのいるテュレットの精神病院に強制入院させられてしまう（第十五―十八章）。

総選挙では帝政派のドラングル氏が当選し、フォージャはいよいよプラッサンの町をその掌中に収めたことを実感する。マルトは夫の精神病院収監以降ますます奇行が目立ち、常に何かに怯えている。この頃、トルシュ夫婦がムーレ家を完全に占領していた。夫の方は庭をわが物にし、ムーレが丹精した菜園を掘り返し派手な花々を植え、〈楽園〉の閉鎖性を保っていた黄楊(つげ)の木々をすべて引き抜いてしまった。ついに家庭は崩壊し、もはや宗教的法悦さえも感じられなくなっていたマルトには「情念の虚しさ」しか残っていなかったが、最後の力をふりしぼってフォージャに愛の告白をする。ここで完全に拒絶されたマルトは、テュレットに行きムーレを連れ帰ろうと決心する。だが夫は真の狂人になっていた。激しい衝撃を受けたマルトは瀕死の状態でマッカール叔父に馬車を出してもらうも、家はトルシュたちに施錠されて開けられず、母フェリシテの家に運ばれる（第十九―二十一章）。

凍てつく夜、独房のドアが解き放たれているのを見たムーレは、マルトを求めて徒歩で家路につく。荒廃した庭や汚された屋内を目のあたりにして、ムーレの狂った頭の中では様々な記憶が交錯した。狂人は驚くほどの冷静さで家中が眠りにつくのを待ち、火をつける。司祭の首を絞める狂人ムーレ、そのムーレの首に喰らいつくフォージャ夫人が三つ巴となって業火の中に消えて行く。その頃、マルトは実家で危篤状態を迎える。決死の消火活動にもかかわらず近隣を呑み尽くすようなムーレ家の炎が臨終の床を照らす中、マルトは息子セルジュの長衣を狂気の幻影の中に見ながら恐怖に慄(おのの)いて息を引きとった。その後はマッカールの思惑に反し、プラッサンの町に再び君臨してゆくのが帝政派を誇るルーゴン家であるのは言うまでもない（第二十二―二十三章）。

解説

執筆と出版

マルト・ルーゴンの物語に似た筋書きについては、ゴンクールの『ジェルヴェゼー夫人』（一八六九）の影響もあって、一八七〇年頃からゾラの念頭にあったとされるが、具体的に小説の構想が練り始められるのは一八七三年初頭からであり、執筆は秋から同年末まで続けられる。

『プラッサンの征服』は『世紀（シエークル）』紙に一八七四年二月二十四日から四月二十五日まで掲載され、同年五月二十七日にシャルパンティエ社から単行本が出版された。ツルゲーネフの働きかけにより、早くも年内にはサンクトペテルブルクでロシア語訳が出る。最初の挿絵版は一九一二年、ロベル＝リシュの挿絵でカルマン＝レヴィ社から出された。

批評

『プラッサンの征服』は出版当時、『ルーゴン＝マッカール叢書』の中で最も売上げ部数の低かった作品とされる。一方で、近しい文学者たちには高い評価を得ている。フロベールはツルゲーネフに宛てた手紙（一八七四年六月一日）で「全く驚愕した」として、特定のシーンの描写力について褒めた。同様に、アナトール・フランスもゾラの描写力を「すべてにわたって正真正銘の本物らしさが認められる」と評し、ブリュンティエールもまた『両世界評論』（一八七五年四月一日）において「ページ毎に作家の息づかいが感じられ、数々の迫力あるシーンには真実と名状しがたい不気味さが感じられた」と讃えた。

作品について

草稿（BNF, N.a.f., n°10.279＝原稿［folios 1-217, chap.I-XII］：n°10.280＝原稿［folios 218-459, chap. XIII-XXIII］草案、メモ類、登場人物表、素描などの準備草稿を含む）はパリ国立図書館に保管される。

『ルーゴン家の繁栄』に引き続き、プラッサンという架空の町が舞台になる。ゾラは当初「恋する司祭」という当時センセーショナルなテーマをもとに、人妻を誘惑する「官能的な」司祭を主人公に設定していたが、実際の物語では「潔癖」で「女嫌い」の寡黙なフォージャがマルトの内に孕んだ遺伝的狂気を誘発する。

人妻のヒステリーと宗教的法悦との関係や司祭の欺瞞についてなど、マルトの症例を描くために参照された医学文献としては、とくにユリス・トレラ（一七九八―一八七九）の「明晰な狂気（folie luide）」についての論文（一八六一）や、モロー・ド・トゥール（一八〇四―一八八四）の「夢遊状態（état de rêve）」と狂気の同一性を扱った論文（一八五五）、オーギュスタン・モレル（一八〇九―七三）の「変質（dégénérescences）」について分析したものがあげられる。ムーレの精神病院収監については、ゾラ自身も『クロッシュ』紙（一八七二年六月十七日）の記事で取り上げたある夫婦の実話がもとになっている。なお、ゾラによる医学文献からの要約メモなどの一部は、次作『ムーレ神父のあやまち』の資料（n°10.294）に紛れている。

フォージャは正統王朝派の町プラッサンを政略し、帝政派に転向させる秘密の使命を帯びて政府から送り込まれた司祭であり、その背後には陰謀の手を引くフェリシテがいる。小説の縦糸としてはそれゆえ第二帝政下の田舎町における政治的権力と宗教の癒着が暴かれるが、横糸にはルーゴン家とマッカール家の血の争いがある。狡猾な知恵で社会的成功を収めたアデライードの長男ピエール（マルトの父）はルーゴン家を代表し、アルコール中毒で生活破綻者のアントワーヌ・マッカール（従兄妹同士であるマルトとムーレ共通の叔父）は劣性の遺伝に絡めとられたマッカール家を象徴している。『ルーゴン家の繁栄』で詳しく描かれているように、アデライードの私生児であるがゆえに厄介者として疎まれ、狡知に長けた兄の策略で長い兵役生活に追いやられていたマッカールは、ブルジョワに成り上がりぬくぬくと生活しているルーゴン家に根強い恨みを抱いていた。『ルーゴン家の繁栄』がピエール・ルーゴンの成功の軌跡と、アントワーヌ・マッカールの挫折の歴史であるならば、『プラッサンの征服』は両家の血にまつわる因縁を語るものである。

〈庭〉という批判装置

『プラッサンの征服』では、共和主義者ムーレの庭が正統王朝派と帝政派の庭にはさまれるという象徴的位置関係をもとに、政治的野心に燃え立つ司祭フォージャが共和派の庭に君臨するという分かりやすい図式がある。一方でゾラはより深い象徴性を〈庭〉に与えている。ムーレの庭を称えたコンダマン夫人の「（この「地上の楽園」では）カインとアベルも仲直りするでしょう」という聖書にちなんだ台詞も、ルーゴン家とマッカール家の骨肉の争い、ムーレ（マッカール家）とマルト（ルーゴン家）という従兄妹同士の夫婦に潜む血の絡んだ無意識の憎しみをいっそう強調する。

母アデライードの「お守り役」として精神病院のあるテュレットに居座るアルコール中毒のマッカール叔父が、自分の庭から精神病院を指して「いつか一族全員があそこに入ることになるだろう」と言い放つ迫力に満ちたシーンがあるが、それは遺伝的に劣るマッカール一族からルーゴン家に投げかけた強烈な呪いの一言であった。ゾラは草案の中でも「マッカールの庭」と「精神病院」の空間的近似性を強調し、「全員がそこ（精神病院）に来るだろう」と明確に記している。マルトが見た精神病院の庭には三本の木があったが、その後自宅の庭（ムーレの庭）の木々をみながら「テュレット！」と叫ぶシーンは鬼気迫るものがある。ゾラはルーゴン家の血をひくマルトに精神病院の「三本の木」の幻影を見せることによって、マッカールに無意識の復讐を遂げさせたのである。過度の信仰という果実の味を知ったマルトは己だけではなくマッカール家の夫ムーレをも楽園から追い出し、狂気の淵に沈めたのであった。

（林田愛）

『ムーレ神父のあやまち』（一八七五）

あらすじ

第一部

セルジュ（ムーレ神父）はプラッサンの近くにあるレザルトーの村で、口うるさいが心根の優しいトゥーズ婆やと精神遅滞のある妹デジレと三人で暮らしている。レザルトーは近親婚を重ねてきた村で、宗教心も薄く、過酷な土地柄のなか「岩場の草のような」たくましい生命力をもつ村である。神学校時代から力強い自然や肉体的感覚を忌避するセルジュは、常に純白に輝く夢想に浸っていたが、この荒廃した村でこそ瞑想生活が可能になると期待して赴任を希望したのであった。セルジュとは対照的に村の修道士アルシャンジアは粗暴かつ下劣な人間であり、村人を心の底から呪っている（第一—六章）。

セルジュの伯父、パスカル博士が庭園パラドゥーの管理者ジャンベルナ老人を診に来る。元はルイ十五世時代の貴族が所有したという石壁に囲まれた広大な庭園には背を向け、「小さな菜園」を耕すジャンベルナは変わり者で、十八世紀の啓蒙哲学思想に影響を受け無神論者だがとても愛情深い人物である。ある日セルジュは、老人の姪でパラドゥーに親しむ大きな花束のような潑剌とした十六歳の少女アルビーヌに出会い、ある名状しがたい感覚に襲われる。だが相変わらず肉体を消し去りたいという欲望をもつセルジュは、たくましい健康と若さに輝く妹デジレや、その家畜たちが発散する豊饒多産の空気に嫌悪感を隠すことができない（第七—十三章）。

深夜の礼拝堂、ムーレ神父はランプ一つのみの灯りで聖処女の連禱を祈り続ける。燦然と輝く姿と馥郁とした香りの聖マリアを祈りのなか思い描くことで「崇高な快楽」を得てきたが、そこには常に肉欲に燃え立つ〈情念〉との葛藤があった。その夜体調の異変を覚えたセルジュは寝室に戻って一人思案する。司祭として常に生殖にまつわる事柄をことごとく嫌悪してきたはずの脳裏に、アルビーヌの天真爛漫で愛くるしい姿が浮かんでは消え動揺する。幻影を振り払うために寝室の小さなマリア像に一心不乱に祈るが、とうとう高熱に打ちのめされ気を失う（第十四―十七章）。

第二部

高熱で幾日も意識の戻らなかったセルジュが目を覚ますと、アルビーヌが彼を看病していた。パスカル博士の計らいでジャンベルナ老人の家に運ばれ、アルビーヌの寝室に寝かされていたのだった。覚醒後、セルジュはすべての記憶を失い無垢そのものの存在になっていた。しばらくは熱のぶり返しや不安定な気候のため無気力に襲われるも、太陽を待ち焦がれるセルジュ（第一―二章）。

セルジュはアルビーヌの献身と太陽の光に生命力を取り戻し、日毎に健康の回復を感じる。少しずつ麻痺していた感覚が体内に蘇り、とうとうパラドゥーに足を踏み入れたセルジュは「歓喜に満ちあふれた」自然のきらめきに陶酔する。遠出ができるようになると、森の奥へと入るなかでさまざまな植物や木々、花々に感動するセルジュ。とくに花のようなアルビーヌの美しさに心奪われ、薔薇の花々の狂乱のなかついに愛の告白をする。さらに花壇の奥深くには、種々の花々が咲き乱れていた。アルビーヌとセルジュは、最初の土地の所有者である貴族とその亡くなった美しい恋人が愛し合った秘密の木陰を探そうとする。自然の刺激に悩まされ続け二人は官能の閾にいるが、未だ乗り越えられない（第三―十四章）。

二人はとうとう生命力そのものといった巨大な生命の樹を探し当て、初めて心の葛藤や不安から解放された穏やかな境地に至る。パラドゥーによって与えられた愛の見習い期間を終え、花々の芳香が漂い動植物が愛の営みに燃え立つ中、恋人たちは肉体的に結ばれる。セルジュはアルビーヌと一体になったことで、男としての目覚めと健康回復、鋭敏な感覚と知性の再生を果たしたことを実感した。だがアルビーヌは何かに怯えており、パラドゥーの外壁に穴が開いていることに二人は衝撃を受ける。アルビーヌの懇願にもかかわらず、セルジュはその穴から村の様子や司祭館を見、教会の鐘を聴いたことで記憶を取り戻す。そして穴の外から二人を見張っていたアルシャンジアが神の名を持ち出し、動揺するセルジュを楽園の外に連れ出した（第十五―十七章）。

第三部

セルジュは教会で司祭の仕事を再開したが、激しい心の葛藤に打ちひしがれていた。教会の細々とした修復作業などで気を紛らわすも、「神の憲兵」と自称するアルシャンジアに見張られ気が休まらない。ある夜ムーレが司祭の勤めで出かけた際、ジャンベルナと遭遇する。呪いの言葉を吐くアルシャンジアを組み伏せて、老人はアルビーヌのためにいつでも戻ってきてほしいとセルジュに訴えた。セルジュはもはや聖母像に祈る勇気を持ち合わせず、十字架への崇敬の念に囚われ、自らの身体を痛めつけるイメージを想起することによって法悦に浸る。ある日パスカル博士が司祭館を訪ねアルビーヌの体調が思わしくないことを伝えるが、セルジュは殉教者のような態度を崩さない（第一―六章）。

アルビーヌが必死の思いでセルジュに会いに来る。キリスト像の足元にひざまずくセルジュに声をかけると冷たい態度で拒否されるが、かまわず説得を行う。セルジュの凍った心に再び愛の思い出が蘇るも、神への強い意志があらゆる感覚を麻痺させ石の聖者像のようだった。内心はアルビーヌの少女から脱皮した美しさに動揺を抑えられないセルジュはしかし、教会という「難攻不落の死」は自然の醜悪さに打ち克つと言い放つ。アルビーヌが去ったあともキリストに祈り続けるセルジュはむせび泣きながら恋人への愛を吐露し、激しい葛藤を乗り越えて、ついにアルビーヌを迎えに行く決心をする（第七—十章）。

セルジュの欲望は激しい内面の戦いですでに枯渇してしまったかのようだった。駆け落ちした場合の現実的な壁を想像して怖気づき、アルビーヌに会うことを一日また一日と先延ばしにした。だがセルジュはある決断を胸にパラドゥーに向かい、穴の前で見張りをしたまま意地汚く眠り込んでいるアルシャンジアをまたいで庭園の中に入って行く。秋にさしかかり寒さに萎れる植物たちはセルジュを陰鬱にし、アルビーヌが現世の幸福にとどめようとしても、心は頑なに教会やその教えに立ち戻るのであった。とうとうアルビーヌは諦め、毅然としてセルジュをパラドゥーの外に追い出す（第十一—十二章）。

誘惑に屈しなかったとして、セルジュは歓喜に満ちて教会に戻る。セルジュと別れた後、庭をさまよっていたアルビーヌは死を決意する。様々な種類の花々やハーブを大量に寝室に運ぶと部屋中に配置し、窓の隙間をすべて塞いで花々に埋れた寝台の上に横たわった。目も眩むような芳香を放つ花々の奏でる協奏曲のなか、アルビーヌは胎内に芽生えていた命とともに静かに息絶えた。ジャンベルナはアルビーヌの亡骸を庭に埋め

アルビーヌの死

（『ムーレ神父のあやまち』挿絵版より）

ると主張するが、パスカル博士の説得に応じて教会に任せることにする。いずれにせよ老人は最愛の姪を追って逝くつもりなのだった。厳粛な面持ちでアルビーヌの埋葬を取り仕切るセルジュ。ジャンベルナがやって来てアルシャンジアの片耳を切り落とし去ってゆく。アルビーヌの棺が墓穴に降ろされた時、デジレが子牛の誕生を告げに来た（第十三―十五章）。

解説

執筆と出版

一八七四年夏から同年冬にかけて執筆され、ツルゲーネフの仲介により、翌年の二月、三月号の『ヨーロッパ通報』に掲載された。シャルパンティエ社からは一八七五年四月十日に出版される。以後多くの版を重ね、『ルーゴン＝マッカール叢書』初のベストセラーとなる。最初の挿絵版は、エルネスト・ビーラー他の挿絵でフラマリオン社から一八九〇年に出ている。

『ムーレ神父のあやまち』（一八七五）では『プラッサンの征服』（一八七四）のような政治色は一切排除され、遺伝の影響の下、「恋する司祭」が「自然」と「宗教」の相克に苦悩する様が描かれる。小説のテーマ着想については前作の『プラッサンの征服』よりも早く、『ルーゴン＝マッカール叢書』構想時にはすでに作家の念頭にあったとされる。

批評

『獲物の分け前』と『プラッサンの征服』に引き続き、『ムーレ神父のあやまち』もロシアで好評を博した。フランスでは賛否両論を巻き起こし、前作の『プラッサンの征服』に比べて多く文壇の注目を浴びた。おおむね好意的ではあるが、パラドゥーの描写は酷評したブリュンティエールやフロベールに対して、ユイスマンスはセルジュとアルビーヌの物語を「最も美しい愛の詩」と評した。モーパッサンに至っては、ゾラの卓越した描写力によって紙面から立ちのぼる植物の「匂い」や「息づかい」など、読み手が汗ばむような官能性について激賞している。一方でバルベー・ドールヴィイはこの作品を「崇高なキリスト教的霊性」を踏みにじる「これ以上はないほどの卑しさ」で「恥知らず」のものとし、恋人たちの愛の営みを「動物的」として酷評した。

作品について

草稿（BNF, N.a.f., n°10. 293＝原稿：n°10. 294＝草案、登場人物表、取材ノート類、素描などの準備草稿）はパリ国立図書館に保管される。草案に記された小説の主題は、神学校で受けた教育によって「男性性を損なわれ、中性になり、自然のとりなしによって二十五歳で男として目覚めるが、宿命的に再び不能に陥る男の物語」となっている。十九世紀当時、司祭職と禁欲の問題は文学者だけではなく医師たちの興味も引き、科学的分析の対象となった。ゾラは作品に着手するにあたり、司祭の独身制と抑圧された性の病理についての医学文献（ジャン＝エンヌモン・デュフィユ著、一八五四）も参照している。「恋する司祭」を主人公としたバルベー・ドールヴィイの『妻帯司祭』（一八六四）は司祭の独身制を正当化しようとしたが、ゾラは評論『わが憎悪』（一八六六）の中で上記小説について揶揄しながら、「司祭の結婚」は「ごく自然で人間的な」事柄であると断言している。またゾラは祭式の描写のために教会のミサに一定期間通うと同時に、セルジュの神秘的夢想や宗教的感情に迫ろうと『キリストに倣いて』をはじめ多くの宗教書を読むなどして、膨大な取材ノートを残している。

だが『ムーレ神父のあやまち』は恋する司祭の物語というだけではなく、雄大な自然と力強い生命の賛歌でもある。〈死〉のイメージを持つ教会に対して、大自然を内包するパラドゥーは生命に満ちたミクロコスモスそのものであろう。ゾラは花々や果樹、昆虫や鳥類の名前を仔細にリストアップしているが、植物学の文献にあたるだけではなく、園芸博覧会などにもたびたび足を運んで自然描写に現実味を与えた。同時に、

『創世記』を再読することでパラドゥーを聖書的楽園の要素をもつ幻想空間に仕立て上げている。（林田愛）

『ウジェーヌ・ルーゴン閣下』（一八七六）

あらすじ

下院の議場で、議員たちは皇帝ナポレオン三世の寵愛を失ったと言われるウジェーヌ・ルーゴンの噂をしている。一八五一年十二月二日のクーデタの立役者の一人であった彼は、参事院議長を務めていたが、辞表を提出したのだった。彼が議長執務室で荷物をまとめていると、その権力をあてにしていた支持者たちが次から次へと訪れ、失脚を嘆く。最後にやってきたのはクロランド・バルビであった（第一―二章）。

この女神のように力強く大胆な美女はイタリア伯爵の娘で、母と共にパリに暮らし上流社会に出入りしていたが、その素性や生活は謎に満ちていた。ルーゴンはしばらく前からこの母娘と交際を始めていたのだった。辞職の翌日、ルーゴンがクロランドの招きに応じて自宅を訪ねると、そこには半裸で絵画モデルとしてポーズをとる彼女がいた。ルーゴンは黒いレースをまとった彼女の姿に欲望を押さえられないが、素気なくかわされる。ある日クロランドは乗馬服でルーゴン邸を訪問し、二人で厩舎の見学をした際、お互いに誘惑し挑発し合うが、彼女は彼との行きずりの関係を拒み、結婚を条件として持ち出す。ルーゴンは彼女を愛していたが、お互いを尊重し合うためと言ってそれを拒み、彼女に自分の仕事仲間のドルスタンとの結婚を薦める。二人は結婚し、ルーゴンはただ体裁のため、ブラン＝ドルシェール嬢という地味な女性と結婚した（第三―五章）。

結婚して落ち着いた暮らしをしているルーゴンは、

クロランドのモデル、
カスティリオーネ伯爵夫人

ランドで新しい事業を始めると言い出し、クロランドや他の支持者たちを当惑させる。皇帝からコンピエーニュ城へ招待されたルーゴンは、そこで皇帝からパリに残るべきだと忠告される。その後しばらくの間、パリに留まりながらまだ何も行動に移さずにいるルーゴンに対し、取り巻き達はいらだつが、オペラ座前で皇帝暗殺未遂事件が起き、ルーゴンは内務大臣に任命される（第六―八章）。

強大な権力を手にしたルーゴンは、共和派を厳しく取り締まり、レジオン・ドヌール勲章を授けるなどして友人たちのこれまでの願いを叶えてやる。朝食にやってきたクロランドが、ルーゴンを手助けするため多くの男性と関係を持ったことを告白すると、嫉妬に駆られたルーゴンは再び彼女に肉体関係を迫るが拒絶される。これは結婚を断られたクロランドのルーゴンに対する最初の復讐であった。ルーゴンは彼女の希望を叶え、夫のドルスタンを農商大臣にする。厳しすぎる取り締まりや仲間の起こした不祥事に関して皇帝から警告を受けるも、彼らを庇護することの重要性を主張する（第九―十一章）。

クロランドは結婚後も奇怪な政治活動を続け、様々な場所で情報収集を行い多くの大物たちと面会を重ねる一方で、かつてのルーゴンの取り巻き達と共に、彼を批判するようになっていた。ルーゴンは、サント＝ファミーユの修道院を警察に取り調べさせたことで、世間の人々の激しい怒りと反感を買う。支持者たちは次々と彼から離れ、彼の権力で高位についていた仲間は、不祥事を起こしてさらに彼の政治生命を窮地へと追いやった。ルーゴンはついに辞表を提出し、皇帝の判断に身を委ねる。彼が宮廷からの返事を待っていたある日、チュイルリー宮殿で、皇后が後援する託児所のためのチャリティー・バザーが開催された。そこでは慈善活動に参加する婦人たちが出店し、仮装パーティさながらに思い思いの売り娘に扮し、客として訪れる男性たちを魅了して法外な値段で品物を売りつけていた。クロランドは首や腕をむき出しにした大胆な衣裳で給仕をしていたが、これみよがしにつけた犬の首輪のアクセサリーと、そこから繋がった腕輪は、彼女が皇帝の愛人になったことを示し、皆の注目を一層集めていた。そこに姿を現したルーゴンは、かつての仲間たちの目前で、皇帝からの辞職受諾の手紙を読むことをクロランドから強要される。皇帝から留任依頼を期待していたルーゴンは、やっとのことで平静を装う。クロランドは、後任の内務大臣には自分の夫のドルスタンが選ばれたと彼に告げ、復讐の勝利を味わう（第十二―十三章）。

立法院で、革命派が帝政を批判する演説を行い大混乱を引き起こした直後、無任所大臣に任命されたルーゴンが、巧みな論法を用いて帝政の新たな政治方針を擁護し賛美する熱弁をふるい、かつて彼から離れて行った仲間たちを含め、議会全体から熱狂的な支持を得る。帝政とカトリック教会との堅固な結びつきを強調した答弁では、議場をさらに大きな拍手喝采で包んだ。演説を聞いていたクロランドは、彼とは三年間言葉を交わしていなかったが、出口で待ち伏せて政界復帰を祝う言葉をかける（第十四章）。

執筆・出版と当時の受容

ゾラがいつからこの小説を書き始めたかは定かでないが、一八七五年八月二日、カルヴァドス地方のサン＝トーバン＝スュル＝メールでヴァカンスを始める前に原稿を終え、掲載予定であった『世紀（シエークル）』紙の編集長に送っている。掲載は約半年後の一八七六年一月二十五日から始まり、三月十一日まで続いた。脱稿から掲載まで多くの時間を費やしていることにゾラが業を煮やしていたことが彼の書簡から分かる。掲載の遅れは、当局による検閲や読者への刺激を新聞社が危惧したためと考えられ、ゾラは元の原稿の表現の変更や削除を余儀なくされた。この小説は、当時彼が定期的に寄稿していたロシアのサンクトペテルブルクの雑誌『ヨーロッパ通報』にも同時に掲載された（前作『ムーレ神父のあやまち』は、パリでの発表に先立ってこの雑誌に掲載されている）。単行本はシャルパンティエ社から一八七六年二月二十五日に発売された。

ゾラの期待に反し、この小説に対する反応は非常に少なかった。脱稿から発表まで時間がかかり、直後に新聞掲載が始まった『居酒屋』のスキャンダルにこの作品が飲み込まれてしまったことも大きな要因だと考えられる。文学仲間からもあまり評価されなかったが、ツルゲーネフとフロベールには好評で、マラルメが熱狂的な賛辞の手紙を送ったことは注目に値する。

解説

第二帝政の政治の世界を描く

新聞に掲載された際、「第二帝政下の政治生活風景」という副題が付けられていたことからも分かるように、この小説の最大のテーマは政治である。ナポレオン三世とウジェニー皇后をモデルとしていることが明白な、皇帝と皇后が何度も登場し、コンピエーニュ城での滞在の様子も描かれる。ゾラは、一八六八年から一八七〇年にかけて、『トリビューン』紙、『ラペル』紙、『クロッシュ』紙などにジャーナリストとして記事を書いており、第二帝政期末に起こった政争を間近に目撃していた。さらに、第三共和政になった一八七一年二月から一八七二年五月にかけて、彼は『クロッシュ』紙や『マルセイユの信号機』紙の議会担当記者を務め、下院の全ての会議を傍聴し、議論された内容や、政治的駆け引きや、大臣や議員の様子を読者に報告していた。ゾラはこの時すでに政治小説を構想しており、これらの経験が、第一章と最終章で議会を舞台とすることの小説を書くのに大いに役立ったと同時に必要不可欠であったことは言うまでもない。ゾラはこの小説を執筆していた一八七五年当時も『マルセイユの信号機』紙の通信員を務め、議会や政治の情勢について解説を行っていた。

ルーゴン家で最も社会的成功を収めた男ウジェーヌ

主人公のウジェーヌ・ルーゴンは、ピエール・ルーゴンとフェリシテの長男で、ルーゴン家の祖、アデライード・フークの孫にあたる。叢書の第一巻『ルーゴン家の繁栄』、第二巻『獲物の分け前』に登場し、第四巻『プラッサンの征服』でも彼のパリでの活躍が語られていたが、本作品で主役となり、これまで断片的にしか分からなかった彼の性格や人生が明らかにされる。

ゾラの草稿には、この小説の目的は「ある男の中の野望を研究すること。権力そのものと征服のための権力への愛」とある。ウジェーヌはルーゴン家の中でもっとも高い社会的地位を獲得した成功者であるが、権力への過剰な執着と陶酔から失墜する。最終章では無任所大臣に任命され、再び彼が勢力を取り戻すことが示唆されるが、『パスカル博士』では第二帝政の崩壊後、帝政を依然として支持する役職のない単なる議員となっていることが明かされる。

権力や成功を巡って渦巻く人々の欲望

この小説ではウジェーヌだけでなく、様々な人々の欲望が描かれる。ウジェーヌは権力を用いて人々を脅かす加害者であるだけでなく、彼の権力を自分たちの利益のために利用するだけ利用し、旗色が悪くなると彼への恩義を忘れ、彼のもとを素早く去る取り巻き達の、成功への欲望のいわば犠牲者でもあるのだ。

この小説はまた、ウジェーヌとクロランドの関係から、男女間の権力闘争の物語としても読むことが出来る。ウジェーヌと愛憎関係を繰り広げる謎めいたイタリア人女性クロランド・バルビは、複数存在するといわれるモデルの女性の中でも、とりわけ多くの面でカスティリオーネ伯爵夫人にその特徴を負っている。彼女はもとの名をヴィルジニア・オルドイーニといい、十七歳でカスティリオーネ伯爵と結婚した。サルデーニャ王国首相カヴールの従妹であった彼女は、フランスがイタリア統一を助けるようナポレオン三世に働きかけるため、彼によってパリに送り込まれたと言われる。彼女は小説においてと同じように、実際にナポレオン三世の愛人となり、その美しさと大胆奇抜な振舞いでヨーロッパ中の宮廷の注目を集めた。小説の中で、ウジェーヌとクロランドは強く惹かれ合いながらも、お互いに自分が優位にあることを決して譲らず、ナポレオン三世からの寵愛と社会的成功を巡って、ルーゴンは政治的手腕、クロランドは肉体的美貌を武器に争い続けるのである。

（髙井奈緒）

『居酒屋』（一八七七）

あらすじ

ジェルヴェーズ・マッカールは、朝になるまで帰ってこない連れ合いのオーギュスト・ランティエを待っている。プラッサンの町から、クロードとエチエンヌの子供ふたりを連れて四人でパリに来たのだった。ランティエの放蕩のために二ヶ月で蓄えが底をつき、パリの北にあるポワソニエール市門に近いラ・シャペル大通りのボン・クール館で生活をしていたが、ランティエはアデルという女と一緒になって三人を捨ててしまう。近所の洗濯場でそのことを知ったジェルヴェーズは、アデルの姉のヴィルジニーを相手に派手な喧嘩をする。生活のために洗濯女としてジェルヴェーズは雇われるが、働き者の彼女を隣人でトタン工のクーポーが見初める。二十六歳になるが酒を飲まないクーポーは、ジェルヴェーズを近所のコロンブ親爺の居酒屋に誘うものの、やはり酒に親しみのないジェルヴェーズは梅酒の梅をつつくばかりで、クーポーの求愛にも応じない。しかし、六月の終わりの夜にジェルヴェーズは結婚に応じ、接吻を受ける。クーポーは結婚の証人を頼むためにグート・ドール通りに住む姉とその夫のロリユ夫妻のもとにジェルヴェーズを連れていく。結婚式は七月二十九日に行われ、市役所で正式に夫婦となった二人は教会でつつましい式を挙げる。参列者一同は午後を田舎で過ごす予定にしていたが、雨のためにルーヴル美術館を見物したり、ヴァンドーム広場の記念柱のてっぺんにのぼったりして時を過ごす。グート・ドール界隈に戻った一行は、にぎやかな晩餐をとる。しかし支払でもめて険悪な雰囲気の中、晩餐は終わる。ボン・クール館に戻ったジェルヴェーズとクーポーの前に、突然一人の酔いどれが現れる。死体運搬人のバズージュ親爺で、怯えるジェルヴェーズに「あんたもいつかはたぶんそうなることを喜ぶだろうさ」と言い放つのだった（第一―三章）。

アンドレ・ジル「ジェルヴェーズ」
（『居酒屋』挿絵版より、1880 年）

四年の月日がたったが、働き者の二人は金をためて新グート・ドール通りに引っ越す。クロードはその絵の才能を認められてプラッサンで老紳士に面倒をみてもらっていたので、エチエンヌと三人暮らしだったが、女の子が生まれて家族は大きくなる。赤ん坊はアンナの愛称でナナと呼ばれるようになる。隣人にも恵まれ、とりわけグージェ夫人とその善良な息子と仲良くなる。

幸せな日を過ごすジェルヴェーズだったが、クーポーが屋根から転落して瀕死の重傷を負う。ジェルヴェーズは自分の店をもとうと貯めていた貯蓄を切り崩して自宅で献身的に看護するが、クーポーには怠け癖と飲酒癖がつく。一方で、グージェは自分の結婚資金をジェルヴェーズの店のために提供し、ジェルヴェーズは洗濯屋を開いてその店を切り盛りするようになる。店は繁盛し、彼女は周りからも一目おかれる存在となる。グージェはエチエンヌの面倒をみるようになり、ジェルヴェーズに愛情を示す。さらに四年の月日が過ぎていたが、かつて大喧嘩をした相手のヴィルジニーと仲直りをしてランティエの近況を知らされる。クーポーは強い酒を飲むようになり、ジェルヴェーズはいつか幸せになれるという希望を失うのだった（第四―六章）。

ジェルヴェーズはさらに借金を重ねて盛大な晩餐会を開く。食後に歌を歌う一同の前にランティエが現れるが、クーポーがランティエを隣に座らせて丸く収まる。それからランティエは頻繁に店に現れるようになり、しまいには家に住みつくようになる。アパートにランティエの部屋があつらえられて、エチエンヌはリールに機械工見習いに出される。ランティエがジェルヴェーズとよりを戻すのではないかと町ではうわさになる。グージェはそんなジェルヴェーズを気にかけてベルギーに駆け落ちしようと申し出るが、ジェルヴェーズは断り、またランティエには屈しないことを誓う。しかし、ある夜、クーポーが泥酔して帰宅し、嫌気がさしたジェルヴェーズはランティエに身を任せてしまう。そのことは界隈に知れ渡り、ジェルヴェーズは顧客を失って困窮していく。借金まみれのジェルヴェーズは希望も気力も失って身なりをかまわなくなり、薄汚く肥えていく。ランティエは愛想をつかしてヴィルジニーに鞍替えし、ジェルヴェーズの店を引き取るようにそそのかすが、ジェルヴェーズは抗して店を手放そうとしない。そのうちクーポーの母親が死ぬ。葬儀の後で会ったグージェから、二人の仲は終わったのだと告げられる。絶望のうちにジェルヴェーズは店を手放すことに同意する（第七―九章）。

クーポーとジェルヴェーズはナナを連れてみすぼらしいアパートに引っ越す。クーポーはエタンプに出稼ぎに出て酒を断ったことで健康を取り戻し、稼いだ金で借金の一部を返す。ジェルヴェーズは洗濯屋に雇われて仕事に勤しむ。小さな幸せが戻りつつあった。ナナが聖体拝領を受け、造花づくりの女工になる。だが次の冬から一家は貧窮の生活に逆戻りし、クーポーは酒浸りになる。ある日肺炎がもとで病院に運ばれるが、神経に異常をきたしていて精神病院に転送される。いったんよくなり退院するが、またコロンブ親爺の居酒屋に通うようになる。ジェルヴェーズも強い酒を飲むようになる。ナナは娘盛りになり、男に囲われて家を飛び出す。さらに酒に溺れるようになったジェルヴェーズは仕事を失い、一文無しとなる。ある日空腹に耐えかねて男の袖を引くが、それはグージェだった。食べ物を恵んでもらってアパートに戻ったジェルヴェーズは死体運搬人のバズージュ親爺に連れていってほしいと懇願するが相手にされない。そのうちクーポーは発狂して錯乱のうちに死ぬ。その様子を見ていたジェルヴェーズも様子がおかしくなり、アパートを追い出されて階段下の一角に追いやられる。ジェルヴェーズが死んでいるのに周囲が気付いたのは廊下にいやなにおいがし始めて、数日姿を見ていないことに思いがいたったからだった。バズージュ親爺は彼女を棺桶に入れて言った。「まったくおまえさんはしあわせだ」（第十―十三章）。

解説

『居酒屋』は『ルーゴン＝マッカール叢書』第七巻目の長編作品で、一三章で構成されている。第一章から第六章までは一八七六年四月から六月まで『ビヤン・ピュブリック』紙に、第七章から第十三章までは『レピュブリック・デ・レットル』紙に連載され、一八七七年にシャルパンティエ社から単行本として出版された。連載時から公序良俗に反すること、下卑た表現が多いことを主な理由に、非難ごうごうのスキャンダルとなり、当時の書籍の主要な販売の場であった駅の書店で取り扱いを禁じられるが、一八七七年だけでも三八回版を重ねて商業的にも文学的にも大きな成功を収める。また、自然主義という名のもとに文学の新しい潮流の代表作と見なされるようになった。象徴派の詩人として知られるステファヌ・マラルメがゾラ宛ての一八七七年二月三日付の手紙で「生涯の日々のように展開するこの穏やかなページは、あなたが文学にもたらしたまったく新しい要素です」と述べたことは、その好例である。

一三章ある小説の構造は意図的で、第一の詳細なプランでは二一章あったこの小説をゾラは不幸を象徴するこの数字に章の数を合わせたのである。また前半六章ではジェルヴェーズのささやかな幸せへの道のりが描かれ、中心にあたる第七章の晩餐会でその幸せの頂点が賑やかに彩られるとともにランティエが再び登場して不幸への緩やかな転落が始まる。後半六章は束の間の平穏な日々をはさみつつ加速する失墜のドラマである。『ルーゴン゠マッカール叢書』の副題である「第二帝政下における一家族の自然的・社会的歴史」にふさわしく、一八五〇年から六九年ごろまでを小説の時代背景として、パリの民衆をその主要テーマとして描いたのである。

実際、この民衆を民衆の言葉で描いた点で、『居酒屋』はゾラの作品の中で傑出している。俗語や卑語については、ゾラは執筆準備のために当時の俗語辞書（Alfred Delvau, *Dictionnaire de la langue verte: argots parisiens comparés*, E. Dentu, 1866 など）から膨大なメモをとっている。やはり民衆を描いたことで知られる『ジェルミナール』（一八八五）もゾラの代表作の一つだが、労働者階級を民衆の言葉で描く鮮やかな描写は衝撃的なものだった。その人気は、『居酒屋』が当時から挿絵入り版となったり（一八七八）、演劇化されたりして（一八七九）、さまざまなスタイルで広範な読者層に読まれ、かつ楽しまれたことからも理解される。挿絵入り版の準備や戯曲化にはゾラも深く関わっていて、アンビギュ座での公演は一年で二五四回を数えており、出版から数年たってもなお『居酒屋』の人気が衰えていなかったことを示している。

だが、民衆という一言では片づけられないいくつものテーマが『居酒屋』には隠れている。一つは病の表象である。労働者階級におけるアルコール依存症は社会的な問題であるが、ゾラはその病の描写を当時最新の医学書の一つからメモをとり（Valentin Magnan, *De l'Alcoolisme, des diverses formes du délire alcoolique et de leur traitement*, A. Delahaye, 1874）描写に生かした。臨床的な見地からアルコール中毒がどのように理解されていたかが、そのまま小説に反映されていたことになる。

一方で身体表象の点からは働く女たちがその身体の観点から興味深い描写をされている。公共の洗い場であるいは店で働く洗濯女たちの描写は、出版当時から注目を集めており、とりわけジェルヴェーズとヴィルジニーが大喧嘩でみせた尻をたたく場面は、挿絵でも舞台でも人気の場面の一つだった。

最後に現代社会にも通じる家庭内暴力の問題が、『居酒屋』では余すところなく描かれていることも指摘しておこう。あらすじでは取り上げなかったが、ジェルヴェーズの隣人ビジャールが妻子にふるう暴行は、古くて新しい問題として今なお現代社会に訴えかけてくるものがある。

十九世紀自然主義文学を代表するだけではなく、現代社会に今もなお問いかける力をもつ小説として、『居酒屋』はこれからも読まれ続けられるべき作品なのである。

（寺田寅彦）

『愛の一ページ』（一八七八）

あらすじ

第一部

未亡人のエレーヌ・グランジャンは、病弱な十一歳の娘ジャンヌとパリの町を一望するパッシーのアパルトマンでひっそりと暮らしている。ある冬の晩、ジャンヌの容態が急変し、エレーヌは隣人の医師アンリ・ドゥベルルに助けを求める。アンリの適切な処置でジャンヌの発作は治まる。エレーヌとアンリの間には、互いへの感情が静かに芽生える（第一章）。

後日、エレーヌとジャンヌは礼を述べようとドゥベルル宅を訪れる。自邸に次々と客を迎え、芝居や展覧会、知人の噂話に花を咲かせるジュリエット夫人と知り合い、打ち解ける（第二章）。

エレーヌの穏やかな日常が続く。ランボーとジューヴ神父を夕食に招き、フェチュ婆さんを慈善訪問する。オー小路を下った先にある家の屋根裏部屋で、フェチュ婆さんを往診中のアンリと交流を深める（第三章）。

二月の晴天の日、ドゥベルル家で過ごすエレーヌは、ブランコ遊びに夢中になる。降りる時にバランスを崩し、足を挫いてしまう（第四章）。

膝に包帯を巻き、自宅で過ごすエレーヌは、窓からパリを眺め、死別した夫や愛に思いをめぐらせる。町は春の朝の光で静かに色づく（第五章）。

第二部

女中ロザリーの恋人で兵役中のゼフィランがグランジャン家を訪れる。ジューヴ神父は、エレーヌにランボーとの再婚を勧め、エレーヌは答えを引きのばす。事情を察したジャンヌが激しく抵抗する（第一―二章）。

ドゥベルル家で子供たちの仮装舞踏会が開かれ、

ジャンヌは長いかんざしを髷に刺し、赤い胴着を身につけた日本娘の装いで参加する。舞踏会の最中、アンリから思いを告げられたエレーヌは、それを拒絶し、ドゥベルル家から急いで立ち去る。自宅の寝室へ戻ったエレーヌは、窓辺に立ち、陽光で明るく輝き、赤々と燃えるパリを見る（第三―五章）。

第三部

エレーヌとジャンヌは、ジューヴ神父が執り行う聖母月の祭礼に出席する。エレーヌは、心の葛藤に苦しんでいた。夜の祭礼が身体の負担となったジャンヌは、再び発作を起こす。必死の介抱をするエレーヌとアンリの間には強い絆が生まれるが、危機を脱したジャンヌはふたりの関係に気がつき、嫉妬を露わにする（第一―三章）。

回復したジャンヌは、再びエレーヌとドゥベルル家の庭を訪れるようになる。そこで繰り広げられる大人たちの関係と母の苦しみを読み取り、煩悶する（第四章）。

エレーヌは虚脱感や絶望に苛まれ、ジューヴ神父の前で涙を流す。彼女の恋心を見抜いた神父は、あらためてランボーとの再婚の意味を説く。九月の暑さに耐えられず、自宅の窓を開けたエレーヌの眼前には、明かりの灯った夜のパリが広がっている（第五章）。

第四部

ドゥベルル家で夜会が催され、パッシー界隈の上層ブルジョワが一堂に会する。その場で、エレーヌはジュリエットとマリニョンの情事を知り、動揺する。心の赴くまま、アンリに宛てた匿名の密告状を書き、愛人たちが取り決めた逢引きを知らせる（第一―三章）。

手紙の投函後、後悔の念に駆られたエレーヌは、ジュリエットとマリニョンが逢引きする現場へ向かい、彼らにその場を去るように言う。彼らは狼狽して逃げ去る。その後、密告状を目にしたアンリが同じ部屋に現れ、エレーヌの姿を見て驚く。エレーヌはアンリと結ばれる（第四章）。

　家に残されたジャンヌは、エレーヌに見捨てられたと信じて絶望する。外では轟々たる雨が降り、窓を開けて外気に触れたジャンヌは、水浸しのパリに衝撃を受け、そのまま崩れ落ちる（第五章）。

第五部
　夢見心地のエレーヌであったが、雨に打たれて母親の帰宅を待ったジャンヌは、急性肺結核に冒されていた。刻一刻と少女の病状は悪化する。横たわる娘の瞳に映るのはもはや傍らに寄り添う母親ではなく、窓外の景色であり、その目も徐々に光を失っていく。ジャンヌは短い命を閉じ、葬儀を終えたエレーヌは、自分の人生の一ページが引きちぎられたと感じる（第一—四章）。
　二年後の十二月、パッシーの墓地。ジャンヌの墓前に跪くエレーヌを再婚相手のランボーが見守っている。墓地で遭遇したフェチュ婆さんは「ドゥベルル夫妻に第二子が誕生した」と告げる。エレーヌは、眼前の雪景色を見渡しながら、三年近くを過ごしたヴィヌーズ通りでの日々、アンリとの関係を静かに想う。ランボー夫妻は、現在暮らすマルセイユへ戻るために墓地を去る。幼い死者ジャンヌだけが、永遠にパリの町を見据えていた（第五章）。

解説

『愛の一ページ』は、一八七七年十二月十一日から一八七八年四月四日まで『ビヤン・ピュブリック』紙に連載され、一八七八年四月二十日にシャルパンティエ社から単行本として出版された。

　一八七七年九月二日付のレオン・エニック宛の手紙で「まったく新しいものになる」と述べたとおり、ゾラはこの作品で『居酒屋』とは対照的な世界を創造している。一八五三年から五四年のパッシーで展開する物語において、未亡人のエレーヌ・グランジャン（ユルシュール・マッカールと帽子職人ムーレの娘）と娘ジャンヌ（二世代を超えた隔世遺伝でアデライード・フークに似る）は、首都の喧騒とは無縁の界隈でひっそりと暮らし、静謐な世界を織り成す。ブルジョワ階級の住まう閑静なパッシーは、当時パリ市外のコミューンであった。主人公は、その西の高台から、オスマンが大改造に着手した首都の東側の町並みを眼下に望む。『居酒屋』で大反響を巻き起こし、次作の『ナナ』で再び物議を醸すことを予想したゾラは、叢書にあらゆる色調を持たせようと、この異色な作風の物語を二作品の間に位置づけたのである。

実際、ゾラは一八九二年六月八日付のジャック・ヴァン・サンテン・コルフ宛の書簡で、『居酒屋』や『ナナ』とは鮮やかなコントラストをなすこの作品を「優しく穏やかな休息」と形容し、「貞淑な女性を突如として襲う恋の情熱、思いがけず生まれ、痕跡も残さずに去っていく恋愛」に真正面から取り組んだことを明かしている。五部から成る物語は、エレーヌと隣人の医師アンリ・ドゥベルルとの恋愛を通して進行する。そして、各部の第五章では、主人公が自宅の窓から眺めるパリが描かれ、パノラマは季節や時刻、天候の変化に合わせて、彼女の心情を謳いあげる。春の朝の光で静かに色づくパリは、やがて赤々と燃え、時には夜の闇に沈んで人工的な光を放つ。これらの風景を見るエレーヌの行為は、当時のブルジョワ女性が室内に留まり、プライヴァシーのなかで生きた存在であったことを示すが、第四部ではそれがジャンヌに入れ替わる。ジャンヌの小さな眼が絶望的に荒れ狂うパリを見るとき、アパルトマンを出て、高みから下りたエレーヌは、オー小路の果てでアンリに身を任せている。この「あやまち」によって、母親は永遠に娘を失う。第五部においては、ランボーと理性的な再婚をし、「生」を失ったエレーヌが墓地から雪景色のパリを見下ろしている。「欲望も好奇心も抱くことなく、目の前に続くまっすぐな道をゆっくりと歩み続ける」ことを誓う彼女の諦観をともなった沈静は、雪の冷冽そのものである。やがて消える雪を踏みしめたエレーヌの最後の足跡を描

E・エルシェ《オー小路》1905年

いて、「痕跡も残さずに去っていく恋愛」の物語は完結する。マラルメは、一八七八年四月二十六日付のゾラ宛の手紙で、反復されるパリの描写を絶賛した。

　このように、ゾラが展開する広大なパノラマには、ひとりの女性の感情が豊かに盛り込まれている。一八八四年、この作品が「現代芸術文庫」の一冊となった際の序文によれば、同じ位置から見るパリを連続して描く方法は、作家自身の体験から生み出されたものであった。貧しい青春時代に、ゾラはパリを一望する場末の屋根裏部屋に住み、その窓枠に収まる町を聞き役として、日々の喜びや悲しみを語った。パリを前に涙を流し、恋をし、幸福に酔いしれた年月を経て、「大海原のように屋根が次々と連なるパリが作中人物となる小説」を書く意思が生まれたのである。

　パリの描写とゾラの個人的体験との関係が明かされる一方で、同じモチーフを異なる季節や天候、時間において描写する手法は、《サン＝ラザール駅》や《ルーアン大聖堂》に代表されるモネの連作も想起させ、小説家が印象派の画家たちと現代的な感性を共有したこともあらわしている。ゾラが描く庭の女性たち、ブランコ遊び、窓から見下ろす都市は、モネやルノワール、カイユボット、ピサロなどが取り組んだモチーフでもあった。

　そして、叢書の一作品である以上、物語は単なる「貞淑な女性の恋」にとどまらない。ブルジョワの世界を風刺するゾラは、ジュリエットとマリニョンの不倫、女性と教会の関係、大人たちの冗長に流れる空虚な会話、それを真似するジャンヌの遊びなども冷徹に表現している。

読後感として、この作品の「ヒロインにとてつもない魅力を感じた」と告白したフロベールは、病弱で、感覚が鋭く、母親の愛を独占しようとする複雑な性格のジャンヌにも注目し、一八七八年四月に認めたゾラ宛の手紙のなかで「非常に現実的で新しい」と評している。マラルメとは異なり、フロベールは各部の第五章で繰り返されるパリの描写に対して「多すぎる」と批判的であった。しかし、作品自体には好意的な反応を示し、ゾラに「惹きつけられ、一気に読み切った」と書き送っている。

（高橋愛）

P-A・ルノワール《ぶらんこ》
1876年

『ナナ』（一八八〇）

あらすじ

万博開催前夜のパリ、ヴァリエテ座でオペラ・ブッファ『金髪のヴィーナス』が初演を迎える。主演のナナを一目見ようと押しかけた観客たちで、劇場は開演前から異様な興奮に包まれていた。ナナは歌が下手だったが、豊満な肉体美と愛嬌でたちどころに観客を魅了する。第三幕では薄絹をまとっただけの裸同然の姿で登場し、客席には戦慄が走った。舞台は大成功を

E・マネ《ナナ》1877年

収める（第一章）。

翌朝から多くの男性がオスマン大通りにあるナナの邸宅を訪れ、女優を自分のものにしようとする。ナポレオン三世の侍従を務めるミュファ伯爵夫妻の晩餐会では、男性たちは秘密裏に翌日のナナの晩餐会のことをささやきあう。最初にナナを愛人にしたのは銀行家のシュタイネルであった。『金髪のヴィーナス』の三十四回目の上演日、ド・シュアール公爵と英国皇太子と共にナナの楽屋を訪れたミュファ伯爵は、半裸で化粧をする姿を間近で見て完全にナナへの欲情に取りつかれる（第二―五章）。

公証人の未亡人であるユゴン夫人のパリ郊外の別荘に客が大挙してやってくるが、それはナナがシュタイネルに買わせた近くの別荘に来ることを知っていたからであった。ユゴン夫人の息子ジョルジュは別荘を抜け出してナナと結ばれ、そしてついにミュファ伯爵とナナも結ばれる。三ヶ月後、ミュファ伯爵はナナにもはや愛されていないと不安を感じつつもしつこく付きまとう。ナナは、ミュファ伯爵夫人はフォシュリーと浮気しているのだと彼に告げて大きなショックを与える。ミュファ伯爵とシュタイネルが自宅で鉢合わせ、二人に愛想を尽かしていたナナは、役者仲間のフォンタンと懇意になっていることを示す（第六―七章）。

ナナはフォンタンとモンマルトルの小さな住居で同棲を始め、劇場からも姿をくらませて引きこもる。三週間の甘い生活の後、フォンタンは頻繁に激しい暴力を振るうようになるが、彼を愛するナナはそれを受け入れていた。ある日買い物に出かけて女友達のサタンに再会すると、生活費を工面するために二人で街をうろつき売春を始める。サタンは娼婦の取り締まりをする警察に捕まるが、ナナはすんでのところで逃げ出す。フォンタンと別れたナナは、彼女のことを忘れられずにいたミュファ伯爵の金の力を借りて、フォシュリーが脚本を書いた芝居の主役の公爵夫人の役を得るが、芝居は失敗に終わる（第八―九章）。

パリのモンソー公園のそばに豪勢な屋敷をミュファ伯爵に買わせたナナは、パリ中に名の知られた高級娼婦の女王として君臨するようになった。ミュファに囲われながらもヴァンドゥーヴル伯爵の財産を食いつくし、サタンと再会して肉体関係に溺れる。競馬のパリ大賞では、ナナという名前のヴァンドゥーヴルの馬が皆の予想に反して優勝し、ナナを含めパリ中が歓喜に沸く。ナナを裏切って他の馬に大金をかけていたヴァンドゥーヴルは破産し、自殺する（第十―十一章）。

ナナは流産し、死や神を恐れる。一方ミュファ伯爵は、妻とフォシュリーの浮気を密告によって知り、衝撃を受ける。ミュファ伯爵夫人は、改装した邸宅の夜会を開く。それは、娘のエステルと、ナナの元恋人で、ナナが婿にとミュファ伯爵に推薦したダグネとの結婚発表の場でもあった。かつて質素な上品さを誇ったミュファ邸は逸楽的で派手な装飾に覆われ、夜会では「金髪のヴィーナス」のワルツが流れる。ナナはますます多くの男性の財産を蕩尽するが、常に金に困っていた。ユゴン夫人の息子であるフィリップ大尉は公金を流用してナナに貢ぎ、投獄される。弟のジョルジュはナナに結婚を断わられ自殺する。ミュファ伯爵は、ド・シュアール公爵がナナのベッドに横たわっているところを発見し、ヴノー神父に救いを求め、ナナと別れて悔い改める（第十二―十三章）。

突然姿を消したナナがパリに戻ってきたが、天然痘で息を引き取る。ナナの知り合いたちは一堂に会し、死を悲しむ。天然痘の膿疱で醜く変形した顔のナナが横たわるホテルの下ではプロシアへの宣戦布告を知った民衆が「ベルリンへ！　ベルリンへ！」と叫び声をあげていた（第十四章）。

執筆・出版と当時の受容

ゾラは娼婦や女優兼高級娼婦に関する調査を一八七八年初頭から始めた。フロベールやモーパッサンの旧友のエドモン・ラポルトから娼婦に関する話を聞いたり、友人のルドヴィック・アレヴィにヴァリエテ座の楽屋に案内を頼むなどして、熱心にノートをとった。十九世紀後半のパリは高級娼婦たちがもてはやされた時代であり、ヴァルテス・ドゥ・ラ・ビーニュ、アンナ・デリオン、リュシー・レヴィなどがナナのモデルだと考えられる。

執筆は同年九月から冬まで続けられたが、翌年一月からの『居酒屋』の戯曲の上演によって中断する。一八八〇年一月に脱稿するが、その数ヶ月前の一八七九年十月十六日から『ヴォルテール』紙で連載が始まり、一八八〇年二月五日まで続いた。

連載前、『ヴォルテール』紙はパリ中の壁を「ナナ」と書いた大判ポスターで覆い、大通りでサンドイッチマンにタイトルを連呼させるというこれまでにない大がかりな宣伝活動を行った。さらに、『ナナ』の発表前から同じ『ヴォルテール』紙に、のちに『実験小説論』にまとめる文学論をゾラが次々と発表し、大きな議論を呼んでいたことも手伝って、『ナナ』は連載が始まるや否や激しい非難の対象となる。その内容のほとんどは、娼婦について何も知らないゾラが偽りの作品を書いているというものであった。ゾラはそれらの批判に対し、十月二十八日に『ヴォルテール』紙上で反駁し、作品の意図は「マリオン・ドロルム」や「椿姫」などの感傷的で美化された娼婦像に異を唱えることであり、すべて自分が実際に見聞きしたものに基づいて書いていると主張した。

こういった論戦も助けとなり、一八八〇年二月十五日から出版された単行本の売上げは大成功を収めた。

その年だけでも八万部以上の売上げがあり、『居酒屋』をしのぐ人気となった。

　批評家からは内容の猥雑さの指摘が多く、理解を得られなかったが、ユイスマンスとフロベールは出版当日に『ナナ』を絶賛する手紙をゾラに送っている。フロベールは「登場人物には驚異的な真実があります。自然という単語があふれています。最後の、ナナの死はミケランジェロ的です！　とてつもない本を書きましたね！」と激賞し、同日単行本を出版したシャルパンティエ宛てにも「ゾラは天才だ」と熱烈な賛辞の手紙を送った。

解説

腐敗した社会の強烈な風刺

ナナの「下書き」には、この小説の主題がはっきりと示されている。「社会全体が尻に殺到する。発情していない、後をついてくる雄犬たちを馬鹿にしている雌犬の後ろを追いかける連中。雄の欲望の詩、世界を動かす大きな梃子。あるのは尻と宗教だけ」。

　オッフェンバックのオペラ・ブッファを嫌い、かつて新聞記事で厳しく批判したこともあったゾラは、オッフェンバックとこの作曲家の音楽に酔う第二帝政の上流社会の人々を揶揄するために、『美しきエレーヌ』のパロディとして『金髪のヴィーナス』というこの小説のライトモチーフを設定した。『美しきエレーヌ』は『金髪のヴィーナス』と同じくヴァリエテ座で初演を迎えている（一八六四年）。この原作自体、ギリシア神話のパリスの審判の物語をなぞりながら、第二帝政期の社会における道徳観念の低下を揶揄した作品であったため、『金髪のヴィーナス』はパロディのパロディというわけであるが、ゾラにとってオッフェンバックの作品は、社会風刺というよりも、不倫問題などを面白おかしく描写して世間を笑わせているだけであった。

　彼は、ナナとの接触による由緒正しい上流階級の家庭崩壊を、ミュファ家とユゴン家を中心に生々しく描き出している。ミュファ家は伯爵がナナに入れあげるだけでなく、妻のサビーヌも彼女の影響を徐々に受けて愛人を次々とつくり、放蕩ぶりは改装した家の趣味の悪さに象徴的に表され、その披露パーティでは「金色のヴィーナス」が勝利の響きを奏でる。ユゴン家では、フィリップとジョルジュの兄弟二人ともがナナの愛人となったために人生を棒に振る。ミュファ伯爵もフィリップ大尉も公職に就いている人物であり、ゾラの風刺の矛先は政府へと向けられていることが明らかである。またナポレオン三世がクーデタを起こした一八五一年に生まれ、一八七〇年の普仏戦争開戦と共に死ぬナナは、第二帝政そのものの寓意であるという解釈も可能だ。

「金髪のヴィーナス」から「野獣」へ

ゾラは理想化されたものではなく、真実の娼婦の姿を描くことをこの小説の目的としていたが、ゾラによるナナの描写は、時に写実の枠組みを超え、象徴的なイメージが豊かに用いられる。小説冒頭の『金髪のヴィーナス』の初演の際には、「円みのある肩、槍のように固くぴんととがったバラ色の隆起のある豊かな乳房、肉感的に揺れ動く大きな腰、脂ののったブロンドの太腿」が描かれるが、ナナが鏡に自分の裸体を映して一人愛撫にふける様子を、フォシュリーがナナについて書いた「金蠅」と題された記事を読んだミュファが眺める場面では、「野獣の臭いのする、聖書の怪物」「自然の力そのもののように無意識で、その匂いだけで世界を毒する、黄金色の獣」が喚起されるのだ。アメリカの批評家ピーター・ブルックスは、「ナナは最後まで脱いだのか」という論考で、女性の性（器）が秘められた語りの原動力たりうることを『ナナ』が見事なまでに例証しており、裸体が性器まで完全に写実的に描かれないのはまさにそのためである、と物語論的観点から述べている。

描き継がれ、語り継がれるナナ

『ナナ』の発表が世間に巻き起こしたスキャンダルの大きさを反映するように、当時多くのナナのカリカチュアが描かれた。ナナはセザンヌの《永遠の女性》(一八七七年頃)、マネの《ナナ》(一八七七年)のモデルであるとも言われているが、制作時期から『居酒屋』に登場したナナに画家たちがインスピレーションを受けたものだと考えられる。

『ナナ』はゾラとビュスナックによって一八八一年に舞台化されているが、その後もフランスにとどまらず世界各国で映画化やテレビドラマ化されている。

さらに、現代のフランス語で「ナナ」というと「少女」や「若い女性」を指すが、この単語の起源の一つとしてゾラの小説のヒロインを挙げている仏語辞典もある。真偽のほどはともかく、ゾラがこの作品によってその後も永遠に描かれ続け、語り継がれる一人の女性のタイプを作り上げたことは間違いない。(髙井奈緒)

『ごった煮』(一八八二)

あらすじ

『ごった煮』と、続く『ボヌール・デ・ダム百貨店』の両作品には、オクターヴ・ムーレが主要人物として登場し、叢書には珍しい連作形式をとる。デパート経営者としてムーレが華麗な成功を収める『ボヌール・デ・ダム百貨店』ほどの知名度はない『ごった煮』だが、単なる『ボヌール・デ・ダム』の前日譚ではない。パリのアパルトマンに住む家族たちのドラマを通して、ゾラがブルジョワに向けた苛烈な批判が展開される、挑戦的な群像劇なのである。

日本の読者にはイメージしづらい「ブルジョワ」とは、革命後の産業化社会を支え、盤石にした階級である。貴族を羨望し、労働者を支配し、第二帝政が築いた秩序の安寧を最も望んだ人々でもある。ゾラにとってブルジョワを風刺することは、フランス社会を形成する諸々の価値観の問い直しを意味した。雑誌記事「文学におけるモラル」（一八八〇）では、「偽りの美徳と羞恥心」が人々を破滅させると主張している。ブルジョワの不道徳を問題にした小説は、フロベールの『ボヴァリー夫人』（一八五七）が先駆けで、ゾラ自身の作品には『獲物の分け前』がある。しかし『ごった煮』では趣向を変え、四〇人を超える人物を創造し、複数の家族のエピソードを交錯させることで、「まっとうさ」を標榜するブルジョワの実態を多角的に描いている。

アパルトマンという社会の縮図（第一―五章）

南仏から上京した野心家の青年オクターヴは、エドゥアン夫妻の経営する流行品店「ボヌール・デ・ダム」に就職する。彼が入居したのは、ショワズル通りにある新築のアパルトマンだ。外観は冷たい石造りの建物だが、一歩玄関に足を踏み入れると、マホガニーの扉、模造大理石、赤い絨毯、ガス灯、暖房装置が配され、私生活の「贅沢さ」と「快適さ」が最大限に演出されている。これは、第二帝政期のパリに続々と創られた典型的な私的住居であり、住環境の充実への関心が高まったブルジョワ社会の産物なのだ。

フランスのアパルトマンは、階ごとに部屋の価値が異なる。一般的に、地上階は管理人部屋で、一階（日本でいう二階）から上が借家人の居住空間である。部屋数は上に行くほど増え、従って家賃も安くなるし、表通り側か中庭側かで部屋の格付けも変わる。『ごった煮』で地上階に住む管理人のグール氏は、かつて公爵の従者を務め、年金のおかげでブルジョワ然と暮らしている。一階にはヴァブル氏が絹織物店を構え、二階には家主のヴァブル家と娘婿のデュヴェイリエ家、三階には「謎めいた物書きの一家」が住んでいる。信心深いジュズール夫人が暮らす四階からは内装が質素になり、五階には会計係のジョスラン一家、建築家のカンパルドン一家、公務員のピション一家、そしてムーレの部屋があり、さらに最上階の召使部屋に通ずる裏階段もある。このアパルトマンを縦半分に割れば、アリの巣穴のように当時の社会構造を表す断面図となるのだ。

借家人たちが「まじめで品位ある」と自称するアパルトマンの暮らしは、一見安泰そのものだ。しばしば夜会が開かれ、男たちは客間で談笑し、女たちはピアノをたしなむ。しかし裏では互いの社会的地位に対する競争意識が働いている。客人は、室内装飾や料理の質で、その家の懐事情を素早く推し量る。住人の年収や相続財産、持参金の額などはひそやかな噂となって建物中に筒抜けだ。そして各家庭が、他人には秘密の悩みの種を抱えている。五階のジョスラン家の娘二人は、母親の強烈な上昇志向のために、夜会を渡り歩き、結婚相手を物色させられる。四階のカンパルドン家は、夫人の望みで同居を始めた従姉ガスパリーヌに、家政を乗っ取られてしまう。二階のジュヴェイリエ夫婦の仲は冷え切っており、判事の夫は外に愛人たちを囲っている。同じく二階のヴァブル家の嫁ヴァレリーは、神経質で潔癖に見えるが、陰で夫のテオフィルを裏切っていた。

不倫の恋の駆け引き（第六―一四章）

それぞれの家に招かれるたびに、ムーレは各家庭の内情に通じてゆき、上品めかした隣人たちの裏の顔に興味をそそられる。美男で女好きのムーレは、手始めにヴァレリー・ヴァブルに言い寄るが、はぐらかされる。次に五階の公務員ピションの妻マリーを誘惑するが、彼女の妊娠を口実に、体よく関係を断ってしまう。さらに雇い主のエドゥアン夫人を征服しようとしたところ、失敗して解雇され、アパルトマン一階のオーギュスト・ヴァブルの絹織物店に誘われる。この転職を機にムーレは、五階のジョスラン家の次女で、オーギュストに嫁いだベルトに接近する。母に似て虚栄心の強いベルトは、その浪費癖で夫を煩わせていた。

ムーレとベルトの不倫の恋は、物語の後半の主軸であると同時に、『ボヌール・デ・ダム百貨店』の布石となる。ベルトの魅力はパリジェンヌらしい洗練された物腰だが、同時に飽くなき物欲の持ち主でもある。はじめ彼女は、ねだればレースや宝石などの高級品を贈ってくれる青年に夢中になる。ムーレもまた、官能的な恋人を流行の品々で美しく飾ることに情熱を燃やす。しかし、ベルトは次第に装飾品と引き換えでなければ彼に愛のしるしを見せなくなる。一方、どんな贅沢にも飽き足らないベルトの消費欲が、節約家のムーレを現実に引き戻す。同じ建物で密会を重ねる二人の振る舞いに疑念を抱いたオーギュストは、ある夜ついに浮気の現場に踏み込んでくる。ベルトは下着姿で隣人に匿ってもらう羽目になり、男二人はあわや決闘という騒ぎになる。五階のジョスラン家も動揺するが、ベルトは愛情のない欲得ずくの結婚を強いた両親をなじる。善良なジョスラン氏は心痛のあまり発作を起こし、やがて亡くなる。

要するに、不倫自体はブルジョワにあって珍しい醜聞ではなく、誰もベルトの不道徳を責められない。しかしそれを人々に知られるという不始末は、大きな失態なのである。危険な火遊びに懲りたムーレは、アパルトマンを退去して「ボヌール・デ・ダム」に戻る。女性の際限ない物欲を学んだ青年は、将来展開すべき事業を着想し、自立した経営者であるエドゥアン未亡人と結婚する。有能な夫妻のその後は、続巻『ボヌール・デ・ダム百貨店』において明らかになる。

このようにまとめると、『ごった煮』の本筋は格別に劇的なわけではなく、夜会、結婚式、葬式、子供の誕生というアクセントをつけながら、現代にも通じる日常の営みを中心に展開する。ことあるごとに人々は噂話に興じ、いさかい、人の懐具合を窺い、不倫の恋に踏み迷う。ゾラが描くブルジョワたちは、総じて浅はかで滑稽であり、体面を重んじるあまり残酷なほど利己的だ。しかしその背景には、閉鎖的な家庭教育、打算的な結婚、形骸化した道徳観念など、ゾラが批判するブルジョワ社会の諸問題が透けて見える。

主人と召使いのコントラスト（第十五—十八章）

『ごった煮』の真の魅力は、アパルトマンそれ自体に象徴されるブルジョワの二面性を暴く、コントラストの妙にある。ゾラは得意の空間構成能力を活かし、表と裏、内と外、上と下を往還するムーレを通して、各階の生活風景を立体的に浮かびあがらせた。その鋭い視点は、文学作品では普通描かれない、台所や中庭、召使部屋など、建物の表側からは見えない空間にまで及ぶ。主人の快適な生活を支えるための犠牲となり、不衛生な空間に押し込められる女中たちは、ブルジョワ階級の偽善を批判するゾラの代弁者として、主人公のムーレ以上に強烈な存在感を放っている。

五階に住むムーレは、紳士たちが裏階段から最上階にしのび、性のはけ口を召使いに求めていることを知る。それゆえ女中たちはうわべの服従とは裏腹に、女主人に優越感を抱いている。デュヴェイリエ家のジュリーとクレマンスは、夜会のたびに来客からちょっかいを出され、逢引きの約束に応えている。カンパルドン家の女中リザは、厳しい道徳教育を施された主人の一人娘アンジェルに、性的な事柄を教え込んで堕落させる。彼女たちは、台所の窓から中庭に響き渡る大声で噂話をやり取りし、家庭の秘密を一切合切暴いてしまう。ギリシア悲劇のコロス（合唱隊）さながらの声は、建物中に筒抜けとなって主人たちを脅かし、物語が進行するにつれて復讐の女神さながらの苛烈さをまとう。

ヴァブル家の女中ラシェルは、ベルトとムーレの不倫騒動の際に解雇され、激昂のあまり情事の一部始終を暴露してベルトに大恥をかかせる。ジョスラン家の女中アデルに至っては、父親も定かでない子供を妊娠し、たった一人で出産したうえ、新聞紙に包んだ赤子を街路に捨ててしまう。その翌日、サロンでは「女工による嬰児殺し」が話題になり、男たちは何食わぬ顔で労働者の不道徳を嘆く。

最終章では、再び台所の窓を通じて噂話に興じる女中たちが描かれ、料理女ジュリーの「どこの家も結局似たようなあばら家よ。どこでも同じ繰り返し、汚い連中の集まりさ」という捨て台詞で締めくくられる。

『ごった煮』のアパルトマンの諷刺画

このブルジョワへの軽蔑は、第三巻『パリの胃袋』の終行でクロードが放つ「まっとうな奴らってなんて悪党なんだ！」という台詞と呼応している。個性的な女中たちは、ドラマの人間模様を複雑にしつつ、オペレッタさながら多様な声を響かせるのだ。

解説

ところでこの物語世界には、珍しくゾラの遊び心によって、終盤にひょっこりと作家の分身が現れる。冒頭で言及された「謎めいた三階の物書き」は、アパルトマンの住人たちのスキャンダラスな内情を暴露した小説を出版し、大成功を収めるのである。管理人のグール氏は、建物の評判を地に落とした作家を呪うが、これは当時のブルジョワが『ルーゴン＝マッカール叢書』に向けた反応そのものであった。

『ごった煮』は、叢書初の群像劇という挑戦ではあったが、『居酒屋』や『ナナ』のように印象的な主役を欠くという弱みがあった。ユイスマンスやセアールら、ゾラと近しい作家たちもこの点を指摘したが、アデルの孤独な出産というエピソードを評価している。この描写は、のちに『生きる歓び』や『大地』における出産のシーンに活かされる。

なお本作品は、ジュリアン・デュヴィヴィエ監督によって、一九五七年に映画化された（邦題は『奥様ご用心』）。男盛りのジェラール・フィリップが、ダニエル・ダリュー、アヌーク・エーメら、フランスを代表する女優たちを誘惑する華やかな恋愛劇となっている。

（福田美雪）

『ボヌール・デ・ダム百貨店』（一八八三）

あらすじ

両親を亡くした二十歳の娘ドゥニーズは、ノルマンディーの小都市ヴァローニュから、二人の弟ジャンとペペを連れて夜行列車でパリに出てきた。ジャンは十六歳の美青年、ペペはまだ五歳の子供である。彼らはパリでラシャとフランネルの店を営む叔父のボーデュを頼ってやってきたのだ。サン＝ラザール駅から歩いて叔父の店を探していた三人は、ガイヨン広場の角で、素晴らしい店を見て釘付けになる。看板には「ボヌール・デ・ダム（奥様方の幸福）百貨店」とあった。一方、叔父の店は向かいにある暗い穴蔵のような店だった。ボーデュは突然の来訪に驚くが、仕方なく彼らを家に招き入れる。彼らを迎えたのは貧血症の妻、娘のジュヌヴィエーヴ、娘の許婚者である主任店員のコロンバンである。一家はオクターヴ・ムーレが経営する百貨店に深い恨みを抱いていた。ムーレはその拡張主義によって近隣の小商店を危機に陥れていたのである。ボーデュはドゥニーズを雇う余裕はないと告げるが、彼女はボヌールの既製服売り場で店員を探しているという情報を得る（第一章）。

翌朝早くドゥニーズはボヌールへ行くがまだ店は閉まっていて店員たちが出勤するのを見る。やはり職探しに来たらしい青年ドロッシュと出会う。社長のムーレが出勤し、補佐役のブルドンクルと共に地下の搬入部と配送部から始めて通信販売部や経理部などすべての部門と売り場を巡回する。ドゥニーズは気後れして店内をさまよっていたが、絹売り場の店員ユタンに親切にされ、やっと既製服売り場にたどり着く。売り場の女店員たちはみすぼらしいドゥニーズの様子に敵意を露わにするが、主任のオーレリー夫人の面接を受けているとき、たまたまムーレが通りかかり、ボーデュの姪だとわかって運良く採用される（第二章）。

ムーレの愛人デフォルジュ夫人のサロンでは女友達が集まり、衣装談義に興じている。彼女たちは皆ボヌールの顧客だった。ムーレは不動産銀行頭取アルトマン男爵に新しい道路の貫通計画に乗じての店舗の拡張計画を語る。婦人たちを夢中にしているムーレの姿を見て男爵は融資を約束する（第三章）。

既製服売り場で働き始めたドゥニーズは、激しい疲労と同僚たちのいじめに苦しむが、下着売り場の女店員ポーリーヌとの友情に励まされ、仕事に立ち向かう。ある日曜日、ポーリーヌたちとマルヌ川の行楽地で一日を過ごす。密かに思いを寄せていた絹売り場のユタンがいかがわしい女と遊んでいるのを見て心を痛めたり、レース売り場の店員になっていたドロッシュに愛の告白をされたりする。ムーレはそんな彼女に興味を引かれ密かに見守る。夏のデッドシーズンには解雇の嵐が吹き荒れ、お金を無心に来ていた弟のジャンを愛人と誤解されてドゥニーズも解雇されてしまう（第四―六章）。

ドゥニーズはボヌールの隣で小さな傘屋を営むブーラ老人の三階に間借りし、極貧の生活を送る。ボーデュは立ち退きを迫るボヌールにあくまで抵抗していた。ドゥニーズはボヌールの絹売り場主任を解雇されたロビノーの絹物店で店員として働く。ロビノーはボヌールに対して無謀な安売り競争を挑むが、太刀打ちできない。ボーデュ叔父はドゥニーズと和解するが、経営状態はますます悪化する。コロンバンはボヌールの売り子クララに夢中になっていたため、ジュヌヴィエーヴは絶望から病気になっていた。ドゥニーズと偶然出会ったムーレは、誤解によって解雇されたことを謝罪、ドゥニーズが、苦しんでいる小商店の人々を愛しながらも、新しい商業は時代の必然であると考えていることを聞いて喜ぶ。ロビノーがもはや自分を雇えないことに気づいたドゥニーズはボヌールに復職する（第七―八章）。

拡張工事を終えたボヌールは新装開店し、開店記念の夏物新作展示会で賑わう。ドゥニーズは店の人々の態度が変化していることを感じるが、それはムーレが彼女に一目置いているからであり、また周囲が彼女の美質を認めつつあるからだった。客としてやってきたデフォルジュ夫人は嫉妬からドゥニーズに辛く当たるが、彼女は忍耐強い態度を失わない。店内は買い物客の群衆でごった返し、ボヌールは創業以来最高額の売上げを計上する（第九章）。

棚卸しの日、ドゥニーズはムーレから夕食に招待する手紙を受け取る。店員たちは皆、そのような招待の意味を知っていた。ドゥニーズは自分がムーレを愛していることに気づきながらも、愛人の一人となることへの本能的な嫌悪からムーレの誘いを拒絶する。デフォルジュ夫人は嫉妬のあまり自分の家へドゥニーズを呼びつけ、ムーレの前で品物に文句をつけて彼女を辱めようとするが、ムーレはドゥニーズに味方して彼女を愛していることを夫人に告げる。夫人は復讐心から、ライヴァル・デパートを作ろうとしている元店員のブートモンに力添えを約束する（第十―十一章）。

　ドゥニーズはその穏やかな優しさによって店内を征服しつつあった。ムーレは彼女が拒絶し続けるために苦悩を深める。彼はドゥニーズのために子供服売り場を新設し主任に任命する。ムーレは彼女の意見に耳を傾けたので、従業員の福利厚生は改善され、ボヌールは一種の協同組合社会（ファランステール）となる。一方ボーデュ家では次々と不幸が襲う。コロンバンが失踪し、娘のジュヌヴィエーヴは死んで葬儀が執り行われ、母親もほどなく後を追った。ブーラ老人はついに店を追い出される。ドゥニーズは彼らに援助を申し出るが受け入れられず、自身の無力を感じる（第十二―十三章）。

　パリ改造によって新設されたオペラ座と証券取引所を結ぶ十二月十日通りに新しい正面玄関を進出させたボヌールは、白物大展示会で新装開店を祝う。ムーレはついにドゥニーズに結婚を申し込み、彼女も愛を打ち明ける（第十四章）。

解説

　ゾラは草稿の冒頭で、この小説では「近代の活動の詩」を作りたいと宣言している。「もはやペシミズムはやめて、生の愚かさと憂鬱へと結論づけるのではなく、逆にその絶えざる労働と出産の力の強大さ、陽気さへと結論づけること。一言で言えば、世紀とともに歩み、世紀を表現すること。われわれの世紀は、行動と征服とあらゆる方向への努力の世紀である」。

　小説の中心テーマは近代商業を牽引したデパートの成長と興隆である。ゾラは〈ボン・マルシェ〉と〈ルーヴル〉をはじめ、さまざまな実在のデパートに取材して、ひとつの架空のデパートを構想した。前作『ごった煮』は、南仏から上京し、流行品店「ボヌール・デ・ダム」の店員となった青年オクターヴ・ムーレが、店主の未亡人エドゥアン夫人と結婚するところで終わっていた。本作では、夫人は拡張工事中の事故で亡くなっており、店はムーレひとりのものになっている。彼はさらなる拡張を狙っており、パリ改造事業で新設される十二月十日通り（現在の九月四日通りで、ガルニエ座と証券取引所を結ぶ）への進出を狙っていた。小説中でデパートは三度にわたって拡張するが、それぞれの段階は記念の大売り出しによって印づけられており（第四章、九章、一四章）、最後の一四章でムーレの野望がかなう。

　小説中でデパートは大きく分けて二種類の隠喩で呼ばれる。ひとつは「宮殿」や「神殿」の系統、もうひとつは「機械」「蒸気機関」の系統である。まずそれは、「夢の宮殿」「近代商業の大聖堂（カテドラル）」であり、そのショーウインドーは「女性の魅力に捧げられた礼拝堂」である。デパートは美を信奉する新たな宗教で、ムーレはその司祭であり、そこには女性信者たちが押し寄せる。ムーレはこの神殿で女性を誘惑するのだが、彼は「パリ随一の陳列師」でもあって、第四章のオリエンタル・サロンから最終章の白布で織りなされた愛の寝室まで、そこではあらゆる夢やファンタジーが総動員され、女性客たちは陶然として際限のない消費へと向かうよう誘われる。

『ボヌール・デ・ダム百貨店』のモデルとなった〈ボン・マルシェ〉百貨店の内部

　しかし、この魅惑の神殿はすぐさま「機械」としての恐ろしい本性を露わにする。それは「女を食べる機械」で、女性客の「血と肉」を搾取し、「その肉体から金銭を引き出す」のである。彼女たちは「大かまど」に放り込まれ、売り場の歯車を一巡した後で、最後にレジに投げ捨てられる。従業員もまた、この機械の歯車装置の部品であることを余儀なくされる。彼らの生存競争がこの機械装置の動力源でもあり、少しでも機械の良好な作動を妨げる店員は容赦なく解雇される。デパートは、強靭な「顎」を持った「人間を搾取する機械」であるのだが、それが「怪物」「人食い鬼」としてのもっとも恐ろしい姿を現すのは、近隣の小商店の人々に対してである。とりわけボーデュ叔父の一家、娘のジュヌヴィエーヴとその母親はデパートに深い恨みを抱いて死んでいく。

この怪物的な機械装置と組み合わされるのが、地方出身のひとりの貧しい娘のシンデレラ物語である。ドゥニーズは売り子としての辛酸をなめ、解雇の憂き目にも会い、小商店の人々の悲惨な状況に同情する。しかし一方で彼女はデパートに魅惑されており、また「論理と人生に対する本能的な愛」から、デパートの発展が時代の必然であることを認識している。彼女は心を痛めながらも、「世界を肥え太らせるために死が必要であること」を自身に納得させる。疾走する「蒸気機関車」を止めることは、ムーレ自身にさえ、できない。彼女にできることはただ、粗暴で残忍な機械を改良し、そこに人間味を付け加えることである。実際彼女の力で、従業員の待遇は改善され、ボヌールには「二十世紀の巨大な労働者社会の萌芽」が形成されていく。ムーレとドゥニーズの結婚は、どこまでも欲望を肥大させる資本主義の暴走を、一夫一婦制に象徴される「倫理」によって改悛させ、近代の資本主義制度の安定した経営基盤を確立するものと解釈できるだろう。

（吉田典子）

『生きる歓び』（一八八四）

『ボヌール・デ・ダム百貨店』と『ジェルミナール』という大作にひっそりと挟まれた『生きる歓び』は、

海を舞台にした唯一の長編である。とはいえ、同時代のジュール・ヴェルヌの海洋冒険小説とはまったく趣が異なり、雄大な海を背景にちっぽけな人々の生の営みを描いた点で、ユゴーの『海に働く人々』(一八六六)を想起させる。どんなカテゴリーにも分類しがたいシンプルな物語だが、叢書最長の準備期間を要し、ゾラの内省的な一面を表した重要な作品だ。

『生きる歓び』の連載を告げる広告ポスター

タイトルの秘密

『生きる歓び』というタイトルから、『ボヌール・デ・ダム百貨店』のように希望のある物語を想像した読者は、見事に裏切られる。叢書におなじみのカタストロフィの描写はほとんどないが、冒頭から結末まで、ひたすら登場人物たちの苦労や挫折が描かれ、「生の歓び」とはほど遠い内容である。ゾラが意図した真のテーマは、「生の苦悩」に他ならない。

叢書の初期構想にも含まれていない、「生の苦悩」という抽象的な主題は、一八八〇年に作家を襲った精神的危機から生じたものである。その年、ゾラの友人エドモン・デュランティ、文学の師フロベール、そして母エミリーが相次いで亡くなった。幼くして父を亡くし、母を養うために文壇で闘ってきた作家にとって、その死はとりわけ深い打撃だった。折しもフランスでは、ショーペンハウアーの厭世哲学が翻訳され、ゾラを含め文壇に大きな影響を与えていた。

心労が重なり健康を害したゾラは、『ナナ』の次に予定されていた「生の苦悩」を描く小説の草案を放棄し、明るい結末の『ボヌール・デ・ダム百貨店』で心身の立て直しを図る。そして、自らを苛む「生の苦悩」と向き合う準備を整え、難産のはてに『生きる歓び』を脱稿した。親しい者の死という個人的経験と、世紀末を覆うペシミズムを結びつけ、叢書において初めて内面の告白を試みたのだ。

あらすじ

豊穣の海、不毛の海（第一―四章）

本作のヒロインは、第三巻『パリの胃袋』で登場した、リザとクニュの娘ポーリーヌである。両親は亡くなり、幼い少女は、ノルマンディーのボンヌヴィル（良き村）に住む、叔父のシャントーに引き取られる。ボンヌヴィルは名前とは裏腹に、産業に乏しく人口も少ない、今にも荒波にさらわれそうな小村である。パリからの道中初めて見た時化（しけ）の海と不気味な潮騒は、強烈な印象を少女に与えた。嵐が猛威を振るう間、無力な村人たちは家に閉じこもるほかないのである。

シャントー家には、一人息子ラザールがいた。ポーリーヌの後見人のシャントー夫人には、クニュ夫妻の遺産を相続する姪が成年に達したら、息子と結婚させようという野心が芽生える。インテリのラザールは、様々な分野の知識、特にショーペンハウアーの哲学について、聡明なポーリーヌに教えこむ。しかし彼はペシミズムに染まるあまり病的に死を恐れ、従妹の前で泣き出すことさえあった。ポーリーヌのほうは健康そのもので、初潮をきっかけに女性としての肉体に誇りを持ち、いつか母になることを夢見る。

ラザールとポーリーヌは、海水浴を通じて、不毛だと思っていた海が豊かな恵みを秘めていることを発見する。ラザールは、海藻を肥料に変える化学工場を建設し、ボンヌヴィルを繁栄させる計画を立てる。初期投資に必要な資金を姪に前借りするため、シャントー夫婦はついに二人を婚約させた。従兄への愛情ゆえにポーリーヌは出資に同意したが、女中ヴェロニクや医師カズノーヴは、家族のエゴが少女の相続財産を蝕んでいると憤慨する。案の定、ラザールは理論を実践に移せず、ポーリーヌの資産は空費される。

ふとしたことから難病にかかり、死の淵から奇跡的に回復したポーリーヌは、生への執着から解放され、不思議な達観を得る。彼女を必死に看病したラザールだが、ポーリーヌの闘病中に、銀行家の娘ルイーズと親しくなっていた。

ラザールの苦悩（第五―七章）

持ち前の陽気さにもかかわらず、シャントー家におけるポーリーヌの立場は悪くなっていった。海藻の肥料化が失敗に終わると、ラザールは「海を征服する」防波堤の建設を思いつく。ポーリーヌの資産はもはや遠慮なく蕩尽されたが、二人の結婚は先延ばしにされるばかりであった。彼女に負い目のあるシャントー夫人は、莫大な持参金をもつルイーズを客に迎え、我を忘れて姪の悪口を言い募る。丈夫で朗らかなポーリーヌとは対照的に、ほっそりと物憂げなルイーズの魅力には、ラザールも官能をかきたてられていた。

ある日ポーリーヌは、ラザールが自室でルイーズを抱擁しているところを目撃する。彼女は嫉妬を爆発させ、ルイーズを家から追い出す。目論見が外れたシャントー夫人は、息子の不道徳を恥じるどころか、姪の乱暴なやり方をなじる。

家族が分裂した日から、シャントー夫人は脚の浮腫に苦しむようになる。一家の不当な仕打ちに腹を立てていた女中のヴェロニクは、自業自得だと突き放す。進行する病は夫人の脳を錯乱させ、傍らでポーリーヌが看病していることも知らず、うわごとで姪を呪い続ける。臨終の苦しみは凄惨をきわめ、ラザールは再び死への恐怖にとらわれてしまった。

十二月の大時化で、ラザールの堤防は脆くも崩れ去る。村にとっては大打撃だったが、肝心の村人たちはインテリ青年が海を征服するのを好まず、防波堤の決壊をむしろ喜ぶ。母の死や事業の相次ぐ失敗に傷ついたラザールは、生来のペシミズムを悪化させる。心臓病で死ぬと思いこみ、不眠症に陥り、数々の奇妙な癖が現れる。朴訥なオルトゥール神父や、賢明なカズノーヴ医師との対話にも、心の救いは見出せなかった。忠実な老犬マチュウも哀れな死を遂げ、ポーリーヌはもはや悲嘆に暮れる従兄を慰める術を持たなかった。

ポーリーヌの寛容（第九―十一章）

音楽、医学、化学、土木事業など、青年期に志したあらゆる仕事に挫折したラザールは、倦怠のうちに無為の日々を過ごすようになる。ポーリーヌの財産はすでに使い果たされ、どんなに切り詰めても窮状は明らかだった。従兄の情熱の残滓が、ルイーズの面影に向いていることを察したポーリーヌは、苦悩のはてに嫉妬心を克服し、ルイーズを再び客に迎える。仲睦まじい二人を見届け、ポーリーヌは従兄に婚約の解消を持ちかける。ラザールは戸惑いながらも、彼女の自己犠牲を受け入れ、ルイーズと結婚してパリに発つ。ポーリーヌはボンヌヴィルを去る支度をしていたが、痛風に苦しむ叔父に泣きつかれ、主婦として家に残る決心を固める。

海が防波堤の残骸を押し流した頃、またもパリで事業に失敗したラザールが帰還する。蜜月が過ぎるとルイーズとの仲は険悪になり、妊娠を機に別居してしまったのだ。ポーリーヌは無駄になった自己犠牲を嘆くが、互いに親しく日々を過ごすうち、かつての愛情が蘇った。ある日は二人とも欲望に屈しかけるが、ポーリーヌはどうにか拒絶する。彼女は処女のままの肉体を悔やみ、妊娠できたルイーズに激しく嫉妬する。

臨月を迎えたルイーズはボンヌヴィルに戻るが、母体も危ういほどの難産だった。ポーリーヌは勇敢に難局を乗り切り、人工呼吸によってか弱い赤子の命を救う。ラザールは感謝に包まれ、朝焼けの海のもとで彼女に接吻する。

しかし感動的な出産を経てもなお、ラザールとルイーズの夫婦仲は冷え切る一方だった。小さなポールの養育も、痛風に苦しむ叔父の介護も、家事の采配もすべてポーリーヌが引き受けていた。財産は不当に食いつぶされたが、海に蹂躙された村を持ち前の母性で救うかのように、貧しい子供たちにも施しを与え続ける。そんなポーリーヌに対し、かつては味方だった女中ヴェロニクは、敵意を示すようになった。

ポールが初めて歩いた日、ラザールは「子供好きなのにどうして結婚しないのか」とポーリーヌをからかう。彼女は自己放棄の笑みを浮かべ、「ショーペンハウアーに改宗した」ので、世界を救うために処女でいると返す。まさにその時、女中ヴェロニクが庭の梨の樹で首つり自殺をしたという知らせが入る。一同が唖然とする中、半身不随のシャントーが、「自殺をするとはなんて馬鹿な女だ」と叫ぶ。

解説――二人の主人公に見るゾラの葛藤

『生きる歓び』の物語は、ボンヌヴィルのシャントー家という枠をほとんど出ることなく、第六章以降はラザールとポーリーヌの葛藤に焦点が当てられている。叢書の各巻で存分に盛りこんできたドラマ性を、ゾラは本作で意図的に抑制しているのだ。それは、対照的な主人公の心理描写を通して、「生の苦悩」という主題を掘り下げるためだった。

知性にあふれながらも無為に日々を過ごすラザールは、ペシミズムに冒された時代の典型的な青年像であると同時に、叢書のどの登場人物よりもゾラの分身に近い。瀕死のシャントー夫人の錯乱や、埋葬におけるラザールの悲嘆などは、一八八〇年の実体験を元に描かれている。死を恐れるラザールの数々の奇癖も、ゾラ自身に現れたものであった。後に同名の主人公で、「死」を主題にした抒情劇（ドラム・リリック）『ラザール』（一八九四）を書いたことにも、この人物の重要性がうかがえる。

ラザールと対比されるポーリーヌは、処女ながら母性にあふれた良き主婦で、ゾラが理想とする女性像に近い。「生の苦悩」という主題に対する作家の解答が、苦悩をくぐり抜け「自己放棄」に到達したヒロインの生き様に体現されている。ただし、結末の唐突な女中の自殺によって、自己放棄による生の救済という解決には、一定の留保が与えられる。読者が二人の主人公のうちに見出すのは、死に怯え未来を恐れ、生に迷うゾラ自身のむきだしの姿なのだ。

地味な作品ゆえ、発表当時さほど反響はなかったが、熱心な読者は存在した。モーパッサンは海の脅威によって際立つ人間ドラマの描写を、他作品よりも高く評価している。エドモン・ド・ゴンクールは、まるで日記のようで文学作品とは言えないと、辛辣な見方を示した。ゾラと親しく、危機の時期を知っていたからこその評言と言える。後にドレフュス事件をめぐって論敵となるエドゥアール・ドリュモンは、「ゾラは初めて、真の意味で彼自身を見せている」と、作品の本質を言い当てた。ゴッホは『生きる歓び』を愛読し、この本を描きこんだ静物画を二点残している。

（福田美雪）

『ジェルミナール』（一八八五）

あらすじ

第一部

三月のある朝、マルシエンヌからモンスーへ向かう暗い道をエチエンヌ・ランティエが歩いている。職もねぐらもないエチエンヌは、たどりついたヴォルー坑でボンヌモールと出会い、五〇年に及ぶ炭鉱での生活を聞く。闇の下に埋もれたヴォルー坑に恐怖を抱きながらも、餓えたエチエンヌはどんな仕事でも引き受けようと決意する（第一章）。

午前四時、マウ家でカトリーヌが起床し、コーヒーとパンの準備をする。突風に吹かれながら、父や弟たちとヴォルー坑へ向かって出発する（第二章）。

ヴォルー坑では一名の補充があり、エチエンヌは何とか仕事を得る。マウたちと入坑したエチエンヌは、貪欲な竪坑が坑夫たちを餌のように飲み込み、地下では人間が蟻のように働いているのを知る（第三章）。

カトリーヌから仕事を教わり、エチエンヌは炭車の運搬を続ける。昼になり、パンを勧めるカトリーヌに対して、エチエンヌは機械工の経験や、酒に酔って上役を殴り、鉄道での職を解雇された過去を話す。パリで洗濯女をする母などを語るエチエンヌを見て、カトリーヌに恋心を抱くシャヴァルは敵意をもつ（第四章）。

作業現場に技師ネグレルと監督頭ダンセールが現れる。支柱設置の不備によって、マウたちは罰金を課される。賃金を減らされた坑夫たちは不満を強める（第五章）。

初日を終えたエチエンヌは、坑夫上がりのラスヌールが営む店へ行き、炭鉱労働者たちの話を聞く。劣悪な労働環境を案じつつ、モンスーに留まる意志を固める（第六章）。

第二部

ピオレーヌ荘では、グレゴワール家の一人娘セシルが満ち足りた様子で目覚める。モンスー炭鉱会社によって安楽な暮らしを送る一家の朝食中に、グレゴワールの従弟ドヌーランが現れ、産業界の恐慌や事業難を語る（第一章）。

マウの女房は、メグラの食料品店で信用貸を断られ、グレゴワール家での懇願も空しく、家族の食糧を求めて歩き回る。炭鉱の支配人エンヌボーの妻がパリからの客を迎え、炭鉱町を案内する（第二―三章）。

仕事から戻ったマウは、妻が何とか準備した食事を喜ぶ。夜に散歩するエチエンヌは、レキヤールの荒廃した炭鉱のあたりでさまざまな恋人達の逢引きを目にし、その中にシャヴァルとカトリーヌの姿も認める（第四―五章）。

第三部

エチエンヌは、真面目な仕事ぶりで徐々に坑夫たちの信頼を得る。ラスヌールの店で無政府主義者スヴァリーヌと知り合い、議論を交わすようになる（第一章）。七月の日曜日、モンスーでは守護聖人祭を盛大に祝う（第二章）。

マウ家に下宿するエチエンヌは、カトリーヌを意識する。社会主義思想に傾倒し、坑夫たちと予備基金を設立する。労使関係をめぐる緊張が高まるなか、ヴォルー坑で落盤があり、マウ家の息子ジャンランは、その事故によって足が不自由になる（第三―五章）。

第四部

エンヌボー夫妻は、甥のポール・ネグレルとセシル・グレゴワールの結婚を計画し、関係者を邸に招く。昼食会の最中、ストライキを決行したエチエンヌと代表団が到着し、会社へ要求を突きつける（第一―二章）。

厳冬と長引くストライキで炭鉱町は飢餓に苦しむ。予備資金は底をつき、坑夫たちが加盟したインターナショナルの支援も乏しい。マウ家では、カトリーヌがシャヴァルと駆け落ちし、ジャンランは仲間と略奪を行う。エチエンヌは労働者たちにストライキ続行の意義を訴え、大きな支持を得る（第三―七章）。

第五部

ジャン＝バール坑では、ドヌーランに説得されたシャヴァルたちが入坑し、カトリーヌは苦しみの中で作業を続ける。坑夫たちはスト破りへ呪いの言葉を浴びせ、暴徒と化し、ケーブルを切断する。入坑をすべて阻止するため、彼らは隣接する炭鉱も巡る（第一―四章）。

怒りと飢えを訴える労働者は、ブルジョワへの憎悪を叫び、破壊行為を繰りひろげ、メグラの店で店主を殺す。エチエンヌは、もはや彼らを統率できない（第五―六章）。

第六部

モンスーに駐屯する兵士たちが、竪坑や作業場、ブルジョワの邸を銃剣で守る。貧困で娘のアルジールを失ったマウ夫妻は悲嘆に暮れる。レキヤールに身を隠すエチエンヌは、久しぶりに赴いたラスヌールの店でシャヴァルとカトリーヌに遭遇する。エチエンヌとシャヴァルは格闘し、シャヴァルはカトリーヌを残して店を出る。カトリーヌから「シャヴァルのもとへ帰る」と告げられ、ひとりになったエチエンヌは、ぼた山でジャンランが歩哨を殺害するのを目撃する（第一―四章）。

ヴォルー坑は立て銃をした兵士たちに遮断される。立ち向かうストライキ中の坑夫たちは、一斉射撃で死傷し、マウも命を落とす（第五章）。

第七部

ストライキは終焉を迎え、敗北の苦しみに苛まれるエチエンヌは、人々の非難の矛先が自分に向けられているのを知る。ピオレーヌ荘でネグレルとセシルの婚約が祝われ、ドヌーランは破産の悲しみに耐えている（第一章）。

カトリーヌはヴォルー坑へ戻る決心をし、エチエンヌも一緒に入坑する。スヴァリーヌが仕掛けた破壊工作で、坑内には水が奔流する。エチエンヌは坑底でシャヴァルを殺し、カトリーヌと愛し合う。ネグレルを中心に懸命な救助活動が行われ、地上に運び出されたエチエンヌの傍らにはカトリーヌの亡骸があった（第二―五章）。

四月。夜明けが近づく中、思想に燃え、パリへ発つエチエンヌが歩いている。仕事を再開した者たちの中には、マウの女房もいる。至るところで労働の轟きや鶴嘴（つるはし）の音を聞くエチエンヌは、太陽で大地が暖められ、芽が来るべき世紀に取り入れられるために生長し、その芽生えで大地が張り裂けようとしているのを感じていた（第六章）。

解説

資本と労働の葛藤を描いたゾラの代表作。一八八四年十一月二十六日から一八八五年二月二十五日まで『ジル・ブラス』紙に連載され、一八八五年三月二日にシャルパンティエ社から単行本として出版された。

主人公のエチエンヌ・ランティエは、『居酒屋』に登場するジェルヴェーズ・マッカールと愛人ランティエとの間の息子である。「ジェルミナール」は、フランス革命暦第七月の「芽月」を意味し、現行暦の三月から四月にあたる。物語も一八六六年三月から一八六七年四月までの時期が選ばれている。ゾラは、一八八九年十月六日付のジャック・ヴァン・サンテン・コルフ宛の手紙で「新しい人類の萌芽、労働者が苦役の闇から抜け出そうとする努力を表現できるタイトルを求めたところ、ジェルミナールという語は、革命の四月、春の気配の中で感じる崩壊寸前の社会の高揚といった私が探していたものをうまくあらわしていた。私にとって、それは作品全体を照らす一条の光となった」と説明している。

かねてから、叢書に民衆や労働者の研究を取り入れる予定であったゾラは、この作品において、『居酒屋』では扱えなかった労働者の政治的・社会的役割に焦点をあてた。そして、産業革命の進展にともなって生じた労働問題や、古いヨーロッパに変化を起こそうと活発化した十九世紀後半の社会主義運動を、炭鉱労働者の組合組織やストライキ、マルクスやプルードン、バクーニンなどに感化された者たちの激論、デモ行進と軍隊の弾圧に続くストライキの挫折などを通じて、ダイナミックな筆致で語った。エチエンヌは社会主義思想に染まり、マウの女房は反抗者となり、カトリーヌは不幸の一途をたどって坑内で絶命する。各々の過酷な人生が鮮やかな輪郭をもって浮かび上がるゾラの社会小説は、ユゴーの『レ・ミゼラブル』の系譜に連なり、一八七〇年代からあらわれる「炭鉱小説」の流れも汲む。民衆の生態と現実を描き、社会構造の変化や新しい時代の「芽生え」を意識した作家は、物語の結語に「大地 la terre」を選び、その未来を預言する終行を通じて、晩年のユートピア小説の世界を準備した。

創作にあたって、ゾラは一八八四年二月二十三日から三月二日までフランス北部アンザンで実地調査を行い、関連文献を熟読し、炭鉱設備や坑夫たちの作業、地下坑道などの綿密な描写を残した。その説話空間でも、ルイ・シモナンが一八六六年にアシェット社から上梓した『地下の生活』の影響は多分に見て取れる。

L・シモナン『地下の生活』(1866年)の挿絵

この科学的啓蒙書に挿入された版画(本頁掲載)とゾラが第一部第五章で描くトロンペットの竪坑での降下場面――「馬は激しく暴れた。そして、足下の土が感じられなくなると、化石のようになり、見開いた目を据え、皮膚をぴくりとも震わせずに消えていった」――の合致を一例で挙げておこう。

しかし、刊行後、アナクロニズムや正確さを問う声があがり、一八八五年四月四日付の『フィガロ』紙には、アンリ・デュアメルの批判的な記事が掲載された。ゾラは翌日の同紙に反論を寄せ、物語で設定した一八六六年から一八六九年までは、実際に女性が坑底で働き、炭鉱労働者の賃金の記述や彼らの道徳、性生活に関する描写も現実に忠実であると主張した。そして、一八六九年頃のオーバンとラ・リカマリーのストライキを中心に要約し、小説の場面を構成したと説明している。一八八五年三月十四日付の『政治・文学雑誌』で、ジュール・ルメートルが『ジェルミナール』の批評も含めて『ルーゴン＝マッカール叢書』を「人間の獣性を描いた厭世主義的な叙事詩」と定義した際も、ゾラはこの文芸批評家へ手紙を送り、「獣性」の語をあげて反駁した。

ゾラがこうした批判に答える場面はあったが、この作品は総じて好意的に迎えられた。同時代の作家もただちに反応し、ルイ・デプレは「これほどの知識と正確さをもって創作する小説家をほかに知らない」と書き、モーパッサンは、ゾラが描いた生と動、うごめく群衆に注目した。ユイスマンスは、竪坑の降下場面などでみられる闇の表現が傑出しているとゾラに書き送っている。

シャトレー座公演時のポスター

ゾラは、脚本家ウィリアム・ビュスナックとこの作品を戯曲化し、一八八八年四月二十一日にパリのシャトレー座で初演された。

（高橋愛）

『制作』（一八八六）

あらすじ

ある七月の夜、画家のクロード・ランティエは夜のパリを散歩している。突然の悪天候のためにサン＝ルイ島にある自分のアトリエがあるアパートに戻るが、建物の入り口で道に迷った若い女性を助け、一夜の宿を貸す。翌朝、寝台で上半身を露わにして眠る彼女の姿に、クロードは制作中の絵の理想的なモデルを見出し、デッサンを描き始める。目が覚めた彼女は驚くが事情を説明されて、制作を許す。彼女はクリスティーヌという名で、両親をなくしてパリに来たのだった。クロードはデッサンを早々に切り上げ、クリスティーヌは身繕いをしてアパートを去る。その午後、クロードの友人のピエール・サンドーズがアトリエにやってくる。二人は幼なじみで、もう一人の友人ルイ・デュビューシュとともに南仏プラッサンで過ごした子供の頃からかたい友情で結ばれた仲良しだった。クロードの絵のモデルとしてポーズをとりながらサンドーズは子供の頃の思い出話や文学論を語る。クロードは絵画論を展開し、次の年のサロン展に出品するつもりで制作中の《外光》に自分の芸術観を託す。だが、《外光》の制作はクロードが思うようにはうまく進まない。自らの才能に疑念を感じることもあるクロードだったが、彼は新しい絵画を目指す若い画家たちの首謀格でもあった。彼らはカフェ・ボードカンに集い、「外光派」と称されていた。また、クロードをはじめ親しい者は木曜日になるとサンドーズの家で夕食を共にした。そこには新しい絵画様式の《村の婚礼》が代表作である大家ボングランが足を運ぶこともあった。こうして新しい芸術を目指す若者たちはクロードを中心に親しく集うのであった(第一―三章)。

それから一ヶ月半が経ったある日、クロードのもとをクリスティーヌが訪れる。最初は友情であった二人の仲は、クロードがサロン展に出す《外光》の裸婦のモデルをクリスティーヌが引き受けたことから急速に深まる。五月になりサロン展が開かれたが、その年にはサロン展に落選した作品のための展覧会も開催された。クロードの《外光》もその落選者展に展示されることになっていた。敬愛するボングランからクロードは賞賛を受けて期待に胸を膨らませるが、自分の絵の前に見出したものは腹を抱えて嘲笑する群衆だった。落胆するクロードだったが、同時に自分自身で絵の不出来な点に気付き、また我ながらよくできている部分、とりわけ裸婦にはあらためて満足するのだった。友人たちを前にコンコルド広場のカフェで気炎をあげるクロードだったが、アパートに戻り、アトリエで彼を待っていたクリスティーヌを前にして絶望の涙を流す。だがクリスティーヌはそんなクロードに愛を告白し、二人は結ばれるのだった。翌日、二人はパリ近郊のベンヌクールの村に向かう。そこで過ごした時は素朴な、そして愛に満ちたものだった。いったんはパリに戻った二人だが、ベンヌクールの村で生活することを決意する。二人は誰にも別れを告げずに六月のパリを去り、田舎で愛を育む。クロードは絵筆も握らずに日々を過ごすが、やがてクリスティーヌが赤ん坊ジャックを出産してからは、再び絵を描き始める。また友人たちとの交流も復活し、サンドーズが頻繁に訪れるようになる。クロードと会い、自分が結婚すること、また全二〇巻になろうという長編小説の叢書を書くという夢を語る。田舎の生活は穏やかだったが、次第にクロードは鬱々とした日を過ごすようになる。パリに戻る必要を悟ったクリスティーヌは、ベンヌクールの村を離れる決意をクロードにさせる。三年半の短い楽園生活は幕を閉じたのだった（第四―六章）。

パリに戻り、旧友を訪ねて歩くクロードだったが、ある者は零落し、別の友は妥協の産物の栄達を手に入れ、それぞれが変わっていることに気付く。木曜日には恒例のサンドーズの夕食会があり、打ち解けた様子はかつてのままだったが、やはりお互いの間に懸隔があることを感じずにはいられないクロードだった。その一方で外光による絵画をあらためて追求し、熱心に作品を制作する日が三年の間続くが、サロン展では常に落選の憂き目に遭う。三度目の落選にクロードは打ちひしがれ、貧窮した生活もあって、クロードの心は荒んでいく。それでもある日クリスティーヌとの散策の途中で、サン゠ペール橋から見たシテ島の景色に感動し、クロードは新しい絵の題材をそこに見出す。貧しい生活のさなか、クロードはクリスティーヌとの結婚を決意する。しかし、式を挙げた日の夜、二人は情熱がすでにさめてしまっていたことを理解したのだった。それからというもの、クロードは生活の基盤であった年金の元金に手をつけてまでして、絵に専念するようになる。大作を描くべく、サン＝ペール橋に通ってスケッチを重ねるが、絵は未完のままで二年が過ぎてしまう。三年目にサロン展に小品を出品するがまたもや落選する。そのうちクロードは大作の構図にかつてのロマンティスムの甦りのような象徴主義的な要素を入れるようになる。クロードはますます精神の安定を欠くようになり、迷信めいた日を送るようになる。絵の女はクリスティーヌの一種のライバルとなるが、その頃クロードはかつての《外光》のための若かりし頃のクリスティーヌのデッサンを見つけ、今のクリスティーヌが醜くなったために絵ができないと責めるのだった。この時にはサンドーズを除いて旧友たちとの友情は完全に崩れ去っていた。貧困のうちに息子ジャックが死に、クロードはその死に顔を絵にしてサロン展に送ることにする（第七―九章）。

《死せる子供》はサロン展の審査員になっていた旧友の画家ファジュロールの力添えで入選を果たすが、展示場所が悪く誰の注意もひかない。その様子を見て家に戻ったクロードの目は狂気を帯びていた。久しぶりにサンドーズのアパートで夕食会が行われるが、かつての友人たちが憎悪の言葉でなじり合うひどい集まりとなり、零落した者はその責をクロードに負わせてとがめるのだった。その夜、クリスティーヌはクロードが深夜に起き上がって、絵の裸婦像の腹部に命を与えようと絵に向かい、絵筆を走らせていることに気付く。絵の女に夢中になっているクロードの正気を取り戻そうとし、絵を諦めさせることに一度は成功するが、次の朝、クリスティーヌは絵の女の前で首をつって死んでいるクロードを見つけたのだった。葬儀の参列者は少なかった。ボングランとサンドーズは、クロードの勇敢さを讃えながらも結局は何も創造しなかったことを認めざるを得なかった。葬儀が終わってサンドーズは言った。「さあ、仕事にとりかかりましょう」（第十―十二章）。

解説

『制作』は『ルーゴン＝マッカール叢書』第十四巻目の長編作品で、一二章で構成されている。『ジル・ブラス』紙に一八八五年十二月から翌年三月まで連載された。芸術家の世界を描いた小説として、とくに実在の人物を想起させるモデル小説として知られている。

小説の構成は前後六章ずつに分かれる。前半は落選者展に出品される《外光》を、後半は未完成に終わるシテ島を描いた絵をめぐって展開する。この前半と後半とで、画家たちの交友関係とその崩壊、クロードのクリスティーヌへの愛情とその喪失、《外光》に対する落選者展での群衆の嘲笑とサロン展に入選した《死せる子供》に対する無関心などが対称的に描かれることとなる。このようなシンメトリーの構成が、それぞれやはり対称的な性格を持つ登場人物たちの配置とともに物語の動的な流れを生んでいる。

『制作』は当時からモデル小説として話題を呼んだ。これはゾラが草稿の段階で意図的に計画していたことでもあったが、一人の登場人物が一人の現実の人物を下敷きにしているのではなく、複数の人物をもとにつくられている。ゾラの幼なじみの友人でもあった画家ポール・セザンヌは主人公クロードに自分の姿を見出し、この『制作』の出版以降ゾラと交流がなかったという「伝説」まであったが（本書Ⅳ「人名事典／地名事典」のセザンヌの項目を見よ）、実際にはセザンヌだけではなく、ゾラが美術批評で擁護した画家エドゥアール・マネや、ゾラの友人だった作家デュランティにまつわるエピソードがクロードの姿に凝縮されている。とりわけ小説内の落選者展のエピソードは、実際に一八六三年にあった落選者展におけるマネの《草上の昼食》への群衆の反応と一致する。その一方で、サンドーズにゾラ自身の姿を見てとることは容易なことであり、サンドーズが明らかに『ルーゴン＝マッカール叢書』と思しき作品群で人気作家となっていくくだりがそのことを如実に表している。

しかしながら、モデル小説ではありながらも『制作』があくまでフィクションであることは、時系列を追うことからも確認できる。第五章の落選者展が一八六三年であるならば、小説の冒頭部は一八六二年の七月であるが、そうなると計算上は小説の終わりが一八七六年の十一月となってしまい、一八七〇年にナポレオン三世の失脚によって終わりを告げる第二帝政の枠組みを明らかに大きくはみ出してしまって、「第二帝政下における一家族の自然的・社会的歴史」と副題のつく『ルーゴン＝マッカール叢書』の企てと齟齬を生じてしまう。草稿の段階ですでにゾラはこのことを意識しており、あくまで意図的に現実とは異なる小説の筋立てが構築されていることが分かる。

モデル探し以上に『制作』の主要なテーマはそこで述べられる芸術理論と文学理論にある。クロードが中心の「外光派」は明らかに印象派を彷彿とさせる。ただし、クロードが述べる芸術理論は当時の印象派のさまざまな画家の芸術観の単純な集約とは言えない。むしろその芸術理論には、他ならぬゾラがマネを擁護して筆を執った美術批評の反映が見出される。

そしてなによりも芸術の創造行為のテーマ、そしてクリスティーヌという現実の女と絵の女の競合関係が小説全体を支配している。このテーマゆえに、オノレ・ド・バルザックの『知られざる傑作』やゴンクール兄弟の『マネット・サロモン』との類似が『制作』においては指摘されるが、それはあくまでこのテーマが普遍的なものであることによるものであり、ゾラ自身が剽窃を行ったということではない。

十九世紀の文学と美術の関係を探る作品である『制作』は、なによりも芸術的創造行為のドラマを描いた小説として読者を魅了する作品なのである。

（寺田寅彦）

『大地』(一八八七)

あらすじ

第一部

フランス北部、穀倉地帯ボース地方の村ローニュとその周辺が舞台。軍隊上がりで、農場で働くジャンはある日、牝牛に引きずられる娘フランソワーズを助ける。彼女の伯父フアンは裕福な農民で、公証人の事務所で、三人の子供たち(イヤサント、ビュトー、ファニー)に財産を生前贈与し、その見返りとして子供たちから年金を受け取り、扶養してもらう契約を結ぶ(第一―三章)。

ローニュの農民たちの多くは信仰心が薄く、乱れた私生活を送っている。それがゴダール司祭の怒りを買い、両者は対立しあっている。十一月初旬の夜、フアン家に集まった村人たちは農民の暮しの過酷さを語りあうのだった(第四―五章)。

第二部

ジャンが働く農場の所有者ウルドカンは、妻と娘を亡くしてから下女のジャクリーヌを愛人にし、彼女の言いなりだ。農場経営もうまくいっていない。折しも雹の嵐に見舞われて、ローニュは大きな被害をこうむってしまう。フアンの弟ムーシュが急死すると、二人の娘リーズとフランソワーズの農作業を手伝うために、ジャンはしばしばやって来るようになる。そして二人の娘に惹かれていく(第一―四章)。

議員の選挙が近づいているので、候補者のシェドヴィルがローニュに遊説に来る。農民の利益を代表する彼は歓迎される。村人たちのあいだでは農民と工場労働者の利害対立、自由貿易の是非、ローニュと他の都市を結ぶ道路の建設をめぐって、激しい議論が交わされていた。他方、家畜の競り市が開かれ、ビュトーはリーズとフランソワーズ姉妹のために有利な取引きを実現させる。その後、彼とリーズの結婚が決まり、一族の者たちが集って賑やかな祝宴が催される（第五—七章）。

19世紀の農村風景
（L. レルミット作、1883年）

第三部

ビュトー夫妻とフランソワーズはいっしょに暮らし始める。乱暴なビュトーは義妹のフランソワーズを何かとからかうので、二人の間柄が険悪になる。その仲裁役を果たすのがジャンだった。ファンは子供たちから年金を支払われることになっていたが、子供たちは出し渋る。長男イヤサントは怠惰な酒飲みで、その娘オランプは素行が悪い。イヤサントとビュトーの兄弟仲は険悪になっていく（第一—三章）。

小麦の収穫が始まり、農民たちの労働が詳細に描かれる。大地が実りをもたらす時期は、人間の欲望が掻き立てられ、動物の繁殖が促される季節でもあった。ビュトーはフランソワーズに乱暴するが、彼女のほうは最終的にジャンを選ぶ。しかし余所者であるジャンを信用できないビュトーは二人の結婚に同意せず、二人の反目が強まる。ビュトーの農場で牝牛が仔を産むのと同時に、リーズが女児を出産する（第四—六章）。

第四部

ファンは自分の家を売り払って娘夫婦と同居するが、反りが合わない。その後ビュトーの家に居候するが、息子と対立して家を出る。最後はイヤサントの家に住むことになる。行政や警察と何かと悶着を起こすイヤサントだが、その無頓着ぶりがむしろファンを慰めてくれた。やがてブドウの取り入れの時期になり、作業のために人々が集まってきて、村は活気を呈する（第一—四章）。

選挙が近づき、農村経済の問題が村人たちを熱くする。ローニュの村は、保護貿易主義者であるシェドヴィルと、自由貿易を主張するロシュフォンテーヌという二人の候補者をめぐって真っ二つに割れる。まもなく二十一歳の成年に達するフランソワーズは、伯母マリアンヌの庇護を頼りに、ジャンと結婚し、みずからの財産の取り分を要求する。ビュトー夫妻との激しい諍いの末に、フランソワーズは彼らを追い出し、ジャンとの結婚生活が始まる（第五—六章）。

第五部

ジャンはビュトー夫妻と和解しようと思うが、ビュトーの恨みは消えず、両者の関係はますます険悪になっていく。一方、子供たちから見放され、今や飢えと寒さに震えるファンは、やむなく再びビュトーの厄介になる（第一—二章）。

ある日、飼料のウマゴヤシを刈りに来たフランソワーズは畑でビュトー夫妻に出会い、争いとなる。彼女は妊娠しており、子供の誕生はフランソワーズの遺産相続を確定的にすることを知っているビュトー夫妻は、彼女に乱暴して流産させようとする。抵抗したフランソワーズは大鎌で致命傷を負う。しかし夫のジャンには真実を語らず、彼に土地を遺贈するという文書に署名することなく息絶える。農民としての意識、家族の絆が、よそ者であるジャンから正当な権利を奪うのである。さらにビュトー夫妻は、フランソワーズの死の真相を知っているファンを殺害して、みずからの身の安全を図る。すべてを奪われたジャンはローニュの村を離れ、勃発したばかりのプロイセンとの戦争に向かう（第三―六章）。

解説

舞台はボース地方の農村地帯で、時代は一八六〇―七〇年に設定されている。農民とその生活を描くのは、ゾラが以前から抱いていた計画だった。農民の生活を語る文学は、十九世紀前半からすでに存在していた。しかしジョルジュ・サンドの田園小説は、あまりに牧歌的で農民感情の複雑さを伝えていないし、バルザックの『農民』や『田舎医者』は農村や辺鄙な山間の村が舞台であるものの、農民が主人公となる作品ではない。またゾラと同時代のモーパッサンの短編に登場する農民たちは、貪欲、狡猾、偏狭さといった、紋切型の心性を付与されていることが多い。

これらの先例を意識しつつ、ゾラはある友人宛の手紙のなかで『大地』執筆の意図を次のように述べている。「私は大地の生き生きした詩を書きたいのです。大地の四季、農作業、人々、家畜、要するに農村のすべてです。自分の本に農民生活のすべてを取りこみたいという途方もない野心をもっています」（ヴァン・サンテン・コルフ宛、一八八六年五月二十七日）。こうしてゾラはボース地方に出向いて取材し、友人たちから情報を提供してもらい、本や雑誌などの文献調査に着手した。また友人セアールを介して会った社会主義者のジュール・ゲード（一八四五―一九二二）には、土地所有や農地制度の問題について教えを乞うた。

小説は、四季とそれに規定される農作業にしたがって構成されている。第一部は冬の十二月で麦の種まき、第二部は五月で干し草刈りの季節、第三部は夏の収穫時期、第四部は秋でブドウが摘み取られる季節、そして第五部は再び秋から冬にかけてで、人々が畑を耕し始める。ただし、これは同じ年の四季の移り変わりではなく、各部のあいだ、あるいは同じ部のなかで数ヶ月から数年の歳月が流れる。ゾラは農村生活の季節性にもとづいて物語を構築し、その季節と、人間や動物の営みを並行させながら描く。春は欲望が芽生え、家畜が交尾するし、夏の日差しのなかで男女は官能を刺激されて荒々しく交わる。

実際、簡潔なタイトルが示唆するように、この作品では大地が人々の生活を規定する。大地は種まきと生育と収穫の舞台であり、人間や動物の世界に移れば、誕生と成長と繁殖と死の空間である。ゾラは数多くの誕生と繁殖と死を描きこむことで、大地と人間性、自然と人間の相関性を際立たせようとした。この作品は大地を舞台にして労働と季節の循環を描く叙事詩であり、大地がはらむ象徴的な次元を浮き彫りにしてくれる。ビュトーは農民の大地への愛と欲望の寓意であり、他方フランソワーズは、大地がはらむ誘惑と感覚性と豊饒さの寓意になっている。

『大地』において身体と性は重要な位置を占める。農民とは働く身体であり、子供を産む身体である。彼らの宗教的無関心と、猥雑な性風俗は司祭の顰蹙を買うが、それは彼らの濃密な身体性の表れにほかならない。リーズが女児を出産するのと、飼われている牝牛が仔を産むのが同じ瞬間に設定されているのは、農民の身体性と家畜の繁殖が同じリズムで進行することを示す。官能的で、欲望を肯定し、母性を求めるフランソワーズは、粗野なビュトーにさえ身体的な魅力を感じるほどである。農民たちは身体をつうじて活動し、感じ、身体によって失墜していく。

伝統的な農村も、政治や経済の動きと無縁でいることはできない。時代は一八六〇年代、ナポレオン三世の殖産興業政策のもと、社会と経済の構造は劇的に変わりつつあった。議員の選挙に際して、保護貿易派と自由貿易派という二人の候補が登場し、それをめぐってローニュの住民の意見も割れるというシーンはその表れだ。また農作業には機械化が求められるようになり、土地所有制度にも欠陥が生じはじめている。しかし地主であるウルドカンやフアンは、近代化の流れに順応できない。また『大地』には社会主義を標榜する人物が登場して、新たなイデオロギーの浸透を暗示する。怠惰なイヤサントは過激な思想に染まって、周囲の人間たちを狼狽させるほどだ。

フランソワーズはジャンを愛し、ジャンに愛され、彼の子供を宿しながら、姉夫婦の暴力によって悲劇の死を迎えるが、その真相を語ることはない。ファン家の土地はファン家の者が相続すべきであり、「よそ者」であるジャンに渡すことはできない。土地への執着は農民の固定観念であり、土地は親から子へと受け渡されなければならないのだ。そこに他者が入りこむ余地はない。村落共同体の秩序を攪乱させたよそ者のジャンは、最後には愛した女から権利剝奪され、家族と村から放逐される。『パリの胃袋』や『ジェルミナール』の主人公がそうだったように、外部からひとつの共同体に入りこみ、そこに調和しようと努めながら、最終的にそこから追放されることで物語が閉じるというのは、『ルーゴン゠マッカール叢書』にしばしば見られる構図である。

（小倉孝誠）

『夢』（一八八八）

あらすじ

一八六〇年のクリスマスの翌朝、大雪に覆われたピカルディー地方ボーモンの中心にある大聖堂の門の下で、ぼろをまとった少女が凍えていた。大聖堂に隣接した家に住む、聖衣刺繡職人のユベール夫妻が少女を助ける。このすみれ色の瞳をした金髪の少女は、アンジェリックという名の孤児で、怒りの発作や熱狂しやすい性格をもつ少女であったが、十六世紀の『黄金伝説』を愛読するようになる。夫妻はシドニー・ルーゴンが母親であることを突き止めるが、彼女がいかがわしい商売をしていることを知り、母親は死んだと偽ってアンジェリックを養女にする。優れた刺繡女になっ

『夢』挿絵版より

た少女は、地元のオートクール城とその家の輝かしい歴史、子孫である司教とその美しい大金持ちの息子についての話を聞き、自分がその王子と結婚したいという狂おしい夢想に捉えられる（第一―第三章）。

　十六歳になったアンジェリックは、幻想を見て恍惚を覚えるなど神秘的な体験をするようになり、『黄金伝説』に描かれたような奇蹟を強く信じていた。誰かがやってくる予感が高まった夜、ある人物が両腕を広げて自分に差し出すのをはっきりと見る。川で洗濯していると、オートクール礼拝堂のステンドグラスを修理する職人の中に、月明かりで見たあの男性の姿があった。彼はフェリシアンという名前で、少女の洗濯を助け、二人は親しくなる。ついに彼は愛を告白するが、少女は罪の意識に苦しむ。ある日、彼が奇蹟行列で用いる自分でデザインした司教冠の刺繡の依頼をしにやって来る。それは、髪の毛を裸体にまとい天に召されようとする、アンジェリックによく似た、そして彼女が最も親しみを覚えている聖アニエスの姿であった。共同作業を通じ二人の愛情は一層深まり、少女は聖女たちも自分の恋を祝福してくれていると確信する。翌日の奇蹟行列で、彼女は司教によく似たフェリシアンの姿を認め、彼が司教の息子で、結婚を夢見ていた大金持ちのオートクール家の王子であることに気づく。その晩二人は結婚の約束を交わすが、養母のユベルティーヌは、身分の違いからフェリシアンとは結婚できないと諭す。彼は良家の子女クレール・ド・ヴォアンクールと結婚が決まっているのだと言う。アンジェリックは自分の傲慢さを反省し、二度と彼に会わないことを誓う（第四―第九章）。

少女は黙々と刺繡に励むが、心の中ではフェリシアンの妻になる奇蹟が起ると信じていた。息子と少女の懇願にもかかわらず、司教は二人の結婚を許さない。少女は奇蹟を待ち続けていたが、フェリシアンとヴォアンクール嬢とが秋に結婚すると聞き、次第に衰弱していった。養父ユベールは、愛し合う二人の結婚を許そうと言うが、ユベルティーヌは子供を死産し子宝に恵まれなかったのは、死んだ母親が自分たちの結婚を許していないからであり、アンジェリックとフェリシアンも、親から祝福されない結婚をしても幸せになれないと言って反対する。ある晩、フェリシアンがついに少女の部屋にやってきて、今すぐ駆け落ちしようと言うが、アンジェリックは何かに引き止められて動くことができず、絶望に苦しみながらも、とどまることを決意する。衰弱が進んで死が近いことを悟り、終油の秘蹟を受けたいと願った少女のもとにやってきたのは司教であった。終油の儀式の後、先祖のジャン五世がペスト患者たちに聖アニエスの力を借りて接吻して治癒したのと同じように、アンジェリックの唇に接吻すると、少女は長い昏睡から目覚め、フェリシアンの手を取る。二人の結婚式の前日、ユベール夫妻は新たに子供を授かったことを知る。式を終えて大聖堂を退出する時、夢が叶い幸せの絶頂の中、フェリシアンに口づけをしてアンジェリックはついに息絶える（第十―十四章）。

執筆・出版と当時の受容

ゾラが準備資料を書き始めたのは一八八七年十一月であった。宗教的儀式や『黄金伝説』、刺繡の技法や中世の建築物について多くの資料と格闘した。草稿の執筆期間は一八八八年一月五日から八月二十日である。『夢』は叢書の中で最も短い作品で、一八八八年四月一日から十月十五日までの間、『ルヴュ・イリュストレ』紙に一章ずつジョルジュ・ジャニオによるイラスト付きで掲載された。これは、日刊新聞に連載されることで小説が細分化することを嫌ったゾラ自身が望んだ出版形式であった。単行本は、同年十月十三日にシャルパンティエ社から出版された。

神秘主義的な傾向が強く見られるこの作品は、叢書の中で異例のものであり、アカデミー会員になることを望んでいたゾラが、『大地』が引き起こしたスキャンダルの後で大衆受けを狙って書いたものではないかとみる向きもあったが、ゾラ自身は、「ずっと前から考えにあったもので、現実を越えた世界を考慮にいれないとよく批判されるため、叢書の中に夢物語を入れたいと願っていた」のだと述べている。雑誌に掲載中の一八八八年七月にゾラはレジオン・ドヌールのシュヴァリエ勲章を授かった。

書評は、この小説にユゴーのような幻視のロマン主義作家・詩人としての才能を再発見し、高く評価するものもあったが、アナトール・フランスやジュール・ルメートルのように、現実世界を鋭い観察眼と大胆な筆致で描く自然主義作家ゾラが、神秘主義的な聖処女のおとぎ話を書こうとして失敗したと酷評するものもあった。一般の読者には好評で、まもなく本作品の発行部数は『ジェルミナール』に並ぶと言われている。

解説

遺伝

この作品では、ゾラが叢書の中心的主題として据えた、人間の遺伝的性質に環境が及ぼす影響が、アンジェリックの変化に明確に表現されている。彼女は、ルーゴン＝マッカール家の祖アデライード・フークの孫で、パリで売春を斡旋する母のシドニー・ルーゴンに捨てられ、孤児として様々な里親の元を転々とし虐待を受けて育ったため、ユベール夫妻に引き取られても暴力的な傾向や熱狂性を示していた。だが、穏やかな彼らの愛情に包まれて育ち、黄金伝説を通じてキリスト教や聖人の生涯について学び、大聖堂に隣接した古い静謐な家で、修道女が祈りを捧げて暮らすように日々教会の用具の刺繍をして長年生活したことで、「環境が彼女の中に入り込んだ」のであり、「彼女の静脈の中の血液をわずかに作り変えてしまった」のだ。ゾラは、ジャック・ヴァン・サンテン・コルフへの手紙の中で、「ヒロインはルーゴン＝マッカール家に自然発生して神秘的な環境に移植された新枝で、特別な栽培によって変化を被る」のだと述べている。

神秘主義、時代の影響

ゾラ研究の大家アンリ・ミットランは、『夢』は、十九世紀末にヨーロッパで興った、実証主義に対する観念主義的反動を示す作品の一つで、後の作品『ルルド』や『ローマ』を予告するものだと述べている。確かに『居酒屋』や『大地』の作者の作品として読むと、現実と幻想が、俗と聖が交錯するこの小説に戸惑いを覚えるが、ゾラの作品にはある種の象徴主義的・神秘主義的傾向が皆無ではない。『夢』の創作に際しゾラが強く意識していた『ムーレ神父のあやまち』もその好例だろう。

時代の影響という点では、アンジェリックを取り囲む中世的環境、聖人、天使、白い色、少女の恍惚とした幸福な死、などのモチーフは「ラファエル前派的」と言えるし、ヒロインの生業とする刺繍やフェリシアンが研究するステンドグラス、職人的な仕事の評価という点からはアーツ・アンド・クラフツ運動との関連を想起させる。

死者の呪いと許し、「聖処女」アンジェリック

『夢』では、ヒロインとの関わりを介してユベール家とオートクール家の物語が語られる。ユベール夫妻は、死んだユベルティーヌの母親に結婚を許されなかったため、その「呪い」によって子供が出来なかった（と信じている）が、最後には許されて、五十歳を過ぎた夫婦は奇蹟的に子宝を授かる。一方オートクール家では、フェリシアンの誕生と引き換えに死んだ母親の、いわば「亡霊」に父親である司教が苦しめられ、

そのために息子と正常な親子関係を結ぶことができなかったが、司教もアンジェリックとフェリシアンの関係を認めることで救われる。二つの家族にかかっていた死者の呪いをアンジェリックが解く役割を担い、いわばその代償として少女が自分自身の命を捧げるのだ。彼女は自分の夢であった結婚と引き換えに死ぬことで、『黄金伝説』を読んで憧れていた聖処女と同一化するように描かれるが、二家族に自分の死という犠牲を捧げ、救いをもたらしている点においてもまた聖処女だと言える。批評家のジャン＝ベルマン・ノエルは、この作品がフロイトの「家族ロマンス」の構造を持つことに注目し、精神分析的観点から興味深い分析を行っている。

また、このような死者の呪いのテーマはゾラの作品に繰り返し現れる。『テレーズ・ラカン』ではテレーズと愛人のロランは、殺したテレーズの夫カミーユの「亡霊」に取りつかれるようにして最後に自殺に追いやられる。『ボヌール・デ・ダム百貨店』では、百貨店の創始者の娘で、改装工事中に穴に落ちて死んだムーレの亡き妻カロリーヌの血が何度も喚起される。しかし最後にムーレとドゥニーズの結婚が決まると、百貨店の白物の描写でページが埋め尽くされ、『夢』と同様あたかも白色が穢れた赤い血を清める作用を担っているかのようである。

オペラ『夢』

アルフレッド・ブリュノ作曲、ルイ・ガレ台本による四幕八場のオペラ『夢』が制作された。ゾラも熱心に台本の作成に加わり、小説に忠実な内容であったが、ゲネプロでアンジェリックが司教の接吻で息を吹き返しフェリシアンと結婚するハッピーエンドに変更されている。初演は一八九一年六月、レオン・カルヴァロ演出でオペラ＝コミック座にて行われ、成功を収めた。二十回上演された後、ロンドンのコヴェント・ガーデン劇場にてフランス語で上演され、ブリュッセルでも大成功を収めた。翌年一八九二年にハンブルグで上演された際にはグスタフ・マーラーが指揮した。

（髙井奈緒）

『獣人』（一八九〇）

初出は『民衆生活』紙一八八九年十一月十四日―一八九〇年三月二日。物語は第二帝政末期の一八六九―七〇年を背景に、パリ―ル・アーヴル間を走る西部鉄道路線を舞台として、男女の愛憎関係が引き起こすいくつかの殺人事件を描き出す。主人公のジャック・ランティエはジェルヴェーズ・マッカール（『居酒屋』）を母に持ち、クロード（『制作』）、エティエンヌ（『ジェルミナール』）と兄弟。

あらすじ

西部鉄道路線の終着ル・アーヴル駅で助役を務めるルボーは、妻のセヴリーヌが保護者だと言っていたグランモラン元裁判長が実は彼女の情夫であったことを知る。凶暴な怒りに駆られたルボーは、パリ発ル・アーヴル行きの夜行列車でグランモランの殺害を思い立ち、妻にその計画に加担するよう強いる。

他方、西部鉄道の急行用機関車リゾン号で運転手を務めるジャックは、休暇を利用して、ルーアン付近のクロワ・ド・モーフラ（架空の地名）に住む叔母のファジーを訪ねた。そこで夜の散歩時に彼を慕う従妹のフロールに発作的に襲いかかる。我に返ったジャックは、その場を逃げ出して野原をさまようちに、たまたま目の前を走り去る列車内で、ルボー夫妻が犯した殺害事件を垣間見る（第一―二章）。

事件の捜査が開始され、ルーアンの予審判事ドゥニゼはルボー夫妻を疑う。証人として呼ばれたジャック

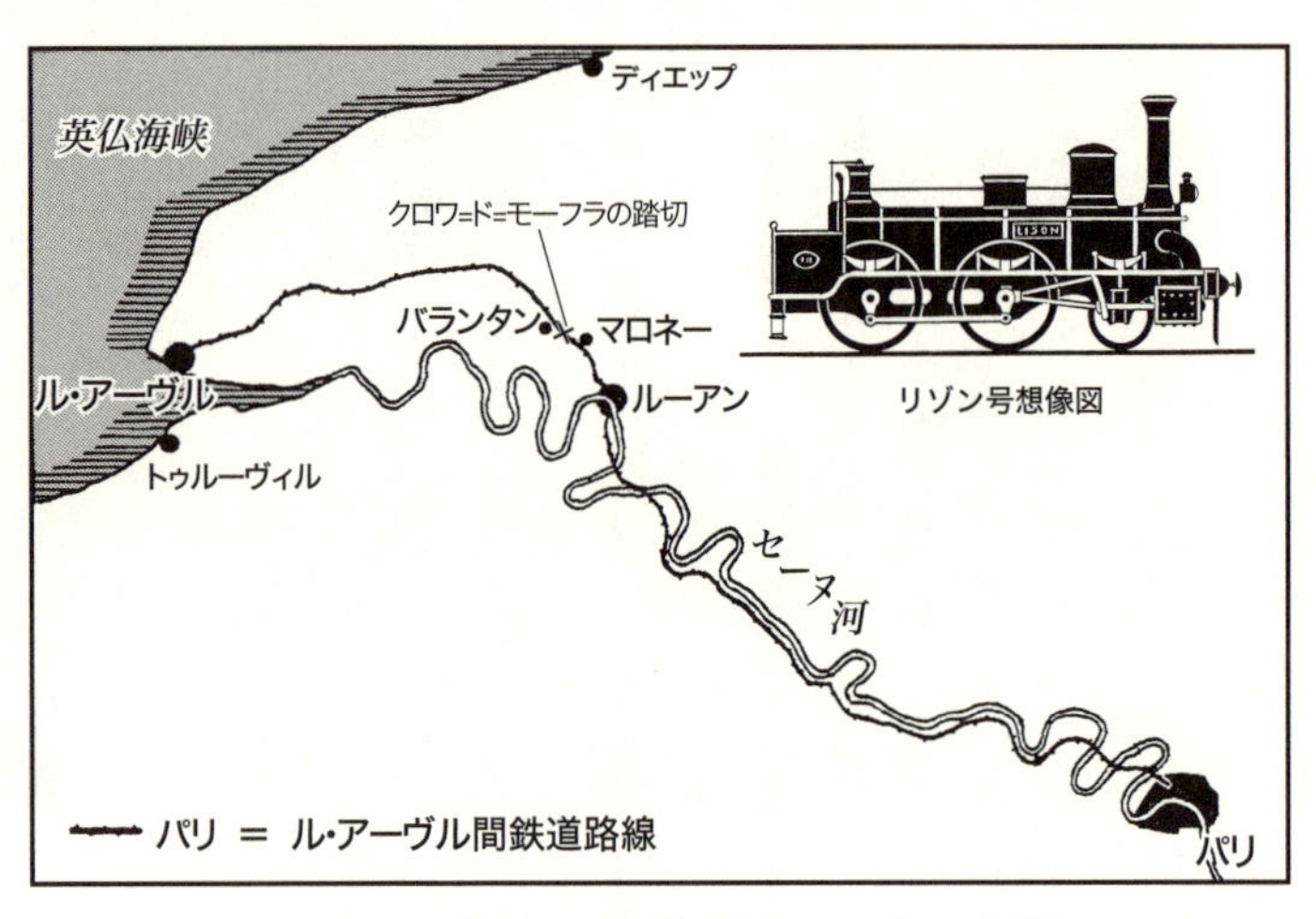

パリ＝ル・アーヴル間鉄道路線図とリゾン号想像図

は、セヴリーヌの魅力につられて、一瞬の出来事で確信が持てないことを理由に、ルボー夫妻が犯人であるとの証言を拒む。ドゥニゼはルボー夫妻に関する決定的な証拠や証言が得られないので、別に不審な言動を弄していた地元民のカビューシュを犯人に仕立てあげる。殺害されたグランモランの旧友で、事件の最終責任者の法務局長カミー＝ラモットは、公判でかつての政府要人グランモランがスキャンダルまみれになると、政権にも少なからず影響が及ぶことを恐れ、出世を餌に事件を控訴棄却にすることをドゥニゼに提案して、事件を闇に葬ろうとする（第三―五章）。

事件に関する暗黙の了解に基づいて急速にセヴリーヌと親しさを増したジャックは、リゾン号が牽引する急行を運転して週二回定期的にル・アーヴルに行き、ルボーの家を訪問するようになった。やがて彼とセヴリーヌは彼女の夫ルボーの目を盗んで逢瀬を重ねる恋人同士の仲になっていった。他方で殺人事件の嫌疑を逃れたルボーは、トランプの賭に夢中になって次第に家庭を顧みないようになる。彼は賭けにのめり込んで負債を重ね、ついにはグランモラン殺害時に持ってきて、床下に隠しておいた大金にも手を付ける始末であった。ますます離れがたく深い仲となったセヴリーヌとジャックは、もはや二人にとって邪魔物にしかみえないルボーを殺そうと試みる。が、土壇場でどうしてもジャックは意図的な殺人に手を出すまでにはいたらない（第六章）。

セヴリーヌは彼女の住むル・アーヴルの逢引きだけではものたらず、膝の治療を口実にジャックの運転するパリ行き急行に乗って、パリでも二人きりの時間を楽しむようになる。そんなある日、セヴリーヌを乗せた機関車リゾン号が大雪のためにクロワ・ド・モーフラで運転不能になってしまう。セヴリーヌはその日のうちにル・アーヴルに帰れずパリ泊まりを余儀なくされる。図らずも彼らは初めて二人だけの一夜をゆっくりと過ごせることになった。二人がベッドで語り合ううちに、セヴリーヌはグランモランを殺害したときのことを告白する。ジャックはセヴリーヌから聞き出した殺害時の感覚が脳裡から離れず、それが固定観念となって寝つけない一夜を過ごし、横に寝ている彼女をナイフで刺し殺しそうになる。彼は再び、以前クロワ・ド・モーフラで従妹のフロールに発作的に襲いかかろうとしたのと同じ病的な事態に陥ってしまったのだ。

その後も行く末に展望が開けぬままに二人が逢瀬を重ねていると、今度はクロワ・ド・モーフラで母親のファジーの代わりに踏切番を務めるフロールに、ジャックの急行列車にセヴリーヌも同乗しているところを見つかってしまう。彼女は大雪の日に自宅に避難してきたジャックとセヴリーヌが恋仲であることに気付いていた。その彼らが楽しい二人だけの時間を過ごしに列車に乗ってパリに出かけるのを目の当たりにしたのだ。そこで彼女は凶暴な嫉妬に駆られ、ついには二人の逢瀬を阻もうと列車転覆を目論む。夫のミザールに毒を盛られて母親ファジーが死んだ日、フロールは首尾良くジャックの機関車を転覆させた。この列車転覆によって多くの死傷者が出た。だがジャックは重傷を負っても助け出され、セヴリーヌの方は無傷であった。何のための列車転覆だったのか。フロールはその日のうちに機関車に裸で体当たりして自殺を遂げる（第七―十章）。

セヴリーヌ名義のクロワ・ド・モーフラの別荘に収容され、彼女の献身的な看護で事故の傷から癒えてきたジャックは、彼女からもせかされて二人の将来を打開するため再びルボー殺害を決断する。しかしジャックは最後の土壇場で裸のセヴリーヌを見て以前のような発作に捉えられ、あろうことかついにセヴリーヌをナイフで刺し殺してしまう。

以前の予審判事ドゥニゼが再び事件の解明に乗り出す。彼はグランモラン事件と今回のセヴリーヌ殺人事件を結びつけ、実行犯をカビューシュ、彼を背後で操りグランモランとセヴリーヌの財産を狙ったのがルボーだと誤った推論をし、二人を裁判に掛けて冤罪事件を作り出してしまう。ドゥニゼにとっては、誠実そうなジャックが愛する恋人セヴリーヌを殺害することなど考えられないからだ。

普仏戦争が始まる。ジャックは自らの運転する機関車の上で、機関助手ペクーとペクーの愛人フィロメーヌをめぐって取っ組み合いとなる。二人は機関車から転落し、列車に轢かれて死ぬ。列車は機関車の運転手を失っても、普仏戦争でライン戦線に遠征する兵士を満載してどこまでも暴走していく（第十一―十二章）。

解説

小説の主題となっている主要な殺人事件は、ルボーが妻と引き起こしたグランモラン元裁判長殺害とジャックによる恋人セヴリーヌ殺害である。その他にもフロールが嫉妬から列車転覆を謀り結果的に大量の無関係の人々を殺傷するし、ミザールはへそくりを狙って妻のファジーを毒殺している。ゾラはイタリア人犯罪心理学者のC・ロンブローゾ（『犯罪者論』）やロシア人作家ドストエフスキーのラスコーリニコフ

(『罪と罰』)の犯した「合理的殺人」を参考にしながら、殺人欲動における狂気や遺伝の影響、意識・無意識の関与を問題に取り上げようとしている。またゾラは、殺人事件の捜査法や事件の処理をめぐる裏取引き、冤罪事件を露わにして、第二帝政末期における司法当局に対する批判的な見方を展開する。

もうひとつの主題である鉄道は、当時文明社会を隈なく結ぶコミュニケーション手段として華々しい役割を務める一方、その事故の被害の大きさから以前の交通手段と比較にならないほど社会的メンタリティーに暗い影を落としていた。ゾラは『獣人』で一連の殺人事件を西部鉄道路線に集中させて、小説に統一感を持たせると同時に、読者には鉄道の禍々しいイメージをこのうえなく喚起させる。さらに作者は、運転手ジャックの機関車リゾン号に対するアニミズム的接し方を通して、まるで機関車が登場人物と並ぶ主人公であるかのような特筆すべき解釈をイメージ豊かに展開している。

(寺田光徳)

『金』(一八九一)

全十二章。『ルーゴン=マッカール叢書』第二巻『獲物の分け前』に登場したアリスティッド・サッカールが再び主役となる。一八九〇年十一月三十日から九一年三月四日まで『ジル・ブラス』紙で、ついで同年三月二十二日から八月三十日まで『ヴィ・ポピュレール』紙に連載された。一八九一年三月四日にシャルパンティエ社から単行本出版。

あらすじ

物語の時代設定は一八六四―六九年。『獲物の分け前』では妻ルネの財産を奪ってまで投資した土地投機で、一時は私腹を肥やしたサッカールだったが、事業に失敗し、文無しになったところから物語は始まる。

ふたたび投機によって一儲けしようと狙うサッカールが目をつけたのが、金融の世界である。パリの金融取引所で、新しい事業の話を持ちかけようと人を待つ間、紙切れ同然になった債券を集めるメシャン夫人に会い、その後高利貸ビュッシュとその弟である社会主義者シジスモンと出会う（第一章）。

サッカールは慈善活動に身を投じるオルヴィエード王女の家に滞在する。そこでアムランという技師に出会い、彼の描くカトリック資本による中近東開発の計画にインスピレーションを得、共に働くことをもちかける（第二章）。

新しい銀行ユニヴェルセルを立ち上げるため奔走する。最大のライバルはユダヤ人銀行家のグンデルマンである。しかし協力者やイメージ戦略の成果もあり、ユニヴェルセル銀行は好調な滑り出しを見せる（第三―四章）。

アムランの妹カロリーヌは、活力のあるサッカールに惹かれ、愛人になる。一方、新聞『希望』紙を買収しイメージ戦略をおこなった効果や、サドヴァの戦いでのプロイセンの勝利によって、ユニヴェルセルの株価は高騰する。ビュッシュとメシャン夫人はサッカールが以前女中に作らせた私生児を発見し、彼をゆすろうとする（第五―六章）。

一八六七年の万博を機に、ユニヴェルセル株は最高潮となる。投機家のサンドルフ男爵夫人は、自分の利益のためにサッカールに接近し関係を持つが、のちにグンデルマンに寝返る（第七―八章）。

株価を常に上昇させ続けたいサッカールは、自社株を大量に購入し、下落しかけた株価の維持に努める。だが、ライバルのグンデルマンが組織的にユニヴェルセルの株を売却したことにより、大暴落が起きる（第九―十章）。

自社株買いが暴露され、債権者に多大な損失を与えたかどでサッカールは投獄される。獄中に面会にきたカロリーヌは、サッカールの衰えぬ投機熱に驚き、金についての考えをめぐらしながら牢獄を後にする（第十二章)。

解説

本作は、十九世紀後半に実際におこった銀行破綻にインスピレーションを得ている。ユニオン・ジェネラル銀行は一八七五年、ボントゥーとフェデールによりリヨンで創立されたカトリック王党派の銀行である。この銀行は保守派の人気を集め急速に勢いを増し、一八七九年末には七五〇フランだった株価も二五〇〇フランまでに達した。しかし、資本の過剰評価と、自社株の買い占めにより、一八八二年に株は大暴落、銀行は破綻した。創立者のふたりは懲役五年の刑を言い渡され、亡命する。ただしこの事件は、第三共和政時代に起きた事件であり、「第二帝政下(一八五二―七〇)における一家族の自然的・社会的歴史」を描くという『ルーゴン=マッカール叢書』のコンセプトからみれば、アナクロニズム(時代錯誤)となっている。

パリ証券取引所の大ホール

(ペルコックの作品にもとづく版画)

　ゾラの作品全体からみて、本作は重要な位置づけにあり、これまでに書かれて来たテーマ、これからゾラが書くことになるテーマが集約されていると言って過言ではない。たとえば『獲物の分け前』においては土地を対象に扱われた投機のテーマが、金融界に場を変えて再び扱われている。また、『パリの胃袋』の主人公フロランによって提起され、『ジェルミナール』では主人公の傾倒するところとなった社会主義の問題が、本作ではシジスモンという脇役によって観念的に語られる。そしてそれは後期作品『四福音書』第二巻の『労働』で、主題となって回帰することとなる。さらに本作では、アムランによって中近東の開発が試みられたが、これは後に『四福音書』第一巻『豊饒』の結末に描かれるアフリカの植民地化へと展開されることになる。

ユダヤ人の問題もテーマの一つである。一八九八年にはドレフュス事件でユダヤ人将校の無罪を主張することになるゾラだが、本作の時点ではやはり彼もユダヤ人と資本にまつわる偏見を脱しきれていないように思われる。冷徹なグンデルマンは金融界を牛耳っているし、高利貸のビュッシュは金儲けのためには手段を選ばない。しかし、ビュッシュの弟シジスモンはマルクスに影響を受けた社会主義者で、金の存在自体を否定するところをみれば、ユダヤ人の典型が相対化されていることがわかる。現にゾラは一八九六年に「ユダヤ人のために」という記事を書き、その二年後には「私は告発する……!」を発表するのである。本作は、作家のキャリア全体にわたって問い続けられるテーマが結集した、核となる作品といえる。

当時の批評は、本作品の物語構成や、事前調査による豊富な金融市場の知識のため、比較的好意的で、アナトール・フランスは『タン』紙に「どっしりして重々しい」が、「力強く啓蒙的で、博識」であると書いている。カール・マルクスの婿であるポール・ラファルグは、資本主義の構造について分析が乏しいと批判しつつも、本作の価値を認めている。

アダプテーション

フランス国内でこれまでに二度映画化されている。一作目はマルセル・レルビエが最後に撮ったサイレント・ムービー（一九二八）。こちらでは、サッカールが完全な悪人として描かれており、アムラン兄妹は夫婦という設定になっている。二作目のピエール・ビヨンによる映画では、サッカールはむしろ善人として描かれている（一九三六）。なお、原作ではサッカールは、自分が孕ませた私生児を顧みない非情さがある一方で、貧しい株主たちには慕われる一面もあり、両義的な人物である。

（中村翠）

『壊滅』（一八九二）

初出は『民衆生活』紙一八九二年二月二十一日—七月二十一日。『壊滅』は一八七〇年の普仏戦争から、一八七一年のパリ・コミューンまでを描く。普仏戦争では、ナポレオン三世治下のフランス帝国が、七〇年九月一日のスダン（フランス北西部アルデンヌ県）における戦闘でプロイセン（プロシア）王国に決定的な敗北を喫して、第二帝政が瓦解するにいたった。第二帝政瓦解後発足した国防政府はドイツ帝国（一八七一年一月に成立）との間で休戦協定を結ぶが、パリにはあくまでドイツとの徹底抗戦を唱えるコミューンが一八七一年三月に設立された。ドイツ軍のパリ包囲下で、そのコミューン軍とティエールのコミューン掃討の命を受けた国民軍（ヴェルサイユ軍）とのフランス人同士の戦いが始まり、五月二十一日—二十八日の「血の週間」として知られるコミューン軍の敗滅で幕を閉じた。

この作品は、歴史的大事件の推移を実証的にたどりながら、マッカール家のジャン（『居酒屋』の主人公ジェルヴェーズの弟）を主人公として登場させた歴史小説で、近代フランスが陥った未曽有の悲劇を描いて「現代の黙示録」との評価を得ている。近年翻訳（二〇〇五年、論創社）が出るまで、日本の読者にはなじみが薄かったが、戦争文学としては質量ともにフランス屈指の小説である。

あらすじ

第一部

一八七〇年七月の戦争開始から、八月末までのスダンへのフランス軍の行軍模様を描く。主人公のジャン・マッカールは、普仏戦争で国民軍第七軍団一〇六連隊所属の分隊を指揮する伍長である。その部下に祖国愛に燃えるパリの弁護士モーリス・ブラッスールがいた。彼らはライン戦線で敵と戦火を交えることなくアルザス地方南部のミュールーズから撤退し、続いてパリ経由でシャンパーニュ地方ランス近郊に赴いて待機する。

フランス軍はプロイセン軍の正確な位置がつかめないまま、八月二十三日からムーズ川沿いの要衝スダンに向かっていったん進軍する。だが、ヴージエの先まで行ったところでまたパリに向けて退却しようとする。その間、ジャンが過酷な行軍で足を痛めたモーリスを助けると、人格的に互いに認め合うようになり、二人は次第に固い友情で結ばれていく。

モーリスはついに歩けなくなり、治療のため馬車でヴージエの北八キロのところにある生まれ故郷ル・シェーヌに送られた。そこで元気を取り戻したモーリスは、フランス軍がスダンに向かって再度進軍したことを知ると、自分の分隊に再合流する。連隊がスダンの近郊ルミイーまで来たとき、飢餓に耐えきれずモーリスはジャンを誘って叔父フーシャールの家を訪れ、十分な睡眠と食事にありついた。そこにはフーシャールの息子の砲兵オノレが、結婚の約束を交わしているシルヴィーヌに再会するために来ていた。

やがて一〇六連隊はスダンに到着する。スダンにはモーリスの双子の姉アンリエットがヴァイスと家庭を構えており、モーリスとジャンは戦線に赴く前に彼らの家で休息を取ることができた。

第二部

九月一日のスダンにおけるフランス対プロイセンの攻防を中心に物語が展開される。ヴァイスはスダンに

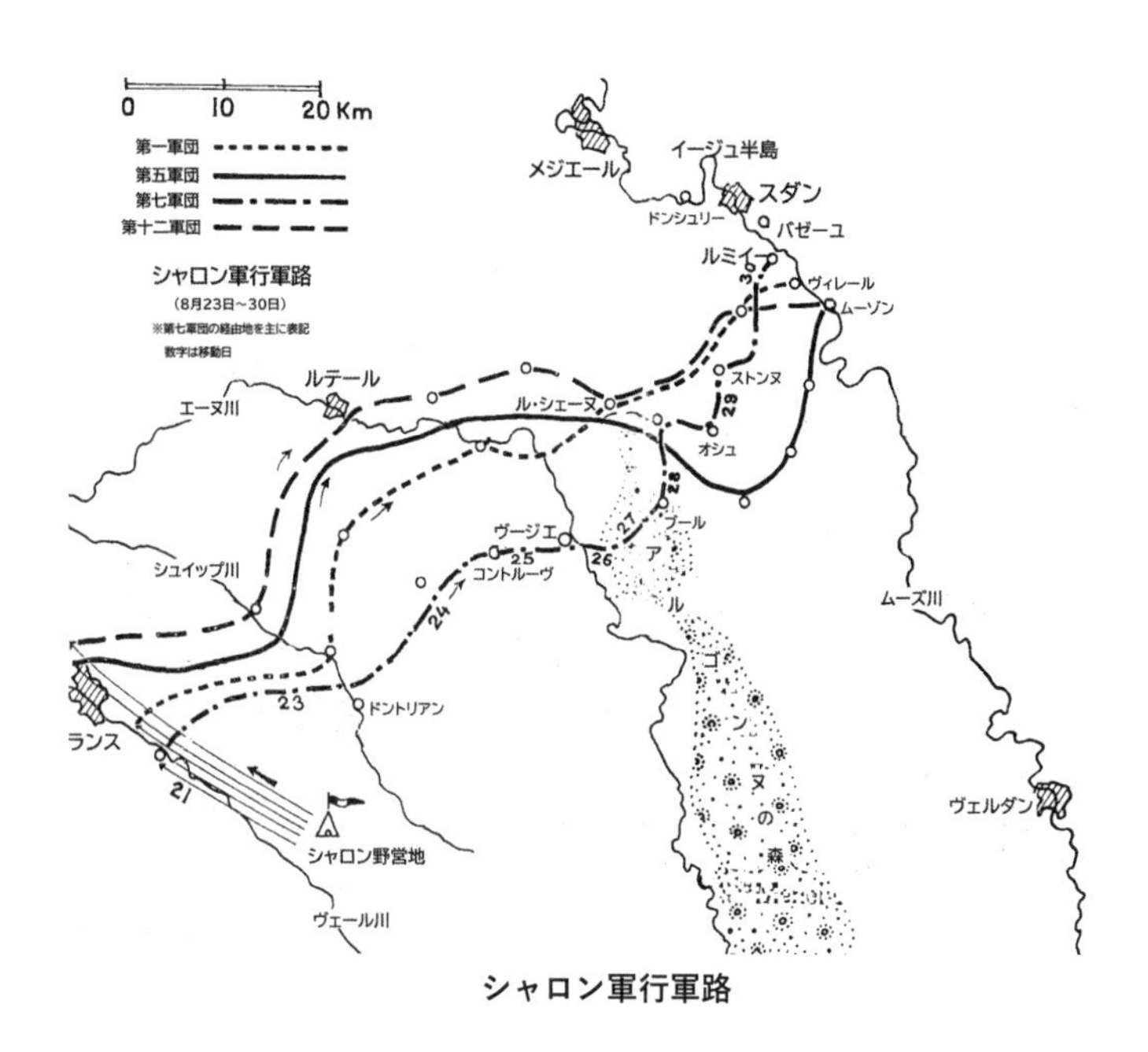

シャロン軍行軍路

隣接するバゼーユに赴いて、自分の持家を守るため攻囲するプロイセン軍に銃を持って立ち向かうが、敵に捕らえられてしまう。彼の身を案じる妻のアンリエットは戦火の中を危険を冒してバゼーユに向かい、そこでプロイセン軍に銃殺される夫の最期に立会うという悲劇に見舞われる。戦地ではフレノワの丘の上で泰然と構えるプロイセン王ヴィルヘルムと、参謀本部で孤独に沈む病的なナポレオン三世の敵将同士が対照的な姿を介間見せ、普仏戦争の帰趨を予示する。

フランス軍はスダン北方に戦力を集中させてプロイセン軍を迎え撃とうとする。だが、敵の圧倒的な重火器の攻囲作戦に直面し、志気だけが頼りの絶望的な戦いを挑まざるをえない。山場の五章では、プロイセン軍のスダン包囲網に対して壮絶な戦いを繰り広げるフランス軍の姿がジャンの分隊を中心にして赤裸に描かれる。この戦闘で初めてプロイセン軍と戦火を交えた一〇六連隊は、戦略的拠点のイリー高地で敵の十字砲火を浴びて壊滅する。イリー高地はフランス軍にとっ

A・ド・ヌーヴィル《最後の砲弾、バゼーユ》1873年

てはカルヴァリオの丘と化し、総崩れとなってスダン市街に敗走せざるをえなかった。モーリスのまたいとこの砲兵オノレは自らの大砲の残骸の上で死んだ。ジャンは頭を負傷したが、モーリスの必死の救出行動で生き延びられた。

スダンはフランス軍の敗走兵士でごった返し、住民はプロイセン軍の砲火による町の破壊に戦いていた。ナポレオン三世はなすすべもなくプロイセン軍に降伏する。

第三部

オノレの死を知った恋人シルヴィーヌが、遺体収容のために危険を冒してイリー高地に赴くところから話が始まる。敗北したフランス軍はスダンに隣接するイージュの捕虜キャンプに集められていた。モーリスとジャンはそこで飢餓に苦しみ、最終的に逃亡を決意する。途中でジャンはプロイセン軍歩哨の銃撃で脚に重傷を負ったのだが、今度もモーリスに助けられて、フーシャールの家まで何とか逃げのびられた。

ジャンはフーシャールの家に寄宿する先のアンリエットの手厚い看護を受け、徐々に傷から癒えていく。他方でモーリスはフランスの危機に居ても立ってもいられず、危急を告げるパリへと一人で出発する。シルヴィーヌは自分に子供を生ませたプロイセン軍のスパイ、ゴリアトを義勇兵に委ねて処刑させてしまう。

パリに到着した一方のモーリスは、コミューン軍に参加して政府軍と戦う。他方、傷の癒えたジャンは再び軍務に復帰すると、国防政府の意向を受けたヴェルサイユ軍の一員として、コミューン軍掃討作戦に加わった。フランス人同士が戦う内戦の象徴的な悲劇はパリの中心バック通りのバリケードで起こる。ジャンはそこに立てこもる敵のコミューン軍兵士を銃剣で刺して致命傷を負わせるが、それが他ならぬモーリスだったのである。

ジャンはモーリスをアパルトマンに連れて行き、そこにかけつけたアンリエットが彼を必死に看病する。しかしモーリスはちょうどコミューン崩壊の日に息を引き取る。アパルトマンの外では、チュイルリー宮殿、レジオン・ドヌール宮、参事院、市役所などを始めとしてパリを代表する大建築が炎上し、文字通り「パリは燃えていた」。

解説

『壊滅』は、普仏戦争からパリ・コミューンまで、フランスのドイツに対する敗戦と内戦の悲劇にいたった原因を探ろうとする大局的な観点を具えるとともに、穏健な農民のジャンと先鋭的なインテリのモーリスが普仏戦争では協力関係にあったのに、内戦では対立関係に転化させる戦争の非情・冷酷な論理を描いてみせた。また英雄史観的な戦争文学とは対極的な立場から、兵士や住民たちのリアリスティックな視線を通して、戦火・占領下でなめたフランス人の辛酸を描いて、戦争の悲惨な実態を暴くことに貢献している。

「第二帝政下における一家族の自然的・社会的歴史」

L・サバティエ＆ A・アダン《5 月 21 日パリ市庁舎炎上》1873 年

を副題にもち、ナポレオン三世のクーデタによる第二帝政の樹立（『ルーゴン家の繁栄』）から始まった『ルーゴン＝マッカール叢書』が、この巻で第二帝政の瓦解を描いていることから、歴史的観点からすれば、『壊滅』は『叢書』を実質的に締めくくる作品として位置づけられる。

（寺田光徳）

『パスカル博士』（一八九三）

あらすじ

『ルーゴン＝マッカール叢書』全二十巻の最終巻であり、その全体的な結論を提示する作品である。物語の舞台は南フランス、時代は一八七二—七四年、つまり第二帝政が崩壊した後の第三共和政の初期に設定されている。

医者のパスカル・ルーゴンはプラッサンの近く、ラ・スレイアード村に住みながら、以前から遺伝の法則を研究している。研究のための材料になっているのは、自分が属するルーゴン家と、傍系であるマッカール家の一族の人生の記録である。彼らの生い立ち、病理、職業、運命に関する詳細な観察と、それにもとづく考察が記録された資料を、パスカルはたいせつに保管している。しかしパスカルの研究は、宗教心の篤い召使いのマルティーヌから見れば不敬であり、一族の名誉を重んじる母親フェリシテからすれば、家族の恥をさらすことになりかねない。そのため二人の女とパスカルの間には、しばしば諍いが起こる。パスカルは有能で、私利私欲のない医者で、住民たちの信頼が篤い。ある時、パリに住んでいるマクシム・サッカールが、息子のシャルルに会うため村にやって来る。シャルルは虚弱で知恵遅れの少年である（第一―三章）。

マクシムの妹で、姪のクロチルドをパスカルは幼い頃に引き取って育ててきた。信心深い彼女は当初伯父の研究の意義を理解できず、マルティーヌやフェリシテと共謀して、パスカルの研究を邪魔しようとする。そこでパスカルは、ルーゴン家とマッカール家の詳しい系図を見せながら、両家の人々がどのような人生を送ってきたか、そこに遺伝的な要素がどのように絡まっているかをクロチルドに説明する。その説明を聞いて彼女は伯父の学問の価値を知り、彼の弟子となる。しかしパスカルは長年の研究生活の疲労がたたって、神経衰弱の徴候を呈するようになってしまう。クロチルドは献身的に彼を看護し、その甲斐あって彼は回復する。（第四―六章）。

パスカルの弟子ラモンはクロチルドに好意を抱いているが、彼女のほうは無関心だ。やがて彼女は、パスカルに愛を感じるようになる。他方、五十九歳になったパスカルは老いを自覚するようになり、青春時代や満たされなかった愛を後悔する。これまでの研究がかならずしも望んでいたような幸福をもたらしてくれなかったせいで、彼は科学の意義に対して懐疑的になっている自分を感じる。生の充足感や、愛や、家族こそが人間にとって真の幸福ではないのか。こうしてクロチルドとの愛の共有がパスカルの人生をおおきく転換させる。彼女の若さと美しさが、彼にはじめて愛の歓びと官能性を教える（第七―八章）。

酒浸りだったアントワーヌ・マッカールはある日、火の点いたタバコを手にもったまま眠り込んでしまう。やがてタバコの火が彼の衣服に燃え移り、さらにアルコール分を過剰に含む彼のからだそのものが発火し、静かに燃えてアントワーヌは灰と化してしまう。少年シャルルは遺伝性疾患のため出血しやすく、ある日、麻痺した狂気のアデライード婆さんの目の前で、鼻からの出血が止まなくなって失血死する。そのアデライードもまた脳卒中で息絶える（第九章）。

一家の公証人が財産を持ち逃げしたせいでパスカルは金に窮するが、クロチルドとの愛の生活に満たされて、そのことが苦にならない。伯父と姪のこの同棲生活は住民たちの顰蹙を買い、フェリシテを怒らせるが、二人は意に介さず、幸福な時間を過ごす。とはいえパスカルとしては、クロチルドが自分を犠牲にしているのではないか、彼の幸福は彼女の献身的な愛という代償によって実現したのではないか、という疚（やま）しさを感じている。そこで、パリに住むマクシムが病気になり、妹クロチルドに看病してほしいと願っていることを知って、愛する彼女をパリへと旅立たせる（第十―十一章）。

パスカルは恋人への想いに駆られながら、孤独のなかで暮らす。やがてパリのクロチルドから、彼の子を身ごもっていると知らされ歓喜するが、病気が篤くなって世を去る。クロチルドは急いでラ・スレイアードに帰ってくるが、フェリシテとマルティーヌは、パスカルが三十年前から収集し、記録してきた資料の大半を焼却してしまう。残されたのは、ルーゴン家とマッカール家の家系図だけだった（第十二章）。エピローグは一八七四年に設定される。クロチルドはラ・スレイアードで、パスカルとの間にできた息子と暮らし、母親としての幸福を味わう。フェリシテはプラッサンで名士としての地位を取り戻し、権勢を振るう。クロチルドが幼い息子を抱きながら未来に希望を託す場面で、小説は閉じられる（第十四章）。

解説

二十年以上にわたって書き継がれた『ルーゴン＝マッカール叢書』の結論をなす巻である。この叢書においては、最後の二巻がいわば二つの終章を構成している。第十九巻『壊滅』は、一八七〇年の普仏戦争と、翌年のパリ・コミューンを物語の主要エピソードにすることで、第二帝政の終焉を描き、「第二帝政下における一家族の自然的・社会的歴史」という副題に示される歴史の一時代の結末を描いた。他方『パスカル博士』は、時代設定を第三共和政初期に設定しながら、家族の歴史の総決算になっている。

草案のなかで、ゾラは作品の意図を次のように表明している。『パスカル博士』と共に、私は叢書の哲学的意味を要約したい。この作品には暗いペシミズムも含まれているが、私としては生命への大きな愛を表現し、生命の力を絶えず称賛したと思う」。作品の第五章で、パスカルはアデライード（一七六八年生まれ）を始祖とするルーゴン家とマッカール家の家系図をクロチルドに見せながら、両家の人々の性格、遺伝的特徴、経歴、そして死を語ってみせる。実際この作品の冒頭には、各人物についての簡潔な解説を付した両家の系図が添付されている。なおこの系図の先行ヴァージョンは、一八七八年に出版された叢書の第八巻『愛の一ページ』に掲載され、その日本語訳が『ゾラ・セレクション』中の『愛の一ページ』に収められているので、参照願いたい。

パスカルが名指していく一族の人々こそ、叢書の第一―十九巻まで主要な作中人物として登場し、さまざまなドラマを繰り広げた者たちにほかならない。『居酒屋』のジェルヴェーズ、『ナナ』のヒロイン、『ジェルミナール』のエチエンヌ、さらには『獣人』のジャックなどがすべてそこに含まれる。『パスカル博士』の第五章において、読者はこうしてそれまでの十九巻で語られてきた一族の運命をあらためて追体験する。そのかぎりで、本作は『ルーゴン＝マッカール叢書』全体の総括になっているのだ。

パスカルはこの作品のみならず、叢書全体においてきわめて特異な位置を占める。彼はルーゴン＝マッカール一族のなかで唯一の科学者であり、世俗の利害や野心に囚われない学者である。だからこそ、一族の者たちが辿った人生の有為転変を知り、そこに作用していた遺伝的な要因を研究できる立場にある。第五章は、パスカルの長年の研究成果を提示した章になっているのだ。同時に、パスカルは作者ゾラ自身の投影でもある。ゾラが叢書全体に対して現実的に行なったことを、パスカルは小説のなかでフィクションのかたちで実践しているのだから。実際ゾラは『パスカル博士』を執筆するために、叢書全体を読み返している。

この作品が示すように、十九世紀フランス文学において、科学的な知とそれを担う学者という人物は重要な意味をもつ。さまざまな学問と科学が発展したこの時代、小説はそれによって生み出された知を摂取して、表現手段とテーマを豊かにしていった。科学的な知の流通と伝播が、作家による現実と社会の分析を深めるのに貢献したのだった。レアリスムとはしばしば、体系的な知と入念に収集された知識によって構築される文学であり、そうなれば医者や学者のように特定の領域に精通した者が小説の主人公になることに、不思議はない。『パスカル博士』は、レアリスム文学に具わるそうした知の集積という次元を例証する作品になっている。

パスカルとクロチルドの愛には、ゾラと彼の恋人ジャンヌ・ロズロの愛が投影されている。ジャンヌの若さと美しさが壮年期のゾラに幸福をもたらし、彼に父親としての喜びを味わわせたように、老年に差しかかったパスカルはクロチルドの愛によって生の価値を再発見し、学問への信頼を取り戻す。ゾラがジャンヌに贈った『パスカル博士』の冒頭に、彼は手書きで「わが愛しのジャンヌへ、その若さによって私に素晴らしい宴をもたらし、私を三十年若返らせてくれたわがクロチルドへ」と記したのだった。

この作品は、同時代の思想潮流とも深い関係を有している。十九世紀末には、科学や合理主義への疑念が高まり、宗教性や神秘主義が勢いを回復しつつあった。自然主義文学を激しく批判した批評家ブリュンティエールが「科学の破産」を唱える有名な論考を発表したのが、この時代である。作中に登場する信心深いフェリシテやマルティーヌが、宗教の立場からパスカルの医学的研究に反対し、クロチルドも当初は彼の試みを支持しないのは、こうした時代の風潮が影響している。

それに対してパスカルは神秘主義や宗教を拒否して、科学と合理性の人間として振る舞う。クロチルドの愛に触れて、一時的に生と学問の両立に悩むことはあっても、神秘主義の誘惑に屈することはない。一八九〇年に刊行されたエルネスト・ルナンの『科学の未来』と響き合うように、ゾラの小説は科学と進歩への期待を表明している。パスカルとの間にできた幼い息子を抱きながら、クロチルドが人類の未来に向けて希望を育むラストシーンは、後の『三都市』や『四福音書』に通底する主題につながっていく。その意味で、『パスカル博士』は『ルーゴン=マッカール叢書』の結論であると同時に、次のシリーズに向けての序曲になっている。

（小倉孝誠）

A ma bien-aimée Jeanne, — à ma Clotilde, qui m'a donné le royal festin de sa jeunesse et qui m'a rendu mes trente ans, en me faisant le cadeau de ma Denise et de mon Jacques, les deux chers enfants pour qui j'ai écrit ce livre,

LE

DOCTEUR PASCAL

qui j'ai écrit ce livre, afin qu'ils sachent, en le lisant un jour, combien j'ai adoré leur mère et de quelle respectueuse tendresse ils devront lui payer plus tard le bonheur dont elle m'a consolé, dans mes grands chagrins.

Emile Zola

Paris 20 juin 1893

ゾラがジャンヌに贈った献辞入りの『パスカル博士』

3 『三都市』

『ルルド』（一八九四）

連作小説『三都市』の第一巻。『ルルド』『ローマ』『パリ』の三巻からなるこのシリーズは、同時代つまり十九世紀末の混沌とした政治的・社会的状況を背景に、カトリックの神父のピエール・フロマンを共通の主人公とする物語である。ピエールが次第に信仰を失い、最終的には僧服を脱いで科学による社会の救済を確信するに至るまでの思想遍歴を描いた作品で、カトリシズムに対する批判が一貫したテーマとなっている。この物語の舞台となる南仏の小さな村ルルドは、一八五八年に羊飼いの娘ベルナデット・スビルーが洞窟で聖母マリアの出現を目撃し、聖母の導きで難病を癒す奇跡の泉を発見したことを契機に、十九世紀末にはカトリック教徒の一大巡礼地として発展をとげていた。あらすじは以下の通りである。

カトリックの神父ピエール・フロマンは幼馴染のマリー・ド・ゲルサンの付添いとしてルルド巡礼団に加わり、列車でパリを出発する。ピエールがかつて愛していたマリーは、落馬の後遺症である両足の麻痺に苦しんでいた。ピエールには、ルルドの奇跡を現地で調査するという目的があったが、他方で、科学書を読んで大きく揺らいだ信仰を聖地ルルドで取り戻したいという願いもあった。しかし、ルルドに到着したピエールが目の当たりにしたのは、奇跡を求めて信仰にすがる哀れな病人たちの群れであり、彼らを相手に商売をする土産物屋や金儲け主義に走る教会関係者であった。そして、盛大なミサの最中にマリーの両足の麻痺が治り、彼女は立ち上がって歩き始める。この出来事は「奇跡」として巡礼者たちの間に伝えられるが、神秘現象に懐疑的なピエールは、マリーの麻痺はヒステリーの症状であり、ミサの興奮が引き起こした精神的なショックによって治癒したにすぎないと考える。結局、ピエールはルルドで信仰を取り戻すことができず、さらにマリーと結ばれる機会も永遠に失われることになる。なぜならマリーは、ルルドで自分の両足が治癒したあかつきには純潔を守って生きることを聖母マリアに誓っていたからである。

ベルナデット・スビルー

『ルルド』は当時の聖地巡礼の旅を主人公の視点からルポルタージュ風に書いた作品である。この小説は一八九二年八月十九日から二十三日までの五日間のルルド巡礼の旅を語るという設定であり、それに対応して物語は「一日目」から「五日目」までの五部に分かれ、各部はいずれも五章からなるという構成になっている。またそれぞれの部の最終章ではベルナデット・スビルーの数奇な人生が憐みの情とともに語られている。このような秩序立った構成を持ち、限られた時間・空間で物語が展開される『ルルド』は、演劇的な性格を持つ小説だといえるが、巡礼者たちが讃美歌や祈りを合唱する場面が多くあることから、きわめてオペラ的な作品であるともいえる。これは同時期にゾラがオペラ制作に力を入れていたことと無関係ではないだろう。

『ルルド』では科学的観点からルルドの奇跡が否定されるとともに、この巡礼地におけるカトリック教会の商業主義的側面が告発されている。しかし、他方でゾラは、難病に苦しむ巡礼者たちの奇跡への希求には理解を示しており、彼らに対する深い憐みと同情の念が『ルルド』の全編から感じられる。また、ルルドに押し寄せる巡礼者たちの群れが、特に盛大なミサの場面において、ゾラが得意とする群衆描写によってダイナミックに表現されていることも特筆すべきである。

ゾラはバスク地方に旅行していた一八九一年九月に、偶然立ち寄ったルルドでこの作品の着想を得た。その後、現地で取材をするために一八九二年八月十八日から九月一日まで再びルルドに滞在する。ゾラは滞在中に得たルルドに関する情報やこの巡礼地で見聞きしたことを「私のルルド旅行」と題された日記に詳細に記録している。なおこの日記はその後に書かれたローマの旅行記とともに『私の旅行――ルルド、ローマ』というタイトルで一九五八年に刊行されている。『ルルド』は一八九三年十月五日から一八九四年六月二十一日にかけて執筆され、一八九四年四月十五日から八月十五日まで『ジル・ブラス』紙に連載された後、一八九四年七月二十五日に単行本として刊行された。

発表当時、『ルルド』はカトリック系の評論家によって激しく攻撃され、特に聖女ベルナデットに関する記述をめぐってはゾラが批判に反論するなど議論の的になった。一八九四年九月には『ルルド』はカトリック教会の禁書目録に入れられることになるが、カトリシズムの復興やルルドへの巡礼という同時代のアクチュアルなテーマを取り上げたこともあって『ルルド』は発売後一ヶ月で十二万部を売り上げるベストセラーとなり、十九世紀末の段階ではゾラの小説としては『壊滅』『ナナ』に次いで三番目に発行部数が多い作品であった。

（田中琢三）

『ローマ』（一八九六）

連作小説『三都市』の第二巻。第一巻『ルルド』の続編であり、主人公の神父ピエール・フロマンの約三ヶ月間のローマ滞在を描いた小説である。物語は、前作でルルドを訪れてから約二年後の一八九四年九月に、ピエールがイタリアのローマに到着する場面から始まる。ルルドで信仰を取り戻すことができなかったピエールは、カトリック社会主義に接近し、カトリシズムを原始キリスト教のような貧者への慈愛に満ちた宗教に変革することを訴えた『新しきローマ』を執筆する。しかし、教会がこの本を禁書に指定する動きがあることを知ったピエールは、ヴァチカンで自らの著作を弁護する目的でローマを訪れたのだった。ピエールは教皇レオ十三世と謁見すべく奔走するが、官僚機構のような教会のヒエラルキーに阻まれてなかなか実現しない。謁見を待つ間に彼が見聞きしたのは、教皇の座をねらって枢機卿たちが繰り広げる権力闘争や、金銭の力に依存するヴァチカンの醜い実態であった。紆余曲折の末、教皇との謁見が実現するが、伝統的なドグマや世俗的権力に固執するレオ十三世は、ピエールの社会主義的な理想を否定するばかりであった。ピエールは旧態依然として変化しようとしないカトリック教会に深く絶望してパリに戻る。

以上が『ローマ』の梗概であるが、サブストーリーとしてイタリア風のメロドラマが挿入されている。若い伯爵夫人ベネデッタは離婚して従兄弟のダリオと結婚することを熱望していた。教会から離婚が認められた直後、ダリオが毒入りのイチジクを食べて急死する。そのイチジクはベネデッタの父のボッカネラ枢機卿を毒殺するために政敵が仕掛けたものであり、たまたまそれを食べたダリオが犠牲になったのである。ダリオの死に悲嘆にくれるベネデッタは、自らも恋人の死体の傍らで息を引き取ることになる。『ロメオとジュリエット』を思わせるこの悲劇は、全体的に単調な『ローマ』の物語にアクセントをつけているだけではなく、教会と同様に因習に囚われたローマの貴族階級の衰退を象徴するエピソードでもある。

しかし『ローマ』は何よりもカトリシズムを批判することを目的とした小説である。ゾラの代弁者である主人公ピエールは、カトリシズムとは原始キリスト教のような貧者のための宗教ではなく、古代ローマ帝国のように諸民族を征服し支配することを目標とするきわめて世俗的・政治的な宗教であることを悟る。そして伝統やドグマに縛られたカトリック教会はやがて死滅する運命にあるという結論に至る。

また『ローマ』はルポルタージュ風の作品であり、主人公の視点から古代遺跡、教会、美術館などローマの数々のモニュメントや観光名所が描かれており、ガイドブックのような側面も持ち合わせている。さらに下町から都市の中心部まで世紀末ローマがリアルに描かれており、その意味において資料的な価値もある。しかし重要なことは、それらの描写にゾラのローマに対する否定的なイメージ、つまり廃墟、空虚さ、崩壊などの死のイメージが投影されていることである。たとえば、古代ローマ時代のフォロ・ロマーノの遺跡はまさに廃墟であり、開発中に不動産バブルがはじけてゴーストタウンになったローマの新市街地や、ピエールが謁見のために訪れたヴァチカン宮殿も死や崩壊の印象とともに描写されている。こうしたイメージはカトリシズムの終焉というこの小説の主題と結びついたものであり、ローマは教会とともに滅びゆく運命にあることが暗示されている。このように『ローマ』は世紀末のデカダンスの美学が反映された小説でもあり、前述したベネデッタとダリオの悲劇的なエピソードにもその傾向が強く感じられる。

ゾラはこの小説の準備のために一八九四年十月から十二月までローマに滞在し、綿密な取材を行っているが、ゾラ自身は教皇レオ十三世に謁見することはできなかった。したがって作中の教皇の描写は第三者の証言に基づくものであり、そこにはゾラの先入観も投影されている。なお、この旅行中に書かれた日記はルルドの旅行記とともに『私の旅行――ルルド、ローマ』というタイトルで一九五八年に刊行されている。

教皇レオ13世

『ローマ』は一八九五年四月二日から一八九六年三月にかけて執筆され、『ジュルナル』紙に一八九五年十二月二十一日から一八九六年五月八日にかけて連載された後、連載の最終日に単行本が出版された。『ルルド』と同じくカトリック系の批評家から酷評されたが、なかにはヴァチカンに関する記述が他の書物からの剽窃ではないかという批判もあり、それに対してゾラは『フィガロ』紙上で丁寧に反論している。また当時のイタリアのジャーナリズムはこの作品をあまり評価しなかったが、それはゾラがローマのネガティヴなイメージを強調していることに一因があると思われる。

（田中琢三）

『パリ』（一八九八）

連作小説『三都市』の第三巻で『ルルド』『ローマ』に続くシリーズの最終巻。物語は前作で語られた出来事から三年後のパリで始まる。主人公の神父ピエール・フロマンは、ルルドとローマにおける一連の体験によってカトリック教会に絶望し、信仰を失っていたが、貧者を救済するためにパリの貧民街で慈善活動を行っていた。しかし、政界、財界、社交界などのパリの上層階級の悪徳と腐敗を知るにつれ、慈善活動は悲惨な社会の現状を変革するには無力であることを悟る。そんな時、化学者である兄のギヨームに偶然再会したピエールは、モンマルトルの丘にある兄の家に足繁く通うようになる。ギヨームの家族との交流のなかで、兄と同居していた孤児のマリーと愛し合うようになり、やがて結婚するに至る。アナーキズムに共鳴するギヨームは、腐敗した社会を一新するため、自らが発明した爆薬で建設中のサクレ・クール寺院を爆破する計画を立てるが、それを実行する直前にピエールによって説得されて思いとどまる。僧服を脱いだピエールはモンマルトルの兄の家に同居することになり、マリーとの間に未来への希望を象徴する子供が生まれる。

建設中のサクレ・クール寺院

この小説でゾラは、貴族、ブルジョワ、政治家、聖職者、ジャーナリスト、労働者などさまざまな階級の人物を登場させることで、混沌とした世紀末のパリの諸相を描き出している。パナマ疑獄やアナーキストによる爆弾テロという一八九二年から一八九四年にかけて実際に起きた事件をモデルとしたエピソードを軸に、貧民街の悲惨、金銭の力で政界やジャーナリズムを支配しようとする銀行家の悪徳、大ブルジョワと結託して金権政治に走る共和派オポルチュニストの腐敗など、政治的・社会的・道徳的に堕落した世紀末のパリの実態が告発されている。またエドゥアール・ドリュモンを想起させる反ユダヤ主義者が登場するなど、実在の人物をモデルにしたと思われる登場人物が多いことも、この作品の特徴である。

『ルルド』『ローマ』と同じように『パリ』もカトリシズム批判が顕著な作品である。一八九二年にローマ・カトリック教会は、教皇レオ十三世の「ラリマン」と呼ばれる政策によって、それまで対立していた共和国政府を容認するが、これをうけて共和派内部からも教会に接近する動きがあり、「新精神」と呼ばれる両者の妥協が進んでいく。『パリ』では、この「新精神」の推進はフランスを征服し、支配するためのカトリック教会の陰謀であるとされ、その象徴的存在として教皇の手先となって活動するマルタ大司教という偽善的な聖職者が登場する。彼は贈収賄の首謀者である銀行家や、権謀術数によって首相に上り詰めた穏健共和派の政治家と結託し、権力を掌握しようと試みる。ここでゾラが告発しているのは、全世界の征服という野望を実現しようとするカトリック教会の世俗的な権力欲であり、それをカムフラージュするローマ教皇の偽善的な政策である。

『パリ』では世紀末のデカダンスを具現化した当時の政治的・社会的な混迷と腐敗が描かれているが、そのアンチテーゼとして示されるのが、モンマルトルの丘にあるギヨームの家、つまりピエール、マリー、ギヨームとその三人の息子らによる小さな共同体である。

この共同体には二つの原理がある。ひとつは労働の原理であり、生活の秩序は規則正しい労働によって保たれている。この場合の労働とは、肉体を使って有益な成果を生み出す生産的な作業のことである。もうひとつは科学の原理である。ゾラによると、キリスト教は来世に幸福を求める「死」の宗教であり、科学は現世の幸福を実現する「生」の宗教なのである。

物語の結末部で、実在の化学者マルスラン・ベルトロをモデルとするベルトロワは以下のように明言する。「科学のみが革命的であり、科学のみが、不毛な政治的事件、狂信者や野心家による空騒ぎを超越し、明日の人類のために貢献し、人類の真理、正義、平和を準備する」。つまり、このゾラの代弁者によると、科学こそが未来の人類の幸福を約束するものであり、科学の進歩を信じることが何よりも重要なのである。ゾラがこの共同体を通して示した未来の理想社会は、『三都市』に続く連作小説『四福音書』、特にその第二巻『労働』でその実現が描かれることになる。

『パリ』は一八九六年十二月三十一日から翌年八月三十一日にかけて執筆され、『ジュルナル』紙に一八九七年十月二十三日から一八九八年二月九日まで連載された。連載中の一八九八年一月十三日にゾラの「私は告発する……!」が発表され、ドレフュス事件がフランスの世論を沸騰させていた一八九八年三月二十六日に単行本が刊行された。したがって、この小説に対する批評はドレフュス事件における評者の立場をそのまま反映するものとなっており、実際、ドレフュス派のレオン・ブルムやジャン・ジョレスがそろって『パリ』を高く評価している。

（田中琢三）

4 『四福音書』

『豊饒』（一八九九）

『四福音書』の第一巻となる『豊饒』の主人公マチュー・フロマンは、『三都市』の最終巻『パリ』において夫婦となったピエールとマリーとの間に生まれた四人の子供のうちの一人である。マチューはアレクサンドル・ボーシェーヌが経営する工場で働くエンジニアで、社長の妻コンスタンスの従妹マリアンヌと結婚し、二十七歳の時すでに、双子のブレーズとドゥニ、三男アンブロワーズ、長女ローズの四人の子供を授かっていた。

フロマン夫妻は、多くの子供に恵まれて喜ぶが、彼らの知人たちは正反対だ。ボーシェーヌ夫妻は、遺産を一人息子のモーリスだけに相続させようと考え、工場の経理担当のモランジュは一人娘レーヌにできるだけ多くの持参金をもたせて地位の高い男性と結婚させようとし、裕福なセガン夫妻は子供の世話に煩わされることなく享楽的な生活を送りたいと考えている。この工場の労働者モワノーは、フロマン夫妻同様子供に恵まれるが、それは望んだものではなく、子沢山ゆえに貧困にあえいでいる。また、ボーシェーヌの妹セラフィーヌは、ある男爵と結婚するも、早く夫に先立たれる。夫の死後、彼女は放蕩三昧の生活を送る（第一部）。

ある日、マリアンヌは五回目の妊娠に気づき、マチューとともに喜ぶ。彼女とは対照的に、同じ時期に妊娠したモランジュの妻ヴァレリーは失望する。また、セガンの妻ヴァランティーヌも妊娠するが、そのせいで外出を控えなければならず、夫婦喧嘩が絶えない。ボーシェーヌ家はといえば、アレクサンドルがモワノーの娘ノリーヌを妊娠させてしまい、夫人に知られないように、マチューがノリーヌの出産の世話を引き受けることになる。

まもなく、マリアンヌが四男ジェルヴェを無事出産する一方、ヴァレリーは闇で堕胎を行う助産師ラ・ルーシュに依頼するも失敗し、身籠った子とともに命を落とす（第二部）。

マチューとマリアンヌが家族が増えた喜びを味わう中、アンジュランという若い夫妻が彼らの近所に引っ越してくる。アンジュラン夫妻は、二人だけの生活を満喫しており、子供を持つことを先送りにしている。

また、ノリーヌは、マチューの世話のおかげで無事男の子を出産し、アレクサンドル＝オノレと名づける。しかし、自分一人で育てる見込みが立たず、その子を養護施設にあずける。マチューはノリーヌの世話をする過程で、パリとその近郊の養護施設や里親制度、乳母の斡旋などの悪辣な実態を知る。

その頃、ヴァランティーヌも、アンドレという女の子を出産するが、その世話は乳母ラ・カティーシュに任せきりにする。裕福な雇い主につけ入り、ラ・カティーシュは、母乳の質を良くすることを口実に、あらゆる贅沢を要求する。

五人の子供に恵まれたマチューだったが、今後も家族を増やすことを望む。しかし、雇われの身では収入に限界があると悟り、マチューはボーシェーヌの工場を辞め、夢をかなえるために、開拓によってより多くの富を生み出すことが見込める農業で生計を立てる決心をする。日々農作業に打ち込むマチューだったが、隣接する畑の所有者で、風車小屋で粉屋も営むルパイユールは、この一帯は不毛だと考えており、マチューを嘲笑する（第三部）。

　モランジュの娘レーヌは、美しく育つが、セラフィーヌにそそのかされて放蕩にふけるようになる。その果てに、身籠った子供の堕胎を試み、母親と同じ運命を辿る。

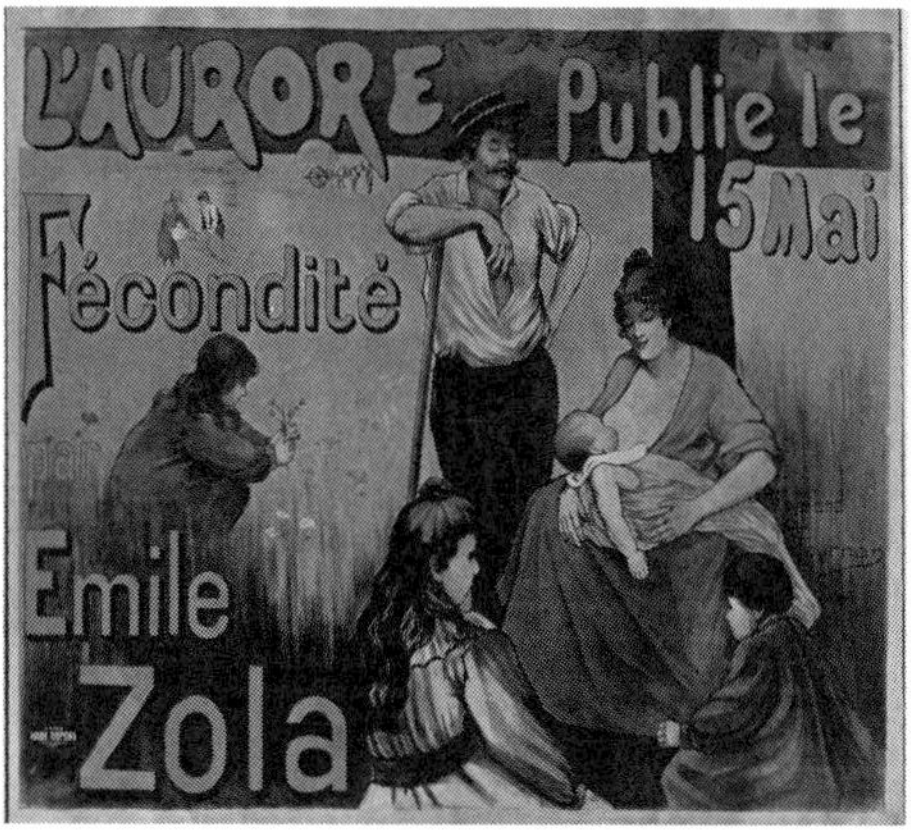

『オロール』紙での連載を予告するポスター
（レイモン・トゥルノン（1870-1919）による）

　ボーシェーヌの息子モーリスは、工場を引き継ぐべく父親の下で働いていたが、若くして亡くなってしまう。そのため、その頃すでにボーシェーヌにとって頼れるエンジニアとなっていたマチューの長男ブレーズに工場は任される。ボーシェーヌ夫妻が一人息子を失って悲しみに暮れる日々を送る一方、マチューが開拓したシャントゥブレの農場は繁栄し、フロマン家は十二人の子供に恵まれた大家族になっていた（第四部）。

　コンスタンスは、夫の血を引く者に工場を継がせたいと考え、夫がノリーヌとの間に儲けたアレクサンドル＝オノレを探し出す。その頃、フロマン家では、アンブロワーズがアンドレを見初め、セガンの事業を引き継ぐ。しかしながら一家は、この二人の結婚式の前日、長女のローズが雨に打たれて肺を患い、急死するという不幸にも見舞われる。

子供の死を乗り越え、さらに繁栄してゆくフロマン家にコンスタンスは嫉妬し、夫の右腕として工場の運営を担っていたブレーズを事故に見せかけて殺害する。しかし、ブレーズのポストは、双子の弟ドゥニによって引き継がれる。ブレーズにそっくりなドゥニが、工場でブレーズと同じ立場で同じ仕事をする姿を見て、コンスタンスは愕然とする（第五部）。

アレクサンドル＝オノレは、素行が悪く、生みの親であるノリーヌを脅して金を奪うようになる。それだけで飽き足らず、熱心に慈善事業を行っていたアンジュラン夫人も、窃盗目的で殺害する。

フロマン家の子供たちは成長し、一家は繁栄を極める。ジェルヴェはシャントゥブレの農場を継ぎ、五男ゴレゴワールはルパイユールの娘と結婚し、風車小屋と農場を受け継ぐ。アンブロワーズはセガンから継いだ事業を一層拡大させる。六男ニコラは、シャントゥブレに自分が開拓できる土地は残されていないと判断し、農場建設を夢見て植民地へと旅立つ。

コンスタンスは、アレクサンドル＝オノレに工場を継がせ、ドゥニを追い出そうとする。妻子に先立たれて生きる希望を失っていたモランジュは、ブレーズの死の真相を知っていたが、コンスタンスのこの邪な企てにも気づく。彼はアレクサンドル＝オノレを工場へ案内すると言い、上階の暗く床のない場所へと導き、彼と共に転落死する。この事故の後間もなく、ボーシェーヌ夫妻は亡くなる。セラフィーヌは精神に異常をきたし、病院に幽閉されたまま死ぬ。

シャントゥブレでは、ジェルヴェとグレゴワールが対立するが、そのせいで母親が病に伏したと聞き、すぐに和解する。

フロマン家の子孫は、マチューとマリアンヌのダイヤモンド婚を祝う。一家のシンボルである大樹の下に総勢三百人にも上る一族が集まる。祝宴には、アフリカからニコラの子孫も駆けつけ、その話に魅了されたマチューの末子バンジャマンは、ニコラとともにアフリカに旅立つ（第六部）。

『豊饒』において、私は家族を創るのだ」とゾラが草案に書いている通り、この小説は、フロマン夫妻が家族を築き、それが共同体へと発展し、拡張を続ける物語である。草稿の中には、フランスの人口減少に対する危惧を記したメモも残されており、それが創作の動機の一つとなっていることも窺える。この問題を夫婦のエゴイズムに帰するのみならず、里子制度や堕胎師、乳母などといった当時の社会習慣や制度の欠陥にも光を当て、さらに当時の大衆の夢でもあった植民地での成功も無邪気に描いている。しかしながら、それが植民地主義の表象であることは否定できず、また、ペギーが指摘したように、始祖的な夫婦から生まれた多くの子孫が次々と土地や産業手段を獲得して築き上げる社会が、果たして君主政とは違う方向に発展するのだろうかという疑問も払拭できないだろう。

（宮川朗子）

『労働』（一九〇一）

『三都市』の最終巻『パリ』で夫婦となったピエールとマリーの息子の一人のリュック・フロマンは、建築家や技師としてさまざまな仕事に携わって来た。ある日彼は、ボークレールを訪れるが、それは、この町の産業のよりどころで、「アビーム（奈落）」の通称で呼ばれるキュリニョン製鋼所のストライキが終結した時であった。この製鋼所で働く労働者たちは貧困に喘ぎ、待遇改善を求めてストライキを起こしたが、何の解決も見ないまま終結したのだった。

町に到着してまもなく、リュックは、ジョジーヌという若い女性と出会う。彼女は内縁関係にあるラギュから暴力を振るわれ、家から追い出されてしまったのだった。リュックはジョジーヌから事情を聴き、ラギュの義兄で彼女が頼りにしているボネールに会い、彼女が帰宅できるよう取り計らってもらう。ボネールは集産主義者で、ストライキの責任を追及され、解雇されていた。

ジョジーヌを助けた翌日、リュックは、ボークレールきっての名士ボワジュランの妻で、かつて彼とともに慈善事業を行っていたシュザンヌに招かれる。昼食中、リュックはキュリニョン製鋼所の工場長ドゥラヴォ夫妻をはじめとする町のお歴々を紹介される。訪問後、アビームの労働者と同様に、貧困に苦しむ農民たちの暮らしぶりも目撃する。

さらにその翌日、リュックは、ボークレールに住む友人で科学者のジョルダンを訪ねる。ジョルダンはクレシュリという庭園に高炉を所有していたが、研究に没頭するためにそれを手放そうとしていた。リュックは、高炉を活用した工場の経営を自分に任せるようジョルダンを説得し、より人道的かつ合理的な方法によって、生産と利益の公平な分配を実行する工場を建設する（第一部）。

リュックは精力的に仕事に打ち込み、クレシュリの工場はまずまずのスタートを切る。ジョルダンの妹スーレットの献身のお陰で工場に保育所が設けられたことをはじめ、労働者の福利厚生も充実し始めていた。しかしながら、ボネールは、キュリニョン製鋼所を解雇されたところをリュックの工場に雇われたことへの恩に感謝しながらも、集産主義の理想を捨てきれていない。また、この町に住む陶工でアナキストのランジュも、クレシュリに適用された方法の有効性に懐疑的である。加えて、リュックの最終的な目標が、商業活動が消滅する共同体の建設であることを知った商人たちは危機感を抱き、クレシュリからの排水のせいで川が汚染されているとしてリュックを告訴する。リュックは勝訴するが、住民たちの憎しみはかえって激しくなり、裁判所からの帰宅途上、彼は人々から石を投げつけられる。街の住民や工場の労働者たちから非難や反感しか得られないと悟ったリュックはすべてを投げ出そうとするが、ジョルダンから新たな支援を得、ジョジーヌの愛を再確認すると意欲を取り戻し、工場経営を再開させる。

徐々にクレシュリの新システムの運用が好転しはじめると、今度はアビームが危機感を抱く。経営悪化によって、以前のような収入を得られなくなったボワジュランは、彼の愛人でドゥラヴォの妻でもあるフェルナンドの物欲を満足させられなくなる。フェルナンドは、今まで通りの贅沢が許されなくなった原因はリュックだと考えていたが、そんな時、偶然、ジョジーヌとリュックの関係を知る。彼女は、リュックの妨害をさせようと、この情報をラギュに伝える。ジョジーヌが身ごもった子の父親を知り、怒り狂ったラギュは、まずはフェルナンドを犯し、ついでリュックを刺すと、町を出る。

スーレットとジョジーヌの献身的な介護のおかげで、リュックは怪我から回復する。ジョジーヌはリュックの妻となり、男の子を出産する。一方、目算が外れたフェルナンドは、夫に苛立ちをぶつけ、自分が長年ボワジュランと浮気していたことを漏らしてしまう。逆上したドゥラヴォは、家に火をつけ、妻とともに焼死する（第二部）。

製鋼所の創設者である老ジェローム・キュリニョンは、何年も前から全身麻痺に見舞われ、話すことがで

『労働』から着想を得た建築家トニー・ガルニエによる素描。建物の正面に「『労働』E. ゾラ」と刻まれている

きなかった。ところがある日突然口を開き、アビームとクレシュリを合併させ、その統率の指揮をリュックに託せと言う。ジェロームはその後まもなく亡くなり、その遺言通り、火事によって破壊されたアビームは、クレシュリに再編される。やがてボークレールは、工業、農業、商業が統合された町に生まれ変わる。さらにこの町では、数多くの若者たちが身分の差を超えた幸せな結婚をすることにより、古い身分制が消滅し、新しい平等社会が築かれてゆく。

一方で、この社会変化が理解できない者たちは、不幸な結末を迎える。ボワジュランは首をつって自殺し、マルル神父は崩壊した教会の下敷きとなって死ぬ。

何十年も経過したある年の労働祭の日、年老いて変わり果てた姿となったラギュがボークレールに帰ってくる。最初にラギュに気づいたボネールは、彼にボークレールの変遷を語り、町を案内する。その繁栄とリュックとジョジーヌの幸福ぶりを認めたがらないラギュは、今度は永遠にボークレールから立ち去る。

ジョルダンは、太陽光を変換して永続的なエネルギー供給を可能にする装置を発明する。自分の使命を果たした思いに満たされた彼は、穏やかに息を引き取る。その数年後、リュックも、彼を愛した三人の女性ジョジーヌ、スーレット、シュザンヌに見守られながら、幸福な最期の時を迎える（第三部）。

『労働』は、ゾラがシャルル・フーリエの理論を小説中の社会に適用した作品である。この小説に描かれた社会ヴィジョンの力強さは、フーリエ主義者のみならず、「社会革命はようやくその詩人を見出した」と評したジャン・ジョレスをはじめ、社会改革や都市計画に携わる人々から高く評価されている。たとえば、一九一〇年代、リヨンの都市計画家トニー・ガルニエが、ある都市構想の中で描いた公共施設のペディメントに『労働』の一節を掲げている。また、一九七〇年代、ブザンソン近郊のリップ社で労働運動が展開される中、労働者たちによるこの小説の序文が付された版が出版されている。

（宮川朗子）

『真実』（一九〇二）

『三都市』の最終巻『パリ』で夫婦となったピエールとマリーの息子の一人で、ジョンヴィルの小学校教諭のマルク・フロマンは、妻のジュヌヴィエーヴ、娘のルイーズとともに、妻の母と祖母が住むマイユボワで夏休みを過ごしている。義理の祖母は、熱心な信仰生活を送っているが、その権威的な振舞いにマルクは息苦しさを感じている。そんな折、近所に住む少年ゼフィランが、何者かに犯された後殺害されたというニュースが舞い込む。この少年は孤児だったが、叔父のシモンに引き取られ、育てられていた。まもなく、シモンがゼフィラン殺害の犯人として逮捕される。シモンはユダヤ人であるため、その町の反ユダヤ主義的な風潮が災いしたのだった。この逮捕に憤ったマルクは、真犯人を突き止めようと自ら調査を始める。シモンの兄ダヴィッドも、弟の無罪を晴らそうと奔走するもむなしく、八方塞がりの状況に陥る。結局、有能な弁護士デルボスの奮闘もおよばず、シモンは無期懲役の刑を言い渡されてしまう。

不当判決に憤る中、夏休みが終わり、マルクはジョンヴィルに戻る。エコール・ノルマルの校長サヴァンは、シモンの事件がきっかけとなって生徒が減り、宗教教育を再開しかねないマイユボワの小学校の状況を案じ、マルクをこの町の小学校教諭に任命する（第一部）。

マルクの仕事はたちまち目覚ましい成果を上げる。しかし、機が熟したと判断したマルクが、教室に掲げてあった十字架をはずすと、彼はたちまちのうちに町の人々の反感を買ってしまう。同じ頃、近隣の小学校に任命されていたフェルーも、教会に対する敵意をあらわにしたため、解任の憂き目を見る。このような状況の下、ジュヌヴィエーヴはひそかに信仰の実践を再開し、マルクから次第に心が離れてゆく。

並行して、マルクはシモン事件の調査を続行し、まもなく修道会の小学校教諭ゴルジアスが真犯人であることを突き止める。シモンの支持者たちの苦労が実り、破棄院はようやく再審を認める。この知らせに喜んだマルクだったが、ジュヌヴィエーヴはそれを受け入れられず、マルクと口論になり、身ごもった身体で実家に戻る（第二部）。

ルイーズは、両親の関係を修復しようと母親の下で暮らし、家に帰るよう母親を説得しようとする。マルクは家に一人とり残され、言いようのない孤独に苛まれる。しかし、マイユボワの女性教諭マザリーヌやその頃シモンの無罪を確信し、マルクの誠実な人柄に触れて彼を気遣うようになった助教諭ミニョに支えられる。

シモンの再審は、ロザンで開廷されるも、再び有罪判決が下る。これを機に、教会勢力は興隆を極める。反対に、この判決は公立の小学校には大きな打撃となり、マルクもマイユボワからジョンヴィルの小学校へと左遷される。

シモンの支持者たちの不遇が続くものの、変化も徐々に訪れる。まず、ジュヌヴィエーヴが、硬化していた態度を和らげ始める。さらに、密かにマルクを評価し、夫婦の別居生活に心を痛めていたジュヌヴィエーヴの母は、死の床で娘に夫の下に戻るよう諭す。マルクがジョンヴィルに向けて出発する時、ルイーズは母親と弟を連れて帰ってくる（第三部）。

マルクはジョンヴィルで教諭としての仕事を続け、今度は、教諭となったジュヌヴィエーヴからもその仕事を助けられる。ルイーズも小学校教諭となる道を進み、やがて、シモンの息子ジョゼフと結婚する。このような変化を受け入れられないまま、ジュヌヴィエーヴの祖母は、一人孤独に死ぬ。

破棄院は、ロザンでの判決を破棄し、やがてシモンの無罪は認められる。マイユボワの町は、名誉回復の証としてシモンに家を贈る。その頃、マイユボワに戻ってきたゴルジアスは、町民に責め立てられ、かつての罪を告白し、町から逃走するも、間もなく無残な死体となって発見される。

何十年も経ち、マイユボワの町は、教会勢力が衰退し、公教育によって、人々の精神は大きく変化した。そんな時、マルクのひ孫ローズが何者かに襲われるという事件が起こる。動揺していたローズは、当初犯人は別居中の実の父だと思い込むが、町中の人が調査に協力し、直ちに真犯人が逮捕される。いまやマイユボワでは、たとえ過ちが起こっても、すぐに正されることが、この事件の迅速な解決によって示される（第四部）。

『真実』の筋立ては、この小説が発表された一九〇二年以降の展開も含めて、ドレフュス事件の展開にほぼ対応する。しかしこの小説のテーマは、大革命以降はぐくまれてきた非宗教教育であり、修道会の教育に対する公教育の闘いを描くことを通して、その精神が称揚されている。　（宮川朗子）

政教分離をイメージした絵葉書

『正義』（一九〇二）

ゾラの死によって構想に止まる。メモのみが残された。まずインタビューや『四福音書』の草案において繰り返される「多産が家族を、労働が共同体を、真実が国家を、そして正義が人類を作る」という理想社会の進化がこのメモにも記されている。

　メモの冒頭に、フェルディナン・ブリュンティエール の『フランス魂の敵』(一八九九)に代表される、保守勢力の台頭とその愛国主義に対する危惧が吐露される。同時に、「人権、大革命と共に育まれる新たな理想。フランスは権利と自由の擁護者。そこにこそその真の役割があり、あらゆる人民と比べた偉大さ、その使命、未来の勝利がある」という、保守勢力が主張するものとは異なる愛国心が示されている。さらに、ドレフュス事件への参加の経験を思わせる、「国に、祖国に真実を述べること」も加えられる。

　このメモには世界を率いるフランスというヴィジョンが鮮明に現れるが、他国に対する偏見が見られないこともない。たとえば、他の国々では一八七〇年にプロシアに対して敗北を喫した時のフランスのような偽善と隠蔽体質が蔓延しているという見方、そして、イギリスの世界征服はキップリングが主導したが、君主政と聖職者と軍隊に代表される古い世界に支持されているという見方がある。

　また、この小説の主人公に設定されたジャンは、『四福音書』の他の作品と同様、『三都市』の主人公ピエールとその妻マリーの息子であるが、他の主人公が『四福音書』で初めて登場するのに対し、この人物は、唯一『三都市』の最終巻『パリ』に登場している。それは、この小説の最後で、太陽の光に包まれて黄金色の小麦畑のような情景を見せるパリを前に、マリーが「おまえが全部収穫するのよ!」と言って彼を抱き上げる場面である。

　メモでは、『真実』の主人公マルクに対し、「われわれには知と意思のみしかない。/知:マルク、小学校教諭/権力:ジャン、兵士、行動の人」、たとえば「ピカールのような人」で、軍隊に愛着を抱くが、それを再編し、国々を連合させ、紛争を調停し、やがては戦争に反対する者としてジャンが素描される。

　イギリスの帝国主義に異議を唱え、自由と人権という普遍的な価値による世界平和の実現を説くとはいえ、そのヴィジョンは、フランスによる世界支配を正当化するものという批判は免れえないだろう。ただ、戦争という目的とは異なる方向に向けて再編される軍隊という、理想の軍事組織の夢想は、注目に値するかもしれない。

（宮川朗子）

5 詩

ゾラは一八五八―六二年の間に、一万行ほどの量に上る詩を書いたが、そのうち一部しか残存していない。生前発表されたのは「ゾラ運河」(『プロヴァンス』紙、一八五九年二月十七日)、「僕の小妖精」(『プロヴァンス』紙、一八五九年八月四日)、「雲」(『日曜新聞』、一八六一年十月十七日)、そしてポール・アレクシの『エミール・ゾラ、ある友人の覚書』(一八八二)の補遺として「愛の劇」、「わが友ポールへ」、「僕が望むもの」、「ニナ」、「幻影」、「わが友人たちへ」、「隠遁した悪魔」、「宗教」、「僕の最後の恋へ」の九編が収められた。さらにセルクル版ゾラ全集の第十五巻の最後で、編者ミットランがこれらすべての詩編を収録し、その後発見された草稿に依拠して、新たに「ウジェニー皇妃へ」、「僕は彼女と別れなければならなかった……」の二編を加えた。したがって、ゾラ作の詩は合わせて十四編が現在知られている。

以下、主な作品の内容を要約しておこう。

「わが友ポールへ」(一八五八)

ポール・セザンヌに捧げられた詩。ゾラは自らを夢見がちな詩人と規定し、現実のはかない女性よりも、炎や波から生まれたような幻想の女性を好むと告白する。なぜなら「僕は枯れることのない美しい理想を愛するから」である。そしてそれ以上に貴重なのは、親しい友の友情である。

「わが友人たちへ」（一八五八）

詩人が眠っている間に、「バラ色の翼をもった空気の精」が訪れて語りかけ、自然の中を駆け回ろうと誘いかける。それは詩人が少年時代を過ごした雄大な風景である。空気の精は、詩人が恋した娘グラシエンヌの記憶を喚起するが、詩人の心は晴れない。二人の親しい友とプロヴァンスで過ごした過去の日々が想起されると、初めて彼の表情に微笑が戻る。プロヴァンスへの郷愁と現在の孤独を謳った感傷的な詩である。

「ゾラ運河」（一八五九）

プロヴァンス地方は太陽と乾いた風にさらされ、水も緑も不足している。人を寄せつけない岩山が続いている。そこにある時一人の男が通りかかり、不毛な大地を緑豊かな耕地に変えようとする。そしてこの「新しきモーセ」は、困難な事業を成功に導く。

この男、この閃き豊かな男に栄光あれ
彼の巨大な才能が
水を湧き出たせた。そして建設が終わる前に
天に召されてしまった（中略）
その男とは、私の父である

土木技師で、エクス郊外で運河の建設に着手し、完成を見ずに亡くなった父フランソワを称えた、ユゴー風の叙事詩になっている。

「僕が望むもの」（一八五九）

八音節の四行詩節、十連からなる詩。詩人は南フランスを思わせる地に隠棲し、自分の望むような自然の王国を築くことを夢みる。そこにあるのは微風にそよぐ松林、谷間と小川、オリーヴと葡萄の畑、ラベンダーやタイムが香る庭である。そして「金髪の女王」がた

Ce que je veux pour mon royaume,
C'est à ma porte un frais sentier,
Berceau formé d'un églantier
Et long comme trois brins de chaume ;

Un tapis de mousse odorant,
Semé de thym et de lavande,
Seigneurie à peine aussi grande
Que le jardinet d'un enfant.

Ce que je veux dans ma retraite,
Créant un peuple à mon désert,
C'est voir, sous le feuillage vert,
Flotter mes rêves de poète.

Mais, avant tout, ce que je veux,
Sans quoi j'abdique et me retire,
Ce que je veux dans mon empire,
C'est une reine aux blonds cheveux,

Reine d'amour à la voix douce,
Au front pensif, aux yeux noyés,
Et dont les mignons petits pieds
Ne fanent pas mes brins de mousse.

Émile Zola
Aix, mai 1859.

「僕が望むもの」の草稿

たずんでいる。

「ニナ」（一八五九）

十五歳で恋を知ることもなく死んだ少女ニナの墓石を前にして、生命のはかなさ、運命の過酷さを、詩人が一人の友人に呼びかけるという形式で謳う。

「宗教」（一八六一年頃）

人生や世界の意義について懐疑的になった詩人が、神に向かってその懐疑を突きつける。詩人には、世界の暗黒面しか見えず、神の無力に対して理性が反抗する。それに対して神は、愛こそすべての根源だと答える。

未知のものや虚無など何だというのか！
もし愛が自然全体の法則であり、
お前の心の中で激しい炎のように燃えているならば。
被造物は愛するためにのみ生まれてくるのだ。

宗教的な懐疑を表明した唯一の詩である。

「ゾラ運河」と「宗教」を除けば、青年期にゾラが書いた詩編はいずれも、少年時代を過ごしたプロヴァンス地方への郷愁、そこで結ばれた友情の絆、そして愛の夢想を語る。ユゴーや、とりわけミュッセの影響が感じられ、ロマン主義な詩の主題とレトリックの圏域を脱するような試みではなく、そこに見られる悲劇性もいくらか紋切型である。しかしプロヴァンスへの愛や若々しい抒情は、その後の小説においても維持され、確かな展開を見ることになるだろう。

（小倉孝誠）

6 中・短編

『ニノンへのコント』（一八六四）

ラクロワ社から出版された初めてのゾラの単行本。一八五九年から一八六四年までの間、つまりゾラが十九歳から二十四歳までの間に執筆された、八編のおとぎ話や諷刺を集めた短編小説集である。一八六四年十月一日付けの序文にもあたる『ニノンへ』では、田舎に残してきた初恋の乙女ニノンにささげる話、という体裁をとっている。以下、収録された短編の概要を記す。

『恋する妖精』（一八五九）

いかめしい城に住むオデット。そこへ若者ロイがやってきて、二人は恋に落ちる。恋の妖精があらわれ、若い恋人達を厳格な叔父の目から隠してくれる。最後には、別れを惜しむ彼らを二本のマヨラナの枝に変え、二人は常に一緒にいられることになる。なお、ゾラはこのとき大学入学資格試験に失敗したばかりであった。おそらく美しく心慰められる話を求めていたのだろう。

『純真さ』(一八六二)

栄華を誇る王と妃の間にできた王子。彼は優しい心の持ち主で、酒も女も好まない。あるときから森に住みつくようになり、森の奥で水の精の姿を垣間みて恋に落ちる。三日三晩彼女を追い求め、ついにキスをすると、二人とも息絶えてしまう。

パリのダンス場、1850年頃

『舞踏会の手帖』(一八六二)

十六歳のジョルジェットは舞踏会ではまだ奥手。翌朝、舞踏会の手帖を眺めていると、手帖が話しかけてくる。ジョルジェットと手帖はこれまでのダンスの相手を思い出し、誰が夫にふさわしいのかをあれこれ品評し合う。

『盗人たちと愚か者』(一八六二)

レオンは女ぎらいで悪口ばかり言っている。ある日、田舎のセーヌ河畔へピクニックに出かけると、奔放な隣人のアントワネットが、彼女に言いよる二人の男たちと共にやってきた。二人の求愛者が、彼女が愛しているのは自分のことだと喧嘩をしている間に、アントワネットとレオンは恋仲になり、ボートで川にこぎ出してしまう。それから二ヶ月後、恋人達は幸福に暮らしている。レオンは今まで以上に熱をこめて女性の悪口を言っている。

『血』(一八六二)

『ニノンへのコント』の中で最も奇妙で、幻想的な話。勝ち戦のあとの戦場で、四人のドイツ騎兵たちがそれぞれ悪夢を見る。血の川、生け贄、殺戮、キリストの磔刑など、創世から人類が積み重ねてきたあらゆる罪の図である。朝の召集ラッパが鳴ったが、四人の兵士たちは殺しはもうたくさんだと、武器を埋めて、大地を耕しに行く。

『私を愛する女』(一八六三)

語り手は日頃、自分を愛してくれる女性を夢想している。縁日の見世物小屋で「あなたを愛する女を二スーで見せます」とうたっている。入ってみると、ガラス越しに白い服を着た天使のような女がいる。見世物小屋は大繁盛。縁日も終わり、語り手は道でぶつかった人が例の女だと気付く。みすぼらしい寒そうな格好をしており、気付いた周りの人たちからはやしたてられている。女は、生きていくためにできるだけのことをするしかないとひとりごちる。

『貧者のシスター』(一八六三)

ルイ・アシェットから依頼されて書かれた子供向けの教訓的なおとぎ話。しかしアシェットの目には革新的すぎるとうつり、受け入れられなかった。

両親が他界してから、意地悪な叔父夫婦のもとでこき使われている少女。ある日、赤ん坊を抱いたみすぼらしい女に施しをすると、どこのものともわからない貨幣をお返しにくれた。それは不思議なコインで、どんどんお金を生み出し、果ては食べ物や衣服まで出してくれる。少女は国中施しをしてまわった。しかし、お金が使う人によっては危険なものになることを知る少女は、労働によって得られる恵みのほうを好み、二度とそれを使わなくなった。ある時少女が教会でお祈りをしていると、聖母子が絵の中から抜け出て来て、用の済んだコインを天に持ち帰っていく。

『大きなシドワーヌと小さなメデリックの冒険』（一八六四）

頭は足りないが巨人のシドワーヌと、はしこい小人のメデリックは二人で一組だ。エジプトや果実のなる国に立ち寄りながら、彼らは幸福の王国を探し求める。たどり着いた幸福の王国の女王は博愛主義で、あらゆる動物たちが等しく幸せな生活をおくれるよう、ひとつ所に住まわせる実験を行う。しかし動物たちは各自の要求を主張しはじめ、弱肉強食が再び始まり、最後には数匹の猛獣だけが残る。怒ったシドワーヌは猛獣を殺してしまうが、メデリックは食べるためだけにしか殺してはならないと諭す。メデリックは、もしもこの冒険譚を書きとめる作家がそのうち現れるならば最後の一頁に記すだろう演説を、思い描く。このような一種のメタ物語的な場面で本作品は終わる。

これらの短編小説を創作の年の順に読みすすめると、厳しい現実から逃れて夢想へと傾倒する思春期から、現実に適応し立ち向かうようになる作家の成長過程や、語りの技法の発展がみとめられる。それと同時に、ゾラの後期作品に色濃くあらわれる労働への賛美が、『血』や『貧者のシスター』のような初期短編小説にすでにみられることも興味深い。（中村翠）

『ビュルル大尉』（一八八二）

ロシアのサンクトペテルブルクの月刊誌『ヨーロッパ通報』紙に掲載された六つの中編小説を収録。以下、概要。

『洪水』（一八七五）

七十歳のルイ・ルビウはトゥールーズで家族と幸せ

に暮らしていた。しかし六十日間雨が降り続いたため、ガロンヌ川で氾濫がおきて、あらゆるものを流してしまう。老いたルイひとりが生き残ったが、家族は死んでしまい、希望もない。一八七五年六月に実際にガロンヌ川でおこった水害を小説化した作品である。災害による悲劇のテーマは、一八六六―七年発表の中編小説『ジャン・グルドンの四日間』の最終章ですでに現れているが、『生きる歓び』(一八八四)にも再び見出されることになる。

『いかに人は死ぬか』(一八七六)

貴族、ブルジョワ、商人、労働者、農民の五つの階級における人の死と葬式のあり方を、それぞれに描き分けている。同年に発表された『いかに人は結婚するか』という短編につづく形で創作された。これらのテーマは、『居酒屋』『ごった煮』『ジェルミナール』『大地』といった長編小説で再び扱われることになる。

『一夜の愛のために』の挿絵

(スタンラン画)

『一夜の愛のために』(一八七六)

醜男のジュリアンは、向かいのお屋敷の美女テレーズに恋をするが、彼女はそっけない。しかしある晩、テレーズが寝室にあがってこいと合図する。行ってみると、男の死体が横たわっている。彼女は幼なじみの愛人を誤って殺してしまったのだ。愛の一夜とひきかえに、死体を川へ捨てるのを手伝うように頼まれて、ジュリアンは片棒を担ぐ。ところが、ジュリアン自身も永遠の眠りにつく誘惑に打ち勝てず、川に身を投げてしまう。後日、テレーズは白いドレスを着て伯爵と結婚する。

『野にて』（一八七八）

パリジャンの田舎に対する憧れを、郊外への遠足や森への散歩、川遊びなどに分けて描写している。とりわけ二十年前、まだ貧乏だった頃に、ポール・セザンヌや画家の友人達と散策したヴェリエールの森や、セーヌ河畔の思い出が、牧歌的に語られている。

『コクヴィル村の酒盛り』（一八七九）

ノルマンディー地方の小さな漁師の村コクヴィルでは、マエ家とフロッシュ家という二つの家系が、何世紀ものあいだライバル関係にあった。ある時、嵐で英国の船が難破し、様々な美酒の樽がいくつも流れ着くようになる。浜辺で美酒を味わううちに、しまいには村中の人々が陽気に酔っぱらい、長年にわたる両家の争いがやむ。そして、両家の若者たちの縁談で盛大な祭りがしめくくられる。

『ビュルル大尉』（一八八〇）

ビュルル大佐夫人は、将軍になる寸前に死んだ夫の遺志を継いで、息子が出世することを期待している。しかし財務官大尉に任命された息子は、最初は娼館の女将に、ついで不器量な女中にいれあげて、任された軍隊の会計を少しずつ横領する。亡き大佐の友人で息子の上司でもあるラギット少佐は、一家の名誉を守るためにビュルル未亡人から頼まれて、決闘を申し込み、彼を殺してしまう。未亡人は今度は孫のシャルルに期待を寄せ、厳しいしつけをして恐ろしい戦いの話を聴かせるが、シャルルは恐怖のあまり死んでしまう。

行き過ぎた名誉の重視に揶揄をこめた作品。アンリ・セアールによって着想を得た。またセアールは、一八八七年に自由劇場で、『全ては名誉のために』というタイトルでこの作品を戯曲化している。

（中村翠）

『ナイス・ミクラン』（一八八三）

『ヨーロッパ通報』に発表された六編の中編小説集。

『ナイス・ミクラン』（一八七七）

エクス＝アン＝プロヴァンスの代訴人ロスタン氏の一家は、エスタックの別荘に休暇を過ごしにやって来た。小作人の娘である二十一歳の美しいナイス・ミクランは、子供の頃、ロスタン家の息子フレデリックの遊び相手だったが、いまでは愛人となる。それに気付いたナイスの厳しい父は、フレデリックを殺そうとするが、ナイスの妨害により失敗する。ナイスは彼女に恋慕するせむし男トワヌの助けを借りて、通り道となる崖を崩し、自分を支配する父を殺してしまう。そんなことも知らないまま、フレデリックはエクスに戻っていき、ナイスのことなどすぐに忘れてしまう。ナイスはトワヌと結婚する。

この物語はゾラのエスタック滞在中に書かれた。一九〇七年にはアルフレッド・ブリュノによってオペラ化され、モンテカルロのオペラ座で上演された。またマルセル・パニョルによって一九四五年に映画化された。

『ナンタス』（一八七八）

野心的だが貧しい若者ナンタスは、マルセイユからパリに成功を求めて出てきたが、うまく行かず貧困のすえ自殺を考える。その時、とある既婚者の子供を身ごもってしまった貴族の娘の名誉を守るために結婚しないかという話が持ちかけられ、ナンタスはそれに乗る。誇り高い娘はナンタスを軽蔑し、見せかけだけの婚姻関係を望む。十年後、ナンタスは大臣の位を獲得するほどに成功しているが、最大の関心事は妻に認められ愛されることだけ。妻に愛人がいると思い込んだ彼は自殺を試みるが、飛び込んで来た妻はついに愛を告白する。

一八七一年の長編小説『獲物の分け前』から派生し、夫を主役に据えた一つのヴァリエーションといえる。妻の側の別なヴァリエーションは、戯曲『ルネ』（一八八〇）。

『オリヴィエ・ベカイユの死』（一八七九）

仕事のために妻とパリへ出て来たばかりのオリヴィエ・ベカイユは、下宿で病に倒れる。強硬症で身体が動かせないだけなのだが、周りは死んだと思い込み、彼を棺桶の中に入れて墓地に埋めてしまう。真っ暗な棺桶の中で死にものぐるいの努力をして、ついに墓から出るオリヴィエ。下宿へ戻る途中に気を失って倒れてしまったところを、老いた医師に助けられ、数週間看病を受ける。回復後、下宿に戻ってみると妻はおらず、彼の葬儀の際に手助けをしていた若くて元気な隣人と立ち去ってしまったことがわかる。若くはなく、病弱で貧相な彼は、妻が新しい生活を始めることを静かに受け入れる。

この物語は、マルセイユの下宿で、看病にかけつけた妻を残して死んだゾラの父親を想起させる。また生き埋めのテーマはゾラ自身が抱き続けていた強迫観念でもある。

『ネイジョン夫人』（一八七九）

ノルマンディーからパリに出て来たジョルジュ。代議士ネイジョンの妻ルイーズに惚れ、出会えそうな場所にせっせと通う。ルイーズのほうも思わせぶりな態度をとりながら、夫の選挙活動の手伝いをジョルジュに頼む。彼の手伝いのおかげもあって、ネイジョン氏は当選する。ご褒美に恋愛関係を許してくれるのではないかと期待して馳せ参じたジョルジュに、彼女は説教を垂れ、代わりに大使の秘書の職を与える。

ブルターニュ海岸の洞窟
(『シャーブル氏の貝』)

『シャーブル氏の貝』(一八七六)

四十五歳のシャーブル氏は、若くて美しい妻エステルとの間に子供が出来ないのが悩みである。医者に貝を食べることと海水浴を勧められ、ピリアックへ夏を過ごしにやってくる。地元の美しい若者エクトールは、夫妻を様々な場所へ案内する。ある晩エステルとエクトールは岩礁の洞窟を訪れ、満ち潮のせいでそこに二時間滞在することになる。夫は崖の上でカサガイをせっせと食べながら二人を待つ。パリに戻って九ヶ月後、エステルは赤ん坊を産んだ。

『ジャック・ダムール』(一八八〇)

ジャックは妻子をもつ労働者だったが、お調子者のベリュにそそのかされて、コミューンに身を投じる。ニューカレドニアに流刑になったジャックは、恩赦を与えられフランスに戻ってくるが、とっくに死んだものと思われていて、家族ももう元の家にいないことを知る。再会したベリュから妻は肉屋と再婚したことを教えられ、憤慨して直談判に行くが、結局は引き下がる。今度はベリュに連れられて娘のところへ行くと、高級娼婦になった娘から歓待を受ける。ジャックは娘が田舎に所有する別荘の番人におさまり、ベリュと政治談義や釣り等をしてのんきに暮らすのだった。

死と流刑という状況の違いはあれど、不在の後に帰還し、妻の新しい生活を知って自分は引き下がる男の話という点では、『ジャック・ダムール』と『オリヴィエ・ベカイユの死』は共通している。さらに、男性としての能力の欠如により、妻を別な男に取られるというテーマでは、『オリヴィエ・ベカイユの死』と『シャーブル氏の貝』は相似しており、『テレーズ・ラカン』にまでそのルーツを持つ。（中村翠）

7 オペラの台本

『メシドール』

ゾラの台本、ブリュノの音楽によるオペラの第一作。台本は一八九四年三月から四月にかけて書かれ、一八九七年二月五日にオペラ座で初演、その後、ミラノ、ブリュッセル、ナントで再演された。舞台はアリエージュ県の実在する山村ベトマルで、あらすじは以下の通り。農夫ギヨームとその母ヴェロニックが住む山村は水不足と貧困に苦しんでいる。この村はかつて川の砂金によって繁栄していたが、ガスパールが上流に採掘工場を建設し、川の流れを変えて砂金を独占していた。ギヨームとガスパールの娘エレーヌは結婚を約束するが、ガスパールを自分の夫を殺した犯人と疑うヴェロニックは二人の仲を裂こうとする。ギヨームの従兄弟マチヤスは、ガスパールの工場を襲撃するために村の労働者を集めて集会を開く。寒い冬の午後、マチヤスに扇動され暴徒と化した労働者の群衆が工場に襲いかかる。その時、雪崩が発生して、砂金を運ぶ川は埋没し、工場は操業を停止する。そして、春が来る

『メシドール』より労働者が工場を襲撃する場面

と雪崩によって地下水が山村に流れ出し、小麦は豊作となる。マチヤスはヴェロニックの夫を殺したことを自白して自殺し、ギヨームはエレーヌと婚約する。

労働者の蜂起という設定は『ジェルミナール』を想起させる。ヴァーグナーの『ラインの黄金』からも着想を得たと考えられるが、この作品には、農夫や労働者を登場させ、舞台装置として工場の機械を取り入れるなど、ヴァーグナーのオペラには見られない自然主義的なリアリズムが取り入れられている。当時の批評家はブリュノの音楽を称賛したが、ゾラの台本には厳しい評価を下した。また韻文ではなく散文を用いていることが当時としては斬新であり、批評家からは賛否両論の声があがった。

『メシドール』の特徴は、登場人物が象徴性を帯び、物語に作者の思想が反映されていることである。ゾラ自身がこのオペラの主題を「労働の詩、努力の必要性と美しさ、生命への信仰、大地の豊饒さへの信仰、未来の正当な収穫への希望を伝えること」と述べている。

このテーマを体現しているのは主人公ギヨームである。彼は働き者の農夫であり、小麦の収穫をもたらす。また、結末部ではギヨームの婚約者エレーヌの出産が予告され、二重の意味で「豊穣さ」を体現している。何よりもフランス革命暦で「収穫月」を意味する『メシドール』というタイトル自体が、この作品のテーマを明確に表している。

（田中琢三）

『嵐』

ゾラの台本、ブリュノの音楽による四幕のオペラ。一九〇一年四月二十九日にオペラ＝コミック座で初演された。ゾラの生前に上演されたゾラとブリュノのオペラは、この作品と『メシドール』だけである。台本は一八九六年十月から十一月にかけて執筆された。ゾラはドレフュス事件の只中の一八九八年七月から一八九九年六月にかけてイギリスに亡命していたが、ちょうどその時期にブリュノが作曲し、一八九九年四月に完成した。亡命中のゾラがブリュノに宛てた手紙からは、彼がイギリスにいる間も、このオペラの作曲の進捗状況や上演の準備についてかなり気にかけていたことが分かる。あらすじは以下の通りである。

舞台は架空の孤島、ゴエル島。おもな登場人物はマリアンヌとジャニーヌの姉妹とランドリーとリシャールの兄弟である。姉妹は二人ともリシャールを愛していたが、リシャールはジャニーヌを愛していた。しかしマリアンヌは悔しさからジャニーヌをランドリーと強制的に結婚させ、リシャールは島から出ることになる。数年後、船で世界をさまよっていたリシャールが嵐から避難するために島に帰ってくる。するとジャニーヌは夫ランドリーに虐待され、不幸になっていた。リシャールとジャニーヌは互いに愛を告白し、二人で島から逃げることを計画する。嫉妬したマリアンヌは、ランドリーにリシャールを殺させようとする。しかし、殺人がまさに実行されようとするときに、愛する男が死ぬことに耐えられなくなったマリアンヌはランドリーを殺す。リシャールは仲直りした姉妹を残して島を離れ、再び旅に出る。

以上のように、この作品は、孤島という閉ざされた空間で、限られた数の登場人物によって展開される人間ドラマであり、嫉妬、憎しみ、優しさ、憐み、恐怖といったさまざまな感情が力強く描かれている。タイトルの『嵐』は海の暴風雨だけではなく、人間の情念の激発も意味している。他のゾラのオペラにみられるような思想的・イデオロギー的要素がなく、古典悲劇のようなドラマ性が追求されているのが特徴である。登場人物の心理分析の不十分さに対する批判もあったが、当時の批評家からは、台本と音楽が見事に融合された作品としておおむね好意的に評価された。オペラ＝コミック座での上演も十二回を数え、ゾラとブリュノのオペラの中で最も完成度が高い作品とされる。（田中琢三）

8 戯曲

『ラブルダン家の相続者たち』（一八七四）

全三幕の喜劇。英国劇作家ベン・ジョンソンの『ヴォルポーネ』（一六〇六）に想を得て、モリエールの喜劇をモデルに、自然主義の様式で書かれた。一八七四年、シャルパンティエ社からゾラの序文つきで出版され、七八年には『テレーズ・ラカン』『薔薇のつぼみ』とともに戯曲集『演劇』に再録された。

あらすじ

ラブルダンは、引退した金持ちの織物商人だったが、実はお金を使い込んでおり、文無しどころか借金取りまで来る始末。しかし姪や近親者たちは、まだ彼を金持ちだと思っており、遺産を期待して贈り物をしている。名付け子のシャルロットは、ラブルダンと一緒に暮らしている。婚約者のドミニクと結婚するため持参金が必要となり、ラブルダンに託していた持参金を返してくれと求めると、彼が使い込んでいたことが発覚。（第一幕）そこで彼女は持参金を取り戻そうと画策をめぐらす。彼に臨終のふりをさせ、それぞれの相続候補者たちに遺産を期待させてお金を出させる（第二幕）。しかし実はラブルダンが文無しで、皆をだましていたと知った姪たちは、怒って金目のものを持って行ってしまう。シャルロットは近親者たちが示していた偽りの愛情の正体をあばき、彼らを悔悛させ、さらに自分の持参金を回収することに成功する（第三幕）。

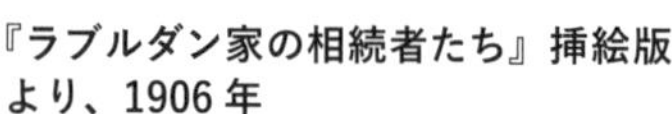

『ラブルダン家の相続者たち』挿絵版より、1906年

解説

この作品はジムナズ座やパレ・ロワイヤルから上演を断られた後、クリュニー劇場に採用され、フロベールの『弱き性』とともに上演された。一八七四年十一月三—二十日にわたり、十七回上演。稽古は九月の半ばから始まったが、ゾラは俳優陣の演技に不安を抱いており、フロベールへの十月九日の手紙で「大失敗の予感がする」と書き送っている。ゴンクールは十一月一日の日記に、ゾラから初演に招待されたと記し、「舞台の喜劇役者たちは、毎晩食事を取れていない貧しい役者のような、冷えきった陽気さである。有能な人にとって、こんな劇場でこんな役者たちによって作品を演じられるのは嘆かわしいことだ」と述べている。

当時の批評家の目は厳しく、喜劇とも教訓劇ともつかぬ中途半端なもので、退屈な作品と評している。アルフォンス・ドーデだけが『ジュルナル・オフィシエル』紙で、失敗の理由を役者の演技の不十分さのせいだと語っている。

四年後の『薔薇のつぼみ』でも同様だが、小説では自然主義の理論を推進しようと努めたゾラが、戯曲を創作する際には、教訓的な結末から離れられなかったのは興味深い。

（中村翠）

『薔薇のつぼみ』（一八七八）

全三幕の喜劇。バルザックの短編『戦友』に影響を受けて書かれた。テクストは一八七八年、ゾラによる序文つきで、『テレーズ・ラカン』や『ラブルダン家の相続者たち』とともに戯曲集『演劇』に収録され、シャルパンティエ社から出版された。

あらすじ

宿屋の主人ブロシャールは、新婚初夜にもかかわらず、若鶏の仕入れのために遠出をしなければならない。そこで若い新妻ヴァランティーヌの見張り番を、友人かつ共同経営者のリバリエに託す。ヴァランティーヌは陰でこの会話を聴いており、自分を監視しようとする彼らをからかってやろうと決心する。宿にはもう一組、シャモランという夫婦がいるが、夫は妻オルタンスが誰かと浮気をしていると確信しており、現場を押さえようと探しまわっている。実はリバリエはオルタンスの浮気相手なのだが、彼女への気持ちは冷めている（第一幕）。

シャモランは女中に言い寄っているところをオルタンスに見つかってしまう。今度はどうしても自分が妻の浮気現場を押さえたいと願うシャモラン。一方ヴァランティーヌはリバリエの甥ジュールの協力を得て何か企んでいるようで、自分の見張り役をしているリバリエを思わせぶりに誘惑する。挙げ句の果てに、彼女は宿にやってきた大尉や中尉、兵士たちとも親密なそぶりを見せ、リバリエを驚かせる。一同は飲んだり歌ったりの騒ぎ。酔っぱらったリバリエは、そんなことならば我慢する必要もないと、自分もヴァランティーヌを口説きだす（第二幕）。

朝。リバリエは自室で怯えている。甥のジュールがわけを問うと、昨夜真っ暗な中ヴァランティーヌの寝室に忍び込んだが、突然誰かが入ってきたのであわてて別の扉から逃げ帰ったという。夫のブロシャールが不意打ちで帰ってきたと思い込み、落としてきてしまった指輪のせいで完全にばれているだろう、と心配するリバリエ。そこへブロシャールが帰ってくる。すっかりばれていると思い込んだリバリエは、「私が君の妻と寝室にいたのを目撃しただろう、私の指輪も見つけたのだろう」と言い、怒ったブロシャールと決闘をする羽目になる。そこへシャモラン夫婦がやって来る。オルタンスは指輪をリバリエに見せ、「思い出に持っているわ」とささやき、夫シャモランは満足しているようだが、リバリエには何のことかわからない。実はヴァランティーヌとジュールの差し金により、夜の間に彼が忍び込んだのはオルタンスのところで、浮気現場を押さえに踏み込んで来たのはシャモランだったのだ。ブロシャールは事情を悟って機嫌を直す。そこへ取り寄せた若鶏が到着し、全ては丸くおさまる（第三幕）。

解説

一八七八年五月六日、パレ・ロワイヤルにて初演。上演七回で打ち切りとなる失敗作であった。ゾラはこの戯曲のために気のきいた挿入歌を書いてくれと友人のセアールに頼むが、セアールの作ったものは結局気に入らず、自分で「小さな樽」という歌を書いた。しかし、本番では軍隊の酒盛りとその曲の場面が特に不評を買った。

上演を観に来ていたエドモン・ド・ゴンクールは初

日の日記に、「オリジナリティもなければユーモアもエスプリもなく、笑劇のおかしさすらない。一派のリーダーともなる野心を持つ男が、金の必要にかられたわけでもないのに、こんなに凡庸な、今時の喜劇作者たちが書くような代物をなぜ世に出させたのか、理解に苦しむ」と書き残している。この失敗により、ゾラはしばらく演劇から離れる。ただし、一八八七年夏にイタリアのローマで翻案・上演されたものは、成功をおさめた。

（中村翠）

9 評論

『わが憎悪』（一八六六）

主に一八六五年一月二十三日から十二月十四日にかけてリヨンの日刊紙『サリュ・ピュブリック』紙に掲載された文学および美術の批評記事を集めていて、副題に『文学・芸術閑談』を掲げている。本は発表順に編まれてはいない。タイトル、発表年月日、掲載新聞・雑誌名、記事の概略は以下のとおりである。

「序文」

一八六六年五月二十七日の『フィガロ』紙に掲載。いっさい人名を挙げず文学流派も示さずに、影響力を持っている当時の批評家たち、型どおりの形式の擁護者たちを攻撃している。

「＊＊＊神父」

一八六五年六月十七日の『サリュ・ピュブリック』紙に掲載。小説『修道士』を論じていて、記事のタイトルは匿名の作者を表している。仮面の下での出版といういかがわしさと作品の下品さを批判している。

「プルードンとクールベ」

一八六五年七月二十六日と八月三十一日の『サリュ・ピュブリック』紙に掲載（『ゾラ・セレクション』第九巻所収）。哲学者にして経済学者ジョゼフ・プルードンの著作『芸術の原理とその社会的使命について』の没後出版に際して書かれた。芸術の目的は全体の幸福と種の完成に益することにあると主張するプルードンに反論して、芸術の有用性を否定し芸術家に与えられるべき完全な自由を要求している。

「ヒステリックなカトリック教徒」

一八六五年五月十日の『サリュ・ピュブリック』紙に掲載。バルベー・ドールヴィイの『結婚した司祭』を論じている。ゾラは作品の「熱く独特の生（せい）」を讃えたが、作者の奇妙で乱雑な文章への好みを惜しんでいる。この記事は両作家の反目の引き金となった。

「文学と体操」

一八六五年十月五日の『サリュ・ピュブリック』紙に掲載。ウジェーヌ・パーズの著書『体操による精神と身体の健康』を論じている。文学・芸術論にそぐわないこの記事は、ゾラの『ニノンへのコント』を讃える記事を書いたパーズへの返礼として書かれたと考えられている。

「エドモン・ド・ゴンクール氏およびジュール・ド・ゴンクール氏による共著『ジェルミニー・ラセルトゥー』」

一八六五年二月二十四日の『サリュ・ピュブリック』紙に掲載（『ゾラ・セレクション』第八巻所収）。小説家ゾラの方向づけを如実に見せているという意味で、文学論の観点からすればこの評論集の中では最も重要な記事である。ゾラは現代人の現実を正確で力強く描いた作品と讃えた。兄弟は長い礼状を書き、その時から両者の交友が始まった。

「ギュスターヴ・ドレ」

一八六五年十二月十四日の『サリュ・ピュブリック』紙に掲載（『ゾラ・セレクション』第九巻所収）。同年に出版された『聖書』に収録されたドレの二百二十八点の挿絵を論じている。ゾラはその二年前にもドレ論を書いている。その時よりも分析は掘り下げられているが、この画家に対する熱狂は弱まっている。

「通りと森の歌」

『サリュ・ピュブリック』紙には掲載されなかった。初出は不詳。ゾラが初めて公にユゴーを論じた記事で、彼の作品に対してすでに距離を置いていることが窺われる。テーヌから得た想を踏まえて、いわば「解剖学者の仕事」に喩えられるような批評を試みている。

「ウジェーヌ・ペルタン氏による『母親』」

一八六五年七月七日の『サリュ・ピュブリック』紙に掲載。女性に課せられた条件の歴史についてペルタンが書いた研究書を論じている。夫婦生活、女性教育、家庭における女性の役割に対するゾラの関心を示している。

「三千年前のエジプト」

一八六五年十一月二十九日の『サリュ・ピュブリック』紙に掲載。ゾラの勤務するアシェット社から同年に出版されたフェルディナン・テュニォ＝ド＝ラノワの研究『ラムセス大王あるいは三千三百年前のエジプト』に想を得て書かれている。

「地質学と歴史学」

一八六五年十月十四日の『サリュ・ピュブリック』紙に掲載。歴史家にして時の公共教育大臣ヴィクトル・デュリュイによる『フランス史への概括的序説』についての論考。経済および風俗の進化と地理的な環境との間の関係を明らかにする著者の方法にテーヌに通じるそれを見ている。

「フランスのモラリストたち（プレヴォ＝パラドル氏）」

一八六五年一月二十三日の『サリュ・ピュブリック』紙に掲載。プレヴォ＝パラドルの最後の著作『フランスのモラリストたちについての研究』を論じている。ゾラはここで、数年前に自分がモンテーニュから受けた影響を打ち明けている。

「『ある女性の拷問』と『二人の姉妹』」

演劇を論じた二篇の記事から成っている。エミール・ド・ジラルダンとアレクサンドル・デュマ・フィスの間に生じた不和を機に、二人による共作『ある女性の拷問』を論じた記事は一八六五年六月二十五日の『サリュ・ピュブリック』紙に掲載された。ゾラは気晴らしの演劇（デュマ・フィスが体現する）と分析の演劇（ジラルダンが体現する）を対置し、後者を推奨している。ジラルダンの『二人の姉妹』を論じた記事は掲載を拒否された。そこではデュマ・フィスでなく、批評と観客の無理解に対抗して作者を擁護している。この論考は、演劇における主題と様式の革新の方向性をゾラがすでに示している点で注目される。

「エルクマン＝シャトリヤン」

一八六五年四月二十九日と五月一日の『サリュ・ピュブリック』紙に掲載。タイトルは共著で数々の小説を書き人気を博していた作家の名前である。バルザックとの比較で二人に判断が下され、現代社会の真実で欠けるところのない研究を提示する作品へのゾラの夢が表明されている。

「芸術家としてのH・テーヌ氏」

一八六六年二月十五日の『同時代誌』に掲載（『ゾラ・セレクション』第九巻所収）。「美術学校で表明された美学」の断り書きがある。ゾラはテーヌの著書『芸術哲学』に恩恵を受けていて、彼のお陰でスタンダールとバルザックを発見したし、また小説にも批評にも応用可能な分析の原則も彼から学んだのだった。けれどもテーヌの環境理論には留保を置く。それは時代の研究においては有効だが、個々の人間の研究には通用しないと思われたからである。したがってゾラは、テーヌに対して個性にもっと大きな場所を空けるよう願うことになる。この記事を読んだテーヌはゾラに礼状を書いた。

「ユリウス・カエサル伝」

この記事は『エコ・デュ・ノール』紙によって掲載が拒否された。初出は不詳。ナポレオン三世が匿名で書いた本についての論考である。ゾラは本の序文で表明されている摂理に適った人間の理論を問題視して、いくら弁解を行ったとしても、著者は民衆に仕えるどころか、逆に人類の前進を停止させる人間であると批判している。

ゾラによれば、彼の時代は変調と熱狂に侵されていて、今や同時代に適った新しい芸術が求められている。時の芸術は人体の「屍(しかばね)」を知ることに飢えていて、様々な「傷口」を丹念に調べ、常にもっと下へと降りてゆこうとしている。そして自身を情けを知らぬ知りたがり屋と自己規定し、「人間機械」を一つ一つの歯車に分解して、仕組みがどのように機能しかくも奇妙な効果を生み出すことになるのかを見たいと願っている。ここにはすでに実証主義思想の影響を受けたゾラが現れている。彼がまず望むのは、時代世界を分析することによって真実を探り当てることである。それは現実の観察と分析、生理学および自然科学の最新の発見を踏まえた探究である。

ゾラにとって芸術作品は、ゴンクール兄弟、クールベあるいはバルザックの作品が提供してくれるような「個性の自由で高度の発現」として現れる。記事「プルードンとクールベ」には、有名な芸術作品の定義「一つの気質を通して見られた被造物の一隅」を読むことができる。彼はまた政治論・社会論をも採りあげる。ナポレオン三世の書いた「ユリウス・カエサル伝」については、皇帝は民衆の救い主カエサルにすがって自分の権力を正当化していると批判したし、女子教育や芸術におけるモラルの問題についても論陣を張った。彼の記事は、激越かつ論戦的で当時としてはあまりにも個性的であったために、しばしば掲載を拒否された。

この評論集には反響を呼んだ序文がついている。その中でゾラは独創性すなわち「人間性の自由な表出」を支持し、凡庸さと無能さ――それを体現するのが、我々を自由に操る衒学者や生を拒否する退屈な芸術家である――を憎悪すると言明している。彼は言う。自分が関心を持つのは、美しさや完璧さではない、生、闘い、熱狂である、と。『わが憎悪』は初期の評論集でありながら、そこにはすでに後年の評論集全体を貫く主調が現れているのである。

（佐藤正年）

『わがサロン評』（一八六六）

一八六六年のサロン審査は、前年のサロンで入選した《オランピア》の騒ぎの後で、とりわけ新しい傾向の絵画に厳しく、マネの応募した二点《笛吹きの少年》《悲劇俳優》をはじめ、セザンヌやルノワールら多くの画家が落選したため、画家たちの間で審査委員会への不満と、落選者展の開催を求める声が高まった。ゾラは、『エヴェヌマン』紙の編集長ヴィルメッサンに頼んで、同紙にサロン批評を書くことになった。彼は四月十九日のヴィルメッサン宛ての手紙（「ある自殺」）のなかで、ホルツァッペルという画家がピストル自殺した事件を取り上げた。彼の自殺はサロン落選を苦にしたためと噂されていた。ゾラは初めてのサロン評を開始するにあたって、この事件をセンセーショナルに取り上げ、アトリエの床に残った「赤い斑点」を戦いの旗印とした。

ゾラの記事はその後、「審査委員会」(四月二十七日)、「審査委員会(続き)」(四月三十日)、「芸術の現在」(五月四日)、「マネ氏」(五月七日)、「サロンのレアリストたち」(五月十一日)、「失墜」(五月十五日)、「ある美術批評家の別れの言葉」(五月二十日)の七回にわたって連載されたが、審査委員会への激しい非難と、スキャンダルの画家マネの熱烈な擁護が新聞読者の反感を買い、編集部に非難の手紙が殺到したために、ゾラは連載を打ち切らざるを得なくなった。ゾラはこれら七つの記事に「わが友ポール・セザンヌへ」という序文(五月二十日付)をつけ、巻末に読者からの非難の手紙三通と賛同の手紙三通をつけて、この書物を出版した。

序文においてゾラは、「一〇年前から芸術や文学の話をしている」友人、「兄弟愛の中で肩を並べて成長した」友人のセザンヌとしばしば議論して夜を明かした思い出を語り、「僕らはそうとは知らずに革命家だった」と述べる。「僕らは力強く個性的な人生の外には偽りと愚かさしかないと考えた」のであったが、今日その考えを公にしたゾラは非難の嵐にさらされた。そして、自らの主張をあるがままに後世に残すため、「ある訴訟の証拠書類」として、この本を出版することを記す。

ゾラがサロン評を開始するに当たって最初に取り上げるのは「審査委員会」の問題である。なぜなら「現代のサロンは、芸術家たちの作品ではなく、審査委員会の作品である」からだ。かつては審査をおこなうのは美術アカデミーであり、そこには確固とした基準があった。しかしそれに対する不満が高まったため、画家たち自身が委員を選出する方式が採用されるようになったが、それは「いくつかの褒賞を受けてすでにあらゆる審査を免除された芸術家たちだけが参加する制限選挙」に他ならなかった。ゾラはその選挙で不正が行われたことを示唆して、二一名の審査委員を務める画家たちを名指しで批判し(この部分は『エヴェヌマン』

紙に初出の記事だけで、単行本からは削除されている）、公衆が直接自身の目で判断できるように、落選者展の開催を要求する。

続く「芸術の現在」において、ゾラは自身の美学を表明する。彼にとって、「ひとつの芸術作品とはひとつの人格、ひとつの個性」である。「私が芸術家に求めるものは、琴線に触れる光景やぞっとするような悪夢を見せてくれることではない。自分自身を、心も肉体もそっくりさらけ出してくれることだ。力強く個性的な精神をはっきりと示すこと、自然をみずからの手の中に大きくつかみ取り、それを目に見えるがままに、私たちの前にそっくり植え付けるような一個の本性をはっきりと示してくれることだ」。ゾラは「理想美」や師匠の教えを模倣する凡庸な作品を退け、「私は生命、気質、現実でないものは一切ごめんだ！」と叫ぶ。「私が望むのは、生命を作ることだ。生きていること、自分自身の目と気質にしたがって、あらゆるものの外に、新たに創造することである。私が一枚のタブローの中に求めるものは、一人の人間であってタブローではない」。

続く記事「マネ氏」においては、あらゆる方面から嘲笑の的になっている画家への強い共感の念を表し、「マネ氏の場所は、クールベと同様、また独創的で強力な気質を持ったあらゆる画家と同様、ルーヴルに印づけられている」と宣言する。「サロンのレアリストたち」では、レアリストを名乗るヴォロンやボンヴァンが生きた現実を描いていないことを嘆き、逆にモネの《カミーユ（緑衣の女）》を「生きた絵画」として絶賛する。「失墜」では、クールベ、ミレー、テオドール・ルソーというかつて力強い絵画を描いた巨匠たちが力を失い、特にクールベは《女と鸚鵡（おうむ）》で大衆に迎合したことを批判する。そして最後の記事では、コロー、ドーヴィニー、ピサロにページを割けなかったことを嘆き、「私はマネ氏を弁護したが、今後も一生をかけて、攻撃されるあらゆる誠実な個性を弁護していく、私はこれからも敗者の側に立つ」と宣言する。（吉田典子）

『エドゥアール・マネ、伝記批評研究』（一八六七）

このテクストは最初、一八六七年一月一日、『十九世紀評論』誌に「絵画の新しい流儀、エドゥアール・マネ」と題して発表された。この論考に序文、およびブラックモンによるマネの肖像とマネ自身による《オランピア》のエッチングを付けて、ダンテュ書店から発行された小冊子が本書である。同年五月末からパリ万国博覧会会場近くのアルマ橋でマネが個展を開催した際に、会場で販売された。ここでゾラは、単に芸術家マネの個性を分析するだけでなく、マネという「興味深い事例」を通して、同時代の芸術運動と公衆によるその受容について考察しようとする。全体は「人と芸術家」「作品」「公衆」の三節に分かれる。

第一節「人と芸術家」においてゾラはまず、一般大衆から粗野で奇矯なボヘミアン芸術家と思い込まれているマネが、礼儀正しく、社交界を愛する誠実なブルジョワ紳士であることを強調する。そして画家の仕事とは、美術館で見たものや師匠からの教えを一切忘れ、あるがままの自然を観察し、それを画家特有の「気質」によって「翻訳」することである、という自説を展開する。マネの独創性についてゾラは三つを挙げる。まず、「色調の相互関係におけるきわめて繊細な適確さ」すなわち「色価（ヴァルール）の法則を遵守」していることであり、

ÉMILE ZOLA

ÉD. MANET

ÉTUDE BIOGRAPHIQUE ET CRITIQUE
ACCOMPAGNÉE D'UN PORTRAIT D'ÉD. MANET PAR BRACQUEMOND
ET D'UNE EAU-FORTE D'ÉD. MANET
D'APRÈS OLYMPIA

ED

PARIS
E. DENTU, ÉDITEUR
LIBRAIRIE DE LA SOCIÉTÉ DES GENS DE LETTRES
Palais-Royal, 17 et 19, Galerie d'Orléans

ゾラ『エドゥアール・マネ』の表紙

画面全体の「明るい調子」である。次に、「主題を、たがいに統御し合う大まかな色の広がりとして知覚する目」、すなわち、色斑（しみ）の対比によって対象を知覚していくやり方である。そして、三番目は「ややドライではあるが魅力的な優雅さ」である。この最後の特色は、マネ論全体の中で「優美な生硬さ」、「甘美な粗暴さ」といったいくつかの撞着語法（オクシモロン）によって繰り返される。ゾラはまた、平らな色面によって構成されるマネの絵は、エピナール版画よりもむしろ日本の版画に似ていると述べる。さらにゾラは、マネが伝統的な歴史画や理想美の観念とは決別した「現代の画家」であることを強調する。「この才能を理解し味わうためには、きわめて多くのことを忘れなければならない。ここではもはや、絶対美の探求が問題ではない。芸術家は歴史も魂も描かない。〔…〕彼が自分に課す仕事は、何らかの思想や歴史上の行為を表象することではまったくない。それゆえ、我々は彼を、モラリストや文学者として判断してはならない。画家として判断しなければならないのである。〔…〕彼には天与の才がある。主要な色調をその繊細さにおいて把握し、それによって物や人物を大きな面で造形できるというのが、彼の固有の気質なのである」。

第二節「作品」においては、ゾラがマネのアトリエで見た約三〇点の作品を通してマネの特徴を具体的に分析する。中でも「画家の血であり肉」「画家の力を示す最高の印」であるのは《オランピア》である。最初眺めるとき、黒い背景の前で白いシーツに横たわるオランピアは「大きな青白い色斑」を成しており、タブローには二つの大きな色調しかない。花束も近くで見ると薔薇色と青と緑の斑点にすぎない。しかし数歩後ろに下がって見ると、それぞれの物がそれ自身の場所に収まり、立体感を持って浮かび上がる。この絵の中に哲学的な意味や猥褻な意図を見いだそうとする人々に対してゾラは言う。「あなた〔マネ〕には裸の女性が必要だったので、たまたま出会ったオランピアを選んだのだ。あなたには明るく光に満ちた色斑が必要だったので、花束を置いたのだ。あなたには黒い色斑が必要だったので、片隅に黒人女と猫を置いたのだ。こうしたことすべてが何を意味するのか、あなたはほとんど知らないし、私も知らない。しかし私は、あなたが画家の、それも偉大な画家の作品を作ることに、つまり、光と影の真実、事物と生物の現実を、特別な言語で、力強く翻訳するのに見事に成功したことを知っている」。このゾラの言説は、いわゆる「純粋絵画論」の端緒と見なされている。つまり、絵画において主題は口実でしかなく、色彩や形態、線、筆触といった造形的、物質的な側面の方が重要であるとする考え方である。マネは、二十世紀の西洋美術史研究においてモダニズム絵画の起源として位置づけられてきたが、それはここでゾラが主張しているのと同様に、主として伝統絵画との決裂や主題の否定、造形表現の優位といった側面においてである。

第三節「公衆」においては、マネの絵を前に嘲笑した公衆の態度と心理が説明される。群衆がマネの絵に見たのは、その主題であり外観だけである。きっかけはわずかなことでも笑いが笑いを呼び狂気の発作となる。群衆は独創性を極度に恐れるが、だれ一人として彼らを導く者はいない。芸術家たちは公衆におもねり、美術批評家たちは各自がばらばらの基準で判断するからである。ゾラは「公衆」と「群衆」を同義語としており、その分析はゾラの美術批評の大きな特徴のひとつである。

（吉田典子）

『実験小説論』（一八八〇）

この評論集全体を貫くのは、『居酒屋』と『ナナ』が浴びた非難への反論、および自然主義美学を世に認めさせようとする意欲である。多くは、まずサンクトペテルブルクの雑誌『ヨーロッパ通報』誌に発表され、ついで『ビヤン・ピュブリック』紙および『ヴォルテール』紙に再掲された記事を集めていて、それらを発表順に従わない形で編んでいる。以下に初出と内容の概略を示す。

「実験小説論」

一八七九年『ヨーロッパ通報』誌九月号に掲載。本と同じ表題を持つこの長い論考が冒頭に据えられている。大きな反響を呼んだ記事で、クロード・ベルナールの『実験医学序説』の所説を踏まえた実験小説の理論を披露している。ゾラは言う。自然主義の作家は、ベルナールが生体の研究に用いた方法を、人間と社会にかかわる諸々の事象に適用しなければならない。それはすでに物理学と化学が自然界の物質の研究に用いている方法である。しかし所期の目的が達成されるかどうか確かではない。というのも小説家は化学者と違って、諸々の情熱を分解しその分析を可能にする試薬をまだ知らないからである、と。ゾラはこの実験モデルをとりわけ作中人物に適用しようとした。物語の筋の上での波瀾を、作中人物が遭遇する虚構の試練として組立て、その試練を通して彼らの情熱や行為の仕組みと原因を究明することができると言うのである。

この記事は痛烈な批判に晒された。ゾラは小説家を自然科学者と同一視しているとか、愚かな独断主義に陥っていると言われたのである。論敵フェルディナン・ブリュンティエールは、ゾラの立論上の錯覚を見抜き、『居酒屋』の登場人物クーポーを例に挙げて、小説においては物語の編成効果を得るために作中人物に独自の要請が課せられる以上、小説家は厳密な意味では実験を仕組むことはできないと論破したのだった。けれども、ゾラにとって本質的なのは小説家の方法であり新しい姿勢であった。それまで繰り返し要請されてきた観察者の資質に実験者の資質が加わる。ゾラは厳密な方式の中に小説家を閉じ込めようとはしていない。思索者の知性、創造者の才能は実験的な方法によって縛られることはない。実験小説の理論は、現実の観察、科学および気質を融合しようとする努力の表れであったと考えることができる。

ところで、ベルナールの医学書の発表年（一八六五年）と『ルーゴン＝マッカール叢書』の準備（一八六八年末から開始）の時間的な前後関係は大きな誤解を生む原因となった。シリーズ小説全体が、当初からベルナール理論を基礎にして構想されていると考えられたのである。しかし、ゾラがアンリ・セアールからこの医学書を借りて読んだのは、記事「実験小説論」執筆の直前、一八七八年か七九年にすぎない。ゾラはそれをセアールに返さなかった。ゾラの手で余白にびっしりメモが書き込まれた本は子孫が保管していて、それが発見されたのである。

「若者たちへの手紙」

一八七九年『ヨーロッパ通報』誌五月号に掲載（『ゾラ・セレクション』第八巻所収）。六つの章で構成されていて、「はじめに」「ヴィクトル・ユゴーの二面性、言語か思想か」「エルネスト・ルナン、その虚像と実像」「ユゴー、ルナンに対するクロード・ベルナール」「現代科学の文学への応用」「若者たちへの助言」という順序で議論を展開している。自然主義をかなり具体的に定義していて、美学のみならずもっと広く思考方法までも説明しているという意味で重要なテクストである。「実験小説論」の執筆に先立って書かれている。ベルナールへの参照に一章が割かれていることから見て、この時点でゾラが彼の医学書をすでに読んでいたことが窺われる。

「演劇における自然主義」

一八七九年『ヨーロッパ通報』誌一月号に掲載（『ゾラ・セレクション』第八巻所収）。五つの章で構成されていて、「自然主義とは何か」「自然主義から見た現代小説」「自然主義から見た現代演劇」「私が現代演劇に期待するもの、および俗流批評のいわゆる演劇の存在条件」「自然主義演劇とはどのようなものか」という順序で議論を進めている。第一章は自然主義の定義、第二章は小説論で、記事全体の主題である演劇論は第三章以下で展開される。

「文学における金銭」

一八八〇年『ヨーロッパ通報』誌三月号に掲載(『ゾラ・セレクション』第八巻所収)。六つの章から成る記事で、「はじめに」「十七、十八世紀の文学精神」「十七、十八世紀における作家の社会的位置、およびその生活ぶり」「今世紀における作家の社会的位置、およびその生活ぶり」「十七、十八世紀の文学精神との比較から見た今日の文学精神」「今日のいわゆる「若者たちの問題」について」という順序で論を展開している。十九世紀の文学精神と作家の社会的位置を前二世紀のそれと比較している。前二世紀の作家たちが王侯・貴族に寄食し、彼らの気に入るための創作を行わざるを得なかったのに対して、同時代の作家は自分の作品で稼いだ金で自立し、その結果どれほど恵まれた地位を獲得できたかを論証しようとしている。したがってゾラは、「文学精神はなくなってゆく。文芸には金儲け主義が氾濫していて、金が精神を殺している」といった時代の嘆きを拒否する。

「小説論」

表題「小説論」の下にまとめられた以下十一篇の記事は『ヴォルテール』紙だけに掲載された。「現実感覚」(一八七八年八月二十日、『ゾラ・セレクション』第八巻所収)。『ナナ』の準備を例にして、観察および資料収集の重要性を強調する。「個性的な表現」(一八七八年八月二十七日、『ゾラ・セレクション』第八巻所収)。「現実感覚」の主題を表現の面から補完する記事で、「偉大な小説家とは、現実感覚を持ち、自身の生命によって自然を生きものとしつつ、それを独創的に表現する人のことである」と結論づける。「小説に応用された批評の方式」(一八七九年五月二十七日)。批評と同じく小説においても、調査、論述、説明が必要とされると説く。「描写論」

（一八八〇年六月八日、『ゾラ・セレクション』第八巻所収）。描写の定義「人間を決定し補完する環境の報告」が現れる。

「三つのデビュー」では、友人・弟子の文壇デビューに世の注目を集めようとする。「レオン・エニック」についての研究（一八七八年十月十五日）は、小説『献身的な女』における日常生活に取材した場面の展開を評価する。「ジョリス゠カルル・ユイスマンス」についての研究（一八七九年三月四日）は、小説『ヴァタール姉妹』における描写の迫真性と文体の個性に注目し「現代芸術のすべてがそこにある」と讃える。「ポール・アレクシ」についての研究（一八八〇年二月十日）は、中編小説集『リュシ・ペルグランの最期』を批評していて、自然主義を標榜する若者たちとアレクシを分かつ気質の違いに注目する。

「人間記録」（一八七九年三月二十五日）。『ヴァタール姉妹』を論じた前述の記事が巻き起こした批判に答え、エドモン・ド・ゴンクールによる『ザンガノ兄弟』の近刊を予告する。想像力ないし直観力に、「人間記録」に生命を与える役割が担わされている。

『ザンガノ兄弟』の「序文」（一八七九年五月六日）および「本」（一八七九年五月十三日）。前者は、ゴンクールが序文において付した自然主義小説の好む主題への留保に対して、自然主義は主題の選択ではなく観察と実験という共通の方法によって特徴づけられると答える。後者においては作品自体を論じていてこれに讃辞を贈るのだが、登場人物のために選ばれている環境には異を唱える。「モラルについて」（一八八〇年五月四日）。エドモン・ド・ゴンクールが上流社会の観察と分析に基づく清潔な小説を勧めるのに対して、庶民の世界に重きを置くゾラは「どこにあっても人獣は同じで、衣服だけが異なる」にすぎないと反論する。

「批評論」

表題「批評論」の下にまとめられた以下八篇の記事は、一篇を除いて『ビヤン・ピュブリック』紙あるいは『ヴォルテール』紙に掲載された。「シャルル・ビゴ氏へ」(一八七九年十月二十一日『ヴォルテール』紙)、「アルマン・シルヴェストル氏へ」(一八七八年九月二十四日『ビヤン・ピュブリック』紙)、「レアリスム」(一八七八年四月二十二日『ビヤン・ピュブリック』紙)。最後の記事はデュランティによって発行された同名の雑誌を論じていて、レアリストたちの大胆さに讃辞を贈りながらも、その美学的展望の狭隘さを指摘し自然主義の方式が持つ包容力の大きさをそれに対置する。「サント＝ブーヴのパリ時評」(一八七九年八月二十六日『ヴォルテール』紙)、小説の進化を予見しなかったし、バルザックの才能を見誤ったとして批評家を批判する。「エクトール・ベルリオーズ」(一八七九年一月十四日『演劇・文学誌』)。音楽家の書簡集から引用しつつ、音楽家が蒙った無理解に自分も苦しんでいることをほのめかす。「文学ローマ賞」(一八七七年六月十八日『ビヤン・ピュブリック』紙)。議論の主題は前出の『文学における金銭』に近接している。「文学への憎悪」(一八八〇年八月十七日『ヴォルテール』紙)。同年の初頭に、『ヴォルテール紙』の主幹は、新聞小説としての『ナナ』の削除を要求した。ガンベッタによって訴訟が起こされることを怖れてのことであった。それ以前にも『居酒屋』の作者は、フロケによって「民衆の誹謗者」扱いされていた。記事は共和派の政治家たちに対するゾラの不信を露わにする。「淫らな文学」(一八八〇年八月三十一日『ヴォルテール』紙、『ゾラ・セレクション』第八巻所収)。ここでの「美徳の投機者」への非難は前出の記事から派生していて、彼らの社会的真実への恐怖心と出世主義が告発される。

「共和国と文学」

一八七九年『ヨーロッパ通報』誌四月号に掲載(『ゾラ・セレクション』第十巻所収、抄訳)。有名な定式「共和国は自然主義的なものであろう、さもなくば存在しないであろう」が現れる。ゾラはそれ以前にもすでに、実名を挙げずに教条主義的共和派に対する強い不信感を表明していた。このテクストは、表現と創造の自由にかかわる高度の問題を提起しているという意味で、今日でも価値を失っていない。

（佐藤正年）

『自然主義の小説家たち』（一八八一）

この評論集に集められた記事の大部分は、まず『ヨーロッパ通報』誌に、ついでさまざまなパリの新聞に掲載された。ゾラが自然主義の先駆者ないし文学上の師と仰ぐ小説家、二流と見なす同時代作家についての研究である。本にまとめるに当たってゾラは短い序文を書き、これらの評論文執筆の意図を「その方式を次々にもたらし修正した始祖たちにおいて研究された自然主義の歴史を、いつの日か一冊の本にまとめて提供することにあった」と説明している。以下に初出と内容の概略を示す。

「バルザック」

一八七七年『ヨーロッパ通報』誌一月号に掲載（『ゾラ・セレクション』第八巻所収、抄訳）。ミシェル・レヴィが出版した『バルザック全集』に盛り込まれたバルザックの書簡集および彼の文学批評を扱うにとどめ、作品を論じていない。本の序文においてゾラは、「この研究はバルザックにふさわしくない。私は彼の内なる小説家を研究することによってこの仕事を拡大するつもりだったが、その時間も勇気もなかった。しかし、バルザックを省略することによって本の首を切り落とすことはできないので、手元にあるページを掲載することにした」と断っている。

「まえがき」で『人間喜劇』を、手に入る限りの材料を用いて築きあげられたバベルの塔に喩え、雑然とこみ入ってはいるが途方もなく巨大な記念碑的建造物であると讃えた後で、以下のように論を進める。第一章、バルザックの簡単な伝記。第二章、妹ロールに宛てた手紙を引用しつつ、両親から買った不興、およびハンスカ夫人との結婚に際しての困難を話題にする。第三章、家族その他に宛てた手紙類に依拠しつつ、事業でつくった莫大な借金を返済するために創作に励んだ彼の奮闘ぶりを浮かびあがらせる。第四章、手紙を資料として、彼の劇作への野心、および二度にわたる

「自然主義の勝利」

（ロビダによる風刺画、1880年）

彼のアカデミー・フランセーズへの立候補の顛末を語る。第五章、彼の出版業者との悶着、同時代作家に対する評価および政治への野心を問題にする。第六章、人生と作品の照応と小説の歴史的意義。第七章、バルザックにおける批評感覚の欠如。第八章、バルザックの時代錯誤。

「スタンダール」

一八八〇年『ヨーロッパ通報』誌五月号に掲載（『ゾラ・セレクション』第八巻所収）。五つの章で構成されていて、以下の順序で論が展開される。第一章、スタンダールはどう評価されてきたか。第二章、スタンダールの才能。第三章、『赤と黒』について。第四章、『パルムの僧院』について。第五章、構成と文体。

「ギュスターヴ・フロベール」

このフロベール論は二篇の記事から成る。

「作家」

一八七五年『ヨーロッパ通報』誌十一月号に掲載(『ゾラ・セレクション』第八巻所収)。五つの章から成り、以下の順序で論が展開される。第一章、自然主義の三つの特徴から見たバルザックとフロベール。第二章、フロベールの創作方法。第三章、『ボヴァリー夫人』と『感情教育』。第四章、『サランボー』と『聖アントワーヌの誘惑』。第五章、ギュスターヴ・フロベールに対する読者大衆の態度。

「人間」

一八八〇年『ヨーロッパ通報』誌七月号に掲載。フロベールの没後(一八八〇年五月八日に死去)に書かれた記事である。前の記事とまったく異なる状況において、ほぼ四年半の時を置いて書かれた。五つの章から成る。第一章、訃報と葬儀。第二章、フロベールの略歴と彼の日曜会。第三章、ゾラが彼と戦わせた文学論議と彼の文学観。第四章、作品に対する世間の無理解から生じた彼の苦悩。第五章、彼の仕事ぶりと彼にとっての完璧さ。

「エドモン・ド・ゴンクールとジュール・ド・ゴンクール」

一八七五年『ヨーロッパ通報』誌九月号に掲載。五つの章から成る。第一章、作品の全体的な特質。第二章、兄弟の文学生活および彼らの作品に対する読者大衆の反応。第三章、作品論(『修道女フィロメーヌ』『シャルル・ドマィイ』『ルネ・モープラン』『ジェルミニー・ラセルトゥー』)。第四章、作品論(『マネット・サロモン』『ジェルヴェゼ夫人』)。第五章、作品の独自性に贈るゾラ讃辞。

「アルフォンス・ドーデ」

二篇の記事から成る。第一章から第七章は一八七六年『ヨーロッパ通報』誌三月号に掲載。第八章から第十一章は一八七八年『ヨーロッパ通報』誌三月号に掲載。第一章、彼の略歴と稀有な気質。第二章、創作の推移(詩から短編へ)。第三章、小説『タルタラン・ド・

タラスコンの驚くべき冒険』のあらすじ。第四章、小説『弟フロモンと兄リスレル』論。第五章、小説『ジャック』論。第六章、劇作品『アルルの女』論。第七章、彼が成功した理由。第八章、小説『大富豪』のあらすじと登場人物。第九章、『大富豪』に見るドーデの創作方法。第十章、『大富豪』における登場人物のモデルの問題。第十一章、ゾラによる『大富豪』の批評。

左上からバルザック、スタンダール、
左下からフロベール、ゴンクール兄弟

　以上は「小説の大御所」という讃辞の下にまとめられた作家で、「バルザックの後裔」と見なしてゾラが共感を込めて言及する作家（フェルディナン・ファーブル、エクトール・マロ、シャンフルーリ、デュランティ）のさらに上位に置かれている。彼らと比較され、作品の価値から見て下位にランクづけされたのが、次の研究において実名入りで批評される作家たちである。

「同時代の小説家たち」

八つの章で成るこの記事は複雑な経緯をたどって発表されている。第二章は一八七八年四月八日の『ビヤン・ピュブリック』紙に、第七章は同年八月六日の『ヴォルテール』紙に、第一章から第七章はまとめて同年の『ヨーロッパ通報』誌九月号に、そして第八章を加えたテクスト全体は同年十二月二十二日の『フィガロ』紙に掲載された。単行本では第二章のうちデュランティに割かれた最後の二段落が削除されている。この評論集の中では、最も物議を醸し激しい論争を引き起こした記事である。

ゾラは、共作を行ったエルクマン＝シャトリヤンを一人と数えれば、計十五人の作家を槍玉に挙げ、かなり侮蔑的な調子で価値のランクづけを行った。例えば当時の流行作家ジュール・サンドーとオクターヴ・フイエについて言えば、前者は「中間色の資質によって文学通の世界でもてはやされた気むずかし屋」と、後者は「ミュッセとジョルジュ・サンドの溶解物で、彼の発明のすべては、二人の年長者が情熱の弁護者であることを示した箇所で、義務とモラルの弁護者となることにあった」と評した。またゾラの初期小説『テレーズ・ラカン』を「腐った文学」と酷評したルイ・ユルバックの文体については「くどい話のせいで、何かにつけて現れる詩的な意図とともに、消し飛んでしまう締まりのない文体」と性格づけている。

この記事は憤激を招くことになった。一八七八年十二月十五日付の『フィガロ』紙に掲載された匿名の記事「批評家ゾラ氏」は、ロシアで発表された記事の内容を暴露し、次のように結んでいる。「身を守ろう、わが同胞たる小説家たちよ。防戦しよう。さもなければ我々はトタン工に食われてしまうだろう」。

ゾラに当てはめられた形容語「トタン工」は、おそらく『居酒屋』の登場人物クーポーの職業を踏まえているのだろう。第八章は、この匿名記事の発表後につけ加えられたゾラの反論である。彼は答える。私がこの記事で名指しした同業者たちには才能がないとは言ったが、「トタン工」呼ばわりしたことはない。私は獲得された彼らの地位に敬意を払っていないと言われ、しきたりに対する私の憎悪および生と独創性への私の愛が指摘されているが、それによってこの憤激は説明がつくだろう、と。

（佐藤正年）

『真実は前進する』（一九〇一）

国家反逆罪で有罪判決を受けたアルフレッド・ドレフュスの冤罪を晴らすためにゾラが書いた記事を収めた論集。初版に収められた十六篇のうち、エルネスト・ジュデがゾラの父親を中傷した記事に対して、その名誉を回復すべく書かれ、この論集の最後尾に収められた「わが父」と「フランソワ・ゾラ」を除いた十四篇は、事件の展開に沿って配置され、それぞれの記事の前に、初出の発表媒体や発表の経緯などについての短い解説が付されている。

最初の記事である「シュレル＝ケストネル氏」では、ドレフュス派の中心人物であるシュレル＝ケストネルの精神の清澄さと勇気を称え、英雄として描きあげている。

続く「組合」では、シュレル＝ケストネル、ベルナール＝ラザール、ピカールなど、世間から「組合」と揶揄されていた、事件当初からのドレフュス派の人々も真実と正義の士として称える。

三篇目の「調書」では、上述の二篇における賞賛の調子から一転し、ドレフュス無罪の事実を認めようとしないジャーナリズムと反ユダヤ主義を激しく非難する。この悪しき風潮には自分も含めたあらゆる人々が関与していると世論に訴える。

「青年たちへの手紙」は、一八九七年十二月四日の国民議会で発せられた「公衆の良心を乱すおぞましい運動の扇動者たち」すなわちドレフュス派の「士気を失わせるための」議事や十二月七日の上院議会におけるシュレル＝ケストネルに向けられた非難に対する抗議である。ドレフュスの再審を阻む風潮を戒め、同時に「調書」における批判をさらに細述しながら、真実と正義に支えられる精神を呼び覚ますよう、若者に呼びかける。

「フランスへの手紙」は、「調書」と「青年たちへの手紙」の内容を繰り返しながら、フランス全体に良心と寛容を説く。

「共和国大統領フェリックス・フォール氏への手紙」は、「私は告発する……！」として知られる記事である。この論において、まず事件の展開をその当初から順を追って叙述しながら、ドレフュスに有罪判決を下した参謀本部の過ちを挙げてゆく。それを踏まえて、エステラジー裁判の判決は犯罪であると断言する。最後に、陸軍参謀本部の軍人をはじめ、この冤罪に関与した者たちをひとりずつ名指して糾弾する。

「陪審団への宣言」は、「共和国大統領フェリックス・フォール氏への手紙」が引き起こしたゾラとこの記事を掲載したオロール社に対する裁判において、ゾラが読み上げ、翌日『オロール』紙にも掲載されたテクストであ

Cinq Centimes

L'AURORE

Littéraire, Artistique, Sociale

J'Accuse...!

LETTRE AU PRÉSIDENT DE LA RÉPUBLIQUE

Par ÉMILE ZOLA

LETTRE A M. FÉLIX FAURE

『オロール』紙上で発表された『私は告発する…！』

る。陪審員たちに、軍部の圧力に屈せず、真実と正義に導かれた自己の良心のみにしたがって判断するよう説く。

「内閣総理大臣ブリソン氏への手紙」は、ドレフュス有罪の証拠とされた書類（後に偽書であることが判明）の無効性とドレフュスが自白したという情報の虚偽を指摘しつつ、再審を阻んできたカヴェニャックの路線を踏襲しようとするブリソンを、激しくかつ軽蔑を込めて批判する。

「正義」は、一八九九年六月三日に、一八九四年のドレフュスの有罪判決が破棄され、再審への道が開かれたことを受けて書かれた。亡命を余儀なくされた時の憤りや愛する者たちと別れた時の悲しみが吐露され、正義が勝利を収めたという確信で締めくくられる。

「第五幕」は、一八九九年九月九日、レンヌ再審でドレフュスに再び有罪判決が下ったことを第四幕（一幕目が事件発生からドレフュス逮捕まで、二幕目がドレフュス有罪判決、三幕目がエステラジー裁判とその無罪判決）とし、この新たな過ちを正す第五幕の始まりを宣言する。レンヌ裁判の判決に対する激しい怒りに彩られている。

「アルフレッド・ドレフュス夫人への手紙」は、九月十九日、ドレフュスに下された特赦に対して書かれた。父親がようやく家庭に戻ってきたドレフュス家の喜びに理解を示しながらも、正義が実現されぬまま事件を「鎮静化」しようとする動きに対して憤る。

「上院への手紙」では、ドレフュス事件に関与したすべての者たちに対する大赦法が上院に提出されたことを受け、この「極悪法」によって、事件が「鎮静化」されてしまうことへの怒りを露わにしている。

「共和国大統領ルーベ氏への手紙」同様大赦法を非難する。「共和国大統領フェリックス・フォール氏への手紙」では、「上院への手紙」以降の事件の展開を追いながら、この法律が下院で可決されたことを受け、犯罪者も無実の者もひとまとめに赦されてしまうこの法律に対して怒りを新たにし、抗議する。

この論集に収められた記事を、その媒体との関連性において読むとき、筆による事件への参加の戦略が見えてくる。

『フィガロ』紙に発表された最初の三篇においては、ゾラはまだ、「通りがかりの者」として、ドレフュス派の運動に関心を向けるだけに留まっている。新聞の保守的な傾向に合わせたのか、比較的穏やかな調子で始まるが、三篇目から批判的論調が表れ始める。

続く二篇は小冊子の形で発表される。「青年たちへの手紙」に付された解説の通り、ドレフュス事件に関する記事を発表できる新聞がなくなったため、小冊子を定期的に発表する戦略に切り替えられたためである。新聞よりも拘束が少ないこの発表媒体が気に入ったと述べられているが、小冊子は新聞記事よりも反響が得られにくい。そこで、この二冊を発表した後、再度新聞への記事掲載を試みる。折よく、一八九八年が明けるとすぐ、クレマンソーがその創設から携わっていた『オロール』紙が、ドレフュス派の運動に積極的に参加する姿勢を見せると、一月十三日、ゾラはこの新聞に、反ドレフュス派を激しく攻撃する「私は告発する……！」を発表する。以後ゾラは、この新聞紙上でドレフュス派の中心となって、激論を戦わせることとなる。

さらに、この『真実は前進する』を大赦法の成立の二ヶ月後に刊行したことは、ドレフュス派の運動を終わらせない意思表示であろう。

この論集は、ドレフュス事件という刻々と進展する時事問題を題材とするが、それを第三者的に報じるのではなく、入手した事実を明るみに出してドレフュスの無罪を主張し、さらにはそれによって社会をドレフュス派のめざす理想に近づけることを目指すという明確な目的のある文筆活動の産物である。時に演劇の語彙や手法を交えながら、ドラマ性も際立たせている点で、ジャーナリズムと文学の邂逅がもたらした作品としても評価できよう。


（宮川朗子）

10 書簡集

小説、詩、戯曲、評論と異なり、『書簡集』は厳密な意味では「作品」ではない。新聞や雑誌に載せることを前提に、その編集部に宛てた手紙を除けば、そもそも手紙は公表されることを意図しない私的な文章であり、印刷され、読者や批評家の判断にゆだねられる作品とは次元が異なる。しかしゾラの生涯、思想、作品の執筆過程を知るためには『書簡集』ほど貴重で、正確な資料はない。

ゾラは生涯におよそ一万五千通の手紙を書いたとされ、そのうち五千通あまりが保存され、現在は活字で読むことができる。『ゾラ・セレクション』第十一巻「書簡集」にはそのうち二二六通を収めて、作家の青年時代から最晩年までの生涯と活動を辿れるようにした。

バルザック、サンド、ミシュレ、フロベールなど生前に大量の手紙を書き残した十九世紀作家は少なくないが、ゾラもその例に漏れない。ゾラの書簡集は一九七八―九五年に十巻本で刊行され、その後に発見された手紙が「第十一巻」として二〇一〇年にまとめられている。またゾラの人生と作家活動にとって重要な意義をもった二人の女性、恋人で彼の二人の子を産んだジャンヌ・ロズロと、妻アレクサンドリーヌに宛てた手紙がまとめられて、二〇〇四年と二〇一四年に刊行された。その数はそれぞれ二〇七通、三一八通に上る。さらに現在でも毎年のようにゾラが書いた手紙が新たに発見されており、それらの手紙はフランスで刊行されている学術誌『自然主義評論』にそのつど注釈付きで発表される。

書簡集の文脈と射程を正確に把握するためには、作家が書いた手紙だけではなく、作家が受け取った手紙をも参照するべきであろう。相手が著名人の場合、そのひとの書簡集にゾラ宛の手紙が収められることがある。たとえばフロベールやモーパッサンの書簡集には、ゾラ宛の手紙がかなりの数含まれている。ゾラ作品の英訳者で、親友だったイギリス人アーネスト・ヴィゼテリーがゾラに宛てた多くの手紙は、一書にまとめられている。とはいえ、ゾラが生涯に亘って受け取った手紙は膨大な数にのぼり、その全貌はいまだ明らかになっていない。とりわけ彼がドレフュス事件に関与していた時期には、文字どおり世界中から支持と称賛の手紙が届いた。そのなかに日本人によって書かれた手紙があるかもしれない、と想像することも許されるだろう。

誰に手紙を書いたか

ではゾラは誰に手紙を書いたのだろうか。ジャンヌとアレクサンドリーヌ以外で多いのは、まず友人たちである。エクスの学校時代の同窓生であるセザンヌとバイとは、青年期に長い手紙をやり取りしている。音楽家ブリュノ、出版人シャルパンティエはゾラの創作活動を支えた。同時代の作家仲間と交わした手紙も多く、交流は長く続いた。先輩作家たるフロベール、エドモン・ド・ゴンクールへの手紙には敬意が込められ、同世代のドーデ、ユイスマンスらへの手紙は、より率直で親しい口調が特徴的である。とりわけ数が多いのは、年少の弟子セアールとアレクシ宛の手紙で、ゾラはしばしば二人を激励すると同時に、自作の準備のため彼らに情報提供を求めた。

外国の同業者に向けて書かれた手紙も無視できない

数に上る。それは、世界的な名声を享受するようになったゾラの元に届いた、共感や称賛の手紙にたいする返事として書かれたものが多い。ロシアのツルゲーネフ（長い間パリに在住した）、イギリスのムーア、イタリアのヴェルガとデ・アミーチス、オーストリアのザッハー＝マゾッホなどが文通相手として名前を連ねている。さらに、これもまたゾラの世界的声望に由来することだが、一八七〇年代半ば以降、外国の編集者、翻訳者と多くの手紙が交わされた。ゾラが外国の新聞雑誌に寄稿し、作品が外国語に翻訳される機会が増えるのにともなって、寄稿や翻訳の条件、著作権をめぐって交渉の必要が生じたからである。

そして最後に、生涯のごく限られた時期とはいえ、ゾラにとって決定的な重要性をもったドレフュス事件の時期に、作家は弁護士ラボリ、『オロール』紙主幹ヴォーガンらと頻繁に手紙を遣り取りした。残された手紙は少ないとはいえ、ドレフュス本人やクレマンソー（後の首相）に宛てられた手紙も貴重である。

手紙の内容と戦略

誰に向けて書かれたのか、そして何のために書かれたのかによって、手紙の内容は当然異なってくる。手紙だから一義的には私的な言説だが、書いたのが大作家となれば、内容は文学や芸術一般、さらには自らの作品や文学観に触れざるをえない。多様な内容をおよそ次のように分類できるだろう。

まず普段着の私人としてのゾラがいる。ここでは大きく二つに分けられる。第一に、一八五八―六〇年に親友セザンヌとバイ宛に書かれた一連の手紙である。数こそ少ないが長いのが特徴で、自分の心情、恋愛観、人生観、芸術観などを一気呵成に吐露した告白と言ってよい。未来の大小説家が二十歳前後に何を読み、何を考え、何を夢想していたのか、要するにその知的、文学的な形成を、これらの手紙は雄弁に伝えてくれる。

第二に家族への手紙がある。若い頃から苦楽を共にした妻アレクサンドリーヌに宛てた手紙には、つねに

vendredi matin, 11 fév 98

Chère femme, ma bonne Jeanne adorée, je t'ai envoyé hier Desmoulin pour te rassurer et pour te dire qu'il serait imprudent, aujourd'hui et demain, que j'aille vous embrasser. On suit ma voiture, et je ne veux à aucun prix signaler ta maison. Sois donc bien patiente, embrasse bien tendrement nos chers enfants pour moi, et ne t'inquiète pas. Je me porte très bien, aucun danger sérieux ne me menace. Il faut laisser passer l'orage, et nos enfants plus tard seront très fiers de leur papa.

Dimanche, je te promets d'aller passer tout l'après-midi avec toi. Ne sors pas, envoie les enfants se promener une heure ou deux, et je rentrerai ensuite avec vous jusqu'à six heures. Il vaut mieux que, demain et après-demain, je m'abstienne d'aller vous voir.

Chère femme et chers petits adorés, je vous embrasse de tout mon cœur.

Emile Zola

Je fais mettre l'adresse par Desmoulin, pour qu'on ne reconnaisse pas mon écriture.

ゾラからジャンヌ・ロズロ宛の手紙、1898年2月11日

やさしい心遣いが感じられる。一八八八年にジャンヌが出現してからゾラの感情生活は一変するが、それでも妻へのいたわりの念は変わらず、彼女がイタリアに旅行中や、自らのイギリス亡命時代は、日常生活の瑣末的な細部にいたるまで数多くの手紙を認めた。ゾラが四十八歳の時に出会い、恋人となった女ジャンヌへの手紙には、彼女の健康を思いやる言葉や、二人の子供を愛するいかにも父親らしい文言が並ぶ。他方で、若い女との官能的な体験を語る言葉や、激しい情熱を誓うような甘い文章はほとんど見当たらない。

次に、ゾラは何よりもまず作家だから、彼が文学について語っている手紙はすべて興味深い。ここでもまたいくつかのカテゴリーを識別できる。

(1)ゾラが自分の作品の構想、意図、プラン、進捗状況などについて述べる手紙。いつ頃、どのような経緯でゾラが彼の傑作群を思いつき、その作品はどのような進度で書き継がれていったのか。書簡集は、読者を作品生成の現場に立ち会わせてくれる。執筆状況をリアルタイムで伝えてくれる手紙があれば、相手の質問に答えるかたちで回顧的に自分の意図を説明する手紙もある。また出版された作品について自ら分析のメスを入れ、その欠陥や不備を冷静に指摘するような手紙も残されている。われわれは執筆する作家の喜びと苦渋、決断とためらい、実地調査のようすを垣間見ることができる。かくして、ゾラが『ジェルミナール』を準備するためにフランス北部の炭鉱地帯を視察し、『壊滅』執筆のため普仏戦争の舞台となったフランス東部地方を巡り歩いたことを、読者は知るのである。

(2) 執筆中の作品の細部を固めるため、ゾラはしばしば友人、知人に情報提供を求めた。自分で調査に出かける時間がない場合、あるいは事情に精通した友人がいる場合、彼らを積極的に活用した。『ナナ』で描かれる結婚式、ホテルの部屋、天然痘についてマルグリット・シャルパンティエとセアールに問い合わせた手紙などがその例である。

(3) 作品をめぐる自己弁明の手紙。ゾラの作品はまず新聞に連載され、その後に単行本として刊行されたが、新聞連載中からきびしい批判に晒されることが少なくなかった。ゾラは批判にたいして即座に反駁する。そうした手紙はゾラが自分の作品にどのような意味を込め、作家の位置をどのように規定し、文学の価値と機能をいかに認識していたかをよく示してくれる。一例をあげれば、『居酒屋』がパリの労働者をあまりに暗く染め上げていると非難されると、ゾラは民衆の病弊と苦しみを抉り出すことによって自分は道徳的な作品を書いたのだ、と反駁した(イヴ・ギュイヨ宛、一八七七年二月十日)。こうした手紙は特定の名宛人をもつが、同時に関係する新聞に公表されたものだ。ゾラにとって、手紙は自己主張と弁明の言語空間だった。

（4）他の作家たちの作品を批評する手紙。有名作家は誰でもそうだろうが、ゾラもまた一八七〇年代以降は同業者や、見ず知らずの駆け出し作家から頻繁に著書を贈呈されるようになった。一八八〇年代に入って名声が頂点に達すると、その傾向はいっそう加速する。そうした場合にありがちなように、丁寧とはいえ儀礼的で、いくらか表面的な書信も多く認められているが、熟読したうえで詳細な感想と意見を書き送ったケースも少なくない。称賛の言葉にあふれた手紙があれば、慎重な留保をつけた手紙、ときには歯に衣着せぬ批判を述べた手紙もある。

文壇と社会の年代記

作家たちは作品を書き、発表するだけでなく、ブルデュー的に言えば一つの制度としての「文学場」を形成する。ゾラは一八七〇年代末以降、新たな文学潮流の領袖としてある時は称賛され、またある時は非難されながらも、時代を代表する作家としての立場を堅持した。ジャーナリズムで培った人脈は広く、有名作家として友誼を結んだ人たちは少なくない。当時の主だった作家、批評家、ジャーナリストでゾラから手紙を受け取っていない者、したがってゾラに手紙を書いていない者はほとんどいないと言える。

無名時代の若きゾラが、ユゴーやミシュレやサント＝ブーヴなどの大御所に自作を送付して、時には評を乞うというのは、駆け出し作家なら誰でもする行為だろう。一八七〇年代後半ゾラがフロベール、エドモン・ド・ゴンクール、ツルゲーネフ、ドーデらに書いた手紙を読むと、彼らがフロベールを中心に知的、文学的な共感を基にした一つの知識人集団を形成していたことが分かる。一八九〇年代、二度にわたって文芸家協会会長を務めたゾラが、協会の名において彫刻家ロダンにバルザック像の制作を依頼する手紙などは、文学者の利益を擁護するために奔走するゾラの姿を蘇らせてくれる。このようにゾラの書簡集は、第三共和政初期の文壇事情を鮮やかに伝える年代記になっているのである。

書簡作者ゾラの最後の側面は、一市民として同時代の社会と政治に深く関わったことである。すでに二十代の頃から新聞に時評や政治評論を書き出していたゾラは、有名作家になってますます作品の執筆に忙殺されるようになってからも、その姿勢を変えなかった。それが最も鮮明に現れたのは、ドレフュス事件に際してである。一八九八年一月十三日付の『オロール』紙に発表した公開書簡「私は告発する……！」がもとで裁判となり、有罪を宣告されたゾラはイギリスに亡命を余儀なくされた。そこで実際に身の危険を感じ、名前を隠匿しながらゾラは孤独で、ほとんど幽閉に近い状態で一年近い時を過ごしたのだった。その当時ゾラが弁護士ラボリや政治家レナックに宛てた手紙には、ドレフュス派の同志に向けられた感謝と激励の言葉を綴られており、亡命中のため実際的な活動を禁じられている男が仲間に託した行動指針、一つの政治行動として読める。

このようにゾラの書簡集を読むことは、作家の伝記的事実を検証するのに役立つばかりではない。それは一人の作家の美学、文学観、世界観を知ることであり、記念碑的な作品群の生成過程を跡付けることであり、一つの時代の知的世界のありさまを垣間見ることであり、一つの社会の推移を辿ることにほかならない。

（小倉孝誠）

II　作家活動とそのテーマ

1　私生活

家庭生活

一八七〇年に結婚したゾラは、妻アレクサンドリーヌとの生活を一九〇二年まで続けた。新聞の連載小説を抱え、自宅で執筆する作家の日常は、その規則正しいリズムによって成立していた。起床は午前八時。入浴後、新聞に目を通し、パンと半熟卵、紅茶などの朝食を済ませる。創作に適しているのは午前中と考えていたので、九時には書斎へ上がり、小説の執筆に取りかかる。一時の鐘が鳴ると、仕事を一段落させ、昼食を取る。午後は、雑誌などの原稿や校正に充てる。このルーティンによって、ゾラは小説家としての生産性を維持し、大作家の地位を着実に築いたのである。その後、散歩や五時のお茶を楽しみ、来客を迎え、七時半に夕食。静かな晩は読書をし、午前一時頃に就寝という生活であった。夫のライフスタイルを尊重するアレクサンドリーヌは、使用人に的確な指示を出し、家を切り盛りした。ゾラとアレクサンドリーヌの間に子はおらず、ペットの犬や猫が苦楽を共にする仲間となった。パリとメダン（後述）の住居を管理するアレクサンドリーヌは、花のある暮らしも大切にしていた。一八九八年八月、亡命中のゾラへ宛てた彼女からの手

メダンにおけるゾラ夫妻

紙にはメダンに咲く二本のジャスミンが同封され、ゾラの返信にはウェイブリッジの二本の白いパンジーが添えられている。ゾラは、一八六〇年代半ばからエクス時代の友人やパリの新しい仲間を自宅に招き、芸術を熱く語り合う「木曜会」を継続して、来訪者を自慢の料理でもてなした。エドモン・ド・ゴンクールの『日記』が伝えるように、アレクサンドリーヌの料理の腕前には定評があった。ゾラが好んだ南仏の郷土料理もさることながら、ベルギーから持ち帰ったレシピに挑戦することもあり、ゾラ家の晩餐はヴァリエーションに富むことで知られていた。

　その家庭生活は、アレクサンドリーヌが一八八八年に女中として雇ったジャンヌ・ロズロの出現で大きな危機を迎える。同年十二月、ゾラとジャンヌの間に恋愛関係が生じ、翌年には娘ドゥニーズ、その二年後に息子ジャックが誕生するのである。アレクサンドリーヌがゾラの「第二の家庭」を知ったのは、一八九一年であった。彼女は離婚も考えたが、ゾラにその気はなく、結局、彼らの家庭生活は維持された。変化したのは、ゾラが午後に「第二の家庭」を訪れるという日課を加えた点である。パリでは、自宅近くにジャンヌ母子が住むアパルトマンを借り、午後の数時間をそこで過ごした。メダン滞在中は、母子と会うのが難しくなり、一八九三年のゾラの書簡によれば、自室の窓からシュヴェルシュモンで過ごすジャンヌたちの家の方角を双眼鏡で眺めていた。母子がヴェルヌイユへ移ると、ゾラは午後に自転車を駆って、毎日彼らに会いに行った。妻とジャンヌの間で二重生活を送るゾラは苦悩し、ようやく父性を見出したとはいえ、一八九四年七月十三日付のジャンヌ宛の手紙で「私はこの二重生活に絶望してしまった。周りの皆を幸せにするという夢を持ったこともあったが、今はそれが不可能だとわかった」と真情を吐露している。しかし、大きな精神的ショックから徐々に立ち直ったアレクサンドリーヌは、ゾラの子供たちを受け入れ、旅行先のイタリアで彼らに土産を買い、ゾラ父子とパリ市内を散歩するようになる。一八九八年にゾラが亡命すると、パリに残ったアレクサンドリーヌは、自分よりもジャンヌ母子の渡英を優先させ、最大限に配慮した。ドレフュス事件の動乱から離れた亡命の地で、ゾラは図らずもジャンヌ母子と穏やかな日々を過ごし、その幸福をカメラで記録した。

（高橋愛）

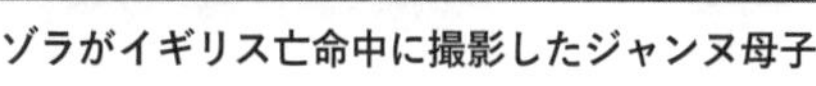
ゾラがイギリス亡命中に撮影したジャンヌ母子

自転車

ゾラがサイクリングを本格的に開始したのは、一八九三年の春である。スポーツ好きとはいえないゾラも、当時「小さな女王」と呼ばれた自転車には夢中になり、毎日熱心に乗るようになった。フランス・トゥーリング・クラブの名誉会員になり、しばらくすると、四〇キロ程度の遠乗りを楽しむまでになる。イギリス亡命中も日常的にサイクリングをし、一八九八年十月には

ヴェルヌイユでサイクリングを楽しむゾラとジャンヌ母子。1899 年頃

自転車で遠出をするフランス人が主人公の短編「アンジュリーヌ——呪われた家」を執筆している。ゾラにとって、自転車はジャンヌ母子との距離を縮める手段でもあった。一八九五年の夏、メダンで過ごすゾラは、午後になると自転車に乗り、隣村ヴェルヌイユに滞在中の母子のもとへ通った。やがて、この親子は一緒にサイクリングを楽しむようになる。

こうした背景もあり、ゾラの小説でサイクリングの場面があらわれるのは、一八九〇年代後半からである。『パリ』では、僧衣を脱いだピエールとスカートをズボンに履き替えたマリーが、似たような黒の服装でサン＝ジェルマンの森へ行き、サイクリングを楽しむ。自転車に乗った若い神父は、自然と太陽の下へかえって生を取り戻すだけではなく、「女性の自由の獲得」という問題も見聞する。リセ・フェヌロンでモダンな教育を受けたマリーは、自転車とズボンの信奉者で、「自転車によって男女は一緒に出かけられて平等になり、妻子は夫の行く所へどこでも行くことができるのよ」と述べる。

そして、「いつか女の子が生まれたら、自由意志の絶えざる習得のために、十歳になり次第、自転車に乗せるつもり」と話す。この「未来の伴侶」に先導されて自転車を漕ぎ出すピエールは、次第に彼女と速度を合わせられるようになり、最後にはふたりで仲良く風を切って進む。陽光を浴び、自然の懐に抱かれたピエールとマリーは「そろって滑翔するつがいの鳥」にたとえられ、ここに至って、ゾラは「自転車」を通した家族のイメージを描き出すのである。

一八八〇年代に自転車が普及したフランスでは、九〇年代に女性も巻き込んだサイクリングブームを迎えたが、ズボンを着用して自転車に乗る女性をジェンダーの侵犯と見なす向きもあった。一八九六年十二月二十七日付の『グルロ』紙でも、「人口減少」と題された風刺画において、自転車に乗るズボン姿の女性が描かれている。既に出生率低下が問題となり、人口増加策をめぐる議論が活発化するフランスで、自転車に乗る女性をこの問題と関連づけ、批判的に捉える風潮があったことを伝える一例である。こうした空気の中で、ゾラは「家族」の視点で自転車と女性を語るマリーを造形し、ズボンを着用してサイクリングを楽しむ女性像を示した。当時の風刺画で流布した「自転車に乗る女性」のイメージとは一線を画する、「母の視点」を持つ人物へと変化させたのである。それは、「豊饒」を信仰するゾラの思想と結びついている。

カメラを手にした晩年のゾラがファインダーの先に見出し、写し出そうとしたのも、家族を軸とする幸福な生の輝きであった。ピエールとマリーのように、自転車で横一列に並び、「そろって滑翔する鳥」となったジャンヌ母子もカメラに収めている。写真では、子供たちとサイクリングを楽しむ母親としてのジャンヌや十代を迎えて元気に自転車を走らせる娘ドゥニーズの姿が確認できる。

（高橋愛）

写真

一八八八年八月、ゾラはヴァカンス先のロワイヤンで町長フレデリック・ガルニエやジャーナリストのヴィクトル・ビヨーから手ほどきを受け、写真に興味を持つようになる。一八九三年に最初のカメラを所有し、撮影を開始するが、同時期に夢中になった自転車

チュイルリー公園

ゾラ自宅至近のクリシー広場

のように、写真にも大きな情熱を傾けた。カメラを十数台揃え、ブリュッセル通りのパリの自宅とメダン、ジャンヌ母子が夏を過ごすヴェルヌイユの家に現像室を持ち、一八九四年から一九〇二年までに約二五〇〇葉の写真を残す。撮影したのは、身近な家族や友人、使用人、クリシー広場やモンソー公園、サン＝ラザール駅といったパリで愛着を深めた場所、自邸などである。広角カメラを駆使して、メダンの館から望むセーヌ川やブーローニュの森のパノラマ写真も撮っている。イギリス亡命中は、小型カメラを携えて自転車に乗り、ウェイブリッジや周辺の村の風景を被写体とした。テ

ムズ川のほとりなどを撮り、孤独な心を慰めていたのである。一九〇〇年のパリ万博では、エッフェル塔やパビリオンをカメラに収め、「動く歩道」上の妻アレクサンドリーヌの表情や会場の熱気などを捉えている。

ゾラが写真に熱中したのは、ジャンヌ・ロズロと恋に落ち、ドゥニーズ、ジャックが誕生して、「第二の家庭」を持った時期にも重なる。ミシェル・トゥルニエは、ゾラがカメラを手にした途端、頭脳と想像力が際立つ小説家ではなく、「じっと眺め、愛し、ハートで写真を撮る」人物になったと述べているが、実際カメラは日常生活における彼の幸福を純粋に表現し、記録するものとなった。光で書いた日記として、撮影された画像はひたすら保持され、その私的世界にとどまったのである。ジャンヌ母子の写真をとりわけ大切にしたゾラは、一八九七年に特製アルバムを用意し、表紙に「ドゥニーズとジャック。エミール・ゾラによる真の歴史」と記した。後年、ドゥニーズは『娘が語るエミール・ゾラ』において、ゾラの写真があらわす家族の情景こそ、幼い頃に逝った父親との幸せな記憶の断片をつなぎ合わせたと書く。

ゾラが残した写真からは、彼の家族観も見て取れる。一九〇二年、作家が不慮の死を遂げる数週間前に撮った写真を見ると、『オロール』紙を手にしたゾラ、ドゥニーズの読み書きを指導するジャンヌ、自習に取り組むジャックの姿が認められる（次頁掲載）。親子のポーズからは、子供の徳育と知育に取り組む母親、勉学に励むこどもたち、それを見守る教育熱心な父親という作家が理想とした家族像が現れ出ている。『オロール』紙は、ゾラが公の世界で体現したことを見る者に思い起こさせ、その世界における彼の社会的立場を伝える。当時のフランスで広く議論された家族の役割や教育のあり方について、ゾラがどのように考えていたかを明かす写真といえるだろう。

ゾラが小説の取材でカメラを用いることはなかったが、『獲物の分け前』や『パリの胃袋』では、作中人物が写真を話題にする場面がある。そして、初期小説

ヴェルヌイユの庭におけるゾラとジャンヌ母子。1902 年

『マドレーヌ・フェラ』においても、後期小説『豊饒』に至っても、写真を眺める登場人物たちは、かつての恋人や亡妻などの思い出に囚われてしまう。写真を前にする彼らは不幸なのである。ジャンヌや子供たちの無数の表情をファインダー越しに捉えたゾラは、シャッターを切り続け、私的な絆を写真によって確認していたが、その行為がもたらす内なる喜びを、作家として、ペンで明かすことはなかった。（高橋愛）

住居

ゾラは人生の大半をパリで過ごし、この町のさまざまな地区を舞台とする小説を数多く書いたが、彼自身が暮らしたのは、カルチエ・ラタンとその周辺、バティニョール界隈に集中している。困窮し、転居を繰り返した一八六〇年代と、作家の地位を確立し、経済的安定を手にした一八七〇年代半ばからのふたつの時代が対照的に浮かび上がる。

一八四〇年、ゾラは両親が暮らすパリのアパルトマン、サン＝ジョゼフ通り十番地の二（現十番地）で誕生する。三年後、ゾラ一家はエクスへ移住し、彼らが生活したシルヴァカンヌ通り六番地（現十二番地）の家は、のちに『ルーゴン家の繁栄』におけるアデライード・フークとシルヴェール・ムーレの住居としてイメージされる。

父親の死後、五八年にパリへ戻ったゾラは、祖父、母親とムッシュー＝ル＝プランス通り六十三番地に居住し、奨学生として至近のサン＝ルイ校へ通う。バカロレアに失敗し、学業を放棄してドックやアシェット社で事務員の仕事に従事した時期は、サン＝ジャック通り二百四十一番地（五九年）、サン＝ヴィクトール通り三十五番地（六〇年）、ベルナルダン・ド・サン＝ピエールが一七八一年から八六年まで住んだヌーヴ＝サン＝テチエンヌ＝デュ＝モン通り二十四番地（現ロラン通り四番地）（六一年）と、頻繁に住処を移している。かつて『ポールとヴィルジニー』が執筆された部屋を転居先として報告する、当時のセザンヌ宛の書簡も興味深い。ゾラが後年語るところでは、『愛の一ページ』におけるパリの描写は、小さな屋根裏部屋から首都を見渡した、この慎ましい時代の名残である。

その後も、ラセペード通り三番地、スフロ通り十一番地（六一年）、サン＝ドミニック＝ダンフェール小路（現ロアイエ＝コラール小路）七番地（六二年）、サン＝ジャック通り二百七十八番地、モンパルナス大通り百六十二番地、ヴォージラール通り十番地（六四―六六年）と住所を変え、転々とする。学生や娼婦が出入りし、薄い壁で仕切られた部屋の惨めな生活は、『クロードの告白』の物語に反映され、スフロ通りは『マドレーヌ・フェラ』のジャック、サン＝ドミニック＝ダンフェール小路は『死せる女の願い』のジョルジュ・レーモンの住所に充てられるなど、当時の作家の経験は初期小説の細部で生きている。

美術批評家として健筆を振るい、クリシー広場のカフェ・ゲルボワに集うマネや若い革新派の画家たちと共闘するゾラは、活動の場をセーヌ右岸へ移し、バティニョール界隈を新しい拠点とする。モンセー通り（現ドタンクール通り）一番地のアパルトマンで母エミリー、恋人アレクサンドリーヌと同居を開始し（六七年）、トリュフォー通り二十三番地（六八年）、ラ・コンダミーヌ通り十四番地（六九年）に住む。七〇年に

建物正面の記念プレート
（撮影・高橋愛）

現在のブリュッセル通り21番地の2
（撮影・高橋愛）

アレクサンドリーヌと結婚。普仏戦争の時期の中断はあるが、ゾラは『ルーゴン＝マッカール叢書』の刊行を軌道に乗せる七四年までの時期を、ラ・コンダミーヌ通りの住居で過ごし、後年の『制作』にみるサンドーズの自宅の描写には、当時への思い入れが感じられる。

七四年から、サン＝ジョルジュ通り二十一番地（現アペナン通り十九番地）に庭付きの住宅を借り、訪問したユイスマンスは「マネによるゾラの肖像画やモネの風景画が飾られ、日本の陶磁器などであふれていた」と証言している。

『居酒屋』がベストセラーとなった七七年、ブーローニュ通り（現バリュ通り）二十三番地へ移転し、八九年にこのアパルトマンを引き払って、ブリュッセル通り二十一番地の二をパリにおける最後の住所とする。贅を凝らした家具や調度品、美術品をそろえた邸宅で、一九〇一年には電気照明も設置した。今日、建物正面に掲げられる記念プレートは、一八八九年に居住したゾラが、この邸宅で九八年一月十二日に「私は告発する……！」を書き、一九〇二年九月二十九日に死去したことを伝える。

自邸に近いサン＝ラザール駅を利用し、列車でパリと西郊メダンを頻繁に往復したゾラの後半生は、バティニョールが鉄道の開通とともに発展した界隈であったことも想起させる。ゾラは『居酒屋』の印税でメダンに別荘を構え、一八七八年以降、その館で多くの時間を過ごした。一八八〇年の『メダンの夕べ』で文学的な知名度も高まった、この自然豊かな地で、作家は、書斎のマントルピースに掲げた「一行モ書カヌ日ハ一日モナシ」のとおり、精力的に執筆に励んだ。セーヌ川に浮かぶ小島「パラドゥー」、川遊び用の小舟「ナナ」、増築で誕生した棟の「ナナ」や「ジェルミナール」など、文豪ゾラの意匠を凝らしたメダンの館には、多くの文学者や画家の友人、ジャーナリストが訪れた。現在はゾラ記念館として公開され、二〇二一年に開館した隣接のドレフュス博物館とともに、歴史的・文学的な記憶継承の場として重要な役割を果たしている。

（高橋愛）

旅とヴァカンス

十九世紀には、さまざまな文学者が情熱的に旅を語り、異国に心を奪われ、時には東方旅行まで敢行したが、ゾラはそのようなタイプの作家ではなかった。ゾラの生涯における旅やヴァカンスは、体調がすぐれない妻アレクサンドリーヌの海岸保養を兼ねることも多く、一家の過ごし方からは、医療行為として定着した当時の海岸逗留の諸相も見えてくる。ゾラ自身は浜辺の風景を享受し、ノルマンディー地方やブルターニュ地方の自然を創作の源とする作品を書き、ブルジョワ的な空間で余暇を謳歌した。

ゾラ一家の海辺のヴァカンスは、一八七五年八月二日から十月四日まで過ごしたノルマンディー地方のサン＝トーバンにはじまる。この地でポール・アレクシやジョルジュ・シャルパンティエの母親などと合流したゾラは、カーンやアロマンシュにも足を延ばし、海の印象を熱心にノートに記す。これらの印象は、のちに『生きる歓び』の描写で生かされる。海の体験は、ゾラをブルターニュへ誘い、一八七六年七月から九月にかけては、シャルパンティエ一家とピリアックで過ごす。滞在中、短編「シャーブル氏の貝」が誕生する。一八七七年五月から十月までゾラ一家が逗留したのはマルセイユ湾に面したレスタックで、作家は部屋の窓から美しい海を眺め、『愛の一ページ』や「ナイス・ミクラン」などの執筆に励む。一八八一年七月二十五日からの二ヶ月間は、ノルマンディー海岸に位置するグラン゠カンに滞在する。この滞在が『生きる歓び』の舞台をノルマンディー地方に設定する契機となり、一八八三年の夏を過ごすブルターニュ地方で小説の執筆を続ける。喘息に悩むアレクサンドリーヌが主治医から湯治を勧められ、一八八四、八五年の八月はオーヴェルニュ地方のモン゠ドールで過ごしている。当時、鉄道網の整備でフランスの温泉町は大きく発展し、各地で診察室が開設され、旅行客が賑わう社交場となっていた。医学と資本が絡み合う温泉町に関心を持ったゾラは、妻が湯治する間、湯治場やホテル、医師、療養者を観察してノートを取り、開発された温泉町を舞台とする小説を検討する。

一八八六年、シャルパンティエ一家がロワイヤンに別荘を構えたのを機に、ゾラ一家は同年九月にこの地を訪れ、八七、八八年の夏も継続して、仲間と楽しく過ごす。八八年の滞在では、ジャンヌ・ロズロがゾラ一家に同行する。一八九一年九月、ゾラ一家はルルドをはじめとするピレネー山麓の町を巡り、湯治場で知られるダクスやコトレも訪れ、ビスケー湾に面する高級避暑地のビアリッツに留まる。旅の途中で、スペインのサン゠セバスティアンにも立ち寄る。一八九一年以降、ゾラとアレクサンドリーヌが外国へ行く機会は増え、九一年十一月にはブリュッセルのベルギー王立歌劇場で『夢』を観劇し、アントウェルペン市街では大聖堂などを見学している。一八九二年八月は、ル・アーヴルを中心にオンフルールや流行の海水浴場トゥルーヴィルを訪れ、フェカンやエトルタで過ごしたのち、ルルドを再訪する。九月は、エクスなどで南仏の夏を満喫し、モンテ＝カルロ、ジェノヴァを旅する。一八九三年九月、文芸家協会会長としてロンドンを訪問する。国際新聞会議や水晶宮で開催された宴に出席し、馬車でのロンドン見学や地下鉄の乗車を楽しみ、オスカー・ワイルド、ヘンリー・ジェイムズ、ジョージ・ムーアとの懇談などを通じて、刺激的な時を過ごす。五年後、イギリスはゾラの亡命国となる。一八九四年十月から十二月にかけては、『ローマ』の準備で、長期のイタリア旅行を決行する。ローマ法王レオ十三世との面会は叶わなかったが、ローマではジャニコロの丘から町を眺め、カラカラ浴場やアッピア街道、貧民街などを見学する。諸聖人の祝日には、サン＝ピエトロ大聖堂へ赴き、システィナ礼拝堂でミケランジェロの天井画に感銘を受ける。フィレンツェやミラノを巡り、ヴェネツィアでは父方の親戚と会う。

ゾラがイタリア旅行で費やした日数は異例であり、小説準備の調査は短期間に集中して行っていた。一八八四年二―三月は、『ジェルミナール』の準備で北フランスの炭鉱町アンザンを視察する。一八八六年五月、『大地』の舞台となるボース地方のシャトーダンで農場や家畜市場などを見学。一八八九年三月、『獣人』の世界に精通する目的でル・アーヴルとルーアンを取材。『壊滅』を準備する一八九一年四月には、第七軍団が通ったクルセルからスダンまでの道程を馬車でたどり、旧戦場に関する知見を広げる。一八九二年八月、『ルルド』の調査でマサビエル洞窟や水浴場などを埋め尽くす宗教的群衆を観察、司祭や医師、聖母を見たというベルナデット・スビルーの知人らと面会し、ルルドの商業的な面も理解する。『労働』を準備中の一九〇〇年二月には、ローヌ＝アルプ地方の製鋼所を見学し、高炉や圧延機の知識を得ている。

（高橋愛）

動物好き

ゾラは、多くの物語に動物を登場させた作家であった。『ルーゴン＝マッカール叢書』の準備メモには「小説の中で動物を重視すること。犬、猫、鳥など動物を作中人物として創りだすこと」と書き記している。小説のプランを練る段階では、登場予定の動物に関しても検討し、作中人物と同じようにカードを作成した。名前を与えられた多くの動物は、それぞれの物語で印象的な役割を果たしている。『テレーズ・ラカン』では、テレーズとローランの一部始終を観察する猫のフランソワが、その強いまなざしと存在感で恋人たちを精神的に圧迫し、『生きる歓び』に登場する犬のマチューと猫のミヌーシュはシャントー家の一員として振る舞っている。『ナナ』でロンシャン競馬場を疾走するヒロインと同名の競走馬は、観衆の注目を集めて大喝采を浴びるが、『ジェルミナール』に登場する馬のバタイユとトロンペットは、地下坑道で日の光を見ることなく労働し、炭鉱夫と過酷な運命を共にする。

『生きる歓び』のマチューは、ゾラが一八八二年まで飼った犬のベルトランをモデルとして造形されたが、動物に囲まれた作家の私生活と文学作品には密接な関係が見られた。ゾラにとって、それはまさに『パスカル博士』で一族の家系樹を前にしたパスカルが、身近な動物たちと過ごす日々によって育まれる人間の生を思い、一族の中に場所を与えられるべき存在として動物を語り、「大事な山羊や雌牛、驢馬などの物語を書かずにはいられない」と述べた通りであった。『ムーレ神父のあやまち』でデジレの家畜小屋があらわす豊饒な自然の生命力は、宗教的勤行に捧げられたセルジュ・ムーレの人生と対置され、物語は子牛の誕生を告げるデジレの台詞で閉じられる。無類の動物好きであったゾラは、デジレがあらわす世界をメダンで実現した。家畜小屋と家禽飼育場を用意し、牛の繁殖を行い、招待客を駅から別荘まで運ぶ「ボノム」と名づけられた馬や、うさぎ、猫、鶏、鳩などを飼ったのである。ゾラが大切な人たちと交わした書簡においても、動物は常に重要な話題であり続けた。一八六六年には、母エミリーがゾラに宛てた手紙の中で飼っている犬や猫に触れ、一八九〇年代も、イタリア旅行中の妻アレクサンドリーヌ宛のゾラの手紙や、アレクサンドリーヌがイギリス亡命中のゾラへ書き送った便りで、互いの体調を気遣うように、ペットに関する報告が綴られている。さらに、愛犬とカメラに収まることを好んだゾラは、恋人ジャンヌ・ロズロとの間に生まれた子供たちを猫や鳥籠などと撮影し、写真を通じても、動物に囲まれた彼らの私生活を記録した。

うさぎを愛しむゾラ親子

ゾラは、一八八五年三月十四日付のジュール・ルメートル宛の手紙の中で、人間と自然のつながりを尊重する自らの立場を強調し、「私は魂が人間の内と外に、人間の兄弟である動物に、植物に、小石に、至るところに溢れていると感じる」との言葉で、十九世紀の新しい感性を照らしている。イギリスでは、一八二〇年代から動物虐待防止法などが定められたが、フランスでも動物に対する人々の態度は変化していた。一八三三年にパリで闘鶏や闘牛などの見せ物は禁止され、一八四六年には、家畜や飼育動物の虐待を抑止する目的で「動物愛護協会」が設立される。一八五〇年に至って、公共の場で家畜を虐待した場合に罰金刑、再犯では禁固刑に処すことを科した動物愛護法（グラモン法）

が制定された。モーリス・アギュロンの論文「動物の血——十九世紀フランスにおける動物愛護の問題」(一九八二)や小倉孝誠の『十九世紀フランス——愛・恐怖・群衆』(一九九七)において詳述されるように、動物愛護は当時の共和主義の理想と結びついていた。人間界と動物界を峻別するカトリック勢力に対して、共和派の人々は人間を自然界の産物と見なし、動物への優しさが弱者への配慮につながると考え、動物愛護運動を積極的に支持したのである。

一八九六年三月二十四日付の『フィガロ』紙に発表した「動物への愛」において、ゾラは、神への愛、母性愛、孝心のように、動物への愛もそれ自体として、人間の中に別個に存在する愛であると述べている。「動物は言葉を発さず、自分の欲求や苦痛を伝えられないので、慈愛の念が生じる」と書き、動物愛護という点で皆が同意し、国境を越えて運動が広がれば、最後には世界的な人類愛に至ると語りかける。それは、「自然界に宿る苦痛を撲滅する」ための呼びかけで、こうした形で世界的な絆が生まれ、人間同士が結びつけば、地上には平和がもたらされると訴えたのである。人間と動物のあいだに連続性を見て、人間と人間の関係についても再考を促した記事は大きな反響を呼んだ。同年五月、ゾラは動物愛護協会から表彰され、その答礼スピーチの中で協会の活動の神聖さを語り、深い共感の意を表している。

(高橋愛)

2 作家活動

演劇

十九世紀後半のフランスの作家たちにとって、大衆に及ぼす影響力の即効性からいえば、演劇における成功は小説のそれに劣らず重要な要素であった。

エクス＝アン＝プロヴァンス時代

ゾラも早くから演劇に関心を寄せており、セザンヌやバイユたちと共に市立劇場に舞台を観に行っていた。一八五八―六〇年の間に、『駒は打たれた！』、『カプアのハンニバル』、『射手のロロン』、『狼と遠吠えすべし』、『仮面舞踏会』、『ペレット』等のプランや台本を執筆している。しかし、それらの原稿の多くは失われている。

パリ上京後（一八六〇―八〇年）

『醜女』（一八六五）……上京後の一八六二―三年頃に初稿の『醜女たち』が韻文で書かれたが、その後散文劇『醜女』に書き直されている。一八六五年頃には劇作家アドルフ・ブロを介してオデオン座に紹介されたが、上演を断られた。

『マドレーヌ』（一八六五）……三幕劇。この作品も、ジムナズ座から上演を拒否された。ゾラはこの話に「感応遺伝」というテーマを新たに加え、小説『マドレーヌ・フェラ』に書き改めて一八六八年に発表した（第一部『マドレーヌ・フェラ』を参照）。演劇から小説への翻案という、珍しい例である。後にアンドレ・アントワーヌから自由劇場のために何か作品をと求められ、この作品が一八八九年五月二日の一日に限り上演された。この時の批評は好意的であった。

『テレーズ・ラカン』（一八七三）……一八六七年の同名の小説から戯曲化した四幕劇（小説については本書第I部を参照）。ルネサンス劇場にて、一八七三年六月十一日から九回にわたって上演された。同年八月にシャルパンティエ社から出版。当時の批評は冴えないものだったが、これが自然主義を提唱するゾラの闘争が真に始まった時点でもあると言えよう。

『ラブルダン家の相続者たち』（一八七四）、『薔薇のつぼみ』（一八七八）……本書第I部参照のこと。

『ルネ』（一八八〇）……女優サラ・ベルナールの依頼により、『獲物の分け前』から戯曲化された五幕劇。ベルナールがコメディー・フランセーズと決裂したため、上演の交渉が失敗に終わる。ついでジムナズ座、オデオン座からも拒まれ、最終的には一八八七年ヴォードヴィル座にて上演された。同年、シャルパンティエ社から出版。舞台は大失敗に終わり、ゾラは戯曲から離れることを決心した。

他の演出家との共作によるゾラの小説の舞台化

その一方で、ゾラは自身の小説の舞台化には協力を惜しまなかった。一八六七年、小説『マルセイユの秘密』をマリウス・ルーと共にマルセイユのジムナズ座にのせたが、四回で打ち切り、失敗に終わる。

ウィリアム・ビュスナックによる以下の作品の戯曲化には、助言や指示を与えて深く関わった。『居酒屋』（一八七八）、『ナナ』（一八八〇）、『ごった煮』（一八八三）、『パリの胃袋』（一八八七）および『ジェルミナール』（一八八八）。このうち、『居酒屋』の上演は二五〇回、『ナナ』は一三五回、『パリの胃袋』は一一九回と、成功を博した。

さらに、レオン・エニックが舞台化し、アントワーヌの自由劇場の柿落（こけらおと）しを飾った『ジャック・ダムール』（一八八七）や、アンリ・セアールが同じく自由劇場にのせた『ビュルル大尉』（同年）にも関与した。

この後、アルフレッド・ブリュノとのオペラ共作で、ゾラは舞台の世界へ戻って行くこととなる。

アンビギュ座初演『ナナ』の第4タブロー
（『ル・モンド・イリュストレ』紙、1881年2月5日）

未完の劇

ゾラの子孫が保管している未完の演劇草稿に、以下のものがある。喜劇二作品『青春時代』、『何をしても無駄』。悲劇三作品『嫉妬の考察』、『なぜ人は愛するのか』、『恋する女』。歌劇『流れる水』、『フランスは前進する』。

演劇批評

一八八一年に出版された二つの選集『演劇における自然主義』、『現代の劇作家たち』は、一八七六―八〇年にかけて『ビヤン・ピュブリック』紙および『ヴォルテール』紙に連載されたゾラの記事をまとめたものである。前者は演劇に関する理論が中心であり、後者は当時の有名な劇作家たちを例にとり、具体的な批評を加えている。

評論中、彼は小説で確立した自然主義理論を、演劇に適用している。曰く、演劇において求められてきた道徳的教訓は、現実を覆い隠す欺瞞であり、このために演劇が損なわれてきた。重要なのは、現代社会における「現実の」人間や環境を分析し描くことである。そのためには、舞台道具や衣装が現実の生活を正確に表現している必要がある。用いられる言葉も話される会話の要約であるべきで、偽りの美文で糊塗されていてはならない。そして、観客や批評家は判断をしばしば誤るため、彼らに迎合した作品を作る慣習をやめなければならない、と説いている。

しかし、このように激しく従来の演劇の慣習を糾弾するゾラ自身も、自らの劇作になるとそこから完全に逃れることはできなかった。ゾラの劇作に自然主義的な演劇表現を期待していた当時の観客は、失望を露わにしている。

（中村翠）

オペラの台本

ゾラは晩年の約一〇年間に六作のオペラの台本を書いている。そのうち四作はアルフレッド・ブリュノによって作曲され、上演されている。ゾラがオペラ制作に携わる契機になったのは一八八八年三月のブリュノとの出会いである。ブリュノはゾラの小説『ムーレ神父のあやまち』をオペラ化する許可を得るためにゾラを訪問したが、ゾラはすでにマスネにその許可を与えていたため、執筆中の小説『夢』のオペラ化をブリュノに提案する。その後、実際にブリュノの作曲、ルイ・ガレの台本によるオペラ『夢』が制作され、一八九一年六月十八日にパリのオペラ＝コミック座で初演を迎え、成功を収めている。この際、ゾラはガレの台本に手を加え、舞台装置、配役について意見を述べるなど作品に大きく関与している。『夢』の成功後、オペラ＝コミック座からの要請で、ブリュノはゾラの同名の短編を原作とするオペラ『水車小屋の攻撃』の制作にとりかかる。台本は再びガレが担当した。ゾラは前作と同様に積極的に制作に関わり、『水車小屋の攻撃』は一八九三年十一月二十三日に初演され、好評を博した。

ゾラが初めて書いたオペラの台本は『ラザール』である。一八九三年十二月末にこれを書き上げたゾラは、ブリュノに作曲を依頼するが、ブリュノはオラトリオに近いこの一幕のオペラを上演する劇場はないという理由で断っている。そして、一八九四年初頭にオペラ座からゾラとブリュノに依頼があり、ゾラの台本、ブリュノの音楽による初のオペラ『メシドール』が制作され、一八九七年二月五日にオペラ座で初演された。また、ゾラは『メシドール』初演前の一八九六年の秋に『嵐』と『長い髪のヴィオレーヌ』という二作のオペラ台本を書き上げ、『嵐』はブリュノによって作曲され、一九〇一年四月二十九日にオペラ＝コミック座で初演された。ついでゾラは一九〇一年の春頃に『少年王』の台本を完成させ、ブリュノは一九〇二年八月にこのオペラの作曲を終えている。翌月にはゾラが不慮の死をとげることになるが、『少年王』は一九〇五年三月三日にオペラ＝コミック座で初演された。さらに、ゾラは死の直前にオペラ『シルヴァニールあるいは愛のパリ』の台本も完成させている。ブリュノはゾラの死後に『ラザール』の作曲を行っているが、『シルヴァニールあるいは愛のパリ』と『長い髪のヴィオレーヌ』には音楽をつけることはなかった。

L'OURAGAN

DRAME LYRIQUE EN QUATRE ACTES

POÈME DE

ÉMILE ZOLA

MUSIQUE DE

ALFRED BRUNEAU

Représenté pour la première fois sur le Théâtre National de l'Opéra-Comique, le 29 avril 1901.

PARIS
LIBRAIRIE CHARPENTIER ET FASQUELLE
EUGÈNE FASQUELLE, ÉDITEUR
11, RUE DE GRENELLE, 11

1901
Tous droits réservés.

『嵐』の台本

ゾラとブリュノによるオペラは、いくつかの点で従来のフランス・オペラを刷新するものであった。まず、工場の機械などの現代的な舞台装置を導入し、民衆やブルジョワの日常生活を描き、プロレタリアを登場させるといった自然主義的なリアリズムが挙げられる。一般にギュスターヴ・シャルパンティエの『ルイーズ』(一九〇〇年初演)がフランスにおける自然主義オペラの代表作とされるが、『夢』をはじめとするブリュノのオペラはその嚆矢となった。また、文学者の台本と音楽家の作曲による共作という意味では、メーテルランクとドビュッシー、クローデルとオネゲルのオペラの先駆となったといえる。そして、何よりも特筆すべきは、台本における散文の使用である。ゾラはブリュノの意見に従って、すべての台本を散文で書いている。散文オペラの試み自体はそれまでにもあったが、ゾラとブリュノの『メシドール』はフランスで成功した最初の散文オペラとされる。

ゾラは一八九三年十一月二十四日付『ジュルナル』紙に発表した記事「オペラ」で、音楽界でヴァーグナーの影響から逃れることは不可能であるとしたうえで、フランスのオペラはヴァーグナーの様式を踏襲しつつも、ゲルマン的な伝説上の神々ではなく、ラテン的な感情豊かな現実の人間を描くべきだと主張している。実際、ゾラのオペラの台本は、神話の世界ではなく人間ドラマが中心的に描かれているが、他方で、ゾラとブリュノが制作したオペラにはヴァーグナーの影響が感じられることも確かである。たとえば『メシドール』は『ラインの黄金』と、『嵐』は『さまよえるオランダ人』と筋立てが類似しており、「ライトモチーフ」の手法を用いたブリュノの音楽は当時のヴァーグナー主義者から賞賛されている。この意味でゾラとブリュノのオペラの特色は自然主義とヴァーグナー主義の融合にあるといえるであろう。

ゾラのオペラの台本のうち、『少年王』と『シルヴァニールあるいは愛のパリ』は同時代のパリを舞台とした写実主義的な作品であるが、その他のオペラは象徴主義的な性格が強い作風となっている。ゾラは前述の記事で、オペラにおける音楽は台本の内容を効果的に表現するための媒介であると主張しているが、実際に、ゾラとブリュノのオペラ、特に『メシドール』には、歌われる台詞を媒介としてゾラの思想を表現するという作家の意図がはっきりと見受けられる。具体的には、豊穣さの賛美、労働の喜び、正義が実現された未来の理想社会のヴィジョンなど、同時期に執筆された連作小説『四福音書』で展開されるテーマが、オペラの台本にも色濃く反映されているのである。（田中琢三）

詩

フランスでも諸外国でも、ゾラは小説家、批評家、そしてドレフュス事件で活躍した知識人として知られている。他方、彼が青年時代に数多くの詩を書き、詩人になることを夢みていたことは、ほとんど知られていない。ゾラの詩作は一八五八年から六二年までの時期に限定されており、その後、詩作にはまったく手を染めなかった。彼が南仏エクスを離れてパリに居を構え、バカロレアに失敗して学業を放棄し、粗末な屋根裏部屋に住みながらボヘミアン生活を送っていた時代である。彼みずから八千―一万行ぐらいの詩を書いたと述べているが、現在はそのうちごく一部の詩編しか残されていない。

ゾラの青年期の詩編は、ポール・アレクシの著作『エミール・ゾラ、ある友人の覚書』（一八八二）の補遺として初めてまとまった形で公表された。その数九編。その後一九六〇年代に刊行されたゾラ全集において、編纂者ミットランが新たに発掘した詩作品が五編収められた。全体として見れば、十九世紀前半ロマン主義が色濃く影を落としており、技法やテーマの面ではとりわけミュッセとユゴーの影響が強く感じられる。

「わが友ポールへ」（ポールとはポール・セザンヌのこと）と「わが友人たちへ」は、どちらも一八五八年、サン＝ルイ高等学校で書かれた作品である。おそらくフランス語の授業の一環として試みられたものだろう。離れて間もない故郷のプロヴァンス地方にたいする郷愁の念と、そこで交流を結んだ親しい友人たちへの友情を謳った詩句が綴られている。

やはり学校時代に書かれた「ゾラ運河」は、一八五九年二月十七日『プロヴァンス』紙に発表された父フランソワへの長い賛歌である。フランソワは土木技師で、エクス郊外の山間部に運河を建設しようとしたが、完成を見ることなく亡くなった。ゾラはその敬愛する父親の偉業を讃えるために、詩を書いたのだった。灼熱の太陽に焼かれたような不毛の地にやって来た一人の男が、運河を敷設することによって、それを緑豊かで肥沃な土地に変えることに成功する。その仕事はさながら、神話に登場する「創造主」の仕事のようである、と詩人は称賛する。ユゴーの叙事詩的な調子と語彙を模倣した、拙い習作にすぎないが、幼い頃に失った父親への孝心が素直に表明された詩句である。

もっとも多いのはロマン主義風の抒情詩で、愛、理想、ノスタルジックな過去、死の強迫観念などが繰り返し浮上するテーマである。「僕が望むもの」では、詩人が牧歌的な自然風景の中に隠遁することを夢想しつつ、そこに「金髪の女王、やさしい声の愛の女王」がいることを望む。「ニナ」では、十五歳で死んだ少女が埋葬された墓を前にして、詩人がはかない青春、移ろいやすい美、そして容赦ない過酷な死をめぐってメランコリックな想いを披瀝する。愛を知り初めたばかりの若い娘が、官能の開花を知ることなく死んでいくというのは、後年ゾラが『ムーレ神父のあやまち』のアルビーヌや、『夢』のアンジェリックをつうじて物語化する主題にほかならない。

そして三部からなる長編詩「愛の劇」は愛の理想と失望、理想化された女性の姿を謳う。とくに第三部「パオロ」は、プラトニックな愛を称揚し、十九世紀という懐疑の時代にあって純粋な愛が信仰の代わりになり、恋する人間に神と不死の魂への信仰をもたらすことを示そうとした（一八六〇年六月二十五日付、セザンヌ宛の手紙を参照)。

ロマン主義作家がそうであったように、若きゾラも、詩人には愛と理想、魂の苦しみと贖罪を謳う崇高な使命があると考えていた。一八五八年のゾラには詩神ミューズのご加護があり、彼は思うままに詩を書き綴ることができた。しかし結局、詩は彼のジャンルではなかった。一八六一年三月十七日付、友人バイ宛の手紙の中でゾラは次のように書いている。「今では僕はまったく孤独です。詩神ミューズに見放され、詩を書いてもすべて破り捨てます。僕が表現しようとする思想がまるでヴェールで覆われたようになり、僕の詩句には力強さも明晰さも欠けているのです」。明哲な自己分析というべきだろう。

実際、ゾラの詩編は彼の文学的栄光に寄与するようなものではない。いささか時代遅れのロマン主義の弟子、という範疇を出るものではないし、彼自身それをよく自覚していた。先に触れたアレクシの『エミール・ゾラ、ある友人の覚書』の序文で、ゾラはこの時期を回想しつつ、「私が唯一誇れるとすれば、それは自分が詩人としては凡庸だということをよく自覚し、散文という扱いのむずかしい道具を用いて、現代の仕事に勇敢に着手したことである」と述べる。たとえ平凡なものであれ詩作に手を染めたこと、それはゾラが『テレーズ・ラカン』や『ルーゴン＝マッカール叢書』の作家として大成するために経験すべき通過儀礼のようなもの、一つの文学的行程だったのかもしれない。


(小倉孝誠)

社会時評

現在では主に小説家として知られているエミール・ゾラだが、彼の作家活動にはもう一つ重要な側面があった。ジャーナリストとしての活躍であり、それは小説を構想し、芸術を論じ、自然主義の理論を練りあげる作業と密接につながっていた。そもそも、ゾラの執筆活動は一八六〇年代前半に、ジャーナリスティックな文章を書くことから始まったのである。作家として売れるようになるまでは、生活の資を稼ぐためという現実的な必要性があったが、『居酒屋』の成功で充分な収入を手にするようになって以降も、しばらくは新聞・雑誌に寄稿することをやめなかった。ここでは社会、政治、習俗を論じた社会時評に話を限定する。

パリおよび地方の新聞、さらには外国の雑誌にいたるまで、ゾラが発表した記事は膨大な数に上り、その全貌はいまだ明らかになっていない。とりわけ精力的に執筆したのは一八七〇年代か一八八〇年代初頭にかけてで、急進派の新聞『クロッシュ』には四百本近く、『マルセイユの信号機』紙には千本以上の記事を寄せている。また一八七五年から八〇年にかけては、サンクトペテルブルクで発行されていた自由派の月刊誌『ヨーロッパ通報』に、「パリ便り」という枠組みで六十四編の記事を寄せた。ゾラの生前、それらの記事は単行本にまとめられることはなく、二十世紀になって一部の記事を一定のテーマのもとに編纂した書物が何冊か刊行され、それを継承しつつアンリ・ミットランが監修したセルクル版『ゾラ全集』(全十五巻、一九六六―七〇)において、ジャーナリスティックなテクストが二巻(「時評と論争」)にまとめられた。しかし、それも部分的な収録に留まる。

一八八〇年代半ば以降は多忙になり、『ルーゴン＝マッカール叢書』の執筆に専念したいということもあって、ゾラはジャーナリズムでの活動を控えるが、一八九〇年代半ばから再び寄稿するようになり、やがてドレフュス事件に際しては論争的な記事を書いて、事件の趨勢を大きく変えた。それらの記事は主に『フィガロ』紙と『オロール』紙に発表され、『論戦』(一八八二)、『新・論戦』(一八九七)、『真実は前進する』(一九〇一)にまとめられた。

ジャーナリスト・ゾラはあらゆるテーマをめぐって熱く論じた。何を信じ何を否定するか、何を愛し何を憎むか、何を評価し何を軽蔑するか、歯に衣着せずに語ったのである。そのために多くの同志に囲まれ、同時に多くの敵をつくった。ゾラは憎悪するものを強く断罪し、愛するものを情熱的に擁護した。どっちつかずの、微温的な姿勢ほどゾラの精神から遠いものはない。真実と労働を愛し、自由な検討を追求する一方で、欺瞞と卑劣を嫌い、不正を憎んだゾラ。論争を好み、しばしば矯激な調子で批判を繰りひろげたゾラ。しかしその矯激な調子の中に、論争的な口調の中に、理想を求める高潔な心を見過ごしてはならない。ゾラは根本的に倫理的な人間だった。

ありとあらゆる話題が、ジャーナリストとしてのゾラの関心を引いた。政治については共和主義を支持し、教育を論じてはカトリック色のない非宗教的な教育制度を推奨する。聖母マリア信仰が高まった時代において、宗教と政治、宗教と科学がどのように折り合いを付けられるかを問いかける。離婚や売買春をつうじて、同時代の男女関係や家庭のあり方に警鐘を鳴らし、それが世紀末の人口減少という危機につながりかねないと危惧する。オスマンによるパリ改造を振り返りつつ、首都の役割を考察し、近代性の象徴としての万国博覧会を報告する。

あらゆる現象と、出来事と、事件と、習俗がゾラの耳目を引きつけ、彼の知性を刺激してやまなかった。そしてこのような話題は、彼の文学作品とのあいだに強い主題上の連関を織りなしている。小説家ゾラとジャーナリスト・ゾラのあいだに断絶はなく、前者は後者に育まれ、後者は前者によって磨かれたのだった。

本質的に新しいもの好きで、好奇心が旺盛で、同時代の出来事と風俗に絶えず関心を抱きつづけたゾラにとって、ジャーナリスティックな仕事はみずからの知性を覚醒させ、感性のみずみずしさを保つための手段でもあり、自分の文体を磨くのにも役だった。「現代の最良の作家たちは、ジャーナリズムの試練を経て来なかっただろうか。われわれは皆ジャーナリズムの子供であり、われわれは皆そこで最初の地位を手に入れたのだ。ジャーナリズムこそがわれわれの文体を磨き、われわれに資料の大部分を提供してくれたのだ」(「訣別の辞」、『フィガロ』、一八八一)。

「時代の証人」と記せば月並みな表現になるが、少なくとも十九世紀後半のフランスに関するかぎり、ゾラほどこの言葉がふさわしい作家はいない。

(小倉孝誠)

小説

初期作品(一八六四―六九)

ゾラの小説群を初期・中期・後期に分けるならば、初期の五作品は修行の期間にあたる。『クロードの告白』や『死せる女の願い』では、主人公は青年期のゾラ自身の投影に限りなく近く、自伝的な閉じられた世界が描かれている。しかしテーヌの影響を受けた方法論を取り入れ、人物の「気質」を研究することを宣言した『テレーズ・ラカン』の頃から、ゾラの小説は外の世界に開かれ、人間の本質に迫ることが第一の目的に置かれるようになる。『マドレーヌ・フェラ』では、最後にもう一度青年期のロマン主義的内面世界に回帰するかに見えるが、遺伝の概念を導入したことで、次に来る中期小説群のアイデアが準備されることになる。

中期作品(一八七〇―九三)

一八六八―九年にかけて、ゾラは「第二帝政下における一家族の自然的・社会的歴史」についての長大な叢書を書く計画をあたため始める。「叢書 cycle」とは、同一の主題を巡る作品群のことだが、ゾラはこの形式によって、バルザックの『人間喜劇』のように、社会を様々な角度から描こうと試みた。当初は十巻のシリーズを想定していたが、書き進めるにしたがって新たな登場人物が追加され、倍の二十巻に膨らんだ。

おりしも第二帝政が幕を閉じ、第三共和政に入った後の一八七一年から約一年に一作ずつ、着々と『ルーゴン=マッカール叢書』が世に出始める。第二帝政という狂騒的な時代に置かれた人間が、環境因子と遺伝因子によってどのような人生を歩むのかを観察・実験する、という自然主義の理念通り、この叢書は客観的な三人称の語りを保っており、もはや初期作品のような私的な語りは見られない。社会のありのままの真実を描き欺瞞をえぐる作風は、こうした科学的・社会学的手法と密接に結びつき、物議を醸した。また、各巻が取り扱う世界は百貨店、鉄道など、十九世紀の新しいコンテンツであり、テーマとしても斬新であった。

ただしゾラ自身は、壮大な社会の描写と親密な家庭の描写といった、両極に見えるテーマをあえて交互に配置して、叢書内でのバランスをとった。たとえば、『居酒屋』の後には『愛の一ページ』が、『ナナ』の後には『生きる喜び』が、『大地』の後には『夢』が書かれている。彼の対称性へのこだわりは、個々の物語内の世界観にも発揮されており、登場人物は労働者とブルジョワ、太っちょとやせっぽちという風に、対立するグループを形成していることが多い。

章構成にも対称性のこだわりが見られる。たとえば『居酒屋』は全十三章だが、真ん中の第七章を頂点として、ヒロインの暮らしが上向きをたどるのが最初の六章、下降をたどるのが後半の六章と、対称を描くように配置されている。あるいは、『愛の一ページ』は全五部で一部あたり五章、『壊滅』は全三部で一部あたり八章と、幾何学的な構成にこだわりが見られる。ゾラ自身、「自分の作品はシンフォニーに見立てて構成されている」と語っている。

こうして長大な叢書を織り上げていったゾラだが、後半になると厳格な自然主義の理論に基づいて創作を続けることに嫌気がさしてきたようだ。『ルーゴン＝マッカール叢書』の終わり頃には、社会の欺瞞を暴くことを動機とした小説の創作原理が、変化を迎える。

後期作品（一八九四―一九〇二）

晩年に書かれた二つのシリーズ『三都市』および『四福音書』でも、ある家族についての物語という叢書の形式や、幾何学的な章構成は踏襲されている。しかし内容的には変遷が見られ、『三都市』の主人公ピエールは、現在の社会に失望しながらも希望を捨てず、より良い未来を思い描くし、『四福音書』ではピエールの子供達は、ユートピアを物語内で実現させることに成功する。つまりこの時期のゾラの作品は、将来、社会が目指すべき理想像を直接的に示す場となるのである。これは一見、社会に広い視野を向けた創作態度にも思えるが、主人公の考えはゾラ自身の主張を投影したものであり、見方によってはむしろ主観的な世界観の表現へと回帰している。

いずれにせよゾラにとって小説とは、現存する悪を暴くにしろ目指すべき善を描くにしろ、人間社会の思想へ働きかけるための強力な手段だったと言えるだろう。

短編・中編・長編小説

ところで、日本語では長編・中編・短編小説はどれも「小説」と呼ばれるが、フランス語においては長編小説は「ロマン roman」、短編・中編は「コント conte」もしくは「ヌーヴェル nouvelle」と異なる名で呼ばれる。後の二つについては明確な区別はないが、強いて言えば一般的にコントは口承文学に起源を持つ。したがって、おとぎ話や教訓を含んだ内容の物語が多い。そうした元々のジャンルの特性からか、ゾラが短編・中編小説を書く時は、長編小説のように一貫した厳格な自然主義の理論を求めようとしなかった。それどころか、妖精物語から幻想物語まで、喜劇から悲劇まで幅広いバリエーションをカバーしており、自由に想像力の翼を広げる作品と、現実世界のルポルタージュのような作品が織り混ざっている。よって、彼にとっては長編小説における創作態度と、短編・中編小説におけるそれは、明確に区別されていたと考えられる。

（中村翠）

美術批評

美術批評は、十八世紀にディドロらによって始められた文学ジャンルであるが、十九世紀になるとサロンの観衆は大幅に増えて、美術批評の受容は高まった。また、ロマン主義、写実主義、自然主義、象徴主義と続く潮流において、絵画は文学と同様、熱心な議論の対象となり、文学者が美術批評をおこなうことも多くなった。文壇にデビューしようとする若者にとって美術批評は一種の登竜門であり、画家たちと親交の深かったゾラ(↓「絵画」の項参照)が美術批評を始めるのはごく自然な流れであり、何よりも新しい絵画の現場で、実際の制作を間近で見て画家たちと議論を重ねていたことはゾラの強みであった。

最初の本格的な美術批評は一八六五年、リヨンの『サリュ・ピュブリック』という地方紙に発表した「プルードンとクールベ」および「ギュスターヴ・ドレ」である。後者では『聖書』の挿絵に関して、レアリストの立場からドレのイデアリスムを批判し、前者では社会主義者プルードンの著作『芸術の原理とその社会的使命について』を批判して、有用な芸術を退けた。そして、クールベはプルードンが自身の考えを適用しているような画家ではなく、「彼が賞賛に値するのは、ひとえに自然を把捉し表現するその精力的なやり方によってなのだ」と主張する。この論考には「芸術作品は独創性によってのみ生きる」という一文があり、「芸術作品とはある気質を通して見られた被造物(自然)の一隅である」という、ゾラがその後何度か繰り返す定義もなされており、ゾラの美術批評の基本的立場が早くも提示されている。

翌一八六六年は、ゾラが最初のサロン評を手がけた年である(↓本書第I部『わがサロン評』の項参照)。スキャンダルの画家マネの擁護は、六七年にまとまったマネ論に結実する(↓本書第I部『エドゥアール・マネ、伝記批評研究』の項参照)。同年には「シャン=ド=マルスにおけるわが国の画家たち」において、万博美術展に出品した官展派の画家たち、メソニエ、カバネル、ジェローム、そしてかつての力強さを失ってしまった風景画家テオドール・ルソーを俎上に挙げて、アカデミズ

E・マネ《エミール・ゾラの肖像》
1868年

ムを徹底的に糾弾する。六八年にはマネが《エミール・ゾラの肖像》を描いてサロンに出品する。六八年のサロン評においてゾラは、肖像画のために長い時間ポーズを取った体験を語りながら、マネを「自然主義者」と呼び、自らの文学との結びつきを確認する。また、モネら後の印象派の画家たちについても、「現代の現実」を個性的な「気質」を持って描く「自然主義者」として積極的に評価する。こうしてゾラは六〇年代後半に文学と絵画の一種の共同戦線を打ち出したのである。

その後、第三共和政下では、一八七四年を皮切りに印象派展が開始される。ゾラはとりわけ王党派のマクマオン大統領下で内務省の監視下にあり、七三年から七八年頃までパリのジャーナリズムに執筆することは困難になった。しかし、その間もゾラはマルセイユの地方紙やサンクトペテルブルクの雑誌『ヨーロッパ通報』において、七四年のサロン、七五年のサロン、七六年のサロンと第二回印象派展、七七年の第三回印象派展、七八年の万博美術展、七九年のサロンと第四回印象派展、八〇年のサロン、八一年のサロンまで、長短はあるが精力的な美術批評活動を続けている（その後はジャーナリズム活動全般からほぼ引退する）。七〇年代のゾラの美術批評の特徴は、社会学的観点からサロンと印象派展を観察して、芸術界の現況分析をおこなっていることである。当時のサロンは巨大化・大衆化の一途をたどり「絵画のデパート」と化していたが、こうした状況下ではブルジョワ受けする小綺麗で凡庸な作品が量産される。一方、それに対抗しているのが、サロンに落選するマネと、独自の展覧会を開催する印象派である。こうした対立的な図式において、ゾラはつねに後者の側についているが、当時において両者のパワーバランスは後者に圧倒的に不利だった。

七九年になってゾラの論調に変化が生じる。彼らの試みに対する高い評価は変わらないものの、マネがいまだに公衆の支持を得られないのは技術不足（「その手は目に及ばない」）からではないかと指摘し、また印象派、特にモネが拙速な仕事に甘んじていること、「時間をかけて熟考した作品の堅固さを軽視している」ことに苦言を呈し、印象派は「先駆者」に過ぎないと述べる。このマネや印象派に対するゾラの留保は、後の小説『制作』への評価とも相まって、ゾラには結局のところ、彼らの芸術表現の前衛性を理解できなかったとする見解を生み出している。確かに壮大な文学プランによって同時代の人間と社会を描き尽くそうとした作家と、より純粋な絵画的価値を求めた画家たちとの間に方向性の違いが生じたことは確かであるが、ゾラの言辞は同時代の文脈において再考される必要があるだろう（↓本書第Ⅳ部「マネ」「モネ」の項参照）。

（吉田典子）

文学批評

文学批評家・理論家ゾラのキャリアは、ほぼ三つの時期に分けることができる。第一期は、挑発的なタイトルの初期評論集『わが憎悪』が出版された一八六六年から、『テレーズ・ラカン』第二版への序文を経て、『ルーゴン家の繁栄』への序文が書かれる七一年に至るほぼ六年間である。「自然主義者」という語は、六六年に早くもゾラのペンの下に現れる。彼はこの語をまず『英文学史』の著者イポリット・テーヌへの讃辞として用い、この芸術哲学者を、自然界の研究で採用されている純粋な観察と正確な分析を精神界の研究に導入した「自然主義の哲学者」と呼んだ。この時期のゾラは、「自然主義」をキー・タームとしてスタンダール、バルザック、フロベール、ゴンクール兄弟など、彼に先行する諸作家の読解を試みている。のちに自らが指揮する流派の先駆者と見なすことになるこれらの小説家にゾラが見たのは、「調査と人間記録」を踏まえた新しい小説の創始であった。以後それらの大家をモデルとして、自然科学の研究精神と方法を文学に移しかえるような小説家グループの誕生を期待することになる。

第二期は、ロシアの雑誌『ヨーロッパ通報』誌に月ごとの寄稿を開始する一八七五年から、既発表の記事をまとめた三冊の評論集『自然主義の小説家たち』『演劇における自然主義』『文学的文書』が相次いで出版を見る八一年までの約七年間と考えることができる。この時期は『居酒屋』が大成功を収め、旺盛な創作活動と並行して、熱烈でねばり強い自然主義キャンペーンを展開した期間にあたる。特筆すべきは、ゾラがその理論を先鋭化し、政治の領域にまで活動の場を広げた七九年である。この年は、かの記事「実験小説論」が『ヨーロッパ通報』誌に掲載され、新たな構成要素として自然主義に実験理論がつけ加えられた年でもある。

『ルーゴン＝マッカール叢書』がまもなく完成を見ようとする一八九〇年頃、ゾラは自然主義が息切れしてきたと感じる。グループの亜流と呼べるような作家たちの小説技法は、主題の選択においても方法の適用においても、単なる約束事のゲームの観を呈していたからである。この第三期のゾラは、資料と科学的合理主義に縛られない、もっと柔軟な自然主義思想を提案し、実験理論にそれとなく自己批判を投げかけている。九一年、ジャーナリストのジュール・ユレは、「文学の進化についてのアンケート」のために、作家たちに意見聴取を行なった。ゾラも質問を受け、「厳格すぎる理論から解放され、人生をもっと優しく受け入れること」「人類に向かってもっと大きく入り口を開くこと」と答えている。この新たな展開は、晩年の小説サイクル『四福音書』に表出されるメシア願望へとつながってゆく。

大きく分ければ、文学批評家としてのゾラの生涯は以上のような変遷をたどっているのだが、彼の批評への関心は第一期以前のもっと早い時期に芽生えていた。郷里にとどまっていた友人たちにゾラが宛てた一八五九年以降の手紙は、すでに彼が自分の読んだ作品を解説したがっていたこと、自分の発見を友人たちと分かち合いたがっていたことを証している。六二年三月、アシェット出版社に入るとすぐに、彼はこの出版社から刊行された本を紹介する「出版社と愛書家の小冊子」の担当を任され、この広報責任者の地位が機縁で知り合ったゲリ＝ルグランの発行する『リール民衆新聞』に、六三年から六四年にかけて、三つの記事を寄稿する。ギュスターヴ・ドレの挿絵入り版の『ドン・キホーテ』の分析、ガストン・ラヴァレの小説『オーレリヤン』の書評、二冊の科学入門書についての書評「科学と詩における進歩について」である。それらは文芸欄の担当者として書かれた初期の評論文にすぎないが、ゾラはすでに、同時代の作品を報告するにとどまらず、自身の考え方を表明し友人たちを擁護している。

ゾラが若い頃勤めたアシェット社

彼は作品を紹介するだけでは満足しない。

書評を論争の場とし、自分が共有できない文学思想をそれに対置させることによって自らが支持する文学思想を明確に表明し、小説の新たな考え方を押し出すために俗流批評に論戦を挑む。文壇で早く名声を得ること、自然主義美学を世に認めさせることへの意欲に突き動かされて、ゾラ自身の言い方によれば「力まかせの文体」で書かれた評論文は激越な論戦の趣を呈していて、批評界の顰蹙（ひんしゅく）を買ったのだった。仲間たちの幾人かはそれらの記事に眉をひそめたし、ゾラの良き理解者フロベールさえ『ビヤン・ピュブリック』紙に掲載された記事を読んで、一八七七年十一月にツルゲーネフに打ち明けている。「ほとんど月曜日ごとに、あの純朴なゾラの文芸欄を読むと、私はいら立ちの発作を覚える」と。

けれども、ゾラが同時代の作家の価値を見誤らなかったことは強調しておかなければならない。自然主義の先駆者と見なされる作家たちは、当時はまださほど認められていなかったが、ゾラは彼らを擁護するために論陣を張った。それに反して、当時はもてはやされたものの今日では名も知られていない作家たちに対しては、後世と同様の評価しか与えていない。彼らは自然主義文学とは相容れない作家と見なされているのである。

（佐藤正年）

3 作家としての地位

出版社との契約

教育制度の整備による識字率の上昇、それにともなう読者層の拡大、そして印刷技術の進歩によって、十九世紀には新聞・雑誌の発行部数が飛躍的に増える。小説はまず新聞に連載され、その後単行本として出版されることが多くなる。とりわけ一八七〇年代以降、つまりゾラが『ルーゴン＝マッカール叢書』の作家として活躍した時代は、それ以前に較べて小説の発行点数と部数が大きく伸びた。世紀前半であれば本はまだ

かなり高価だったが、後半には価格が下がり、一般庶民の手に届くものになったのである。ゾラが「文学と金銭」（一八八〇）と題された論考で、「かつては贅沢品だった書物が、半世紀のうちに普通の商品になった」と述べたのは、その変化を端的に指摘している。

このような状況の推移にともなって、作家と出版社の関係もしだいに変化していく。かつては、版元が作家から原稿を一定の価格で買い取って、それを書籍化していた。駆け出し作家の原稿に、出版社が高額な対価を支払うはずがなく、当然安く買い叩かれていた。名声の確立した、売れ行きを計算できる作家（数は少

なかった）でもないかぎり、出版社のほうは、どれだけ売れるか分からない本に投資するわけだから、損失リスクをかかえており、慎重にならざるをえなかったのだ。逆に予想以上の売れ行きを示せば、大きな利益を手にできた。著作権という概念も、印税制度も確立していない時代だったから、すべての売上げが出版社の懐に入ったのである。力関係の観点からいえば、版元のほうが強かったということだ。

ゾラの時代、出版資本主義の発展につれて、文学書の出版はひとつのビジネスとして確立するから、作家の側に自分たちの利益を守ろうとする意識が高まる。こうしてフランス国内でも、対外国にたいしても著作権という概念が明確になり、印税システムが導入されるようになる。一括買い取り方式から印税方式へと、システムが大きく変わったのである。

一八六〇年代はその移行期にあたっていた。ゾラの初期作品を出版したのはラクロワ社で、『ニノンへのコント』（一八六四）の初版は印税なしのうえ、広告料は作家自身の負担だった。再版されれば八パーセントの印税を受け取ることが定められた。駆け出しの無名作家ゾラは、きわめて不利な契約条件を受け入れざるをえなかったのである。その後『クロードの告白』（一八六五）、『テレーズ・ラカン』（一八六七）については、契約内容が変わる。どちらも初版一五〇〇部、印税は一〇パーセントの三〇サンチームだった。ただし、当時は刊行時に印税を一括払いするのが慣例だったが、ゾラの場合は分割払いになった。再版以降も印税率は同じで、作品がその後新聞に連載されることがあっても、その掲載料はラクロワ社のものとなることが定められた。作家にとってけっして恵まれた契約条件ではないが、ゾラはそれでもじゅうぶん満足していた。

その後ゾラは、『ルーゴン＝マッカール叢書』の全体プランを作成し、それをラクロワ社に渡したうえで執筆に取りかかり、『ルーゴン家の繁栄』と『獲物の分け前』を同社から刊行した。ラクロワ社は、一八六二年にユゴーの『レ・ミゼラブル』の版権を取得し、その空前の売れ行きのおかげで財をなしたが、その後放漫な経営がたたって事業不振に陥り、一八七二年には倒産してしまう。ゾラは途方に暮れたにちがいない。

そのゾラの才能を見抜いて、彼の作品の出版を引き受けたのがシャルパンティエだった。一八七二年七月二十二日に結ばれた契約で、ゾラは年に小説二作を提供し、その代わり毎月五百フラン(当時としてはかなりの金額)受け取ることになった。さすがに年に二冊の長編小説を上梓することはできなかったが、ゾラは月給をもらう作家という安定した立場を享受できるようになったのである。それでも老母と妻を養わなければならない作家にとって十分な収入ではなく、ゾラはその後も長い間、小説を書くだけでなく、新聞や雑誌に文学、政治、社会、文化、風俗などあらゆる話題について記事を書き続けることになるだろう。地位の安定と、執筆量の増加は表裏一体だった。

『居酒屋』の成功が、ゾラの地位を一気に押しあげる。一八七七年五月、同じシャルパンティエ社と交わされた契約書では、作家にとってかなり有利な条件が盛り込まれた。今後出る予定の巻を含めて『ルーゴン=マッカール叢書』全巻について、本一冊三・五フランにたいして五〇サンチーム、つまり単価の七分の一(一四・三パーセント)の印税が約束されたのだ。これは当時としては破格の待遇である。さらに、一八九六年シャルパンティエが出版業から引退し、ファスケル社が契約を引き継いだ際には、『ルーゴン=マッカール叢書』と『三都市』について印税率が二〇パーセントを超える。作家ゾラの価値の上昇は、彼が手にした印税率の推移に雄弁にあらわれているのである。(小倉孝誠)

ゾラ作品の発行部数

ゾラは、十九世紀フランスでもっともよく売れた作家の一人である。一八七七年に刊行された『居酒屋』がベストセラーになると、それ以前に出した作品の売上げが伸び、それ以降の作品も着実な発行部数を記録した。声価の定まった小説家でも、当時の初版部数は平均して一五〇〇―三〇〇〇部だったが、『居酒屋』は一年で約四万部、『ナナ』は八万部、そして生前最大のベストセラーになった『壊滅』は一年で約十八万部発行された。文字どおり破格の数字であり、ゾラの人気の高さをよく示す。しかも彼の作品は、ほぼ同時代的にヨーロッパ各国語に翻訳されていたから（「著作権」の項を参照のこと）、それを合わせればさらに部数は膨らむ。

では十九世紀に、ゾラの作品は実際にどれくらい売れたのだろうか。一八七二年から彼の版元となるシャルパンティエ社の資料にもとづいて、以下にゾラが死去した一九〇二年時点における『ルーゴン＝マッカール叢書』の上位十作品のタイトルと、総発行部数をあげておこう。括弧内は作品の刊行年である。

『壊滅』（一八九二）	二〇万二千部
『ナナ』（一八八〇）	一九万三千部
『居酒屋』（一八七七）	一四万二千部
『大地』（一八八七）	一二万九千部
『ジェルミナール』（一八八五）	一一万部
『夢』（一八八八）	一一万部
『獣人』（一八九〇）	九万九千部
『愛の一ページ』（一八七八）	九万四千部
『ごった煮』（一八八二）	九万二千部
『パスカル博士』（一八九三）	九万部

叢書の最後から二巻目『壊滅』がトップに位置するのが興味深い。普仏戦争とパリ・コミューンを時代背景とする『壊滅』は、フランスの運命と歴史を大きく変えた出来事を物語る小説として、大きな支持を得ていたのである。当時の読者にとって、戦争の記憶はまだ鮮明だった。『ナナ』『居酒屋』そして『ジェルミナール』など、現在に至るまでゾラの代表作とされ、日本でもかつては世界文学全集の定番だった作品も、すでに堅実な売れ行きを示していた。

現在はどうなっているのか。フランスの書店に入って、文学書コーナーの前に立つと、ゾラの棚がきわめて広く、数多くの文庫本が並んでいることに気づく。実際、ゾラの小説はあらゆる文庫シリーズに収められており、古典的作家としては高い人気を誇っているし、文学的な評価も高い。

以下に、アシェット社が刊行しているポケット版「リーヴル・ド・ポッシュ」に収められている『ルーゴン＝マッカール叢書』各巻の、二〇〇〇年時点における累積発行部数を記す。初版は一九五三—六三年に出ている。

『ルーゴン家の繁栄』	七〇万部
『獲物の分け前』	一〇〇万部
『パリの胃袋』	八〇万部
『プラッサンの征服』	四〇万五千部
『ムーレ神父のあやまち』	八二万部
『ウジェーヌ・ルーゴン閣下』	四〇万部
『居酒屋』	二六〇万部
『愛の一ページ』	六〇万部
『ナナ』	一三〇万部
『ごった煮』	八〇万部
『ボヌール・デ・ダム百貨店』	二〇〇万部
『生きる歓び』	六〇万部
『ジェルミナール』	四〇〇万部
『制作』	六五万部
『大地』	九五万部
『夢』	一一〇万部
『獣人』	一五〇万部
『金』	五七万部
『壊滅』	五一万部
『パスカル博士』	四五万部

『ジェルミナール』『居酒屋』『ボヌール・デ・ダム百貨店』がトップ・スリーで、この三作は当時において、「リーヴル・ド・ポッシュ」の売上げ上位二〇作

に入っていた。フランスでゾラの人気が根強いことがよく分かる。彼の小説がしばしば映画化されるのは偶然ではない。また『獲物の分け前』や『獣人』も上位に並ぶ一方で、一九〇二年と較べて『壊滅』や『大地』は順位を落とした。炭鉱、デパート、不動産投機、鉄道など近代の産業空間を舞台にした小説が、現代では好まれているのである。

(小倉孝誠)

ゾラの風刺画

風刺画はフランス語でカリカチュアだが、これはとりわけ人物画においてある側面を誇張したり強調したりして描いたもので、ときにユーモアにあふれ、ときに鋭い風刺や揶揄を交えて、十九世紀の新聞等ではむろんのこと、現代のマスメディアでもさかんに用いられている。その対象は政治家に限らず、とりわけ十九世紀においては文筆家や芸術家もしばしばカリカチュアに取りあげられた。

十九世紀の文学界で、ゾラはこのカリカチュアの格好の素材だった。まだ駆け出しの時代だった六〇年代の先鋒的な美術批評や『ルーゴン=マッカール叢書』時代に議論を巻き起こした自然主義文学理論、さらにスキャンダラスな小説の多彩な主題にカリカチュア画家たちが飛びついたのである。その一人であるアンドレ・ジルが一八六八年の『パロディ』誌に掲載した《サロン展の最高の肖像画》と題するカリカチュアは、その好例と言える。この年、ゾラの友人である画家のエドゥアール・マネは、自身を擁護する美術批評を書いたゾラに感謝の意をこめて《ゾラの肖像》をサロン展に出品したが、《草上の昼食》(一八六二―六三、六三年の落選者展に展示)や《オランピア》(一八六三、六五年のサロン展に展示)で話題を振りまいていたマネと、辛辣な美術批評を振りかざすゾラとの組み合わせが、絵画そのもの以上に衆目を集めていたと言える。ジルのカリカチュアには、「お前のことだよ、ゾラ、暗黒の考えの中に消えてしまった『わが憎悪』の作者で、マネの手になるサロン最高の肖像画だ。」とキャプションがついていて、カリカチュア自体は真っ黒の絵の中にわずかにゾラの顔の一部と本の表紙や背景のデッサンの一部が白く浮かび上がっている。当時のマネの絵がしばしば背景を黒く塗りつぶしていたことと、『わが憎悪』からも理解されるゾラの美術批評の攻撃的な面をうまくイメージ化している。

だが、ここで気をつけなくてはならないことは、ジルはカリカチュアでゾラだけを、あるい《ゾラの肖像》だけを揶揄していたのではなかったということだ。サロン展は毎年五月に開催されていたが、そのたびごとに話題となった作品がいずれもカリカチュアに取りあげられていたのである。ジルの手になるゾラのカリカチュアとしては、この他にもバルザックの胸像に敬礼するゾラの姿（一八七八）や、ヴィクトル・ユゴーの像に縄をくくって引き倒そうとしているゾラの姿（一八七九、《自然主義者のお楽しみ、ゾラ氏が何に時間を浪費しているか》）などが知られているが、これらはいわばゾラの文学的位置づけを揶揄しながらも評しているものと言える。

したがって、ゾラがジルに対して敵意を抱いていたわけではなかったことも指摘しておくべきだろう。一八七八年に『居酒屋』の挿絵入り版が出版されるときに主人公ジェルヴェーズの人物画（タイプ画）を描いたのは他ならぬジルで、この挿絵は挿絵入り版『居酒屋』の表紙ともなる。続いて出版された挿絵入り版『パリの胃袋』（一八七九）や『ナナ』（一八八二）でもジルは挿絵を依頼されており、ゾラにとってジルはむしろ必要な存在だったのである。

やはりジルが『ヌーヴェル・リュヌ』紙に描いた『ごった煮』のカリカチュア（一八八二）は、ペンを片手に料理人の姿をしたゾラとハエがたかるごった煮の鍋にハエがたかっていると理解できる）を描いている。自然主義文学が姦通という下卑たブルジョワ社会の一面をあますところなく暴いたことを滑稽に表現したもの

A・ジル「ゾラのカリカチュア」
（『エクリプス』紙、1876年4月16日付）

だが、このようにゾラの作品と下品な表現を結びつけたカリカチュアが、自然主義というキーワードとともにメディアに取りあげられていたことになる。たしかにそれは辛辣だが、それはゾラの作品だけがやり玉にあがったのではなく、フランスのカリカチュア文化の中では、ゾラの新しい文学運動がいかに当時の社会に衝撃を与えていたかということを表しているにすぎない。アルベール・ロビダやウゼスといった当時の人気カリカチュア画家がこぞってゾラを取りあげたが、ゾラの文学作品や自然主義文学理論がどのように受容されていたかを示すものだと言える。

ただ、ドレフュス事件にまつわるカリカチュアは、反ユダヤ主義や外国人排斥運動などとあいまって、政治的な攻撃の手段として用いられており、もともとゾラを扱ったカリカチュアにあったマイナスイメージの要素が極度に増幅されている（詳細は「反ユダヤ主義」の項目を見よ）。

ここではゾラ研究においてカリカチュアが研究テーマの一つとなった背景を指摘しておくべきだろう。一九〇八年にすでにジョン・グラン＝カルトレが『図像におけるゾラ』を出版してゾラのカリカチュアの紹介に努めたが、これらの資料はゾラの弟子であり友人であったアンリ・セアールが一八八〇年代から収集したゾラを扱うフランス国内外のカリカチュアをもとにしていた。セアールはこのコレクションを自らの勤務先であったカルナヴァレ美術館に寄贈し、グラン＝カルトレが参考にしたのである。爾来、ゾラ研究において

カリカチュアが存在感を放つようになったのだった。（寺田寅彦）

パンテオン

パンテオンは、パリのセーヌ川左岸、カルチエ・ラタンにあるサント・ジュヌヴィエーヴの丘の上に建つ霊廟で、教会として着工されたものの一七九一年に国民議会によりフランスに貢献した偉人の墓所として使われることが決められた。現在、ジャン・ジョレスやレオン・ガンベッタのような政治家から、キュリー夫妻のような科学者、そしてヴィクトル・ユゴーのような作家が埋葬されている。

ゾラは一九〇二年の死後モンマルトル墓地に埋葬されていたが、一九〇六年七月十三日に国民議会はゾラをフランスに貢献した偉人の一人としてパンテオンにその遺骸を移送することを検討する。これは前日に破棄院が、一八九九年のレンヌ裁判の決定を取り消し、そのことによってアルフレッド・ドレフュスの実質上の名誉回復がなされたことを受けたものであった。十三日の議会では、議員でフランス人権同盟の重鎮であったフランシス・ド・プレソンセがドレフュス事件についての演説を行い、それを受けて社会党議員ジュール＝ルイ・ブルトンをはじめとする議員グループがゾラのパンテオン入りの法案を提出し、賛成多数で可決された。この法案は元老院で同年十二月十一日に可決されるが、保守派を中心にゾラのパンテオン入りへの反対意見は強く、とりわけ見積もられた費用三万五千フランに対して議員で文筆家のモーリス・バレスをはじめとする右派が強硬に反対した。一九〇八年三月十九日に、左派政治家であるアンリ・ブリソンを議長とする議会でようやく国民議会は費用を認める法案を可決した。なお、この時にゾラのパンテオン入りに反対したバレスの発言を迎え撃ったのは、公共教育省大臣のガストン・ドゥメルグとドレフュス事件でドレフュス無罪を訴え続けたジャン・ジョレスだった。

**パンテオンへのゾラの移葬
（1908 年）**

国民議会での決議のあとも、四月八日になるまで元老院での可決が得られず、四月二日に予定されていた遺骸移送の式典は六月四日に延期される始末であった。

式典の前日、パンテオンに安置された棺を前に通夜が行われ、フェルナン・デムラン、アルフレッド・ブリュノ、アルフレッド・ドレフュス、ポール・ブリュラ、ウジェーヌ・ファスケル、モーリス・ル・ブロンといった、一九〇二年のゾラの死の床に集ったメンバーが再び参列した。夜が明けて九時半に始まった式典には、妻のアレクサンドリーヌや子供のドゥニーズとジャックはもとより、大統領のアルマン・ファリエールと首相のジョルジュ・クレマンソーも参列してゾラのパンテオン入りが執り行われた。パンテオン周辺では右派による抗議の怒声があがる中での式典だった。モーリス・バレスは六月四日付の『ゴーロワ』紙に「フランスの若人にカルチエ・ラタンのただなかで荘厳に与えられた忌まわしい教訓である」と書いた。

式典では、まず音楽院のオーケストラとコーラスにより国歌「ラ・マルセイエーズ」が鳴り響いたあと、ブリュノの『メシドール』のプレリュードと、ベートーベンの交響曲第三番「英雄」の葬送行進曲が演奏された。ガストン・ドゥメルグが式辞を読み、ドレフュス事件におけるゾラの行動を称えた。そして再びオーケストラとコーラスにより、ベートーベンの交響曲第九番の最終楽章とエチエンヌ＝ニコラ・メユールの革命歌「門出の歌」が演奏された。

式典終盤に軍隊の行進が始まろうとしていたとき、『ゴーロワ』紙の編集委員で新聞記者のルイ・グレゴリがアルフレッド・ドレフュスに発砲するという事件が起こる。ドレフュスは腕に軽傷を負ったが、のちにグレゴリは無罪放免となった。

現在、パンテオンの第二十四番の棺にゾラの遺骸は安置されている。このパンテオン入りの百周年を記念して、二〇〇八年にはパンテオンでゾラについての展覧会がゾラ研究者のアラン・パジェスの監修で開催された。フランスを二分したドレフュス事件でゾラが果たした役割と勇敢な行為に、あらためてフランス国家が敬意を表したのだった。

（寺田寅彦）

文学と金銭

十八世紀まで、文学者は知的なエリート集団に属していた。彼らは多くの場合、国王が支給する年金や、パトロンとなる富裕な貴族の庇護によって生活を営んだ。作家であっても、原稿料や印税で暮らしていたわけではなく、そもそも印税という概念が存在しなかった。十九世紀に入り、社会が民主化し、印刷・出版・流通の技術が発展し、教育の普及につれて読者数が増えると、文学市場が拡大していく。「ジャーナリズム」の項で述べたように、七月王政期以降、新聞と雑誌の発行部数が飛躍的に伸びたことで、作家はまず作品や評論やエッセイを新聞、雑誌に発表するようになった。新聞、雑誌への寄稿と、そこから得る原稿料が作家の経済基盤を支えるようになった。

フランス文学史では、一八三〇年頃に成人した世代、つまりバルザック、ユゴー、デュマ・ペールの世代が、自らのペンだけで生活できるようになった最初の世代と言われている。一八三〇年代後半から新聞小説が成功をおさめ、多額の印税を手にする流行作家が出現した。批評家サント＝ブーヴは一八三九年に書かれた有名な評論文で、それを「文学の商業化」と名づけ、文学の質が低下していると警鐘を鳴らしたが、時代の流れを変えることはできなかった。

ゾラは、社会と文化における文学者の位置が十九世紀に大きく変わったことを、よく認識していた。貧しい母子家庭に育った彼は、一八六二年、二十二歳でアシェット社広報部に職を得て生活費を稼ぎながら、新聞に書評、劇評、短編小説を寄稿することから文筆生活を始めた。一八七〇年代になって『ルーゴン＝マッカール叢書』の刊行が始まり、『居酒屋』の成功によって生活が安定しても、新聞に評論や時評を寄稿し続けた。ジャーナリズムでの仕事が、みずからの小説家としての活動を支え、文体を錬磨するのに役立つと考えていたからである。

ジャーナリズムの発展が文学を堕落させた、というサント＝ブーヴ流の議論にゾラは同意しない。むしろジャーナリズムで鍛えられることで、真に才能ある者は大成していくと考えた。民主化と資本主義の時代である十九世紀は、大量の作家志望者を生み出した。医者や弁護士と異なり、特別の資格や教育を必要としないという意味で、作家は誰にでも開かれた職業である。ゾラ自身そうだったように、実際この時代に数多くの青年が文学の道を志し、ジャーナリズムに参入してきた。親から受け継いだ財産がないかぎり、ジャーナリズムの仕事は、若い作家たちの経済面を補うために不可欠だった。

十九世紀の文学者の経済的側面を論じる時に、ゾラの論考「文学における金銭」（一八八〇）はしばしば引用される（『ゾラ・セレクション』第八巻「文学論集」に所収）。世紀半ばまでは、作家が本を出す時、出版社との間に正式の契約が結ばれないことが多く、利害をめぐってその後争いになることもあった。バルザックがしばしば遭遇した事態である。ゾラの論考が書かれた一八八〇年頃は状況が変わり、出版は利益の上がる事業となり、出版社は印刷部数におうじて作家に一定の印税を支払うようになった。とりわけ劇作家の場合、本の印税のほかに、興行収入の一定の割合が支払われるので、成功すれば小説や詩集よりはるかに多くの収入をもたらした。当時であれば、たとえばデュマ・フィスがそうした成功例である。

いずれにしても、十九世紀の作家はかつてのように王侯貴族の保護は必要なくなり、権力におもねることもなく、自分の著作によって生計を立てられるようになった。それを単なる商業主義と呼ぶのは筋違いな議論だ、とゾラは反駁する。正当な成功がもたらす報酬は、作家の威厳と社会的地位を保障するのであり、あらゆる権力に対して作家の自由と独立を守ることにつながる。ルイ十四世治下の作家よりも、現代作家のほうがより敬意に値するとして、ゾラは次のように述べる。

この威厳、この尊敬、このゆとり、自分の人格と自分の思想の肯定を、作家は何に負っているのであろうか。疑いもなく金銭にである。金銭、すなわち自分の作品によって正当に得られた収入が、あらゆる屈辱的な庇護から彼を解放し、かつての宮廷づき大道芸人やかつての控えの間の道化を、自由な市民、すなわち己のみにしか依存しない人間としたのである。金銭があればこそ、作家はパンを失うことを恐れずに、すべてを言うことができたし、国王や神さえも例外とせずに、すべてを検討の対象とし得たのである。金銭が作家を解放し、金銭が現代文学を創出したのである。

（佐藤正年訳）

ここには恵まれない家庭に育ち、貧困を経験し、みずからのペンだけで地位を築いた男の強い矜持がよく表れている。

（小倉孝誠）

4 美学と創作スタイル

執筆スタイル

準備ファイル（dossiers préparatoires）

作品の執筆にとりかかる時、ゾラは一連の下準備の手続きを踏んだ。とくに一八七二年の『パリの胃袋』以降は、以下のようなプロセスが定まっている。

まず、「草案 Ébauche」から書き始める。自らの疑問や社会的な関心事から出発し、自分自身との対話のような形式で語りながら、それを発展させて物語の筋を肉付けしていく。次に、登場する人物をリストアップし、それぞれの人物の設定や性格を記述する「登場人物カード Fiches-personnages」を作る。

それと前後して収集される資料には、「ノートNotes」がある。この中には、関連テーマの図書を読んで書きとる読書メモ、新聞記事の切り抜き、知人やその筋の専門家から仕入れた話のメモ等が含まれる。さらに、物語の舞台となる場所に足を運び、綿密な現地調査を行って取材したノートがある。取材は『パリの胃袋』の中央市場（レ・アール）や『金』の証券取引所のようにパリ周辺で行われることもあるし、『ジェルミナール』のアンザン炭坑や『壊滅』のスダンへの旅行のように、遠方に足を運んで行われることもあった。

こうした資料を元に、数段階にわたりプランが作成される。最初は章ごとに簡単な説明がつけられた「概略プラン Plan général」。これは一頁―数頁におさまる。次に、より詳細なプランが書かれるが、大抵は「第一詳細プラン Premier plan détaillé」「第二詳細プラン Deuxième plan détaillé」の二段階になっている。これは数十頁―数百頁にわたる。

これらの下準備にまつわる草稿をまとめて「準備ファイル dossiers préparatoires」と呼ぶ。こうしてプランが固まると、本文の原稿執筆が始まる。ただし以上の順序は、作家の試行錯誤により前後することもある。

原稿（manuscrits）の執筆リズム

アシェット社に勤めながら駆け出しの作家であった頃には、ゾラもバルザックと同様、夜中に原稿を書いている時期があった。しかし後年、特にメダンに別荘を持った一八七八年以降、執筆リズムは規則正しく確立されていく。

まず調査や草案・プランの作成は、冬のあいだ主にパリで行われる。そして本文の原稿執筆は、メダンの別荘に居を移し、ひと夏を過ごす時期に行う。たとえば『ボヌール・デ・ダム百貨店』は一八八二年五月二十八日に執筆が始められたが、その数日前にメダン入りをしている。『ジェルミナール』は一八八四年三月二十八日にメダン入りをした後、四月二日に執筆が開始されている。このように、ゾラにとって一年の生活ははっきりと二つに大別されていた。すなわち、冬は都会における社交の時であり、かつ創作の準備期間、夏は田舎における親密な私的生活の時であり、かつ原稿執筆の期間、といった具合である。

なお執筆時にゾラがこもったメダンの書斎は、彼自身が設計したもので、一八七八―七九年に増築された「ナナの棟」の最上階にある。そこへは狭い階段のみが通じており、誰も入って来ない隔離された環境で執筆に専念できた。

一日のスケジュールも決まっていた。「一行も書かぬ日は一日もなし」というラテン語を座右の銘にしていた通り、午前中の三―四時間は創作にあてられ、午後は手紙や新聞・雑誌の記事などを書くために用いられた。原稿を書くスピードは、作品については一日に三頁程度、ルーズリーフで五枚程度だったようだ。一方、新聞の記事や論評については一時間で四枚程度と、かなり早い。

校正

創作の後には校正の段階がやってくる。一八八〇年『フィガロ』紙に掲載されたポール・アレクシの証言によると、『ナナ』が新聞連載された時、ゾラは新聞の小説欄の六つに区切られた列を切り取り、それを紙に貼付けて、余白に書籍出版用の加筆修正を行っていたようだ。

『ごった煮』執筆（一八八一）以降は校正原稿が残されている。これを参照すると、その頃には以下のような校正のステップが確立されていたと見られる。ゾラが送った原稿を元に新聞連載のための校正刷りができる→そこに加筆修正→この校正原稿を元に新聞連載発行→発行された新聞を切り取り、そこに加筆修正→これを元に書店から出版される本の校正刷りが組まれる。

しかし一八八四年、『ジェルミナール』執筆の頃から は、最初から本の出版元であるシャルパンティエ社に原稿を送るようになる。そこで組まれた校正刷りに加筆修正をほどこす→これを元に新聞連載発行→新聞記事に加筆修正したものを最終稿としてシャルパンティエ社に戻す、というプロセスだ。この形式では、最初から本としての全体像を見据えた校正になる。ゾラにとっては新聞連載されるテクストは、校正過程の一部にすぎないという認識であったようだ。海外の翻訳者に向けては、新聞連載用の初校が送られたため、時折翻訳文中に決定稿とは異なる初段階のバージョンが見て取られることがある。

なお、加筆修正の大部分は句読点や段落の変更や、

繰り返しを避けるための語の置き換えなどであり、内容的に大きな変更はない場合が多かった。（中村翠）

草稿

所蔵先

ゾラは、自らの創作過程を秘密にすることなく、誰からでも見られるようにして保管しておくと公言していた。盗作だとか、充分な調査なしに書いているといった誹謗中傷に備えてのことである。ただ、全ての草稿をパリの国立図書館に寄贈する、と公式に遺言したヴィクトル・ユゴーとは異なり、ゾラは正式な遺言の手続きは取らなかった。彼の死後、妻のアレクサンドリーヌが生前の彼の意志を尊重し、一九〇四年にパリの国立図書館に『ルーゴン＝マッカール叢書』の大部分と『四福音書』を、一九〇六年にエクス＝アン＝プロヴァンスのメジャーヌ図書館に『三都市』の草稿を寄贈する。それ以外の草稿の所蔵先を以下に示す。

フランス国立図書館：四四六六通のゾラ宛の手紙。
「私は告発する……！」。

ニューヨーク、ピアポント・モーガン図書館：『ナナ』の本文原稿。ドレフュス事件に関する公開書簡三通。

ジュネーヴ近郊、ボドメール図書館：『パスカル

Premier [illegible] de la préface de l'Assommoir. J'ai [illegible] levé tout le commencement comme mal venu et [illegible]

Préface

J'ai à remercier la magistrature.
La moitié de l'Assommoir avait à peine paru en feuilleton, lorsque des journalistes ont joué le beau rôle de dénoncer mon œuvre au parquet. Pendant [illegible], je n'ai entendu derrière moi que des huées et des menaces. On réclamait la mort sans phrase, la mort immédiate. On ignorait encore où j'allais, quel était le but de mon dénouement; mais peu importait, il s'agissait de me fermer la bouche tout de suite, de ne pas tolérer davantage le spectacle d'un écrivain qui avait quelque chose à dire et qui le disait.
La magistrature a gardé sa dignité impassible. Elle n'a pas cédé à la pression de ces journalistes, elle ne s'est point émue de leurs dénonciations quotidiennes. La magistrature est restée dans son rôle et dans son devoir, en comprenant que je ne relevais pas d'elle, mais uniquement des lecteurs d'aujourd'hui et de demain. Elle a compris aussi que j'étais un écrivain laborieux et non un écrivain malhonnête.
Je l'en remercie.
Certes, je puis l'avouer maintenant, je n'étais pas sans crainte, en face de la rage des attaques. On finissait par ébranler [illegible] convictions elles-

『居酒屋』序文の草稿

博士』の準備ファイルの一部。

ハーバード大学、ハフトン図書館：『一夜の愛のために』の原稿。

この他、失われた草稿がある。ゾラは初期作品、戯曲、短編・中編小説、評論文についてはとくに保管していなかったが、娘のドゥニーズ・ル・ブロン＝ゾラによるリストでは、一九三〇―一年頃にはまだいくつかは残っていたはずだった。これらの書類はアレクサンドリーヌの死後、ファスケル書店の屋根裏に移され、分類されるのを待つばかりとなっていた。ところが一九六〇年代にファスケル書店の引越の際に、不注意から失われてしまったようだ。そのリストの中には、『ニノンへのコント』『ナイス・ミクラン』の原稿や、『ラブルダン家の相続者たち』『薔薇のつぼみ』『テレーズ・ラカン』『ルネ』『長い髪のヴィオレーヌ』等の草稿も入っていた。

なお、国立図書館に所蔵されている草稿は、公式インターネット・カタログのガリカ（Gallica）に掲載されている。『三都市』の草稿現物は依然としてメジャーヌ図書館に所蔵されているが、デジタル画像はガリカ上にまとめられており、閲覧が可能である。二〇二一年には、ビュスナックによって脚本化されたと思われていた『ジェルミナール』の、ゾラ直筆による演劇台本が、サザビーズのオークションに出品され、フランス国立図書館に買い取られた。

草稿について

ゾラは、綴じられたノートではなく、ルーズリーフのように一枚一枚の紙を創作に用いていた。大抵サイズは十三・七×十八・二センチメートルの紙で、基本的にペンとインクで書かれている。ただし、取材ノートのように外出時にメモをとる場合は、ひと回り小さいサイズの紙に、鉛筆を使うことが多かった。

番号を付された草稿の一枚を、「フォリオ folio」と呼ぶ。ゾラの各フォリオの右上には、二つの番号がついている場合が多い。一つ目は、ゾラ自身の手によるもので、「草案」「プラン」など彼が分類したカテゴリーごとに番号付けされたものである。もう一つの番号は、国立図書館に寄贈された際につけられたもので、その作品の草稿全体の通し番号となっている。これはゾラが執筆した順序を必ずしも示しておらず、たとえば各章で第二詳細プランが第一詳細プランの前に来ている。したがって、創作の足取りをたどる際にはまず時系列順に並べ直さねばならない。アンリ・ミットランは、プレイアッド版『ルーゴン＝マッカール叢書』の注で、おおまかな執筆時系列の順序を記しており、非常に参考になる。

草稿研究の動向

ゾラの草稿研究の分野については、一九六〇年代から先述のミットランが土台を築く。また彼は、ゾラが現地調査の際にとったメモをまとめ『取材ノート』というタイトルで一九八六年に刊行している。二十一世紀現在に至っても草稿研究は活発さを増し、コレット・ベッケールとヴェロニク・ラヴィエルが『ルーゴン＝マッカール叢書の制作』（二〇〇三―）で準備ファイルの転写を順次出版しているほか、フィリップ・アモンやオリヴィエ・ランブローゾはゾラの草稿中のメタ言語について研究を発表している。

ゾラの本文原稿には大幅な修正・加筆の跡はあまりないため、草稿研究の場面では、原稿よりも準備ファイルが分析の対象になることの方が圧倒的に多い。自然と「普通は文章が頭の中で完全に出来上がってから書いていきます」というゾラ自身の言葉が確かなものに思われる（ボボリィーキン宛書簡、一八七六年）。しかしコレット・ベッケールによると、準備ファイルの裏面には、以前の作品の内容と見られる本文を書きかけてやめてしまった形跡が見られることがある。つまり、書き始めてうまく行かないとその紙を使うのをやめ、捨てずに取って置いて、次の作品を構想する際に、裏面をリサイクルしていたのだ。この事実から推測すると、図書館に寄贈された草稿の他にも、リサイクルされずに捨てられてしまった下書きが存在した可能性は大いにある。創作方法の謎はいまだ完全に解き明かされてはいないのかも知れない。

（中村翠）

描写

ゾラが文学を志した頃、フランスでは近代レアリスムが成立し、重要な意義をもっていた。先駆者とされるスタンダールやバルザックは時代の環境や相応する生の現実を中心的に取り上げ、その解釈を可能にし、彼らの文学は新しい地点に到達していた。

一八六四年八月十八日付の友人ヴァラブレーグ宛の手紙で、ゾラは芸術作品に関する理論を展開している。そこで、芸術作品を被造物 création に開かれた窓にたとえ、その窓にはエクラン écran がはめこまれていると説く。描写の対象となる被造物は、エクランを介して表現されるから、線や色彩などは必ず実物から離れ、変化を被る。作家の気質や個性の反映をともなった、その「歪み」こそが被造物のイメージを芸術作品にし、古典主義やロマン主義、レアリスムの芸術もこうして誕生した。自分は、これらの三種類のエクランのうちでレアリスムのエクランに共感を覚える、と述べている。当時のゾラは、処女長編『クロードの告白』に取り組む若き作家で、現実に強い関心を持ち、その表現に彼の個性を与えようと努めていた。この手紙を認めた翌年、一八六五年に発表した「プルードンとクールベ」において、作家は「芸術作品とは、ある気質を通して見られた被造物の一隅である」という定義を公に掲げることになる。

ゾラは、バルザックやスタンダール、フロベール、ゴンクール兄弟の文学を熟読し、描写のあり方も検討した。『人間喜劇』を通じて十九世紀の社会環境における人間の現実を描く手法を覚え、「知性と情念の機械」として作中人物を考察するスタンダールの心理学的な視点を否定し、生理学的な方向を取る。実際に教示を得ることもあったフロベールからは、綿密な現場観察と資料を渉猟する創作の意義を学ぶ。ゾラによれば、最も節度ある描写がみられるのはフロベールの作品で、その細部には正確な奥行きがあり、作中人物の人生が絶対的な現実性のうちに描かれている。ゴーティエの「描写のための描写」を非難するゾラは、作品の舞台となる地方や町、作中人物の身体的条件や住居を入念に言語化する作家となり、一八八〇年の「描写論」に至って、小説の描写を「人間を決定し、補完する環境の報告」と定義する。「実験小説論」では「論理と明晰に支えられた文体」を肯定しているが、「描写論」においても、描写を自然主義の理論の中で位置づけるのである。ペンの流れにまかせて文章を走らせる叙情主義を否定し、『愛の一ページ』の各部の末尾で繰り返したパリの五回の描写についても、「自然主義作家は、単なる描写への欲求に押し流されることはない。そこには交響楽的で人間的な意図が伴っている。被造物全体は作家に属し、作家はそれを作品の中に取り込む。われわれは巨大な箱船を夢想しているのだ」と説明している。

E・アウエルバッハが『ミメーシス——ヨーロッパ文学における現実描写』（一九四六）で論じたように、ゾラは小説家として産業革命以後の近代社会の構造、科学的技術を細部に至るまで徹底的に掘り下げた。描き出す世界の現実性から社会のメカニズムを体系的に叙述し、単なる審美的なレアリスムを凌駕したのである。空間やモノに関する具体的な細部を積み上げ、膨大な名詞を列挙する百科事典的な側面は、ゾラが生きた実証主義と科学主義の精神を反映している。そして、フィリップ・アモンが具体的に明らかにしたように、ゾラから読者への「知」の伝達は、しばしば物語の作中人物の視線を通じて行われ、そこにはレアリスムの作家が発展させた文学上のシステムが生かされている。

同時代の画家たちと築いた関係によって生まれた効果もある。『テレーズ・ラカン』の冒頭で描かれるヒロインの顔立ちは、ゾラが一八六七年に発表したマネ論における《オランピア》の描写を想起させるし、ゾラの小説にあらわれる風景描写の多くは印象派の絵画を連想させる。その情景は、描写を通じて刻々と変化し、物語の展開を効果的に促していく。『獣人』の冒頭では、窓からサン＝ラザール駅を眺めるルボーが登場する。その視線が捉える駅の様子は、ゾラが一八七七年に批評したモネの作品などと結びつき、読者は描写を通じて慣れ親しんだ鉄道の世界を視覚的に思い浮かべることができる。しかし、描写は、印象派の世界にとどまらない。ゾラが活写する駅は、徐々に夕闇に包まれ、闇の中で移動する蒸気機関車も不吉さを醸し、その雰囲気が物語の展開や結末までを暗示する。このように、ゾラの描写は、さまざまな事象の描出が伝える近代フランスの相貌と相俟って、作家がそこから引き出した豊かな想像力の広がりを明かし、読者を物語の冒頭から惹きつけてやまない。

（高橋愛）

5　想像世界の要素

起　源

『ルーゴン＝マッカール叢書』の幕開けを告げる第一巻『ルーゴン家の繁栄』の序文は、このシリーズ小説が一家族の「自然史」とともに「社会史」を語ることになると予告し、第一巻そのものはそれが有する科学的な資格からして「起源」と名づけられなければならないと断っている。ゾラにおける起源とは、小説群全体の体系がそこに由来するかなり抽象的な原理なのであるが、主に三つの相を指摘することができるであろう。

何よりもまず、生理学および遺伝学から見た科学的な概念と捉えることができる。「科学的な資格」から見た「起源」である。物語が扱う両家の出発点には、ゾラによって「始原の神経症」と属性が書き込まれた狂人アデライードがいる。彼女は愚鈍でもの静かな庭師ルーゴンと結婚して彼との間にピエールを儲けるが三年後に夫を亡くし、すぐに密売人マッカールと情を通じてアントワーヌとユルスュルを産む。ここに二つの家系が生じ、三人の子供は遺伝によって両親から伝えられた形質によって性格づけられる。ピエールは釣り合いの取れた混合遺伝のケースで、精神および身体の両面で父親にも母親にも似ている。アントワーヌは融合性混合遺伝のケースで、精神的には父親の形質が優勢だが身体的には母親に似ている。ユルスュルは接合性混合遺伝のケースで精神的にも身体的にも母親に似ている。

という風にしてゾラは、物語の始祖にいるアデライードから出発して、最終巻『パスカル博士』に登場するシャルル（三世代を跳び越えた先祖返りで、精神的にも身体的にもアデライードに似ている）に至るまで、両家に属する三十一人の構成員つまり『叢書』の登場人物たちの体質的な属性を示し、根元に位置するアデライードから派生して世代を重ねるにしたがって枝分かれしてゆく子孫の様を家系樹の形で描くのである。

第二に「起源」は社会史としての意味を持つ。『叢書』は、ほぼ二十年間に及ぶ第二帝政社会を、庶民から身を起こす一家族の物語を通して観察する歴史小説・風俗小説である。一族の起源は庶民にある。第一巻に登場するアデライード、その夫、その愛人は、いずれも庶民階級に属している。一族はそこから出発して、個々の子孫が第二帝政下の社会に散らばってゆくのだが、ある者は程度の差こそあれ運よく社会の階梯を上る。クーデタの混乱につけ込んで特別収税吏の地位をせしめるピエール、オスマンによるパリ大改造計画を当て込んで不動産投機に手を染める事業家アリスティッド、第二帝政に取り入って国務大臣の地位に就くウジェーヌ、時代の新事業たるデパートの可能性を嗅ぎ分け、その経営者となるオクターヴなどである。しかし他方には不運を免れず底辺にうごめく人物たちがいる。一旦は洗濯屋の店を開業するものの身を持ち崩し悲惨な最期を遂げるジェルヴェーズ、娼婦にまで身を落とし男たちを翻弄するナナ、作男として農村で働くがそこから追放されたあとは兵士となってベルサイユ軍に加わるジャンなどである。ゾラは二十年間に起こった歴史的事件を作中人物の人生に絡めて、一族が生きる時代つまり「クーデタの不意打ちからスダンの裏切りに至るまでの第二帝政」の社会を風俗ごと描こうとしたのだった。

第三に、この社会史としての側面は、神話的な意味を含んでいる。創世神話である。第一巻の舞台となるプラッサンの町は、社会階級に応じて三つの街区に画然と分割されている。しかし一族発祥の地サン＝ミットルは町の外にあって、そのいずれにも属さぬ締め出された空間である。この空き地は、かつては誉れ高い聖人の管理下に置かれた墓地であった。死臭を放つ旧墓地は町から嫌われ放置されて、夏が来るごとに死体を肥やしとして狂ったように草木の繁茂する、楽園とはほど遠い荒れ地と化す。ある時、当局は墓地の移転を思いつく。宗教的な儀式もないままに旧墓地は掘り返され、骸骨を山と積んだ荷車は新墓地へと向かうためにプラッサンを横切るのだが、そのとき人骨と腐臭を含んだ土を町中にまき散らす。聖なるものを冒瀆した町に死が取り憑くのである。

賤民とも言うべき一族は、この失われた地に誕生する。二十巻から成る物語の出発点にはクーデタがある。これに対抗して蜂起した民衆がプラッサンに近づいてくる。異父兄弟ピエールとアントワーヌは、それぞれナポレオン派と共和派とに分かれ、この好機に乗じて立身を遂げようと策を巡らせる。物語の発端にあるのは兄弟の骨肉相食む諍いである。創世神話に兄弟殺しのテーマが現れるように。アデライードの孫シルヴェールは、共和主義の理想を掲げて蜂起に加わるが、憲兵につかまり、サン・ミットルの地に連れ戻されて銃殺される。家族を前にアデライードは叫ぶ。「お前たちが撃ったんだ。私が産んだのは狼だけだ。めいめいがあの子に食らいついたんだ。今でも唇が血だらけだ」（本文から）と。シルヴェールは一族の血塗られた歴史の祭壇に捧げられた無辜な生贄にほかならない。発端にある血の呪いは、子孫全体に及ぶことになる。二十年にわたる「狂気と恥辱の奇妙な時代」（「序文」）の起源にクーデタがあるように、一族の物語は「狂気と恥辱」を起源に置く話から始まる。第二帝政の歴史は一族の歴史の見事な写し絵となるのである。

（佐藤正年）

樹木のイメージ

樹木は、ゾラの文学世界において特別の位置をしめる。まず『ルーゴン＝マッカール叢書』の構想の根本には、ひとつの系統樹 arbre généalogique があった。アデライード・フークという女性を祖として、彼女が関係をもった二人の男ルーゴンとマッカールが二つの異なる家系を形成し、その子孫が増えていく。叢書各巻の主要人物は、両家のどちらかに属する者に設定され、それが人物の系譜として叢書全体に一貫性をもたらす。増えていく子孫たちは、木の枝が次々に分かれていくさまに似ている。人物の系図は、文字どおり一本の巨樹のような様相を呈するのだ。ルーゴンの家系には、政治や経済の領域で成功する野心家が多いが、マッカールの家系には遺伝的な宿痾（アルコール中毒や狂気）に苦しんで、悲惨な死を迎える者が目立つ。

最初の系統樹は一八六八年に作成された。当初ゾラは十巻の叢書を予定していたが、その後計画が膨らんで二十巻となった。その結果、初め予定されていなかった人物たちが新たに創出されて、系統樹の枝も増殖した。最終的な系統樹は、一八九三年に出版された『パスカル博士』の冒頭に付されたもので、次ページにそれを載せておく。

この作品で、パスカル・ルーゴンは姪のクロチルドに系統樹を示しながら、次のように述べる。「全部で五世代にわたる人間の木だ。すでに五回の春、人類の五回の再生を経て、この木は永遠の生命の樹液をはらんで、茎を伸ばしてきたのだ！」

ゾラの作品中でも、樹木は現実的に、あるいは比喩的に感覚と想像力を刺激して、人々を行動へと駆り立てる。『獲物の分け前』では、サッカールが邸宅の隣に大きな温室を設けて、熱帯の稀少な樹木を栽培している。温室は十九世紀の上流階級で流行した趣味だが、

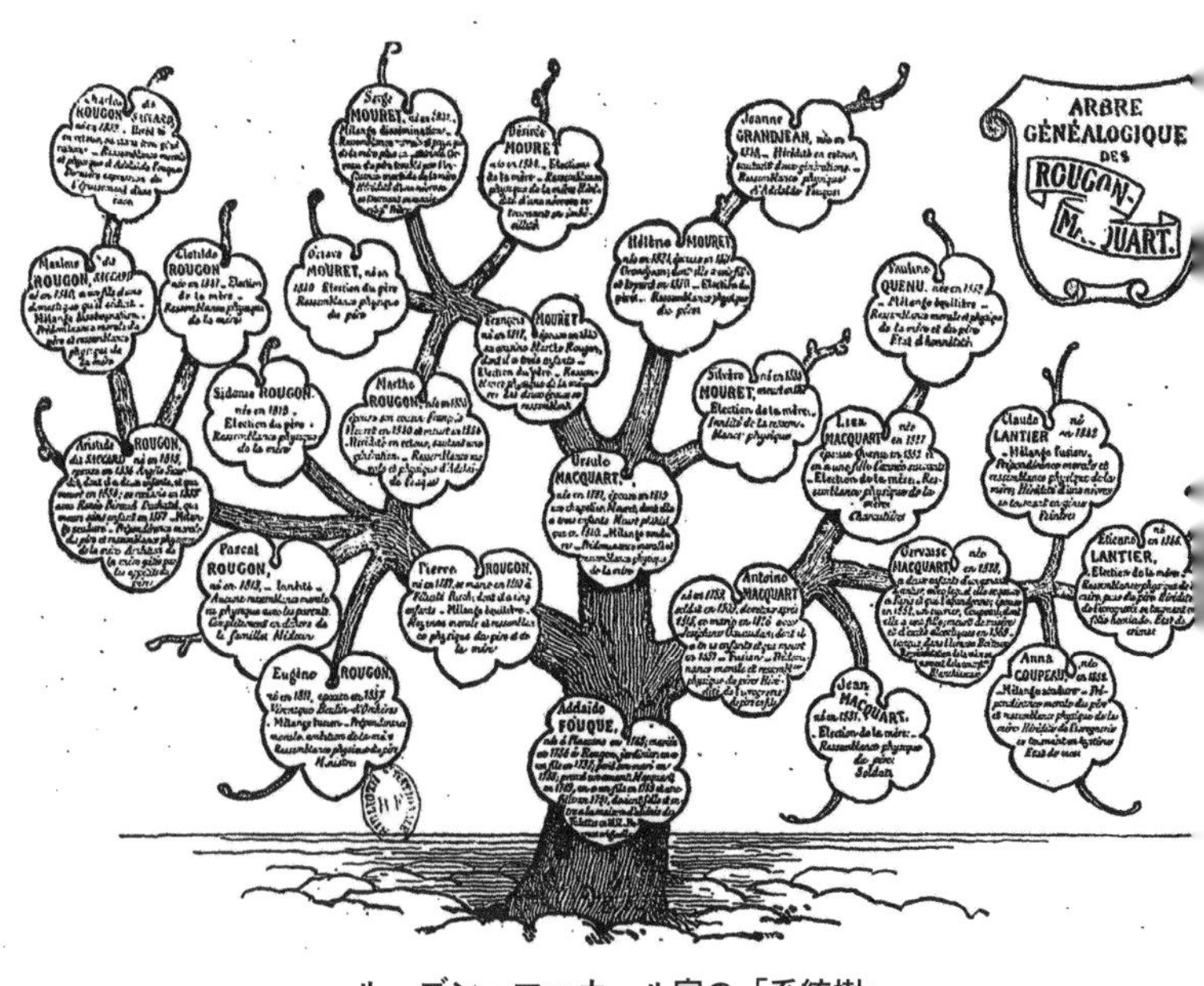

ルーゴン＝マッカール家の「系統樹」

この温室がルネと義理の息子マクシムが禁断の逢瀬を重ねる愛の空間となる。「この閉じた回廊には、大きな愛と悦楽への欲求が漂い、熱帯植物の燃えるような樹液がたぎっていた」。『ムーレ神父のあやまち』では、セルジュとアルビーヌが森や庭園の木々に囲まれながら、快楽に目覚めていく。象徴的レベルでは、鉄骨ガラス張り建築の中央市場やデパートが、鉄の巨大な森に譬えられる。森はたくましく屹立する垂直性のイメージを喚起するのだ。

（小倉孝誠）

神話と想像力

ギリシア・ローマ神話で語られている挿話、聖書に登場する人物やそこに描かれている象徴的なイメージは、西洋文学において重要な着想源になってきた。中世の諸伝説もまた、近代文学にとっては同じような機能を果たす。ロマン主義文学、とりわけ詩ジャンルはそうした神話やイメージに培われていた。

自然主義文学は、一見するとそうした神話や聖書や伝説の影響圏とは無縁なように見える。作家たちは同時代の社会と人間のドラマを描くことに執着し、新たな時代の習俗を語ることをめざしたからだ。その点ではゾラも同じである。しかし、『ルーゴン＝マッカール叢書』で第二帝政期の社会のあらゆる側面を取り上げ、『三都市』で十九世紀末の社会と思想の危機を語り、未完に終わった『四福音書』でユートピア空間を構想したゾラにおいては、古くから存在する神話や伝説が、現代を舞台にした小説のなかで筋の進行や、登場人物どうしの関係を規定することがある。

『獲物の分け前』では人妻ルネと、義理の息子マクシムの道ならぬ恋の物語が展開するが、これはギリシア神話のパイドラーが、夫テセウスの連れ子の青年ヒッポリュトスに運命の恋心を抱く挿話を踏まえる。ゾラは神話中の王妃の悲劇を、現代のブルジョワ女性の官能的な性愛に置き換えたのである。『ムーレ神父のあやまち』で、セルジュとアルビーヌはパラドゥーと呼ばれる広大な庭園で愛と快楽を発見していくが、これは『創世記』に出てくるアダムとイヴの物語の現代版になっている。『ジェルミナール』の主人公エチエンヌは、仲間たちと共に炭坑の中に降りていって採掘作業に従事するが、それはまさに英雄の地獄下り、あるいはギリシア神話のテセウスが迷宮で試練に直面する物語を想起させる。テセウスがアリアドネに助けられるように、エチエンヌは恋人カトリーヌによって炭坑という迷宮に導かれる。

古代神話や聖書から物語の構図を借用しただけでなく、ゾラは小説において近代の神話をいくつか創出した。ここで神話というのは、社会の力学とメカニズムを表象するためにゾラが特権化した空間や、出来事や、装置や、場面や、人物像を指す。『ルーゴン＝マッカール叢書』を構想した際に作成された「作品の進行にかんする全体的なメモ」のなかで、ゾラはさまざまな野心と階級がぶつかることが近代の特徴と考え、「私は野心と欲望の衝突という時代の真実にもとづいて小説を書く」と述べていた。

社会を運動と生成の相の下に捉えようとするゾラは、社会と自然界をパラレルな関係に置く。自然界の生物が、誕生し、成長し、やがて衰退して次の生物に取って替わられるように、人間社会も誕生、成長、衰退、滅亡という周期から逃れられない。そうした社会の周期が人類の歴史を形成してきたとゾラは考えた。このような社会観にもとづく小説においては、あらゆるものが生命をたぎらせ、動いているし、人間は欲望や本能や情念につき動かされて活動する。ゾラの小説ではすべてが動き、沸騰し、熱をおびている。停滞は死を意味するのだ。

バルザック以来、パリはフランス文学の重要なテーマである。ベンヤミンはパリを「十九世紀の首都」と見なし、ロジェ・カイヨワは「現代の神話」と名づけたが、このパリの神話化にゾラ文学も大きな貢献をした。オスマンによるパリ大改造とそれにともなう不動産投機(『獲物の分け前』)、中央市場の喧騒(『パリの胃袋』)、労働者界隈(『居酒屋』)、劇場とジャーナリズムと売買春の世界(『ナナ』)、アナーキズム・テロの恐怖(『パリ』)などをつうじて、ゾラが表象したパリは動的で、活力にあふれ、時には弱者を呑みこんでしまう巨大な怪物のように現れる。

近代資本主義の装置や空間もまた、ゾラ文学においては神話的な様相をおびる。『ジェルミナール』で描かれる炭坑はその典型であろう。炭坑の名はヴォルーで、これはフランス語で「貪欲」や「むさぼり喰らう」イメージと結びつく。その名のとおり、ヴォルーは毎日まるで巨大な怪物のように、坑夫という人間の肉を呑み込み、呼吸し、消化していく。落盤事故で多くの労働者が死んでいくのは資本主義の過酷さを物語る。『ボヌール・デ・ダム百貨店』は華やかでおしゃれなデパートを舞台にし、そこには裕福なブルジョワ女性たちが客としてやって来るのだが、ここでも作家は、デパートを人間の欲望を過度に肥大させ、ときには女性を罪に走らせる不気味な空間として提示する。

ゾラ文学はしばしば崩壊と死を語る。他方で、とりわけ一八九〇年以降の作品では、崩壊と死の後に復活を予兆するエピソードが語られることが多い。『壊滅』では、普仏戦争とパリ・コミューンの災禍で疲弊したフランスが、灰の中から甦るイメージが最後で喚起されるし、『パスカル博士』の最後では、幼子の姿が歴史の未来を予告し、『労働』は調和あふれる理想都市を構築してみせる。それもまた、ゾラ文学がもつ強烈な神話性を証言しているのである。

（小倉孝誠）

庭と庭園

ゾラにおける〈庭（庭園）〉というテーマでの体系的な論文は、オリヴィエ・ゴットの著作（『ゾラの庭——精神分析と神話的風景』、二〇〇二）があるし、同氏編集による草稿デッサン集（全三巻）には庭の素描も含まれている。日本では、山下誠がゾラの庭について深い分析を行っている（「ゾラの庭」（上）（中）（下）『法政大学国際文化学部　異文化』第十・十二・十四号、二〇〇九―二〇一三）。

『獲物の分け前』の人工楽園や『夢』の司祭館の幻想的な庭、『愛の一ページ』のデルヴィル医師の日本風東屋のあるブルジョワの庭、『プラッサンの征服』の共和主義者の菜園、『ムーレ神父のあやまち』の旧約聖書に題材をとった楽園風庭園パラドゥーやジャンベルナの「哲学者の庭」と、ゾラの〈庭〉に関する言及は枚挙にいとまがない。

ゾラの描く〈庭〉には、権力と結びついた教会や精神病院、もしくは物質文明を批判するトポスとして重要な装置が仕掛けられている。ゾラに「原罪」と称される〈遺伝＝情念〉が世俗的楽園の庭の秩序を脅かす〈悪〉（聖書の蛇）として機能しているとすれば、作家の批判対象は「禁断のりんご」（肉欲に基づく信仰や名声への渇望など人間の悪徳、またはそれを誘発するもの）という役割を担っている。ゾラの〈庭〉はあくまでも楽園の閉鎖性と静的側面を維持しながら、現実社会における矛盾や混乱を明るみに出す。具体例をあげれば、『プラッサンの征服』の静かな庭でまどろんでいたマルトの自我の眠りを覚まし、信仰という禁断の果実をかじらせ楽園崩壊の原因をつくったのは司祭フォージャではなく、一族の遺伝的病といえる〈情念〉そのものなのである。

さらにゾラは、菜園のある素朴なムーレの庭に聖書的な比喩を用いることによって世俗の幸福と教会を対峙させた。同じように、『ムーレ神父のあやまち』ではセルジュに楽園を捨てさせ、その健康を奪う禁欲生活に立ち戻らせるのは彼自身の〈情念（=蛇）〉や「教会の鐘の音（=〈信仰〉という禁断の果実）」であり、物理的に庭の外に誘い出す嫉妬深いアルシャンジアではない。一方、『制作』のクロードにとっての「禁断の果実」は芸術的熱狂となる。マッカール家の血を引くクロードは画壇に認められない焦燥感から神経症的症状に陥ったが、クリスティーヌと田舎の小さな家で新生活を始めると活力を取り戻す。そこで重要になるのがその家の〈庭〉である。若い女中が熱心に野菜を栽培し、収穫物で生計を立てる夢を語るが、この自給自足への希求は庭のもつイデオロギー的側面を浮き彫りにする。「労働」と「収穫」を抱擁しながら心身の健康を約束するこの空間はパリという都市には移植できないものである。だが画壇での成功という抗い難い誘惑に打ち克つことができなかったクロードは、〈庭=家庭の幸福〉を捨てパリに戻るも名声は得られず、愛児を失い、狂気の道を突き進み絶望の果てに命を絶つ。マルトやセルジュが庭に象徴される幸福を打ち捨て、教会での宗教的法悦を選んだように、クロードも平穏な生活より心身を打ち砕く芸術的熱狂を欲したのであった。

一方で、ゾラの〈庭（庭園）〉は地上の楽園として、病み傷ついた人間がしばしの休息と心身の健康を取り戻しにくる空間でもある。『パリの胃袋』では、脆弱な青年フロランが野菜行商人のフランソワ夫人の菜園でしばしパリの喧騒から離れた幸福と心身の健康を感じるし、『生きる歓び』では「パリの思想（当時流行った厭世思想）」に倦み疲れた青年ラザールが、農夫のように土を耕す純朴なオルトゥール神父の「菜園」で心癒される。「黒い法衣のその下にあらゆる罪を隠した偽善的な神父」とは違い、オルトゥールは自然と調和して生きる術を知っている。〈庭〉と〈司祭〉の組み合わせについて考えるとき、オルトゥールと『パリ』のローズ神父には、父性豊かな年長者として、死生観に苦悩する青年に庭であたたかい助言をするという共通項がある。ローズの小さく素朴な庭、「馬車の音もしない」静かな庭は暴力的なパリの喧騒から完全に守られている。そこで老司祭の言葉に静かに耳を傾けながら、信仰に迷う青年司祭ピエール・フロマンは心を癒すのである。

『学生たちへの訓示』（一八九三）と題して行った演説でゾラは、科学主義の時代に宗教的価値観の崩壊によって苦悩する若い世代に向かい、観念的世界に逃避するのではなく「心身の健康」と「正直で静かな」生活を送ることの素晴らしさを説く。講演の末尾で「働くことだけが勇気と信仰を与える」と語るゾラの言葉は、机上の空論に心の救いを求めながら平安を得られない青年たちに向けた、生きることの真実を説く力強いメッセージであった。（林田愛）

燃焼と運動

フランス文学においては、ゾラによって初めて、産業革命とそれによる社会と日常生活の変貌が文学のなかに登場してきた。七月王政（一八三〇―四八）の頃から産業革命はすでに始まり、その象徴である蒸気機関と鉄道もこの時代に登場していた。しかしそうした出来事を目撃していたバルザック、フロベール、ボードレールらの作品にはそれが反映していない。『ルーゴン＝マッカール叢書』の作家とともに、近代産業のメカニズム、それがもたらした機械装置や消費空間が文学のテーマになった。

叢書全体の構想を記した「作品の全体的な進行にかんするメモ」のなかに、ゾラは次のように書きとめている。

帝政は欲望と野心を解き放った。欲望と野心の横溢。享楽への渇望、思考と肉体を酷使してまでも享楽したいという渇望。身体については、商業の躍進、投機や投資の狂気。精神については、狂気の深淵にまで突き進む思考の異常なまでの興奮。疲労と没落。物質がひとりでに焼尽するように、家族もまた燃焼し、あまりに性急に生きたがゆえに一世代でほとんど疲弊してしまう。

Notes sur la marche générale de l'œuvre.

Une famille centrale sur laquelle agissent au moins deux familles. Épanouissement de cette famille dans le monde moderne, dans toutes les classes. Marche de cette famille vers tout ce qu'il y a de plus exquis dans la sensation et l'intelligence. Drame dans la famille par l'effet héréditaire lui-même (fils contre père, fille contre mère). Épuisement de l'intelligence par la rapidité de l'élan vers les hauteurs de la sensation et de la pensée. Retour à l'abrutissement. Influence du milieu fiévreux moderne sur les impatiences ambitieuses des personnages. Les milieux proprement dit, milieu de lieu et milieu de société détermine la classe du personnage (ouvrier, artiste, bourgeois ; — moi et mes oncles, Paul et son père)

La caractéristique du mouvement moderne est la bousculade de toutes les ambitions, l'élan démocratique, l'avènement de toutes les classes (de là la familiarité des pères et des fils, le mélange et le coudoiement de tous les individus). Mon roman eût été impossible avant 89. Je le bas

「作品の全体的な進行にかんするメモ」の草稿

欲望と野心が無限に増殖し、人々が享楽へと駆り立てられたとされる第二帝政を特徴づけるのは、まさにエネルギーの蕩尽である。『ルーゴン＝マッカール叢書』や、『四福音書』の一冊『労働』には、文字どおりに、あるいは比喩的にものや人が燃えるシーンが多い。引用文に見える「焼尽」「燃焼」は、ゾラの文学世界全体を特徴づける力学であり、メタファーである。『ジェルミナール』では、炭鉱で爆発事故が発生して多くの労働者が犠牲になり、エチエンヌは新たな未来をめざして炭鉱を去る。『獣人』では、ボイラーで石炭を燃やすことで蒸気機関を作動させて走る機関車が中心的な役割を果たし、最後に運転士を失って破滅の闇を突き進む。『壊滅』の最終章は一八七一年五月、パリ・コミューン最後の「血の一週間」を描いており、そこではパリの町が燃える。語り手はその出来事を、フランスが再生するための試練だったと書き記している。『労働』では、電気が普及した未来の理想都市で、溶鉱炉の火が静かに燃えている。

人間の運命が破滅に向かう場面であれ、あるいは逆に未来への希望を予兆するようなシーンであれ、ゾラ文学において火と燃焼はつねに物語を駆動する重要な要素である。哲学者ミシェル・セールがゾラを「熱力学時代の詩人」と呼んだのは、偶然ではない。ゾラにおいて、近代的な機械装置には正負の両面があることに注意しよう（「機械」の項を参照のこと）。

個人のレベルでも、燃焼は反復される出来事である。『プラッサンの征服』の最後で、ムーレ家が火災で燃え落ち、陰謀の黒幕だったフォージャ神父は死ぬ。『ナナ』では、破産したヴァンドゥーヴルが馬小屋に閉じこもって火を放って命を絶つ。そして『パスカル博士』では、酒浸りのアントワーヌ・マッカールが、火の点いたタバコを指にはさんだまま眠りこけ、その火が衣類に燃え移ると、体に充満していたアルコールによって焼尽してしまう。当時「自然燃焼」と命名された現象である。バシュラールは『火の精神分析』（一九三七）で、この場面に詩的想像力の表れを見た。実際に燃えないまでも、アルコール依存症を遺伝的疾患として抱えるマッカール一族の者たちは、酒によって身体と精神を蝕まれていく。たとえば『居酒屋』のジェルヴェーズは、アルコールによって「燃え尽きて」いく。

ゾラは十九世紀という時代を、運動とエネルギーの相の下に捉えていた。彼の作品では、何も停滞しない。すべてが動き、ふるえ、唸り声をあげ、噴出する。もの、商品、人、金が移動する近代世界の産業空間や、経済システムをゾラが好んで物語の舞台にしたのはそのためである。『獲物の分け前』では、オスマンによるパリ大改造にともなって生じた不動産投機事業の裏面が露呈し、『パリの胃袋』では、近在の農家からパリ中央市場に食糧が集積され、それが市内に分配されていくメカニズムが描かれる。『ボヌール・デ・ダム百貨店』は「商品の大聖堂」たるデパートを舞台にして、大衆消費社会の到来を描く。そして『金』はパリ証券取引所での資本家たちの闘争を語る。

中央市場、デパート、証券取引所、あるいは鉄道の駅では、もの、人、金が円滑に流れなければならない。そしてこれらはすべて、当時の最新技術である鉄骨ガラス張りによる建築物だった。その意味で流通＝循環（フランス語ではどちらも circulation）はゾラの文学世界を支配する原理のひとつになっている。ベンヤミンが『パサージュ論』のなかで、流通と循環は十九世紀ヨーロッパ文化を読み解くためのキーワードだとしたが、ゾラはまさにその中心に位置する作家にほかならない。

（小倉孝誠）

物語空間の構築

『ルーゴン＝マッカール叢書』を構成する各々の小説の準備文書は、地方、町、街区、店、庭、家、アパルトマンから、食客たちがつくべきテーブルの位置に至るまで、実在であるか架空であるかを問わず、物語展開の舞台となるべき空間を丹念に素描した略図を含んでいる（『ゾラ・セレクション』第二巻、第三巻、第四巻、第五巻、第七巻所収の巻頭図版参照）。ゾラは綿密な計画に基づいて周到に物語空間を組み立てた小説家であった。そもそも小説のタイトル自体が町の名前（マルセイユ、プラッサン、パリ、ルルド、ローマ）を含んでいて、彼の作品における場所の重要性を強調している。

シリーズの「起源」にある『ルーゴン家の繁栄』は、ゾラにおける物語空間のあり様を如実に示す小説である。物語は、レアリスム小説においては常套的な次のような書き出しで始まる。「町の南に位置するローマ門を通ってプラッサンを出ると、場末の最初の家々を過ぎた後でニース街道の右手に、この地方でサン＝ミットル地区の名前で呼ばれる空き地が現れる」。しかしこの記述は、架空の町が「本当らしい」空間であることを印象づけるための「現実効果」だけを狙っているのではない。念入りに命名され、標識によって性格づけられ、詳しく説明されるゾラの空間は、登場人物たちを居住地域に割り振っていて、彼らを局所化するのである。

実際、数ページ後でテクストが説明するのは、三つの階級から成るプラッサン内部の住民配置である。すなわち南側を占める貴族街サン＝マルク、北東部に位置しブルジョワの家々が立ち並ぶ街ヴィル＝ヌーヴ、および北西部に拡がり、労働者を主な住民とするヴィユー・カルチエである。そして幾何学模様に区画された三つの街区の間を広い道路が貫き、住民の階級分布図をいやがうえにも浮き彫りにしている。町の構造およびその住民の階級的分類について、このような単純化・図式化という意識的操作を行った作者の意図は、これら三つの空間と物語の展開とのかかわり合い方において明らかにされる。すなわち、まず町の外に生まれ出で、次いでヴィユー・カルチエに移り住み、ブルジョワの街を見据えるバンヌ通りに面した労働者の家並みから抜け出て、やがてヴィル・ヌーヴそのものの中に移ってゆく、三つの空間にわたる正嫡ルーゴン家の移動が、家族の成り上がりをたどる物語の展開を象徴するのである。

周囲に城郭をめぐらすプラッサンの町は、外部に対する憎しみから外との交渉を断ち、旧い生活様式の中に閉じこもる因襲的な空間である。クーデタに対抗して立ちあがった蜂起民は、この牢固たる空間をこじ開けることができない。私生マッカール家の居住空間は、プラッサンから締め出された外部にある。外部空間も内部と同様に三つの部分に画然と区切られている。つまりフーク家の広大な私有地、マッカールのあばら屋、そして中間地帯サン＝ミットルの空き地である。それら空間構築上の三幅対は、三人の親（アデライード、ルーゴン、マッカール）、三人の子供（ピエール、アントワーヌ、ユルスュル）に反映されていて、彼らは遺伝学上の形質によっても区切られ局所化されている。

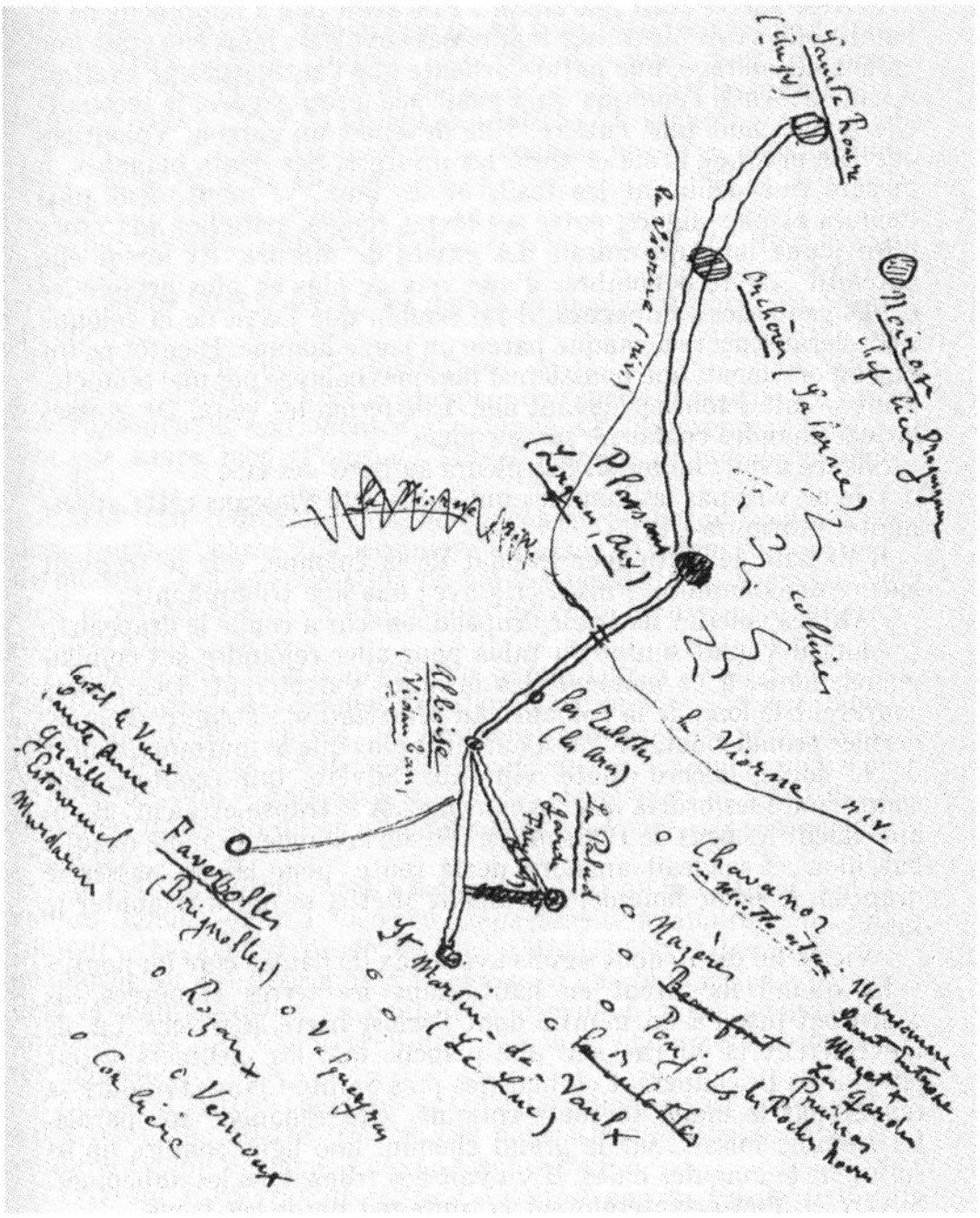

けれども、切り分けられ限定された物語空間は、そこに敷居、扉、中間地帯、小路、ヒビといったテーマ系が加わると、仕切りが取り払われ、相互間の往来が可能にされ、登場人物の移行が容易になることがある。

『ルーゴン家の繁栄』のためにゾラが描いたプラッサンと周辺の地図

アデライードが属するフーク家の私有地とマッカールのあばら屋とは壁で隔てられている。この壁は、法的な違い（嫡出と非嫡出）、経済的な違い（富裕と貧困）、動物行動学的な違い（定住者と放浪者）を具現しているが、アデライードとその愛人マッカールは、互いが行き来できるようにそこに穴を穿ち扉をはめ込む。対立し仕切られた二つの異種空間は、この時、連絡し合い溶け合うのである。『叢書』の物語はマッカールが仕切りを越えることで生じた醜聞から始まる。ここにゾラの典型的なトポスが現れ、以後シリーズ全体を通じてそのさまざまな変奏が繰り返されることになる。

このようなトポスは物語展開の上で重要な役割を果たしている。壁を建てるか壊すか、敷居を越えるか越えないか、中間的な場所を通過するかしないか、敵対する二つの場所が接触するのか分離したままか、闖入者は原住者の世界に入ってくるかそこから出ていくか、登場人物は移動するのか定着するのかといった行動は、決定的に登場人物たちに作用して彼らの身分を変え、物語を新たな展開へと導く動因となるのである。第四巻『プラッサンの征服』においてムーレは妻に向かって言う。「人は自分の家の外にも内にもいるというわけにはいかない。お前は外を選んだのだ」と。ゾラの登場人物たちは、よそ者、原住者、闖入者、通過者といった選択肢の中から自分の身分を選ぶよう運命づけられている。

ゾラにおける物語空間は、一方で登場人物たちに作用し彼らを造形する（ゾラの言う、登場人物に及ぶ環境の影響）。しかし他方で空間は、自分の「枠組み」を設ける任務を与えられた登場人物たちによって構築されている。だからこそ、シリーズ小説十巻を構想する初期プランは、「〜を枠組みとする小説」という性格づけを反復して、各々の小説が問題とする世界と同時に、そこに登場する人物たちの属するテリトリーを明示しているのである。

（佐藤正年）

6　近代性の装置

機械

十九世紀における産業革命の進展に中心的役割を果たしたのが工業の機械化だとすれば、端的に十九世紀は機械の時代だと定義することが可能である。ゾラも工業時代の代表的機械を炭坑の採炭設備（『ジェルミナール』）、鉄道の機関車（『獣人』）、製鉄所の溶鉱炉（『労働』）で描写し、それらの大規模なメカニズム、高度な機能、生産効率の高さを歌いあげるとともに、機械が与える魅惑と恐怖とを比喩豊かに展開して読者の想像力に訴え、機械の時代にふさわしい作家としての一面をいかんなく発揮している。

ゾラの機械は実に多様でニュアンスに富んでいる。『居酒屋』には洗濯場の蒸気機関や鍛冶工グージェの仕事場における機械設備があるが、なかでも特筆されるのは居酒屋にある不気味なアルコール蒸留器である。赤銅色の怪異な形をしたこの機械は、人を酔わせてアルコール中毒にさせ、挙げ句の果てに振戦譫妄で狂死させる悪魔の機械と化している。

『ジェルミナール』の舞台となるのは大型機械と切り離せない炭坑で、五百メートルにも及ぶ地下と地上を結ぶ巨大な巻揚機、選炭設備、動力源としての蒸気機関、排水施設など、まさしく多種多様で大規模な機械が集積している。しかも小説中で機械と一体の炭坑は比喩豊かな「ヴォルー（人喰い）坑」という命名に違わず、昼夜分かたず毎日多数の炭鉱労働者を地下深く呑み込む飲み込んで息づいている獣のような存在である。

『獣人』の主人公ジャック・ランティエは自分の運転する急行用機関車リゾン号にまるで恋人のような接し方をし、機械との間で比喩的と言うよりはもう一歩進んだ、アニミズム的な交流関係を日常的に保っている。注目すべきはジャックが若い女性や恋人のセヴリーヌに対しても殺害衝動を覚えるときである。タイトルのごとくジャックは一方で自らが獣と化すことを覚えるに対して、他方ではすぐ近くを轟音を立てて走る列車に自らの存在が攫われてしまったかのような感覚に囚われて、内に破壊的機械をかかえた機械と化すマシニズム的感覚をも語っている。またジャックを慕うフロールが自殺を遂げるのは、トンネルの暗闇を突進してくる機関車を、裸になって満を持して全身で受けとめることによってである。危機的局面にある欲望は無意識世界を垣間見せるということがここでは問題なのだが、後にフロイトが機関車は無意識における男根的形象であると言ったり、現代の哲学者ドゥルーズ＝ガタリが無意識は機械として作動すると言ったことを想起させるので、ゾラのこのような機械認識はまことに示唆に富んでいると言える。

『四福音書』中の『労働』は、上記の『居酒屋』から四半世紀たってから書かれた晩年の作品で、そこには機械の進歩の歴史が刻み込まれている。『労働』では既述の作品で登場していた蒸気機関に替わって、清潔で、抽象的な力としての電動モーターが褒めそやされ、まさしくフーリエ主義的なユートピア都市における動力源となる。新時代の電動モーターを利用して高炉を稼働させるのは、一方の鉄道のレールを造る平和な産業リュック・フロマンが経営するクレシュリー工場で、他方でそれと対抗するのが、不潔で、鈍重で、威圧的で、野蛮な蒸気機関を動力源としている大砲製造工場アビーム（奈落という意味）である。予定調和的な論理展開によって前者が勝つのは見え透いているので、ここでの機械は多少とも文学的な興味を欠くかもしれない。

西部鉄道120型蒸気機関車

　機械という語は機械装置そのものだけでなく、歯車装置的な機構や大規模な設備を具えた大規模商業施設であるデパートなどにも比喩的に使われている。特に『ボヌール・デ・ダム百貨店』は機械という語の使用頻度において目立っている。

（寺田光徳）

群衆

　十九世紀は群衆と類義語である大衆が、歴史上初めてその力をいかんなく示しえた時代であろう。政治上では一方で民主主義の根幹をなす選挙制度を通じて体制を支えたり、他方で過激な街頭行動やストライキに訴えて体制転覆を図ろうとし、経済上では大衆消費社会の主役として大都市の商業を飛躍的に発展させて、第一次産業のみならず、第二次産業の構造変革と交通の全国的ネットワーク化を不可避なものにし、文化上

アンザン鉱山のストライキ。1884 年

でも新聞や小説の読者としてマスメディアの生成・発展を促したからである。

ゾラは自然主義期の作家としてもちろんこうした時代に敏感に反応し、ヒロイックな個性を重視するあまりに大衆の影が薄かったロマン主義期の作品に対して、大衆ないし群衆を取り上げて描写することに心を砕いた。

政治的な力を発揮する群衆については、先ず『ルーゴン家の繁栄』で描写される。南仏のプラッサンでは一八五一年十二月七日にルイ・ナポレオンのクーデタに反対して大衆が決起し、プラッサンを示威行進によって攻囲したうえで、ナポレオンに反対して地方の要衝における共和派を擁護しようとした。次いで『ジェルミナール』では、過酷な長時間の重労働と低賃金で低劣な生活を強いられた労働者大衆が、なおも賃金引き下げを強要してくる資本家に対して、長期にわたって大衆ストライキを決行し、文字通り必死の戦いを繰り広げている。

『ボヌール・デ・ダム百貨店』が取り上げるのは、デパートの特に特売日にひしめく女性の大群である。十九世紀半ばに大衆消費社会の先導役として発明されたデパートは、大規模な店舗にあらゆる種類の商品をそろえると同時にディスプレイをこらして大衆の消費欲を刺激する。それまで小規模な専門店で目的意識的な買物していた客は、時には必要もなしにデパートに赴き、多彩で大量の商品と群衆の購買熱にあおられ、衝動買い、つまり買物のための買物をするようになる。それをさらに病的に高じさせた客は、万引きという犯罪を犯すまでになる。そうした買物客の大きな流れを作り出し、群衆心理を巧みにコントロールして、購買へと結びつける誘惑の戦略をたくましくしたのが、このデパートの経営者オクターヴ・ムーレである。ゾラがこのように大衆消費社会の群衆心理を分析し、さらにデパート経営者が実際にそれをコントロールしていると明示したのは、社会心理学者ギュスターヴ・ル・ボンの『群衆心理』より一〇年以上も前のことであった。

十九世紀のパリではサロン（官展）が公開されて、広く一般大衆にも絵画に親しむ機会が与えられていた。『制作』の主人公画家クロードは、自分の扇情的だが意欲的作品が顰蹙を買ったり笑われたりとまったく観客に理解されないので、彼ら大衆をひどく呪詛する。小説に専念する前に印象派を擁護する先鋭な美術評論で脚光を浴びたゾラは、大衆というのは平凡で習慣的な絵画は認めるが、独創性はなかなか理解しようとしないと述べていたことを想起しておこう（『エドゥアール・マネ』）。

しかしゾラは大衆のことを無能な指導者に率いられた、付和雷同する烏合の衆と単純に捉えていたわけではない。『居酒屋』冒頭のパリの労働者群や『ジェルミナール』でストライキに決起した炭鉱労働者、『ボヌール・デ・ダム百貨店』の女性客の大群、『壊滅』のフランス軍について、外観上は静止している液体や気体中でもミクロレベルでは分子が絶えず不規則な運動をしているブラウン運動のように、彼はそれぞれの集合はまことに個性的で千差万別の動きをする個人で成り立っていることをゾラは明確に見抜いていた。

（寺田光徳）

証券取引所と金融市場

パリ証券取引所は、一八〇七年にナポレオン一世がブロンニャールに建築を命じ、一八二六年に落成したパレ・ブロンニャールに置かれ、以降金融市場の舞台となってきた。

一八八二年にユニオン・ジェネラル銀行（本書第I部『金』参照）が破綻した直後から、この事件と証券取引所をモデルにした小説は数多く発表されてきた。したがって、一八九〇年にゾラが『ルーゴン＝マッカール叢書』第十八巻『金』で証券取引所を舞台とした物語に取り掛かったのは、満を持してのことと言える。

執筆を始める前に綿密な調査を行ういつもの創作プロセス通り、ゾラはエルネスト・フェイドーの『株式仲買人の回想録』などの本を読み、証券取引所にまつわる知識を蓄えた。四月十七日には現地に赴き内部を見学して、すでに有名になっていた彼は周りの人々を驚かせている。さらに、ゾラの出版元であるシャルパンティエの婿で、以前仲買人のところで働いていたというウジェーヌ・ファスケルに教えを請い、詳細な情報を得ている。このような豊富な知識に基づいた金融市場の描写は現実味を持ち、当時の読者を圧倒した。しかし、それがフィクションとして描かれるとき、メタファーが用いられることによって作品内での意味はさらに重層的な厚みを帯びる。

証券取引所は株式の売買を扱い、何もないところに生まれる擬制資本（架空資本）の増減を司る場所であるが、この作品においては、金を生み出す巨大な機械になぞらえられている。たとえば物語冒頭、主人公サッカールがその周りをうろついている場面では、「蒸気機関が炎をゆらめかせて動いているときのように、震動や唸りはますます激しくなり、証券取引所全体を動かしていた」(プレイアッド版第一章、三二一頁〔邦訳は三四頁〕)と描かれている。株価をめぐって弱気筋と強気筋が入り乱れ、怒号盛んな熱気渦巻く場所が、蒸気機関のように描かれる。さらに株式を高騰させて際限なく資本を再生産させる金融市場の循環運動は、以下のように喩えられている。

資本主義の象徴たるパリ証券取引所の入り口

(ミルバッシュ作の版画)

「この銀行の奇跡的とも言える急激な成長は彼女〔カロリーヌ〕を喜ばすというよりもむしろ恐れさせた。特にひどく心配なのは、ユニヴェルセル銀行を絶え間なく恐ろしいスピードで走らせていることだった。それはあたかも蒸気機関車に石炭を詰め込み、悪魔のレールの上を疾走させ、最後にぶつかってすべてを滅茶苦茶に破壊してしまうようなものだ」(第七章、二一六頁〔二九六頁〕)。

ここでメタファーは機械全般からさらに特定され、鉄道のイメージに重ねられる。この鉄道のメタファーは、三重に有効である。

まず、『金』の前年に発表された『獣人』は、運転手が不在にもかかわらず石炭を満載し、乗客を大勢乗せてひた走る機関車で幕を閉じた。その記憶も新たな読者に向けて、制御不能な機械の暴走と、来たるべき破壊への予感を効果的に伝えている。

二つ目に、上記のような目的地も持たずに疾走する機関車のイメージは、実質手元に残る金銭には関心を持たず、使用する目的も特に持たず、ただ取り扱う金の額をひたすら膨らませることだけを自己目的化するサッカールの投機欲をも表している。

三つ目には、サッカールの銀行が取り組んだ中東の経済開発には、大規模な大陸鉄道網をはりめぐらせるという計画があり、一般市民からの投資を募る際に宣伝効果をもたらしていた。すなわち、鉄道は金融市場そのものの比喩であると同時に、それを増大させるための実際の手段としても登場しているのである。

事実、第二帝政期に繁栄を築いたが破綻し、本作品の間接的なモデルとなったミレスの鉄道総合金庫やペレール兄弟の動産銀行、および本作品の直接的なモデルとなった第三共和政のユニオン・ジェネラル銀行は、いずれも鉄道事業に参入していた。もともとそれまでのフランスでは、銀行が産業に深く関わっておらず、民間から資金を調達して企業に貸し付けるという構造が成り立っていなかった。しかし、第二帝政期に産業投資銀行が設立され始め、株式会社の創立も自由化される中で、金融業界が鉄道事業等と結びつき、民間からの投資を増やしていったという背景がある。十九世紀の資本主義が行き着いた先の、新しい形の金融市場である。

したがって、この作品において証券取引所が象徴する金融市場は、ゾラ自身の前作から借りてきた鉄道のイメージを用いながら、語りのレベルでは物語内の破滅的結末を否応なく導くものとして、あるいは社会史的なレベルでは産業と金融が結びつく資本主義の新たな形態を代表するものとして描かれている。

なお、パレ・ブロンニャールは今では実質的な証券取引所としての役割を終え、歴史的建造物として講演会やセレモニーの場に使われている。ちなみにゾラの生まれた家は、そこから少し歩いたサン＝ジョゼフ通り十番地にある。

（中村翠）

炭鉱

フランス十九世紀文学において、炭鉱は当時のイデオロギーや社会のトポグラフィーを物語る重要な装置のひとつであった。小倉孝誠が『十九世紀フランス――夢と創造』（一九九五）で説明するように、文明の深層を掘り起こす意義を訴えたユゴーの影響で、一八七〇年代から一八八〇年代にかけてのフランスの作家は「経済活動と社会的分化と文学的想像力が出会う場所」である炭鉱に地下世界の特権的な相貌を見出し、この「マルクシズムと政治と神話が遭遇する空間」を小説の舞台として選んだ。ジュール・ヴェルヌの『黒いインド諸国』（一八七七）やエクトール・マロの『家なき子』（一八七八）、モーリス・タルメールの『坑内ガス』（一八八〇）といった「炭鉱小説」の系譜に連なる『ジェルミナール』で、ゾラは緻密な描写を通して「底辺」で生きる労働者たちの社会的な位置を示し、その深淵にとどまり、貧困にあえぐ者たちを形象化する地下空間に光をあてた。そして、坑内の闇に埋没する集団と社会の真実、経済的下部構造、人物たちの意識下の世界などを浮かび上がらせたのである。

炭鉱における技術的側面や、坑夫たちの日常生活を豊かに伝えるルイ・シモナンの『地下の生活』（一八六六）を霊感源として、ゾラは一八八四年にフランス北部の町アンザンへ赴き、実地調査を行っている。当時の記録をみると、作家が現地で説明を受け、見聞した労働者の世界が手に取るようにわかる。午前四時に起床して、パンとコーヒーを準備する坑夫の一日の始まり、竪坑の降下、切り羽まで続く約二キロの地下坑道、現場監督や運搬人などの役割分担、炭鉱労働者の報酬、家庭生活、職業病に至るまでが、技術や設備に関わる近代性と合わせて子細にメモされている。現場で得た知識は、実際に坑道へ入ってゾラが覚えた生々しい印象とともに、物語中にひとつひとつ組みこまれる。当時のフランスで活発化していた労働争議も、一万二千人の労働者が参加したアンザンのストライキに接した作家の体験を通じて、圧倒的な筆力で描かれることになった。

こうして、実証性を誇る新たな炭鉱小説が誕生したわけだが、当然『ジェルミナール』の世界は単なるルポルタージュの域を越えている。小説は、ゾラの社会的なまなざしを伝えるだけではなく、作家が十九世紀的な地下のトポスを通して、いかに文学的想像力を広げたのかも教えてくれるのである。主人公のエチエンヌ・ランティエも、モデルとなったアンザンのストライキの指導者エミール・バスリーの人物像にとどまらない。エチエンヌは、老齢を理由に坑内から出たボンヌモールと出会い、炭鉱の世界に足を踏み入れるが、坑夫たちを餌のように詰め込むヴォルー坑を見て、恐怖を覚える。それは大きな口を開き、たえず人間を求める獣のようである。「穴の底で猛獣みたいに身を沈め、一段と深くうずくまり、人肉の消化不良で苦しんでいるかのように太く長い呼吸をし」、「貪欲な口と巨大な腸でたえず飢えて」いる様子は、モロック神への人身御供を思わせる。マウの先導で地下へ向かうエチエンヌは、カトリーヌに連れられて切り場へ到達する。鉱脈で働く労働者たちは「巨大な蟻の巣の中」にいるようで、そこでは「人間昆虫がどよめき、あちこちの大地を穿ち、虫食いに荒らされた老木のように穴だらけにして」働いている。その後、この地下世界へ何度も下りる主人公は、飲酒と殺人への狂気という遺伝的な欠陥に苦しみながらも、ヴォルー坑に力強く挑む人物となる。敵対者シャヴァルと闘い、爆破されて深淵に沈んだヴォルー坑でカトリーヌと愛し合うが、その恋人は暗闇で衰弱し、息絶える。エチエンヌは彼女の亡骸を抱えて、迷路と化した坑道を進み、最後にようやく地上へ帰還する。エチエンヌのこれらの行動によって、近代的な地下の闇を舞台とする物語には、叙事詩的な世界が立ち現れる。

実際、『ジェルミナール』において、炭鉱は地獄の様相を呈している。坑夫たちは「地獄下り」をし、業火に焼かれるように高温の中で果てしない作業を続け、拷問に耐える。彼らは、一時的に地下から出てきて、反乱する。ジャンランは歩哨の喉を掻き切り、ルヴァクの女房とムークおやじの娘、ブリュレ婆さんはメグラを去勢し、発狂したボンヌモールはセシル・グレゴワールを絞首するが、結局、労働者たちは地下空間へ連れ戻される。スヴァリーヌの工作でヴォルー坑が破壊されても、坑夫たちの仕事はジャン＝バール坑で再開される。最終章で、エチエンヌだけが陽光の差し込む平野を歩き、モンスーを去っていくが、地上における彼の闘いの道のりは長い。小説の終行を書くゾラは、エチエンヌが意識する「芽生え」に希望を託しながらも、彼の足下で「鶴嘴（つるはし）の底深い執拗な打撃」が響き、闇と死の空間が地下に残存することを伝える。最後まで、資本の専制と労働者の悲惨を読者に思い起こさせるのである。

（高橋愛）

鉄道

ゾラが鉄道をテーマに取り上げた『獣人』を執筆する頃、フランスの鉄道はほぼ国土全体を覆って、現在の鉄道網に匹敵するほどの営業距離を持つにいたった。鉄道は今ではどこにも見られる平凡な輸送機関にすぎないが、その当時は『十九世紀ラルース大辞典』が語るように「文明と、進歩と、友愛の同義語」であり、まさしく先頭に立って時代を牽引していたと言ってよい。

モーパッサン、ドーデ、ユイスマンスなどを筆頭に、ゾラと同時代の多くの作家がこの文明の象徴である鉄道をモチーフとして利用している。彼らと同じようにゾラもまたさまざまな状況で鉄道に言及し、『金』ではサッカールをして投資家の誘惑手段にオリエントの大鉄道網計画を語らせ、『壊滅』では普仏戦争下でフランス軍が長距離移動する時の輸送手段として描く。

また『パスカル博士』ではいまわの際にあるパスカルがクロチルドの列車での到着を今や遅しと待ち焦がれているし、『ルルド』では巡礼者や奇跡の傷病の回復を願う病人たちを満載して、聖地ルルドに向かって列車が走る。

しかし鉄道を自在に駆使して、鉄道小説の形容をほしいままにしているのは、何と言っても『獣人』であろう。ミステリー小説仕立ての『獣人』はまず殺人事件のために鉄道を巧みに利用する。ルボー夫妻は列車編成に乗じてグランモラン裁判長を殺害するし、ジャックとセヴリーヌによるルボー殺害計画には、凶行場所の選定やアリバイ工作のために鉄道が不可欠である。他方、事件の捜査に当たった地方の予審判事ドゥニゼにとって冤罪事件を作りだす遠因になったのは、彼らが鉄道を巧妙に利用したことを十分認識しえなかったからだ。こうした殺人と表裏一体の関係にある恋愛についても鉄道の利便性を熟知している関係者たちの利用の仕方は水際立っている。ジャックがセヴリーヌに週二回ル・アーヴルでルボーの夜勤に乗じて二人きりになれるのも、また彼ら二人がゆっくりと誰にも邪魔されずにパリでの逢瀬を楽しめるのも、それはひとえに西部鉄道路線を活用してのことである。彼らだけでなく、グランモラン裁判長はルーアンまで列車に乗ってクロワ＝ド＝モーフラの別荘で密かにセヴリーヌなどと関係を持とうとし、機関車助手のペクーがパリに正妻、ル・アーヴルに情婦をおいてうまく立ち回れるのも西部鉄道路線のおかげである。

鉄道関係者に限らず、一般の人々の生活も鉄道によって様変わりする。パリから夜行列車を利用すればノルマンディーの海岸で遊んだり、船の進水式を見たりと、日曜日には遠出をして行楽を満喫できる。またブルジョワ青年を夫にする幸運に恵まれた妻なら、夏はブルターニュの海で六週間、冬になれば避寒を理由にカンヌへ半月保養に出かけられる。

鉄道の普及には暗い側面もある。その筆頭は脱線による重大事故で、それまでの馬車と比較にならないほど深刻な被害を引き起こし世間を震撼させた。ゾラが嫉妬に狂ったフロールに引き起こさせた、多数の死傷者を出した列車転覆事件はその反映である。

C・モネ《サン゠ラザール駅、列車の到着》1877年

ゾラの真骨頂は説話法における鉄道の利用の仕方であろう。物語は主人公たちの往還する西部鉄道路線のパリ、ル・アーヴルという両ターミナルおよびその中継地のルーアン、クロワ゠ド゠モーフラに場面設定がなされ、それが小説全体の章立てに役立てられている。ラストで運転手のジャックと助手のペクーを転落させてもなお暴走を続ける列車のラストシーンは圧巻で、そのナレーションは機関車自らがしているとしか思われない。その点を捉えるなら、『獣人』は鉄道が主人公の物語とも言えるのである。

なお機関車については別に「機械」の項で取り上げているので、参照されたい。

（寺田光徳）

商業空間

『ルーゴン゠マッカール叢書』に描かれる主要な商業空間は、第三巻『パリの胃袋』の舞台であるパリ中央市場（パリ一区）と、第十一巻『ボヌール・デ・ダ

19世紀のデパートの外観
（〈ボン・マルシェ〉百貨店、1872年頃）

ム百貨店』の舞台であるデパートとその周辺の地区（パリ二区）である。前者においては食料品、後者では衣料品が中心となる。まずそれぞれの歴史的な成立過程を順に見ていこう。

パリ中央市場の歴史は古く、一一三七年にルイ六世が当時はまだ城壁外だった現在のレ・アル地区に、市場を作らせたのが始まりである。その後この地区は市内に併合され、時代の要請に応じて徐々に規模を拡大し、一七六九年には新たに小麦市場が作られ、フランス革命前にはイノサン修道院の跡地が花・果物・野菜の市場となって、総面積は二倍に広がった。しかし十八世紀末になると、過密と不衛生が深刻化し、ナポレオン一世は広大な中央市場の建設を計画したが、計画は日の目を見るにいたらなかった。その後、一八四二年にセーヌ県知事のランビュトーが中央市場の完全改築か移転かを決める委員会を設置し、四八年には建築コンクールが開催されて建築家のヴィクトル・バルタールが選出された。彼はいくつかの案を提示し、さまざまな検討を経た後、ナポレオン三世の強い要請を入れて採用されたのは、鉄骨とガラスだけで十二のパヴィリオンを作り、通路で連結する案だった。一八五四年から五八年にかけて、精肉棟、鮮魚棟、バター・チーズ棟など六棟が完成、七〇年までにさらに四棟が作られ、最後の二棟が完成するのは二十世紀になってからである。このバルタール設計の中央市場は一世紀以上にわたって、「パリの胃袋」として市民に親しまれることになるが、一九六九年に取り壊されて、中央市場は郊外のランジスに移転した。

一方、デパートの前身とされるのは、十八世紀末頃から出現し、一八二〇年代から七月王政下で興隆したマガザン・ド・ヌーヴォーテ（新物店、流行品店）と呼ばれる婦人物の流行の布地やショール、レース、装身具などを扱う店である。その特徴は、豪華で人目を引くディスプレーにあった。バルザックは『セザール・ビロトー』（一八三七）の中で、「彩色した看板や風にひらめく旗、〔…〕いろいろな商業的誘惑でいっぱいのショーウインドー、正札、飾り紐、ポスター、商店の店先が商業の詩となるほど完璧な域に達した視覚効果や幻惑を持った店」について述べている。一方、最初の商店街と言えるものが誕生したのもやはり十八世紀末で、場所はパレ＝ロワイヤルの木製の回廊「ギャルリー・デ・ボワ」である。各商店の前面には大きなガラスのウインドーが設けられて、人々は天候を気にすることなく、ショッピングを楽しめるようになった。また同じ頃に発生したパサージュと呼ばれる一種のアーケード街もデパートの先駆的形態と言える。パサージュは十九世紀前半に最盛期を迎え、パレ＝ロワイヤルからグラン・ブールヴァールにかけての一帯に百五十個近くが作られた（現存するのは約二十個）。それは建物と建物のあいだを鉄骨とガラス屋根で覆ったもので、両端には鉄柵が設けられて外部から遮断され、内部は豪華に装飾されてガス燈なども完備され、快適な遊歩空間を構成していた。

マガザン・ド・ヌーヴォーテとパサージュが徐々にデパートへと変身するのが、第二帝政期である。もっとも大きい要因はオスマンのパリ改造によって都市空間が整備され、幅の広い快適な大通りが開通したことである。最初のデパートと言われるブーシコー夫妻のボン・マルシェは第二帝政が開始された一八五二年、さらに大きな規模を誇ったショシャールのルーヴルは第一回パリ万博の一八五五年に創業した。この二大デパートに続いてジャリュゾのプランタン（一八六五）、コニャック夫妻のサマリテーヌ（一八五七）も開店する。これらの店は次々と店舗を拡張し、第三共和政下で堂々たる新館を完成させた。

『パリの胃袋』と『ボヌール・デ・ダム百貨店』はいくつかの共通点を持つ。いずれも中央市場、デパートという鉄とガラスの近代建築が、巨大で怪物的な「蒸気機関」として作品の中心に据え付けられている。それらは近代資本主義社会の隠喩でもあって、そこには大量の人と商品がうごめいている。また二つの小説は、いずれもディスプレー小説の側面が強く、鏡やガラス、金泥や大理石を多用した豪華な店舗のしつらえとショーウインドーが重要なファクターとなっている。ショーウインドーは、一方では「胃袋の礼拝堂」、他方では「女性の魅力を言祝ぐ礼拝堂」と呼ばれ、いずれもベンヤミンの言う「商品という物神」に捧げられた「礼拝堂」なのである。そして『パリの胃袋』では画家のクロード・ランティエ、『ボヌール』では社長のムーレが才能溢れる「陳列師」としてウインドーのディスプレーに携わることも興味深い。（吉田典子）

パリ

ゾラは現在のパリ二区、サン＝ジョゼフ通り十番地で生まれたが、三歳の時に両親とともにエクス＝アン＝プロヴァンスに移住した。エクスから本格的にパリに上京したのは一八五八年二月、十八歳の時である。最初の頃は主にカルチエ＝ラタンとその近辺に住み、一八六七年以降はバティニョール界隈に居を定めた（→「住居」の項参照）。

ゾラが上京した一八五八年当時、パリはオスマン計画による改造工事のただ中であったが、ゾラは首都にすぐさま魅惑された。彼は『獲物の分け前』のアリスティッド・サッカールがプラッサンから上京するやいなやパリ中を歩き回ったように、パリとその近郊を踏破した。「それは真の所有行為だった。彼〔サッカール〕は歩道に沿って、征服した国であるかのように、歩くために歩いた」。あるいは『制作』の若き芸術家たちもしばしば「パリの大散歩」をしてパリ征服の野望を抱く。「彼らは街路を、広場を、四つ辻を、足の続く限り一日中うろつき、声高く主義主張を論じては家々のファサードに大きく反響させ、あたかも各地区を次々に征服していくかのように練り歩くのだった」。

ゾラの願望は活気に満ちた現代のパリを、そこに暮らすさまざまな人間のドラマとともに小説の中に導入することであった。ゾラはそうした希望を早い時期から何度か表明している。たとえば、一八六七年の『フィガロ』紙においてゾラは書く。「パリには比類のない広大さを持つ風景がある。〔…〕いかなる作家が、パリの風景をペンで描く仕事を引き受けるだろうか。その作家には、季節ごとに様相を変える町、雨の日は黒く、雪の日は白く、五月の朝日には明るく陽気で、八月の太陽の下では熱くぐったりとしている町を示す必要があるだろう」。また、一八七二年の『コルセール』紙では次のように述べる。「私は枕元を離れ、窓を開けて、私の愛しく偉大なパリが夕暮れ時の灰色の中で忙しそうにしているのを見た。私に新しい芸術について語るのはパリ、活気のある通り、看板やポスターの斑点の付いた地平線、人が愛したり死んだりする恐ろしく甘美な家々をもったパリである。その広大なドラマが私を現代のドラマ、ブルジョワや労働者たちの生活、流動する群衆全体に結びつける。私は彼らの苦しみや喜びのひとつひとつを書き留めたいのだ。パリは私の兄弟、大きな兄弟であり、その情熱が私を感動させ、その嘆きは私の目に涙を浮かべさせずにはいない。／私はパリが世紀の広大な労働によって揺さぶられているのを感じる。人々で膨れあがっているのが見える。そしてもし私に途方もない傲慢さがあるとすれば、そ

オスマン計画によって近代化されたパリの光景
（ル・グレーの写真にもとづく版画、1860年代）

の広大な労働でいっぱいになったパリを熱いままで、何か巨大な作品の中に投げ込みたいと夢見るだろう。そして、この活気のある都市を顧みず、異国や見知らぬ時代に身震いするような独創性を求めに行く詩人や小説家や画家を見ると、大きな軽蔑を覚えるのだ」。

『ルーゴン＝マッカール叢書』全二十巻の約半分がパリを舞台としており、『三都市』の最終巻もパリに捧げられている。さまざまな界隈とそこに住む住人たちが、その階層や生活様式とともに描かれる。『獲物の分け前』では、新興の住宅地モンソー公園の豪壮な邸宅と古いサン＝ルイ島の厳粛な館が対比的に示され、『パリの胃袋』ではオスマン計画によって改築された鉄とガラスの中央市場とその近辺、『居酒屋』ではパリの北部で当時はまだ城壁の外にあった労働者街グット＝ドール地区（現在の十八区）、『愛の一ページ』では裕福で保守的なブルジョワの住むパッシー地区（十六区）、『ナナ』ではオペラ座周辺の新興地区（九区）、『ごった煮』『ボヌール・デ・ダム百貨店』はオペラ座から証券取引所にかけての商業地区（二区）が主たる舞台となる。『制作』では特に、セーヌ川の川岸やシテ島の周辺が描写される。

小説中のパリの表象で特徴的なものは、高所から見たパリのパノラマ風景である。『獲物の分け前』では、パリに出てきた投機師サッカールがモンマルトルの丘から改造が始まったばかりのパリを眺め、夕暮れの金色の光がパリに降り注ぐ金貨の雨となるのを見て、パリ征服の野望を語る場面がある。また全五部からなる『愛の一ページ』の各部の最終章は、すべてパリのパノラマ描写で終わっている。これについてゾラは次のように書いている。「若い貧乏な時代に、私は町外れの屋根裏部屋に住み、そこからパリ全体を見晴らした。この広大で不動で無関心なパリは、いつも私の窓の枠の中にあって、私の喜びや悲しみの悲劇的な打ち明け相手のように思われた。私はパリを前にして空腹で泣いた。そしてパリを前にして私は愛し、この上ない幸福を覚えた。そうとも、二十歳の頃から私は、大きな海のように屋根の連なるパリが、一個の登場人物であり、古代の合唱隊であるかのような小説を書きたいと夢見ていた」。

（吉田典子）

万国博覧会

世界初の第一回万国博覧会がロンドンで一八五一年に催された後、パリでは一八五五年、一八六七年、一八七八年、一八八九年、一九〇〇年と十九世紀に五度にわたって開催された。ゾラはこれらの万博に足を運び、人類と人類が創出した科学・技術・産業・工芸・芸術の進歩と発展を祝う祭典の熱狂を肌で感じ、共有し、その様子を小説をはじめさまざまな形で我々に伝えている。

一八六七年の万博の際、ゾラは会場で開催されていた美術展の書評を『シチュアシオン』紙に寄稿する権利を得て、「シャン＝ド＝マルスにおけるわが国の画家たち」という記事を書いた。当時マネを支持する論

1900年の万博、エッフェル塔の前のゾラ

陣を張っていたゾラは（マネの作品はこの展覧会には出展を認められなかった）、メソニエ、カバネル、ジェローム、テオドール・ルソーという「政府公認」画家たちを酷評し、反アカデミーの立場をより一層明らかにした。また、この万博は小説『ナナ』（一八八〇）の前半部分の背景として用いられている。万博開催当時、パリではオッフェンバックのオペラ・ブッファが大流行しており、英国皇太子、ロシア皇帝、オーストリア皇帝などが、万博開催に合わせて創作され「万博の目玉」とさえ称された『ジェロルスタン女大公』を観劇し、人気の主演女優のオルタンス・シュネデールの楽屋を訪れるためにパリにやってきたと言われる。ナナが主役を務めパリ中を熱狂の渦に巻き込んだ『金髪のヴィーナス』の上演や、英国皇太子がミュファ伯爵らとナナの楽屋を訪れる場面はこれらの実際にあった出来事を題材にしているのだ。「帝国がその絶頂期を迎えた」この万博の開幕当時のパリの様子については、『金』（一八九一）の第八章冒頭でも再び描き出されている。

普仏戦争での敗北とパリ・コミューンによる混乱からのフランスの再建を示した一八七八年の万博では、ゾラはサンクト・ペテルスブルグの新聞『ヨーロッパ通報』に「万国博覧会の開幕」と題した記事を寄稿している。これには、共和国として初の万博開催前のフランスの政治的対立（ボナパルト派と王党派が共和政による万博開催を阻止しようとしていた）、開催前からの国民の興奮と陶酔（万博中の祝日の様子を描いたモネの絵画に見られるような、三色旗が街を埋め尽くした祝祭ムード）、鉄とガラスで作られた町のような会場の風景、エジソンの蓄音機、各パヴィリオンと展示物の紹介などが詳しく書かれている。しかしとりわけ注目に値するのは、この万博が、第二帝政期の一八六七年に開催されたものと比較され、「国民全体の覚醒」、「労働と倹約が戦争に勝利を収めた」、「政府の関与は無きにひとしく、国民自身によって開催された」、「民衆的な最初の祭典」など、その共和国的性格が何度も繰り返し称賛されていることである。同時に、壊滅的な状況からのフランスの立ち直りも強調され、「可能性の限界が越えられ、奇蹟が実現した」、「事態がこのまま進展していけば、フランスは栄光に包まれ、国際協調の場で再びしかるべき位置を占めることになるだろう」と国の将来に強い期待をかけていることも窺える。

一八八九年のパリ万博には、ゾラはメダンから何度も足を運んでいる。フランス革命百周年を記念するこの万博はエッフェル塔を目玉としていたが、ゾラ夫妻がシャルパンティエやエドモン・ド・ゴンクールらと一階のレストランで食事をしたことが記録に残っている。

一九〇〇年のパリ万博では、ゾラは『グランド・ルヴュ』紙の編集長ラボリに記事を依頼されたものの、ドレフュスが前年九月に再審請求を却下することと引き換えに大統領特赦となったことに対する怒りと失望の気持ちから（ゾラは破棄院でのドレフュスの無実の証明と完全な名誉回復を求めていた）「喪に服した」状態にあり、政府主催の万博を祝う気持ちにはなれないとして断った。会場の中に足を踏み入れることこそなかったが、五年前から始めたカメラを手にパリの街をアレクサンドリーヌやジャンヌや子供たちと歩き回り、万博会場となった建物など、歴史的証言としても芸術的表現としても非常に興味深い数多くの写真を残している。この万博の目玉は電気館であった。ゾラは当時『労働』を執筆中であったが、この小説に描かれる理想都市ボークレールでは電気が人々の幸福の源として利用されることになる。

ゾラと万博の相性が非常に良いことは、ゾラが初めて産業革命を小説に描いた作家であることからも容易に想像できる。だが彼が万博について表現したものを改めて概観すると、万博開催時のパリやフランスや世界各国からの見物客の興奮、産業・科学の進歩の喜びと驚き、またゾラが万博を通してフランスに期待する国際社会における政治的・文化的役割などが、作家の公私における感情を交えて生き生きと伝わってくることに圧倒される。その鮮烈さは、ゾラの生きた十九世紀というフランスの比類なき発展の時代とその時代のすべて、さらにその先に創られるべき理想的な社会を描いたゾラの作品の魅力と、その筆致が伝えるエネルギーについて再考を迫られるほどである。（高井奈緒）

モード

十九世紀後半は、フランスの発信する女性の服飾のモード（ファッション）が世界を牽引した時代である。男性が黒を基調とし、ゆったりとしたスーツと長ズボンのスタイルでその肉体の存在を曖昧にした一方で、女性は色彩豊かでリボンやフリルやレースをふんだんにあしらった衣裳を着用し、コルセットで腰をしめつけくびれを強調したり、クリノリンと呼ばれた骨組みでスカートを膨らませるなどして自然の肉体に加工を施し、女性の身体的魅力を誇張したスタイルであった。ゾラは非常にきらびやかで、大衆にも広まった女性のモードに注目し、社会を映す鏡として、あるいは登場人物の造形における一つの要素として、作品の中で用いている。

モードを正面から取り上げた作品としては『獲物の分け前』と『ボヌール・デ・ダム百貨店』があり、前者では最上流社交界の女性、後者ではパリ中・上流階級の女性たちや地方の女性たちとモードの関係が描かれている。『獲物の分け前』のヒロインのルネは社交界の花形でファッション・リーダーとしても君臨し、彼女が身につけるドレスは各場面でモード雑誌の衣裳の説明さながらに詳述される。彼女が衣裳を注文するウォルムスは、実在したオートクチュールの創始者チャールズ・フレデリック・ワースがモデルとなっており、彼が職人としてではなく「芸術家」然としてインスピレーションによって衣裳をデザインする様子や、個人のドレスだけでなく部屋の装飾や夜会の出し物の衣裳なども担当していたことがヒロインとの関係を通じて分かり、歴史的資料としても興味深い。『ボヌール・デ・ダム百貨店』では第二帝政期に発展を遂げた新しい商業形態であるデパートが舞台となり、当時人気を博していたルーヴルやボン・マルシェ、プラス・クリシーなどの百貨店への取材に基づき、デパートの販売員たちの生態とともに店長のムーレが次々と送り出す商品や仕掛けに女性客たちが幻惑され翻弄される様子が描かれる。

19世紀半ばの女性ファッション
（『モード』誌 1854年1月5日）

　この二作品で共通するのは、モードへの熱狂が女性特有の神経症的・ヒステリー的症状として描かれることである。『獲物の分け前』ではルネが人生への倦怠から刺激を求めて義理の息子マクシムと近親相姦的な不倫にのめりこむことと、流行の衣裳で自分を飾ることが、同列に描かれている（「息子と関係をもったルネは、初めはごわつきが気になる礼装にだんだんなじんでゆくように、この過ちに慣れていった。時代の流行に従い、他人に倣って着たり脱いだりしたのだ」)。『ボヌール・デ・ダム百貨店』でも、女性客たちが百貨店において感じる興奮や罪悪感は、常に官能的な歓びと結びつけられて語られる。さらにこの小説では、妊娠した女性が盗みの衝動に駆られやすいという当時流布していた言説が物語の展開に用いられたり、ド・ボーヴ伯爵夫人が、夫に財布の紐をきつく絞められ欲求不満に落ち入った結果として窃盗症になった様子が描かれるなどし、ゾラが、ジャーナリストのアルベール・ウォルフも新聞記事に書いていたように、百貨店を「神経症の新しい様態」を生成する場所として提示していることが分かる。

ルネも百貨店の客の女性たちも、男性をひきつけるためにモードに夢中になるのではない。それは彼女たちの自己愛的な欲求を満たすためであり、自分の中の空虚さを埋めるためである。彼女たちの底なしの欲望のエネルギーは男性にとって脅威ともなるが、最後にはこれらの女性たちはみな罰せられる。加速化する男性中心の資本主義社会の中で彼女たちが探し求めるアイデンティティー＝「自分に合う衣裳」とは結局は男性によって人工的に作り出されたイメージに過ぎず、モードにのめりこんだ末に行きつくのは自己疎外でしかないことをゾラは見抜いていた。そのことを彼は、ルネが最後に鏡を見てドレスを着た半裸の自分の姿を認識できない場面や、ボヌール・デ・ダム百貨店のショーウインドーで、美しい布地をまとい蠱惑的な肉体を誇示しているが、顔の代わりに頭部に値札のつけられたマネキンなどに表現している。そして勝者は常に男性だ。ルネが借金を重ね、高価な衣裳を着用すればするほど、夫サッカールの経済的な信用は高まり、彼の事業に利益をもたらす。ボヌール・デ・ダム百貨店でも、女性たちが欲望を掻き立てられて不必要な商品まで購入することにより、ムーレに莫大な収益をもたらす。

身体を装飾しさまざまな魅力を与えることができる一方で、人間を主体性のない人形に変えてしまう危険もはらむモード。その抗しがたい魔力の本質を、ゾラはフランスが女性のモードの発信地として頂点に立った瞬間に的確にとらえ、ダイナミックな筆致で描き出している。

（髙井奈緒）

7 人物の類型

医者

写実主義・自然主義文学において、医者は科学的な知の保持者であり伝達者、そして病や人間社会の観察者として頻繁に登場するが、とりわけゾラの作品では医者は重要な位置を占めている。それは、彼が医者であり生理学者であったクロード・ベルナールによる『実験医学序説』に大きな影響を受けて『実験小説論』を書き、その中で小説家を社会の解剖学者・生理学者たるべきだと説いていることからも明らかである。

人間の精神・肉体における病理を描こうとしたゾラにとって、まず何より医者は臨床における観察者として必要な登場人物であった。『居酒屋』では、アルコール中毒で錯乱状態に陥っているクーポーの長く生々しい描写が作品のクライマックスの一つをなすが、この描写は彼の振る舞いを冷静に観察しジェルヴェーズに解説する医師とインターンがいてこそ可能であった。『愛の一ページ』ではドゥベルル医師とボダン老医師の観察のもと少女ジャンヌのヒステリーの発作が詳述されるし、『ごった煮』でもジュイユラ医師によってアパートの女性たちのヒステリー的身体が語られる。

『生きる歓び』ではカズノーヴ医師がシャントー家の人物を次々と襲う病や出産などに常に立ち合い、その進行状況が臨場感をもって読者に伝えられる。『ルルド』では奇蹟の認定を行うボナミー医師や、奇蹟を信じるシャセーニュ医師、そしてマリ・ド・ゲルサンのヒステリー的症状を指摘するボークレール医師など多くの医師が登場し、彼らの巡礼者の病状についての見解が、語りの核をなす。

死体を調べながら執筆するゾラの風刺画

カズノーヴ医師やドゥベルル医師やジュイユラ医師のように、患者の家族と密接に関わり、第三者の視点で私生活のひだを明らかにする役割を担っていることも医師の特徴として共通する。その点で彼らは同じように登場人物の家族の私生活に介入する神父と非常に類似するが、多くの医師が無神論者として描かれる点で、神父とは思想的に対立する存在でもある。『愛の一ページ』のドゥベルル医師は教会には決して足を踏み入れようとしないし、『ごった煮』ではジュイユラ医師は熱狂的な共和派として描かれ、同じくアパートのサロンの常連であるモージュイ神父と、信仰について意見を戦わせる。けれども彼ら二人は、ブルジョワの偽善に満ち堕落した生活の批判者という点では共通しており、思想では敵対関係にありながらも代えがたき理解者同士、あるいは同僚であるかのように描かれている。『ルルド』でも同様に、主人公のピエール・フロモン神父と医師たちの思想の対立が見られるが、彼らの関係はより複雑である。奇蹟を信じる側に立つボナミー医師及びシャセーニュ医師と、奇蹟を信じない神父フロモンとでは、それまでのゾラの作品にみられた、そして一般的に想定される、医者と神父のもつ思想が入れ替わっているのだ。唯一フロモンの従兄弟のボークレール医師だけが、マリの治癒は神の力ではなく、ヒステリーからの治癒に他ならないと断言し、理性的な科学者の立場を守っている。

妻と娘を亡くして信仰のみに救いを求めるシャセーニュ医師の例が顕著に示すように、ゾラが描く医師は、単なる冷徹な科学万能主義者ではないことも注目に値する。彼らは非常に人間らしく、時に弱さも見せる。妻帯者でありながらエレーヌに恋をしてしまう『愛の一ページ』のドゥベルル医師、医学は時に自然の前に無力であることを吐露する『生きる歓び』のカズノーヴ医師など親しみやすい人物を生んでいる。

知の保持者であり観察者、無神論者、時に感情の横溢に苦しむ人間味に富んだ人物、というゾラの描く医師の特徴をすべて兼ね備え、数多く登場する医師の中で最も重要なのは、いうまでもなく『パスカル博士』のパスカル・ルーゴンである（彼は、叢書の第一作『ルーゴン家の繁栄』から登場し、『ムーレ神父のあやまち』にも登場する）。家系樹を作成し、ルーゴン＝マッカール家の遺伝の歴史を研究し総括して後の世に遺そうとする彼は、作者ゾラの分身であると言ってよい。また大きく年の離れた姪であり助手でもあるクロチルドと恋に落ち、子供を授かるという物語の展開は、実生活でのゾラと若い女中のジャンヌとの関係をそのまま反映していると理解して差支えないだろう。

ゾラにとって医者とは、理性的でありながらもなによりまず人間的な心を持った人物なのである。パスカル博士に限らずこのような医師像は、作品において科学的な分析を志しながら、同時に人間のあらゆる生々しい感情をも描き出すことに成功した小説家ゾラ自身とも重なるだろう。

（髙井奈緒）

子供

アデライード・フークを始祖とするルーゴン＝マッカール家の子孫を描くという叢書のコンセプトから、子供はゾラの作品にとって必要不可欠な登場人物であることは容易に想像がつくだろう。だがゾラの描く子供や子供時代は、作家人生のなかで大きく変化していく。一言で表現するなら、不幸な厄介者から未来の希望を示す存在へというものだ。

『ルーゴン＝マッカール叢書』で描かれる子供は、幸せな子供時代を享受せず、過酷な環境に置かれていることが多い。まず挙げられるのは、『居酒屋』や『ジェルミナール』にみられるような、労働者の子供たちである。彼らは親から愛情を注がれることなく暴力を受けて育ち、金銭的な負担になると里子や奉公に出される。『居酒屋』のラリー・ビジャールは、アルコール中毒者の父の暴力によって、母と同様に殺されてしまう。『夢』のアンジェリックも、ユベール夫妻に引き取られるまでは、虐待を受けて育ったために粗暴な性格であるという設定だ。

望まれず生まれ、病気がちでありながら、まともに親に面倒を見られることなく死んでいく子供も多い。『ナナ』の子供ルイゼは頻繁に母親にその存在を忘れられて置き去りにされ、最後には天然痘であっけなく死んでしまう。『制作』では、クリスティーヌがジャックを生むやいなや、夫であるクロードとの関係は悪化し、ジャックは二人にとって邪魔な存在でしかなくなる。気づいたら死んでいたという悲惨な最期を迎え、さらにその死に顔はクロードの絵画作品の素材として利用され展覧会場のさらしものになる。

子供のカップルが多いことも『ルーゴン＝マッカール叢書』の特徴であるが、彼らもまた悲惨な結末を迎えることが多い。『ルーゴン家の繁栄』のミエットとシルヴェール、『パリの胃袋』のカディーヌとマルジョラン、『ムーレ神父のあやまち』のアルビーヌとセルジュ、『夢』のアンジェリックとフェリシアン、『生きる歓び』のポーリーヌとラザールらがそれにあたる。彼らの愛情は、はじめは兄妹のように純粋無垢であることが強調され、二人は幸福な日々を共有するが、密接に触れ合ううちに性の目覚めが生じ、得体の知れない心と身体の変化に戸惑い、恐怖さえ感じる。羞恥心を持たず動物のように人目をはばからず愛し合うことのできるカディーヌとマルジョランを除いて、これらの子供のカップルは、心から愛し合っているものの肉

虐待される子供
(『居酒屋』挿絵より)

体の交わりの歓びを知ってすぐかあるいはまだ知らないうちに、なんらかの理由で無残に引き裂かれ、最後には死が待ち受けているパターンも多い。生(性)と死が密接に結びついているのもゾラの作品の特徴であるが、〈性=大人になること〉をあるがままに受け入れる前に子供の状態のまま死んでしまい、その死が痛々しくも美しいものとして描かれることには、純真な子供時代の賛美と、未来への悲観主義もしくは〈大人になること=性を受け入れること〉への恐れの両方を読み取ることができるだろう。

だが、叢書の後半からは、苦難を乗り越え未来への希望を担う登場人物としての子供が登場する。『生きる歓び』のポーリーヌ、『ボヌール・デ・ダム百貨店』のドゥニーズ、『パスカル博士』のクロチルドがそれにあたる(「少女」の項を参照のこと)。さらに『ルーゴン=マッカール叢書』の最後の登場人物となる、パスカルとクロチルドの間に生まれる子供は希望の象徴そのものであり、これまでの病弱で不幸な子供像は見る

影もなくなっている。

「人類の繁栄を担う子供」は、ゾラの最後の連作『四福音書』の中心的なテーマとなる。『豊饒』は、当時フランスで問題となっていた人口減少を取り上げ、徹底した反産児制限主義を展開した作品である。この小説では、周囲の人々が将来への打算や自己中心主義から、子供を持たないか、これ以上増やさない努力を必死に行っている中で、フロモン夫妻が生をあるがままに受け入れ、貧しくとも愛し合った結果としての子供の誕生を喜び、十二人の子宝に恵まれその子孫の繁栄の幸福がうたわれる。一方で、近親相姦の犠牲となり幼くして母になる子供、蔓延する堕胎行為、子殺し、育児放棄などの恐ろしい状況も描かれ、強烈に糾弾されている。続く『労働』でも、リュック・フロモンが新たに造る工業都市では子供の幸福が重視され、その都市の名はクレシュリと言う。「クレッシュ」はフランス語で「託児所」を意味することからも、子供の養育を中心に考えた場所であることが分かる。さらに『真実』では小学校の教育が中心的主題になっており、このように『四福音書』で完成した三作品をとおして子供とその成長がテーマであることは注目に値する。

ゾラの作品における、不幸な子供から幸福の象徴としての子供へという子供像の変化は作家の私生活と決して無関係ではあるまい。彼は一八八九年に長女のドゥニーズを、一八九一年に長男のジャックを女中であったジャンヌとの間に授かっており、『パスカル博士』以降は子供が生まれてからの作品になる。


（髙井奈緒）

司祭

十九世紀のフランスにおいて、カトリックはもはや国教ではなく、政治体制が変わるにつれて教会の政治的影響力も低下していった。しかし、科学の発展や社会の世俗化によって宗教の権威が揺らいでもなお、民衆にとって教会の存在感は大きかった。一八五〇年制定のファルー法は、カトリック教会の公教育への回帰を後押しし、共和派の小学校教師たちの反発をよそに、教理問答の暗唱がカリキュラムに取りこまれた。たとえ敬虔な信徒でなくても、結婚式、洗礼式、祝祭日、葬式など、人生のさまざまな局面において、人々は教会に足を運び、司祭の祝福を乞うた。司祭は宗教的儀式だけではなく、ときに教育や医療の担い手でもあり、共同体の文化的生活を支えていたのである。

ゾラは生涯を通じて反教権主義の立場を貫いており、作中で司祭を否定的に描くことも少なくない。多くの人物は物語の脇役に留まるが、『ムーレ神父のあやまち』や『三都市』のように、聖職者を主人公にした重要な作品もある。ゾラの小説世界にはいつでも、司祭たちのたなびく黒衣が見え隠れしているのだ。この項では、司祭がドラマに介入することで浮き彫りになる、十九世紀の宗教と政治、教育、宗教的儀式、私生活のかかわりを見てみよう。

政治権力とカトリック教会の強固な結びつきは、『プラッサンの征服』で描かれる。共和派のムーレ家の間借り人としてプラッサンに住みついたフォージャ神父は、慈善活動や青年クラブなどの事業を通して、住民の心を掌握していく。彼は霊的な権威に加えて男性的な魅力を備えており、この謎めいた二面性は、人妻たちに恋愛にも似た熱情を焚きつける。じつは彼は政府の中枢から、帝政派と王党派を融和させるために送り込まれたスパイであり、代議士選挙で暗躍して司教総代理の座につく。現実の教会でも、重要な教区への就任や、高位聖職者への昇進には、高度な政治的駆け引きが必要で、怪僧フォージャの飽くなき権力欲には真実味がある。

地方の共同体において、司祭は村人の教化や子供の教育、布教活動といった道徳的役割も担っていた。ゾラの描く村の司祭は、多くが質素な生活を送る素朴で愛すべき人物である。『生きる歓び』のオルトゥール神父は庭仕事が趣味で、暇さえあれば海泡石のパイプをこっそり吹かしている。『ジェルミナール』のジョワール神父は、資本家と労働者の間を波風立てずに渡り歩く、柔和な人物である。『大地』では、若く穏やかなマドレーヌ神父がボースの農村に着任するが、村人たちの教化に疲れはて、健康を害して故郷に戻る。

たとえ教会や司祭をなおざりにしても、民衆は暦や習慣の一部をなす宗教的儀式は重んじる。『ムーレ神父のあやまち』の「マリア祭」や、『夢』の「奇蹟の行列」の場面では、普段は静まり返った教会に人々が集い、祝祭のにぎわいを取り戻す。『大地』では、頑固なゴダール神父が、村人たちの不道徳に立腹して葬式をボイコットするが、ミサなしでは埋葬にならないという村人の懇願に負けて戻ってくる。

異性であって異性でないという特殊な立場から、司祭は教会では女性たちの告解を聴き、家庭に招かれれば良き相談相手となる。彼らは傍観者として、家庭の秘密という私的な領域に介入し、時に共犯者ともなる。『パリの胃袋』では、サン=トゥスターシュ教会に告解に訪れたリザを愛想のよいルスタン神父が励ましたため、リザは義弟フロランの身辺を探り、警察に密告することを決断する。『愛の一ページ』のジューヴ神父は、未亡人エレーヌからドゥベルル医師への道なら

女性の悩みを聞く司祭。19 世紀フランスにおいて司祭の役割は大きかった。ヒメネス・アランダ《悔悛する女》1902 年

ぬ恋を打ち明けられた唯一の人物だ。『ごった煮』では、サロンの常連でお人好しのモージュイ神父が登場するが、令嬢と奥方たちからあらゆる種類の懺悔を聴かされ、悪徳にまみれたブルジョワに絶望する。

近代社会の変化の渦中にあって、元々異なるイデオロギーの持ち主である神父たち自身の信仰のあり方も揺らぐ。『ムーレ神父のあやまち』(一八七五)では、マリア信仰に救いを見出す心優しいムーレ神父が、緑豊かなパラドゥーでアルビーヌと出会う。血の通った愛の歓びに触れ、ムーレは処女崇拝と決別するが、女嫌いで狂信的なアルシャンジア修道士によって教会に連れ戻されてしまう。『ジェルミナール』のランヴィエ神父は、社会主義者顔負けの過激な思想の持ち主である。デモ隊と政府軍が衝突した惨劇の日、彼は労働者を搾取するブルジョワを呪い、天罰を予言する。

このように、ゾラが造形した司祭は決して紋切り型の素朴な人物ばかりではなく、限られた登場場面の中で十九世紀ならではの「宗教」と「俗世」のかかわりを象徴的に表している。晩年のゾラは、世紀末における「科学」と「宗教」のせめぎ合いを文学的テーマとして見出し、ついに自らのイデオロギーの代弁者として、『三都市』の主人公ピエール・フロマン神父を創造する。『ルルド』では、奇蹟を求める信者たちの極端な神秘信仰が、『ローマ』では、反教権主義的な書物を禁書指定にする教皇庁の頑迷さが、主人公の視点を通してそれぞれ批判される。『パリ』でピエールは聡明な女性マリーとめぐり合い、政治や教会の腐敗と決別し、俗世で社会改革を目指す決心をするのだ。

(福田美雪)

少女

『ルーゴン゠マッカール叢書』においては、大人の女性でも子供でもない、そのあわいに位置する少女の存在が際立つ。ヒロインだけでも、『ルーゴン家の繁栄』のミエット、『ムーレ神父のあやまち』のアルビーヌ、

『ボヌール・デ・ダム百貨店』のドゥニーズ、『生きる歓び』のポーリーヌ、『夢』のアンジェリック、そして『パスカル博士』のクロチルドがおり、全二十巻の中で六巻（約四分の一）の主人公が少女に設定されており、その特権性がうかがえる。

物思いに沈むポーリーヌ
（『生きる歓び』挿絵より）

彼女たちの特徴として最初に挙げられるのは、男性に負けず劣らず、そしてしばしば男性よりも、意志が強く、健気で勇敢なことである。『ルーゴン家の繁栄』のミエットは、恋人のシルヴェールが共和派の蜂起に参加することを恐れ悲しみながらも、旗を持って一緒に行進し、その姿は「自由の女神」にも喩えられるほど美しく逞しいものとして描かれる。『ムーレ神父のあやまち』のアルビーヌは、司祭として捧げるべき神への愛と、一人の男性としての世俗の愛の間で苦悩するムーレを励まし続ける。『ボヌール・デ・ダム百貨店』のドゥニーズは、ムーレの百貨店で同僚のいじめや厳しい労働環境に健気に耐えぬく。『生きる歓び』のポーリーヌは、引き取られたシャントー家で自分の財産が蕩尽されていくことを受け入れ、絶望に押しつぶされるラザールを支える。『夢』のアンジェリックも、周囲の反対にもかかわらずフェリシアンとの結婚の実現を強く望んで最後まで希望を捨てず、許しを得るために彼の父の厳格な司教に直談判にさえいく。『パスカル博士』のクロチルド（実際の年齢は二十五歳であるが、小説の前半ではまだ少女のようであることが強調される）は、妊娠中に子の父であるパスカル博士の死という最悪の事態に直面するも、一人で子供を生み育てていく。

幼いながら、立派に母親の役割を果たす少女が多いことも注目に値する。『居酒屋』のラリー・ビジャールは、父の暴力で死んだ母親に代わって、彼女自身も彼から虐待を受けながら小さい弟と妹の世話を焼く。『ボヌール・デ・ダム百貨店』のドゥニーズもまた、父親が死んで以来二人の弟を母親のような愛情をもって養育してきた。『生きる歓び』のポーリーヌと『夢』のアンジェリックは、近所の子供や貧しい人たちに慈善活動を行い、母親的な役割を果たしている。ポーリーヌはルイーズとラザールの間に出来た子供の命を救い、育ての親となる。彼女たちは誰かを救うため自己犠牲をも厭わない。

だが、成熟した女性性を享受することなく夭逝する少女たちも多い。ミエットは行進中にボナパルト派に撃たれて死んでしまうし、アルビーヌはセルジュとは一緒になれないと悟った時、そしてアンジェリックはフェリシアンと結婚する夢が叶ったとたんに息絶える。彼女たちは、肉体の目覚めに戸惑いながらもそれを受け入れ、愛する男性と結ばれて大人へと成長するその一歩手前で永遠に少女のまま留まることを余儀なくされるのだ。『生きる歓び』は、ポーリーヌの初潮など思春期特有の身体の変化が克明に描かれる点で少女を扱った作品としてもっとも興味深いが、強く生き延びる彼女もまた、愛するラザールをルイーズに譲り、二人と一緒に留まることを選んだことによって、結婚して自分の子を持つことなく生涯少女のままであることを運命づけられている。そのほか、ラリーも自分自身の子を生んで本当の母親となることは出来ないし、ドゥニーズは『パスカル博士』で二人の子供の母となったことが明かされるが、その様子が小説に具体的に描かれることはなかった。

けれども、「永遠の少女＝よき母親」（叢書に登場する多くの生みの母親は「悪い母親」である。アンジェリックの母シドニー・ルーゴン、『居酒屋』のジェルヴェーズ、『制作』のクリスティーヌなど育児放棄をする母親は枚挙にいとまがない）という聖母マリアを彷彿させる二律背反は叢書の最後のヒロイン、クロチルドによって解消される。彼女は少女らしさを保ったままの若い女性から、愛情にあふれた強く良い母へと見事な成長を遂げるのだ。この新しい女性像の創造については、当時四十九歳であったゾラが、二十二歳の女中ジャンヌと愛人関係になり子供をもうけたことが大きく関係していることは明白である。

叢書に登場するのは純朴な少女たちだけではないことも書き加えておこう。『獲物の分け前』でマクシムの結婚相手となるルイーズ、『愛の一ページ』のジャンヌ、そして『居酒屋』のナナのように、周囲の大人の行動に敏感に反応し、性にやや倒錯的ともいえる早熟な関心をもつ少女たちもいる。叢書に登場する少女たちや相手の男性が表明する、肉体の交わりや、得体の知れない女性性に対する異様な関心と恐れがクロチルドとパスカル博士の結びつきによって健全な生の歓びへと昇華され、後期のゾラ作品における人類の繁栄と母性の賛美へと繋がっていくのだ。（高井奈緒）

使用人

「かくまで社会史学者の熱い関心を惹きつけてやまないどんな魅力が、女中にはあるのだろう？」と歴史家アラン・コルバンは書いている。長らく歴史の闇の中で沈黙してきた使用人は、十九世紀のブルジョワ社会を陰で支えた階級であり、文学が好んで脇役に描く類型でもあった。モリエールやボーマルシェの喜劇では、縦横に機智を働かせて主人を出し抜く召使いが登場する。デュマやヴェルヌの冒険小説では、主人に忠義を尽くし危機を救う従僕が描かれる。

革命前の階級社会では、豪華な仕着せの使用人は、家具調度と同じく富の象徴だった。従僕の前で入浴する貴婦人も珍しくないほど、彼らは「物」同然の存在だった。十九世紀のブルジョワ社会で、「快適な家庭」が称揚されると、小間使いや料理女、門番や従僕など、職種や給与体系もさまざまな召使いが雇われた。その人数は主人の社会的地位の指標であり、家庭に溶け込む異性の存在は、ブルジョワ男性にとって一種の夢想の対象となった。しかし写実主義の文学者たちは、単なる家庭の付属物ではなく、複雑な感情のひだを持つ個人として女中を見出した。ゴンクール兄弟の『ジェルミニー・ラセルトゥー』（一八六五）は、長年仕えた女中の死後に暴かれた私生活の秘密を暴いている。フロベールの『純な心』（一八七七）では、独身女中フェリシテのつつましい生涯が描かれる。モーパッサンの『女の一生』（一八八三）では、主人に関係を強いられた女中ロザリーが、私生児を産んで家を追われる。ミルボーの『ある小間使いの手記』（一九〇〇）のヒロインは、召使いを「奇怪な雑種」と言う。庶民にもブルジョワにも同化しきれない曖昧な立場の使用人は、他人の私生活への奉仕者でしかなかった。

ゾラの小説には、職業リストができるほど多くの脇役が登場するが、特に「使用人」は、「司祭」と「医者」に並んでどの社会階級にも遍在する類型である。司祭は告解、医者は診察、そして召使いは日常生活の共有によって、他者でありながら家庭の秘密に通じ、うわさや情報の媒介者となる。『ムーレ神父のあやまち』ではおしゃべりで世話焼きのトゥーズばあやが、『愛の一ページ』では働き者で気のいいローズが、孤独な主人公の家庭に慰めをもたらす。しかし、使用人は本質的に、主人の油断ならない敵として描かれる。

『ごった煮』のアパルトマンには、異なる家庭に勤める十人以上の使用人が登場する。台所で汚物を押しつけられ、最上階の女中部屋に遠ざけられても、彼らは呼び鈴を通してつねに主人の監視下にある。その腹いせに、ジュリーは女主人のアクセサリーや衣類をくすね、リザは雇い主の一人娘を誘惑して堕落させる。雇い主と肉体関係を結ぶことも常態化しており、アデールは父親のわからない子を出産する。女中たちは寄り集まると、台所の窓から中庭に響き渡る大声で家庭の秘密を一切合切暴いてしまう。

無口で謎めいた召使いもまた、ゾラの創造した魅力的な人物類型である。『獲物の分け前』の厩舎係バティストや女中セレスト、『ウジェーヌ・ルーゴン閣下』の秘書メルル、イタリア人女中アントニア、『ナナ』のゾエ、『ごった煮』のラシェルなどがそれにあたる。彼らは主人の性生活まで把握しており、その有能さゆえに密かに恐れられもする。

メイド。ガヴァルニの版画

たとえば『獲物の分け前』のルネは、義理の息子マクシムと別れた孤独の中で、小間使いセレストを唯一の味方と信じて可愛がる。しかし彼女はある日突然、十分な貯金が貯まったので故郷で商売を始めると宣言する。女主人の涙ながらの慰留に応じるどころか、セレストは八年来彼女の放蕩に抱いていた軽蔑を露わにし、茫然としたルネを尻目にさっさと旅立ってしまう。『ナナ』のゾエも、女主人の放蕩を冷淡に見守り、愛人たちが寝室で鉢合わせしないように立ち回って、ナナの全幅の信頼を得る。しかし本心では娼婦を軽蔑しており、終盤では苦境に陥ったナナを見捨てて独立し、なんと娼館の経営者となる。『ごった煮』のラシェルは、仲間の噂話に加わらない寡黙な女中で、ベルトとオクターヴの逢引きを黙々とお膳立てする。ところが、暇を出されたとたん激昂して沈黙を破り、罵詈雑言をベルトに浴びせかける。召使いなしでは私生活が保てない人妻たちは、その本性を見ても妥協をするか、見て見ぬふりをするしかない。

　独自の信念から主従関係に異議申し立てを行い、主人公の視点から紡がれてきた物語を結末で転覆させる女中もいる。『生きる歓び』のヴェロニクは、シャントー一家に不当に搾取されるポーリーヌに同情し、数少ない味方となる。しかしポーリーヌが主婦として家政全般を掌握すると、突然気難しく反抗的になり、ついには自殺して一家の度肝を抜く。『パスカル博士』のマルティーヌは、博士への秘めた恋心と一途な信仰心から、遺伝研究を悪魔の所業と信じて膨大な資料を火にくべてしまう。炎を免れたのは、ルーゴン＝マッカールの家系樹ただ一枚きりであった。

　家庭に入り込む召使いへの主人側の警戒心と、自らを犠牲にして他人に仕える召使い側のストレスが、見えざる緊張の糸としてドラマに張り巡らされている。召使いはしたたかで非情な見張りであり、ブルジョワ社会の真の告発者なのだ。

（福田美雪）

娼婦

　十九世紀後半のフランスでは表面的にはブルジョワの実直さや家族生活の絆が尊ばれたが、裏では乱れた性風俗が蔓延していた。娼婦といっても、身体を売ることを生業としている女性（独立した街娼、娼家の公娼など）、仕事についているが生計の足しに男性を相手にする女性（女優・お針子など）、裕福な男性に囲われて暮らす女性（高級娼婦）など様々な形態があったが、ゾラは娼家で生活する娼婦を除いてあらゆるタイプの娼婦を描き、社会の暗部を白日のもとに晒した。

　ゾラの小説にヒロインとして登場する娼婦はナナがあまりに有名であるが、その前に『クロードの告白』のローランスがいることを指摘しておきたい。『ナナ』を書くにあたってゾラは、「マリオン・ドロルム」や「椿姫」のような感傷的な美化された娼婦像ではなく、ありのままの姿を描きたいと宣言したが、十五年以上前に書いた処女小説のヒロインの描き方にもすでにロマン主義的な娼婦像からの脱却の試みや、後の悪徳に満ちたナナの萌芽が見られる。ローランスは、先に述べたユゴーやデュマ・フィスの作品にみられるような可愛らしく、健気で、一途な愛情をもった女性としては描かれない。彼女はすでに年老いていて醜いということが何度も強調され、心は空虚である。同じ建物に住むジャックと浮気をしながらもクロードのことを愛していると言い張り、彼女を激しく愛している彼を苦しめる。二人の愛憎関係は、ナナとミュファ伯爵のそれをも予告している。クロードはローランスとの同棲によって不幸のどん底に落ち、彼女の不実な行為に首を絞めるほど怒りをあらわにするかと思うと、次の瞬間にはひざまずいて許しを請う。彼はローランスを純真な乙女に更生させることができるのではないかと希望を抱き努力するも、最後に彼女はジャックとの浮気を告白してクロードのもとを去り、彼には虚しさと青春の過ちの教訓だけが残る。クロードがローランスに対して抱く恐れの感情、幼稚でつかみどころがないという印象もまた、ナナの造形に受け継がれさらに強化され、のちに伝説となった「野獣」を生むことになる。

ナナのモデルの一人と言われる高級娼婦ヴァルテス・ド・ラ・ビーニュ

（ジェルヴェックス画）

『クロードの告白』には、『椿姫』を彷彿させる、結核で死ぬマリという不幸な少女も登場する。彼女はまだ十五歳であり、純真な姿と心を持っていることと娼婦であることとのギャップが強調され、クロードは彼女の境遇に胸を痛めほのかな想いをよせる。ナナの性格のネガティヴな部分がローランスから受け継がれたならば、ナナの愛らしい外見、そして時おり垣間見せる少女のような無邪気さや一途さ（フォンタンに暴力を振るわれても健気に尽くしていた）というポジティヴな部分はマリから受け継がれたといっても良いだろう。少女のような純粋さという点においては、マリはナナの友人のサタンにもつながるが、サタンが無垢なのは外見的な印象だけであって、心と身体は倒錯にどっぷり浸ってしまっている。マリはゾラが自然主義的な娼婦を対置するため必要とした、ロマン主義的な娼婦の最後の一つの典型といえるだろう。

年老いた元娼婦が登場するのもゾラの作品の特徴である。『クロードの告白』ではパクレットがクロードとローランス、クロードとマリを結びつける決定的に重要な役割を果たすし、『ナナ』ではポマレ女王と呼ばれる、今では完全に落ちぶれて屑拾いをしている元花形の娼婦が登場する。パクレットがクロードに嫌悪感を抱かせる存在であったり、ポマレの悲惨な老後が描かれていたり、ナナが最後におぞましい顔の死体となって登場したりすることからは、ゾラが娼婦を社会の悪であり、罰せられるべき存在だと捉えていたと考えられる。だがマリやナナの不幸な生い立ちも丁寧に描いていることからは、彼女たちは社会の犠牲者であるという視点も忘れてはいない。『ナナ』ではイルマ・ダングラールという、パリ郊外に壮麗な屋敷を構え、その品格と威厳で住民から尊敬を集め、ポマレ女王とは対照的な老後を送っている元娼婦が登場することからも、娼婦を徹底的に否定的に描くことを避けていることが分かる。

ゾラは娼婦的な行為に身を落とす上流社会の夫人たちも描いた。『獲物の分け前』のルネは経済的には何不自由ない生活を保障されながらも多くの愛人を持ち、義理の息子マクシムとの近親相姦的な情事にのめりこみ、衣裳のために作った多額の借金の肩をもってもらうため夫のサッカールとの夫婦関係を再開する。『ナナ』のミュファ伯爵夫人はナナから強い影響を受け、快楽を求めてフォシュリーをはじめ次々と愛人を作る。ただ、彼女たちも理由なく堕落していったのではない。ルネはある男性によって望まない妊娠をさせられ、その「過ち」を隠すために結婚させられたサッカールとの生活の倦怠から不倫に走るのであり、ミュファ伯爵夫人の行為も夫に非が認められないではない。
ゾラの作品における娼婦は「謎」としての女性性の権化ではあるが、絶対的な悪ではなく社会的産物であり、金と欲望のうごめく十九世紀後半のパリの象徴でもある。

（髙井奈緒）

独身者

十九世紀後半の小説に現れる男性独身者には、三つの類型があると言われる。一、申し分のない結婚を究極の目的とし、社会的身分の階梯を駆け上るための闘いに身を投じる出世主義者、二、願望も期待も持たずに孤独な生活の中に閉じこもる凡庸な雇われ者、三、結婚による創造力の喪失を怖れる芸術家である。しかし、ゾラの小説に現れる作中人物たちをそれら三つの類型に押し込めることはできない。自ら独身主義者を名乗り、作中に独身者を登場させる同時代作家フロベール、ゴンクール兄弟、ユイスマンス、モーパッサンと違って、ゾラの登場人物たちは、むしろ作者の反独身主義を反映しているかのような性向を見せるからである。

ここではゾラの独身者を大きく二つのタイプに分けてみる。第一のタイプは、『ルーゴン＝マッカール叢書』全体を通じて独身を貫く登場人物である。これには『パリの胃袋』（『ゾラ・セレクション』第二巻）のフロラン、『ジェルミナール』のエチエンヌ、『獣人』（『ゾラ・セレクション』第六巻）のジャックが属する。彼らに共通する特徴を挙げれば、しばしば女性に対して臆病であるか恐怖心を抱いている。政治思想から見れば反体制であるか無関心である。流れ者ないし闖入者として因襲的な組織に外部から侵入し、その秩序を乱すうさん臭い人物として危険視される。

その代表はフロランであろう。痩身の彼は流刑地を脱出して、肥満の支配するパリの中央市場に迷い込む。

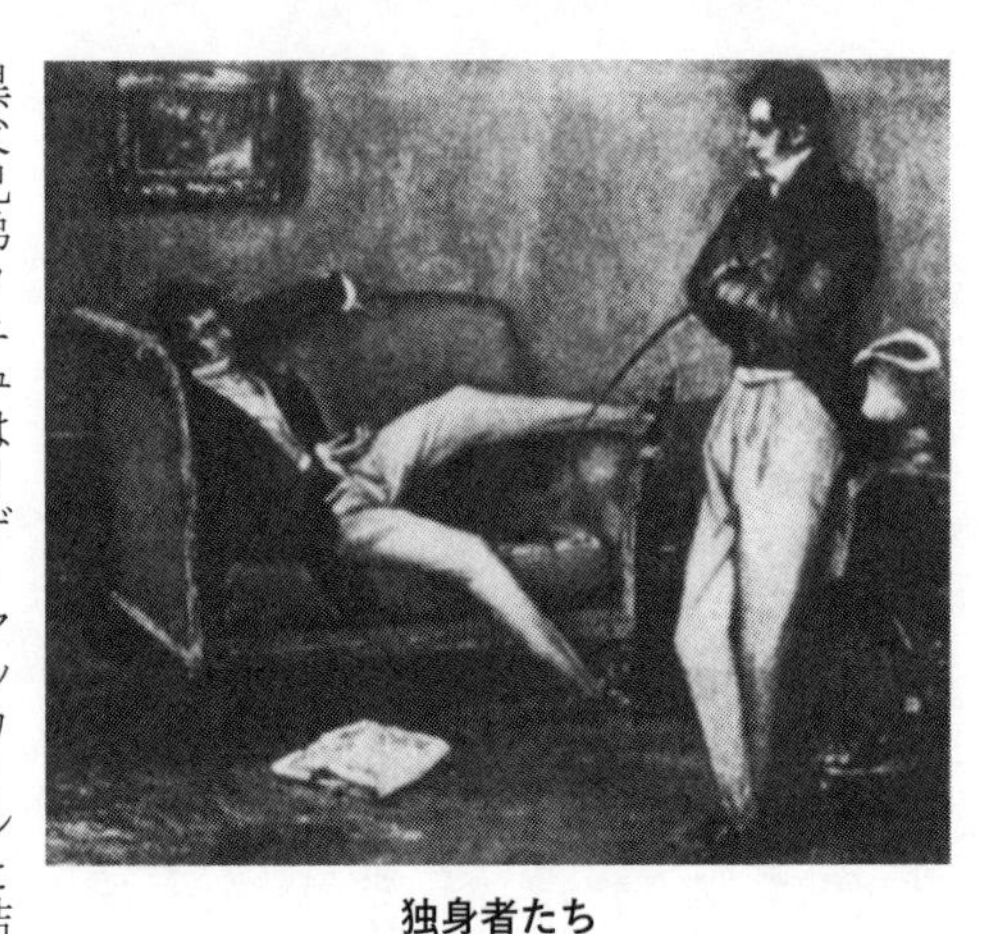

独身者たち

（バルザック『金色の眼の娘』のための挿絵。H・ジェルヴェックス画、1898年）

異父兄弟クニュはリザ・マッカールと結婚してその界隈で店を営んでいる。彼は夫妻の家に引き取られるが、自分が邪魔者扱いされていると感じる。友人が彼のために見つけてくれた鮮魚棟の検査官の職をしぶしぶ受け入れるが、それまで平穏の内に暮らしていたこの世界を、彼は危険に巻き込み、かき乱す。太った人々から成る中央市場の世界は、痩せた者への憎悪と不信感を募らせる。フロランは国家転覆の計画を練る。自分の家庭が崩壊の危機に瀕していると感じたリザは、計画を記したノートを見つけ警察に密告するが、すでに調べがついていることを知る。フロランは逮捕され、再び徒刑に処せられる。物語は肥満の痩身に対する勝利で締め括られる。フロランは三つの秩序、つまりリザの家庭、中央市場、第二帝政のそれを乱した者として罰せられるのである。同様にエチエンヌは支配と被支配の関係で成り立つ炭坑の秩序を乱して放逐されるし、上役の家庭を破壊したジャックには死が待っている。

第二のタイプは、初めて現れる時には独身でありながら、のちに結婚することになる人物である。彼らは前述のタイプと特徴を部分的には共有することがあるとしても、多くはそれと異なる相貌を見せる。『パリの胃袋』と『制作』のクロード、『ごった煮』と『ボヌール・デ・ダム百貨店』（『ゾラ・セレクション』第五巻）

のオクターヴ、『大地』と『壊滅』のジャンがこれに属する。オクターヴの場合を見てみよう。『ごった煮』において彼は、一の類型に酷似した振る舞いを見せる。商才を自覚する彼は、三年間マルセイユで働いたのち、一旗揚げようとパリに乗り込む。彼が一室を借りたシュワズル街の建物には四つの家族が暮らしていて、物語は住人たちの不倫と乱脈の「ごった煮」を語る。この野心家は、自分の男ぶりを利用して女に取り入り成り上がることを夢みている。家主の次男の妻、ピションン家の嫁、家主の長男の妻を次々に誘惑し、彼が従業員として働くボヌール・デ・ダムの経営者エドゥアン夫人を籠絡しようと試みるが失敗、解雇される。しかし最後に地位を取り戻し、彼が持ち出した店の拡大計画が未亡人となった夫人の心を動かし、二人の結婚が決まる。

彼が女たらしであるのはここまでで、次作では妻の死後、事業の拡大に尽力し、それに成功したのち店員ドゥニーズと再婚する。ジャンは『大地』の冒頭部では農家の作男として登場する。結婚するが農村社会から怪しげなよそ者と見なされ、妻を亡くしたのちそこを立ち去らざるを得なくなる。独身者として『壊滅』に再び登場、友人と双子の関係にある女性と人生をやり直そうとするが友人の死によって希望は断たれる。しかし後日談で彼の幸福が確認される。このタイプに属する人物が結婚によって幸福を獲得するとは限らない。画家クロードは『パリの胃袋』では女性を拒み絵画の革新に邁進する潑剌たる青年（三の類型）として登場するが、『制作』ではまるで神話ピュグマリオンの化身であるかのように、現身の妻よりも自分の描いた絵の女性を恋し縊死する。

このようにゾラにおける独身者は多様な相貌を見せる。とはいえ、彼は明らかに独身という身分に価値を置いていない。彼の小説では独身者が作者から好意を得ることは稀なのである。若き日にミシュレとサンドに親しみ、男女間の愛に信頼を寄せるようになっていて、相互の理解に基づく結婚の可能性を信じていた。

ルーゴン、マッカール両家の歴史の証言者パスカルのノートは、生き残った人物たちのその後をまとめている。エチエンヌは結婚して一人の娘の父となるし、オクターヴは富を築き二人の子を得ている。ジャンは農婦と再婚し三人の子を儲ける。そしてシリーズ小説全体を通して独身を守るパスカル自身も、最終巻では姪の愛を得て死後に一人の子を授かり、その子に将来への希望が託されるのである。ゾラの結婚および多産への共感は、晩年のシリーズ『四福音書』の中で鮮明に表出されることになる。（佐藤正年）

民衆

『ルーゴン＝マッカール叢書』は、全体的に見れば民衆＝庶民を大きくクローズ・アップする壁画小説である。シリーズ二十巻を通底する主題を、作者は『ルーゴン家の繁栄』の序文で次のように要約している。「歴史的に見れば、彼ら（ルーゴン＝マッカール一族）は庶民から出発して、同時代社会全体に散らばってゆく。社会を貫いて歩むときに下層階級がこうむるあの本質的に現代的な推力を受けて、彼らはあらゆる身分に上ってゆくのだが、このように彼ら個々のドラマに助けられて、クーデタの不意打ちからスダンの裏切りに至るまでの第二帝政を彼らが語るのである」。つまり『叢書』は、第二帝政下に生きる庶民を語り、同時に庶民が時代社会を語る小説なのである。

『叢書』を構想するに当たって、ゾラは準備ノートの中で第二帝政下の社会を四つの世界に区分し、庶民をその最初に位置づけた。とはいえ彼は、この社会階級を明確に定義することをせず、金持ちに対する貧しい人々、搾取する者たちに対する搾取される者たちとして対置しているにすぎない。したがって、「庶民」が厳密にどこまでの領域を覆う概念であるのか判然としない。しかし彼の念頭にあったのが、小金を貯めこんだ小市民（プチブル）や土地を所有する農民ではなく、もっぱら不遇な生活環境の中に見捨てられている無産の労働者たちであることは明らかであろう。パリの場末に住まう小職人たち（『居酒屋』）、資本家によって酷使され日々の生活にも困窮する炭坑夫（『ジェルミナール』）はその代表例である。

ルーゴン、マッカール両家の子孫について言えば、同じ庶民階級から発するとしても正嫡の家系たるルーゴン家の子孫の多くは多かれ少なかれ成り上がりその野望を遂げる。庶民階級に固定され続けるのは、数人の例外はあるにしても私生の家系に属するマッカール

「民衆の銀行」と呼ばれた公営質屋
（『居酒屋』挿絵版より）

家の子孫たちである。ゾラは彼らをしばしば遺伝および社会的条件によって押しつぶされる登場人物として提示している。一族の子孫だけが問題にされるのではない。過酷な労働ために愚か者になるジャンランや病気と事故の犠牲となる性悪のロリユー夫妻など堕落した悪どい人物もいれば、自らの職業上の良心と技量を誇る善良な労働者も登場する。物乞いを始めるジェルヴェーズに救いの手を差し伸べる屈強な鍛冶職人グージェ（『居酒屋』）や、真っ暗な坑道の中で鉱脈を嗅ぎ当て、時計もないのに時刻を言い当てる炭坑夫たち（『ジェルミナール』）である。

ゾラの小説があれほどのスキャンダルを巻き起こしたのは、庶民と肉体という小説の題材における禁忌を破ったからである。小説家は、肉体のヴェールをはぐことで生きている。彼において庶民は頭脳でなく身体で庶民からヴェールを取り払ったのであり、庶民を採りあげることによって肉体を露わにしたのだった。それ以前の小説においては、この下層階級は触れてはな

らぬものであったか、少なくともわれ関せずの態度をとってしかるべきテーマであった。実際、スタンダールの『リュシアン・ルーヴェン』やバルザックの『金色の眼の娘』において描かれる民衆は、匿名的でよそよそしい。しかしとりわけ『ジェルミナール』におけるゾラは、庶民の感情の、身体の内部にまで入ってゆく。彼の庶民は官能的で、生きる喜びにあふれ、寛大である。彼らは自分たちの皮膚や身体のぬくもり、そして性を楽しむ術を心得ている。人々が肩を接するマゥ家の室内空間では、暖め、かばい、喜びを与える視線と仕草と愛撫が交わされる。それに対して、ブルジョワのグレゴワール家は広く快適な空間を占めているが、ピューリタン的な慎みのためにその空間は乾き無性化している。

庶民は浮かれ騒ぐ。それはゴンクール兄弟の『ジェルミニー・ラセルトゥー』の気取ったダンスパーティや、フロベール『感情教育』における蜂起民たちの馬鹿騒ぎと破壊を伴う酒盛りではなく、ご馳走がたっぷり出されるジェルヴェーズの誕生日の宴であり、モンスーの慌ただしい守護聖人祭である。小説は、あたかも作者がそこに感情を移入しているがごとく内側から、大宴会、歌、ダンスそして遊戯の活気を捉えようとする。そしてエピソードごとに、肉体の集団的祝祭に気兼ねなく参加する享楽的な奔放さと、登場人物たちの将来の運命が含む勇気、犠牲、英雄的な模範の諸価値との間に、深く堅固な関係を設定するのである。

『居酒屋』は、文学素材としての民衆だけが問題視されたのではない。民衆語をふんだんに盛り込んだ小説は、新聞小説として発表されたとき、通俗批評から使用言語の不道徳性をもなじられた。単行本として出版されたとき、ゾラは序文のなかで抗議している。「私が望んだのは、純粋に文献学的な仕事を行うことであり、それが歴史的にも社会的にもすこぶる興味深いことだと思っていることに、誰一人として気づいてくれなかった」と。

ゾラは、内容においても言語においても所属階級中心主義の足枷を外し、テクストを民衆生活の中に惜しみなく浸した最初の小説家であった。民衆のテーマに限ってみても、それは彼の文学的信念に基づく果敢な挑戦、ないし「実験」だったと言えるだろう。

（佐藤正年）

8 生の諸相

教育

十九世紀の文学者が「学校」という場を描くとき、そこには四方を壁に囲まれた「監獄」のイメージがつきまとう。アルフォンス・ドーデの『プチ・ショーズ』（一八六八）や、ジュール・ヴァレスの『子供』（一八七九）の主人公は、いじめや体罰といったつらく悲しい記憶とともに、学校生活を回想する。国家主導で制度化された近代の学校教育は、民衆に学びの場を開放したが、子供を「平等な競争」に晒すため、不自然な規律を押しつけるという弊害も生んだ。学校でも家庭でも、しつけと称してブルジョワ的価値観が刷り込まれ、中産階級の再生産が図られたのである。

母子家庭で、奨学金を得ていたゾラにとっても、学校は楽しい場所ではなかった。エクスのコレージュでいじめられ、それを助けたセザンヌと固い友情で結ばれたことは有名である。その後経済的な事情でパリのリセに移るも、ユゴーやボードレールのように、コンクール・ジェネラルで入賞する輝かしい学生生活とは縁遠かった。バカロレアの試験に二度失敗したゾラは、一八六〇年に大学進学を断念し、自活の道を歩む。親の資産で文学に没頭できたフロベールやゴンクール兄弟と比べ、学士号さえ持たないゾラが当時の文壇で負ったハンディは相当なものだった。高等教育の挫折から文学修行を始めたゾラは、名声を得たのちも、落伍者の立場から批判的に教育制度を眺めていた。

進学を諦めた苦い記憶を反映してか、ゾラの作品で教育者が重要な役割を演じることは少ない。ルーゴン＝マッカール一族でも、アデライードと三人の子供、ピエール、アントワーヌ、ユルシュールは無学である。第一巻『ルーゴン家の繁栄』では、教育費など無駄だと信じるピエールを妻フェリシテが説得し、三人の息子を高い寄宿学校、ついでパリの大学に入れる。法学を修めたウジェーヌは、しがない弁護士から政治家に転身し、大臣にまで成り上がる。医学を学んだパスカルは、遺伝学に没頭するが、パリの医学界と距離を置き、あえて在野の一研究者に留まる。放蕩児アリスティッドは、あらゆる試験に落第し、二年で退学してしまうが、後に投機家、銀行家として成功する。一度は専門分野から離れた三兄弟が、新たな道に活路を見出す様には、型にはまった高等教育へのゾラの懐疑的な態度が見て取れる。

教育への不信感は、大学のみならず、あらゆる保守的な教育組織へと向けられた。『ムーレ神父のあやまち』では神学校、『制作』では美術アカデミー、『大地』では農村の学校の問題点が取り上げられている。なかでもゾラが批判的に描いたのは、当時の一般的な女子教育である。

十九世紀の社会はブルジョワの子女に、結婚までの純潔と、結婚後の妻としての義務の遂行を求めた。女子教育の主な担い手は、修道院やカトリックの寄宿学校だった。しかし、世間との隔絶は逆に結婚後の幻滅を生んだ。『獲物の分け前』のルネ、『生きる歓び』のルイーズなどはこうした教育の犠牲者でもある。一八八〇年にはカミーユ・セー法が成立し、女子中等教育が公教育化される。しかし男子校ではバカロレアの準備がなされるのに対し、女生徒が教わるのは、接客や

19世紀の小学校の光景

礼儀作法、家政の管理などの家庭教育に限られていた。ゾラによれば、教育の不平等と質の差が、結婚後の男女間の不幸な無理解を生んでいるのだった。

『ごった煮』のジュイユラ医師は、ブルジョワの女性を「お人形のような教育のために無知」だと批判している。教育の失敗の一例は、カンパルドン家の一人娘アンジェルである。父親は毎朝新聞に目を通し、赤で囲んだ記事は読むなと言い渡すが、娘はかえって目立つ赤枠の中を盗み読む。女中のリザは、アンジェルをベッドに引き入れ、娘の性教育を完了してしまう。反対に『生きる歓び』のポーリーヌや『金』のカロリーヌ夫人、『パスカル博士』のクロチルドは、良き理解者に導かれ、自発的に科学書や思想書を読破する。女性にも理性に基づく非宗教的な教育や、専門的な知識が必要だというゾラの主張の表れである。

『三都市』と『四福音書』では、世相を反映し、教育の描かれ方ががらりと変わる。第三共和政は、初等教育を無償化・義務化するとともに、一八八二年のフェリー法で、公立校での宗教教育を禁じた。カリキュラムの世俗化に反発する教会を抑え、小学校では教理問答の代わりに「自由・平等・博愛」の共和国の原則が教えられた。かねがね教育への宗教の介入を批判し、共和主義的な市民教育を唱えていたゾラにとって、喜ばしい変化が訪れたのだ。

『労働』(一九〇二)のリュックは、理想都市の中に幼稚園、小学校、職業訓練校で構成される、共学の教育施設を創る。生徒にとって勉学はもはや苦痛ではなく、歓びである。ドレフュス事件を受けて書かれた『真実』（一九〇三）では、主人公マルクが、ユダヤ人教師の冤罪を晴らすために闘う。事件をめぐって非宗教の学校とカプチン修道会は衝突するが、宗教と国家の分離によって前者が勝利する。

一九〇五年には、ゾラが作品で予言した通り、ついに政教分離法が制定される。しかし作家は、ライシテの時代の到来を見届けることなく世を去っていた。

（福田美雪）

結婚

フランス革命後の社会では、婚姻の「世俗化」が進み、教会の儀式に加えて役場における法律規定の読み上げが義務となった。近代ブルジョワ社会における結婚とは、その構成員による家族の再編成を意味し、両家の経済状況と社会的地位は、婚姻という民事契約において重要な要素である。より良い結婚のために、道徳教育、女性観や子供観が新たに構築されていった。一八一六年には離婚が廃止され、八四年にナケ法で復活するまで半世紀以上かかっている。

若き日のゾラは、ジュール・ミシュレの『愛』や『女』、ジョルジュ・サンドの小説を愛読していた。いずれも、当時のブルジョワ階級が求めた「良き母親像」の形成に寄与した作家である。その結果ゾラも、女性が純粋な愛情で男を引き立て、家庭を神聖なものにするという、ロマンティックな結婚観を抱くに至った。しかし現実には、娼婦を愛によって更生させようと試み、手ひどい痛手を受けた。この苦い経験が、処女作『クロードの告白』に結実するように、初期作品ではつねに愛への幻想と、女性への不信が混在している。『テレーズ・ラカン』と『マドレーヌ・フェラ』でも同様に、男性側は盲目的に女性を信頼するが、第三の男の出現によって関係が破綻する。『テレーズ・ラカン』の原案の短編は皮肉にも、「ある恋愛結婚」と題されている。

ゾラの周囲には、フロベール、エドモン・ド・ゴンクール、モーパッサン、ユイスマンスなど、独身主義の作家が多く、ある種の女性蔑視が伝染したとしても不思議はなかった。しかし、ブルジョワの結婚生活を徹底して皮肉に描いたフロベールやモーパッサンとは異なり、ゾラは「男女の相互理解の上に築く結婚」という理想を捨てなかった。アレクサンドリーヌとの同棲、そして正式な結婚を経たゾラは、女性側から見た近代的な結婚制度のひずみや弊害を次第に意識し、著作で警鐘を鳴らすようになる。

叢書でも、結婚は重要なテーマである。何より副題の「一家族の歴史」は、アデライード・フークの婚姻と不倫から始まっているのだ。結婚と遺伝の因果関係も深く、家系樹に連なる一族の結婚は、『居酒屋』のジェルヴェーズを筆頭に、おしなべて悲惨な末路をたどる。結婚から派生するテーマは、結婚式、財産相続、夫婦生活、家庭など多岐にわたり、社会の各層における婚姻制度の諸問題を示唆している。

上流階級の結婚は、『獲物の分け前』のサッカール夫婦に代表されるように、功利的なものとして描かれる。未婚のまま妊娠したルネの体面を、サッカールは結婚によって救い、引き換えに持参金と土地を手に入れる。夫婦生活は形式的だが、サッカールは社交界の花形として大いにルネを利用する。『ナナ』のミュファ伯爵夫妻も、家名と体面に取繕われた、冷え切った結婚生活を送る。官能の喜びを知らなかった伯爵は、娼婦ナナの魅力に惑わされ、破滅する。

労働者階級の結婚は、貧困と結びついている。『居酒屋』のジェルヴェーズとクーポーは、市役所と教会での簡単な挙式の後、にぎやかな披露宴をする。しかし蜜月は短く、その日暮らしの生活が夫婦を待っていた。酔って妻を蹴り殺すビジャールを通して、家庭内暴力の問題も示唆される。『制作』では、芸術家の結婚という難題が描かれる。画家仲間が次々と平凡な結婚をして才能をすり減らす中、傑作のために家庭を犠牲にするクロードは、妻よりも「絵の女」を選び、未完の作品の前で自殺してしまう。芸術と結婚を両立できたのは、「結婚は規則正しく堅実な労働の条件だ」と、ゾラ自身の結婚観を代弁する作家のサンドーズのみだ。

結婚契約が交わされた場面

『ごった煮』で、ゾラはブルジョワの結婚問題に正面から取り組んだ。主人公ムーレは、一見円満な結婚生活に鬱憤を抱える人妻を、次々に誘惑する。恋愛小説を愛読するマリ、戯れにヒステリーを起こすヴァレリー、服飾品に散財するベルトのいずれもが、親が打算で決めた愛情のない結婚によって、いたずらに人生を狂わされた女性なのだ。

ブルジョワの子女が結婚を人生の最大目的と教わりながら、結婚生活について正確な知識を与えられず、結果として不倫が増えている問題を、ゾラは再三批判した。『ヨーロッパ通報』誌に連載された、「人はどのように結婚するか」（一八七五）という一連の記事で、ゾラは階級別に見た結婚の問題点を分析し、現代の結婚は商取引きになり果てたと嘆く。社会の歯車と化した男性にとっては、結婚も機械の操作と同列であり、正しい性教育を受けていない女性にとっては、夫婦生活は強姦に等しいというのだ。「ブルジョワジーにおける不倫」（一八八一）では、人妻の不倫を「環境と教育のなせる災厄」と告発し、「離婚と文学」（一八八一）では、離婚が新たな文学の可能性を開くと期待している。

ゾラが理想とするのは、制度から自立した寛容で勤勉な男女の結びつきである。『パスカル博士』のパスカルとクロチルドは、子供をもうけるが正式には結婚しない。『パリ』のピエールとマリーも、子供が生まれてから、その「権利」を守るために結婚届を提出する。しかし彼らは、ゾラの創造した様々な夫婦の中で、最も調和したカップルなのだ。

（福田美雪）

死

「死」はフランス文学の大きなテーマであり、中世以来「愛」と表裏一体とみなされてきた。しかし、十九世紀の新聞連載小説では、「死」はメロドラマを盛り上げる便利な要素と化した。医学の進歩や犯罪の報道によって、「死」にまつわる情報が大衆に届くようになった影響も大きい。レアリスムの作家たちは、文学における安易な死の濫用を批判した。フロベール、ゴンクール、モーパッサンらは、感傷とは無縁の冷徹な眼差しで「死」を記述している。

「遺伝」の概念を文学に導入したゾラのほぼすべての作品にも、死は不吉な影を落としている。幸福な結末の『ボヌール・デ・ダム百貨店』においてさえ、工事現場で転落死したムーレの亡妻の血がデパートの土台にしみ込んでいる。同時代の作家の中でも群を抜く多様な死の描写は、強迫観念的ですらある。実際ゾラにとって、若き日の大病以来、死への恐れは生涯つきまとう神経症であった。

初期作品『隣人ジャック』（一八六四）では、葬儀人ジャックの隣に住む青年の語りを通して、忌むべき死の担い手との奇妙な友情が描かれる。「不吉な隣人」のエピソードは、『居酒屋』でさらに発展される。結婚式の日に酔った葬儀人バズージュに出くわしたジェルヴェーズは、病的に彼を恐れる。しかし生活が困窮を極めたある日、隣人の足元に身を投げ出して死を願う。彼女が悲惨な死を遂げてようやく、バズージュが迎えに来て優しく抱きあげる。「生き埋めの恐怖」は、短編『オリヴィエ・ベカーユの死』(一八七九)でも反復される。主人公は仮死状態で埋葬され、棺の中で生き返る。墓から脱出しても妻のもとにあえて帰らず、群衆に紛れた透明な存在となることで、初めて生の安息を見出す。

一八八〇年に、フロベールと母エミリーを喪うと、ゾラの強迫観念はさらに悪化した。神経病医エドゥアール・トゥールーズが、一八九六年に実施した心理分析でも、病的な死への恐れが指摘されている。ゾラには不安を鎮めるため、入室時に三回ドアノブに触れる、入眠時に七回まばたきをするなどの習慣があった。これは、『生きる歓び』のラザールに、母の死後表れたチックと一致しており、この人物に作家自身の病が投影されていることを示している。

死への恐れが病的な好奇心に転じた結果、ゾラの作品は、さながら近代社会における「死」の総覧と化した。大別すると、病や自殺、犯罪、処刑による「個人の死」、そして群衆が誕生した近代ならではの「集合的な死」に分類できる。

肺病、狂気、梅毒、ヒステリーなど、登場人物は様々な病に冒され、身体の制御を失って死んでゆく。そして遺伝による病んだ血の循環によって、異常な死は連鎖する。『居酒屋』のジェルヴェーズは、アルコールに冒されて奇怪なダンスを踊り、やがて力尽きる。その娘ナナは、淫蕩への懲罰を受けたかのように、天然痘で顔が膿み崩れてしまう。『パスカル博士』では、幼いシャルルが突然大量の鼻血を出し、なす術もないアデライード・フークの前でこと切れる。

物語の結末で毒をあおる『テレーズ・ラカン』や『マドレーヌ・フェラ』のヒロインのように、女性の登場人物は決然と自殺することが多い。『ムーレ神父のあやまち』では、アルビーヌが大量の花に身をうずめ、その香りで窒息する。『愛の一ページ』のジャンヌは、

わざと窓を開け放って嵐に身を晒し、肺結核を悪化させて死ぬ。『生きる歓び』の女中ヴェロニクは、女主人への反発が高じて、エプロンの紐を庭の木に結んで首を吊る。そして『獣人』で鉄道事故を起こしたフロールは、トンネルの中で機関車と真正面からぶつかって死ぬ。いずれも常軌を逸した死に方だが、生への異議申し立てという強いメッセージが込められている。

教会の前に到着した柩

『テレーズ・ラカン』におけるカミーユの溺死、『獣人』におけるグランモラン裁判長殺しなど、殺人は推理小説さながらの緊迫感で描かれている。犯罪現場のあちこちでは、浄化の炎さながら火の手があがる。『プラッサンの征服』では、精神病院から逃げ出したムーレが、フォージャ一家もろとも家を焼き滅ぼす。『大地』では、フーアンを殺したビュトーが、証拠隠滅のために父の遺体に火を放つ。『パスカル博士』では、酒浸りのアントワーヌ・マッカールの肉体が、アルコールの自然発火によって消滅する。

個人が巨大な機械の歯車と化した産業社会において、群衆を打ち倒す死は、つねに理不尽で暴力的である。『ジェルミナール』では炭坑の落盤、『獣人』では列車の転覆事故、『壊滅』ではセダンの攻防戦、そして『パリ』では爆破テロで、匿名の人々が死んでいる。政府軍の銃弾も容赦なく民衆を貫く。その中には、『ルーゴン家の繁栄』のシルヴェールとミエット、『ジェルミナール』のマユやムーケットが含まれる。

登場人物が一堂に介し、人々に転機をもたらす埋葬の風景もまた、死のテーマの変奏である。『居酒屋』のジェルヴェーズは、義母の葬式の日に洗濯店の売却を決めてしまう。『ボヌール・デ・ダム百貨店』における老舗の娘ジャクリーヌの葬列は、商店の時代の終焉とデパートの勝利を象徴する。そして『制作』のサンドーズは、狂気のはてに自殺した親友クロードを葬ったのち、静かに執筆に戻るのである。（福田美雪）

出産

現代フランスは、先進国の中でも特筆すべき出生率の回復を見せ、妊娠・出産に対する女性の自己決定権が守られている国と評される。しかし、女性の権利が格段に向上したのは一九六七年の避妊の合法化以降のことで、それ以前にはフランス女性の生殖の自由は著しく制限されていた。離婚や避妊、堕胎を厳しく戒めるカトリック教会、そして国家や夫による妻の支配を前提とするブルジョワ社会は、出産をめぐる女性の尊厳を問題にしなかったのである。

十九世紀のブルジョワ女性に結婚前の純潔と結婚後の貞節が求められた一方で、男性が複数の女性と性交渉をもつことは容認されていた。娼婦やお針子（グリゼット）、女中など、手軽な快楽の相手にこと欠かない時代に、望まぬ妊娠や危険な出産がいかに多かったかは想像に難くない。怪しげなまじないや産婆の処置に頼り、中絶で生命を落とす女たちもいた。ユゴーは『レ・ミゼラブル』（一八六二）で、大学生にもて遊ばれ妊娠したグリゼットの悲劇を描いた。しかし第二帝政期までの文学は、男女の道ならぬ恋や妊娠に触れたとしても、検閲の存在も手伝って、性行為それ自体や出産の記述は注意深く避けてきた。

女性器をめぐるタブーに風穴を開けたのは、裸の娼

婦を描いたマネの《オランピア》(一八六三)、そして女性器そのもののクローズアップを描いたクールベの《世界の起源》(一八六六)である。文学で同じ試みに挑戦したのも、やはりレアリスムの作家たちだった。エドモン・ド・ゴンクールの『娼婦エリザ』(一八七七)では、産婆の手を借りずにエリザを出産する母の苦しみが描かれる。モーパッサンの『女の一生』(一八八三)

ブルジョワ家庭の出産場面。当時、出産は一般に自宅でなされた

では、ジャンヌの眼の前で女中のロザリーが、女主人の夫との男児を産み落とす。

独身作家たちは概して、出産を歓迎されざるものとして描く。しかし子供のいないゾラ夫妻には、不妊の寂しさと出産への憧れがあった。近年の研究によると、妻アレクサンドリーヌは全くの不妊症ではなく、若き日に私生児を産んだという。望まぬ妊娠の例に漏れず、女児は養育院に預けられてじきに死亡したが、ゾラはこの「子捨て」の過去を知っていたと見られる。子宝に恵まれずに悩み、孤児アンジェリックを引き取る『夢』のユベール夫妻には、おそらくゾラ夫婦の負い目が反映されている。アレクサンドリーヌが、ジャンヌ・ロズロとの二重生活を最終的に許容したのも、彼女が作家の子供を二人産んだからである。

「ルーゴン゠マッカールの家系樹」のイメージが示す通り、ゾラの文学的テーマの根源には「生と死のサイクル」がある。たとえば『ムーレ神父のあやまち』の結末では、アルビーヌの棺が葬られるのと同時に、

神父の妹デジレの牛が仔を産む。ゾラは、出産のタブーをめぐる後ろ暗さをはぎとり、血や汚物や苦痛もすべて含めた描写を試みた。

『ルーゴン＝マッカール叢書』では、出産シーンが三度出てくる。まず、『ごった煮』のアデルの孤独な出産である。皆から馬鹿にされる不器用な女中は、受動的な性格につけこまれ、二人のブルジョワと関係をもつ。物語の終盤で彼女は陣痛に気づき、寝静まった女中部屋で、声を噛み殺しながら赤子を産み落とす。泣かない赤子をアデルは新聞紙に包み、こっそり路傍の溝に捨ててしまう。これは犯罪行為だが、当時嬰児殺しで有罪になった女の多くは、望まぬ妊娠をした女中たちで、深刻な社会問題にもなっていた。

『生きる歓び』では、ラザールの妻ルイーズの難産に丸々一章が割かれている。優美な母親は、苦痛のあまり意思のない「物」になり果て、赤ん坊もまた危険に陥る。必死に救いをまさぐる小さな手を見かねたポーリーヌは、血と粘液もいとわずに赤ん坊に息を吹き込み、命を救う。ひ弱な子供は生き延び、結末ではシャントー一家の唯一の慰めとなる。

『大地』では一転して、大自然の営みに溶け込んだ農婦リーズの出産が描かれる。夫や妹が見守る中、彼女は飼っている牝牛と同時に、つつがなく子供を産み落とす。前の二人の苦しい出産と異なり、終始大らかで陽気なお産である。母性を冒瀆していると非難されたこの場面こそ、ゾラが描こうとした「生命を産み出す偉大な行為」であった。

ペシミスムが蔓延し、出生率の低下した世紀末、ゾラは私生活で二児の父となる歓びを知った。『豊饒』（一八九九）では大家族と家父長制が称揚されている善良なマチューとマリアンヌは産児制限の風潮に逆らって次々と子をもうけ、一五八人もの子孫に恵まれる。諸都市の広場に建つ豊満なマリアンヌ像が示す通り、その名は共和国の寓意でもある。

「出産」のテーマが、芸術創造と結びついていることも指摘しておこう。『制作』には、「受胎」「出産する」

「自然を孕ませる」などのタイトル候補があり、草稿には「自らの内密な創造の営み、苦しみに満ちた不断の出産を語る」と書かれている。しかし、作中でクロードの傑作は決して完成に至らず「流産」を繰り返す。ゾラにとって作品創造は「産みの苦しみ」の連続であった。だからこそ、生命を産み出す母性への敬意を生涯失うことはなかったのだ。

（福田美雪）

親密性

「親密性（intimité）」とは、プライヴァシーの概念が発達した十九世紀に急速に浸透した言葉、とりわけ大量生産・大量消費の時代に疲れた世紀末の都会人に希求された。『さかしま』（一八八四）で、人工楽園に閉じこもる蒐集家デゼッサントを創造したユイスマンスは、「親密主義（intimisme）」という派生語の生みの親である。

近代社会の「親密性」には二通りの側面がある。まず、十八世紀のサロン文化の延長にある、内輪の人々と営む親密な生活、もうひとつは、個室での夫婦や恋人との営みや独身者の隠遁生活である。家の中に閉じこもり、公私の線引きをすることで生まれる「親密性」は、本質的に他者の排除を条件とする。十九世紀の娼館は、人妻の寝室のように親密な雰囲気の部屋が人気を集めたという。「親密性」は、文学、美術、建築で表現され、人々の習慣を変えていった。

「親密性」は、私的空間とそこに住まう人のバランスによって保たれる。快適な空間を荘重な外観に包み込むというのが当時の住宅様式である。十九世紀の私的建築では、家族というユニットが快適に暮らせるように、客を迎えるサロン、家族が共用する食堂、夫婦の親密な寝室、そして主人の書斎など、各自のテリトリーが細分化された。建築家ヴィオレ＝ル＝デュックは、家を所有するだけではなく、空間をいかに仕切り、どう住まうかが重要だと説いている。

ゾラが作品で描いた「親密な空間」は、たとえば『ルーゴン家の繁栄』のフェリシテの黄色いサロン、『獲物の分け前』のルネのバラ色の浴室、『ナナ』のナナの豪奢な寝室などで、それぞれの個性が調度品に反映されている。男性の「親密な空間」には、『パリの胃袋』の真っ赤な共和派の旗印で埋め尽くされたフロランの

親密な家庭の雰囲気を伝える1880年の絵画。ピアノは上流階級の女性のたしなみとされていた

個室、『ムーレ神父のあやまち』のマリア像を飾ったムーレの祈禱部屋、『制作』の画家クロードのアトリエ、『パスカル博士』の遺伝研究に没頭するパスカル博士の書斎などが挙げられるだろう。

ゾラは『ルーゴン＝マッカール叢書』において、『愛の一ページ』、『生きる歓び』、そして『パスカル博士』を「親密な小説」として構想したが、いずれも『居酒屋』や『ボヌール・デ・ダム百貨店』、『壊滅』などの大作のあとに、小休止の意味合いで書かれた。家庭という舞台、限られた登場人物、シンプルな筋立てがこれらの作品の特徴である。しかしそれは、単純素朴で重要度が低いという意味ではなく、丁寧に家族のドラマを掘り下げる意思の表れである。

『愛の一ページ』では、エレーヌとジャンヌの親子が、パッシーのアパルトマンで親密な生活を送る。しかし、エレーヌが閉塞感を覚えるほどに、窓から眺めるパリの景色も雲行きが怪しくなる。ついに彼女は嵐の中、家を飛び出してドゥベルル医師に身を任せてしまう。

『生きる歓び』では、シャントー家に引き取られたポーリーヌが、伯父夫婦、ラザールの看病を経て成長し、家全体を取りしきる寛容な主婦となる。『パスカル博士』では、博士が研究成果を保管する書斎を母フェリシテ、女中マルティーヌが蹂躙する。しかし博士が亡くなり、研究が燃やされたあと、その部屋はクロチルドと赤ん坊が親密に暮らす子供部屋になる。親密な生活では、つねに男と女、親と子、主人と召使い、家族と個人がせめぎ合っているのである。

自分だけの領域を確保したいというブルジョワ的な「親密性」への憧れは、労働者も共有している。『ごった煮』の女中たちには私生活などないが、物音が筒抜けの女中部屋でも鍵をかけることを忘れない。『ジェルミナール』のマユ一家は、食堂で交互にたらいでお湯を使うほどの雑居状態で生活しているが、幼いジャンランは自分だけの隠れ家を持っている。『居酒屋』のジェルヴェーズは、「あたしの理想は寝るためのこぎれいなねぐらを持つこと」と語り、アイロンの熱気で心地よい洗濯店を構えることで夢をかなえる。しかし彼女は、外から運び込まれる汚れた洗濯物の山と一緒に、ヴィルジニーやランティエなどの危険な「よそ者」の侵入をうかつにも許し、最終的には店を乗っ取られる。

こうした緩慢な「親密性」の侵犯は、ゾラのほとんどの作品におけるライトモチーフでもある。「親密性」はつねに他者の干渉に脅かされ、場所の所有、侵入、追放などの動きが何度となく起こる。『プラッサンの征服』では、ムーレ一家に下宿したフォージャ神父とその母が、二階の居室からじわじわと共同空間を支配してゆく。姉のオランプ夫婦の到着後は、ムーレ一家の暮らす一階も浸食され、家全体が乗っ取られてしまう。狂気に陥ったムーレの放火によって、ようやくフォージャ一家の野望は灰燼に帰すのだ。

多くの作品が、窓辺や戸口に立つ人物が眺める風景描写から始まるように、快適な室内と誘惑的な外界を連結する境界は、人々の夢想を誘う。どの登場人物も

「親密性」を一度は手にするものの、安全な空間にいつまでも留まることはできず、危険を帯びた外界の空気に身を晒してしまうのだ。

（福田美雪）

ペシミスム

一八八〇年代、フランスには本格的にショーペンハウアー思想が紹介され、世紀末の知識人に多大な影響を及ぼした。八〇年の『箴言集』、八六年の『意志と表象の世界』の翻訳は熱狂的に読まれ、注釈書や論文も増え続けた。その背景には、若い世代を中心に蔓延するペシミスムがあった。

普仏戦争の敗北とパリ・コミューンを体験した世代には、人類の進歩や科学の万能性に対する懐疑が芽生えていた。「生への盲目的意志」を森羅万象の原動力とみなし、世界を苦悩と闘争の舞台と定義するショーペンハウアーは、若者たちの不安な魂に強く訴えかけたのだ。ポール・ブールジェは『現代心理論集』（一八八五）において、同時代の青年を染めるペシミスムを、「孤独で奇怪な神経症」と形容し、アルベール・ヴォルフは当時の自然災害にかけて、「ボルドーのワイン畑を蝕むネアブラムシ」に喩えている。

ショーペンハウアー思想は、進歩主義の否定、女性への軽蔑、芸術の美による救いを特徴とし、世紀末のデカダンス文学と共鳴した。「メダンの夕べ」のメンバーだった、ユイスマンスの『さかしま』（一八八四）やモーパッサンの『水の上』（一八八八）にも、ショーペンハウアーへの傾倒が見られる。ペシミスムに養分を得たデカダンス文学は、自然主義に対する反動として文壇の潮目を変えるうねりとなった。ゾラはといえば、『生きる歓び』執筆時に、『箴言集』の翻訳や、テオドュール・リボのドイツ思想研究書を参照しているものの、ショーペンハウアーへの理解は、周囲の作家よりも受動的かつ不完全であった。ところが、私生活をめぐる多くの証言と、いくつかの作品によれば、個人的なレベルでペシミスムに共鳴する部分が大いにあったのである。

ゾラは十八歳のとき、チフスによる高熱で六週間生死の境をさまよい、死の強迫観念という後遺症に悩まされた。一八六八年にゾラと対面したエドモン・ド・ゴンクールは、懐疑的なノイローゼ患者という印象を受けたことを日記に書きとめ、その後も心身の不調を過剰に悩む様子を「心気症」と形容している。ポール・アレクシは、一八八二年に発表した伝記で、ゾラをはっきりペシミストと呼んでいる。

長年自らを苛む神経症と、世間でのショーペンハウアーの流行という二つの動機によって、ゾラはペシミスムを克服すべきものと意識し、『ルーゴン＝マッカール叢書』でも、ペシミスムに対する文学的回答を模索した。『ボヌール・デ・ダム百貨店』の草稿には、「哲学の完全な変更。もはやペシミスムは交えない」という表現がある。「哲学の完全な変更」は、主人公ムーレとその親友ヴァラニョスクの対比に表れている。百貨店事業の野望に燃え、行動力にあふれたムーレは、現代のペシミストたちを詩人気取りだと批判する。反対に、ショーペンハウアーかぶれのヴァラニョスクは、ムーレに世間の愚かさや努力の虚しさを説く。しかし物語の終盤で、義理の母がデパートの万引き常習犯だったと知ると、厭世哲学をかなぐり捨てて見苦しく取り乱す。

また『生きる歓び』のラザールは、「ショーペンハウアーの学説を消化しきれない、最も平凡なペシミスト」として造形された。しかし、この人物にはゾラ自身の恥ずべき病、すなわち「死の強迫観念」が投影されている。科学への幻滅ゆえに無気力に陥るラザールを、カズノーヴ医師は「君たちはウェルテルの再来だ」と諌める。ゾラの批判は、ショーペンハウアー思想それ自体よりも、科学に背を向け「一切の無益」を主張する反動的な精神、すなわちフランスを覆う「世紀末の病」へと向けられている。しかし、科学主義を表明しながらペシミスムにも傾くゾラ自身、ラザールと医師の対話を通して自己批判を行っているとも読める。

ショーペンハウアー哲学は、世界の惨状からの救済手段を「生きとし生けるもの」に同情する、「自己放棄」への到達としている。この道徳的態度は、『生きる歓び』のもう一人の主人公、ポーリーヌが体現する。科学を盲信せず、あるがままの生を受け入れる彼女の言動は、「苦しみの受容と共存」の可能性を示唆している。さらに『制作』の最終章では、ゾラの分身である作家サンドーズが、「ペシミスムがはらわたをねじる」世紀末においても、科学と理性に従って歩むと宣言する。『パスカル博士』ではついに、世紀末のペシミスムを克服するかのように、パスカルの遺児が小さな拳を天に突き上げる描写で叢書が締めくくられる。

『三都市』や『四福音書』でゾラは、労働や出産の歓びなど、若い世代の不安を癒す新世紀のヴィジョンを示し続けた。しかしその一方で、聖書におけるラザロの復活に想を得た抒情劇『ラザール』(一八九四)を書いている。生に倦み疲れた死者ラザロは、キリストや家族の呼ぶ声に目覚めるが、復活を拒んで永遠の眠りに留まることを選ぶ。

晩年のゾラは、科学を賛美するためにペシミスムを否定するのではなく、「生も死も等しく受容する」という諦観へとたどり着いた。ドレフュス事件において、命の危険も顧みず敢然とドレフュス擁護の論陣を張った頃、おそらく作家は長年自らを蝕んだ「世紀末の病」と決別していたのだ。

(福田美雪)

労働

十九世紀のフランス社会は、手工業から機械産業へと本格的に移行し、労働をめぐる風景が激変した。一八五五年のパリ万博の目玉は、「パレ・ド・ランデュストリー(産業宮)」で、最新の機械や工業製品が展示された。一八六七年の万博では、あらゆる文明の道具を集めた「労働の歴史」展が開催され、ミシンが金メダルを獲得した。ミシンが象徴するのは、職人の手仕事に代わる機械と大量生産の時代である。労働者の権利問題をめぐり、サン＝シモンやフーリエらの社会主義思想も発展した。一八六四年には、英仏の労働者を中心に、第一次インターナショナルが結成された。

イタリア人技師の父、そしてボースの農民の祖父母を持つゾラは、こうした時代背景を踏まえ、「労働」の歓びと苛酷さという両面を作品でよく描いた。バカロレア失敗後、日々の糧のためにドックや書店に勤めた経験から、労働の厳しさを実感していたのだ。パリからセザンヌやバイに送った手紙には、故郷の友、そして自らを鼓舞するかのように「働こう」という呼びかけが頻出する。ジャーナリストに転身した下積みの時代も、必要不可欠な文筆修行と捉えていた。

メダンの書斎に、座右の銘として「一行モ書カヌ日ハ一日モナシ（*Nulla Dies Sine Linea*）」を掲げていたことは有名である。一八八〇年に母エミリーを喪ったときでさえ、シャルパンティエ夫人への手紙で「悲しみを鎮めるために仕事に没頭する」と書いている。『制作』の終行も、親友のクロードを葬った作家サンドーズの「仕事に戻りましょう」という淡々とした言葉で締めくくられている。

ゾラにとって良い仕事とは、どんな分野でも日々のたゆみない労働の積み重ねに実るものだった。遺伝病に蝕まれたルーゴン＝マッカールの一族にも、画家クロード、刺繡職人アンジェリック、機関士ジャック、農夫ジャンなど、天賦の才を手仕事に発揮する人物がいる。民衆を描いた『居酒屋』、『ジェルミナール』、『大地』などは、発表当時こそ労働者を貶めているという批判を浴びたが、どの作品にも健全な肉体による手仕事の歓びが描かれている。働く労働者たちの姿は、ミレーやクールベ、カイユボット、ゴッホらの絵画を思わせる、力強さと誇りに満ちている。

『居酒屋』の労働者を例に挙げてみよう。ヒロインのジェルヴェーズは、アイロンかけの腕前に優れ、洗濯店の開業にこぎつける。規則正しい労働の成果は、奮発して買った振り子時計と、その裏に隠した預金通帳に刻まれてゆく。夫のクーポーも、転落事故をきっかけにアルコールに溺れるまでは、陽気に屋根を飛び回る腕利きのブリキ職人である。職人に対する作家の敬意はとくに、鍛冶屋グージェが、ボルトを鍛える腕

パリの公共洗濯場。『居酒屋』にはこれを舞台にしたシーンがある

前を仲間と競う場面に表れている。愛用のハンマーを振り下ろすグージェの姿は、炎に照り映えて北欧神話の英雄のような神々しさを帯びる。しかしグージェは、ボルトを大量生産する機械に仕事を奪われることを予見しており、一種の諦念をも漂わせる。

職人の工房、労働者の工場、知識人の書斎、芸術家のアトリエなど、ゾラの作品で描かれる労働空間も多彩である。労働の風景は、必ず聴覚に訴える描写を伴う。『パリの胃袋』では、行商人の荷車が中央市場に集結し、野菜が舗道を埋め尽くすざわめきが聞こえる。『居酒屋』では、へらで洗濯物を叩く音、アイロンの蒸気、鍛冶屋のハンマーの音が鳴り響いている。『ジェルミナール』では炭坑のボイラー音やつるはしの音、『獣人』では機関車の警笛や轟音が、通奏低音のような効果を生んでいる。これらの音が止むとき、労働者が息吹を与える産業活動もまた停止する。『ジェルミナール』におけるストライキや、『獣人』の列車事故の痛ましさは、その場を支配する死のごとき沈黙に

よって際立つ。

働く子供や動物たちの存在も忘れるわけにはいかない。十九世紀の民衆を取り巻く労働環境は苛酷だったが、ゾラの描く幼い働き手は、したたかな生命力にあふれている。『パリの胃袋』では、孤児のカディヌが、大人顔負けの手際と商才を発揮し、季節の花束を売りさばく。『居酒屋』のラリイは、酔った父親から虐待されながらも、最期まで健気に家事と弟の世話をやり遂げる。『ジェルミナール』のジャンランは、落盤事故で片脚を失ってもなお、誰よりも敏捷な採炭夫である。炭坑には、バタイユとトロンペットという名の馬も働いている。

動物愛護家であったゾラは、草稿でこの二頭も人間と同様「登場人物リスト」に連ねている。

富の再分配による資本と労働の調和は、十九世紀社会主義の、そしてゾラにとっての理想であった。「現代的活動の詩」として書かれた『ボヌール・デ・ダム百貨店』では、ドゥニーズが福利厚生の充実に尽力する。産後の復職や実績に応じた昇進、退職後の年金などの保障によって、デパートの従業員はひとつの家族のように一丸となって働く。

『労働』(一九〇一)のリュックも、資本家の搾取によって疲弊した工場町を再生し、フーリエ主義にもとづく「共同体(アソシアシオン)」を実現する。ゾラの描くユートピアには、現代の産業社会から失われた夢が見出せるかもしれない。

(福田美雪)

9　身体と感覚

視線

十九世紀は「視覚の時代」であった。産業革命を経験し、大改造で生まれ変わったパリの鼓動を体感しようと、人々のまなざしはたえず新しいスペクタクルを求めた。ジオラマやパノラマ、風景版画、写真、絵葉書、都市空間をモチーフとする絵画は、そうした人々の欲求から生まれた視覚文化である。一八五五年から一九〇〇年までにパリで開催された五回の万国博覧会は、国内外の技術や習俗などを視覚によって人々に知らしめる重要なイヴェントであった。小説においても、ゾラに先立つレアリスム作家は、すでに視線のメカニズムを研究していた。バルザックは作中人物の身体を解読されるべき記号として記述し、その外見をつぶさに観察、分析する眼を示した。フロベールは物語に投入する視点のあり方を問題にし、それを特定の作中人物に焦点化する方法で小説のテクストを視覚的に構成していった。これらのまなざしのもとに世界が捉えられ、描写され、読者は視覚に基づく情報を圧倒的に多く受け取ることになった。工藤庸子が『小説というオブリガート——ミラン・クンデラを読む』（一九九六）

において確認するように、「風景も人物も心理も描写されるものだ」という了解は、レアリスム小説と視覚の特権的なむすびつきを証明していた。人間と世界を認識するうえで、視覚は特権的な感覚であったが、ゾラも含めて、「知的エリート」を自覚する十九世紀の作家は、大衆を教化すべく、観察の精神や小説上の「視線」を読者への「知」の伝達や普及に活用したのである。

小説における視線の問題を見ていくと、作家の世界観やその時代における文化的構造が浮かび上がる。人間をめぐる事象を観察、分析し、描くことを小説家の使命としたゾラも、作中人物の視線のあり方には鋭敏な反応を示し、社会の現実を描き出す有効な手段とした。たとえば、パリ大改造で渦巻く人々の欲望と野心、富と権力の行方が語られる『獲物の分け前』では、冒頭から、ブーローニュの森における心理的なドラマが「馬車の扉から扉へと無言の視線」を通じて繰り広げられる。カレーシュのシートに座るルネ・サッカールは、鼻眼鏡を取り出し、クーペの窓に映る高級娼婦のロール・ドリニーを観察している。衣装がギャラリーに見えるように工夫された高級四輪馬車に乗るルネは、絶えず人々のまなざしに触れ、姿態を晒す社交界の花形としての地位をあらわす。箱馬車で移動するロール・ドリニーは、この世界の男女の鋳型に必ず存在する高級娼婦の立場を物語る。ルネを乗せた馬車は、新興成金が富の啓示を目的として豪華馬車で通る定番ルートのアンペラトリス大通りを経由し、自邸へ戻る。その住居は、大きな窓ガラスによって内部の豪奢を外にひけらかしている。自宅においても、ルネは公園の散策者に「感嘆と羨望で覗き見」される存在なのである。豪華な衣装を身にまとい、夫のステータス・シンボルとして生きるルネへの視線は、彼女が「見られる存在」としてスペクタクル化された女性であることを示している。こうした点については、小倉孝誠の『〈女らしさ〉の文化史——性・モード・風俗』(二〇二四)に詳しいが、十九世紀において、窓、バルコニー、舞踏会、夜会、劇場、競馬場、海岸などは、「男性に見られる女性」という構図の中で、女性がスペクタクル化される場であった。物語の結末で、夫と別れ、すべてを失い、破滅的に人生を閉じるルネは、クーペに乗って隠れるようにサン＝ルイ島の実家へ戻る。その地点において、彼女は人目のない窓辺で、夕暮れのパリを孤独に眺め続ける。ゾラは、視線のドラマを通しても、ブルジョワが興隆する社会の現実と消費社会の歯車となった女性の無残な人生を冷徹に描き尽くしたのである。

ゾラの作中人物は、視覚を中心的な感覚としながらも、同時に他の感覚も研ぎ澄ませ、多種多様な印象を受け止めている。『獲物の分け前』では、ルネがカフェ・リッシュの窓辺で群衆、娼婦、広告などに視線を向け、人と物質、情報が行き交う都市の夜に魅了される。その光景を網膜に焼き付け、歓楽を求める人々の喧騒にも耳を傾けながら、彼女は「おかしな音楽」と形容する「大通りのオーケストラ」をバックグラウンドミュージックにして、食欲旺盛に夜食をとる。義理の息子マクシムが彼女を見つめる。都市の虚飾と倦怠感を全身で感じ取るルネは、その場でマクシムと不義の関係を持ち、堕落を決定的にしてしまう。『ナナ』において、ヴァリエテ座の裏口でナナを待つミュファは、二階の楽屋から漏れる光を注視している。光の中にナナの姿を認めることはできない。その空しい視線は、ミュファの「盲目」も象徴的にあらわすが、その間、彼は裏口の「泥濘」と「むっとする悪臭」の中で「泥濘を歩き回り、パリの舗道で跳ねをかけられて」育った「金蠅」の実体をおのずと認識している。ゾラの小説において、作中人物が目を向け、受け止める印象は、その場のざわめきや臭気などと交響し、強烈さと生々しさを帯びるのである。

（高橋愛）

身体

十九世紀は身体を対象とする医学や生理学が近代科学としての発展を見た時代であった。そうした時代の影響下で写実主義期や自然主義期の作家たちも、かつて精神的存在とみなしてきた人間を身体と精神が一体となった存在だと捉え直し、それまで否定されてきた身体を盛んに作中で描写するようになる。特に自然主義は身体とその欲望、病気や健康に関する探求であると言われるほど、身体に拘泥する作品を多数生み出している。

また文学と関わりの深かった同時代の絵画も、アカデミー派から印象派まで画家たちは特に若い女性の裸体を好んで描いた。前者ではたとえば第一人者のカバネルが神話にかこつけて、波の上で一糸も纏わぬ肢体を惜しげもなく曝すヴィーナスを画面全面に描いたし《ヴィーナスの誕生》)、彼らと鋭く対立した後者の側で、ゾラと親交のあったマネが《草上の昼食》や《オランピア》で挑発的な裸体を描いたことは周知の事柄であろう。

病気については別項に譲るとして、ポルノ作家と陰口をたたかれたほど、ゾラには、身体、とりわけ若い女性の裸体に言及した作品に事欠かない。こうした身体のほとんどは男性作家ゾラの欲望する視線を通して描かれることになる。

『ルーゴン=マッカール叢書』の『獲物の分け前』ではブルジョワ有閑夫人ルネの身体が存分に描かれる。冒頭の第一章から馬車中で自分の脚が義理の息子マクシムの脚に触れて驚き、邸宅の温室ではタンジャンを嚙んで強烈な苦みを味わうというように、彼女は視覚、聴覚、嗅覚のみならず皮膚感覚や味覚でも敏感に反応し、官能全体が刺激されて、欲望する身体を感取させられる。それからルネはマクシムとの倒錯的な恋愛に突き進んでいく。彼女の欲望する身体は、レストランの小部屋、ベッド、浴室、長いす、温室と多様な場所で陰に陽に展開される。ナルシスとエコーのギリシア神話を模した活人画では、薄ものを纏わせただけの裸同然のエコー役を務めるルネの身体が、彼女の邸宅に集う社交界の人士の前に披露される。後に、ナルシス役だったマクシムに捨てられて、ルネが鏡のなかで最後に見つめる裸体は、欲望の糧を失った惨めな自らの肢体である。

男の欲望の対象そのものである身体を売り物にするのはナナである。『ナナ』の冒頭ヴァリエテ座のオペレッタで、ヒロインのナナは歌や演技ではなく、裸同然の豊満な肢体によって男性客の目を釘付けにし、高級娼婦への階段を駆け上る。ナナの身体に上流社会の男たちが次々と魅惑され、破産・没落していくというのがこの物語で、その筆頭は皇后の侍従まで務めたミュファ伯爵であった。七章にはナナが、傍らにミュファが居るのも忘れて、自らの裸体を鏡に映していろんな姿勢を取り、ナルシシスムに長々と溺れるという場面が描かれている。傍らのミュファは憤慨するのだが、ナナは男の欲望の解消手段とは別の価値を自らの身体に見出していると言えるだろう。

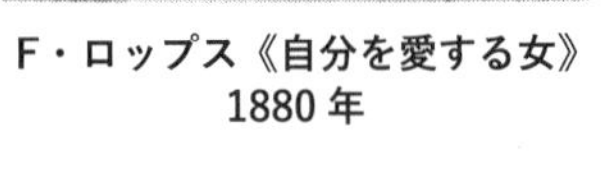

F・ロップス《自分を愛する女》
1880年

この他に『ムーレ神父のあやまち』の第二部で繰り広げられる聖書のアダムとイヴの楽園伝説を模したセルジュ・ムーレとアルビーヌの恋物語は、二人があやまちを犯した後に突然裸の姿に恥ずかしさを覚えると終わりを告げ、セルジュは束の間の楽園パラドゥーを立ち去ることを余儀なくされる。

『制作』ではクリスティーヌが画家クロードに当初上半身の寝姿をモデルとして描くことを許し、後に妻となってからは全身像のモデルを務める。だが、最後は夫のクロードが描こうとして描き出せない大作の理想とする女性に日夜憑かれてしまうので、実在の身体をもったクリスティーヌは、夫が描き出せない理想の女性との争いを意識せざるをえない。（寺田光德）

性

ボードレールの『悪の華』やフロベールの『ボヴァリー夫人』の裁判事件でも明らかなように、十九世紀後半であっても、性器や性行為を文学作品中に具体的に描くのはもちろんのこと、それにまつわる性愛を仄めかすことすら公序良俗に反するとして、公的機関の厳しい検閲対象とされたし、そのため作家の方でも自主規制を余儀なくされた。しかし性が人間の根元をなすことは否定しがたい事実なので、写実主義-自然主義の作家たちはこうした傾向に抵抗する。なかでもスキャンダルをものともしないゾラは、こうした果敢な挑戦者たちの筆頭にあげられるだろう。

性に対するゾラの作中でのアプローチの仕方を概観すると、最初は歳若さも影響してか、純粋な性の汚れやその破壊的影響に敏感だった(『クロードの告白』、『ムーレ神父のあやまち』など)。だが次第に歳を重ねるにつれて受け入れ方が変化していき、特に生命を無条件に謳歌する機会であるだけでなく、人間の歴史を継続・発展させる保証ともなる出産を通して、性を称揚するようになった(『パスカル博士』、『豊饒』など)。

しかしポルノ作家と陰口をたたかれたゾラのことだから、こうした常識的な性の捉え方にとどまらず、初期作品から多様な機会を捉えては、性の世界がかいま見せる、測りがたい深淵が描写される。『マドレーヌ・フェラ』は当時の不確かな性理論とキリスト教の厳格な性道徳観に翻弄された夫婦の悲劇である。ギヨームとマドレーヌの夫婦は女児の誕生後に、結婚した女性が夫とは別に最初に知った男性がいる場合その男に似た子を産むこともあるという、当時の遺伝学者も唱えた「感応遺伝」の憶説と、あまりにも潔癖で厳格すぎるキリスト教の姦淫戒律を楯に責め立てる召使いの老女ジュヌヴィエーヴとに日夜悩まされ続けるようになり、最後に妻は服毒自殺、夫は狂死して果てる。

『獲物の分け前』では若いブルジョワ婦人のルネが、

夫サッカールの前妻の子で、義理の息子であるマクシムと相姦関係を結ぶようになる。たとえ義理の関係であったとしても母子相姦には当人に深刻な悔悟の念が付きまとうはずだ。しかしルネはそれを逆手にとって、なおもマゾヒズム的快楽を享楽しようとした。ルネの近親相姦にはこのように一筋縄ではいかない、どうにも複雑な性の論理が描かれている。なお近親相姦については『大地』のフランソワーズと義兄ビュトーとの間でも語られる。性欲をむき出しにする義兄を一貫して拒否するフランソワーズだが、目覚めた性に反応する自らの精神と身体を通して恐怖と魅惑の矛盾する思いを窺わせている。また彼女のいとこのパルミールは痴呆の弟イラリオンの乱暴を鎮めるために自らとの近親相姦を許す。

女性の同性愛についいては、『獲物の分け前』でデスパネ侯爵夫人とアフネール夫人の仲が話題にされ、また『ナナ』の主人公のナナは幼なじみの同性愛の相手サタンと誰憚ることなくつき合う。さらに『ジェルミナール』には悪辣な食料品屋メグラの陰茎を切除して、大衆の眼にさらすカストラションの場面、『金』にはサンドルフ夫人とサッカールがフェラチオを想起させる場面すらある。当時のブルジョワ道徳論者たちの顰蹙を大いに買ったこうした「倒錯的」場面も、ゾラにとっては自主規制の対象とはならなかった。逆に『ごった煮』では欺瞞的なブルジョワの性道徳観が辛辣な揶揄の対象にされる。

最後に、『ジェルミナール』で瀕死のカトリーヌをエチエンヌが抱く場面、特に『獣人』のジャックが興奮の極で愛人セヴリーヌを刺し殺す場面には、性を通してエロスとタナトスが切り結ぶ無意識世界が顔を覗かせていることを是非とも付加しておきたい。

［別項「欲望」も参照］（寺田光德）

においと嗅覚

認識や思考と関わる感覚という点でみると、ヨーロッパで知的かつ美的な分野をつかさどり、高等な感覚とみなされてきたのは視覚や聴覚であった。これらの感覚と比べて、嗅覚はずっと低い地位に置かれてきたのであり、十八世紀に至っても、カントやコンディヤックが嗅覚を評価することはなかった。

嗅覚にあらたな役割を与え、言語表現のなかに積極的に取り入れたのが、十九世紀の作家であった。とりわけ、十九世紀後半の小説家は、下等な感覚とみなされていた嗅覚をめぐる描写に価値を与え、においや香りに関わる語彙を豊かにした。彼らは、これらの表現を生み出すうえでの準備も怠らなかった。たとえば、『ごった煮』の執筆にあたって、ゾラはユイスマンスにサン゠ロック通りの司祭館に関する情報を求め、ユイスマンスはその場に漂う硝酸塩のにおいを指摘している。「中庭に足を踏み入れて感じるのは、香部屋などの香りではありません。廃兵院のにおいと言うのがもっとも適していると思います」と書くユイスマンスの返答は、ゾラの小説内で生かされた。この例が示すように、十九世紀後半の小説家は、においが呼び起こす共通の記憶も生かして、それらを言語化し、嗅覚の世界に新しい地平をもたらしたのである。『さかしま』の作者も、香料を調合し、甘美な香りで満たした部屋に籠る隠遁者ジャン・デ・ゼッサントを造形している。

ゾラは優れた嗅覚の持ち主であったと言われるが、彼の小説では、においや香りが作中人物の人間関係や、彼らが生きる空間を説明する。アラン・コルバンの『においの歴史——嗅覚と社会的想像力』(一九八二)が明かすように、当時のブルジョワジーにおいて、欲情と感情の動きをつかさどったのは嗅覚であった。視覚の領域でさまざまなタブーが存在し、多くが隠されているからこそ、彼らは嗅覚に敏感になり、個室における内密なわずかな色香までも嗅ぎ取り、引き寄せられたのである。ゾラの作品においても、『生きる歓び』のラザールはルイーズが脱ぎ捨てた手袋のにおいで心を乱し、『愛の一ページ』のドゥベルル医師は、エレーヌの髪から立ちのぼるにおいと彼女の寝室や部屋着から吸い込んだヴェルヴェーヌの香りを覚え、この女性を想い続ける。男女の接近において、においは大きな役割を果たし、エロスと密接な関係を結ぶのである。その点で、『獲物の分け前』のルネと義理の息子マクシムがあらわす愛の場面は読者に強い印象を与える。邸宅に付属する温室を舞台として、外部から隔てられ、家庭内のさまざまな規制や監視から解放されたヒロインはマクシムとの許されない愛に身を任せる。ふたりを包むのは熱帯植物が発する強烈な香りで、ルネは植物の香りや人体のにおいに陶酔し、欲望を解き放つ。

ゾラは、嗅覚を性の誘惑にかかわる感覚のみに限定しなかった。『パリの胃袋』では、ルクール夫人とサジェ婆さんの口から発せられる卑しい言葉に合わせて、中央市場のさまざまなチーズが強烈なにおいを放つ。これらのチーズが一斉に発散する臭気を、ゾラは「力強い響き」、「匂いのシンフォニー」と形容し、パルメザンを「田舎風のフルート」、ブリーを「湿っぽいタンバリン」などと呼ぶ。嗅覚への刺激は聴覚の働きも促し、共感覚に至るのである。卑しい言葉とチーズの臭気が結びつくように、作中人物と彼らを取り巻く空間のにおいは一体化する。ゾラはその点をもって、作品に対する世間の執拗な批判にも応えた。実際に、『居酒屋』の序文で、これが「真実の書、民衆についての最初の小説」なのは「嘘のない、民衆のにおいが染み込んだ」作品であるからと書いている。『ナナ』においても、ヒロインが過ごす楽屋には、ガスや舞台装置の糊、端役女優たちが脱ぎ散らした下着、化粧水のにおいなどがきつい臭気と化し、けたたましい笑い声や叫び声をあげる女たちの体臭と混じり合って、ミュファを動揺させる。『ごった煮』でオクターヴ・ムーレが住むショワズール通りの建物は、正面こそ豪奢な玄関と廊下によってブルジョワ的な荘重さをあらわすが、裏の狭い中庭には下水渠のにおいが漂い、ごみが投げ捨てられ、「各家庭の隠された悪臭」が吐き出されている。生理的な反発を引き起こす悪臭は、『壊滅』にみる戦場で頂点に達する。戦地の兵士たちは、埃を含んだ煙と燃えるような空気のにおいで呼吸困難に陥る。軍医ブロッシュの手術室には吐き気を催すクロロフォルムのにおいが充満している。廃墟と化した町では、火事の堪え難い臭気、腐敗と硝煙の混じった「戦場のにおい」がたちこめ、悪臭の堆積は病毒を発散し、ペストの発生を予想させる。次々と患者が運び込まれる野戦病院で、熱と死のにおいが止むことはない。ゾラはにおいを通じて戦争の地獄的実態までも表現し、新しい方法で人間の真実を開示したのである。

（高橋愛）

病気

人々の生活を活写しようとする写実－自然主義小説の作家たちにとって、病気は重要で豊かな可能性を秘めた描写対象の一つであった。ゾラもまた自然主義作家としてその例に洩れないばかりか、病気の身体描写に始まり、病気にまつわる場所や患者と家族・医者などの周囲の人々との関係から、果ては急性、慢性の病変にかかわる時間的経過を説話法として利用するなど、病気を自在に活用した作家の一人でもある。

主な例を挙げてみよう。まず『居酒屋』のアルコール中毒。『ルーゴン＝マッカール叢書』が描写した時代は第二帝政期（一八五二―七〇）で、その時期アルコール中毒はフランス社会を脅かす社会病の一つとなっていた。とくに郭外に住む貧しい労働者が過酷な労働条件からの慰撫のためにアブサンなど強いアルコールに頼ったので、アルコール中毒患者が目立って激増したからである。『居酒屋』の主人公クーポーは最初まじめなブリキ職人だったが、屋根から落ちたあと次第にアルコールに溺れていく。そしてアルコール中毒に陥り、最後は精神病院に収容されたあげく、致命的な禁断症状の振戦譫妄（しんせんせんもう）を発症して死去する。『居酒屋』のゾラは、振戦譫妄に蹂躙される最終場面のクーポーの錯乱描写を頂点として、アルコールのせいで彼の一家が道徳的、経済的に崩壊していく模様を活写し、中毒の進行経過を説話法として巧みに利用するなど、アルコール中毒に対してきわめて組織的であった。その結果『居酒屋』で描かれたクーポーのアルコール中毒患者としての軌跡は、当時の労働者の悲惨な運命を赤裸に描写したものとして、社会に大きな衝撃を与えると同時に、この小説は歴史上に残るゾラの傑作の一つと数えられるにいたった。

　十九世紀にその死亡率の高さから、もう一つの社会病として恐れられたのは当時不治の病であった結核である。その結核についてゾラは、叢書中のムーレ家を中心とする作品群で陰に陽に言及する。ちなみに結核は当時遺伝病とみなされていたため——コッホによる結核菌の発見は一八八二年のことだ——ゾラも当初そのような見方をとるが、叢書最終巻の『パスカル博士』にいたると遺伝病という見方は否定される。ルーゴン＝マッカール家の中で結核を患うのはユルシュール・ムーレ（旧姓マッカール）、マルト・ムーレ（旧姓ルーゴン）、ジャンヌ・グランジャン（エレーヌ・ムーレの娘）、セルジュ・ムーレ。この結核にも上記のアルコール中毒と同じように説話論的役割が見出される。彼ら結核患者のうちで第四世代であるジャンヌとセルジュは独身のまま死去して、彼らのところで血筋は絶える。結核は遺伝病と見なされるとともに、ルーゴン＝マッカール家の第一世代アデライード・フークからの宿痾である神経症の変化形の一つとして現象していた。そのアデライードから遺伝で結核を発症した彼らだけが子孫を残せなかったことを考慮すると、叢書全二〇巻

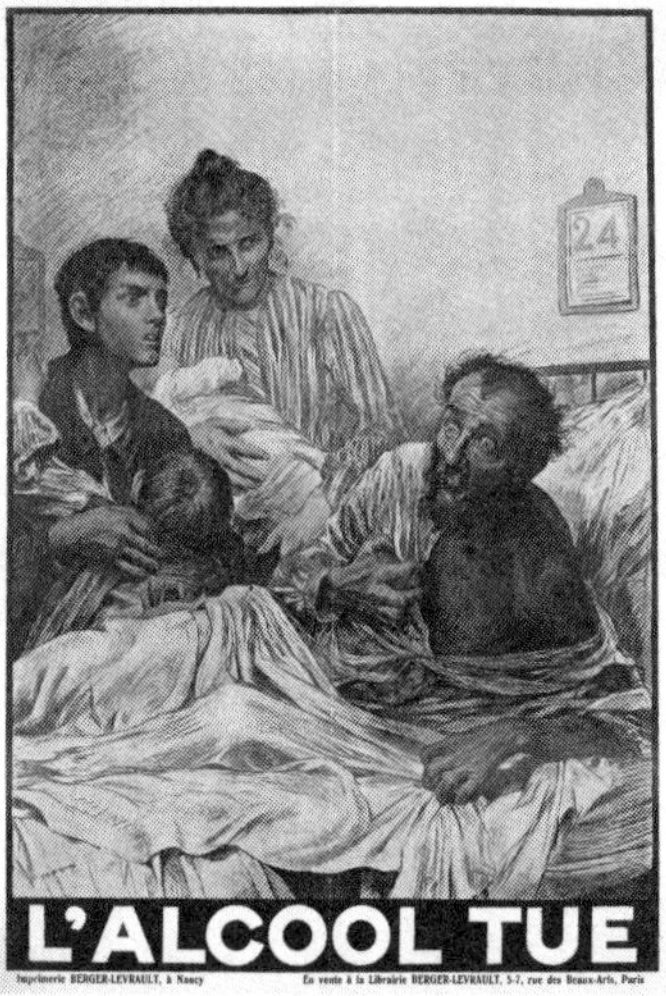

U・ビュルナン《振戦譫妄：アルコールが人を殺す》1900 年頃

を「ルーゴン＝マッカール家の人々」という大河小説と捉える時には、結核は不吉な血筋に対する淘汰の原理として叢書の説話法に利用されていると見なせるだろう。

その他にも、上述のエレーヌ・ムーレと医師ドゥベルルの不倫の愛は娘ジャンヌの神経発作が契機であったし（『愛の一ページ』）、第二帝政期の社交界を揺るがせた、スキャンダルに満ちたナナの物語も、天然痘による彼女の凄絶な最期で終わりを告げ（『ナナ』）、普仏戦争では戦場や野戦病院が死傷者で満ちあふれ、捕虜収容所では兵士が赤痢の恐怖におののく（『壊滅』）。また叢書後の『ルルド』では、様々の傷病者が奇跡の都ルルドに霊験あらたかな病の治癒を求めて殺到してくる。

［別項「神経症」、「狂気」も参照］（寺田光徳）

欲望

一八四〇年生れのゾラは、多感な青少年時代から作家生活をスタートさせる頃まで、クーデタに始まり、普仏戦争と同胞同士の争うパリ・コミューンで終わる第二帝政（一八五二―七〇）を身をもって生きた。それゆえに彼は『ルーゴン＝マッカール叢書』第一巻の序文で、欲望の歴史性、社会性を説いて、ルーゴン＝マッカール一族が一方で生理学的カテゴリー下の「欲望」や「情念」に駆られてさまざまな事件を起こすにしても、それが歴史的に見ると時代の「衝動」に煽られてもいるのだと指摘することを忘れない。そもそも欲望（désir）とは――欲求（besoin）という類義語と部分的に重なりながら――、性欲を中心として食欲などの私生活領域から、土地、金銭、権力などの社会生活の領域まで、非常に広大な人間の生活を包摂する。しかも二十世紀初頭のフロイトによる無意識の発見によって、その欲望は端的に言えば人間を根底から規定する、人間存在には不可欠のもっとも重要な条件として考えられるにいたった。ゾラは十九世紀に生きた作家でもちろんフロイトの無意識発見を知るよしもないのだが、それでも彼がフロイト的な無意識世界の欲望を随所で展開したことはよく知られている。あたかもそれはゾラが「衝動 impulsion」という語を時にはフロイト的な無意識の欲望の意味を込めて使用しながら、そのなかに後の精神分析がフロイトの無意識の欲望を概念化するために意図的に分離させた「欲動 pulsion」という語が含まれていることを意識しなかったかのごとくである。

フロイト的な生の欲動と死の欲動とが相克する、典型的な性の欲望が描きだされているのは『獣人』である。機関車の運転手ジャックは、殺人事件を目撃したのがきっかけで駅の助役ルボーの妻セヴリーヌに惹かれ、やがて彼女と恋愛関係になる。ジャックは二人にとって邪魔となったルボーの殺害を試みるが、このような意識的な、「理性的殺人」を断行することは彼には結局不可能であった。それに対して、ルボー殺害を画策する最終場面でジャックを抱いて鼓舞しようとする裸のセヴリーヌを目にすると、彼は逆に彼女の方を殺害してしまう。この場面こそ欲望が垣間見せた、エロス（生の欲動）とタナトス（死の欲動）が切り結ぶ無意識の世界である。この「不合理な」愛人の殺害はジャックの言うようにまさしく無意識のうちにしかできない。したがってあくまでも「合理的に」殺人事件を解明しようとする裁判も、このような無意識の欲望に駆り立てられた殺人の真犯人を捕らえることができずに、彼が殺そうとしたルボーに冤罪（えんざい）を課してしまう。その他の性に関する欲望については「性」の項を見ていただきたい。

ルーゴン＝マッカール家の人々は性欲以外にも「本能的欲望」をみなぎらせている。『獲物の分け前』で、土地ブローカーのサッカールがオスマン男爵のパリ大改造に乗じて示す金銭欲は、モリエールの守銭奴アルパゴンのような吝嗇ではなく、商取引きの現場で大金の流れを操ろうとすることである。『金』の金融資本家サッカールはさらに自らの金銭欲を純化させた姿で再登場し、個人的な損得を厭わないほど証券取引きにのめり込み、近代資本主義のマネーゲーマーにふさわしい資質を十分に発揮することになろう。『ウジェーヌ・ルーゴン閣下』では第二帝政下で大臣となったルーゴン家の長男ウジェーヌの権力欲が描かれ、政界内部で繰り広げられる、権力を維持したり、取り戻すためのさまざまの取引き・工作が暴露される。ルーゴン＝マッカール家の一員ではないが、『大地』の農民ビュトーの土地に対して示す所有欲もすさまじいもので、そのために親殺しも厭わないし、義妹の強姦にも性欲だけでなく土地所有の打算が働いている。

［別項「性」も参照］（寺田光德）

10 逸脱

遺伝

ゾラほど遺伝について話題にされた作家はいない。それは彼が主著『ルーゴン＝マッカール叢書』を構想するに際して、何よりも遺伝学者プロスペル・リュカの『自然遺伝概論』に直接大きな影響を受け、また「ルーゴン＝マッカール家の家系樹」を通して、その遺伝理論の枠組が叢書二〇巻を完成するまでゾラを終始支え続けていたからである。ただその評価については毀誉褒貶があり、ゾラ研究の深まりにつれて変遷してきた。

ゾラが依拠したリュカを始めとする当時の遺伝学は、メンデルに始まる近代の遺伝理論より前のものだったので、かつてはこの旧弊な科学への依拠がゾラを否定的に評価する大きな要因となった。しかし現在では生成論的角度からゾラのリュカ理解に光が当てられて、ゾラはリュカの遺伝学そのものよりも、遺伝類型の体系的な分類法から、組合わせに基づいた、壮大な叢書にふさわしい説話論的装置を発想したと、むしろ逆に方法論上で評価されるようになった。

ここでゾラがレジュメをした、リュカの『自然遺伝概論』に依拠した遺伝類型を、分かりやすく図示して

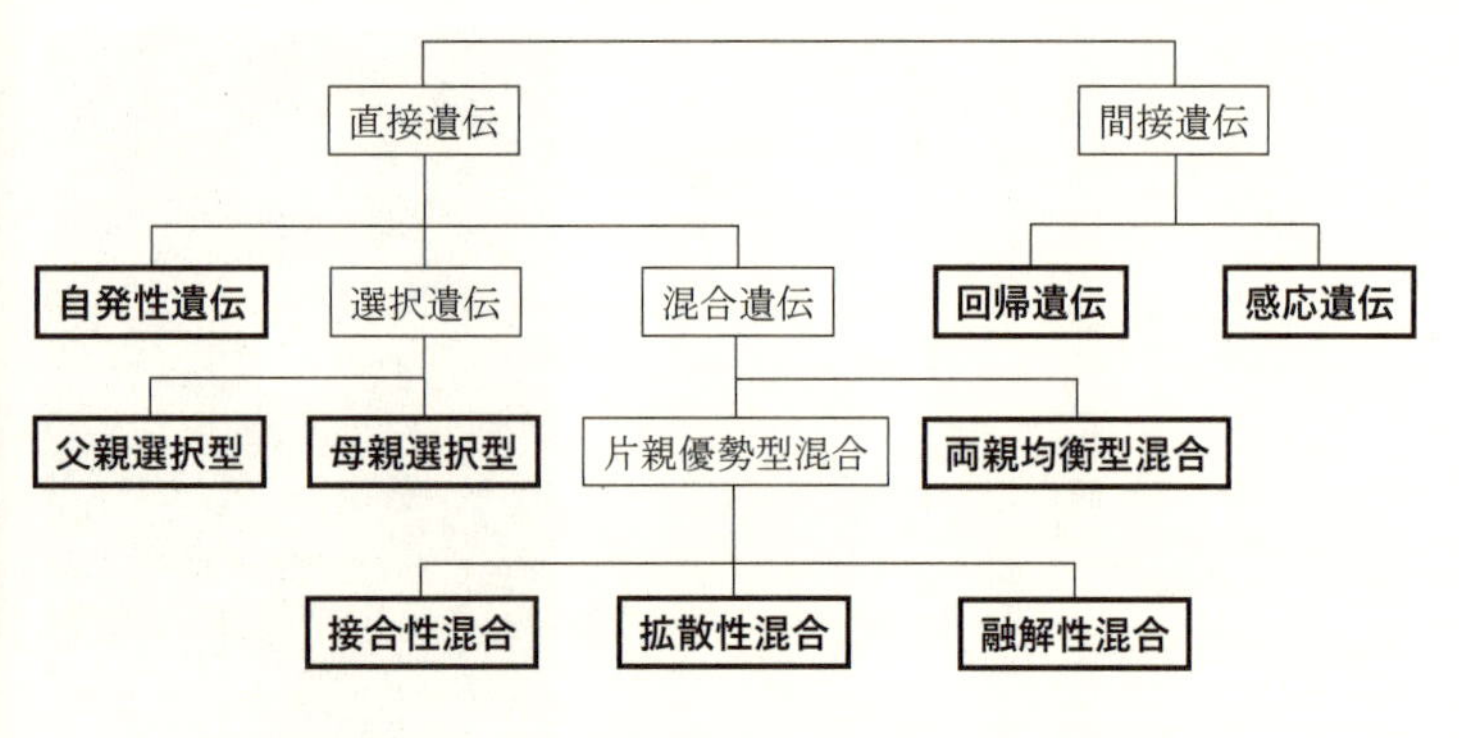

遺伝類型［太字の遺伝類型が叢書の登場人物で選択された］

みよう。

ゾラはリュカの遺伝類型のレジュメに続いて、叢書の登場人物に関する具体的活用法もノートに残す。たとえば上図中の「混合遺伝」については、「父親の精神的優勢と父親との身体的類似／父親の精神的優勢と母親との身体的類似／母親の精神的優勢と母親との身体的類似／母親の精神的優勢と父親との身体的類似。これら四例が融解、拡散、接合の状態にある」。これだけでも4×3＝12例。ノートには、遺伝類型の組み合わせだけにとどまらず、さらにその類型が教育、習慣、職業、パリや地方という場所、つまり置かれた環境に左右されることが明記される。ゾラはこのようにしてリュカの遺伝理論をもとに、登場人物の様々のキャラクターを保証しなおかつその多様性を緊密な関係で結びつける一種の論理をわが物とした。すなわちゾラは叢書を構想した時点から、後に叢書が当初の一〇巻から二〇巻に倍増しても柔軟に対応できるような、安定してしかも無限の可能性を秘めた、登場人物のキャスティング法をすでに手にしていたわけである。

この遺伝類型図にかかわるノートに、同じく叢書構想時に着想され、後に二度公表された「ルーゴン＝マッカール家の人々」の家系樹を対置してみよう。そうすれば、ゾラがこのように出発点で構築した登場人物のキャスティング法が、二〇余年にわたって、二〇巻の叢書を書き続けていくためのどれほど堅固な保証となっていたか、またそこで機能しているリュカの遺伝類型の体系的理論の寄与がいかに大きかったかが理解されるだろう。〔別項「遺伝理論」も参照〕（寺田光德）

狂気

Ph・ピネル（一七四五―一八二六）やJ－E・エスキロール（一七七二―一八四〇）以降発展してきた近代精神医学の影響下で、十九世紀文学は遺伝と神経を発見したと言われる。神経が支配する精神や身体の常軌を逸した動きは、程度の差こそあれ狂気の名に値し、何らかの形でそれは遺伝的性質を帯びていると考えられるようになったのである。なかでも遺伝と神経の作家と形容するにふさわしいゾラは、叢書を準備するに際して「第二帝政はあらゆる種類の欲望と野心を解き放ち、それらの大饗宴と化した。人々は精神も身体も酷使して飽くことなく享楽を追い求めることに渇いていた。取引きで相場と投機に狂って身体を駆り立てられることもあれば、思考を異常興奮させて狂気の寸前にいたることもあった」（「総合ノート」）と述べて、壮大な叢書の主人公となる、第二帝政下で生きたルーゴン＝マッカール家の人々が、広い意味で狂気に陥っていることを明らかにしている。

『ルーゴン＝マッカール叢書』中には精神病院に収容される、狭義の狂気としての精神病を患う人々が存在する。まず最初に挙げなければならないのはアデライード・フークである。彼女はルーゴン＝マッカール一族の始祖として、起源の神経症を患い、それを遺伝を介して次々と子孫に伝えていくのだが、その神経症の具体的病変として現象するのが狂気である。彼女はこの狂気を狂死した父親から受け継いで、早くから異様な性行をあらわにし、最後はテュレットの精神病院で死去する（『ルーゴン家の繁栄』、『パスカル博士』）。次いで一族の第三世代にあたるフランソワ・ムーレは偏執狂（モノマニー）――当時は精神病のひとつとみなされた――と見られて、祖母アデライードと同じ精神病院に強制的に収容された。彼はその後精神病院で本当に精神病になり、最後は病院を抜け出すと自宅に放火して火中で狂死した（『プラッサンの征服』）。第四世代のデジレ・ムーレが示す痴愚（アンベシリテ）（『ムーレ神父のあやまち』）も当時は精神病の一種と考えられた。

叢書に登場する主人公たちのなかには精神病患者の範疇には入らないにしても、常軌を逸した人物たちが多数いる。彼らの性行にも広い意味で狂気の名を冠することができる。上述のフランソワ・ムーレの妻マルトはフォージャ神父を崇敬対象に、精神的昂揚と官能的愛が混然となった神秘主義的信仰に陥り、それまで円満であった家庭を顧みず荒廃・解体するがままにまかせる。その子セルジュは神父となるが、官能の誘惑に抗して、禁欲と恍惚のなかにマリアとの神秘的結合を追い求めて、狂気の寸前までいたる。

マッカールの家系では第四世代の画家クロード・ランティエが天才的直観と作品の落差に悩んで、最終的に未完の大作の前で自殺を遂げる（『制作』）。またその弟で、機関車の運転手ジャック・ランティエは女性を前にするとしばしば殺人衝動に囚われ、遂には最愛の恋人セヴリーヌまでも衝動に駆られて殺害してしまう（『獣人』）。彼らの異父妹アンナ・クーポー（通称ナナ）の常軌を逸した色情狂ぶりも、精神的、身体的倒錯と形容されるほど常軌を逸している（『ナナ』）。

直接ルーゴン＝マッカール家の血を受け継いでいないが、アルコール中毒の父親を持ち、ジェルヴェーズ・マッカールの正式な夫でナナの父親でもあるクーポーも、アルコール中毒の末に振戦譫妄を発症して狂死する（『居酒屋』）。また「四福音書」中の『豊饒』において、ゾラは自らの性的欲望をほしいままにするために不妊治療を受けたセラフィーヌ男爵夫人を登場させる。彼女は最後は完全な色情狂と化したので、スキャンダルを恐れた人々の手で人目から隠され拘束衣まで着せられてしまう。

［別項「神経症」も参照］（寺田光徳）

神経症

ノイローゼという訳語でおなじみの神経症は、現代では相対的に狭い内因性の精神疾患を指し示すが、十九世紀後半の疾病分類学では、器質性を疑わせる、てんかん、カタレプシー、精神病や神経痛、運動機能失調から、あらゆる種類の狂気、ヒステリー、幻覚などの精神障害まで、感覚、運動、知性の機能について神経が支配しているとみなされた病気を広く意味していた。

また当時はこの神経症の類語である神経質もよく利用された。人間を性格分類するのに、ヒポクラテスの体液説の流れを汲む「気質 tempérament」分類が重宝され、血液、神経、胆汁、リンパが過大な影響を与えるのに応じて、多血質、神経質、胆汁質、粘液質に分けられたからである。作家たちも作中人物の性格付けにこの気質分類を利用し、なかでも神経質は芸術家資質を表すものとして特にゴンクール兄弟の作品で強調された。ゾラも当初は小説中の登場人物の性格付けや芸術家資質の強調のために「気質」ということばを多用した。多血質と神経質はとりわけ重要視して、『テレーズ・ラカン』のテレーズとローランや、『プラッサンの征服』のムーレ夫婦、『愛の一ページ』のジャンヌの性格付けなどに用いた。

しかしこうした神経質という気質よりも、『ルーゴン＝マッカール叢書』で作中人物の性行を特徴づけ、さらには叢書全体の説話法においてもきわめて重要な役割を担うようになるのは、遺伝と結びついた病気そのものである神経症である。神経症は『ルーゴン家の繁栄』で、一族の始祖アデライード・フークの奇矯な性行を支配する神経障害として現象し、早くも急性肺結核や狂気にプロテウス的な変化をする可能性を示すとともに、彼女の死因にもあげられていた。その神経症が不吉な遺伝病として明白な姿を現してくるのは『愛の一ページ』で早世するジャンヌ・グランジャンと、この作品に付けられた「ルーゴン＝マッカール家の家系樹」を通してである。ジャンヌは隔世遺伝で二世代前のアデライードから身体・精神を受け継いでいると明記され、慢性の神経症に合併症の急性結核を病んで死去する。

だが神経症はジャンヌの症例のように隔世遺伝によって一族の不幸な成員を突発的に襲うだけに留まらない。叢書最終巻で遺伝を研究する主人公の医師パスカルが、根元にある包括的な病気としての神経症の禍々しい正体を暴露する、「起源の傷害である神経症は善にも悪にも、天才、犯罪者、酔っぱらい、聖人にも転化する。結核、てんかん、運動失調で死ぬものが出てくる」と。つまりアデライードに起源を発する神経症は、叢書中で陰に陽に働いて子孫のそれぞれの命運を左右し、二度にわたって掲載された家系樹で明記されているように、アルコール中毒、狂気、結核、ヒステリーから、狂信的信仰、殺人衝動、性的倒錯などありとあらゆる異様な情熱を支配している根源的な遺伝病とみなされるにいたった――その点では、『獣人』のジャックがルーゴン＝マッカール一族全体を侵しているとみた「ひび割れ」に比肩される。

ちなみに神経症の代表的な病気とされるヒステリーは、語源（hystérie ← huterus 子宮）から女性特有の病気とされ、十九世紀後半の文学作品では神経症にとって替わるほどよく見かける精神疾患であるが、しかしゾラの場合は他の一般的な病気と並んで、根元の神経症から現象してくる病変のひとつとして位置づけられているようである――叢書の作中や家系樹ではアデライードとマルト・ムーレ（『プラッサンの征服』）がヒステリーと形容されている。

（寺田光徳）

犯罪

十九世紀前半のフランスでは、ウジェーヌ・シューの大衆的人気を博した数々の犯罪小説を筆頭に、バルザックの『人間喜劇』中で見ることのできる、殺人から軽犯罪、経済、政治上の犯罪行為にいたる、実に多様で多数の事件、ユゴーの『レ・ミゼラブル』におけるジャン・ヴァルジャンが犯した貧窮故の窃盗など、犯罪が小説の説話に重要な役割を果たしている例は無数に挙げられるだろう。また十九世紀後半に入ると、犯罪が不可欠の要素となるミステリー小説のジャンルがエミール・ガボリオらによって誕生した。

ゾラもまた犯罪が読者の興味を掻き立てる重要な要素であることは十分承知していた。だが彼が犯罪をテーマとする際は、ロマン主義文学や大衆文学のように、超人的な犯罪者とか人間味のある犯罪者を登場させて読者の歓心を買うことよりも、自然主義の作家として現実にありそうな犯罪、特に恋愛絡みの犯罪の原因分析をしたり、犯罪者の心理=生理的な働きがどのようなものかを追究することが主たる関心の的であった。

ゾラの犯罪小説の代表的なものに、まず『テレーズ・ラカン』がある。「神経質」な妻テレーズが「粘液（リンパ）質」の夫カミーユに飽きたらず、「多血質」の情夫ローランと姦通し、挙げ句の果てにその情夫と謀って夫を殺害し、最後は情夫と服毒心中にいたるという凄惨な物語である。ここでは、神経質と多血質という「気質」は釣り合っているときはいいが、バランスが崩れると深刻な事態にいたるということが分析的に記述される。

『ルーゴン=マッカール叢書』中で犯罪小説の名にふさわしいのは『獣人』で、殺人事件の原因として気質ではなく遺伝が取り上げられている点が、『テレーズ・ラカン』とは大いに異なっている。先祖から遺伝病を受け継いでいる主人公ジャック・ランティエは、ルボー夫妻の犯したグランモラン元裁判長殺人事件がきっかけで、人妻セヴリーヌと恋仲になる。やがて二人の恋人にはセヴリーヌの夫ルボーが邪魔になり、ジャックが殺害を試みるが、ドストエフスキー『罪と罰』のラスコーリニコフのように目的意識的ないし理性的な殺人は遂行できない。だがそのかわりアルコール中毒遺伝が転化した殺人狂気の発作のせいで、無意識的衝動にかられて恋人のセヴリーヌの方を殺してしまう。ところでゾラはこの殺人の動機を単純に遺伝に帰して終えるのでなく、こうした衝動が古来から人間存在の奥底に潜んでいるのではないかと疑問を提示して、その後のフロイトの無意識の発見に先鞭を付けている。ちなみにジャックが踏み切れなかったルボーに対する理性的殺人に関して、ゾラは『罪と罰』を読むとともに、また殺人を遺伝に帰する点については、「生来性犯罪者」説を唱えたイタリア人犯罪心理学者ロンブローゾの『犯罪者論』(一八七五)も参考にしている。『獣人』で描写された殺人は上記の二つの事件に留まらない。ジャックを恋するまたいとこのフロールは、ジャックとセヴリーヌが逢引きのために列車でパリに向かう姿を目にして嫉妬に駆られ、当のカップルを含めて多数の死傷者も出ることも厭わず列車を転覆させてしまう。さらにジャックの叔母でフロールの母親ファジーは、夫であるミザールに隠しもった遺産を狙われて、計画的に毒殺されてしまう。

ゾラはその他の作品でも、たとえば戦時下での謀殺(『壊滅』)、工場主の妻コンスタンスが未必の故意から許した転落死(『豊饒』)など様々の状況下における犯罪を描写しているが、それらが目的意識的犯罪ということもあって、上記の二作のように犯罪者の身体における心理-生理まで立ち入って検討してみようとする意図は希薄である。

(寺田光徳)

III

ゾラの全体性——芸術・社会・歴史・科学

1　文学の制度

アカデミー・フランセーズ

一六三四年リシュリューによって創設された学術機関で、会員は四十名と決められており、「不滅の人」という別称がある。当初、会員の多くは文学者だったが、やがて政治家、法律家、科学者もその列に加わるようになった。その主要な責務の一つは、フランス語の辞典を編纂することにある。保守的な色彩が濃く、伝統的な価値観を標榜する傾向が強いが、会員に選出されることは文学者や知識人にとって大きな名誉とされてきた。

自然主義の旗の下で新しい文学を先導し、しばしばその作品によって世間の顰蹙を買い、批評界から非難を浴びたゾラだから、伝統の砦としてのアカデミー・フランセーズに対して好意的な立場を表明することはなかった。『実験小説論』（一八八〇）の中で、彼は次のように述べている。

> アカデミーはフランス語に関してもはや影響力を持たず、あらゆる権威を失いつつある。アカデミーが授与する文学賞など、読者大衆にとっては

どうでもいいものだ。たいていの場合、凡庸な作品に与えられるし、いかなる意味もなく、いかなる運動を指し示すこともなければ、促すこともない。ロマン主義の反抗はアカデミーの意志に反して起こったことだし、アカデミーは後になってそれを受け入れざるをえなかった。現在、同じようなことが自然主義の推移をめぐって生起しつつある。アカデミーはフランス文学の道を阻む障害のようなものだから、新たな各世代が足蹴にして取り除くべきなのだ。

アカデミーに対する、いかにも矯激な糾弾である。かつてのロマン主義に対してそうだったように、そして今日の自然主義に対してそうであるように、アカデミーは常に新たな文学潮流を阻害しようとする。逆に言えば、アカデミーによって批判されることは、まさに文学の革新性の証拠にほかならない。翌一八八一年の『論戦』においても、ゾラの認識は変わらない。「フランス文学の指導的立場にあるとされるアカデミー・フランセーズは、みじめなものだ。影響力はまったく無であり、危険なまでに無用なその役割は嘆かわしいものでないにしても、滑稽なものである」。アカデミー会員の神経を逆撫でするような揶揄と嘲笑の言葉である。

ところがそのゾラは、一八八九年から一八九八年にかけて十九回もアカデミー会員に立候補した。アカデミーは会員が死去した場合、その欠員を補うために新会員を選出する慣わしで、ゾラはそれに立候補したのである。彼は一八八八年頃から、機会が生じればアカデミーに立候補するという意志を表明していた。レジオン・ドヌール勲章を受勲した直後にモーパッサンに宛てた手紙（一八八八年七月十四日付）の中で、ゾラは次のように書いている。「今回勲章をもらったように、もしアカデミーの扉が私の前に開かれる機会があれば、つまり一部のアカデミー会員が私に投票したいと望み、私に立候補するよう求めるならば、候補者の務めとは関係なく、とにかく立候補はするつもりです」。

最初の機会は一八八九年に訪れた。劇作家オージエが十月二十五日に死去すると、友人でアカデミー会員だったフランソワ・コペとリュドヴィック・アレヴィの慫慂もあって、ゾラは十二月二日に立候補を表明したのである。当時の慣例に倣って、彼は支持を取りつけるためデュマ・フィス、ルナンなど多くの会員を表敬訪問した。第一回の投票は翌一八九〇年五月に実施され、七度繰り返されたが誰も過半数の票を得ることができなかった。ゾラが獲得した票はそのつど一票から四票にとどまる。同年十二月に行われた再投票で、フレシネという政治家が選ばれた。その後もゾラは欠員が生じるたびに立候補を繰り返す。彼より年少の作家ロチやブールジェ、彼の論敵であるブリュンティエールやルメートルが一八九〇年代に次々とアカデミーに迎え入れられたのに反し、『ルーゴン＝マッカール叢書』の作家はついに選出されることがなかった。

当時すでに知名度の高かったゾラだから、アカデミーに入会するかどうかは彼の文学的名声を左右するものではなかった。とはいえ一八八七年『大地』出版を機に、若手の作家たちによる「五人の宣言」がゾラを批判し、それまで行動と理念を共にしてきた自然主義文学者たちの軋轢が顕在化し、他方では、心理小説や象徴主義の台頭が明らかになっていた当時、ゾラとしても自らの文学に対する制度的な、あるいは公的な承認を望んだのかもしれない。

十九世紀に関するかぎり、アカデミーに入った作家には詩人、劇作家が多く、小説家はきわめて少ない。文壇における地位、ジャンルとしての格では詩と演劇が小説よりも上だったのである。あのバルザックもゾラ同様、何度も立候補しながら落選し続けた。小説が出版界で主要な位置を占めるようになった時代だったとはいえ、制度的な認証は別問題である。ゾラのアカデミー落選の一件は、そうした十九世紀の文学場の一面を照らし出している。

（小倉孝誠）

インタビュー

ある出来事をめぐって、当事者や目撃者に証言を求め、対話形式でそれを新聞に掲載するインタビューは、フランスのジャーナリズムでは一八八〇年代に定着した。とりわけ一八八一年七月、新聞に対する検閲が撤廃されて以降、多くの新聞がインタビューを紙面の主要な一部とするようになった。現代のテレビやインターネットのような速報性はないが、当時の活字メディアの中では実況中継に近い、同時性を強く意識した形式だった。

ジャーナリストが一つの事件や主題について報道するため、どこかに出かけて誰かに取材する「ルポルタージュ」や、著名人と複数回にわたって会い、話を聞くという「対談」や、一人のジャーナリストが一定の主題をめぐって数多くの相手を訪問して話を聞く「アンケート調査」なども、広い意味でのインタビューに数えられるだろう。読者は著名人の生の声を聞きたがったのである。

ゾラは同時代の作家のうちで、最も頻繁に新聞のインタビューを受けた作家の一人である。名声が確立した一八八〇年から、亡くなる一九〇二年までの間に三百五十回以上のインタビューに応じ、そのうち七十四編が『ゾラとの対話』(一九九〇)という著作に収録されている。作家へのインタビューは、十八世紀のサロンでの「会話」や、ロマン主義時代に始まった「作家探訪記」の流れを引く。ゾラ自身がこのジャーナリズムの慣行をどう考えていたかについては、興味深い証言がある。一八九三年一月十二日付『フィガロ』紙に掲載されたページで、聞き手がインタビューという形式について作家の見解を問うたのである。

ゾラは、記者がしばしば無能で、作家が述べたことを正確に伝えていない、時には歪曲したり、作家が語ってもいないことを捏造したりすると嘆く。当時は、作家がインタビューの原稿を掲載前に確認することができなかったので、このような事態が生じたのである。インタビュアーは相手の分野に関して広く正確な知識を有し、相手の言葉を真摯に傾聴し、その隠れた意図さえ汲み取る能力が必要だとゾラは指摘したうえで、次のように述べる。

インタビュアーが私の言葉として伝えていることはすべて無効である、と私は宣言します。このことはすでに言いましたが、私は自分のペンで表現したことしか、自分の見解として認めません。したがって、どのインタビューであれ、私のインタビューが文字通りの真実を伝えているとは認めません。

とはいえ長年ジャーナリズムで活動したゾラだけに、インタビューが近代ジャーナリズムの重要な発明であることは認めていた。政治、社会、科学、技術そして芸術の最先端について、一般読者に最新の情報を伝える教育的な機能を担っていることを、よく知っていたからである。

有名作家だったゾラはあらゆる問題に関心を抱き、数多くの新聞からあらゆる主題についてインタビューを受けた。掲載された記事が、ゾラの発した言葉を正確に再現しているかどうかは議論の余地があるものの、ゾラの歯に衣着せぬ直截な意見と判断が表明されているのは確かである。そこでは彼の私的な書簡や、彼自らが執筆し発表した新聞記事とは異なる文体と調子で、ゾラの見解が述べられている。最も有名なのは、一八九一年三月三十一日付『エコー・ド・パリ』紙に載った「文学の変遷に関するアンケート」であろう。これはジュール・ユレがさまざまな流派に属する六十四人の作家を相手に、文学の現状と将来を尋ねた記録を連載するという企画で、後に同タイトルの下で単行本として刊行された。象徴主義や心理小説の台頭に伴い、自然主義が終焉を迎えつつあるのではないかという認識に対して、ゾラは、新たな潮流が芽生えてくるのは当然であり、望ましくもあると歓迎したうえで、マラルメやヴェルレーヌの才能を認めつつ、象徴主義は試みの段階であって、いまだ確固たる作品群を創出していないと判断した。

　現代社会の精髄を把握した者、厳格すぎる理論から脱却して生をより論理的に、より感動的に受容した者こそが未来を手にするでしょう。私が信じているのはより広く、より複雑な真実の表現、人類へのより大きく開かれた姿勢、いわば自然主義の古典主義です。

　ゾラは自分の新作が出るたびに記者の訪問を受けており、インタビューは自作を宣伝するための道具にもなった。そうしたインタビューでは、ゾラ自身の手紙や新聞記事には明示されていない作家の意図や構想が垣間見えて、興味深い。自作の解説だけでなく、同時代の作家、演劇や批評の現状、ブーランジスムのような政治問題に関しても、ゾラは多くのインタビューに答えた。

（小倉孝誠）

検閲

　民主化と大衆化の時代である十九世紀にも、時期によって抑圧の程度は異なるもののさまざまな形の検閲は存在した。七月王政期には新聞に対して検閲郵税が課され、それが単価にはね返ったせいで、販売部数はかなり限られていた。第二帝政期の一八五二年、新聞を発刊するには政府の認可を得なければならないと政令で定められた。いずれも、当局が新聞というメディアを統制するための政策にほかならない。書籍についても同様で、フロベールの『ボヴァリー夫人』とボードレールの『悪の華』がどちらも一八五七年に、「公序良俗と宗教を紊乱」するとして検察当局から起訴されたのは有名な文学史上のエピソードである。

　ジャーナリスト、作家だったゾラも、自らの著作をめぐって司法当局や編集者と何度か悶着を経験している。一八六五年最初の小説『クロードの告白』を出版した際、法務大臣が検事総長に報告を求めた。幸い、訴追はされなかったが、内容が当局の注意を引いたことは事実である。三年後、『マドレーヌ・フェラ』をある新聞に連載した際、編集主幹は当局の干渉を恐れて部分的な削除を作家に求めた。当時の性道徳に抵触するのではないか、と危惧したのである。宗教、道徳、国家に対する侮辱は検閲の対象になりやすかった。

第二帝政が崩壊し、第三共和政になっても事情はすぐに変わらなかった。『クロッシュ』紙に連載されていた『獲物の分け前』は第四章に差しかかったところで、一八七一年十一月、検察当局によって連載中止を命じられた。より正確に言えば、ゾラが検事に召喚され、小説を非難する告発状が多数届いている、このままでは処罰の対象になると警告されたため、『クロッシュ』紙に配慮して自ら連載を打ち切ったのである。女主人公と義理の息子の近親愛がテーマの一つとはいえ、作品をつうじて第二帝政の腐敗と頽廃を示そうとしたゾラにしてみれば、この小説が共和国政府を不安にしたことが理解しがたかっただろう。連載中止を決めたゾラは、自らの怒りと抗議を『クロッシュ』紙に宛てた公開書簡で吐露している。

新聞の読者はある種の真実を受け入れてくれると思ったのが、私の間違いでした。とはいえ、帝政を風刺したせいで私に危険が迫っていると共和国検事に警告されたことには、容易に馴染めません。私たちフランス人は、完全に、雄々しく自由を愛する術を知りません。そして道徳の擁護者だと思いこみすぎていますし、真の羞恥心はひとりでに守られるもので、憲兵など必要ないということを納得できないのです。(一八七一年十一月六日)

幸いなことに、新聞・雑誌に対する検閲はその後、大幅に緩和される。一八八一年七月二十九日の議会で、ほぼ満場一致で可決された法案によって、印刷・出版と新聞の自由が保障され、それまで維持されていた保証金制度がなくなり、フランス人は誰でも自由に新聞を発行し、流布させられるようになった。国家、政府、議会、宗教、所有権の尊厳を損なう言説、そして個人への中傷や侮辱は軽犯罪になりうるが、基本的に言論の自由が尊重されることになった。この法案は現代に至るまで、フランスにおける言論・出版の自由に関する規則の根幹をなしている。

演劇に関しては事情が違っていた。新聞や本を読まない、あるいは読めない人間でも、劇場に行って芝居を観ることはできる。演劇の文化的、社会的な影響力は、現代とは比較にならないほど大きかったから、権力側は上演されるプログラムの内容や、場面の適合性にきわめて注意深い監視の目を向けていたのである。ゾラは一八八五年にそのことを痛感させられることになる。友人ウィリアム・ビュスナックと共同してゾラは『ジェルミナール』を戯曲に翻案し、パリのシャトレー座で上演することになっていた。ところが、慣例に従って台本を査読した審査委員会の報告書を読んだ時の公教育大臣が、上演を禁じる決定を下したのである。審査委員会は炭鉱会社のエゴイズムを告発する言葉や、炭鉱夫と憲兵隊の衝突が、舞台で上演されるにはあまりに不穏当だと判断したのだった。

ゾラは当然抗議し、友人・知人の助けを借りて奔走したが、決定はくつがえらなかった。この経験を踏まえて、ゾラは『フィガロ』紙（一八八五年十一月七日）に寄せた「検閲」と題された記事において、演劇における検閲制度の弊害を告発した。厳しい検閲のせいで、若い有望な作家たちがこのジャンルを敬遠し、そのためフランス演劇界は停滞に陥っていると警告し、審査委員会のメンバーは皆「愚か者」、「成り損ないの文学者」である、とゾラは嘆いた。

台詞や場面を温和なものに変えた末に、『ジェルミナール』の上演はようやく一八八八年四月に、政府の閣議による許可を得たうえで実現した。演劇における

検閲が撤廃されるのは、それよりさらに後の一九〇六年のことである。（小倉孝誠）

ジャーナリズム

十九世紀において、文学とジャーナリズムの関係は深い。

七月王政期（一八三〇―四八）にフランスでは産業革命が進展して製紙、印刷、出版の世界に大きな技術革新をもたらし、定期刊行物や書籍の値段が下がる。他方で読者層も拡大した。同時期の教育改革によって学校が増え、国民の識字率が上がって（世紀半ばでおよそ六割）、より多くの人が新聞や本を手にとるようになった。十九世紀の作家の多くは、評論文や作品をまず新聞・雑誌に発表し、その後に単行本としてまとめた。文学作品だけでなく、政治、社会、文化、習俗などについても記事を書き、その原稿料で生活の資を得ていたのである。ジラルダンが一八三六年に『プレス』紙を創刊し、そこに人気作家の手になる小説を連載したことが、文学とジャーナリズムの結びつきをいっそう強めることになる。フランス文学史では、「一八三〇年の世代」が原稿料だけで食べていけるようになった最初の世代と言われる。バルザックやデュマ・ペールの世代である。

ゾラの活動は、まずジャーナリストとして始まった。二十代半ば、パリや地方の新聞に書評や劇評を寄稿し、一八七〇―七一年にはボルドーやヴェルサイユに滞在しながら議会通信を手がけた。その後も同時代の政治、社会、文化をめぐってあらゆるテーマについて、時にはきわめて論争的で挑発的な記事を書き続けた。本質的に新しいもの好きで、好奇心が旺盛で、同時代の出来事と風俗に絶えず関心を抱きつづけたゾラは、ジャーナリスティックな仕事に魅力を感じていた。

他方で、『ルーゴン＝マッカール叢書』をはじめとする一連の小説は、まず新聞に長期にわたって連載され、その後に単行本として出版されている。文壇とジャーナリズムという二つの世界を活動の舞台にしたのはゾラだけでなく、同時代の多くの作家に共通することだが、彼の場合その二面性はとりわけ際立つ。ジャーナリズムは彼の生活を保障する場となり、自己の思想を展開する媒体であり、みずからの知性を覚醒させ、感性のみずみずしさを保つための手段であった。

ゾラはジャーナリズムの変遷に気づいていた。十九世紀前半は、一定の思想と政治的見解を表明するオピニオン紙が中心だったが、一八六〇年代以降、日々新たなニュースを報道する新聞が主流になる。その流れを促したのは社会の動きの速さであり、鉄道や電信の発達にともなう情報流通の加速化だった。堅実な内容と明確な思想によってある種の高貴さをもっていたかつてのオピニオン紙に対して、ゾラは郷愁を隠さない。そして事件の報道や、皮相な時評が幅をきかせる同時代の大衆紙が、品位を欠いているという。とはいえ彼は、単に昔のジャーナリズムを懐かしむのではなく、オピニオン紙からニュース紙への移りゆきは歴史の流れだとする。社会と人間が変わったのだから、それを報道し、代弁するジャーナリズムも変化せざるをえないだろう。

その点でゾラが、一八六三年に創刊された大衆紙『プティ・ジュルナル』を評価したのは興味深い。平易な文体で書かれた三面記事のおもしろさだけでなく、時評欄では科学や学問上の発見を分かりやすく解説し、ときに道徳的な教訓をまじえるというように、この新聞は民衆にたいする啓蒙的な配慮にあふれていた。それまで活字と無縁だった者たちの心をとらえ、新たな読者層を創造したとゾラが指摘したのは、つまりその革新性を見抜いたのは、正しい判断だろう。

注目すべきは、ゾラが文学的な観点からジャーナリズムでの活動を積極的に擁護していることである。新聞・雑誌に毎日のように記事を書いていると筆が荒れ、純粋な文学的野心が風化してしまう、ジャーナリズムは若い才能を殺す危険がある、といった不安は当時からすでにつぶやかれていた。それに対してゾラは真っ向から反駁し、新聞・雑誌に寄稿するのは職業作家をめざす者にとって格好の修行であり、若い作家はそれによって文体を鍛えられると主張する。

　私に忠告を求める若い作家に対して、「泳ぎを学ぶため水に飛び込むように、ジャーナリズムの世界に必死で飛び込みなさい」と私は答えよう。現在ではそれが唯一の男らしい学校であり、ひとはそこで他人と交じり合い、逞しくなれる。また作家の職業という特殊な観点からいっても、ジャーナリズムで毎日記事を書くという恐るべき金床の上で、ひとは自分の文体を鍛えられるのだ。
（中略）
　現代の最良の作家たちはこの試練を経て来なかっただろうか。われわれは皆ジャーナリズムの子供であり、われわれは皆そこで最初の地位を手に入れたのだ。ジャーナリズムこそがわれわれの文体を磨き、われわれに資料の大部分を提供してくれたのだ。ただしジャーナリズムに利用されるのではなく、それを利用するためにはかなり足腰がしっかりしていなければならない。ジャーナリズムは自らにふさわしい人間だけを受け入れる。
（「訣別の辞」、『フィガロ』紙、一八八一年九月）

ここには若い頃からジャーナリズムに接し、その舞台裏に精通し、それを通じて自らの美学と思想を練りあげ、確固たる地位を築いたゾラの矜持が読みとれる。

（小倉孝誠）

著作権

　現在では、作家、画家、写真家、作曲家の著作権は手厚く保護されており、本人が死亡した後も一定期間（その長さは国によって異なる）、相続人がそれを保持し続けることになっている。しかしこのように文学者や芸術家の著作権が世界的に認められるようになったのは、二十世紀後半のことであり、ゾラの時代には事情が違っていた。

フランスは「著作権」という概念を生んだ国であり、近代においてそれが確立するに際して主導的な役割を果たした。作者に著作の所有権を認める最初の裁定が出されたのは、一七七七年のことで、著作者は自分の著作を自由に売る権利を永久に保持することが認められた。それまでは書籍商(出版社と書店を兼ねる)が、一定の額で作者から譲り受けた著作を半永久的に商品化するという、「特権認可状」を享受していたのである。

さらにフランス革命さなかの一七九三年、著作権はより明確に規定される。(1)著作者は、その存命中みずからの著作物をフランス国内で販売し、その所有権を第三者に譲渡する排他的な権利を有する、(2)相続人は、著作者の死後十年間は同じ権利を有する、(3)海賊版や偽造はきびしく取り締まり、違反した者には相当の罰金を課す、(4)著作物はその二部をパリの国立図書館に収める、ということが定められた。作者の相続人の権利まで規定したという意味で、画期的な法令だと言ってよい。

とはいえ、法令が出されたからといって、作者の著作権がつねに厳密に守られたわけではない。パリの出版物に対してなら注意が向けられたが、地方の新聞や刊行物、さらには外国で出た翻訳にいたっては、ほとんど監視の目が届かなかった。そこで作者の側は一八二九年に「戯曲家・作曲家協会」、一八三六年には「文芸家協会」を設立して、自分たちの権利を守ろうとした。フランスでは十九世紀をつうじて、この問題をめぐって何度か法改正がおこなわれたが、議論の争点は著作者の死後、相続人の利益をどれくらいの期間保護するのがふさわしいか、ということだった。こうして著作権の保護期間は一八四四年には二十年間に、一八五四年には三十年間に、そして一八六七年には五十年間にまで延長された。

当時フランス政府は、ヨーロッパ各国と個別に二国間協定を結んで、外国におけるフランスの著述家の権利を守ろうとした。フランス語の普及率の高さと、フランス文化の大きな声望ゆえに、フランス語による作品や著作は全ヨーロッパ的に普及し、それにともない無断で翻訳が刊行されることも少なくなかったのである。とりわけベルギーでの海賊版、ロシアでの無許可の翻訳が大きな問題だった。

そのような時代に作家活動を展開したゾラは、著作権の問題にはきわめて敏感だった。貧しい家庭に育ち、自らのペン一本で地位を築いた彼にしてみれば、著作権の保護に強い関心をもったのは当然だったろう。とりわけ『居酒屋』以降、誰もが認める売れっ子作家になった彼の作品は、しばしばゾラには何の許可を取ることもなく、フランスの地方新聞に転載されたり、外国で翻訳されたりしていただけに、なおさらだった。たとえば一八八一年十月付けの手紙で、彼は次のように述べている。『居酒屋』のドイツ語訳が二種類あり、私が許可したのはどちらですかというお尋ねですね。答えは簡単です。私はどちらも許可していません。ドイツから来た申し出は、出版社には受け入れがたいものでしたから」。

こうした状況に直面したゾラは後に、自分の作品の翻訳については、翻訳者、新聞社、出版社と自ら直接交渉するようになる。事態を改善したのは、ヨーロッパ諸国が賛同した一八八六年のベルヌ条約であり、これによって、外国人の著者に対しても、国内の著者と同じ待遇をあたえることが原則になった。

一八九〇年代に「文芸家協会」の会長を務めたゾラは、協会を代表してフランスの作家たちの利益を守る立場にあった。一八九六年、友人でもあった作家ブールジェが、出版社ルメールが彼の作品の発行部数を明示せず、したがって印税をごまかしているとした訴訟で、ゾラはブールジェの主張を支持した。同じ年の四月『フィガロ』紙に載った「文学の所有権」と題された記事では、折しもパリで開催されていた文学や芸術作品の著作権をめぐる国際会議に言及しながら、その会議に出席しているのは主に外交官と法律家で、当事者である作家や芸術家が参列していないことを嘆く。そして大国であるアメリカとロシアがベルヌ条約に加盟していないことが、大きな欠陥だと指摘し、両国が早く条約を批准するよう促している。

ゾラの論考は、著作権の歴史を跡づける研究書でしばしば引用されるものだ。作家の著作は社会と人類の共有財産であり、遺族の無分別で作品の流通が妨げられる怖れがあるために、著作権の保護期間に制限が設けられた。ゾラはその制限にかならずしも納得していなかったが、著作権保護の重要性をことあるごとに訴えた功績は大きい。

（小倉孝誠）

文芸家協会

文芸家協会 Société des gens de lettres は、文学者の権利保護を目的として一八三八年に創立された団体である。それより九年前の一八二九年に、戯曲、楽曲、オペラの作者の利益を守るために創設されていた「劇作家・作曲家協会」をモデルにしていた。ジラルダンが一八三六年に『プレス』紙を創刊し、そこに新聞小説を連載すると購読者数が飛躍的に伸びたことから、以後各紙が新聞に小説を掲載するようになり、作家にとっては貴重な収入源になる。しかし当時はまだ著作権の概念が薄く、それに関する法律が未整備だったせいで、作家の権利が十分保護されていなかった。文芸家協会はその欠陥を是正しようとしたのである。一八四〇年代には、バルザックやユゴーが会長を務めている。

ゾラが文芸家協会に加入したのは一八九一年二月、彼の業績を考えればかなり遅い。この時点でゾラは数多くの傑作をすでに上梓しており、国内外に広く名を知られていた。アルフォンス・ドーデとリュドヴィック・アレヴィの推薦によってゾラは会員となり、同年四月五日には、総会の場で役員に選ばれ、さらに翌日には役員同士の互選で会長となった。協会の記録によれば、ゾラは微笑を浮かべながら、受諾演説で次のように述べたという。

私が自分の名声を鼻に掛ける恐ろしい男という伝説が出来上がっているだけに、今回の選出には感動しています。実際はそれと逆で、私が付きあいやすく、とても寛容で柔軟な人間だということが皆さまに分かるでしょう。自分の美点をあげているのですからもう一点付け加えますと、私は勤勉な働き者で、苦労を厭いません。真面目な性格なので、協会の繁栄のために最善を尽くし、協会の名を高めるためにあらゆる努力を惜しまないつもりです。

自分の経歴のためには制度的な認知を必要としたわけでないゾラだが、会長職に就いてからはその言葉通り、勤勉に職務を果たした。会長職は一八九四年まで三年続けることになり、中断をはさんでさらに一八九五—九六年にも会長を務めた。一八九八年、「私は告発する……！」を発表してドレフュス事件に関与し、その後一年近くイギリス亡命を強いられたこともあり、以後は文芸家協会から遠ざかった。

会長在任中にゾラは、いくつか際立った活動をしている。まず、かつて会長を務めたバルザックを顕彰する彫像をパレ＝ロワイヤル広場に設置することを決め、その制作をロダンに依頼した。「われわれは皆、あなたの偉大な才能による、バルザックにふさわしい見事な作品を期待しています」と、ゾラはロダンに書き送った（一八九一年八月十四日付の手紙）。一八九二年二月、内務省令に合致するよう協会の内規を改訂して会員の承認を得ると、協会は公益団体として認可され、寄付や遺贈を受けられるようになって財政的な基盤をより安定化させた。

協会の活動と、会員の福利厚生を充実させるため、さまざまな団体から補助金を獲得することにも成功した。一八九五年には、協会の本部をより広い建物に移している。さらに会長として、会員の葬儀での弔辞、各種の催しでのスピーチなど、公衆の前で発言する機会が増えた。若い頃から、大勢の人の前で話すのは苦手と告白していたゾラだが、会長の職務が彼の苦手意識を克服させたのだろう。

会長職を辞した後の一八九六年四月、ゾラは『フィガロ』紙に二回にわたって文芸家協会に関する記事を寄せている。世間では協会の内実が正しく認識されておらず、単なる金儲け集団と思われているらしいので、その誤解を払拭するためにゾラはペンを執ったのだった。当時の会員数はおよそ六五〇名、そのうち一四〇名は年金受給者である。老いた会員、亡くなった会員の家族の生活を守るため、協会は年金を支給していたのであり、そのための資金が必要だった。協会は相互扶助団体という側面を有しており、そのために民間からの寄付やメセナを期待していたのである。

著作権（「著作権」の項を参照のこと）の保護は協会の重要な任務だった。とりわけ、作者が作品を寄稿する新聞・雑誌、さらにそれを単行本化する出版社との間で、原稿料や印税の問題を法的に明確化することが急務になっていた。若い駆け出しの作家がしばしば出版社に搾取される危険があっただけに、ゾラはこの問題に強い関心を示し、パリにおける事態の改善に尽力したのである。しかし著者や出版社の了解も得ずに、地方の新聞が作品を再掲載したり、外国の新聞、出版社が翻訳を出したりすることに関しては文芸家協会の監視の目が行き届かず、課題として残されていた。「日々のパンを保障するのと同時に、世界におけるわれわれ作家の尊厳、作家が占める位置、そして果たすべき文明化の役割こそが問われているのだ」と、ゾラは述べている。

（小倉孝誠）

2　文学潮流

自然主義

文学における自然主義は、ゴンクール兄弟が一八六五年に発表した小説『ジェルミニー・ラセルトゥー』をもって始まったと考えられている。新しい文学の創始を告げるその序文において兄弟は、当時人気を博していた新聞小説、わけてもジュール・サンドーやオクターヴ・フイエの作品を「読んでも無害で慰めをもたらす」だけの小説とか「美徳の小説」と批判し、自分たちの小説をそれに対抗させて、下層民を含めてあらゆる社会階級を主題とし、医学と生理学の最新の発見を基底に据えた真実の小説であると自負した。若き日のゾラが『ジェルミニー・ラセルトゥー』について書いた記事（『ゾラ・セレクション』第八巻所収）で贈った讃辞は、この小説が運動の先駆的な位置を占めていることを認めている。

自然主義という語はゾラの発明になるものではない。芸術批評家にしてレアリスムの擁護者カスタニャリがすでに使っていた用語を借用したのである。カスタニャリは六〇年以降、特に自分が高く評価する画家クールベについてこの言葉を倦まず繰り返していて、哲学的な価値と美学的な価値を重ねあわせて次のように解説している。「自然主義の画派は人間と自然の断絶した関係を修復する。それは現代合理主義の深層そのものから発している。それは私たちの哲学から湧き起こっているのである。私たちの哲学は心理学者たちが社会からひき離した人間を社会の中に連れ戻し、今や社会生活を私たちの主な研究対象としたのである」（六三年の『サロン』）。クールベの讃美者ゾラはおそらく、彼独自の文学世界の構想に適用するにあたって、この絵画における自然主義の定義にほとんど変更を加える必要を感じなかったであろう。

ゾラの自然主義思想の根本にあるのは真実という概念である。言葉自体はありきたりである。しかし自然主義の真実は、それを規定し、特殊化し、十九世紀後半のイデオロギー上の争点の真っただ中に位置づける一つの語彙場から浮かびあがってくる。ゾラが与えた数多くの定義の一つは次のようなものである。「批評においては、作家の気質を分析し、その作家が生きた時代を再構成することだ。生活が修辞学に取ってかわるのだから。文学、特に小説においては、資料としての人間たちをたえず収集することであり、人類を観察し、描き、現実的で永遠の作品へと要約することである」（七六年十月付の『ビヤン・ピュブリック』紙掲載記事）。「自然」「観察」「資料」「調査」「現実」「分析」「論理」「決定論」、これらこそゾラが自然主義を明確にする時にもっとも頻繁に用いる語である。真なるものは確認されるのではなく、ある方法によって獲得され勝ち取られるのである。それは科学者のそれに似た方法によって発見され、次に教義も修辞も考慮せずに提示されるのである。

自然主義はゾラが要求するものと同様に拒否するものによっても性格づけられる。すなわち、「作品を超自然的なものや非合理的なものの上に基礎づけ」、現象の決定性が及ばないところに神秘的な力を認める神秘的観念論、抽象的な人間や形而上的な人間を研究する古典的観念論、現実を否定しその代わりに想像を置き、作中人物たちを真実に反して誇張するロマン主義、異教的なあるいはカトリック的な絶対を肯定する神学的教条主義、規範や適合性そして伝統の名において判断を下す修辞学的教条主義、である。そして写実主義も、それが現実の没個性的な複写にすぎないのなら、これすら拒否の対象となる。

「作家ギュスターヴ・フロベール」(『ゾラ・セレクション』第八巻所収)の第一章で、ゾラは自然主義小説の三つの特徴を述べている。第一の特徴は、ロマネスクなものの拒否、異常な発明の排除、そのあたりに転がっている人生の正確な再現である。したがって読者をはらはらさせる異常な出来事(波瀾、サスペンス、どんでん返し、思いがけない結末)を仕組むことは許されず、筋は単純にならざるを得ない。問題は筋ではなく、場面の選択、秩序立った組み立ておよび展開にある。

第一の特徴は第二の特徴を呼び寄せる。自然主義文学は傷もあれば欠陥もある並の人間、われわれが日常生活で行き交う平凡な人間を扱うのであって、途方もなく大きくされ、巨像に変わった例外的な登場人物には関心をもたない。ゾラにとって、英雄を拒否することとは、作品の中から好ましい人物を排除することを意味するし、美徳を讃え、悪徳を戒めるといった安易な理想主義の作品を否定することにもつながる。

第三の特徴は没個性である。自然主義の作家は、自分が語る筋の背後に消え去るよう努めなければならない。登場人物の行為に対する判断は読者に委ね、作者はもっぱらそれを演出するだけである。ゾラの夢みる冷徹な「人間記録」ないし「調書」たる小説は、このような創作態度から生まれるのである。

自然主義運動は、言葉の厳密な意味では流派を形成しなかった。それに与したメンバーは、一方で作風の親近性や類縁性から、他方で嫉妬や遺恨などから合流と離脱を重ね、その時々で顔ぶれを変えたし、ゾラ自身も流派の領袖を自任することはなかった。運動は七六年から八〇年のほぼ五年間を絶頂期として、やがて新しい文学的傾向に取って代わられることになったのである。

（佐藤正年）

写実主義（レアリスム）

最も広い意味での写実主義という語の歴史は長い。それはさまざまな形の下に現れる現実を主題とする西欧文学の伝統を指していて、この歴史横断的な意味において理想主義に対立する概念である。一八五〇年頃には、この語は現実をありのままに描いた画家クールべの主張と画風に浴びせられた嘲りの意味を持っていたが、彼の熱心な擁護者シャンフルーリはそれを逆手にとって自分の作風を説明する語として用いた。文学運動としての写実主義は、フロベールの『ボヴァリー夫人』（一八五七）をもって始まったと考えられている。もっとも彼自身は自分が写実主義の始祖と見なされることを嫌った。記事「人間ギュスターヴ・フロベール」において、ゾラはフロベールを訪ねた時に彼と交わした文学論議を回顧し、この小説が運動の嚆矢（こうし）とされていることに師が憤慨していることに驚き失望したと書いている。とはいえ、ゾラ自身はその後もフロベールを師と仰ぎ、写実主義の思想と技法をいっそう深めることに努めている。

写実主義の野心は同時代をあらゆる側面から全体的に捉えることにあった。ゾラもその例外ではないが、ここでは歴史への関心を採りあげる。『ルーゴン＝マッカール叢書』の物語世界は、一八五二年に始まり七〇年に終わる約二十年間の第二帝政を扱っている。テクストでは明白な日付はほとんど示されないが、フランス史と照らし合わせれば、出来事、人物、制度をそれと突きとめることができる。歴史上の事件について言えば、『ルーゴン家の繁栄』と『パリの胃袋』におけるクーデタ、『プラッサンの征服』における立法院選挙、『壊滅』におけるスダンでの敗北およびコミューンなどである。事件にかかわった人物はある時には作中に実名で登場する。『獲物の分け前』『ウジェーヌ・ルーゴン閣下』『壊滅』におけるナポレオン三世、『壊滅』

におけるマク゠マオンなどである。またある時には単に言及されるだけで物語とは無縁である。『ごった煮』のガリバルディや『金』のマルクスである。

しかしゾラは年代記を書くつもりはなかったので、彼が再構成しようと努めたのは、エリゼ宮での舞踏会（『獲物の分け前』）、立法議会の審議、サン゠クルーの閣議、コンピエーニュでの一日（『ウジェーヌ・ルーゴン閣下』）、スダンでの皇帝（『壊滅』）など、同時代の政治史を全体的に解釈することを可能にするいくつかの大場面にとどまる。

ゾラの作品では権力者よりも事業者の方が重視されている。彼の政治的ヴィジョンはジャーナリストのそれであるが、経済や社会のヴィジョンは深く、鋭く、力動的である。様々な亀裂と抗争を生みながら二十年間のフランス経済を押し流した変動に対して、彼は確かな目を持っていて、小説ごとにその総合的で鮮烈なイメージを提供する。例えば、パリの表情を一変させた大規模な土木工事（『獲物の分け前』）、百貨店の創設（『ボヌール・デ・ダム百貨店』）、石炭産業の危機（『ジェルミナール』）、土地所有の進展（『大地』）、鉄道交通の発達（『獣人』）、証券取引所の発展と崩壊（『金』）である。もちろん知の次元で見れば、それらのモチーフは経済学や歴史学の方法によって処理することもできるだろう。ゾラが典拠とした古文書は信用が置けるものではなかったし、その量も十分ではなかった。だがその意義を低く見積もることは許されない。ゾラのページの多くは直接の現地視察と調査を踏まえている。百貨店の売り場と部局を見て回り、炭坑の底まで降り、蒸気機関車のデッキに乗ったのである。このようにして彼は、時代の技術や経済の近代性について、これを日常生活において捉え、信頼できる証言をもたらしたのであった。

個人と集団の条件は政治と経済に依存しているが、他方で政治と経済の表現でもある。ゾラは両者の相互依存的な性質をよく理解していて、それを根気強く多彩に表現した。ゾラの描いた職業に従事している読者は、今日なお、彼の作品の内に自分の姿を認めることができるであろう。彼にとってモチーフは不可欠である。それが彼の作品を、百科事典の規模を備えた「見ること」と「知ること」の小説にしたのである。

けれども、記録整理家という側面は、ゾラにおける写実主義の本質的な構成要素であり彼の用意周到さを保証するものであるとしても、彼の才能の一面にすぎず、これに少なくとも二つの側面を加えることができる。第一の側面は、知識、着想および指導的イメージの網目になっていて、これが作品を下から支え文献考証に血肉を与えている。『ジェルミナール』の下書きに見える記述「この小説は賃金労働者の反乱である。社会は体当たりを受けて一瞬メリメリと音をたてる。ひと言で言えば、これは資本と労働の闘争だ」は、文明の大きなパラダイムについての彼の深い認識を反映している。第二の側面は、はるか昔からの物語の遺産を受け継いでいる。ゾラは労働者階級、階級闘争について何かを言う時には、主人公エチエンヌに代弁させる。彼の指導者としての相貌は、時代の強迫観念を反映しているが、女性と正義を追い求める英雄としての彼の役割は、二千年にわたる文学の祖型に由来している。彼の写実主義は、物語の非歴史的ないし汎時間的な構造と一体化するのである。

（佐藤正年）

象徴主義

象徴主義とは、科学による実証主義への反抗として、一八八〇年代に生まれた芸術運動である。その仮想敵は言うまでもなく、七〇年代の文壇に大きな論争を巻き起こした自然主義、すなわちゾラの小説だった。「象徴」とは、外面世界の写実的描写を離れ、内的な魂や理想を喚起するものと理解される。「芸術のための芸術」を謳う象徴主義は、世紀末に流行したショーペンハウアー思想やフロイトの精神分析を取り込みながら、自然主義を乗り越える文学運動へと成長する。そして、美術および音楽と連動するうねりとなって、フランスからヨーロッパ全体へと広がっていった。

象徴主義の観念を定義することは難しいが、耽美主義、デカダンス、カトリシズム、オカルティズム、神秘思想、夢や無意識の世界などが主なキーワードに挙げられる。その思想的源流は、『悪の華』(一八五七)の詩人ボードレールに遡り、詩の音楽性を追究したヴェルレーヌによって発展したのち、詩的言語の彫琢と完璧な形式を目指したマラルメによって確立された。ランボーの「見者の手紙」(一八七一)やジャン・モレアスの「文学宣言」(一八八六)も、重要なマニフェストである。散文においては、異国趣味と幻想性にあふれたフロベールの『聖アントワーヌの誘惑』、『サランボー』、『三つの物語』が大きな影響を与えた。耽美的な作風が特徴のバルベー・ドールヴィイ、ヴィリエ・ド・リラダンも、象徴派の代表的な小説家である。

一八八四年には、「メダンの夕べ」の一員だったユイスマンスが、『さかしま』を発表する。これは、自然主義の退潮とデカダンス文学の開花を象徴する出来事とみなされた。『ルーゴン＝マッカール叢書』が完結した一八九三年、レミ・ド・グールモンは、「最も頑固で鈍い自然主義者さえも、思想が芸術作品に宿る世界にのしかかる知的圧力に屈した」と、象徴主義の勝利宣言をした。当時すでにユイスマンスはゾラと決別しており、モーパッサンは四十二歳の若さで病没する。いっぽうのゾラは、世紀末の神秘主義やオカルティズムに警鐘を鳴らすため、『三都市』や『四福音書』で、イデオロギーを前面に出したユートピア小説への方向転換を図っていた。

ジャーナリストのジュール・ユレは、『文学の進化についてのアンケート』(一八九一)において、「自然主義」対「象徴派」の世代間闘争が、文壇全体を動かしていることに注目した。インタビューに応じたサンボリストは、マラルメ、ヴェルレーヌ、メーテルランク、ジャン・モレアス、ルネ・ジル、レミ・ド・グールモンなど錚々たる顔ぶれである。

一八九〇年代のゾラは、自然主義を倒す勢いがあるのは、「五人の宣言」の作家たちではなく、ゾラと正反対の美学を唱える象徴派の詩人たちだと自覚していた。それゆえ彼らへの対抗意識を隠さず、マラルメやヴェルレーヌの偉大さを認めつつ、若手の詩人ジャン・モレアスやシャルル・モリスは一顧だにしていない。また、「文学の未来を担うのは誰か」という問いには、「科学と進歩に背を向ける象徴派ではあり得ない」と断定している。一八九四年のインタビューでも、「象徴派をどう思うか」というシャルル・モリスの問いに、「全く方向性の異なる詩人のグループで、いまだ傑作を完成させていない」と回答し、古典主義、ロマン主義、自然主義の流れに続くのは象徴主義ではないと明言している。ただし、ゾラの文壇での立場を考えれば、公に象徴主義を称賛できないことは当然だろう。流派の対立を煽られることにも辟易していたようで、象徴や神秘はヴァーグナーと同じく自分の作品の重要なライトモチーフであり、その意味では自らもまた「サンボリスト」だと言っている。

ゾラがヴァーグナーを引き合いに、象徴や神秘の重要性を語ったことは興味深い。前述のように、世紀末の象徴主義は、文学と絵画、音楽が相互に影響を与えながら発展した。しかし象徴主義の音楽的源泉となったヴァーグナーのオペラは、ゾラも愛好するところであり、『制作』(一八八六)にはヴァーグナーに熱狂する音楽愛好家ガニエールを登場させている。九〇年代のゾラは、作曲家アルフレッド・ブリュノと共同で、『夢』や『メシドール』などのオペラを制作し、急速に音楽芸術へと接近した。一八九七年のインタビューでは、「詩と音楽は内密に結びついている」と語り、「言語の音楽性」を追究した象徴派と関心を共有している。

絵画芸術においても同様で、一八六〇―七〇年代には印象派を擁護したゾラだが、徐々に彼らと距離をおき、象徴主義のギュスターヴ・モローやピュヴィス・ド・シャヴァンヌへの愛着を表明した。ユイスマンスは『さかしま』で、モローの絵画に一章を費やし、《ヘロデ王の前で踊るサロメ》と《出現》の官能的な神秘性を絶賛しているが、ゾラもまた一八七六年のサロン評でこの二作品の謎めいた独創性を称賛している。

おそらく自然主義と象徴主義は、文学史において必要以上に対置されてきたのだろう。どちらに属した文学者も、混沌とした世紀末における不穏な社会的動向を眺めていた。一方は「生命」、他方は「美」の本質を探究しながら、その時代にしか生まれ得ない文学を創造したことに変わりはない。

（福田美雪）

ロマン主義

ロマン主義は十八世紀末にイギリス、ドイツで起こった芸術運動であるが、フランス文学史の上では、一八二〇年頃に始まり一八四八年（二月革命）に終わったと考えられている。古典文学がギリシア・ローマに憧れたのに対して、中世に関心を示す。自我の解放を求め、特に詩と演劇に豊潤な叙情性を導入した。古典劇が規範とした三単一を無視したユゴーの正劇『エルナニ』の上演（一八三〇年）が、古典劇に対するロマン主義演劇の勝利を決定づけ、そののち運動は隆盛期を迎えることになった。

ゾラは中学生の頃からすでに、ロマン派の作家たち、わけてもユゴー、ミュッセ、サンドの作品を愛読した。若き日にゾラが書いた友人宛の手紙は、中世に住まうことへの夢を表明している。なにがしかの金が手に入ると、骨董屋や古美術商を駆け巡り、中世あるいはルネサンス様式の物品、敷物、種々雑多の家具を買い漁るほどの熱狂ぶりだったようである。この熱狂はゾラ一人にとどまるものではなかった。一八七八年の記事「同時代の小説家たち」でゾラは、ロマン主義の時代をくぐり抜けた同世代を観察し、デュランティをただ一人の例外として、自分だけでなく作家たちの誰もがかつてロマン主義に染まったのだと言っている。「今日われわれは皆、厳密な真実への情熱を抱いている人々でさえ、骨の髄までロマン主義に蝕まれている。われわれは禁じられた詩人たちを読んでいる時に、中学校の教室机の陰でこれをしゃぶったのだった。青春時代の毒を含んだ大気の中でそれを吸い込んだのである」。彼は「わが国においてかくも広範な文学的開花を見たあの一八三〇年の輝かしい時代」を羨み、時代の熱狂を哀惜する。それは彼にとって、互いに身を寄せ合い文学における自由の征服のための戦いに出発する作家たちを結びつける「英雄的な友情」の時代だったのである。

彼がロマン主義と距離を置き始めるのは、一八六二年(二十二歳)の頃だったと考えられている。にもかかわらず、それは彼の気質の中に深く根を下ろしていて、そこから抜け出すのは容易ではなかった。実際、主人公の恋愛を語る最初期の小説二篇『クロードの告白』(一八六五)『死せる女の願い』(一八六六)は、相変わらずロマン主義的な色彩を濃く漂わせている。新機軸を打ち出した初期作品最後の二篇『テレーズ・ラカン』(一八六七)『マドレーヌ・フェラ』(一八六八)は、のちのシリーズ小説へと発展する生理学小説を実現していて、その作風はすでにロマン主義の臭いを払拭しているが、これをもって彼が最終的にそれと絶縁することができたと自覚していたのか判然としない。のちの作品においても、時としてロマンティックな側面を垣間見させることがあるからである。

しかし時を下って一八七九年、ゾラが自然主義のキャンペーンを熱心に展開していた時期に書かれた記事「若者たちへの手紙」(『ゾラ・セレクション』第八巻所収)第二章では、明らかにロマン主義との訣別を告げている。運動の主唱者ユゴーの『リュイ・ブラス』を俎上に載せてこの演劇を舌鋒鋭く批判しているのである。批判の要点は二つある。第一に登場人物の肖像である。作者は序文において、この王妃に恋する従僕に自由を希求する平民を人格化したと言っているが、主人公は放浪生活者、階級からの脱落者ないし無用者であって、決して平民などではない。

第二に物語世界である。世間はこの作品が人の魂を高め麗しい行為へと駆り立てる理想への飛翔を謳っていると言うが、閨房と台所の臭いのする醜怪な不倫の物語にすぎない。これがゾラの批判である。彼はこのユゴーの正劇にロマン主義の典型的な性格を見る。運動の果たした役割は、昔の辞書を坩堝に投げこみ、言語を溶かし、単語とイメージを発明し、新しい修辞をそっくりつくり出すことにとどまっていて、作品の中にそれ以外のもの、つまり人間記録、はっきりした考え方、分析的な方法、明確な哲学大系などを探すことはできない、と彼は断ずるのである。

　けれどもゾラは、このロマン主義の役割を全面的に否定しているのではない。沈着で正確さと論理を備えた科学者たちの文学、つまり自然主義の文学がもし十九世紀の初頭に出現していたとすれば、三百年の古典的使用によって衰弱していた言語は、すり減って力強さのない道具になっていただろうと推測し、それを豊かで柔軟で輝かしい道具とし、形式の自由を勝ち取り、同世紀が用いることになる武器を鍛造したことにロマン主義の功績がある、と考えている。その意味でロマン主義は、自然主義への進化の発端であり、その準備のために地ならしを行った文学運動である、と後年のゾラは解釈することになる。自然主義は、思想的には一世代を跳び越えて十八世紀啓蒙主義に連なるのだが、言語の自由な使用についてはロマン主義の遺産を継承しているのである。

（佐藤正年）

3 諸芸術との関わり

音楽

一八五六年、ゾラはエクスのコレージュ・ブルボン在学中に、学生によるブラスバンドでクラリネットを担当した。また市立劇場で第二クラリネットを務めた経験もあり、その楽器はいまも子孫の元にある。一八六四年頃、マルセイユにやってきた若いドイツ人音楽家モルシュタットから、友人のセザンヌやマリオンと共に、ヴァーグナーを教えられて以来、その賛美者となった。セザンヌによれば、モルシュタットは「ヴァーグナーの高貴な音調」によって友人たちの「聴覚神経を震わせた」という。一八六八年、ゾラはマリウス・ルーに宛てて、コンセール・パドルー（一八六一年に始まるフランス最古のコンセール・オーケストラ）でヴァーグナーの『ローエングリン』の「宗教行進曲」フランス初演が大成功を収め、ゾラ自身もアンコールを叫んだ最初の一人であったことを知らせている。一八六九年には、テオドール・デュレがシルク・ナポレオン（＝コンセール・パドルー）でまたもやヴァーグナー作品をめぐる騒動があったと書いている。「要するに、ヴァーグナー愛好家にとっては素晴らしい一日でした。『マイスタージンガー』序曲を最後まで聴くことができたし、その拍手喝采によって口笛の音を部分的にでも打ち消したのですから。あなたが巨匠の熱烈な弟子だと知っているので、公衆の中にあなたの姿を探しましたが見つかりませんでした」(↓「ヴァーグナー」の項参照)。

ゾラ作品の中で音楽への情熱を体現しているのは『制作』の画家仲間の一人ガニエールである。『制作』には彼が音楽への思いを吐露する場面がある(第七章)。「ハイドン、まさに技巧の粋をこらした優雅さだ。〔…〕モーツァルト、彼こそ、まさしく天才的先駆者だ。〔…〕ベートーヴェン、崇高な苦悩の中にみなぎるあの力強さ、まさにメディチ家の墳墓におけるミケランジェロだ!〔…〕ロマンティックな情景のなかを過ぎていくのはウェーバーだ。〔…〕あとに続くのはシューベルトだ。青白い月の光を浴び、銀色に輝く湖畔を、彼はさまよう。……さて、ここに現れるのは、まさに異色の天才、ロッシーニだ。〔…〕この三人を合一するのがマイヤベアーだ。三人のすべてを借用した利口な奴だ。〔…〕ああ、ベルリオーズ! 音楽に文学を取り入れたのは彼だ。いわば、シェイクスピア、ウェルギリウス、ゲーテの音楽的脚色家だ。しかも、偉大な画家でもある。音楽界のドラクロワだ!〔…〕それから、ショパン。バイロン風のダンディ、病める心がうちふるえている詩人だ! つぎに、メンデルスゾーン、完璧な金銀細工師だ。〔…〕おお、シューマン! 絶望だ! 絶望の喜びだ!〔…〕この世の廃墟の上を天翔る純なる魂の悲しみに満ちた臨終の歌だ!……それから、おお、ヴァーグナー! 彼こそ音楽の幾世紀をおのれの血肉と化した神だ! 彼の作品たるや、広大な蒼穹さながらだ。すべての芸術がそこでは一体となっている。登場人物のまことの人間性に迫った表現、オーケストラ自身も、生動してはドラマに生命を付与してやまない。数々の因習、形骸化したもろもろの様式の完全な破砕であり、無限をめざすまさに革命的解放だ!」

しかしながらゾラは、こうした音楽への熱狂を批判的な視点で捉えてもいた。一八七八年、『ヴォルテール』紙の記事で、彼はオペラ座に与えられた補助金について次のように嘆いている。「オペラ座はあまりに大きな〔予算の〕割合を占め、文学から、我々の言語の傑作から、人間の精神から、盗みを働いている。私は音楽に、感覚と大っぴらにされた淫らさの勝利を見る」。そして彼は文学と音楽を対比して次のように付け加える。「文学を味わうためには、精神の教養、多くの知性が必要だが、音楽から生き生きとした喜びを得るには、ほとんど気質しか必要としない。確かに、耳の教育というものがあり、音楽の美に対する特別な感覚があることは認める。また、感覚の極度な洗練を持ってしか、巨匠たちの作品に深く入り込むことができないとも思う。しかしそれでも、我々が感覚の純粋な領域に留まっていることは確かであり、知性は欠如したままである」。これが、フロベールやゴンクール兄弟など「多くの文学者」と同様に、ゾラが「音楽に対する一種の憎しみを表明」した理由である。

一八八八年、作曲家アルフレッド・ブリュノとの出会いが、ゾラと音楽の関係に変化をもたらす。ブリュノは『ムーレ神父のあやまち』のオペラ化の許可を得るため、メダンの別荘を初めて訪問したが、ゾラはすでに作曲家マスネにその許可を与えていたため、執筆中の小説『夢』のオペラ化を提案した。オペラ『夢』(台本はルイ・ガレ)は一八九一年にオペラ＝コミック座で初演され、かなりの成功を収めた。ゾラは台本や配役、演出に積極的に関与し、その後オペラ制作の仕事に大きな関心を示し、独自のオペラ論を展開するようになる(→「オペラの台本」の項参照)。

(吉田典子)

絵画

高等中学時代、セザンヌの親友だったゾラは、セザンヌの通うエクスの市立デッサン学校に出入りし、一八五八年にパリに出てきてからも、エクス出身の若い芸術家たち、シャイヤン、ヴィルヴィエイユ、アンプレール、ソラリらと交遊した。一八六〇年のセザンヌへの手紙によれば、若きゾラが好んだのは、理想主義的な画家アリ・シェフェール（「彼は現実をほとんど描かず、もっとも崇高でもっとも夢幻的な主題を扱う」）であり、十八世紀の風俗画家グルーズの描く感傷的な若い娘（「グルーズはつねに僕の好きな画家だった」）であり、またルネサンス期の彫刻家ジャン・グージョンの手になるイノサン噴水（中央市場）の水の精たち（「優雅で、にこやかで、魅力的な女神たち」）であった。

一八六一年以降、ゾラの強い誘いによりセザンヌはパリにやってきて、安価で自由にモデルを写生することのできる画塾アカデミー・シュイスに通う。セザンヌはゾラにピサロ、ギヨーマン、ギユメ、バジール、ファンタン＝ラトゥールらの画家を紹介した。このような芸術環境や『クロードの告白』で語られた苦い現実経験が彼の趣味を変化させ、理想主義絵画の賛美者はクールベの賛美者となった。ゾラは画家たちのアトリエに出入りし、サロン展を見学する。「サロン」とは、一六七三年に王立絵画・彫刻アカデミーが主催してルーヴル宮殿の方形の間（サロン・カレ）で開催されたのを起源として、パリで定期的（年に一回もしくは二回、あるいは隔年）に催された新作美術展覧会のことである。十九世紀には規模が拡大して国家的な一大イベントとなり、審査委員会の権威のもと、アカデミズム絵画の牙城となっていた。ゾラは、マネが初入選した一八六一年のサロン、《草上の昼食》をはじめ落選作が多かったためナポレオン三世が別途「落選者展」を開催した一八六三年のサロン、《オランピア》のスキャンダルで知られる一八六五年のサロンをおそらくセザンヌとともに見学した。

翌一八六六年、マネの《笛吹き》をはじめ多くの落選者が出ると、ゾラは『エヴェヌマン』紙でサロン批評を買って出て、マネをはじめ、伝統絵画に反旗を翻して「新しい絵画」をめざす画家たちをペンで擁護する。翌六七年にはマネに関するモノグラフィーを書き、その後約十五年間にわたって、ジャーナリズムで美術

バジール《バジールのアトリエ》1870年。階段にいるのがゾラ

批評家として活躍する（↓「美術批評」の項参照）。六〇年代後半から新しい芸術を目指す画家や批評家や文学者たちの議論の場になったのは、バティニョール大通り十一番地（現在のクリシー大通り九番地）にあったカフェ・ゲルボワである。そこには、マネ、ギユメ、ブラックモン、バジール、ゾラ、デュランティ、デュレ、カスタニャリ、ビュルティらがほぼ毎日姿を見せ、しばしばやってきたのが、ドガ、ファンタン＝ラトゥール、ルノワール、時々現れたのが、ナダール、ステヴァンス、ギース、パリにいるときにやって来たのが、セザンヌ、ピサロ、モネ、シスレーであった。ゾラは『制作』の中でカフェ・ゲルボワをカフェ・ボードカンの名前で描いている。

画家たちとの親密な交遊は、ゾラの文学に大きな影響を及ぼさずにはいなかった。ゾラが青少年時代に好んでいたミュッセやユゴーらのロマン主義的で慣習的な世界の影響を脱し、自身の目と感性で周囲の現実世界を見るようになったのは、画家たちの影響が大きい。

それによって、ゾラの言語はロマン派の紋切り型を脱し、事物の形態や材質、肌理や色彩をより正確に喚起する力を獲得した。それは『クロードの告白』（一八六五）以降のことであり、とりわけ『テレーズ・ラカン』（一八六七）では、マネの絵画からの影響が指摘されている。

ゾラと画家たちの間には、真の相互浸透があった。それは主題やモチーフの選択とそれを表現する技法という二つの面に分けることができる。通りやカフェや劇場の光景、群衆、鉄道と駅舎、競馬場、働く労働者、洗濯女、女優や娼婦、都市の郊外、庭の情景、セーヌ川の岸辺や海岸、ボートを漕ぐ人々など、共通するモチーフは枚挙にいとまがない。ゾラはそれらの現代生活を、形態や色彩や運動や光の戯れを巧みに捉えることのできる画家の目で捉えた。彼はとりわけ光の戯れに魅惑され、『獲物の分け前』の冒頭では馬車に反射する光を、『パリの胃袋』では中央市場の魚の陳列に反射する光を描いた。『ナナ』の競馬場の場面をはじめとして、事物を大まかな色彩の斑点として知覚する技法もしばしば用いられる。また、中央市場の建築の描写や、『愛の一ページ』で窓から見えるパリのパノラマ風景において、ゾラはモネと同様に、同じ光景を異なる時間や季節で描き出す「連作」をおこなっている。さらに、これらのモチーフを探しに出かけ、手帳にクロッキーを書きつけ、そこから整理や再構成をして最終的な作品を生み出すというゾラの制作方法も画家たちと共通している。

（吉田典子）

ゾラ作品の映画化

ゾラ作品は映画と関わりが深い。リュミエール兄弟が世界で初めて「シネマトグラフ」の一般上映をおこなったのは、一八九五年十二月二十八日のことである。初めてのゾラ作品の映画化は、そのわずか三年後の一八九八年、『居酒屋』に想を得た『ある飲酒者の夢』というパテ・スタジオの制作による約五分の短編であった。翌一八九九年、ジョルジュ・メリエスは『ドレフュス事件』のタイトルで、一二の場面からなる約一〇分の短編を制作した。写真に多大な興味を示していたゾラが、揺籃期の映画に関心を示したかどうかは、資料がなく不明である。しかしその後も、ドレフュス事件を題材にした映画と、ゾラの小説を脚色・翻案した映画は続々と制作される。その理由は、アンドレ・カイヤットが述べているように、単純で堅固に構築されたストーリー、力強い登場人物、正確に描写された背景などによって、「ゾラは議論の余地なく、映画のために作られた作家である」からであろう。また、ゾラ自身が演劇に多大な興味を示し、自身で戯曲を書いたり小説を舞台化したりして、自然主義演劇が演劇界で地歩を固めていたことも大きい。初期の映画人はしばしば演劇出身であったからである。

一九〇二年と一九〇三年に制作されたフェルディナン・ゼッカの初期作品『飲酒の犠牲者たち』（五分）と『ストライキ』（一五分）は、それぞれ『居酒屋』と『ジェルミナール』に想を得ている。一九〇九年にアルベール・カペッラーニが制作した『居酒屋』はおそらくフランス初の長編映画である。監督たちは自然主義のルポルタージュの原則を適用し、ゾラが実際に赴いた場所を舞台にしようとした。一九一二年にはヴィクトラン・ジャセがフランス北部の炭鉱で『ジェルミナール』を撮り、一九一九年にはアンリ・プクタルが『労働』を映画化するためにル・クルーゾの炭鉱へ行った。一九二一年にアントワーヌは『大地』の映画化のためにボース平野に赴いた。

無声映画時代には興味深い演出がなされた作品がある。ジャック・フェデーの『テレーズ・ラカン』（一九二六）では、罪を犯した二人を糾弾する老ラカン夫人の物言わぬ眼差し、ジャン・ルノワールの『ナナ』（一九二六）では、凝ったセットと女優カトリーヌ・ヘスリングの演技、マルセル・レルビエの『金』（一九二九）では、巧妙なカメラワークと高速のモンタージュが特徴的である。一九三〇年代から第二次大戦後には、市井の人々の日常生活を描くリアリズム映画が発展し、ジャン・ルノワールの『獣人』(一九三八)、ルネ・クレマンの『ジェルヴェーズ』(一九五六)、マルセル・カルネの『テレーズ・ラカン』(一九五三)などが興行的にも成功を収めた。一九七〇年代にはテレビ・ドラマの制作が盛んになり、連続ドラマの形式によって多くのエピソードを盛り込むこともできるようになって、これまで映画化されなかった『ルーゴン家の繁栄』や『制作』もドラマ化された。

ゾラ作品のフィルモグラフィーを見ると、もっとも映画化された回数が多いのは、順に『ナナ』(一三回)『居酒屋』(一二回)『ジェルミナール』(九回)である。また特徴的なのは、フランス本国だけでなく、アメリカ、イタリア、ドイツ、デンマーク、メキシコなど海外で制作された作品も多いことである。以下に代表的な作品を年代順に挙げる。

◎一九二六年、ジャン・ルノワール監督『ナナ』、主演：カトリーヌ・ヘスリング、ヴェルナー・クラウス、舞台美術：クロード・オータン=ララ、字幕：ドゥニーズ・ルブロン=ゾラ

◎一九三八年、ジャン・ルノワール監督『獣人』、主演：ジャン・ギャバン、シモーヌ・シモン

◎一九四三年、カンドレ・カイヤット監督『ボヌール・デ・ダム百貨店』、主演：ブランシェット・ブリュノワ、アルベール・プレジャン、ミシェル・シモン

◎一九五三年、マルセル・カルネ監督『嘆きのテレーズ(テレーズ・ラカン)』、主演：シモーヌ・シニョレ、ラフ・ヴァローネ

◎一九五五年、クリスチャン=ジャック監督『ナナ』、主演：マルティーヌ・キャロル、シャルル・ボワイエ

◎一九五六年、ルネ・クレマン監督『居酒屋』、主演：マリア・シェル、フランソワ・ペリエ(マリア・シェルがヴェネツィア国際映画祭で女優賞を受賞)

◎一九五七年、ジュリアン・デュヴィヴィエ監督『奥

様ご用心（ごった煮）』、主演：ジェラール・フィリップ、ダニエル・ダリュー、アヌーク・エーメ

◎一九六五年、ロジェ・ヴァディム監督『獲物の分け前』、主演：ジェーン・フォンダ、ミシェル・ピッコリ

◎一九九三年、クロード・ベリ監督『ジェルミナール』、主演：ルノー、ジェラール・ドゥパルデュー、ミウ＝ミウ

◎一九九五年、セルジュ・モアティ監督『愛の一ページ』（テレビ・ドラマ）、主演：ミウ＝ミウ、ジャック・ペラン

◎二〇一九年、ロマン・ポランスキー監督『オフィサー・アンド・スパイ』（ドレフュス事件の映画化）、主演：ジャン・デュジャルダン、ルイ・ガレル（ヴェネツィア国際映画祭グラン・プリ受賞）

（吉田典子）

4 社会思想との関わり

アナーキズム

アナーキズムは、国家、宗教などあらゆる社会的権威や権力を否定して、個人の自由を尊重し、自由な個人の合意のもとで結合する社会を目指す政治思想であり、通常は無政府主義と訳されるが、必ずしも秩序を否定するものではない。この思想はすでに古代ギリシア哲学のなかに見出すことができるが、近代におけるアナーキズムはプルードンによって創始され、バクーニンやクロポトキンがその代表的な思想家とされる。

十九世紀末になるとアナーキズムはテロリズムと結びつき、一八八一年にロシア皇帝アレクサンドル二世がナロードニキ系のテロ組織に爆弾で暗殺された事件を先駆けとして、一八九〇年代にはヨーロッパ各国、特にフランスにおいてアナーキストによる政府要人を狙った爆弾テロが頻発した。

この時期に刊行されたゾラの『パリ』には、現実のテロ事件が直接的に盛り込まれている。この小説ではアナーキストのサルヴァが大富豪の銀行家の館で爆弾を炸裂させるが、サルヴァは一八九三年に国会議事堂に爆弾を投げ込んで死刑になったアナーキスト、オーギュスト・ヴァイヤンをモデルにしている。さらに主人公ピエール・フロマンの兄ギヨームもアナーキズムに共感し、自ら発明した爆弾で建設中のサクレ・クール寺院を爆破しようと計画するが、ピエールに説得されて思いとどまるのである。ゾラは社会変革のために暴力的な手段に訴える当時のアナーキストたちを批判しているが、社会の腐敗や貧富の差が彼らを破壊的行動に駆り立てるという現実があることには理解を示しており、貧しい生まれのサルヴァの運命を憐みの情とともに描いている。

ヴァイヤンによる国会議事堂でのテロ事件
（『プティ・ジュルナル』紙、1893年12月23日）

　また『ジェルミナール』にはロシア人のアナーキスト、スヴァリーヌが登場する。プルードンを信奉するスヴァリーヌはロシア皇帝に対するテロ計画に参加し、それが失敗に終わるとフランスに亡命して坑夫となり、最終的には炭坑全体を破壊するに至る。このロシア人テロリストは、マルクス主義や労働運動を否定し、一切のものの破壊を唱えるが、彼はアナーキズムという思想の体現者ではない。ゾラは一八九二年のインタビューにおいて、アナーキストは破壊を夢想する詩人であり、人類が存在する限りアナーキストは存在するという内容の発言をしているが、この観点からすると、スヴァリーヌは人類共通の無意識的な破壊への願望を具現化した神話的な人物だといえるだろう。

（田中琢三）

カトリシズム

フランスでは大革命以降、十九世紀を通して反教権主義を標榜する共和派とカトリック教会を擁護する王党派が政治的に対立する状況が続くことになる。ゾラは若い頃から一貫して共和主義者であり、カトリシズムへの批判は初期から晩年に至るその作品において主要なテーマのひとつとなっている。

一八六〇年八月十日付のバイ宛の書簡で、二十歳のゾラは、自分はどの宗派にも属していないが、全能の神の存在を信じており、イエス・キリストの神は自分の神であると明言している。この信仰告白はリセで受けた宗教教育が反映されていると考えられるが、ロマン主義的な詩人であった若き日のゾラの一面を示すものでもある。その後、時代の風潮であった科学的実証主義の影響下で、ゾラはキリスト教の信仰を失ったが、注目すべきは、同じバイ宛の書簡のなかで、神の名の下に政治に介入し、表現の自由を抑圧する聖職者を糾弾していることである。ミシュレらから影響を受けたと思われるこのような反教会の思想を、ゾラは死ぬまで持ち続けることになる。ゾラのカトリシズム批判の重要な論点のひとつは、特に『四福音書』の第三巻『真実』で扱われている女子教育の問題であった。女性は

カトリック教会の総本山であるサン・ピエトロ大聖堂

カトリック教会の宗教的な教育によって精神的に支配されてきたのであり、彼女らに科学的な教育を行うことで女性を教会から解放すべきだとゾラは考えていた。

一八八〇年代の半ば以降、科学万能主義に対する反動などからフランスでカトリシズムが復興の兆しを見せる。そのような思潮を背景に書かれたゾラの連作小説『三都市』はまさにカトリシズム批判をテーマとしている。この三部作の主人公の神父ピエール・フロマンは、旧態依然として腐敗したカトリック教会に絶望して信仰を失い、科学の進歩によって理想的な社会が実現すると確信するに至る。『三都市』を通してゾラは科学の進歩によってカトリシズムは消滅する運命にあると主張する。ゾラによると、人間の宗教的感情は永遠に消えることはないが、宗教的感情のひとつの形態にすぎないカトリシズムは束の間の存在にすぎない。他方で、科学は無限に進歩し、絶えず新しい真理を獲得していく。そして、科学的に証明された真理の数々がカトリックの教義の誤りを明らかにしていくことによって、カトリシズムは崩壊するのである。

（田中琢三）

実証主義

実証主義とは、広義では超越的、形而上的な存在を否定して経験的事実のみに基づいて推論を行う立場、狭義ではオーギュスト・コントの哲学のことをさす。十九世紀前半を代表する哲学者であり、社会学の創始者でもあるコントは、人間の知識が神学的段階、形而上学的段階を経て、実証的段階に達しているという認識のもと、事実に基づいて社会現象を科学的に分析する実証的な社会学を提唱した。

コントの実証主義哲学は当時の科学万能主義と結びついて十九世紀後半の文学や思想に多大な影響を与えたが、実証主義の方法を最も意識的に文学に取り入れたのがゾラの自然主義であった。しかしゾラはコントの著作を読んだ形跡はなく、もっぱらエミール・リトレを通じて実証主義の思想を学んだと考えられる。『フランス語辞典』の編集で有名なリトレはコントの信奉者でもあり、科学的実証主義の普及に努めた人物であり、ゾラはリトレを実証主義の体現者として称賛している。

ゾラによれば、実証主義とは確定された事実のみを拠り所とし、その事実を分析することで真実を究明するという方法であり、実証主義者とは何よりも分析家であって、リトレ、テーヌ、ルナン、ミシュレがその代表者である。この実証主義を土台として生まれた文学が自然主義であり、それは理想主義や抒情性を特徴とするロマン主義の文学を否定するものであった。

オーギュスト・コント

『三都市』の第二巻『パリ』には、コントの実証主義を称揚するモランという人物が登場する。この小説の準備ノートによると、ゾラはコントの思想を調べるためにピエール・ラルースが編集した『十九世紀万有大百科事典』を参照しているが、その際に、コントの実証主義哲学だけではなく「人類教」つまり晩年のコントが提唱した愛を原理とする神なき宗教についての知識も得ることになる。『パリ』において、コントの信奉者であるモランは、この哲学者の科学的な実証精神を熱烈に支持する一方で、「人類教」の教義は受け入れようとしない。この点に関して注目すべきは、ゾラの代弁者といえる主人公ピエール・フロマンが、小説の結末部で「人類教」と類似した科学に基づく「平和と連帯と愛の人間的な宗教」を夢想していることである。その夢想の実現は、『パリ』に続く『四福音書』

において描かれることになるが、ゾラは、コントがそうであったように、実証主義から出発して神なき宗教に至るのであり、この側面においてもコントの影響を見出すことができるかもしれない。

（田中琢三）

社会主義

社会主義は、資本主義の発展によって資本家と労働者の経済格差が拡大した十九世紀前半のヨーロッパで生まれた。シャルル・フーリエやアンリ・ド・サン＝シモンらの思想に代表される初期の社会主義は、現実の資本主義社会の外にユートピア的な協同体を建設するもので空想的社会主義と呼ばれる。十九世紀後半になると、社会主義を労働者階級の解放運動に結びつけたマルクス主義が台頭し、一八六四年にマルクスを中心に労働者の国際組織である第一インターナショナルが設立され、一八七一年には短期間であるが史上初の社会主義政権とされるパリ・コミューンが成立した。

このように社会主義が進展していく時代に生きたゾラは、『居酒屋』で下町の労働者の悲惨な実態を描いたように、一貫して社会主義的な観点から資本主義の矛盾を告発し、貧富の差のない社会の実現を希求していたといえる。ただし彼は党派的な社会主義者ではなく、マルクスの著作もほとんど読んでいないと思われる。しかしゾラの作品に同時代の社会主義は少なからぬ影響を与えており、とりわけ『ジェルミナール』と『労働』において重要な役割を果たしている。

『ジェルミナール』では北フランスの炭鉱で働く主人公エチエンヌ・ランティエが、社会主義思想に感化され、組合を結成し、第一インターナショナルと連携しながらストライキを実行する。しかし、ストライキの長期化で不満を強めた炭鉱夫たちは暴動を起こし、軍隊の出動によってあえなく弾圧される。この作品には資本家に対するプロレタリアートの反乱というマルクス主義的な図式が見られるが、ゾラ自身は労働者による革命、あるいは暴力による社会変革に否定的で

フーリエが構想した「ファランステール」

（Ch-F・ドービニーによるリトグラフ）

あった。

ゾラが最も共感を示した社会主義者はフーリエである。フーリエの思想は『ボヌール・デ・ダム百貨店』における百貨店の経営方法にも反映されているが、その直接的な影響がみられるのは『四福音書』の第二巻『労働』である。このユートピア小説では、フーリエが提唱した労働を生活の中心とする協同体「ファランステール」をモデルとした理想都市の建設が描かれる。『ジェルミナール』では労働者の反乱による資本主義の変革が挫折に終わるが、この作品においては変革が暴力ではなく理性によって平和裏に達成される。このように『労働』ではゾラが理想とした社会主義の実現が描かれるが、それは現実世界ではなく、あくまでユートピア世界においてのみ成就するものであった。

（田中琢三）

進歩思想

十九世紀後半の社会において最も影響力をもった思想のひとつ。同時代の科学技術のめざましい進歩を背景に、ハーバート・スペンサーに代表される社会的ダーウィニズムの理論を中心に進化した。ゾラは、友人の画家であるエドゥアール・ベリアールに宛てた一八七五年四月五日の手紙の中で「進歩に貢献することは他人に任せておこう。進歩思想は、個人的には何の役にも立たないとすら言えるだろう。」と書いたが、その後、科学の進歩とそれと連動する社会の進歩に肯定的な見解をしばしば示している。

特に一八八〇年代以降、それは散見されるようになる。たとえば、『フィガロ』紙に発表したエッセイ「さらば」（一八八一年九月二十二日）の中で、ゾラは、文学においても進歩思想を認めねばならぬと説き、「方式として、それ〔自然主義〕は、間違いなく、古典主義やロマン主義の方式に対する進歩であり、それらを論理的な流れに従って継承するものである。私は、今日誕生するホメロスや、シェイクスピアと肩を並べる才能の持ち主なら、自然主義はより広範に及ぶ確実な方式であると考え、一層偉大な作品を残すことになると思う。ともかく、そのような作品は、より真に迫り、世界や人間についてより雄弁に物語るだろう」と述べている。

作品においても、進歩思想の影響はいたるところに認められる。たとえば『ボヌール・デ・ダム百貨店』を準備する「プラン」の冒頭で「生存競争　陽気に」とゾラは書いている。この言葉から、百貨店と小売店との間で繰り広げられる競争が生存競争を、全面的な勝利を収める百貨店が適者生存を表現していることが窺える。その一方で、この小説では、主人公ドゥニーズが、百貨店の労働者に温情的な労働環境を築こうとする時、彼女自身、「生存競争の法則を受け入れ」、「ものごとの論理に選ばれた」と感じても、自分自身「機械の歯車にとらわれ」て「血を流し」、その小さな手では、万人の幸福を実現できないことを痛感する。

　また、ゾラは、『ボヌール・デ・ダム百貨店』の二年後に発表される『ジェルミナール』を準備する際、キリスト教的社会主義者エミール・ド・ラヴレイユの『現代の社会主義』（一八八三、第二版）を参照し、社会的ダーウィニズムを批判する立場で書かれたこの著作から、生存競争、適者生存、弱肉強食などの概念をメモしている。この小説において、社会的ダーウィニズムは、主人公エチエンヌが自身の社会改革の考えを練り上げるために援用され、身体的に強い労働者が生存競争の後にブルジョワよりも優位に立つとの楽観的な希望を抱くに至るが、ダーウィンを「科学的不平等の喧伝者」とするスヴァリーヌから批判される。エチエンヌの楽観的な未来のヴィジョンは、資本家との闘争に労働者が敗れ、さらに炭鉱の洪水という壊滅的な事件の後にも思い描かれているが、ジャニス・ベストは、そこに、進歩思想よりもむしろ破壊と再生の反復を見ている。

A・ジル（1840-85）創刊の風刺誌『ラ・プティット・リュヌ』に掲載されたダーウィンのカリカチュア（10号、1878年）

　ところで、科学の進歩に対する危惧として解釈されうるものもある。たとえば、『獣人』では、つかみあった二人の機関士が投げ出され、人間不在のまま猛スピードで走り続ける機関車の描写で締めくくられるが、そこに、機械文明が人間の手を離れても進歩する可能性が示唆されているようでもある。

　『ルーゴン＝マッカール叢書』において垣間見られた進歩思想に対する戸惑いや疑問は、科学と実証主義の叙事詩の様相を呈する『四福音書』、とりわけ最初の二巻『豊饒』と『労働』においては、ほとんど問われない。しかし、そこで描かれた社会には、その弊害も散見される。『豊饒』のマチュー・フロマンは、賃金制度の下にいるかぎり、大家族を築くという夢を実現することはできないと判断し、その知識と慧眼によって、所有する土地が豊かな富を約束してくれることを見抜き、次々に農地を開拓し、さらには近隣の産業や事業を吸収しながら、国を超えてその共同体を拡張させてゆく。また、『労働』のリュックは、フーリエ主義者として平等で公平な工業都市を実現するが、『豊饒』同様、その理想都市の拡大が示唆されている。これらの小説では強者は常に正しき者であり、時代遅れな考え方に固執する者が常に弱者であるため、強者は容赦なく弱者に入れ替わり、弱者は大抵共同体から姿を消す運命をたどる。生存競争を肯定し、主人公の思想と相容れない者を排除するゾラの社会的ダーウィニズムは、排他主義や植民地主義に変容する一抹の危険性を孕んでいる。

（宮川朗子）

反教権主義

反教権主義とは、一般的には、聖職者の公的な場への介入に反対する立場を指し、神を否定する無神論とは異なる。この言葉は帝政末期に登場したが、一八七〇年代の共和派の政治的キャンペーンにおいて頻出し、ガンベッタの「教権主義、これこそが敵だ！」という文句のように、教会勢力の政治への干渉に批判の矛先が向けられた。

フリー・メイソンの父とカトリックではあるが信仰の実践には熱心でない母との間に生まれ、幼少期に受けた宗教教育よりも、一八六〇年代の実証主義や科学主義になじんだゾラが教権主義を警戒し、批判し続けたことは自然な成り行きであろう。実際、十九世紀社会のいたるところに聖職者が赴くことができたことに対応するかのように、ゾラの小説においては、僧侶という登場人物が遍在している。ピエール・ウヴラール

は、『ゾラと司祭』（一九八六）の巻末につけたリストで、名前と地位が与えられている僧侶が登場する二十四の作品と七十名以上の僧侶を挙げたが、それはこの特徴を例証している。

教権主義に対するゾラの主な批判は、たとえば『ジェルミナール』や『大地』における労働者や農民の信仰心の欠如とそれを理解しない僧侶という関係に認められる。あるいは、聖職者がどの社会階層にも容易に入り込み、その影響力を行使できる立場にあることの危険性は、『プラッサンの征服』において、ピエール・ルーゴンの家庭に落ち着いたフォージャ神父のマルトに対する影響力によって示されている。同様に、信者からの人望は厚いとはいえ、信仰心を失っている『三都市』の主人公ピエール・フロマンもまた、貴族から労働者までのあらゆる階層の人々に会いに行くが、その行動は、僧侶が受け入れられる場の広さを物語っている。

教会をギロチンにかけるエミール・コンブ

『ルーゴン＝マッカール叢書』や『三都市』を、教権主義の実態の観察とするなら、その実態の脱却を描いたのが『四福音書』の『真実』である。この小説では、シモンの冤罪を晴らすための、主人公マルクを中心とする人々の奔走とともに、公立小学校の進化の過程が描かれるが、それは公教育の場から宗教教育を排する動きと連動している。この小説は、ゾラの死から二年後の一九〇四年にコンブ内閣の下で可決された、修道会による教育を禁止する法律の成立を先取りしている。

ところで、ゾラは字義通りの教権主義批判に止まっていない。聖職者の公的な場への介入のみならず、聖職者という存在自体に対する批判も激しくかつ数多い。代表的なものとして、心身の健全性に対する懐疑がある。たとえば『ムーレ神父のあやまち』においては、僧侶セルジュの禁欲と心身の不調とが関連づけられる。『パリ』においても、僧籍を捨てマリーと結婚する決心をしたピエールは、長い独身生活による自分の身体機能に不安を覚える。さらに、『真実』においては、ゴルジアスが小児愛からゼフィラン少年を暴行し、殺害するという極端な形で現れる。

　聖職者の公的な場への介入やその心身の健康に言及することは、自然主義作家全般に見られ、ゾラよりも過激に描いた作家も存在するとはいえ、ゾラの批判は、フィリップ・ブトリーが指摘するように、反教権主義を超え、反キリスト教的である。

（宮川朗子）

ユートピア

十六世紀にその語を発案したトーマス・モア以来、地理的にその場所を突き止めることが不可能か、もしくは未来に投影された理想社会を指す。その社会システムは完璧であるがゆえに、大抵変化がなく固定的なヴィジョンを呈することが多い。しかし、H・G・ウェルズが『モダン・ユートピア』（一九〇五）において、「現代のユートピアは、静的ではなく動的であるべきで、完璧な状態としてではなく、いくつもの段階が連なる長い上り坂へと導く、希望に満ちた一段階として想い描くべきだ」と述べたように、十九世紀以降、進歩思想の興隆と並行するかのように、理想社会像も変化する。

　ゾラもユートピアを進歩するイメージで捉えていることは、一八九九年十月十三日、『豊饒』についての『タン』紙のインタビューに対する回答「私自身のよりよ

ゾラへのオマージュが捧げられた絵葉書。理想社会を描いた『四福音書』所収の４作のタイトルが記されている

い未来のヴィジョンは、人々が完璧に密接に連帯しあって暮らし、教義のようなものに締めつけられていないというものです。それはユートピアですよ。いまはもうユートピアはしばしば明日の真実なのですから」という件に垣間見られる。また『労働』の草案においては、「私は次世紀全体をユートピアにまで到達させる――『労働』では、未来都市の発展のすべてを。『真実』では、過ちの後退とともにますます勝利を収める科学による時代の征服のすべてを――『正義』は人類のすべてを、連帯する諸民族がただ一つの家族に戻り、人種問題が研究され、解決されながら、最終的な世界平和に到るまで。」と書いたように、時とともに拡張するより良き社会を構想している。

この草案で言及された科学のほか、ゾラの理想社会の構想は、当時の社会主義思想から着想を得ている。しかし『ジェルミナール』においてはまだ、マルクスやインターナショナル、そしてニヒリズムの理論がそれぞれの立場を代表する登場人物から発せられるにとどまり、理想社会を実現させず、この小説の結末でエチエンヌが漠と思い描く理想社会像も、これらの理論とはほとんど関係がない。

社会主義思想は、『ルーゴン＝マッカール叢書』以後も言及される。『ローマ』においては、キリスト教的社会主義が、『パリ』においてはアナーキズムがそれぞれ議論されるが、社会主義思想が、理論に留まらず、社会の建設へと適用されるのが『労働』である。この小説の準備資料に、エドワード・ベラミー『かえりみれば』(一八八八)のようなユートピア小説のほか、クロポトキンの『パンの略取』(一八九二)、ジャン・グラーヴの『無政府主義』(一八九九)についてのメモがある。『かえりみれば』については、そこで描かれた集産主義的共同体が、人間の活動が高度に管理された社会でしかないと判断される一方、アナーキズムに関する二点の著作からは、職業の自由選択や女性の解放に関する記述が注目され、それらはこの小説における社会の原則の中に取り入れられている。

『労働』で理想社会を描くために最も重視されたのが、フーリエ主義者イポリット・ルノーの『連帯』(一八四二)である。この著作から、ゾラは、未来社会の建設の動力源としての人間の情念、複数の仕事への従事を可能にする複数の技術の習得、好みや性格に基づく自由な職業選択などをメモしている。それらは、この小説の主人公リュックの思索のなかに表れ、さらに、工業都市の組織や工場での仕事の描写にも見出される。『四福音書』で描かれたユートピアは全て、実証主義精神と科学への信頼に裏打ちされているが、中でも『労働』は、理論とその実践が描かれる点で、稀有な作品である。この小説は、トニー・ガルニエの都市構想やリップ社での労働運動においても注目されたが、このことは、理想社会の物語と現実の運動との連係化の例として興味深い。

(宮川朗子)

5　歴史と政治

革命

一七八九年に端を発するフランス大革命以来、革命のテーマはフランスの近代小説作品の重要なテーマの一つである。それは単に政体や社会の変革の契機であったばかりではなく、七月革命、二月革命と繰り返される革命を経て、さまざまな考察を促すものでもあった。当時の革命についての著述は数多く、ジュール・ミシュレの『フランス革命史』(第一巻は一八四七年)やエミール・リトレの『保守、革命、実証主義』(一八五二)といった革命についての分析や記述は、革命とそれに伴う社会変革の理解を導いたといえる。とりわけリトレの著作はオーギュスト・コントの実証主義を踏まえて社会主義の普及と民衆の政治参加を積極的に論じた点で、革命のテーマと実証主義哲学との直接的な結びつきを見せている。このような議論の深まりを背景に、ゾラの作品は革命のテーマを民衆の反乱や暴動のような姿で繰り返し扱っている。

まず、『ルーゴン＝マッカール叢書』が、一八五一年十二月二日のクーデタに続いて起こった南仏での民衆蜂起を扱う『ルーゴン家の繁栄』で始まることに、注意を向けるべきだろう。この一八五一年のクーデタは、当時大統領だったルイ＝ナポレオン・ボナパルトが戒厳令を出して議会を解散させて第二共和政を終わらせたものだが、もとよりこの第二共和政は一八四八年の二月革命によりオルレアン朝の七月王政が倒されて生まれたものだった。パリ市民の蜂起により国王ルイ＝フィリップが倒された二月革命からわずか数年で起こったこの一八五一年のクーデタにおいて、パリでは当時議会議員だったヴィクトル・ユゴーらが参加して市内にバリケードが築かれたが、激しい市街戦の末に多くの犠牲者を出して蜂起は鎮圧された。地方では散発的に蜂起が起こったためにまとまりを欠き、軍によってすべて抑え込まれた。ゾラは『ルーゴン家の繁栄』の準備ノートに、パリのクーデタやマルセイユをはじめとする地方都市で三日から八日に起こった蜂起のまとめを書きつけている。実際、第二帝政の誕生を追いながらルーゴン家の繁栄の起源を描くゾラの筆は、歴史をほぼ忠実に再現している。『ルーゴン家の繁栄』に描かれるプラッサンの蜂起軍の姿は、このような統率のない反乱とその敗退をあますところなく描いている。パリの蜂起軍の陥落の知らせを受けても、他に頼るあてもなくただ孤立するプラッサンの蜂起軍だが、そこに参加していたシルヴェールとミエットの二人の恋人は無残な最期を遂げる。ミエットは銃撃戦で撃たれ、シルヴェールは憲兵に処刑されるのである。この民衆蜂起の騒ぎの裏で成り上がっていくピエール・ルーゴンの姿に、クーデタを機に第二帝政を打ち立てたナポレオン三世の姿をゾラが重ね合わせているのは明らかである。そこで犠牲になっているのは、台頭してはつぶされる民衆なのである。

炭坑労働者のストライキを描いた『ジェルミナール』も、民衆の反乱と力による鎮圧を主要なテーマにしている。賃金引き下げをきっかけに経営陣に抗議すべくストライキを始めた炭坑労働者に、経営陣は交渉の機会すら与えようとしない。当初は暴動を自制していた炭坑夫たちだったが、ストライキが長期化して生活が苦しくなってついに暴徒化する。そこに警察と軍隊が治安回復のために銃で鎮圧を図る。死者が出て、ストライキは労働者側の敗北に終わり、何も成果のないまま炭坑に戻ることを余儀なくされる。このように立ちあがってはつぶされる民衆の姿がゾラの作品では繰り返し描かれるが、この『ジェルミナール』が『ジル・ブラス』紙に連載された時に作られたポスターはまさにその民衆の抵抗の姿を描いている。銃剣を手に迫ってくる軍隊に、戦う武器もなく抵抗してやぶれさる炭坑労働者の姿がそこにある。また、『ジェルミナール』の主人公エチエンヌが社会主義思想に染まって労働運動を展開することや、アナーキストであるスヴァリーヌが炭坑の破壊工作を行うことなどは、複雑化する民衆の反抗の形を反映しているともいえる。

『ジェルミナール』の広告ポスター

このような革命や反乱、暴動といったテーマを締めくくるエピソードは、『ルーゴン＝マッカール叢書』最終巻の『壊滅』におけるパリ・コミューンの劇的な敗退である。約二ヶ月の抵抗ののちにヴェルサイユ政府軍によって鎮圧されたパリ・コミューンの悲劇は、普仏戦争を共に闘ったジャンとモーリスが、パリ・コミューンの蜂起で敵味方となり、最後にはジャンがモーリスを殺してしまうという悲劇で象徴的に描かれる。ルーゴン＝マッカール叢書は民衆の蜂起に始まり、そして同じく民衆の反乱で幕を閉じるのである。

だが、ゾラの筆はただ抑圧される民衆の姿だけを描いているのではない。ジェルミナールとはフランス革命歴で芽月を意味するが、その名のとおり炭坑労働者たちに芽生える未来への希望を描いて小説は終わる。『壊滅』のジャンはフランスを再興するという仕事を託される。民衆の反乱や暴動はよりよい未来のために通過しなくてはならない試練だったのである。

（寺田寅彦）

第三共和政

第三共和政はその名のとおりフランスにおける三番目の共和政体を成立させた制度だが、この共和政とは長らくフランスで続いた王政に代表される君主政の反義語である。一般的には君主ではない元首を持つ政体が共和政体であるが、多くの国で君主を廃止することで共和政体に移行する流れがあり、フランスはまさにその先陣を切った国だった。フランスが初めて共和政になったのは、一七八九年に始まるフランス大革命の流れで一七九二年に国民公会が王政廃止と共和国樹立を宣言した時であるが、その後はナポレオン・ボナパルトの第一帝政、王政復古、七月王政、第二共和政、ナポレオン三世の第二帝政を経て、第三共和政が樹立される。共和国宣言は一八七〇年九月にレオン・ガンベタによってなされたが、その直後にパリ・コミューンが勃発、鎮圧後にアドルフ・ティエールが国民議会大統領に任命（一八七一年）された後も王政復古の可能性と共和政の確立の間でフランスは揺れ動いた。この

H・パイル《パリ市役所で共和国成立を宣言するガンベッタ》（制作年不詳）

ように十九世紀フランスの政治は君主政の政体と共和政治とがせめぎ合う時代だったが、その中でとりわけ皇帝ナポレオン三世の君主政体社会のさまざまな側面を描いたのがゾラの『ルーゴン＝マッカール叢書』であった。だが、全二十巻のほとんどが第三共和政下で執筆、出版されている。第三共和政がゾラにとって何であるかという問いは、『ルーゴン＝マッカール叢書』にとって重要な課題である。

ゾラはパリ・コミューンに揺れる第三共和政の初期の姿を国民議会報道を行う『クロッシュ』紙と『マルセイユの信号機』紙の新聞記事で克明に描写している。一九五六年にジャック・カイゼールはとりわけ『クロッシュ』紙の記事をまとめて『共和国は前進する』と題をつけたが、まさにゾラの筆は議会の多数を占めた王党派が共和派に衝突し（「共和国万歳！とは彼らにとってもっともはなはだしい侮辱だ。共和国などあってほしくないのだ。」一八七一年二月十六日付）、最後には打ち負かされるまでを追っている（「王党派が来るたびに、君主政の安らかな眠りを祈って主の祈りとアヴェ・マリアの祈りが三度ずつ唱えられる」一八七二年四月二十二日付）。この頃のゾラはパリ・コミューンを経て共和政が基盤を固めていく姿に大きな期待を抱いている。コミューン鎮圧後の一八七一年七月四日付のセザンヌへの手紙の中では、「今ほど希望を抱いたことはかつてないし、今ほど仕事をしたいと思ったこともない。パリは再生しつつある。君に繰り返し言ったように、われわれの時代がやって来るのだ。」と第三共和政が本格的に始動する時代の到来を手放しで喜んでいる。

実際、第三共和政下では社会制度や教育や宗教の面で自由が実現されたが、そのような時代にゾラの作品がスキャンダラスな作品だと誹謗されたのは、文学出版の分野においてはゾラが望むような自由が保証されていないことを示していた。一八七九年四月に『フィガロ』紙に寄せられた「共和国と文学」の中でゾラは「私は昔からの共和主義者である」と言いながらも、同時に「共和国に寄生していない共和主義者」と自らを規定し、さまざまな利得を離れて自由に共和政を批判する立場をとる。そして、「自然主義作家と共和国は敵対している」と明言するのである。

第三共和政の「敵対者」としてのゾラが分析するフランス政治史はそのままゾラが考えるフランス文学史観と直結している。第二共和政については「人道主義的な空想、もっぱら思弁的な社会主義、ロマン主義のレトリック、そして理神論的な詩人たちの宗教性が共和国を蝕んでいた」とゾラは批判するが、これは思想的に原理に依拠することが空虚な議論に陥る危険性をはらんでいて、事実を重視していればこのようにはならなかったというゾラ流の主張の裏返しである。また、このように政治と文学を結びつけようとするゾラの試みは、第三共和政では両者は深いつながりで結ばれるべきで、自然主義こそはそれにふさわしいという主張の表れでもある。「現在の共和国は正当なものに見えるし、したがっていずれ独自の文学表現を生み出すだろう」と述べつつ、ゾラは自然主義文学こそはその独自の文学表現であり、その強い結びつきが生まれるのは「原因である社会の動きと、結果である文学表現のあいだには対応関係があるはずだ」からだと訴えるのである。

自然主義文学を新しい時代の表現と主張して、「共和国は自然主義的なものであろう、さもなくば存在しないであろう」と喝破したゾラにとっては、第三共和政は自然主義的なもの、すなわち新しい潮流にも自由な活動を可能にするものでなくてはならなかった。

このゾラの思いは晩年の『四福音書』の執筆動機にも反映していた。やはり第三共和政であったこの時代に、ゾラは『四福音書』のために。三つの災厄である教権主義に、軍国主義に、資本主義に抗して、それらを打ちこわすこと。それなしには共和国はない。(『豊饒』草稿)」と書いた。自由と真実を求めたゾラの文学が第三共和政との深い結びつきを意識していたことを感じさせる一文である。

(寺田寅彦)

第二帝政

第二帝政とは、ルイ＝ナポレオン・ボナパルト、通称ナポレオン三世が、一八五二年十二月二日に帝政宣言を行って樹立された政治体制のことである。普仏戦争のさなかスダンの戦いでナポレオン三世自身が捕虜となり、一八七〇年九月四日にパリで共和国宣言がなされて第三共和政が始まったのとともに第二帝政は終わりを告げるが、ゾラの『ルーゴン＝マッカール叢書』は副題「第二帝政下における一家族の自然的・社会的歴史」のとおり、この二十年近く続いた第二帝政を舞台として展開している。

ルイ＝ナポレオン・ボナパルトは、帝政宣言の一年前である一八五一年十二月二日（この十二月二日とは一八〇四年にナポレオン・ボナパルトが皇帝として即位した日であり、また一八〇五年にはアウステルリッツの戦いでフランス軍が勝利を収めた日だった）にクーデタを起こして第二共和政下の議会反対勢力を一掃したが、その後も反対勢力の多くの共和派を逮捕・流刑に処し、中にはヴィクトル・ユゴーのように亡命を余儀なくされた者も多くいた。一方でルイ＝ナポレオン・ボナパルトは一般民衆の人気が高く、一八五一年十二月には男子普通選挙でクーデタの信任と新憲法の賛成を多数で可決させることに成功し、翌年十一月に行われた国民投票の圧倒的支持を受けて十二月にナポレオン三世として皇帝に即位した。この第二帝政下でオスマン男爵によるパリの大改造や、全国的な鉄道網の発展、産業金融を行うクレディ・リヨネやソシエテ・ジェネラルといった大銀行の創設に伴う金融の近代化などからフランス社会は大きな変貌を遂げたが、メキシコ出兵の失敗なども あり普仏戦争の頃にはナポレオン三世への国民の信頼も低下していた。

ゾラ自身は短編集『ニノンへのコント』（一八六四）所収の「大きなシドワーヌと小さなメデリックの冒険」の中で極めて部分的に第二帝政の対外政策を批判して

いるが、六〇年代終盤には『トリビューン』紙や『クロッシュ』紙といった共和派の新聞で第二帝政批判を繰り返して行うようになる。また、当然ながら『ルーゴン＝マッカール叢書』では帝政批判が随所に見られる。たとえば第一巻の『ルーゴン家の繁栄』は、一八五一年十二月二日のクーデタに続いて起こった南仏での民衆蜂起を扱っていて、この民衆の反乱が統率もないままに中央からの力によって無残に鎮圧されるさまを描いている。また、この騒ぎの裏で暗躍して成り上がっていくピエール・ルーゴンの姿は、クーデタののちに権力を掌握して皇帝に成り上がるナポレオン三世の姿でもある。『ルーゴン家の繁栄』は第二帝政の時代に執筆が進められた作品であることもあって、同時代の政治体制を意識しつつ批判の矢が向けられていることは明らかであろう。

一方で、第二帝政が崩壊してから書かれている『獲物の分け前』以降の執筆事情は決定的に違う。一八六九年にラクロワ書店に『ルーゴン＝マッカール叢書』のプランを受け入れてもらったときには、第二帝政を批判することで報復的な措置を受けるおそれを承知したうえでゾラは執筆し始めている。しかし、第三共和政に移行してからはそれは終わってしまった過去のものとしての第二帝政を描く小説を目指すことになる。一八七二年頃には新しい『ルーゴン＝マッカール叢書』のプランができあがっているが、スダンの戦いを踏まえた『壊滅』となる小説の案が盛り込まれており、そこでは明らかに閉じられた物語としての『ルーゴン＝

A・イヴォン《近郊地区をパリに統合するデクレをオスマン男爵に渡すナポレオン3世》1865年

マッカール叢書』が企画されている。パリ大改造計画の進行に伴う投機（『獲物の分け前』、『金』）、一般大衆の生活の悪条件（『居酒屋』、『ジェルミナール』）、ブルジョワジーの不道徳（『ごった煮』）など、第二帝政社会への批判はたしかに明白だが、ゾラが作品を執筆した同時代の出来事の影響も等しく重要な作品構成要素となっていることにも留意すべきである。たとえば『金』で扱われる土地投機のテーマはオスマン男爵がセーヌ県知事として進めた土地買収に伴う投機の問題を下敷きにしているものの、金融スキャンダルについては一八八〇年代に起こったユニオン・ジェネラル銀行破産やパナマ運河建設会社破綻といった第三共和政下での事件にヒントを得ている。また、第二帝政崩壊後に出された『獲物の分け前』の場合にも第二帝政批判が鮮明だが、『クロッシュ』紙連載中に不道徳を理由とする新聞読者の非難と共和国検事からの召喚を受け、第三共和政下でも自由な文筆活動のために闘わなくてはならないことをゾラは自覚させられている（ルイ・ユルバック宛書簡、一八七〇年五月二十七日付）。『ルーゴン＝マッカール叢書』が第二帝政への批判、ひいてはナポレオン三世への批判を基盤にしていることは間違いない。『獲物の分け前』でブーローニュの森を歩くナポレオン三世に挨拶をするのはサッカールのみであるし、『壊滅』では兵士たちが憎悪から侮蔑の言葉を宮殿に向けて投げつける。しかし第三共和政社会の抱える問題もゾラの批判の俎上にやはり上がっていたのである。（寺田寅彦）

ドレフュス事件

一八九四年、陸軍大尉アルフレッド・ドレフュスがスパイ容疑で逮捕されたことが発端となった冤罪事件。

事件の概要

一八九四年十月十五日、アルフレッド・ドレフュスは機密書類をドイツへ渡した容疑で逮捕される。ドレフュスは否認するも、一八九五年十二月十九—二十二日、非公開のパリ軍法会議で有罪判決が下され、翌年一月五日の位階剝奪式を経、二月、悪魔島へ流刑となる。

一八九六年三月、サンデールに代わり参謀本部情報局局長となったピカールが、封緘電報（プティ・ブルー）の筆跡からエステラジーが真犯人であることを突き止めると、この事実は、やがてドレフュス家にも知られることとなる。その後、ドレフュスの有罪を決定づけるとする秘密文書の存在とその信憑性をめぐる議論が、ジャーナリズムを賑わすようになる。

一八九七年十一月十六日、アルフレッドの兄マチューが、エステラジー少佐を告発する陸軍省あての手紙を新聞に発表したことをはじめ、エステラジーに対する嫌疑が強まる。翌年一月十、十一日に、ようやく裁判が開かれるが、エステラジーに無罪判決が下る。これは、到底ドレフュス派が受け入れられるものではなかったが、同時に、この判決によって、あらゆる合法的手段が絶たれたと理解される。

不当判決から二日後の一八九八年一月十三日、後に「私は告発する……！」として知られる「共和国大統領フェリックス・フォール氏への手紙」（以後「手紙」と記す）をゾラが『オロール』紙上に発表し、世論に火を着け、ドレフュス事件への関心を掻き立てることに成功する。「手紙」の末尾で、この冤罪事件の首謀者として陸軍参謀本部の軍人たちを名指しで非難したことにより、ゾラは侮辱罪で起訴されるが、これを機にドレフュス事件はゾラ事件へと移行する。二月七日、ゾラ裁判が始まり、同月二十三日、有罪判決が下る。上告後の七月十八日、再度有罪判決を受けたゾラは、刑の執行から逃れ、活動を続けるためにロンドンに亡命する。

八月十三日、ドレフュス有罪の決定的証拠と思われていた秘密文書が偽造されたものであることが発覚する（アンリ偽書）。九月三日、反ドレフュスとして知られた陸軍大臣カヴェニャックが辞職したことをはじめ、反ドレフュス色の強い政治情勢が変化し始める。そして、十月二十九日、破棄院刑事部が、ドレフュス裁判の再審請求が受理可能であることを発表する。

一八九九年八月七日から九月九日まで、レンヌでドレフュス再審が行われるが、再び有罪判決が下る。九月十九日、ドレフュスには恩赦が与えられる。

一九〇〇年十二月、上下両院にて、ドレフュス事件に関するすべての罪に対する大赦法案が可決される。

大赦法成立から三年後の一九〇三年、ジャン・ジョレスが下院でレンヌ軍法会議の判決に対する再審を請求し、翌年三月三日、破棄院で、再びドレフュス裁判に向けての審理が開始される。

一九〇六年七月十二日、破棄院にてレンヌ軍法会議の判決が破棄され、ドレフュスは無罪となる。翌日、ドレフュスとピカールは軍籍を回復する。七月二十日、ドレフュスは叙勲され、名誉を回復する。

事件へのゾラの参加の経緯

ドレフュス逮捕が報じられた一八九四年十月三十一日の二日前に、ゾラは長期に及ぶイタリア旅行に向けて出発していた。それゆえ、この事件を知ったのは、一九九五年一月のドレフュスの位階剝奪式のニュースが報じられた時であると考えられている。しかし、この時点では、まだ事件に関心を示した形跡はない。

一九九六年、ゾラはドレフュス派の人々から関心を寄せられ始める。まず、『ローマ』の連載が終わると、すでにドレフュス派の運動に身を投じていたベルナール＝ラザールは、それまでのゾラの文学に対する酷評から一転、この小説に好意的な手紙をこの作家に送り、ゾラもこの若き批評家に礼状を書いている。それから間もない五月十六日、ゾラは『フィガロ』紙に「ユダヤ人のために」を発表する。これは、ドレフュス事件を念頭において書かれたものではないが、当時激しくなりつつあった反ユダヤ主義の高まりに対する危惧を吐露している。その五ヶ月後の十一月、ベルナール＝ラザールは、自著『誤審　ドレフュス事件の真実』を携え、ゾラを直接訪問する。しかし、この時ゾラの関心を引きつけられなかったことへのぼやきを、ジョゼフ・レナックに漏らしている。

一八九七年十一月、今度はシュレル＝ケストネルが自宅での昼食にゾラを招く。この時ゾラはようやくドレフュスの無罪を確信し、ドレフュス派の運動に身を投じる決意を固める。ゾラは、シュレル＝ケストネルからマス＝メディアに通じた専門家としてエステラジー裁判に対する世論を掻き立てる方法について助言を求められ、連載小説のように事件に関する情報を日々発信することを勧めている。その直後、自身も十一月二十五日、十二月一日、五日と『フィガロ』紙に、事件に関する記事を立て続けに発表する。

ゾラの事件への参加がエステラジー裁判までで終わるはずだったことは、『フィガロ』に書いた最後の記事「調書」を締めくくる「私の役割は終わった」という言葉に表れているが、エステラジーに無罪判決が下されたため、一八九八年一月十三日、上述の「手紙」を書き、世論の関心をドレフュス事件に向けることに成功する。以後、『オロール』紙上において、大赦法の成立まで、筆によるドレフュス擁護の論陣を張る。

ゾラとドレフュス派の活動の意義

愛読者の減少、父親へのいわれのない非難、亡命生活、そして死因すらも事件との関係が否定できないことを考えるなら、ドレフュス事件によってゾラが払った犠牲は計り知れない。それだけにいっそう、ゾラの事件への参加は評価されているが、中でもメディアと精神史の観点から以下の二点にゾラの重要性が認められる。

まず、ドレフュス事件への関心を掻き立てる戦略の巧妙さが挙げられる。ドレフュスの有罪判決は、一個人の不運に止まらず、大革命の精神と良心を引き継ぐ共和国自体の存在を危ぶむものであり、無罪判決を勝ち取る運動は、それゆえ、全国民が関わる問題であったが、ゾラの参加はその問題への意識化を大いに促した。さらに、エステラジーの無罪判決によって、ドレフュスの冤罪を晴らすあらゆる望みが断たれたかのような状況にあって、侮辱罪に問われることを承知で(「手紙」の終盤で、ゾラは自らの罪状を明言している)「手紙」を発表し、事件の流れを変え、世論の関心を引きつけることに成功した。これらは、メディアを知りつくしたジャーナリスト・ゾラならではの功績であろう。

もう一点は、ドレフュスの冤罪を晴らすための運動が、アンガージュマンの方法の一つのモデルを提示したことである。ドレフュス派が一枚岩ではないことは、この事件に関する膨大な研究の一端を覗くだけでも窺い知れるが、クリストフ・シャルルが指摘するように、少なくともゾラの「手紙」発表前後のドレフュス派の運動は、社会的影響力のある人気作家ゾラを中心とした巧みなチームワークが功を奏していた。まず、「私は告発する……!」という文言は、すでに、ベルナール=ラザールのメモに記されていたことが確認されているが、この文言が何らかの形でゾラに伝わったか、あるいはこの文言自体は当時ドレフュス派内で共有されており、ゾラが使える状況だった。さらにこの文言を、クレマンソーが『オロール』紙一面の大見出しに掲げて発表する。またクレマンソーは、一八九八年一月二十二日、この「手紙」の内容を繰り返す「召喚状に答えて 軍務大臣への手紙」と題した記事を、ゾラの署名で発表

Le Petit Journal
SUPPLÉMENT ILLUSTRÉ
Huit pages : CINQ centimes
DIMANCHE 31 JUILLET 1898
LE PROCÈS ZOLA A VERSAILLES
Départ de Zola

法廷を出るゾラ

(『プティ・ジュルナル』挿絵入り付録、1898年7月31日、1面)

する。「手紙」発表前後のドレフュス派の運動は、社会に影響を与えられるゾラという人物に、あらゆる力を集結させることで成功したといえよう。（宮川朗子）

パリ・コミューン

パリ・コミューンとは普仏戦争におけるフランスの敗北を契機として、一八七一年三月十八日から同年五月二十八日までパリにできた民衆の手になる革命政権のことを言う。パリ・コミューンはその成立の経緯と残虐な結末から普仏戦争の敗北とともに当時の人々に大きな衝撃を与えたが、ゾラもその例外ではなかった。

普仏戦争が一八七〇年七月に始まったのち、スダンの戦いでのナポレオン三世の降伏という衝撃的な事態を経て、第二帝政の崩壊と共和政の国防政府の誕生をフランスは経験する。しかしプロイセンとの戦争は続き、ゾラはマルセイユ、ボルドーと転居を繰り返す。『ルーゴン家の繁栄』の『世紀（シエークル）』紙での掲載が始まり、また『獲物の分け前』の執筆を始めたばかりだったにもかかわらず、ゾラは文筆活動の休止を余儀なくされ、生活すら苦しい状況に陥ったのである。

一八七一年二月に議会がボルドーで開催されるようになると、この模様を議会通信として『クロッシュ』紙に連載するようになり、ゾラは議会でのパリの民衆に理解を示さない議員たちの姿を詳細にわたって追うことになる。三月半ばにヴェルサイユに議会が移るのを機に、ゾラもパリに戻るが、まさにその直後の三月二十八日にパリ市民によりパリ・コミューンの成立が宣言されることになるのである。

パリ・コミューン下でゾラは『クロッシュ』紙に議会通信を報じ続け、議会のパリ市民への無理解を筆にしている。「ヴェルサイユではパリから数千里も離れているかのように感じる。ここではわれらが哀れな都市のことを強盗の巣窟であるかのように話すのだ。住民に区別などまったくなく、こぞって銃殺にするがよいというのだ（四月六日付）」。実際、四月二日にはヴェルサイユ軍がパリ近郊の町であるクールブヴォアとピュトーを制圧し、本格的なパリへの攻撃を開始していたが、それは抵抗するパリ市民を次々と銃殺することで鎮圧を図った残虐なものだった。『クロッシュ』紙に続いて『マルセイユの信号機』紙にゾラはパリの状況を報じる記事を掲載し続けるが、ゾラの筆は高まる緊張を伝えるものになっていく。「そういうわけで逃亡はさらにひどくなるのだ。〔中略〕どんな手でも使うのだ。毎日、何百人もの市民が通り口にコミューンが張った網のかなり広く開いた穴を抜けていく（五月八日付）」。ゾラは戦いに直接参加したわけではないが、新聞報道を通じてパリ・コミューンの証言者となったのである。

ヴォヴレ「アクソ通りの虐殺を再現したフォトモンタージュ」（1871年頃）

　五月十日に講和条約が締結されてフランスが正式にプロイセンに降伏するが、十四日にゾラ一家はパリから七十キロメートルほど離れたベンヌクールの田舎にある小集落グロトンに身を寄せる。その次の週の五月二十一日から「血の一週間」と呼ばれるパリ市民の最後の抵抗による壮絶な戦いが始まり、二十八日のペール・ラシェーズ墓地での抵抗を最後にパリ・コミューンは瓦解したのである。その後も捕虜となったパリ市民はひどい待遇のために死んだり、形だけの裁判で死刑となったりする凄惨な日々が続いたが、ゾラ自身はこの「血の一週間」の間も新聞記事を『マルセイユの信号機』紙に送り続けて、またパリに戻っている。「パリを歩き回ることができた。むごい。他紙が報じる嘆かわしい光景については触れるまい。ただ橋の下に死体が山積みになっていると述べるにとどめよう。ああ、曳船道にいいかげんに打ち捨てられた血みどろの人間の肉の山を前にして感じたこの胸のひどい苦しみを決して忘れないだろう（五月二十七日付）」。また、パリ・コミューン最後の戦闘の地となったペール・ラシェーズ墓地にもゾラは足を運び、多数の人の死を身近に体験して蜂起の恐怖を身をもって感じている。「あちらこちらに血が沼になっていて死体があるが誰も片付けようともしない（五月二十八日付）」。ゾラは、六月六日以降は『クロッシュ』紙への記事掲載を再開し、ヴェルサイユに通って議会通信を送り続けた。

ゾラは新聞報道の中でこのパリ・コミューンの蜂起を支持はしないものの、ヴェルサイユ軍による弾圧の苛酷さを厳しく批判した。同時に、ゾラ個人にとってはこのパリ・コミューンの時期は、普仏戦争のパリ攻囲戦の頃の何も書けなかった時期とは異なり、「その間一度も執筆の仕事をやめなかった（ポール・セザンヌ宛の手紙、一八七一年七月四日付）」時期であって、ゾラは自身の未来が書くことの中にあることをあらためて見出したのだった。

流刑の後に大赦でパリに戻った男の姿を描く短編『ジャック・ダムール』（一八八〇）の中にもパリ・コミューンの記憶の反響があるが、一八九二年の『壊滅』はまさにこのスダンの戦いでのフランス軍の敗北からパリ・コミューンの凄惨な戦況をたどっている（『壊滅』を参考のこと）。『壊滅』は血みどろの戦争画であるが、その血の試練からこそ新しいフランスは再興されるという結末をゾラは用意していることに注意すべきだろう。それはパリ・コミューンという革命的な内戦を、未来への一歩として生きたゾラの生き方そのものだったのである。

（寺田寅彦）

反ユダヤ主義

反ユダヤ主義を厳密にフランス語に置き換えるならば antijudaïsme であり、それはとりわけユダヤ教に対するキリスト教からの差別意識だが、フランス語の綴りから理解されるように、ユダヤ人をいわば人種とみなす差別意識の「反セム主義（antisémitisme）」と複雑に絡み合っており、現在ひろくユダヤ人に対する差別の表れを指す言葉としては後者の語が用いられる。したがって、ここでは反ユダヤ主義を antisémitisme とする。

キリスト教によるユダヤ教徒への差別と排斥は中世をはじめ近世にもみられたが、近代になるとユダヤ人の解放が法的措置によって定められる（フランスでは一七九〇年と九一年のデクレによる）。その一方で、排外的なナショナリズムの流れの中で反ユダヤ主義が勢力を増した。とりわけベストセラーとなったエドゥアール・ドリュモン著『ユダヤのフランス』（一八八六）は、普仏戦争の屈辱的な敗北を機に生まれたフランス人の精神的動揺や第三共和政が進めたライシテ（政教分離主義）による社会不安に乗じてユダヤ人を攻撃し、一八八二年に起こったユニオン・ジェネラル銀行の破綻の原因がユダヤ系のロスチャイルド銀行にあるとして反ユダヤ感情を煽った。その反ユダヤ感情の最たるものはドレフュス事件であり、ドリュモンが『リーブル・パロール』紙を一八九二年に創刊して反ドレフュスと

E・ドリュモン『ユダヤのフランス』（1892 年版）のポスター

反ユダヤのキャンペーンを行ったように、ドレフュスが有罪であるか無罪であるかという次元を超えて、かつてのよきフランスが今や抱えることとなった問題の全ての原因がユダヤ人にあるかのような短絡的なメッセージとともに反ユダヤの機運が高まった。一八九八年にはシナゴーグやユダヤ人経営の商店を攻撃する反ユダヤの暴動がアンジェ、マルセイユ、ナントなどで起きたが、これは一種のナショナリズムの表出であると同時に、ユダヤ教という宗教だけではなくユダヤ資本にも向けられた憎悪の感情であった。

ゾラもユダヤ社会と金融界のつながりをその小説作品で辛辣に描いていることは指摘しておかなくてはならない。『ナナ』に登場するユダヤ人銀行家シュタイナーは、銀行業とユダヤ人を結びつけるいささか安易な人物設定の好例である。また『金』では、ゾラは草稿の段階から金融業界を描くにあたってユダヤ人の果たす役割に触れないわけにはいかないと記している。そして『金』にユダヤ系銀行の総帥で政界をも牛耳る実力者のグンデルマンや、あるいは悪辣な投機を営むブッシュを登場させ、ユダヤ人の身体的特徴と決めつけられている大きなかぎ鼻を強調し、金銭の亡者であるように描写している。主人公サッカールの口を通して、「敵」であるグンデルマンがプロイセンと共謀しているとまで言わせている。

しかし、このゾラの筆は金をめぐる人間模様と社会の現実を描写することに専念しているのであり、それはゾラ自身が反ユダヤ感情を持っているかどうかという問題とはまったく別の次元のことである。『金』は一八九一年の小説だが、それから五年後の一八九六年五月十六日付『フィガロ』紙に「ユダヤ人のために」と題する記事(一八九七年出版の単行本『新・論戦』に収録)を発表し、ドレフュス事件のためにユダヤ人攻撃が激化していることを憂いている。この時期にはまだゾラはアルフレッド・ドレフュスが無罪だとは考えていなかったことを考慮すると、「ユダヤ人のために」を書いたゾラがドレフュス事件とは無関係にフランスの反ユダヤ感情に嫌悪感を抱いていることを理解できるのである。

一八九七年の終わりごろからゾラはドレフュスの無罪を確信して真実のために戦うことになるが、ここでは反ユダヤ感情がゾラへの個人攻撃と重なることについてカリカチュアを通して確認しておきたい。（ドレフュス事件の詳細については「ドレフュス事件」の項目を参照。）もとよりゾラと自然主義文学を扱ったカリカチュアには辛辣で下品なものが数多くあったが、それは社会の底辺を扱い下卑た言葉遣いをそのまま小説に取り込んだゾラとその文学作品への揶揄や皮肉だったのであり、フランスのカリカチュア文化の中ではそれはゾラだけに向けられたものではなかった。しかし、ドレフュス擁護の論陣を張るゾラに投げつけられたカリカチュアの数々は、激烈な個人攻撃へと変化する。汚物にまみれても平気な豚にゾラをなぞらえ、糞尿で画面を覆うのは、単に自然主義文学が社会の卑俗な面を扱っているからだけなのではなく、ドレフュスを擁護するゾラがフランスを汚していることを非難しているからである。ゾラもユダヤ人も裏切り者でフランスの尊厳を冒しているとする極端なナショナリズムの表出なのである。カリカチュアでゾラがプロイセンやイギリスと密通しているかのように描いたり、父親がイタリア系であったことをことさらに強調したりするのもそのためである。このような反ユダヤ陣営に対し、ゾラは死後出版となった『真実』の中で「愚劣で凶暴な反ユダヤ主義」と書いたのだった。（寺田寅彦）

普仏戦争

普仏戦争はナポレオン三世がプロイセンにしかけた戦争であったが、一八七〇年七月十九日の開戦後からフランス軍は敗北が続き、アルザス・ロレーヌ地方を失い、一ヶ月半後のスダンの戦いではナポレオン三世が降伏し捕虜となるという屈辱的な展開を迎えた。数日後の九月四日には共和政の国防政府が成立して第二

W・カンファウゼン《スダンの戦いでのナポレオン3世》

帝政は終焉する。しかしこの国防政府は領土割譲問題を理由に講和を拒否し、九月六日に再びプロイセンとの戦争状態に入った。

　ゾラは、前年の一八六九年にラクロワ書店に『ルーゴン＝マッカール叢書』のプランを出して受け入れられ、普仏戦争開戦前夜の六月二十八日から第一巻の『ルーゴン家の繁栄』を『世紀（シエークル）』紙に掲載し始めていた。ラクロワには年に二本の長編小説を書くことを契約の条件としていたためにこの頃ゾラは『獲物の分け前』の執筆も始めていた。しかし、国防政府の戦争続行の知らせに、『ルーゴン家の繁栄』の掲載は休止となり（八月十一日）、ゾラ自身も講和拒否翌日の九月七日に、妻のアレクサンドリーヌと母親、執筆を始めたばかりの『獲物の分け前』の第一章の原稿とともにマルセイユに移ることになる。同月十九日にはプロイセンによるパリ攻囲戦が始まったので、からくもパリを逃げることができたことになる。

　マルセイユでは新聞『マルセイエーズ』紙を発刊するものの二ヶ月半の短命に終わり、同年十二月十一日にゾラはボルドーに渡って同月二十二日から国防政府の国会議員であったアレクサンドル・グレ＝ビゾワンの秘書を務めている。一八七一年二月八日の議会選挙で王党派が議席多数を占めてゾラは秘書の地位を失うが、この頃には新しい議会の模様を克明に伝える議会通信を新聞に連載するようになり、ゾラはパリの民衆に理解を示さない議員たちの姿を詳細にわたって追うことになる。ヴェルサイユに議会が移るのを機にゾラも一家でパリに戻るが（三月十四日）、その直後の三月二十八日にパリ・コミューンの成立が、蜂起したパリ市民により宣言されるのである。

ゾラは『クロッシュ』紙と『マルセイユの信号機』紙に議会の議論やパリ市民の様子を報告し、パリ・コミューン下の凄惨なパリの姿を筆にしている。五月十日にはフランクフルトで普仏戦争の講和条約が締結し、フランスの敗北が正式なものとなる。その一方でパリを占領し続けるパリ市民へのヴェルサイユ軍の進撃が始まり、五月二十一日から二十八日までの「血の一週間」を経てパリ・コミューンは終焉を迎える。この「血の一週間」の間ゾラはパリを離れていたが、議会通信は報じ続けており、パリ・コミューン崩壊直後のパリの血みどろの姿も報じている。

この普仏戦争の体験は、とりわけ短編小説『水車小屋攻撃』（一八八〇）と『ルーゴン＝マッカール叢書』第十九巻の『壊滅』（一八九二）に生かされている。『水車小屋攻撃』は、一度『ヨーロッパ通報』紙に『一八七〇年の侵攻の一つのエピソード』と題されて発表されたものが短編小説集の『メダンの夕べ』（一八八〇）に収録されたものである。『水車小屋攻撃』は水車小屋のある村がフランス軍とプロイセン軍の戦闘地となる惨劇を描いているが、戦闘の描写よりも犠牲になって虫けらのように殺される村人の悲劇にゾラの筆の重点は置かれている。一八九三年にはゾラの親友アルフレッド・ブリュノのオペラとなってオペラ＝コミック座で演奏されているが、普仏戦争を扱う『壊滅』が出版されて間もなく演じられたこともあって好評を博している。

『壊滅』は一八七二年頃になってから『ルーゴン＝マッカール叢書』のプランに新しく追加されたものであった。もともとラクロワに提出した『ルーゴン＝マッカール叢書』の計画は普仏戦争前のものであったために、戦争を扱う小説は一八五九年のイタリアとの戦いを舞台としたものが予定されていた。ゾラは一八五九年のマジェンタの戦いやソルフェリーノの戦いを第二帝政の好戦主義として告発しようとし、当初のプランにすでに「戦争のありのまま。帝国と軍の関係。とりわけ私が望むのは、盲目的な愛国心なしに真の戦場を見せることで、兵士の本当の苦しみを知らしめることだ」と書いていた。一方で『壊滅』を執筆するにあたっては、ゾラは歴史家アルフレッド・デュケの協力を得たり、ジョルジュ・ビベスコやエミール・オリヴィエの証言記録を読んだり、あるいは戦地のスダンに出向いて調査を行ったりする。ゾラならではの執筆準備ともいえるが、それは歴史書としての戦記を書くためではない。「フランスが死滅しそうになった恐ろしい大災難についての真実を述べる（ジャック・ヴァン・サンテン・コルフ宛書簡、一八九一年九月四日付）」ためである。『壊滅』は出版当時『ルーゴン＝マッカール叢書』の中でもっとも売れた本であったが（一八九三年に十七万六千部）、フランス社会が普仏戦争から二十年以上を経てなおその衝撃と痛みを強く感じていたこと、そしてゾラが戦争のおぞましい真のヴィジョンを描くことでそのフランス社会の思いを掬い上げたことを私たちは理解するのである。

（寺田寅彦）

6　科学思想への関心

遺伝理論

親の形質が子に受け継がれる遺伝は、身体的な形質にとどまらず、精神的な遺伝も存在すると当時は考えられていた。理論上では一般的な遺伝は生理学的遺伝、異常な遺伝は病理学的遺伝として分類された。この時代はまた細菌学を初めとする近代医学の黎明期だったので、いきおい病理学的遺伝の研究が盛んであった。ところで時代的限界として是非とも留意しておかなければならないのは、近代遺伝学の基礎である遺伝子理論に通じるメンデルの遺伝学が、まだこの時期には認められていなかったことである。

フランスではプロスペル・リュカの遺伝学が支配的であった。リュカの遺伝学の特徴は、遺伝が両親から受け継ぐ遺伝因子の混合の状態とその度合い（二種類の遺伝溶液が混合したとすれば理解しやすい）に依存していると考えたところにある。それに対して、メンデル以降に確立された近代遺伝学の考え方では、遺伝は継代的に両親から受け継ぐ、独立した、優劣の性質を持った遺伝因子の組み合わせの仕方に左右される。

ゾラは代表作の『ルーゴン＝マッカール叢書』を執

筆するにあたって、リュカの遺伝理論を大々的に活用して、一族の血縁関係とそこで陰に陽に働く遺伝関係を構想している（本書第Ⅱ部「遺伝」の項中の図「遺伝類型」を参照）。リュカの体系には、理論的不備を繕おうとした、現代では突飛ないくつかの考え方が見出せる――これらはメンデルの劣性遺伝子の考え方を用いれば多少とも解決される遺伝類型である。その代表的なものが、両親の直接遺伝類型のなかに分類されているが、表面的に両親には似ても似つかぬ「自発性遺伝 innéité」――叢書中の登場人物：パスカル・ルーゴン、エレーヌ・ムーレ、ジャン・マッカール、アンジェリック・ルーゴン――、間接遺伝に分類されて、「隔世遺伝」の別名でよく知られている、両親よりもむしろそれ以前の祖先の形質を受け継ぐとされる「回帰遺伝 héréditéen retour」――マルト・ルーゴン、クロチルド・ルーゴン、ジャンヌ・グランジャン、シャルル・ルーゴン――、同じく間接遺伝に属するが、実の父親よりも母親の最初の恋人に似た「感応遺伝 hérédité d'influence」――アンナ・クーポー（通称ナナ）、典型例は叢書前の作品『マドレーヌ・フェラ』のリュシー――という類型である。

リュカは遺伝が神経系を介すると考えた。それゆえ現代では想像しがたいことだが、神経にかかわるとされた精神病全般、アルコール中毒、梅毒などは、当然遺伝するとみなした。さらに精神病医ベネディクト・モレル（『変質論』、一八五七）は、リュカと同一の文脈で、より包括的な「変質 dégénérescence」概念を駆使して、根元的な病的変質原理が遺伝を通してさまざまな病的現象をまとって現れ、人類の将来を脅かしていると主張した。ゾラはこの遺伝的変質が家系に与える禍々しい影響を、パスカル博士などを介して叢書中で語らせている（『ムーレ神父のあやまち』、『制作』、『パスカル博士』など）。

他方で、十九世紀後半の遺伝学の主流は、ダーウィンの『種の起源』（一八五九）を中心とする生物の系統分類に基づく形態学から、次第に細胞研究に基づく生物学に移行していった。一八八〇年代になってドイツ

Traité philosophique et physiologique de l'Hérédité naturelle dans les états de santé et de maladie du système nerveux, avec l'application méthodique des lois de la procréation au traitement général des affections dont elle est le principe. Ouvrage où la question est considérée dans ses rapports avec les lois primordiales, les théories de la génération, les causes déterminantes de la sexualité, les modifications acquises de la nature originelle des êtres, et les diverses formes de névropathie et d'aliénation mentale — par le Dr Prosper Lucas. (éd. J. B. Baillière) 1850 — (T d 40 / 8)

『自然遺伝概論』（リュカ）のゾラによるレジュメ（1ページ目）

のヴァイスマン（一八三四―一九一四）が細胞を生殖細胞と体細胞に分け、生殖細胞における生殖質が遺伝を担うと主張した。遺伝を担う染色体の理論が初めて基礎付けられたのである。ゾラはそのヴァイスマンの「生殖質」についても、『パスカル博士』の第二章で遺伝学を研究するパスカルに言及させている。

［別項「遺伝」も参照］（寺田光徳）

実験医学

「実験医学の父」と呼ばれるクロード・ベルナール（一八一三―七八）に代表され、当時の知識人も巻き込んで賛否両論の嵐を巻き起こした動物の生体解剖は、科学主義社会の病理を如実に示すものであった。十九世紀ラルース辞典の「生体解剖」の項には興味深い逸話が紹介されている。一八四一年、生理学者でクロード・ベルナールの師であるマジャンディ（一七八三―一八五五）の講義室につばの広い帽子をかぶり襟の高い黒衣

実験室のクロード・ベルナール

（レルミット画、1889年）

をまとった年配の男が入ってきた。彼はクエーカー教徒であったが、マジャンディにむかって、何の権利があって動物を苦しめ殺すのだ、と問う。マジャンディは、動物実験がどれほど人類と科学の進歩にとって有益であるかということを強調し、憎むべきは人類のための目的もない戦争や狩猟ではないのか、と反論する。そこでクエーカー教徒は初めて頷きながらこう言う。「たしかにその通りだ！　動物の生体解剖と同じくらい唾棄すべきものは、戦争と狩猟である」と。

ゾラが友人のアンリ・セアール（一八五一—九二）に『実験医学序説』（一八六五）を借りて読んだのは一八七九年初頭とされ、その影響を色濃く反映した『実験小説論』（一八八〇）では実験医学理論に支えられた小説創造の未来が謳われた。『実験小説論』では『実験医学序説』（第二章第三節「生体解剖について」）からの引用がみられるが、「動物の叫び声」にも「流れる血」にもひるむことのない科学者の「冷酷さ」に、ゾラは創作上の熱意と感傷主義に惑わされぬ「科学的作家」としての矜持を高めたのである。

『実験医学序説』においてベルナールは、観察と技術に基づくヒポクラテス医学ではなく、実験医学こそが病気の支配者となり、この世に多くの正義と自由をもたらさねばならないと高揚した筆致で語る。医師の資格を持たなかったにもかかわらず、十九世紀に新しいエリート層となった科学者としての強い自己顕示欲に煽られたベルナールは、「最良の種である人間」はそれ以外の種をどのように扱おうと罪にならない、動物実験に反対する者は科学を理解し得ない劣者であると言ってはばからない。ゾラもまた『実験小説論』において、全能なる人間は自然を隷従させ、その法則を利用して自由を得る、それを可能にするのが実験医学であり、小説家は登場人物に実験と観察を加えねばならない、そこに「新しい文学」があるのだと断言する。文学理論において決して高い評価を得られなかった『実験小説論』であるが、「これからは、われわれの科学時代において実験が天才の証拠となるのだ」というゾラの高揚した筆致には、『実験医学序説』が読者にもたらすであろう、ある種病的な陶酔感と強い影響力が認められる。ところがその数年後に上梓された『生きる歓び』(一八八四)の草稿準備メモの中には、「生体解剖反対 (Contre les vivisections)」という書き抜きが認められる。ゾラがショーペンハウアー哲学の中から生体解剖への指弾を拾い出したということは注目に値する。

そして皮肉なことに、『実験小説論』の作家が描く登場人物としての〈医師〉たち(『生きる歓び』カズノーヴ医師、『パスカル博士』パスカル博士、『ルルド』シャセーニュ医師、『豊饒』ブータン医師、『労働』ノヴァール医師など)の言葉や治癒者としての姿勢には、ベルナールの介入主義とは対極にある医学観が凝縮されている。

人間と治療技術への愛、自然治癒力に貢献するすべてのものへの愛を示す「医の愛(メディカル・フィリア)」をギリシャ医学は目指した。この精神に基づく善を達成するための手段である「術(アルス)」としての医学を、ベルナールは実験医学の発展をはばむ迷妄と嘲笑し、ヒポクラテス医学と実験医学の違いは自然現象を観察することしかできない前者と比べて後者は「好きなように調整して支配することができる」と語る。だが『パスカル博士』の主人公パスカルは、遺伝という「自然を矯正することはほめられるべきことなのか」という哲学的問いに直面する。さらに『パスカル博士』の準備ノートのなかでゾラは『ルーゴン＝マッカール叢書』の哲学的考察として、科学の及ばない未知の領域を示すために「遺伝」というテーマを選んだのだと記した。『パスカル博士』執筆の前年、ルルドに滞在して奇跡的治癒の取材を行ったゾラが改めて得た医学観は、『ルルド』(一八九四)の医師シャセーニュの「医学は実験医学的厳密さをもたぬがゆえにアルスである」という姿勢に凝縮されている。

動物実験を公的な医学研究の手段にまで引き上げたベルナール主義は、現代の医学教育の場にも根強く残っている。その影響とはまず「動物実験を主としたデータ偏重の〈実験至上主義〉」、そしてもう一つは「患者を診て経験を積むはずの〈臨床の軽視〉」である。過酷な人体実験でニュルンベルク裁判の非人道的裁判と国際軍事裁判にかけられた首謀者たちが、ベルナールの動物実験主義を受け継いだ医師たちであったことを忘れてはならない(クロード・アンブリセリ『医の倫理』中川米造訳、白水社、一九九二)。

(林田愛)

精神医学

十九世紀ヨーロッパとは、生理学や外科学だけではなく、精神医学の領域においても様々な試行錯誤や発展がみられた時代である。『ルーゴン=マッカール叢書』ではヒステリーやアルコール中毒、殺人欲求などの〈狂気〉が宿痾として一族の人間を呪うが、特にヒステリーについてはフロベールやゴンクールが女性の「ヒステリー」に文学的想像力をかき立てられたように、ゾラもまた医学者のまなざしでこの病に肉薄しようとした。『ルーゴン=マッカール叢書』執筆時にゾラが依拠した医学書として、遺伝学関連他にもさまざまな文献がある。とくに『プラッサンの征服』ではヒステリーと宗教的法悦の関連性があぶりだされるだけではなく、「明晰な狂気(folie lucide)」や実話をもとにした精神病院への強制収容など、当時の社会と精神医学にまつわる興味深いテーマが提示されている。

古代、ヒステリーは子宮の窒息や体液への悪魔の介入とみなされてきたが、十九世紀を迎えてもなおヒステリーの座をめぐるさまざまな言説が入り乱れる。ヒステリーが〈情念〉に発するというロマン主義的な解釈は否定され、大脳や子宮の障害に原因が求められるようになったが、ヒステリーの精神的な側面のみを扱う精神科医たちの主張と拮抗し、器質的アプローチと精神病理学的アプローチの間に深い溝ができたのである。たとえば、「脳局在論者」であるヴィルヘルム・グリージンガー（一八一七―六八）やポール・ブローカ（一八二四―八〇）などの主張に対して、ヴィルヘルム・ヴント（一八三二―一九二〇）は精神病が局在論などの生理学によって割り切ることはできないものだと反論した（『心理学概論』、一八八三）。イポリット・ベルネーム（一八四〇―一九一九）もまた、ジャン＝マルタン・シャルコー（一八二五―九三）のヒステリー研究において最大の問題点は、ヒステリーを大脳の器質的病に帰する点にあると主張する。ベルネームの課題は、自己暗示にともなう病的現象の観察、それをふまえての精神療法にあった（『暗示と治療効果』、一八八六）。

だが一方で、基本的には器質論者であるシャルコーも心的装置と脳の関係を体系的に研究しようとしていた。彼は一八八〇年代にサルペトリエールで勤務するなかで臨床を重んじ、外傷性ヒステリーなどの解釈にも辣腕を発揮して、フロイトへの影響をはじめ、無意識の世界に新たな研究領域を開いたとされる（江口重幸、「力動精神療法への結節点――Charcot 神経病学における「心的治療」を中心に」『精神医学研究所業績集』第三五号、一九九八）。

ゾラは『ルルド』執筆のために一八九二年八月十九日から九月一日までルルドに滞在し、詳しい現地調査のもと治癒のメカニズムには身心相関的な問題が深くかかわっていることを改めて確認するが、医学文献とかかわっていることを改めて確認するが、医学文献として暗示と治癒にかかわるシャルコーの著作だけではなく、友人の医師を介して神経学者ジル・ドゥ・ラ・トゥーレット（一八五七―一九〇四）の助言も仰いでい

ブルイエ《サルペトリエール病院の火曜講義》1887 年。
中央がシャルコー

る。ゾラは登場人物のマリーをモデルにヒステリー性の身心膠着に至るプロセスを丹念に追い、それが信仰という心的エネルギーで解除されて奇跡の治癒に至るまでの症例を描いた。『パスカル博士』の草稿には「生命こそが神なのだ」という一節があるが、ゾラにとってルルドの奇跡とは決して神の業ではなく、信仰による強い自己暗示力が身体に働きかけたものであり、肉体と精神の神秘的なつながりを証明するものであった。

　このような無意識の領域についての科学的関心の高まりに逆行するかのように、十九世紀末は外科学の急激な発展を受けて精神病の「外科的処置」がさかんに行われた時代でもある。一八八七年から一八八九年の間にかけて、今日「ロボトミー」の名で知られる精神外科の始祖、精神科医ゴットリーブ・ブルクハルト（一八三六―一九〇七）が脳の外科手術を行う一方で、一八七七年にマリオン・シムズ（一八一三―八三）が行った卵巣摘出術が一八八〇年代のアメリカで爆発的な人気を博し、その後中央ヨーロッパの外科先進国に大きな浸透力をもって広まる。卵巣・子宮摘出術は医学的・倫理的両面から批判対象となり、「卵巣性」というヒステリーの特殊な形式では卵巣が関わっているとしたシャルコーも強い反感を示している。ゾラは『豊饒』

において、「卵巣摘出術」を生命の尊厳を貶めるものとして弾劾するだけではなく、その「結果について、個人的・社会的な見地から注意深く観察すべきである」として、現代の臨床社会学にも通じる慧眼を示した。

ゾラは人間の狂気を遺伝という単一的要素をもとに描くのではなく、個人と社会病理というマクロ的視点から捉えその〈治癒〉を模索したと言える。フロイトが発展させた文化精神医学の考え方にもあるように、ある時代や社会が内蔵している病理は、個々の人間存在を狂気に導く可能性をはらんでいる。暴力や犯罪、心身症など様々な様相を帯びて立ち現れる人間の〈変質＝退化〉を一義的な解釈で説明し尽くすことなどできないが、ゾラは文学者として社会病理にもかかわる人間の心理についての考察を行った。フロイトの心理性外傷やル・ボンなどの群衆狂気論、卵巣摘出術に見られる精神外科の陥穽を、ゾラがその詩的想像の中で見事に先取りしていたことは評価されるべきであろう。

（林田愛）

生理学

十九世紀前半のバルザックがグザビエ・ビシャ（一七七一―一八〇二）やフランソワ＝ジョゼフ＝ヴィクトール・ブルッセ（一七七二―一八三八）などの生理学者から霊感を受けたように、ゾラは世紀後半に生きた作家として実験生理学の台頭という局面に立ち会った。ゾラは『ルーゴン＝マッカール叢書』構想執筆以前すでに同時代の医学文献に親しんでおり、狂気を誘発する「情念」が脳や身体器官の「充血」によるものであるとの器質主義的な解釈に強く影響を受けていた。『テレーズ・ラカン』第二版の「序文」のなかで「各章が生理学の興味深いケースを扱った研究」としたゾラが、『ルーゴン＝マッカール叢書』において細かい心理分析よりはむしろ生理に左右される人間の描写を好んだことは不思議ではない。

ゾラは一八六九年一月十八日の『ゴーロワ』紙上で、

ゴンクール兄弟の『ジェルヴェゼー夫人』（一八六七）について、ヒロインの繊細極まる心理描写の妙について称賛しているが、同時にそのヒロインの病的な宗教感を指して「肉体と脳のなかに立ち上った悪気（あくき）」であるという、狂気の古典的解釈を行っている。さらにこの前年、ゾラは一八六八年一月二十三日付の『グローブ』紙上の書評でシャルル・ルトゥルノー（一八三一―一九〇二）の『情念の生理学』（一八六八）について言及しており、自分たちの世代が「唯物主義と実験科学のただ中にある」としながら、「情念は身体諸器官に発する」という著者の器質主義的見解にふれている。ルーゴン＝マッカール家の一族もまた、病む者はほぼ総じて生理と密接に結びついた「激しい情念」という遺伝的病に苦しめられている。

「生理学的ドラマ」と称する『プラッサンの征服』執筆時、ゾラは『情念の生理学』を再読し、情念が主人公の脳を破壊し狂気に導くメカニズムについて準備草稿に書きとめている。著者は「古い憎しみの酵母（un vieux levain de haine）」という比喩を用いながら、成功者ピエール・ルーゴンの娘であるマルトと、恵まれた境遇の兄を妬む私生児の弟アントワーヌ・マッカールの甥であるムーレを実験台として、先祖が各々の体に流れる血に植えつけた憎しみの種がどのように発酵するのかを描こうとしたのである。次作となる『ムーレ神父のあやまち』では、準備草稿のなかで主人公セルジュの神秘主義を「血、種、教育」に帰すると同時に、「生理学的側面」に依拠したいと記しているが、事実ゾラの創作は「遺伝」と「生理」に翻弄される人間存在に迫り得たと言える。

ゾラは『愛の一ページ』の「序文」において、参照した「すべての生理学の文献」の中で読者がルーゴン＝マッカール家の家系樹についての説明を得られるものとして、特にプロスペル・リュカ（一八〇八―八五）の著書『神経系統の諸状態における自然遺伝の哲学的生理学的論考』（一八四七―五〇）を挙げている。ゾラはゴンクール兄弟やフロベールが「観察者」に徹したのに対し、作品に一貫性を与える「遺伝」という切札を用いて、登場人物に「実験」を行うことを試みた。むろん、生物を対象とした科学的な実験と、あくまでも想像世界の中で完結するものとが同質であるはずがないことは承知の上のことである。「遺伝」理論の誤謬や「実験小説家」としての矜持を揶揄されながらも、ゾラは文献から得た医学的知識を文学創造のためのデータとして応用し、創作の世界に内在する無限の可能性に賭けたのである。情念とは単に脳の充血が「機械装置」（『狂気の炎症』一八三九）を刺激することで生じるとするブルッセや「脳障害」に帰するルトゥルノーなどの学者とは違い、ゾラは作家特有の直観で器質論に捉われない繊細な情念のメカニズムを浮き彫りにした。

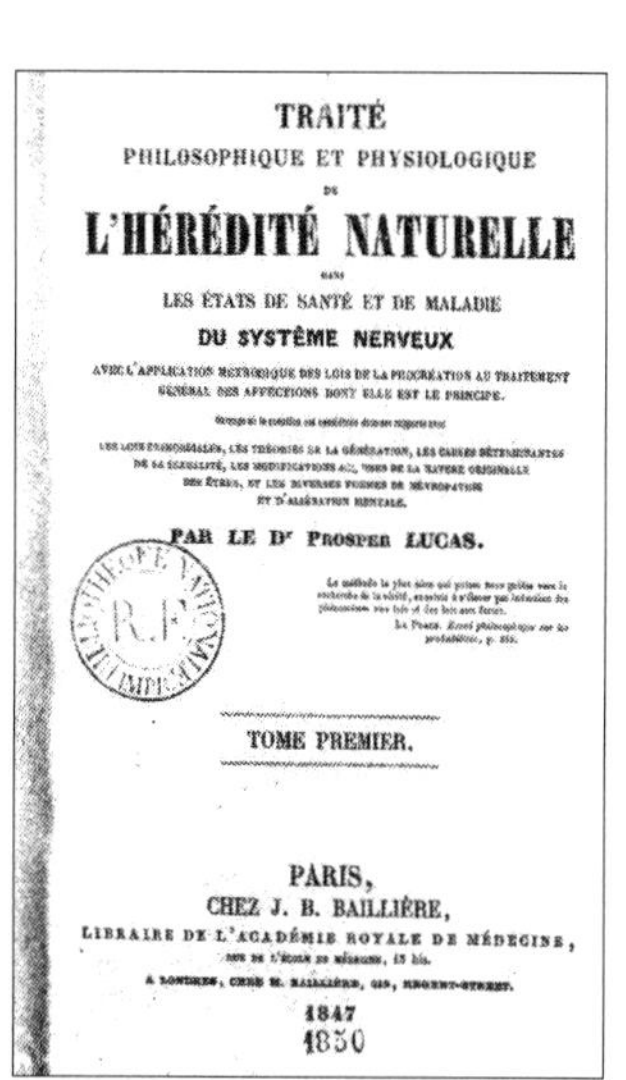
TRAITÉ
PHILOSOPHIQUE ET PHYSIOLOGIQUE
DE
L'HÉRÉDITÉ NATURELLE
DANS
LES ÉTATS DE SANTÉ ET DE MALADIE
DU SYSTÈME NERVEUX
PAR LE Dr PROSPER LUCAS.
TOME PREMIER.
PARIS,
CHEZ J. B. BAILLIÈRE,
LIBRAIRE DE L'ACADÉMIE ROYALE DE MÉDECINE,
1847
1850

遺伝に関するリュカの著作のタイトルページ

　ジャン・ボリは『生きる歓び』に関して、登場人物の無意識がていねいに描かれていることから、現代の医学でいう「心身症」的知識をゾラが直観で把握していたとするが、この小説の出版が一八八四年であることを考慮するとき、自然主義作家たちが「病因論が唱えていた神経症の器質病論に準拠することをやめた画期的な時期（一八八〇―八四年）」と重なることは示唆深い。実際に、『ルーゴン＝マッカール叢書』、『三都市』、『四福音書』を通じ、ゾラは芸術家に外科医のイメージを重ねながら獣たる人間の生理の奥深くまでメスを入れ、意識下に潜む抑圧や葛藤などを描き出すと同時に、個人と社会病理の関係まで掘り下げたのである。

（林田愛）

ダーウィニズムと社会進化論（社会ダーウィニズム）

ダーウィンの『種の起源』（一八五九、仏語訳一八六二）に基づくダーウィニズムは、生物進化の歴史は所与の環境で生存に有利な形質を具えた生物が生き残ることによってもたらされたと主張し、「自然選択（淘汰）」、「生存競争」、「弱肉強食」などの特色ある用語を通じて十九世紀後半のヨーロッパに普及した。また同時期にハーバート・スペンサー（『総合哲学大系』全一〇巻一八六二―九六年、『第一原理』の仏語訳は一八七一）に基づく社会進化論（社会ダーウィニズム）が、ダーウィンと同じ進化論を人間社会を対象に展開して、ドイツやフランスに大きな反響を呼んだ。「適者生存」は当初スペンサーが採用した用語である。

ダーウィニズムや社会進化論のフランスにおける受容は、普仏戦争（一八七〇―七一）でのフランスの敗北という歴史的事件に大きな影響を蒙る。ダーウィニズムや社会進化論を鵜呑みにして、生存競争の敗者として淘汰される運命を受け入れることは、フランス人にとってはとうていできなかったからだ。それゆえゾラの敬愛する実証主義者リトレは、ダーウィニズムを人間社会に適用することに疑問を呈した。ゾラと同世代の思想家テオデュール・リボなどは、遺伝形質のみならず獲得形質の遺伝を唱えたラマルクに依拠して、教育を通じてフランス人の陶冶を図ることを主張した。

ゾラがダーウィンやスペンサーの著作を直接読んだかどうかについては明らかでないが、『ジェルミナール』執筆時にはダーウィニズムの大衆化について啓蒙書（エミール・ド・ラヴレー『現代の社会主義』一八八三）や、『パスカル博士』の際にはダーウィンを含めた最新の遺伝理論について、専門書（ジュール・デジュリーヌ『神経系疾患における遺伝』一八八六）を通して、間接的に知識を得たことが確認されている。

『ジェルミナール』第七部二章では、主人公のエチエンヌがアナーキストのスヴァリーヌと論争する時、

「生存闘争」、「自然選択」、六章で資本家との闘争に敗れたエチエンヌが炭坑を去る時、「弱肉強食」と、ダーウィニズムの用語が使用されている。エチエンヌのダーウィニズム理解は、ダーウィンの「生存闘争」を労働者と資本家間の闘争として解釈する、社会進化論の一種であった。『パスカル博士』では第二章で博士が遺伝理論を紹介する時、ダーウィンの名が他の遺伝学者と並んで挙げられる。両作品の叙述の仕方からすると、作家ゾラはダーウィニズムは認めても、その社会進化論的解釈には距離を置いているようにみえる。

その他、階級闘争を「痩せた民衆」と「太ったブルジョワ」の生存闘争として解釈する『ジェルミナール』のエチエンヌの観点は、それに先立つ『パリの胃袋』で、「痩せた民衆」を代表するフロランと体制派の「太った」豚肉屋の女房リザとの間にすでに繰り広げられていた。『獣人』の主人公ジャックは、二章で自らの女性殺害衝動が一族のアルコール中毒遺伝のせいのみならず、太古の昔から男の中に巣食う本能的な征服欲ではないかと推論していたし、九章でルボー殺害を企てる時には、大昔なら強い雄が弱いライバルを倒して雌を獲たという弱肉強食の論理を展開し、ダーウィンが唱えた「性選択」の概念を彷彿させる推論を披瀝する（本書第Ⅳ部「ダーウィン」参照）。またその時ジャックがルボー殺害に逡巡する際に挙げた、野蛮な殺人は文明社会が積み重ねた教育の力で斥けられるという理由は、共和主義的社会進化論に依拠した第三共和政下の倫理（モラル）を反映している。

（寺田光徳）

犯罪人類学

世紀末から世紀転換期にかけてフランスでは犯罪学研究の本が多く出版されたが、その中でも顕著なのが一八八七年に仏語訳が出たイタリア学派の始祖チェーザレ・ロンブローゾ（一八三五―一九〇九）の『犯罪者論』（一八八七）である。一方で、社会学的デテルミニスムを唱えるフランス環境学派の犯罪学者アレクサンドル・ラカサーニュ（一八四三―一九二四）や社会心理学者ガブリエル・タルド（一八四三―一九〇四）は、遺伝など生物学的要因を重視するイタリア学派に対して論陣を張るが、彼らが編集委員を務めた『犯罪人類学雑誌』では、犯罪学者や精神医学者、法医学者、社会病理を解明しようとする社会心理学者たちが学派にとらわれない最新の理論を展開した。犯罪学者エンリコ・フェリ（一八五六―一九二九）の弟子で社会心理学者シピオ・シゲーレ（一八六八―一九一三）は群衆を構成する一定グループをめぐる遺伝的考察を試みるが、その著書『犯罪的群衆』（仏語訳は一九〇一）において、ゾラやヴィクトル・ユゴーなど「偉大な作家たち」が「集合心性の傑作」を書いたと称賛している。

確かにゾラは近代の病理を群衆に投影し、催眠状態に陥り理性を失った人間たちが無意識の衝動に突き動かされて破壊的な行動に向かう心理的・社会的メカニズムについての研究を行っている。デパートの商品を前に欲望をむき出しにするブルジョワ階級の女たちの群れ（『ボヌール・デ・ダム百貨店』）、飢えと怒りから破壊行動に身をゆだねる労働者たち（『ジェルミナール』）、戦火のなか狂乱状態に陥る兵士たち（『壊滅』）、恍惚としながら奇蹟を求めて行進する信者たち（『ルルド』）、咆哮をあげ無実のユダヤ人の死を叫ぶ民衆（『真実』）は、時代の精神的危機を如実に象徴している。

殺人者を主人公とした『獣人』執筆の際にロンブローゾを読んでいたゾラは、『犯罪人類学雑誌』の定期購読者でもあった（ピエール・ダルモン『医者と殺人者像――ロンブローゾと生来性犯罪者伝説』鈴木秀治訳、新評論、一九九二）。興味深いことに、一八九二年十二月十日の『フィガロ』紙には、ラカサーニュがゾラを含んだ三人の作家たちを対象にして行った実験についての記事が掲載されている。ゾラは他に精神科医エドゥアール・トゥールーズ（一八六五―一九四七）が犯罪学者の協力を仰いで行った一連の科学的実験の被験者にもなっており、この分析結果は『エミール・ゾラ――知的優越性についての医学・心理学的調査』として、一八九六年に出版された。

さらに、一九〇七年出版の『犯罪人類学雑誌』（二十二巻目）をひも解くと、医師ジョルジュ・サン゠ポール（一八七〇―一九三七、筆名 Dr. Laupts）によるゾラの追想記があり、そこには次のような経緯が記されていた。事の発端は一八八九年頃、ある高貴な生まれのイタリア人青年が自分の生い立ちを切々と綴った手記がゾラのもとに届いたことにある。ゾラはその手記をしばらく手元において作品の着想源にすることを試みるが断念し、数年後、医師のサン゠ポールにそれを託した。そしてこの手記が、ゾラの「序文」を冠したサン゠ポールの著書（『遺伝的欠陥と毒――倒錯と性的倒錯。同性愛についての医学的調査。ノートと資料。生来性倒錯者の小説。オスカー・ワイルドの訴訟問題。倒錯の予防と治癒』一八九六）において科学的な分析の対象となっている。ゾラは「序文」のなかで同性愛の青年に同情を寄せながら、「真実の雄弁さ」に胸を打たれたとする。だが同時に、「生来性倒錯者（inverti-né）」は社会病理の要因であり、「性にかかわることは社会生活そのものにかかわる。生来性倒錯者は家族、国家、人類の破壊者となるだろう」と断言する。ゾラが青年の手記を創作の源にしなかった理由として、まず個人的嫌悪感はもちろん主題的に扱いにくいこと、それから「序文」にみられるように当時のゾラは批評家から「本能の醜さ」を描く作家として「犯罪者」のように扱われていたこと、「医者」かつ「科学者」であるサン゠ポールが問題の手記を公表すれば世間も騒ぎ立てることはないだろうと考えたからである。ゾラはおそらくこのとき、〈真実〉を追求する上で一作家としての無力をとりわけ強く意識し、もどかしさを感じたのかもしれない。実は、ゾラは『獣人』発案時の一八八九年に「男色・少年愛」のテーマに興味を抱いていたが、「やはり下劣なテーマで取り上げるに値しない」と断念していた。先に述べたように、一八八九年が同性愛者から手記を受け取った年であることを考慮すれば、ほぼ間違いなく作家の念頭には性的倒錯の問題があったに違いない。

それから十年以上も経過した二十世紀の幕開け、ゾラは満を持して世にも恐ろしい性的倒錯者を渾身の一作である『真実』(一九〇三)に登場させるのである。

『獣人』では主人公の殺人欲求が衝動や「遺伝」、それを抑圧する人間の機械化という側面で説明される一方、遺作『真実』における少年の強姦殺人者ゴルジア修道士においては、当時最新の犯罪心理学を用いた要素が具肉化されている。宗教と抑圧された欲望の問題についてはそれ以前の作品群でも描かれたが、『真実』には犯罪者の遺伝的素因や生育環境に加えて、心的外傷、妄想、禁欲と精神病理、宗教的フェティシズムと異常性欲など深層心理のひだが幾重にも重なる。世紀末から世紀転換期にかけて『犯罪人類学雑誌』上に掲載された当時最新の科学知が反映されていることは、文学史的観点からみても非常に意義深いと言えるであろう。

(林田愛)

Ⅳ　人名・地名事典

1 家族

ゾラ、アレクサンドリーヌ ……（一八三九―一九二五）

ゾラの妻。エレオノール＝アレクサンドリーヌ・ムレは私生児としてパリに生まれる。不幸な少女時代を送り、一八五九年には父親不明の女児を出産。赤子は預けた乳児院から里子に出され、誕生から二十二日後に死亡。一八六四年にゾラと出会う。当時はおそらくお針子で、ガブリエルの名で画学生のモデルもしていた。同棲期間を経て、一八七〇年五月三十一日にゾラと結婚。ゾラの創作の良き理解者で、パリの自宅とメダンの別荘の訪問客を温かくもてなし、使用人の給与に至るまでを取り仕切る。一八九一年にゾラとジャンヌ・ロズロの関係を知り、離婚を考えるが、その危機を乗り越える。一八九七年以降、ドレフュス擁護に立ち上がったゾラを全面的に支え、夫の死後はジャンヌ母子を経済的に援助する。ゾラとジャンヌの子供たちの教育に全力を注ぎ、彼らに「エミール＝ゾラ」の名字を与える。晩年は慈善活動に取り組み、ゾラの草稿の管理と図書館への寄贈を行うなど、「エミール・ゾラ夫人」の役割を全うした。

（高橋愛）

『労働』を読むアレクサンドリーヌ

ゾラ、エミリー ……………（一八一九―八〇）

ゾラの母親。ガラス職人の娘として、ドゥルダンに生まれる。一八三九年にイタリア人技師のフランソワ・

ゾラと結婚。一八四〇年四月二日、パリで息子エミールを出産する。一八四三年に一家でエクスへ移住し、四年後に未亡人となる。夫が設立した運河会社の権利問題で訴訟が続き、多額の借金を背負う。一八五七年にパリへ戻り、翌年には息子を呼び寄せる。

一八六七年からゾラ、アレクサンドリーヌと同居し、ふたりの結婚後も継続するが、次第にアレクサンドリーヌとの折り合いが悪くなり、一八七七年以降は息子夫婦宅の近所で暮らす。一八八〇年九月、肝仙痛に襲われる。アレクサンドリーヌの献身的な看病もむなしく、同年十月にメダンで死去。母親と深い愛情で結びついていたゾラは、その死に大きなショックを受け、悲しみと不安にとらわれた。ゾラのさまざまな作中人物に実母の影が見られ、気高くも専横的で息子を溺愛する母親のイメージは『生きる歓び』のシャントー夫人に強く表れている。

（高橋愛）

ゾラと両親
（作者不詳、1846年頃）

ゾラ、フランソワ ……………（一七九五―一八四七）

ゾラの父親。軍人の息子として、ヴェネツィアに生まれる。パヴィアの士官学校を経て、パドヴァ大学で数学を修める。一八三一―三二年はフランス外人部隊に加わり、アルジェリアへ赴く。一八三三年から、フランスで技師として働く。一八三九年にパリで結婚。一八四三年、設計したダム建設のために、妻と息子エミールを伴ってエクスへ移る。「ゾラ運河会社」を設立し、一八四七年二月に建設工事を開始するが、同年三月に肺炎で急逝する。会社は倒産し、技師たちの努力で、運河は一八五四年に開通する。

ゾラは、一八五九年二月十七日付『プロヴァンス』紙に「ゾラ運河」と題した一編の詩を発表し、父親を讃えている。一八九八年と一九〇〇年には、父親を中傷した反ドレフュス派のエルネスト・ジュデに反論するため、『オロール』紙に「わが父」、「フランソワ・ゾラ」を寄せた。革新的で行動力のある父親のイメージをオクターヴ・ムーレなどの作中人物に投影している。（高橋愛）

ロズロ、ジャンヌ ……………（一八六七―一九一四）

ゾラの恋人。粉屋の娘として、コート＝ドール県に生まれる。幼くして母と死別、父は再婚し、祖母や親戚のもとで育つ。一八八八年五月にゾラ家の女中となり、十二月にゾラと関係が生じる。八九年に娘ドゥニーズ、九一年に息子ジャックを出産。父性を見出したゾラは、若く健康的で豊饒を約束するジャンヌを『パスカル博士』のクロチルド、『パリ』のマリーなどの造形に生かす。ゾラの死後、ジャンヌは物心両面から支

手を取り合うゾラとジャンヌ母子

援を受けたゾラ夫人を「親愛な恩人」と呼び、感謝の手紙を認めている。

ドゥニーズは、ゾラ研究者のモーリス・ル・ブロンと結婚。児童文学作家として、アシェット社が創設した「ばら色文庫」の作品を執筆。ジャン・ルノワールの『女優ナナ』では字幕に携わり、ゾラ全集の刊行にも尽力した。一九三一年、『娘が語るエミール・ゾラ』を著す。一九四二年に死去。

ジャックは、北部鉄道会社やフランス国有鉄道の産業医になる。ゾラの資料・書簡を保管し、研究の発展に寄与する。『自然主義評論』の創刊者。一九六三年に死去。

（高橋愛）

2 少年・青年期からの友人

ヴァラブレーグ、アントニー　（一八四四―一九〇〇）
詩人、美術批評家。エクスで生まれ、ゾラの青年期からの友人。一八六四年からゾラと文通し、その書簡には若き日のゾラの美学や作家の地位に対する考えなどが綴られている。一八六四年八月十八日付の手紙は、ゾラが「エクランの理論」を展開した貴重な一通とされる。一八六七年から活動拠点をパリへ移し、ゾラとの親しい関係は一八八〇年頃まで続く。
詩集の発表と並行して、数々の新聞に美術批評を寄稿する。十七世紀の銅版画家アブラアム・ボスや画家ル・ナン兄弟、アントワーヌ・ヴァトーの師でオペラ座の舞台装飾も手がけたクロード・ジローー等の研究を残す。一八九〇年代は、ドイツにおけるフランス美術の状況も調査し、一九〇〇年の万国博覧会開催のために尽力した。

『制作』の草案において、ゾラはヴァラブレーグをガニエールのモデルとしてイメージしているが、マウドーの人物造形にも影響が見られる。

（高橋愛）

セザンヌが描いたヴァラブレーグの肖像（1866-70年）

ソラリ、フィリップ …………（一八四〇―一九〇六）

彫刻家。一八四八年にエクスのノートル＝ダム寄宿学校でゾラと出会う。困窮した家庭で育ち、ブルボン中等学校への進学を断念するが、エクス市内の学校でデッサンなどを学び、彫刻にのめり込む。十八歳でグラネ賞を受賞し、奨学金を得てパリへ出る。フランソワ・ジュフロワの弟子となり、一八六七―九四年は定期的にサロンに出展する。一八六七年に結婚。ゾラ夫妻は、のちに小説家となるソラリの長男エミールの名づけ親となり、一家を経済的に援助する。

モンマルトル墓地には、ソラリ作の胸像を飾ったゾラの墓が残る

ゾラはソラリを自然主義の流派に属する「真に現代的なフランスの彫刻家」と見なし、一八六八年のサロン評では、《眠れる黒人》に「人間の身体の個性的な理解」、「ギリシャ芸術のオリンポスの静謐さにはない、現代芸術の熱い生命」があると書いた。ゾラの胸像を三点制作している。ゾラが自宅に飾っていた胸像は、ブロンズで鋳込まれ、一九〇四年にモンマルトルの墓に置かれた。

『制作』の作中人物マウドーのモデルとなった。

（高橋愛）

バイ、ジャン＝バティスタン　（一八四一―一九一八）
天文学者、物理学者。エクスのブルボン中等学校時代に、ゾラ、セザンヌと親交を深める。固い友情で結ばれた「三人組」は、ユゴーやミュッセ、ラマルティーヌの作品を耽読し、詩作にふける日々を過ごす。エクス近郊の野山を散策し、川で釣りや水浴を楽しむ牧歌的な時代であった。

ゾラ、セザンヌと青春を謳歌したバイ

一八五八年にゾラがパリへ戻ってからは、重要な文通相手となる。エクスとパリの生活、バカロレアの受験、将来の夢や不安、恋愛観などを赤裸々に語り、書簡を通じて励まし合う。一八六一年、理工科学校に入学し、パリでゾラと再会する。一八六七年には理工科学校の助教員となり、パリ天文台の仕事にも携わる。一八七〇年、光学器機製造業者アルマン・ルメールの娘と結婚。翌年から義父の事業に関わり、ゾラと疎遠になる。一八九二―九四年は、ヴィルヌーヴ＝サン＝ジョルジュの町長を務めた。
『制作』に登場するデュビューシュのモデルである。
（高橋愛）

ルー、マリウス ……………… (一八三八―一九〇五)

ジャーナリスト、小説家。一八四八年、エクスのノートル＝ダム寄宿学校でゾラとの交流が始まる。演劇に興味を持ち、一八六二年にエクスの劇場でヴォードヴィルを上演。パリへ出て、ゾラの作品に関する記事を書くようになる。一八六七年、ゾラと『マルセイユの秘密』を戯曲化する。一八六八年から『グローブ』紙や『プティ・ジュルナル』紙の記事を執筆。一八七〇年九月、ゾラと『マルセイエーズ』紙を創刊するが、三ヶ月で廃刊となり、ふたりは国防政府の置かれたボルドーへ赴く。この時期はゾラと密接な関係にあり、一八七七年の結婚に際して、ゾラは立会人を引き受けている。

一八七三年から一九〇三年まで、ルイ・ブロックと『プティ・ジュルナル』紙の共同編集次長を務める。ドレフュス事件で国論が二分すると、同紙は反ドレフュス派として論陣を張り、ゾラとルーの関係には終止符が打たれた。生涯を通じて、小説も執筆した。

(高橋愛)

マリウス・ルー

3　自然主義文学の仲間たち

アレクシ、ポール ……………… (一八四七―一九〇一)

ゾラが少年時代を過ごした南仏エクスで、公証人の息子として生まれる。法律を学ぶが、文学の道を志して一八六九年パリに居を構え、まもなくゾラと知り合い、終生ゾラの忠実な友人であり続けた。彼の死に際してゾラは、「この三十年間、彼の人生と私の人生は深くつながり、彼の協力は貴重だった」と追悼した。実際アレクシはゾラに頼まれて、彼の作品準備のためにさまざまな情報を提供した。

ジャーナリストとしていくつもの新聞に寄稿する傍ら、短編集『リュシール・ペルグランの最後』（一八八〇）、小説『内縁関係』（一八八三）、『ムリオ夫人』（一八九二）などを発表したほか、戯曲も手掛けた。民衆の風俗、凡庸さと挫折、散文的な姦通など、自然主義文学を特徴づける主題を扱った。一八八二年に刊行された彼の『エミール・ゾラ、ある友人の覚書』は、ゾラに関する最初の伝記であり、ゾラの文学観、創作スタイル、資料収集について多くの貴重な証言をもたらしてくれる。

（小倉孝誠）

アントワーヌ、アンドレ　……（一八五八―一九四三）

演劇の領域で自然主義を代表する作家、演出家。若い頃から演劇に関心をもち、生活のために働きながら素人劇団に所属していた。一八八七年、モンマルトルで自由劇場という独自の劇場を創設した。商業演劇やスターシステムと一線を画し、未上演の戯曲を舞台に乗せる試みだった。旗揚げ公演のひとつとして選ばれたのが、レオン・エニック脚色によるゾラの中編『ジャック・ダムール』だった。これはパリ・コミューン後に流刑になっていた男が、フランスに帰還するというドラマである。みずからの小説を戯曲化していたゾラはこれを機に、アントワーヌの支持者となった。

アントワーヌはその後一八九七年にアントワーヌ劇場を立ち上げ、フランスのみならず、イプセンやハウプトマンなど外国の自然主義作家の戯曲も積極的に舞台にかけた。また二十世紀に入ると映画にも進出し、ゾラの『大地』などを映画化している。

（小倉孝誠）

エニック、レオン…………（一八五〇―一九三五）

法律を学んだ後、文学の道に進んだ。アンリ・セアールとユイスマンスを介してゾラと知り合い、一八七七年には、ゾラの『居酒屋』はユゴーの『九十三年』（一八七四）に優る、と絶賛する講演を行なって注目された。小説としては『献身的な女』（一八七八、ゾラが称賛した）と、ゾラに捧げられた『エベール氏の事故』（一八八四）があり、どちらも自然主義的な意匠をまとう。また演劇にも興味を抱き、アンドレ・アントワーヌの自由劇場のために、ゾラの中編『ジャック・ダムール』を戯曲に脚色した。

メダンのグループの一員として、『メダンの夕べ』（一八八〇）に短編を寄せたが、一八九〇年代に入ると変化が生じる。エニックはむしろエドモン・ド・ゴンクールやドーデの作品と美学に共鳴し、ゾラ流の自然主義と距離を置くようになった。エドモンの死後、アカデミー・ゴンクールの創設に尽力し、一九〇七―一二年にその会長を務めた。

（小倉孝誠）

セアール、アンリ…………（一八五一―一九二四）

はじめ医学を学んだが、その後役所や図書館の職員として働きながら、作家、ジャーナリストとして活動する。一八七六年にゾラと知り合い、その後ゾラ夫妻の親しい友人となった。『美しい日』（一八八一）は、ブルジョワ家庭の平凡な一日を描いた自然主義文学の傑作で、ゾラから称賛された。文学評論にも手を染め、『ジェルミナール』に関する記事は、彼の批評眼の確かさをよく示している。

ゾラは自作の準備のため、セアールにさまざまな情報（とくに医学と音楽関係）を探すようしばしば求めた。『実験小説論』執筆に際して活用したクロード・ベルナールの『実験医学序説』をゾラに貸したのも、セアールである。ゾラがジャンヌ・ロズロを恋人にし、彼女がゾラの子を出産した時、セアールはそのすべてを知り、ゾラの妻アレクサンドリーヌへの配慮から、しだいにゾラと疎遠になる。ドレフュス事件では反ドレ

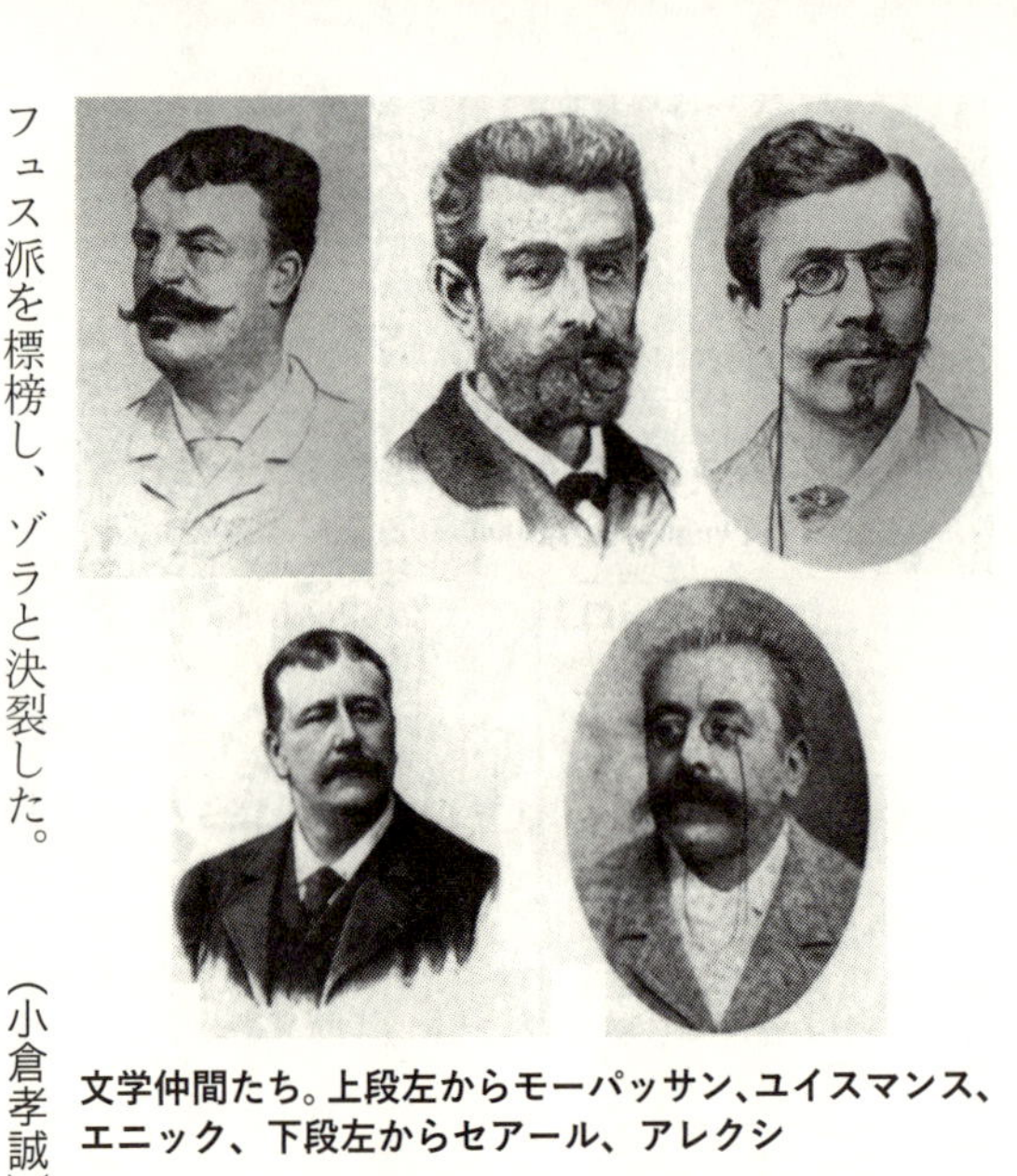

文学仲間たち。上段左からモーパッサン、ユイスマンス、エニック、下段左からセアール、アレクシ

フュス派を標榜し、ゾラと決裂した。（小倉孝誠）

ドーデ、アルフォンス　…………（一八四〇―九七）

わが国では『風車小屋便り』（一八六九）や『月曜物語』（一八七三）の作家として有名なドーデは、ゾラと同じく南仏育ちで、どちらも文学の道を志して一八五八年、首都パリに居を構えた。ロマン主義的な抒情詩を書いたことがある点でも、二人は共通している。

ドーデは兄エルネストのつてで、文学者集団や上流階級のサロンに知己を得る。ゾラとドーデは一八七二年頃、出版人シャルパンティエの家で知り合い、その後フロベールやエドモン・ド・ゴンクールと親しくなって、ひとつの文学グループを形成した。しかし二人の小説美学や政治思想は異なり、ドーデには自然主義作家という呼称はあまりふさわしくない。彼の本領は『サッフォー』（一八八四）などの風俗小説や、故郷の南仏を舞台にして庶民の情感を描いた小説にある。また『パリ生活三〇年』（一八八八）は、同時代の文壇をめぐる貴重な証言になっている。思想的には王党派で、ゾラの共和主義とは相容れない。（小倉孝誠）

モーパッサン、ギ・ド　…………（一八五〇―九三）

母方の一族がフロベール家と親しかったこともあり、

モーパッサンは母親から文学への関心を早くに吹き込まれ、フロベール自身からも薫陶を受けた。普仏戦争時の軍隊体験を経て、二十代には海軍省や公教育省に勤務し、その頃から詩を書き始めていた。

モーパッサンがゾラと出会ったのは一八七四年頃だが、その後アレクシやセアールらと共にメダンのグループに入って、ゾラとのつながりが深まる。ゾラ家での会合にもしばしば参加した。彼らとの共著『メダンの夕べ』（一八八〇）に寄せた『脂肪の塊』が評判となり、筆一本で生きる決心をする。その後は多くの新聞に時事的な記事を寄せ、数多くの短編や長編小説を連載して人気を博した。一八八三年にはゾラ論を発表し、彼の文学の意義を認めていたが、自然主義に対しては一定の距離を保ち続けた。『ピエールとジャン』（一八八七）の序文「小説について」は、そうした態度を表明した文学論である。（小倉孝誠）

ユイスマンス、ジョリス＝カルル（一八四八―一九〇七）

三〇年以上にわたって内務省に勤務しながら、作家活動を続けた。一八七六年春、セアールに連れられてゾラを訪問し、その後親しい友人になる。一八七〇年代に彼が刊行した小説は、自然主義文学のテーマに合致したものが多い。『マルト』（一八七六）は、貧しい民衆の娘マルトが女工、安酒場の女給、娼婦などを経験しながら、最期はアルコール中毒に沈む。社会の底辺と売買春の世界を描いた点で、ゴンクール兄弟の『ジェルミニー・ラセルトゥー』（一八六五）や、ゾラの『居酒屋』に近い。『ヴァタール姉妹』（一八七九）は、製本所で働く姉妹の人生をつうじて、パリの下層階級の陰影に乏しい平凡な日常性を語り、ゾラから好意的な評価を受けた。

『さかしま』（一八八四）以降は自然主義から離れ、耽美的な美学を標榜して、世紀末デカダン主義の中心となる。ゾラは、ユイスマンスの言語にたいする感性と、極度に彫琢された文体に敬意を表していた。（小倉孝誠）

4　先輩作家たち

ゴンクール兄弟　（兄エドモン・ド〔一八二二―九六〕、弟ジュール・ド〔一八三〇―七〇〕）

小説家、兄弟で共作を行った。二人の書いた日記は文学作品としても時代の記録としても注目される。フランスで最も権威のある文学賞に名をとどめている。

若き日のゾラにとって新しい小説の創始者であり、自身のモデルとなった作家である。二人の共作になる小説『ジェルミニー・ラセルトゥー』（一八六五）にゾラはいち早く注目し、出版直後に作品論を日刊紙に発表する（『ゾラ・セレクション』第八巻所収）。ゾラがそこに見たのは、前例のない生理学小説の出現であった。うわべは平穏で規則正しい生活を送っているが、実際には内に秘めた激しい肉欲に翻弄され悲惨な最期を遂げる召使いを主人公とする物語である。一定の節度を逸脱しないことが暗黙のうちに了解されていたこの時代に、通俗的なしきたりを破り肉体のたどる宿命を赤裸に語ったこの小説は、ゾラの目に、「強烈な個性の表出であるという意味で、また我々の時代の生を十分に生きているという意味で偉大」であると映った。兄弟は自分たちの作品の意図がこの批評記事において十分に汲み取られていると感じたのであろう、同年十二月にゾラとの交友が始まる。

二年後にゾラは、同じく肉体の宿命を主題とする生理学小説『テレーズ・ラカン』（『ゾラ・セレクション』第一巻所収）を書く。物語はもっと露骨で残酷なものになる。神経質の女主人公テレーズが、多血質の愛人ローランと共謀して夫カミーユを溺死させ、追いつめられた二人は自殺して果てるという話である。兄弟はこれにきわめて好意的な評価を与えた。「私たちはこれほど研究され、掘り下げられた作品を知りません。人間の恐るべき真実の中まで、犯罪のまっただ中までこれほど深く研究された作品を」。

ゾラは、兄弟のために書いたいくつもの記事の中で、彼らに浴びせられるであろう批判に対して弁護し、作品の独自性に讃辞を贈ったが、兄エドモンの方は自分たちの弟子と見なしていた人物が成功を収めたことを妬み、自分たちは彼によって小説の革新者としての地位を追われたと思い込んだのであろう、『日記』の中にゾラに対する悪意に満ちた評価を書き連ねた。

ゾラに師事した作家たちが反旗を翻した公開文書「五人の宣言」の背後には、エドモンの教唆があったと推測されている。（佐藤正年）

サンド、ジョルジュ　…………（一八〇四―七六）

本名アマンディーヌ＝オロール＝リュシル・デュパン、女流小説家。人道的な理想主義と自然への愛を主題とする小説を叙情あふれる文体で書いた。

ゾラは一八六〇年からサンドを愛読し始めた。この年から翌年にかけて書いた手紙の中で、愛、女性、あるいは田園を語るサンドの小説に言及している。この時期のゾラは、残酷な現実を描く小説よりも慰めをもたらす小説の方を愛読していて、サン＝シモン派の思想家の理論に想を得て書いた彼女の社会小説については関心を示していない。

ゾラはわけても彼女の戦闘的な慈悲心に魅せられた。「サンドは諸悪に立ち向かい、貧しい人をその屋根裏部屋まで探しに行き、貧困に正面から立ち向かうことを勧めている」と友人宛の手紙に書くのである。ゾラがサンドの内に認めたこの戦闘的な慈悲心は、後に自身の小説の登場人物たち（『ボヌール・デ・ダム百貨店』のドゥニーズや『生きる歓び』のポーリーヌ）の肖像に反映されることになる。

けれども、文学についての考え方が進化するにつれてゾラは意見を変える。七六年七月ゾラは「サンドとその諸作品」と題する長い記事を書く。その中で今日のすべての小説家を産み出した二人の異なるタイプとしてバルザックとサンドの名を挙げ、前者には厳密な自然主義への道を切り拓いた作家を見、後者には想像力に基づく虚言によって読者に説教を垂れ慰めを与える理想主義の作家を見る。ゾラにとって後者が書く小説の罪は重い。それは夢想の国へと読者を導き、その果てには現実における致命的な転落が待っているからである。そして彼は自分の小説『ごった煮』に登場する女性マリー・ピションにサンドの小説『アンドレ』を読ませ、これに熱狂した彼女が姦通に走り愛人に捨てられる様を描いてみせるのである。

七八年に至ってもサンドに対する評価は変わっていない。この年に書いた記事「現実感覚」（『ゾラ・セレクション』第八巻所収）においてゾラは言う。彼女は白紙のノートの前に座り、ペンを休めることなく絶えず書き進める。進むにつれて構成し、自分の想像力に全幅の信頼を置いてどんどん進んでゆく。その代表的な所産が、架空の恋愛で一世代全体を熱狂させた『モープラ』である、と。

ゾラは作り話を案出する能力たる想像力の役割はもはや終わったと考えている。今や小説家に必要なのは、現実を感じとりそれをありのままに表現する能力たる現実感覚である。その意味で想像力を駆使するサンドは、ゾラが否定せざるを得ない小説家となったのである。

（佐藤正年）

サント＝ブーヴ、シャルル＝オーギュスタン …………（一八〇四―六九）

批評家。若き日に医学を志した。やがて断念したが、その素養は彼の活動に刻印を残した。文学者の個性研究に、観察と分析と総合に基づいた厳密な方法を採り入れた十九世紀最大の批評家である。

テーヌとともに「現代批評における二人の大物のうち」の一人、これはゾラがサント＝ブーヴに当てはめた形容語である。当初、ゾラはこの批評家をテーヌより低く見積もっていたが、その後、思い込みが少なく、自分の気紛れに従って作品を解釈するような専断的な精神の持ち主ではないと見なして、彼に傾倒し始める。

初期小説『テレーズ・ラカン』(一八六七)を贈り、批評を求めた。彼はゾラに宛てた手紙(『ゾラ・セレクション』第一巻所収)で、作品に垣間見える作者の才能を認め励ましを与えながらも、主に二つの難点を指摘した。すなわち、物語の舞台となる小路の描写は、自分がよく知っている現実のそれとは大いに異なっていること、カミーユを殺害した後で二人の恋人が抱擁し合うことができなくなるのは不自然で、観察と推察の義務を怠っているとしか思われないこと、という二点である。

『ヨーロッパ通報』誌一八七九年十月号のために書いたこの批評家についての長い記事の中で、ゾラはそれら二つの指摘は正鵠を射たものであったと認めている。しかしこの時点ではサント゠ブーヴとテーヌについての評価は逆転し、前者についてかなり手厳しい判断を下す。趣味、機転、中庸を尊ぶこの批評家の文章は文学サロンのために書かれていて、力強さ、科学的な明晰さ、すべてを語るまで飽くことを知らない真実への情熱といった、自分の気質と相反する才能など彼には理解できなかった。それゆえ、彼は旧文学の中に閉じこもっていて、その能力を備えているにもかかわらず同時代の作家を論じることなど思いもよらず、彼らの真の力強さをその長所と短所を含めて丸ごと扱うことはしなかったのである、と。この姿勢はバルザックに対する彼の無理解に現れていて、「雌猫の脚で自分の世界を愛撫する女々しい男」サント゠ブーヴは、「斧を振るって自分の道を切り拓く雄々しい男」バルザックを真に評価することなどできるはずもなかった、とゾラは言うのである。

とはいえ、ゾラはサント゠ブーヴの功績を否定しているのではない。彼は文法や修辞を脱した科学的な批評の創始者であった。科学的な批評の原理は彼から始まり、テーヌによって定式化された。そして二人を受けて、それを改善し、補完し、世紀の全体的な調査において それを用いる任務は、批評家としての自分に委ねられていると考えるのである。

(佐藤正年)

スタンダール …………………（一七八三―一八四二）

本名アンリ・ベール、小説家。ナポレオン一世を崇拝し、イタリアに憧れる。透徹した眼で同時代の社会と政治を描いた。

ゾラは一八六四年の『パリ新評論』誌二月号、三月号に掲載されたテーヌのスタンダール研究を通して、この作家を知ったと考えられる。同年に友人に宛てた手紙は、ゾラがスタンダールに夢中になっていることを示しているし、一八八〇年には『ヴォルテール』紙上に発表した記事において、テーヌの研究に自分がどれほど熱中したかを想起している。そして同年五月には『ヨーロッパ通報』誌のために長い「スタンダール」論を書き（『ゾラ・セレクション』第八巻所収）、翌年、彼の敬愛する他の四作家についての論考とともにそれを単行本『自然主義の小説家たち』に盛り込んだ。

ゾラが彼の内に見出したのは「人体のまったただ中を切り刻む解剖学者の冷徹な好奇心」であった。この点で彼は自然主義を予告する作家であった。実際『ルーゴン＝マッカール叢書』の準備文書に書きつけられている記述「スタンダールのように例外的なものをつくらねばなるまい。大きすぎる怪物たちをつくることは避けるが、頭脳と肉体の特殊なケースを取りあげること」は、『叢書』の構想時において『赤と黒』の作者をゾラが強く意識していたことを示している。

しかし他方でゾラは、彼に対して物足りないものも感じていた。人間の中に頭脳しか見ず、環境を十分に考慮していない点である。『赤と黒』から有名な一場面、すなわち主人公ジュリアンがレナール夫人の手を握ることを自分の義務とする有名な挿話を取りあげて注釈を加えている。この場面で、レナール夫人の精神状態はあらゆる外界からの影響をこうむるに違いないのにその記述はない。環境なしに人間の生（せい）はないとする作家なら、この夫人の敗北の中に夜を、その芳香、その声およびそのもの憂い官能を導入するだろう。そうすればその絵図はより完備したものになるはずだ、と言うのである。ゾラにとって描写とは、「人間を決定し補完する環境の報告」にほかならない。環境の精密な研究、つまり作中人物の内的な状態に対応する外界の状態を確認するのでなければ、登場人物の肖像は不完全のそしりを免れ得ないのである。その結果、ゾラにとってスタンダールの登場人物は生身の人間ではなく、「完璧に組立てられた知性と情念の機械」となる。

後年、ロンドンに亡命中のゾラは、スタンダールを再読しもう一度彼についての研究を書こうとしていたが、この計画は果たされなかった。彼のスタンダールへの関心は生涯、変わることがなかったのである。

（佐藤正年）

バルザック、オノレ・ド ……（一七九九―一八五〇）

小説家。九三篇の小説から成る『人間喜劇』によって時代社会を描き尽くそうとした。彼が用いた人物再出法はゾラに範を提供した。

「現代におけるバベルの塔をうち立てることを夢みたこの男」は、ゾラがバルザックに当てはめた評言である。ゾラが初めてバルザックに言及するのは、一八六二年夏に書いた短編『泥棒たちとロバ』においてのことである。一八六四年には、E・デシャネルが行った『結婚の生理学』についての講演を聴き、それについての報告記事を書く。ゾラがバルザックに見出したのは二つの資質であった。第一に現実世界を深く掘り下げ、それを突き動かしている諸々の法則を見出した観察者、第二に一つの宇宙の創造者、である。その時からすでに、実証主義の支持者ゾラは、同時代の社会を全体的に捉えようとする試みに魅せられ、バルザックは金銭が現代生活の大きなバネであることを理解していたと讃えたテーヌの論考『新批評・歴史論』に導かれつつ、『人間喜劇』を丹念に読む。

一八六〇年代末にゾラは『叢書』の準備を始める。着想の出発点にあったのは『人間喜劇』であるが、新機軸を打ち出すために「バルザックと私の違い」と表題をつけたノートを取り、彼と自分の差異化を図る。

そのためにゾラは、自分が行ったこの小説群の読みと自分の抱懐している構想を対比させ、先輩が採りあげた主題や登場人物の練り直しとならないよう自らを戒める。以下の三つはその自戒である。一、バルザックの作品は時代社会の鏡であろうとして三千人もの人物を登場させているが、私の作品は環境によって変貌させられる一家族しか描かない。二、バルザックは王政、カトリック教などを作品の原理としているが、私はそれに代えて遺伝、生得性といった法則を置く。三、バルザックは政治家、哲学者、道徳家として人間にかかわる諸事について判断を下そうとするが、私は人間を突き動かす諸々の動機と内的メカニズムを示しつつ、一家族に起こる出来事を報告するにすぎない。

ゾラは自然主義理論の構築をする時にもしばしばバルザックを参照し、彼の内に透徹した現実感覚と無軌道な想像力の奇妙な混在を見て正の側面と負の側面に腑分けしている。前者は観察と分析の能力で、これは『従妹ベット』などに現れているし、後者は荒唐無稽なものを案出する能力で、ヴォートランなどの誇張された人物像に現れている、と。

バルザックはゾラにとって師であると同時にライバルでもあった。今日ラスパイユ大通りに立つロダンのバルザック像は、文芸家協会の会長になった時のゾラが尽力したものである。

（佐藤正年）

フロベール、ギュスターヴ ……（一八二一―八〇）

小説家、文体の彫琢に精魂を傾けた。レアリスムの出発点にあると目される『ボヴァリー夫人』（一八五七）は公序良俗違反と宗教侮辱の罪で告訴されたが、無罪判決を受ける。この事件が契機となって彼は名が知られるようになり、新しい文学を求める若い作家たちのモデルとなった。

ゾラは一八六九年に初期小説『マドレーヌ・フェラ』を彼に贈った。二人の交流はその時に始まる。七一年以降に二人の関係はさらに緊密になり、八〇年におけるフロベールの死に至るまで緩むことはなかった。ゾラはフロベールがパリに出てきたときには彼の「日曜会」に顔を出したし、フロベールがクロワッセに引き籠ってからも頻繁に彼を訪ねている。

　フロベールはゾラの掲げる文学思想を必ずしも支持したわけではない。けれども、ゾラの才能は高く評価していて、『ルーゴン＝マッカール叢書』の作者の独創性を最もよく理解していた一人だった。ゾラに送られた手紙はフロベールが彼の作品を注意深く熱心に読んでいたことを証している。一八七一年十二月一日付の手紙は、早くも第一巻『ルーゴン家の繁栄』の読後感を「あなたのひどく美しい本を読み終えたところです。そのためにまだ茫然としています。これは強烈です。とても強烈です」と語っている。そして一八八〇年二月十五日付の手紙は、夜十一時半まで一日中『ナナ』を読んでいたと熱中ぶりを打ち明けたうえで、自分が特に注目したページの番号を列挙してそれぞれに丹念な注釈を書き込み、ナナの肖像に神話性を見出して感想を締め括っている。

　ゾラの方は、二篇の長いフロベール論を書いた。一八七五年の「作家ギュスターヴ・フロベール」（『ゾラ・セレクション』第八巻所収）とフロベール没後の一八八〇年に書かれた「人間ギュスターヴ・フロベール」である。ゾラは前者を次のように書き出す。「『ボヴァリー夫人』が出版された時、文学には一大進化が起こった。バルザックの巨大な作品の中に散らばっていた現代小説の方式が、四百ページからなる一冊の本の中に凝縮され、明確に表明されたと思われた。新しい芸術の法典が書かれたのだった」。これに続けてゾラの紹介するフロベールの創作法、すなわち執筆にかかる前に行う綿密で徹底した資料収集と現地調査は、創作の準備作業としてゾラが自らにも課したそれである。

　フロベールは、ゾラが何ら留保をつけずに文学上の師と仰いだ小説家であった。　（佐藤正年）

ミュッセ、アルフレッド・ド　……（一八一〇―五七）
詩人、劇作家。みずみずしい想像力と鋭敏な感受性に恵まれたロマン派を代表する作家として出発したが、やがて大袈裟な感傷を嫌い、これに批判的な姿勢をとる。

「わが青春の最も貴重な思い出を私の内に目覚めさせてくれる最愛の詩人」、これは一八七七年五月、兄ポールが弟アルフレッドのために書いた伝記が出版されたのを機に、ゾラが寄稿した記事の出だしである。ゾラはこの記事で、批評家の公平無私の判断に従ってミュッセを論じることはできないと告白している。この詩人はそれほど強く彼の青春時代全体を支配していて、距離を置いて冷静に分析することなどできなかったのである。

ゾラはブルボン中等学校在学時の一八五六年（十六歳）頃に、友人が持ってきた本で彼の詩を読み始めたと言っている。若き日のゾラがまず熱中したのはユゴーの力強い修辞だったが、ミュッセを知ってたちまち「彼の天才的な腕白小僧さながらの勇ましさ」に魅せられた。ミュッセを世に出した長詩『スペインとイタリアの物語』を読んだゾラは、巧みな揶揄、深い人間性そして行間を貫く懐疑主義に感嘆したのだった。ゾラにとってのミュッセは、古典派のみならずロマン派にさえも挑戦状を突きつけた「純粋種の詩人」であった。彼を模範にしてゾラの詩作が始まる。しかし、おそらく彼の模倣の域を脱し切れていないという自覚があったのだろう、セザンヌ宛の手紙（一八六〇年六月二十五日付、『ゾラ・セレクション』第十一巻所収）の中に書いている。「僕はミュッセをまねているとたぶん言われるだろうが、その点についてはこう答えるつもりだ。この詩人は僕のお気に入りで毎日彼の作品の数ページを読んでいるので、それと意図せずに、彼の形式や彼の着想のいくつかを僕が取りあげているとしても驚くには当たらない、と」。

一八七七年十月、デュマ・ペールとガイヤルデの共作になる劇『ネールの塔』が再演され当たりを取った時、ゾラは批評記事を書きこれを厳しく批判した。ゾラが反証として挙げたのは、その一週間前に再演され観客から冷たくあしらわれたミュッセの劇『燭台』であった。ゾラはこれに讃辞を贈る。彼の目には、後者に登場する夫を欺き最後には献身と絶望に屈するブルジョワの妻は、前者に登場する不道徳なフランス王妃よりも見事な出来栄えを見せていて、この劇は心地よいみずみずしさを備えた情熱そのもののドラマに仕上がっている、と映る。ミュッセはそこでさまざまな心の奥底に触れていて、彼の作品には生の震えがある、とゾラは捉えたのである。

ゾラは自然主義の理論とつき合わせてミュッセを判断することはしていないが、この劇作家の内に自分の文学観と相通じる資質を見ていたと言えるだろう。

（佐藤正年）

ユゴー、ヴィクトル …………（一八〇二―一八五）

詩人、劇作家、小説家。ロマン主義の領袖として前半生をその運動に捧げ、ナポレオン三世に反抗してイギリス領の島に暮らしてからも数々の作品を書いた。

「私の知っている中で言葉とリズムの最も巨大な変革者」、これはゾラがユゴーに捧げた讃辞である。ゾラにとってユゴーの詩は、さながら古典派の鈍く不明確な調べのただ中で鳴り響くラッパのファンファーレのようなものであって、文学の解放と自由の世紀の到来を告げていた。若き日のゾラはユゴーを耽読し彼に深く傾倒したのだった。一八六〇年九月八日、ゾラは亡命中のユゴーに自分の作った詩を送り、添付した手紙（『ゾラ・セレクション』第十一巻所収）の中で自分をユゴーの「前でお辞儀をする夢想好きで熱狂的な一人の若者」と紹介した。返事はもらわなかったが、一八六〇年から六一年にかけてゾラが書いた手紙は、ユゴーの美学と哲学が彼にどれほど強い影響を及ぼしていたかを証している。

しかし、一八六五年から評価は変わる。『通りと森の歌』を論じた記事（六六年の『わが憎悪』に収録）において、ゾラはユゴーを「空想上の大地を創り出し（中略）奇妙に表現した」点で罪深いと論難するのである。

七〇年、ユゴーが亡命地から戻ってボルドー議会の代議士となってからは、ゾラは議会通信の記事で政治家としてのユゴーの活動には共感と称讃を表明するが、雄弁さについては効力が疑わしいとして留保を置く。この時からゾラはこの文学界の大御所への批判をやめない。ユゴーが代表するロマン派は過去のものとなり、バルザックがそれに取って代わるのである。七三年にユゴーのいくつもの正劇が再演された時には、ユゴーは相変わらず力強い詩人で文学上の偉人であるとしても、若い劇作家たちは彼にならわず、真実へ、現代生活へと向かってほしい、と希望を表明している。

『居酒屋』（一八七七）は民衆を侮辱する書としてユゴーの友人たち、それに彼らの言うところによればユゴーその人から厳しく批判された。そのこともあったのか、ゾラの舌鋒はいっそう鋭くなる。一八七九年、『ヨーロッパ通報』誌のために書いた記事「若者たちへの手紙」（『ゾラ・セレクション』第八巻所収）の第一章全体をユゴーに費やして、彼の二面性すなわち言語と思想の問題を論じる。その契機となったのは『リュイ・ブラス』の上演である。ゾラは言う。ユゴーによれば主人公は平民の象徴であるらしいが、実際には重罪裁判所のご厄介になるような卑劣漢であって、決して平民などではない。全体として見ればこの劇は醜悪な不倫の物語にすぎず、作者が自分の正劇をいくら叙情による空想の中に持ち込もうとしても、その下にある現実はおぞましい、と。ゾラにとって、作品は叙情詩としては見事な出来栄えを見せているが、音楽に他ならず、そこに人間記録、分析的な方法、明確な哲学大系を見ることはできなかったのである。（佐藤正年）

5　同時代の作家たち

アダン、ポール …………（一八六二—一九二〇）

一八八五年にブリュッセルで出版したアダンの処女作『柔らかい肉』は、愛人たちにもて遊ばれ、梅毒に蝕まれる娼婦の物語である。ポール・アレクシによって序文が書かれ、「自然主義小説」と副題がつけられた。不道徳な作品とみなされ、十五日間の懲役と千フランの罰金が課せられたが、懲役に関しては恩赦が与えられた。

二作目の自然主義的小説『おのれ自身』（一八八六）の後は象徴主義に転向し、象徴主義詩人ジャン・モレアスとの共作『グベール嬢たち』、『ミランダのところでお茶を』（一八八六）を著した。彼は自然主義の限界を超えようと試みており、一八九〇年九月三日のゾラへの手紙には、「あなたがバルザックの栄えある後継者だと言い張るわけではなかったが、それでも私は自分の良心のために単なる模倣の技巧から抜け出したかった」と書いている。多産な作家であったが、その作品のほとんどが今日では忘れられている。

一八八九年には第三共和政打倒を掲げるブーランジェ将軍支持者となり、モーリス・バレスの秘書となった。

（中村翠）

アレヴィ、リュドヴィック …（一八三四—一九〇八）

詩人レオン・アレヴィの息子で、オペラ『ユダヤの女』を作曲したジャック・アレヴィの甥。アンリ・メーヤックと組んで、オペラ・ブッフの台本を多く手がけ、特にオッフェンバックの『美しきエレーヌ』（一八六四）、『パリ生活』（一八六六）、『ジェロルシュタイン大公妃殿下』（一八六七）などで空前の成功を収めた。洒脱な笑いに鋭い風刺を包んだ台本と、軽快なリズムの楽曲は、第二帝政期のブルジョワ階級に熱狂的に受け入れられ、パリ中がカドリーユを踊った。ゾラも呼吸した軽佻浮薄な時代の空気、とくにヴァリエテ座やゲテ座、ミュージック・ホールの風俗は、『獲物の分け前』や『ナナ』に活写されている。第三共和政下でも人気は衰えず、ビゼーの『カルメン』(一八七四)で不動の成功を収めた。喜劇や小説も手がけ、その文学的功績によって一八八四年にアカデミー・フランセーズ会員となる。ゾラとは『居酒屋』の発表以来親交があり、アカデミー立候補のたびに奔走したが、運動は実らなかった。

(福田美雪)

ヴァレス、ジュール …………… (一八三二―八五)

教師の家庭に生まれるが、パリでの学業を放棄してメディアの世界に飛び込む。少年期から熱心な共和派で、第二帝政を憎悪していた。民衆の風俗や社会批判など多彩な記事を手がけ、一八六七年には『街路』紙を創刊するが、過激な論調ゆえにわずか七ヶ月で廃刊になった。パリ・コミューンの政権に入り、「血の一週間」では先陣を切って政府軍と闘った。バリケード陥落後はロンドンに亡命するが、本国で死刑判決を受ける。ゾラはアシェット社でヴァレスと知り合い、亡命に力を貸し、ロシアの文芸誌にも紹介した。八〇年にヴァレスがパリに帰還すると、メダンに招待したほか、『ジャック・ヴァントラース三部作』の第一巻『子供』(一八七九)、第二巻『学士さま』(一八八一)に好意的な批評を寄せている。八三年に社会主義思想の日刊紙『民衆の叫び』の編集長として活動を再開するが、まもなく病没した。長い間政治的なレッテルが貼られてきたヴァレスの作品だが、近年その瑞々しい感性と力強い文体が再評価されている。

(福田美雪)

クラデル、レオン …………… (一八三五―九二)

ゾラによると、「美辞麗句の鍛冶屋」。馬具屋の息子で、代訴人の見習い、ついでセーヌ県職員であった彼は、『ルヴュ・ファンテジスト』で中編小説を発表し始める。一八六二年にはボードレールによる序文つきで『滑稽な殉教者たち』が発表された。その後は『百姓たち』(一八六九)などの農民文学に転向したが、ゾラはこれらの作品を、あまりに文体が凝り過ぎると批判した。

筋金入りの共和主義者で、一八七五年にコミューンを擁護する『呪われし女』という中編を書いたため、一ヶ月の懲役を宣告された。ゾラは、一八九一年に文芸家協会会長に選出されると、扶養家族を持ちながら病に倒れたクラデルに、千フランのショシャール賞を受賞させた。クラデルの死後は、ゾラは文芸家協会から三百フランを葬儀費用として未亡人に進呈することを委員会に承認させた。さらにモントーバンの墓地にクラデルを讃えるモニュメントを作るための募金に、二百フランを同協会から出すことを提案している。

(中村翠)

シャンフルーリ、ジュール＝ユッソン(一八二一—八九)

写実主義の代弁者。一八四三年に田舎からパリに出てくる。『ラ・ボエーム』の原作『ボヘミアン生活の情景』を書いたことで有名なアンリ・ミュルジェールと共同生活をしており、ボヘミアンたちとの交流から、その世界を題材に作品を書いた(『犬っころ』一八四七、など)。

一八四四—五年、ルーヴルの改装にあわせて十八世紀の美術について、ゴンクール兄弟よりも早い時期に評論を書く機会に恵まれる。写実的な絵画への鑑識眼を深め、クールベやボンヴァンと交流を持ち、自身の書く小説も写実的なものになっていく。一八五七年には『写実主義(レアリスム)』という題で論文集を出し、それ以来写

レアリスム運動の中心人物の一人シャンフルーリ

実主義運動の理論家とみなされるようになる。一八六〇年以降写実主義からは遠ざかるが、一貫して理想主義的文学には反旗を翻した。

陶磁器や版画の蒐集家でもあり、一八七二年にはセーヴル美術館の学芸員に任命された。

初期のゾラは彼に自分の作品を送っていた。シャンフルーリは『テレーズ・ラカン』の第二版の序文等は称賛したが、『ナナ』等の中期以降の作品は評価しなかった。

（中村翠）

デプレ、ルイ …………………（一八六一―八五）

自然主義作家でゾラの称賛者。事故の後遺症による闘病生活にもかかわらず、リセでは素晴らしい学業を修めた。一八八一年には学友のアンリ・フェーヴルとパリで再会し、自然主義的な詩集『機関車』（一八八三）や小説『鐘楼のまわりで』（一八八四）を共同で執筆する。また一八八四年、デプレはゾラ、ゴンクール、ベック、リシュパン、モーパッサンについての批評集『自然主義の進展』を発表する。この取材のために一八八二年六月十四日にゾラに初めて会い、親交を結んだ。

一八八四年末、『鐘楼のまわりで』が公序良俗に反した罪に問われ、一ヶ月の懲役と千フランの罰金を宣告された。翌年二月にサント＝ペラジー監獄に拘置され、劣悪な環境に置かれたが、ゾラ、ドーデ、クレマンソーらの尽力によって待遇が改善された。翌月には拘置所を出るが、以前から患っていた結核が拘留中に悪化し、同年十二月六日に死去する。ゾラは同月九日『フィガロ』紙に、この若者を死に至らしめた人々に対する激しい怒りの記事を発表した。

（中村翠）

デュマ・フィス、アレクサンドル （一八二四―九五）

アレクサンドル・デュマとお針子の間に生まれた。小説『椿姫』（一八四八）で著名になり、一八五二年には同作を戯曲化して人気を博した。それからは『金の問題』（一八五七）、『私生児』（一八五八）など、演劇において成功を重ねた。さらに、『男＝女』（一八七二）、『離婚の問題』（一八八〇）など、時事問題についての冊子も発表した。一八七四年にはアカデミー・フランセーズに選出された。

ゾラは何度も容赦なく彼の作品を酷評している。虚構の登場人物や作者の言葉がうめ込まれた長々しい対話を批判し、時折真実の端くれを捉えるものの、辻褄があってさえいればよいという作家の論理により世界が歪曲されて描かれていると断じた（『ゾラ・セレクション』第八巻「演劇における自然主義」参照）。

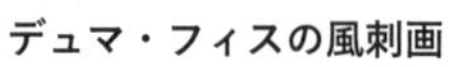

デュマ・フィスの風刺画

十年後、ゾラがアカデミー・フランセーズに立候補した時、当然敵対するだろうと予想されたデュマ・フィスが、最も熱心な支持者となった。一八九二年、デュマ・フィスはゾラに、「私の口添えがもはや望めなくなる時には、私の後任の席を期待できるということだ」と受けあっている。（中村翠）

デュランティ、エドモン ……………（一八三三―八〇）

デュランティはシャンフルーリの弟子で、代表的なレアリスム作家である。メリメの私生児という噂があったが、事実は異なる。ゾラと同じく勤め人から出発し、文学を志してジャーナリストに転身した。一八五六年に創刊した反ロマン主義の文芸雑誌『レアリスム』は、わずか六号で打ち切られたものの、大きな反響を呼んだ。一八六四年にアシェット社に勤めていたゾラと出会い、芸術観を共有して深い友情で結ばれた。美術批評家としてクールベやマネ、ドガと親交を結び、『新しい絵画』（一八七六）を発表するなど、その活動もゾラと重なる部分が多い。寡作な作家だが、長編『アンリエット・ジェラールの不幸』（一八六〇）、『美男ギヨーム事件』（一八六二）、短編『フランソワーズ・デュケノワの闘い』（一八六八）、『騎士ナヴォニ』（一八七二）などで正確な写実的描写を試みている。生前は成功を得られず、その早すぎる死にゾラは打ちのめされたが、貧困のうちに残された未亡人を遺言執行人として援助した。

（福田美雪）

デュランティ（E・ドガ画）

フランス、アナトール ………（一八四四—一九二四）

アカデミー・フランセーズ会長を務め、一九二一年にはノーベル文学賞を受賞したフランスの国民的作家。代表作に『シルヴェストル・ボナールの罪』（一八八一）、『舞姫タイス』（一八九〇）がある。『タン』、『両世界評論』などの主要紙にも文芸批評を寄稿している。ゾラへの評価は二転三転しており、『居酒屋』における民

晩年のアナトール・フランス

衆の力強い描写には賛辞を送ったが、『大地』については「人間の理想をここまで蹂躙した者はいない」と酷評し、ゾラを意気消沈させた。さらに、『夢』を「翼の生えたゾラよりも四つ足のゾラのほうがましだ」と評し、ジュール・ユレのアンケートでは、「心理派」の筆頭格として「自然主義の死」を断言した。しかしドレフュス事件に際して二人の作家は共闘し、ゾラの葬儀で弔辞を読んだアナトール・フランスは、「人類の良心を体現した」とその死を惜しんだ。また、「市民ゾラ」が果たした人道的功績を主張し、パンテオン移葬を後押しした。「エミール・ゾラ文学友の会」の初代会長でもある。

（福田美雪）

ブールジェ、ポール …………（一八五二―一九三五）

一八七六年にゾラと知り合った頃は自然主義文学を称賛しており、一八七九年まで続いた「ブフ・ナチュール」という自然主義の集まりの常連であった。しかし、一八八一―二年に『ヌーヴェル・ルヴュ』で連載され、一八八三年に単行本が出版された処女作『現代心理論集』以降、自然主義の運動からは離れていく。ゾラが『ゴーロワ』紙に寄せたブールジェについての定義によれば、「心理小説」の一人者であり、「個人の幸福と倫理の観点からみた内面生活の分析や情念の分析の一人者であるが、人類全体や文明の社会的基盤に対する影響は考慮していない」とある（「ポール・ブールジェ」、一八九二年十二月七日）。

『残酷な謎』（一八八五）、『弟子』（一八八九）などといったその後の彼の作品は、成功を博す。ゾラが落選した一八九四年のアカデミー・フランセーズ会員に選ばれたが、それ以降はゾラのアカデミー入りを支持した。ゾラのほうも、ブールジェが一八九六年に出版人ルメールを相手取っ

若き日のブールジェ

ておこした訴訟で、ブールジェを擁護した（『ゾラ・セレクション』第十巻「著者と出版人」参照）。文学観に関しては対極にありつつも、彼らはお互いに友情を保ち尊重し合った。（中村翠）

マラルメ、ステファヌ …………（一八四二―一八九八）

フランス象徴派の大詩人。一八八四年にユイスマンスとヴェルレーヌによってその名が文壇に紹介され、一気に流派の代表格となった。リセ・コンドルセで英語を教えながら、詩的言語の可能性を追究し、偶然性を排した完璧な詩の創造を目指した。未完の詩群『エロディアード』、『賽の一振り』（一八九七）など、難解な詩作品で知られる。象徴主義は自然主義と対立する流派とみなされるが、ゾラがマラルメの企図を十分に理解しなかったのに対し、マラルメは終生ゾラの文学性を高く評価していた。二人は一八七四年にマネを介して知り合い、メダンの「木曜会」やマラルメの「火曜会」を行き来する仲だった。ゾラから新作を献呈されるたびにマラルメは長い返礼を書き、群衆の躍動感、生命の喚起力、ナナの肉体描写などに賛辞を送っている。自然主義とはゾラの同義語であり、ゾラが創作をやめれば流派も終焉を迎えると考えていた。ドレフュス派でもあり、「私は告発する……！」を発表したゾラの勇敢さを称える電報も遺されている。（福田美雪）

マラルメ
（ナダールによる写真）

ミルボー、オクターヴ ………（一八四八―一九一七）

パリで法学を学んだのち、普仏戦争後にジャーナリストとしてデビュー、印象派の美術批評で知られる。ゾラには自然主義の次世代を担う作家として期待され、

『メダンの夕べ』に寄稿する予定だったが、一時期政治活動のために文筆を中断し、短編集への参加はかなわなかった。若き日には王党派だったが、次第にアナーキズムと平和主義に傾き、世紀末における戦争と宗教を糾弾した。思春期に受けたカトリックの教育への怨恨は、自伝的小説『セバスチャン・ロック』(一八九〇)に結実した。ほかに、『天空にて』(一八九二)、『責苦の庭』(一八九九)、『ある小間使いの日記』(一九〇〇)などの作品がある。ユレのアンケートには「心理派」の代表格として応じ、自然主義の消滅を予見しつつ、ゾラの文学的価値は不変だと断言している。ドレフュス事件に際してゾラとの絆はさらに強まり、一八九八年のインタビューでは、もっとも偉大な散文家は誰かと問われ、『私は告発する……!』を書いたエミール・ゾラ」と答えている。

(福田美雪)

ミルボー

ユレ、ジュール ……………(一八六三―一九一五)

『エヴェヌマン』紙、『エコー・ド・パリ』紙、『フィガロ』紙などで活躍したジャーナリスト。インタビューやルポルタージュに優れ、六四名の文学者へのインタビューをまとめた『文学の進化に関するアンケート』(一八九一)で知られる。ユレは作家たちを八つの流派に分類し、小説における「自然主義」対「心理派」、詩における「高踏派」対「象徴派」という世代間抗争を浮き彫りにしようとした。「自然主義者」には、ゾラ、ゴンクール、「メダンの夕べ」のメンバーが、「ネオ・レアリスト」には、ミルボーのほか「五人の宣言」の面々が、「象徴派」には、マラルメ、ヴェルレーヌ、モレアスらが名を連ねている。文学の未来をどう考えるかというユレの問いに対し、自然主義者たちはときに憮然としながら、文学の行き詰まりを暗に認めている。一方のサンボリストたちは、自然主義の終焉と象徴主義の勝利を意気軒高に語っている。作家たちの生の声は、世紀末の文壇の熱気を今に伝える貴重な資料なのである。
（福田美雪）

ル・ブロン、モーリス　………（一八七七―一九四四）

コレージュでサン゠ジョルジュ・ド・ブエリエと出会い、ともに自然回帰の志向を持つ「ナチュリスム」運動を創始する。一八九六年に評論集『ナチュリスムについて』を発表、翌年『ルヴュ・ナチュリスト』を創刊した。ゾラと同じくドレフュス派に連なり、「私は告発する……！」を掲載した『オロール』紙にも文芸批評を寄せた。尊敬するゾラとは一九〇〇年末に知り合い、死の直前には作家の執筆計画について対談している。一九〇八年にゾラの長女ドゥニーズと結婚、夫妻はゾラの文学的功績を後世に残すべく、一九二一年に「エミール・ゾラ文学友の会」を設立した。この会は、二〇二四年現在九十八号を数える雑誌『自然主義評論』、毎年十月第一日曜日に催される「メダンの巡礼」など、フランスにおけるゾラ研究の活動母体である。一九二七年には、草稿資料を含む全五〇巻に及ぶ初のゾラ全集を刊行した。ル・ブロン夫妻の尽力なくしては、二十世紀から現在に至る世界的な規模のゾラ研究の発展もまたなかったであろう。
（福田美雪）

ロニー、ジョゼフ゠アンリ　…（一八五六―一九四〇）

ロニーは、ブリュッセル出身のジョゼフ゠アンリ・ボーとジュスタン・ボーの兄弟が共同で使用した筆名で、ゾラと関係があるのは主にロニー兄である。兄弟合作の小説『ネル・ホーン』（一八八六）でパリの文壇にデビューし、エドモン・ド・ゴンクール、ドーデと親交を結んだ。一八八七年八月十八日の『フィガロ』紙に、ポール・ボヌタン、リュシアン・デカーヴ、ギュスターヴ・ギッシュ、ポール・マルグリットと共に、ゾラの『大地』に抗議する「五人の宣言」を掲載して反響を呼んだが、ロニー自身は後にこれを「馬鹿げた行為」と振り返った。ジュール・ユレのアンケートでは「プチ・ナチュラリスト」に分類されているが、のちに学生時代の知識を活かし、『火の戦争』（一九〇九、邦題『人類創世』）など、先史時代から近未来までを題材にした空想科学小説を多く残した。ジュール・ヴェルヌに続くSFの先駆者として、近年再評価されている。アカデミー・ゴンクール創立当初からの中核メンバーで、第四代会長も務めた。

（福田美雪）

6　思想家と科学者

ショーペンハウアー、アルトゥル……………（一七八八―一八六〇）

突出した科学主義は、同時代の、とくに若者たちの精神的危機を招いた。その病は悲観論やニヒリズムというかたちで表出し、自然主義文学にもその反映がみられた。ショーペンハウアーの厭世哲学と自然主義文学者の関係については、ルネ・コランの著書（一九九二）が詳しい。これによると、ショーペンハウアーのブールドー（一八四八―一九二八）訳による『箴言集』（一八八〇）出版を契機として、思想的波紋がパリの文壇や画壇に急速に広がる。しかしドイツ人哲学者の深淵な思想は、多くのフランス人読者においてはその悲愴的側面しか受け継がれなかった。まず理由の一つとして、科学信仰の崩壊が招いた絶望感があげられる。ゾラが自己の姿も投影し、草稿の中で「厭世主義者、歩み始めたばかりの科学に病む者（un pessimiste, un malade de nos sciences commençantes）」と定義する『生きる歓び』の登場人物ラザールには、時代の精神的危機が如実に表れている。

この『生きる歓び』の草案にはショーペンハウアー思想が断片的に書きとめられているが、そこに『実験小説論』でベルナールの実験医学を礼賛したゾラが「生体解剖反対」と記しているのは興味深い。ゾラがこの文言を具体的にどの著作から抜粋したのかは記録にはないが、ショーペンハウアーの生体解剖批判が認められる文献としては『意志と表象としての世界』（一八一九）第四巻第六六節や、特に「宗教について」（『哲学小品集』一八五一）の一節が考えられる。ここでショーペンハウアーは医学生時代を回顧しながら、「科学の祭壇上の残忍な生贄」である生体解剖を熟慮せずに行う多くの「やぶ医者」を糾弾する。彼によれば、それらの医師たちは自分の「拷問部屋」に閉じこもり、その「怠惰や無知ゆえに、書物を読めば分かるようなことを調べもせずに実に簡単に生体解剖に頼る」のである。哲学者のこの一節はフランスの心理学者テオデュール・リボ（一八三九—一九一六）の著書（『ショーペンハウアー哲学』一八七四）でも引用されており、ゾラがそこからアイデアを得た可能性は高い。ちなみに『生きる歓び』の医師カズノーヴは、「病人の枕元でとる思慮深い態度で」病に喘ぐ犬マチューを手厚く診察している。

（林田愛）

ダーウィン、チャールズ　…………（一八〇九—八二）

イギリスの博物学者。イギリスの測量船ビーグル号に乗船し、南半球の地質や動植物を観察して、自然淘汰（自然選択）に基づく生物進化論を実証的に説いたことでよく知られる。彼の主張は主著『自然選択による種の起源』（一八五九、仏語版一八六二、通称『種の起源』）に著されている。彼の主張を図式的に単純化すると、

①生物がもつ変異したある形象は、②生存闘争のなかでその形象を具える生物が選択されると、③遺伝を介してその生物の子孫に受け継がれるということである。しかし『種の起源』では人間に関する記述は省かれているのだが、人間が下等動物から進化してきたという当時衝撃的だった主張は、後の『人間の由来と性選択』（一八七一、仏語版一八七二、通称『人間の由来』）で詳述された。人間も生物の一種である限り、この主張も当然の論理的帰結であった。ところでこの『人間の由来』では、人間の進化以上に、書名にも掲げられた性選択について多くの紙幅が割かれている。性選択とは、遺伝にかかわる最も重要なモメントである発情期に主に雌争奪をめぐって雄同士が争い、自然選択と同じ図式で、勝った雄の性的形象が子孫に受け継がれるということである。

ゾラの作品に徴してみると、『ジェルミナール』では社会ダーウィニズム的理解（「進化論」を参照）、『パスカル博士』ではダーウィンの遺伝理論に関してパンゲネシス仮説とそれを担うジェンミュールという遺伝因子への言及がある。さらに『ジェルミナール』でカトリーヌをめぐってエチエンヌとシャヴァルが死闘を繰り広げる場面や、『獣人』のジャックが大昔は強い雄が弱いライバルを倒して雌を獲たという弱肉強食の論理を展開する場面は、ダーウィンへの言及はなくとも彼の「性選択」の主張を彷彿とさせる。（寺田光徳）

デシャネル、エミール ………（一八一九—一九〇四）

作家、政治家。高等師範学校出身。ルイ＝ナポレオン・ボナパルトのクーデタ後、一八五一年に国外追放されたが、一八五九年にフランスに戻る。自由思想家、実証主義者であり、当時気鋭の雑誌『ルヴュ・ジェルマニック』に精力的な寄稿を行っていた。この雑誌では、一八六三年五月一日から十月一日まで、一連の論考を発表し、これは翌年アシェット社から単行本として『作家と芸術家の生理学』というタイトルで出版され、ゾラも読者として深い共感を示している。デシャネルはゾラと同様プロスペル・リュカ（一八〇八―八五）の著作『神経系統の諸状態における自然遺伝の哲学的生理学的論考』（一八四七―五〇）にも強く影響を受けており、「気質」や「遺伝」、「種」、「環境」などの概念を用いながら、ある作家や芸術作品が出現するための必然性についての決定論的解釈を行った。デシャネルとの出会いは、ゾラの『ルーゴン＝マッカール叢書』に指針を与えたとされる。（林田愛）

テーヌ、イポリット ……………（一八二三―九三）

批評家、文芸評論家、自由思想家、実証哲学者。フランスではじめて近代的文芸批評を確立し、ゾラの文学理論にも大きな影響を与えた。テーヌはルイ・アシェット（一八〇〇―六四）と同じ高等師範学校出身者としてのよしみで一八五四年以来アシェット社への寄稿を続けていたが、ゾラとの出会いもここであった。出版社の機関紙である『書籍商・図書愛好家会報』や『公教育評論』のために旺盛な執筆を続け、後の『英国文学史』（一八六三）や『批評・歴史論』の源となっている。歴史や社会だけではなく人間心理も「科学的に」分析せねばならないとする厳密な解釈法にゾラは深い感銘を受け、一八六六年、一八七六年から一八八〇年にかけてテーヌについての論評を行っている。「人種・環境・時代」の三要素はゾラの小説における「遺伝・環境」の礎となった。

テーヌ（L・ボナ画）

〔前略〕生理学と心理学、歴史と哲学から成る新しい科学は、テーヌのなかで十全に開花している。彼はこの時代において、われわれの探究心や分析欲、あらゆる物事を純粋な数学のメカニズムに還元させようとする欲望の、最も崇高な現れなのである。

（『わが憎悪』一八六六）

（林田愛）

トゥールーズ、エドゥアール（一八六五―一九四七）

ゾラが親しんだ精神科医。ゾラは現代の医学用語で言う強迫神経症をはじめ様々な恐怖症に苦しみ、それは物語の登場人物（例『生きる歓び』のラザール）にも反映されている。一八九五年、当時サン＝タンヌ精神病院の医師であり、パリ大学医学部臨床精神医学科の医局長であったトゥールーズは、知的能力の高さと神経病の関係性について犯罪人類学者などの協力を仰ぎ、ゴンクール兄弟やドーデ、マラルメなどの作家やロダンなど芸術家を被験者とした大々的な調査を行った。ゾラもまた被験者の一人となり、一年ほどの間行われた週に数回のセッションでは、医師の気さくな人柄や高い知性に好感を抱き、天才と狂気を短絡的に結びつけるチェーザレ・ロンブローゾ（一八三五―一九〇九）とは違い、トゥールーズの方法論は科学的厳密さにおいて一線を画していると強調した（『ジュルナル』、一八九六年十一月二十四日）。指紋の摂取から赤裸々な告白まで、ゾラが努力を惜しまずすべてをさらけ出した調査結果は、『エミール・ゾラ――知的能力の高さについての医学・心理学的調査』にまとめられている。以下はこの著作からの抜粋である。

しかしながら、ゾラ氏が神経症であることは否定できない。〔…〕彼の精神障害は遺伝によるものだろうか。もしくは後天的なものか。おそらく、まず遺伝的なものが土壌にあり、一定の知的労働が少しずつ神経組織の繊細な健全さを損なうのだと推測する。しかしこの神経症的状態が、ゾラ氏の恵まれた才能の発揮にどうしても欠かすことのできぬものとは思えない。それこそむしろ厄介な結果を招いているのであり、必要な条件とは全く見なし得ないであろう。

（『エミール・ゾラ――知的能力の高さにつ

いての医学・心理学的調査』一八九六）

（林田愛）

ベルナール、クロード ……………（一八一三―七八）

ゾラはクロード・ベルナールの『実験医学序説』（一八六五）を下敷きにして『実験小説論』（一八七九）を上梓した。『実験医学序説』（第二章第三節「生体解剖について」）からの引用がみられるが、「動物の叫び声」にも「流れる血」にもひるむことのない科学者の「冷酷さ」に、ゾラは創作上の熱意と感傷主義に惑わされぬ「科学的作家」としての矜持を高められたのである（「ベルナールと生体解剖」については、本書第Ⅱ部「実験医学」を参照されたい）。そして『ルーゴン＝マッカール叢書』の掉尾を飾る『パスカル博士』発案時の一八九〇年、ゾラはベルナールの破綻した結婚生活に同情の念を寄せながら、作品が「ベルナールのモノグラフになるだろう」と語る。ところが執筆中の一八九三年二月二十二日付書簡では、作者自身が作品にベルナールの影がほとんど認められないことを示唆しているのである。実際にゾラは『パスカル博士』の準備ノートにジョゼフ＝エルネスト・ルナン（一八二三―九二）の科学思想をまとめており、パスカル博士の姿にその反映を見る批評家もいるが、ベルナールとの違いについてはこれまで等閑視されてきた。

一八四七年にコレージュ・ド・フランスでフランソワ・マジャンディ（一七八三―一八五五）の助手として就任したベルナールは、動物実験に固執し、弟子たちに対して生体解剖を〈進歩〉の象徴にした。ベルナールは、『実験医学序説』のなかで「人間は動物の生体解剖を行う絶対的権利がある」と断言するが、ベルナールの「実験ノート」によれば、動物実験では二度続けて同じ結果は出ず、そのたびに実験を重ねて混乱を招いたとされる。ベルナールの元同僚のホガン博士は実験の残酷さに耐えられず母国イギリスに戻り、その告発によって動物実験反対同盟が創設され、後に「一八七六年動物虐待防止法」として知られる立法措置の礎となった。一方、夫が娘たちの飼っている犬まで生体解剖に供し、苦しむ動物を寝室にまで入れることに耐えられず家を出ていたベルナール未亡人は、フランスの動物実験反対連盟を発足させ、ヴィクトル・ユゴーが初代会長に就任している（ハンス・リューシュ『罪なきものの虐殺』荒木敏彦・戸田清訳、新泉社、一九九一）。

このような時代背景を鑑みた時、パスカル博士を通じて長い人間中心主義の歴史の中で虐げられてきた動物たちの尊さを語り、人間と動物という種の違いを超えた〈生命〉へ慈愛を持つことの必要性を説いたゾラの思いは読者の心を打つ。

（林田愛）

ミシュレ、ジュール …………（一七九八—一八七四）

批評家が「愛の医学的研究」と評すミシュレの『愛』（一八五八）と『女性』（一八五九）について、ゾラは深い共感を示した。両作品にみられる女性の身体や性への深いまなざし、とくに青年が女性に対して忘れてはならない道徳観と愛情は十九世紀当時の女性蔑視の思想に真っ向から対立した。女性はキリスト教的価値観が定めるような「不浄な」ものではなく、健全な婚姻関係のなかで慈しみ癒さねばならない存在なのだ。ミシュレは『司祭、女性、家庭について』（一八四五）で、カトリック教会の司祭が一家の主婦の心を夫や子供たちから引き離し、家庭の幸福に影響を及ぼすことに警告を発したが、ゾラも小説の中で同じ懸念を示した。

また、反教権主義で知られるミシュレは、教条主義的なキリスト教に懐疑を抱き、『鳥』（一八五六）、『虫』（一八五七）、『海』（一八六一）、『山』（一八六八）などの博物誌四部作や『人類の聖書』（一八六四）、そして『民衆』（一八四六）において、動物を含む自然の復権を訴えた。次の引用にみられるミシュレの人間中心主義への批判は、ゾラの『ムーレ神父のあやまち』や『パスカル博士』においても認められる。

公会議は動物に対し教会を閉じた。哲学者は驕りや冷淡さゆえに神学者たちを継承し、動物には魂がないと決定したのだ。動物がこの世で苦しんでいても、それがどうしたと言うのだ？　動物は優位な生のなかに何の償いも期待してはならないのだ……それゆえ、いかなる神も動物のためには存在しない。人間の優しい父は人間でないものには残忍な君主となるだろう！……おもちゃを、ただし感情のあるおもちゃをつくること、機械を、ただし苦しむ機械をつくること。悪に耐える能力においてのみ、優位の被造物に似ている自動機械を作ること……！　無垢で痛ましい多くの生命にこのような審判を下した人間よ、このような不敬虔な考えをもつことのできた冷酷な人間よ、お前たちにとって大地はなんと重々しいものであろうか！

（『民衆』一八四七）

（林田愛）

ミシュレ

（トマ・クチュール画、1865年）

リトレ、エミール　……………（一八〇一—八一）

実証主義哲学者、文献学者、言語学者。『フランス語辞典』編纂者。議員として政治にも携わる一方で、『ヒポクラテス全集』の翻訳をはじめ多くの医学文献や哲学書を著した。オーギュスト・コント（一七九八—一八五七）の実証主義に従った厳密な分析方法を研究の礎としたリトレは、ジュール・ミシュレやエルネスト・ルナンのように、根気強い事実確認の積み重ねと正確な物事の分析能力による〈真実追究〉を行った。実証主義を社の根本思想として掲げるアシェット社はリトレの『フランス語辞典』の版元となる栄誉に浴している。ゾラはアシェット勤務時代にこの辞典の連続配本に携わり（一八七二年に終了する全三〇冊のうちの、最初の七冊は一八六三年に出ている）、リトレとも面識を持った。以下は、ゾラが評論『エヴェヌマン』（一八八六年十月十八日）のなかで『フランス語辞典』について寄せた讃辞である。

リトレ氏の辞典は私の知るどの辞典とも全く共通点がない。〔中略〕私は、作品全体を覆っているように思われるこの科学的特質に依拠せねばならないと思う。というのも、私にとって、この科学的特質というものが、リトレ氏の辞典を、他のどの分野に広く渡ろうが似たような出版物すべてと意を異にさせているからである。面白く完璧なフランス語の辞典は数多あれど、今日リトレ氏が出したようなものは、厳密な、いわば数学的な方法によって構成された最初の辞典である。

（『エヴェヌマン』一八八六年十月十八日）

（林田愛）

リトレ

リュカ、プロスペル ……………（一八〇五―八五）

フランスの医学博士。彼の遺伝理論はメンデルなどの近代的遺伝理論が普及する前の十九世紀後半のフランスではもっとも支配的で、ゾラもまた彼の著書に関して五八葉のレジュメを残していることからも示されるように、『ルーゴン＝マッカール叢書』を書く際には何にもましてそれを参考にしたことはよく知られている。リュカの著書『自然遺伝概論』（全二巻、一八四七―五〇年）からゾラが摂取した内容（詳細は本書第Ⅱ部「遺伝」、第Ⅲ部「遺伝理論」を参照）のほかに、リュカの遺伝理論の特徴は、著者が医者で病気を研究対象としてきたことから、遺伝は何よりも家族病と想定された疾患を通して現出するということ、その遺伝病というのは神経組織に依存する病気だ――ただしその範囲は広く、神経病からアルコール中毒、結核、精神病から、狂信的信仰、殺人衝動、性的倒錯などまで含まれる（本書第Ⅱ部「神経症」参照）――という点である。

リュカの遺伝理論に基づいてゾラは、壊滅的退化を示す自らの家系を通して遺伝研究をするパスカル博士に「すべてを知り、すべてを癒すためには、すべてを言わなければならない」と言わせている。このような遺伝の残酷な症例を前にして当然パスカルならずともペシミスティックにならざるをえないだろうが、しかし死の直前まで遺伝研究と格闘する彼や彼の子を産んだ姪のクロチルドはオプティミストな態度を失わない。それは四―五世代の家族病を通して確立されたリュカの不吉な遺伝理論の対極に、人類誕生ひいては生物誕生から連綿と続く生物の進化を綴るダーウィンの進化論があり、作者ゾラがそれを背景にした生命の不滅の歴史を何よりも信頼しているからであろう（『パスカル博士』）。ゾラのリュカ理解にはカウンターパートとしてダーウィンが存在することを忘れてはならない。

（寺田光德）

7 芸術家

ヴァーグナー、リヒアルト……（一八一三―八三）

ドイツの作曲家。『ニーベルングの指輪』などの楽劇で知られる。一八六一年の『タンホイザー』パリ公演では、バレエの挿入に関してパリ・オペラ座の慣習を無視したため、歴史的な「不成功」に終わった。

ゾラは一八六四年頃、友人のセザンヌらと、マルセイユにやってきた若いドイツ人音楽家モルシュタットからヴァーグナーを教えられて以来、その賛美者であった。パリではコンセール・パドルーで開催され騒ぎを引き起こした演奏会のいくつかを体験した。デュレは一八六九年の手紙でゾラを「巨匠の熱烈な弟子」と呼んだ。ゾラは『制作』の画家ガニエールにヴァーグナーへの熱狂を付与している。後年、音楽家アルフレッド・ブリュノと親しくなりオペラの台本を執筆する際には、ヴァーグナーの影響を受けた。一八九三年には、オペラ座で『ワルキューレ』のリハーサルに立ち会っている。しかし、ヴァーグナーが象徴派の人々に持てはやされていることが不満で、一八九六年にはヴァーグナーが処女性や禁欲を称揚しているのを嘆く一文を書いている。（吉田典子）

オッフェンバック、ジャック……（一八一九―八〇）
オペレッタの原型を作った作曲家。ケルン生まれのユダヤ系ドイツ人で、一八三三年にパリへ出る（後にフランスに帰化）。第二帝政期にその人気は一段と高まり、一八五五年、初めて自分の劇場を持ち、『地獄のオルフェ』『美しきエレーヌ』などの作品を次々と上演した。
ゾラの『ナナ』において、ヒロインがヴァリエテ座で主役デビューをする『金髪のヴィーナス』は、オッフェンバックのオペレッタに想を得ている。ゾラに

オッフェンバック

とってオペレッタは、第二帝政期の腐敗した社会の象徴であった。「私はオッフェンバック氏の甲高い音楽を聴くやいなや、喚き立てる。〔…〕愚かしい笑劇がこれほどの破廉恥さで繰り広げられたことはかつてなかった。昔は客寄せ芝居は縁日で許容され、風邪を引いたクラリネットとのろまな大太鼓の音を鳴らしていた。しかし、それが本物の劇場で上演されるようなことはなかったし、立派な作品であるかのような様相をまとうこともなかったし、腰の一振りで強調される猥褻さに恍惚となって拍手喝采する公衆もいなかった」。

（吉田典子）

クールベ、ギュスターヴ ………… （一八一九―七七）

フランスとスイスの境をなすジュラ山脈の地方都市であるオルナンに生まれた。《オルナンの埋葬》（一八四九）のように卑近な現実や一般の大衆を大画面構成で表現し、レアリスム絵画の画家として名を知らしめた。当時のアカデミズム絵画とは対立し、それと同時に、シャルル・ボードレール、シャンフルーリ、ジュール＝アントワーヌ・カスタニャリの擁護を得る。一八五五年、万国博覧会がパリで開催された折に、サロンで落選した自分の作品を万国博覧会の近くで展示し、いわゆる個展としては初の試みを行い、のちの印象派などの若い画家たちに先鞭をつけた。また、この個展の目録に付した文章がのちに「レアリスム宣言」とみなされるようになった。

ゾラは一八六五年八月三十一日付『サリュ・ピュブリック』紙に「プルードンとクールベ」と題する記事を寄せ（のちに『わが憎悪』一八六六、に収録）、その中でクールベを賛美し、「私にとってクールベとは単に一個の人格だ」として、その強い個性を称賛した。このような筆の運びには、独創的で強烈な気質を持つ芸術家を評価するゾラの美学をみることができる。一方で一八六六年の「わがサロン」では、クールベを巨匠と認めつつも、その年のサロンで人気の高かった《女と鸚鵡》の成功に、愛想よいクールベの作品を「失墜」

として落胆を隠さない。しかしながら全般的にはアカデミズムへの反逆者として、レアリスムの首謀者として、クールベをゾラは常に評価しており、たとえば一八六八年のサロン評でも、クールベを「秀作数点」の記事の中で取りあげている。このサロン評ではクールベの絵にマネのような若い画家たちの影響をゾラは見てとるが、興味深いことにクールベはクールベ自身のスタイルを固持する方がよいとゾラは書いている。また、ゾラ自身の小説作品においても、芸術家たちの世界を描いた小説『制作』（一八八六）では、ボングランという巨匠の姿にクールベの在りし日の姿を重ね合わせている。過去に大作を描いて高い評価を得てもなお、制作に苦しむ姿がボングランを通して描かれている。

クールベ自身は、パリ・コミューンの時に、ヴァンドーム広場にあった記念柱破壊の責任を問われて禁固刑と罰金の有罪判決を受けた。のちにスイスに亡命して不遇のうちに客死した。

（寺田寅彦）

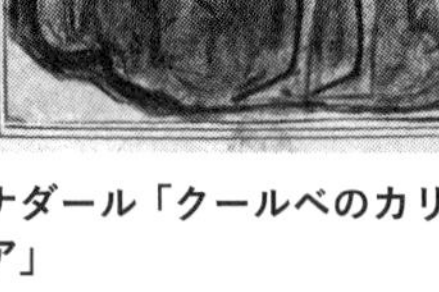

ナダール「クールベのカリカチュア」

ジュルダン、フランツ………（一八四七―一九三五）

ベルギー出身の建築家、美術批評家、作家。国立美術学校で学び、テーヌ、ラブルースト、ヴィオレ＝ル＝デュックに傾倒。建築家としての代表作は、一九〇四年から三二年にかけて数度にわたり新築や改築を行っ

ジュルダン

たサマリテーヌ百貨店。鉄骨と大きなガラスの使用、エナメルをかけたセラミックによる美しいアール・ヌーヴォー装飾が特徴。一方、一八七〇年代から美術や建築に関するたくさんの記事を書き、一八八六年以降は小説も書いた。ゾラとの出会いは、一八七九年初めの記事で『居酒屋』を擁護し、一八八〇年三月に最初のゾラ宛書簡で、熱烈な賛辞を送ったことに始まる。ゾラは『ボヌール・デ・ダム百貨店』の執筆に際して、ジュルダンにデパートの建築プランを依頼。これは実際にジュルダンがデパート建築を行う前のことであり、彼はゾラに「ずっと以前から考えていた夢を描くという本当の喜び」を語っている。『夢』のユベール夫妻の家のプランも作った。二人の交友はゾラの死まで続く。モンマルトル墓地のゾラの墓はジュルダンの作である。

（吉田典子）

セザンヌ、ポール …………（一八三九―一九〇六）

南フランスのエクス＝アン＝プロヴァンスに生まれた。一八四八年、父のルイ＝オーギュストはエクスにセザンヌ・エ・カバソル銀行を設立して富を築いたことから、息子のポールは金銭的に苦労のない生活を送った。十三歳の時（一八五二年）に学校で出会った一歳年下のゾラと親友になる。この頃、同じブルボン中等学校で学んでいたジャン＝バティスタン・バイとも親しくなり、三人はかたい友情で結ばれる。一八五八年、セザンヌはバカロレアに合格して父が望むままにエクスの大学で法学を学んでいたが、高校時代から素描の勉強をしており、画家になることを希望するようになる。ちょうど一八五八年からゾラはパリに出ていて、セザンヌと交わす手紙の中でパリに出てきて画家の道を歩むように勧めている。

セザンヌは一八六一年に大学を中退してパリに来て、画塾のアカデミー・シュイスで絵の勉強を続けた。ピサロやモネ、ルノワールらとの交流を持ち、ゾラも一八六六年に美術批評『わがサロン』の中で「わが友ポール・セザンヌへ」と題する記事を書いて友情の証を示した。セザンヌもゾラとされる肖像画を一八六二年ごろに制作しているほか、ゾラとポール・アレクシを描いた作品を一八六九年ごろに二点描いている。ゾラが作家として成功しつつあった日にも二人の親交は深く、

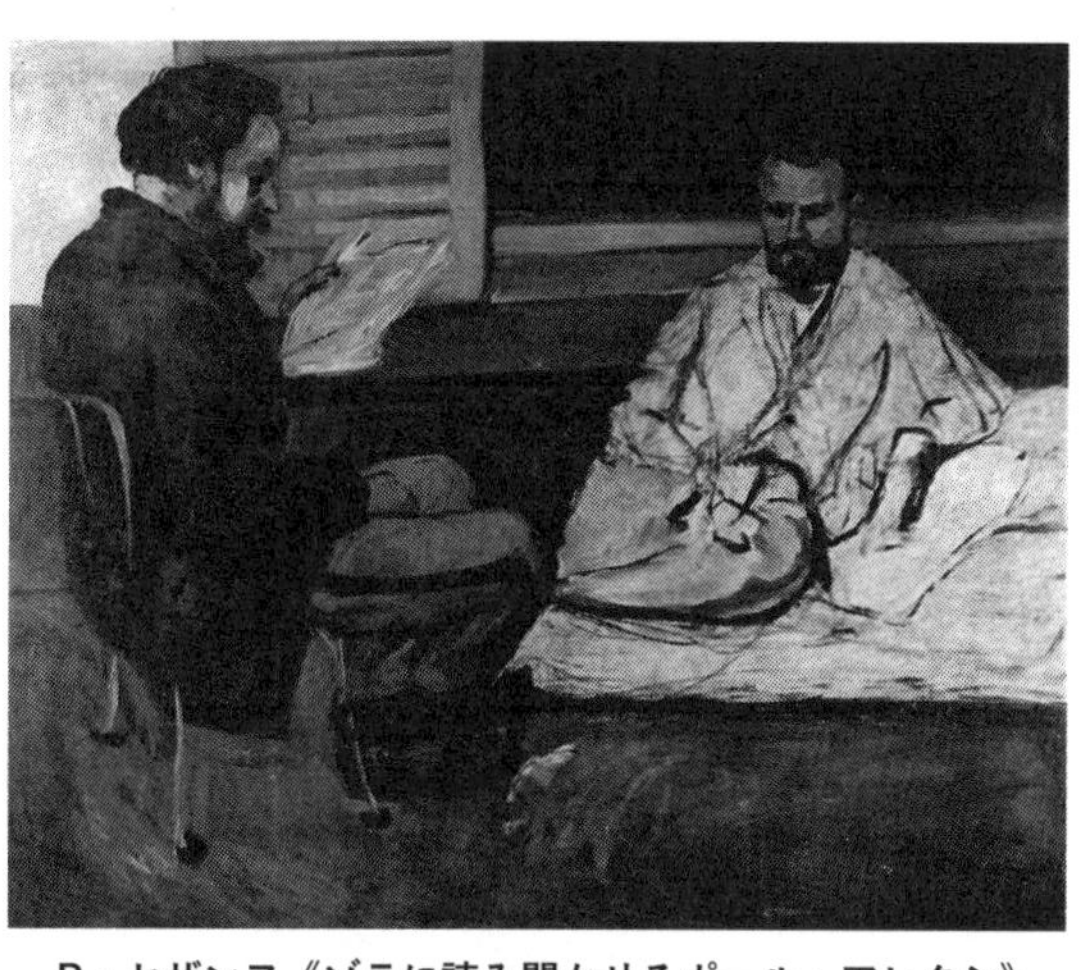

P・セザンヌ《ゾラに読み聞かせるポール・アレクシ》1869～70年頃

行き来も頻繁であった。

しかし、一八八六年のゾラの小説『制作』の出版後、一八八六年四月四日付のセザンヌの手紙を最後に二人の間で交わされた手紙が見つからなかったことから、『制作』の主人公クロード・ランティエの不遇な姿に、セザンヌが世に認められない自分の姿を見出して、交友は絶たれてしまったと長く考えられてきた。ところが二〇一三年に競売にかけられたセザンヌの手紙がその通説を覆した。この手紙は一八八七年十一月二十八日付で、ゾラが出版したばかりの小説『大地』を送ってよこしたことにセザンヌが礼を述べたものである。とりわけ追伸として書かれた「君が戻ってきたら握手をしに行くよ」という一文は、『制作』出版のあとにも二人の親交が続いていたことを理解させる。画商アンブロワーズ・ヴォラールによれば、一九〇二年にゾラの訃報をエクスで受けたセザンヌは慟哭したと伝えられている。

（寺田寅彦）

バジール、フレデリック ……………（一八四一―七〇）

南フランスのモンペリエの裕福な家庭に生まれ、医学を学びつつも、絵画に興味を持つ。一八六二年に医学の勉強を続ける目的でパリに来るが、ほどなくシャルル・グレールのアトリエに入り、本格的に絵画を志す。モネやルノワールらと出会い、カフェ・ゲルボワに集うマネを中心とした若手画家たちと親交を結ぶ。《家族の集い》（一八六七、一八六八年のサロン展に展示）は代表作。《バジールのアトリエ》（一八七〇）には当時ルノワールと共有していたアトリエが描かれ、交友関係の深さをみてとれる。中央にはパレットを手にしたバジール自身が描かれている。マネはバジールの隣で絵を見ているところで、右側のピアノを弾く人物はバジールの友人の文筆家・音楽家エドモン・メートルである。アトリエ内の階段を上がる人物はゾラともいわれる。金銭的に余裕のあったバジールは絵を購入することで時に友人たちを助けた。志願兵として普仏戦争に出兵し戦死。

（寺田寅彦）

ビュスナック、ウィリアム …（一八三二―一九〇七）

パリに生まれたビュスナックは、株式仲買人として働いたのち、ジャーナリズムを経て、一八六七年にアテネ座を創設して演劇で活躍するようになった。その一方で戯曲やオペレッタ作品を単独で、あるいは共同で執筆していたが、一八七六年にカチュール・マンデスの仲介で『居酒屋』を新聞連載していたゾラと知己を得た。ビュスナックはオクターヴ・ガスティノとの共作で『居酒屋』の戯曲を書いたことになっているが、この戯曲執筆にはゾラが大いに参加していた。一八七七年八月十九日のゾラからビュスナックに宛てた手紙には、『居酒屋』舞台化の指示が第一場から第十二場まで細かく分けて書かれている。戯曲『居酒屋』が一八八一年に出版された際にその序文でゾラは自身の参加を明らかに否定しているが、フロベールに宛てた手紙（一八七七年十月十二日付）では自身の関与を告白している。

ゾラは、「演劇における自然主義」(一八七九年一月に『ヨーロッパ通報』誌に掲載)で、「わが国の演劇は自然主義になるか、さもなければ死滅するだろう」としながらも、その実践の困難を認めてもいる。実際にゾラの名で書かれて上演された戯曲には『マドレーヌ』(一八六五、初演は一八八九年)、『テレーズ・ラカン』(一八七三)、『ラブルダン家の相続者たち』(一八七四)、『薔薇のつぼみ』(一八七八)、『ルネ』(一八八七)があるが、いずれも興行的成功は収めなかった。一方で、ビュスナックに託した戯曲『居酒屋』は一八七九年一月十八日にアンビギュ座で初上演されて大評判をとり、その年に二五四回上演された。

ナダール「ウィリアム・ビュスナックのポートレート」

ビュスナックとゾラとの協力関係はその後の戯曲作品でも引き継がれることになる。たとえば『居酒屋』舞台化の後は、二人で『居酒屋』のパロディを作ることが計画されている。これは企画倒れに終わるものの、この後の戯曲『ナナ』(一八八一)、戯曲『ごった煮』(一八八三)、戯曲『パリの胃袋』(一八八七)、戯曲『ジェルミナール』(一八八八)、そして企画だけで実現はしなかった戯曲『獣人』の計画までゾラの関与は変わらなかった。最後の共同作品となった戯曲『ジェルミナール』では、ゾラの数多くの草稿メモが残されている。しかし、この一八八八年以降はビュスナックとゾラの関係は次第に疎遠になった。

(寺田寅彦)

ファンタン゠ラトゥール、アンリ(一八三六―一九〇四)

フランス南東部グルノーブル生まれ。父テオドールも画家で絵の手ほどきを得る。当時はプティット゠エコールと呼ばれた装飾芸術学校でデッサンを学んだのちに、美術学校に入学して画家を目指した。やがてエドゥアール・マネらと親交を深め、若い画家たちの集うカフェ・ゲルボワに通いゾラとの知己を得た。ファンタン＝ラトゥールは芸術家や文筆家たちの集団肖像画を制作しており、そのうちの一つの《バティニョールのアトリエ》（一八七〇）では、中央に筆を手にするマネ、モデルを務めるザカリ・アストリュック、そして周囲にマネの友人たち（ゾラ、オーギュスト・ルノワール、フレデリック・バジール、クロード・モネ、等々）が描かれている。

H・ファンタン＝ラトゥール《バティニョールのアトリエ》1870年

　ファンタン＝ラトゥールは音楽に着想を得た幻想画やリトグラフも数多く制作しており、ゾラが書いた小説『制作』（一八八六）では、登場人物の一人で音楽好きの画家ガニエールのモデルとなっている。

（寺田寅彦）

ブリュノ、アルフレッド　……（一八五七―一九三四）

　パリ生まれ。ヴァイオリン奏者を父に持つブリュノは一八七三年にパリ音楽院に入学し、チェロ奏者として一八七六年に一等賞を獲得するその一方で、その後ジュール・マスネのもとで作曲法を学んで一八八一年にローマ大賞の二等賞を獲得した。すでに交響曲『レダ』（一八八四）や歌劇『ケリム』（一八八七）の作曲を手がけていたブリュノがゾラと交流を持つようになったのは、一八八八年三月末にブリュノがゾラの小説『ムーレ神父のあやまち』をもとにブリュノが作曲を希望したことがきっかけだった。『ムーレ神父のあやまち』の歌劇化はすでにマスネに許可が与えられていたため、ゾラは執筆中の『夢』をもとにした作曲をブリュノに勧め、歌劇『夢』は一八九一年六月十八日にオペラ゠コミック座で上演された。台本はルイ・ガレのものだったが、ブリュノの回想録によるとゾラはガレの韻文の台本に

アルフレッド・ブリュノのポートレート。1895年

手を入れており、またブリュノには舞台や配役について意見を述べている。ヴァーグナーの影響がみられるブリュノの音楽は合計二七回演奏されて成功を収めた。パリのあとは、ロンドン、ブリュッセル、ハンブルク、ナントで演奏され、成功を祝して一八九一年六月二十五日には『エコー・ド・パリ』紙による「『夢』の宴」が開かれた。

この成功がきっかけとなり、オペラ゠コミック座からの依頼もあって、ゾラ、ブリュノ、ガレのトリオで歌劇『水車小屋の攻撃』（一八九三）が作られて好評を博し、これもパリだけでなくロンドン、ブリュッセル、ハンブルク、アントウェルペンで上演された。ゾラとブリュノの交流は友情へと深化し、その後もゾラが台本を書いた『メシドール』（一八九七、初演オペラ座）、『嵐』（一九〇一、初演オペラ゠コミック座）、『子供の王様』（一九〇五、初演オペラ゠コミック座）の三作が歌劇として制作、上演された。やはりゾラが執筆した歌劇台本にブリュノが音楽をつけた『ラザール』（一八九九）があ

るが、これは当時は上演されなかった。他にもゾラの短編小説に着想を得てブリュノが作曲した『ナイス・ミクラン』（一九〇七）や『四日間』（一九一七）がある。ゾラの死後もブリュノは、メダンへの巡礼、エミール・ゾラの会やエミール・ゾラ文学友の会でゾラの名声を擁護するために尽力し、変わらぬ友情を示し続けたのだった。

（寺田寅彦）

マネ、エドゥアール　……………（一八三二―八三）

フランス近代絵画の創始者の一人。一八六三年、《草上の昼食》が落選者展でスキャンダルを引き起こす。《オランピア》は六五年のサロンに入選するが、厳しい非難を浴びる。六六年の《笛吹き》と《悲劇俳優》はともに落選。以後、入選と落選を繰り返す。六〇年代後半にカフェ・ゲルボワなどに集まったバティニョール派（後の印象派）の中心的存在。七〇年代に入ると戸外制作を積極的に行い、より大胆な筆触を用いるようになるが、印象派展には一度も参加せず、印象派とは一線を画した。

ゾラは一八六六年、『エヴェヌマン』紙の美術批評で、ほとんどの批評家や公衆がマネを嘲笑している中でマネを敢然と擁護し、「マネ氏の場所は、クールベと同様、また独創的で力強い気質を持ったすべての画家と同様、ルーヴルに印づけられている」と述べ、「マネ氏が勝利を収め、周囲の臆病で凡庸な画家たちをたたきのめす日が来ないなどということはあり得ない」と断言した。感激した画家はすぐに礼状を書き、二人の交友が始まる。ゾラは六七年、マネに関するモノグラフィー『エドゥアール・マネ、伝記批評研究』を執筆し、同年に開催されたマネの個展会場で販売する。翌六八年、マネはその返礼に油彩《エミール・ゾラの肖像》を描き、サロンに出品した。小説家はマネに小説『マドレーヌ・フェラ』を捧げ、次のように記した。「群衆はあなたに対する私の友情を求めました。その友情は今日、完全で持続的なものです」。

実際、マネからゾラ宛ての約五十通の手紙が示すように、その友情は一八八三年にマネが亡くなるまで途切れることなく続いただけでなく、創作面でも互いに影響を与え合った。マネは『居酒屋』（一八七六）に想を得て《ナナ》（一八七七）を描き、ゾラはその後小説『ナナ』（一八八〇）を書いた。七九年にマネは、セーヌ県知事に宛てたパリの新市庁舎市議会議場の壁画プランの主題を「パリの胃袋」としている。八三年にマネが亡くなったとき、ゾラはモネ、ファンタン＝ラトゥール、ステヴァンス、デュレ、ビュルティ、アントナン・プルーストと共に通夜を見守った。翌年、国立美術学校でマネの回顧展が開かれたとき、ゾラはカタログの序文を執筆し、その中でマネに「今世紀後半の巨匠の中の最前列のひとつ」を与え、アングル、ドラクロワ、クールベの後を継ぐのはマネしかいないことを明言した。

（吉田典子）

モネ、クロード ……………（一八四〇―一九二六）

印象派の代表的画家。少年時代、ル・アーヴルで画家ウジェーヌ・ブーダンと出会い、戸外制作に誘われる。一八五九年にパリへ出てアカデミー・シュイスでピサロと出会う。六二年にシャルル・グレールのアトリエに入り、ルノワール、シスレー、バジールと親しくなる。六五年のサロンに初入選。翌六六年には後の妻カミーユをモデルとした《緑衣の女》など二点が入選して称賛されるが、六九年、七〇年には落選。七四年以降、仲間の画家たちと後に印象派展と呼ばれる展覧会を開催。七〇年代は経済的困窮が続くが、八〇年代半ば以降作品が売れはじめ、ジヴェルニーに居を構えて《ポプラ並木》《積み藁》《睡蓮》などの連作に取り組んだ。

　ゾラは一八六六年のサロン評で、モネの《緑衣の女》を「エネルギッシュで生き生きとした絵画」と絶賛し、モネ氏のことは知らないが「古くからの友人」のような気がすると述べて、モネに一つの強力な「気質」を見いだした。六八年のサロン評では、モネを「現代派」の第一人者として位置づけ、パリの都市風景や流行の衣装をまとった婦人たち、手入れされた庭園などの「現代の主題」を愛する画家として評価する。また、入選したモネの海景画も絶賛する。

一八七七年の第三回印象派展評においてゾラがとりわけ注目したのは、《サン＝ラザール駅》連作である。「クロード・モネ氏はこの集団においてもっとも際だった個性を持つ人物である。〔…〕そこでは、駅に入ってくる列車の轟音が聞こえ、列車から吐き出される煙が広い車庫に渦巻いているのが見える。このように広大な現代の情景にこそ、今日の絵画がある。現代の芸術家たちは、かつて彼らの父親たちが森や河に詩情を発見したように、鉄道の駅に詩情を発見するべきである」。

しかし一八七九年の第四回展評でゾラは、印象派の試みを高く評価しつつも、特にモネに対し、テクニック不足で、安易な制作で満足していることに苦言を呈した。八〇年のサロン評でもゾラは「乾いたか乾かないかのスケッチを手放す」ことをやめて、長い時間をかけて研究した大作に取り組むべきだと助言する。この一節は、ゾラが印象派のスケッチ性を理解しなかった証拠とされることが多いが、実際、この時期経済的に困窮していたモネが作品を売り急いだ事実もあった。一方、モネはゾラの小説『制作』に苦言を呈したが、ゾラへの友情は失わなかった。

（吉田典子）

ロダン、オーギュスト　………（一八四〇―一九一七）

フランス十九世紀を代表する彫刻家。装飾美術学校の前身プティット＝エコールで学ぶが、国立美術学校の試験には三度失敗、以後独自に彫刻を学ぶ。一八八〇年のサロンに出品した《青銅時代》によって実力が認められ、国家から《地獄の門》の注文を受ける。その後、《カレーの市民》などの大作を制作し、大胆な造形と深い精神性によって彫刻の近代を確立した。

一八九一年にバルザック像を彼に依頼したのは、同年に文芸家協会の会長に就任したゾラである。バルザックは文芸家協会の創設者で、以前から記念像を建立する計画があったが、何度も頓挫していた。ゾラはロダンを推挙したが、ロダンの制作は一向にはかどらず、一八九三年に納品の約束を果たさないロダンに対し、ゾラは彫刻家としての才能を賛美しつつも、これ以上待たせないよう懇願する手紙を書いている。《バルザック》像は一八九八年になってようやく完成しサロンに出品されたが、酷評を浴びたため、発注者である文芸家協会は受け取りを拒否した（その時ゾラはもう会長職にはなかった）。

（吉田典子）

8 ゾラの批判者

バルベー・ドールヴィイ、ジュール（一八〇八—八九）

ゾラによると「癲癇性のバルザック」、「現代文学の滑稽人」。一八三三年にパリに上京、ダンディズムの第一人者となる。一八四六年に非妥協主義カトリックに改宗。一八三七年からジャーナリズムに身を投じつつ、『年老いた愛人』（一八五一）、『妻帯司祭』（一八六五）、『魔性の女たち』（一八七四）などの小説を書く。『魔性の女たち』は公序良俗に反するとして起訴され、発売が中止された。

一八六五年、ゾラは『妻帯司祭』について、書評「ヒステリックなカトリック教徒」をリヨンの『サリュ・ピュブリック』に発表し、作者は「神経性の熱の餌食になっている」と酷評する（のちに『わが憎悪』に収録）。同年ゾラの『クロードの告白』が出版されると、バル

ゾラの論敵バルベー・ドールヴィイのカリカチュア

ベー・ドールヴィイは『黄色い小人』紙に記事を寄せ、「簡潔なカンブロンヌ将軍がひとことで敵の頭に投げつけたこと（注：くそ）を、三二〇ページものあいだ官能的にかき回している！」とゾラを批判し返した。その後も同紙や『エヴェヌマン』紙上などで二人の酷評の応酬は続いた。（中村翠）

ブリュンティエール、フェルディナン……………（一八四九—一九〇六）

自然主義の論敵。一八七五年から『両世界評論』に寄稿し始め、自然主義文学に対して激しい批判の論陣を張る。批評集『自然主義小説』（一八八二）にそれらの論文が収録されている。彼はゾラの『実験小説論』の論理的破綻を手厳しく指摘し、美的・倫理的価値観についても「胸をむかつかせる有害な野卑さ」は写実主義文学以上である、と批判した。

一方でブリュンティエールはダーウィンやスペンサーの進化論を取り入れ、文学ジャンルの進化論を唱えた。また古典主義文学を賛美し、そこに文学の理想を見出した。

自然主義を批判したブリュンティエール

高等教育は修めていないが、一八八六年から一九〇四年まで高等師範学校で教鞭をとった。一八九三年には『両世界評論』の編集長になる。晩年は、カトリシズムの熱心な推進者となり、ローマ法王レオ十三世と一八九四年に面談をした。教会を擁護する立場から、反ドレフュス主義者であった。一八九三年には、同じく立候補していたゾラをおさえてアカデミー・フランセーズの会員に選ばれた。（中村翠）

ルメートル、ジュール ………（一八五三―一九一四）

高等師範学校卒業、文学教授資格者。高校教師を経たのち、一八八三年にグルノーブルの大学で教授職に就くものの、翌年には『ルヴュ・ブルー』紙の時評欄と『ジュルナル・デ・デバ』紙の演劇批評欄を得て大学を離れる。その後『両世界評論』に移り（一八九六―八）、『フィガロ』紙、『タン』紙にも匿名の日刊記事を寄稿。一八九六年にはアカデミー・フランセーズの会員に選ばれる。

ルメートルは、書物・事物から受ける印象を分析するという立場をとる。ブリュンティエールの裁断的な文学批評に対し、論戦を仕掛けた。批評集『現代作家論』（一八八六―九九）、演劇批評集『演劇印象集』（一八八八―九八）には、ゾラについての論考も収められており、自然主義を真実ではないと拒絶している。『ルーゴン＝マッカール叢書』を「人間の獣性の悲観的な叙事詩」であると定義した。

ドレフュス事件にあたっては反ドレフュスの立場をとり、一八九九年にはレオン・ドーデやフランソワ・コペなどと「フランス愛国者同盟」を創設した。

（中村翠）

ユルバック、ルイ ………（一八二二―八九）

新聞記者、詩人、批評家、小説家、戯曲家。ユゴーなどロマン主義作家たちと親交があった。一八六六年から『フィガロ』紙に入り、諷刺記事を発表。一八六八年八月に週刊紙『クロッシュ』を創刊、翌年十二月には反体制的な日刊紙となる。パリ・コミューンに協力したため懲役刑と罰金を課せられ、一八七二年に『クロッシュ』紙は廃刊になった。一八七八年からはアルスナル図書館の司書となる。

政治思想は共通していながら、ゾラとユルバックは美学的には対極にあった。ユルバックの『参事会員の庭』（一八六六）のように芸術を道徳と結びつける文学に対し、ゾラは「芸術がすべてを火のように浄化する」

と『エヴェヌマン』紙の書評で反対の立場を表明している。

一方ユルバックは一八六八年の『フィガロ』紙で、ゴンクールの『ジェルミニー・ラセルトゥー』やゾラの『テレーズ・ラカン』を「腐った文学」だと激しく批判した。

とは言え、ゾラは一八七〇年から『クロッシュ』紙に四百本近い記事を寄稿した。さらに翌年から『獲物の分け前』を連載するものの、検閲により二十七号以降連載中止となった。ゾラは検閲に対する抗議の手紙を同紙上で公開した。（中村翠）

9　出版人

アシェット、ルイ…………………（一八〇〇―六四）

フランス北東部アルデンヌ県のルテルに生まれた。一八二六年に小さな出版社の権利を買い取って出版業を始めたが、三〇年代に教育関係の注文を手掛けて大出版社へと変貌を遂げた。廉価な児童向け書籍や教育書で大成功を収め、全集や辞書（エミール・リトレのフランス語辞典が名高い）なども出した。

このアシェット社に若いゾラは一八六二年三月一日に配送担当の店員として入社した。月給は百フランだったが、これはたとえば一八六〇年に四月から六月まで働いた税関倉庫の月給六十フランに比べれば高いものの、とうていこれだけでは生活できないものだった。一八六四年には広告担当チーフとなり、月給は二百フランとなるが、決して高い給料ではなかった。しかし、ここでゾラは人脈と作家としてのノウハウを得ることになる。アシェット社は一八五九年から『書店および書物愛好家月報』の権利を買い取って出版していたが、一八六二年から掲載されている本のリストに解説を載せるようになる。ゾラはこの解説を担当して仕事に忙殺されるものの、文芸批評に精通し、かつ広範な情報網を得ることになった。リトレはもとより、イポリット・テーヌやシャルル＝オーギュスト・サント＝ブーヴなどの作品に通じることとなり、実証主義や科学主義に目を開かされることとなる。同時に、この作業を通じて書物が商品であるという単純な事実にも意識を向けることとなる。また文学の場でも広告の果たす役割が大きいことを理解したのだった。

リヨン・ペラッシュ駅構内のアシェット店舗

一八六二年から六四年にアシェット社は店舗改築を行い、一万平米の敷地を有する大店舗に生まれ変わる。およそ四十年でアシェットは小出版社の店主から「書店業の帝王」になったことになる。この変貌ぶりと強い個性のアシェットの姿をゾラの小説の複数の人物像（オクターヴ・ムーレ、サッカール、等々）に見ることは難しくない。

一八六六年一月三十一日までの約四年間をゾラはア

シェット社で過ごしたが、それまでは理想主義肌の詩人を目指していたゾラが、自分の文学的方向性を見出す修行をした四年間であったともいえる。そして、リトレやテーヌ、サント＝ブーヴといった文筆家を新しい自らの理想に位置づけ、自身の文芸批評や美術批評に反映させた。アシェット社の体験がゾラの文筆家としての方向性を決定づけたのである。　（寺田寅彦）

シャルパンティエ、ジョルジュ（一八四六―一九〇五）

パリ生まれ。父ジェルヴェは出版社を経営しており、本自体のサイズと活字を小さくして廉価販売を狙った「シャルパンティエ文庫」シリーズを一八三八年から販売し、フランスの出版業界に革命をもたらしていた。その息子であるジョルジュは、いったんは家を離れていたものの一八七二年からシャルパンティエ社の経営のかじを取ることになる。ジョルジュはゾラの作品をはじめとして、ギュスターヴ・フロベール、エドモン・ド・ゴンクール、アルフォンス・ドーデらの作品を擁

エミール・ゾラ「メダンのジョルジュ・シャルパンティエ」

するようになり、出版物の刷新に成功する。とりわけゾラの『居酒屋』、エドモン・ド・ゴンクールの『娼婦エリザ』、ドーデの『ナバブ』という一八七七年の出版は、前衛的な小説を出すシャルパンティエ社というイメージを作ることに寄与した。

一方、ゾラとシャルパンティエ社との契約はゾラの成功とともに変化する。一八七二年七月二十二日に交わされた最初の契約では、ゾラは年に二冊の小説を出すことを条件に月に五百フランを受け取り、また印税として本一冊につき四十サンチームを得ていた。『居

酒屋』の成功を機に一八七七年五月十八日に契約が新しくなり、ゾラがシャルパンティエ社に出版の全版権を譲る代わりに印税は本一冊につき五十サンチームをゾラは受け取ることになった。『居酒屋』の人気を盾にゾラが契約内容を良くしたことになるが、そこにはシャルパンティエとゾラとの良好な関係も背景にあった。実際、ゾラ夫妻とシャルパンティエ一家は時にはヴァカンスに一緒に出かけ、家族ぐるみで付き合いをする仲で、ゾラがシャルパンティエの息子の一人であるポールの代父となるほどだった。

シャルパンティエ夫人であるマルグリットは、パリでも有数のサロンを開き、文人、芸術家から政治家までもが集う社交の場となっていた。一八七九年からシャルパンティエ社が美術雑誌『ヴィ・モデルヌ』誌を出すようになり、その事務所の一角ではシャルパンティエの支援する芸術家たちの展覧会が開催されていた。

しかし、シャルパンティエ社の資金繰りは必ずしも順調ではなく、二人の息子の死を機会に、一八九六年七月にウジェーヌ・ファスケルに経営権を譲る。それは十九世紀を代表する一出版社の終焉だった。

（寺田寅彦）

ファスケル、ウジェーヌ ……（一八六三—一九五二）

パリ生まれ。株式仲買人として働いたあと、一八八四年からシャルパンティエ社で秘書として働くようになった。一八八七年、エルネスト・フラマリオンとの共同経営者であったシャルル・マーポンの娘ジャンヌと結婚し、シャルパンティエ社の共同経営者となる。実は経営不振に陥っていたシャルパンティエは一八八三年に資産の半分をマーポン・フラマリオン社に譲っていたが、負債がかさむたびに資産を譲渡したため一八八四年には資産の四分の三がマーポン・フラマリオン社のものになっていたのである。一八九〇年に義父のシャルル・マーポンが死んだ際に、エルネスト・フラマリオンはマーポン・フラマリオン社が保有していたシャルパンティエ社の資産の全てをファスケルに譲ったため、この年にG・シャルパンティエ・E・ファスケル社が生まれたのだった。一八九六年七月にジョルジュ・シャルパンティエは引退したため、ファスケルが社長に就任してファスケル社が誕生したが、黄表紙の「シャルパンティエ文庫」シリーズはそのまま一九五〇年代まで出版され続けた。

シャルパンティエの引退を機に、ファスケルはゾラとの契約を見直し、「シャルパンティエ文庫」シリーズで出版されていた『ルーゴン＝マッカール叢書』については一冊につき七十五サンチームを、『三都市』については五十サンチームをゾラは受け取ることになった。この契約内容からも理解できるように、ファスケルとゾラの関係は良好だったが、さらに両者を緊密に結び付けることになるのがドレフュス事件だった。裁判でゾラが反ドレフュス派から襲われるような時に、ブリュノやシャルパンティエとともにゾラを守り、ゾラがイギリスに亡命してからは頻繁に渡英してゾラを精神的に支えた。ゾラが亡命先からフランスに帰国した際に付き添ったのもファスケルだった。ゾラの死後の遺言執行人でもあったファスケルは、ゾラを追悼して行われるメダンの巡礼を支え、一九〇九年に創設されたエミール・ゾラの会のメンバーとなり、またその会を引き継いで一九二一年にできたエミール・ゾラ文学友の会では運営委員を務めていた。このようにしてゾラの生前はもとよりその死後も、ゾラの作品出版と名声の双方を擁護した存在だった。　（寺田寅彦）

ラクロワ、アルベール　………（一八三四―一九〇三）

ブリュッセル生まれ。一八六一年、ブリュッセルに出版社を設立し、第二帝政期の検閲のためフランスで出版ができない書籍を出した。その中にはヴィクトル・ユゴーの『レ・ミゼラブル』（一八六二）がある。またロートレアモンの『マルドロールの歌』（一八六九）は当初はラクロワが出版を予定していた。

ゾラの作品では、短編集『ニノンへのコント』（一八六四)、それぞれ長編の『クロードの告白』(一八六五)、『テレーズ・ラカン』(一八六七)、『マドレーヌ・フェラ』(一八六八)、そして『ルーゴン＝マッカール叢書』の第一巻である『ルーゴン家の繁栄』(一八七一)と第二巻の『獲物の分け前』(一八七二)といった初期作品を出版した。

契約条件は『ニノンへのコント』では千五百部の印刷費用はラクロワ負担で宣伝費用を著者負担、印税は再版以降に一部二十五サンチームというものだったが、当時は『ニノンへのコント』は売れ行きが悪くて再版にまでならなかったために、ゾラにはこの時点では印税は入らなかった。『クロードの告白』と『テレーズ・ラカン』では印刷部数はやはり千五百部で印税が一冊につき十%、すなわち三十サンチームだった。また、『テレーズ・ラカン』では単行本になる前に『アルティスト』誌に掲載されたが、その際に編集者アルセーヌ・ウーセイが指示する自主規制の書きかえを受け入れざるを得ず、出版もその内容のままだった。『マドレーヌ・フェラ』は印刷部数が二千部で、印税はやはり十%。そして、ついに一八六八年に『ルーゴン＝マッカール叢書』の計画をゾラはラクロワに出すが、ポール・アレクシによればその契約は年二冊の長編小説を執筆する条件で月五百フランをゾラは受取り、これに印税が一冊につき四十サンチームという内容だった。すなわち、あたかも月給制でゾラはラクロワに作品を提供する契約を結んだのであり、ゾラはこの「月給」で自らの生活の安定を図ったのである。

しかし、現実にはゾラ自身はこの年に二冊という執筆ができなかった。また、普仏戦争とパリ・コミューンのために出版も計画通りにはいかなかった。一方でラクロワ自身が一八七二年に破産をしてしまう。その後ゾラはあらためてシャルパンティエを相手に出版契約を交わすことになるのである。

（寺田寅彦）

10　外国の作家、ジャーナリスト

ヴァン・サンテン・コルフ、ジャック（一八四八―一九〇六）

オランダのジャーナリスト。ゾラの熱烈な支持者で、一八七八―九五年にかけて多くの書簡を交わす。コルフが作品の構想や進行具合や意図などについて熱心に質問し、あまりの執拗さにゾラが時にはいらだちを示しながらも丁寧に答えたこれらの書簡は、作家の創作スタイルや心境を知る上でも大変貴重な資料である。コルフは、ゾラについての記事をオランダやドイツやオーストリアの雑誌に寄稿し、これらの国々での作家の知名度を上げるのに大きな役割を果たした。またオランダ語やドイツ語でゾラについて書かれた記事をフランス語に訳して作家に送ったりもした。彼はゾラに関する記事を集めた「ゾラ・カタログ」を出版しようと計画していたが、未刊に終わった。

（高井奈緒）

ヴィゼテリー、アーネスト　…（一八五三―一九二二）

ヘンリー・ヴィゼテリーの息子。フランスで生活した際ゾラと出会い、イギリスに帰国後一八八七年から父の出版社に入り、翻訳・編集を担当する。一八九二年に父の会社が倒産してからも、彼はチャットー・アンド・ウィンダス社から『壊滅』を出版して成功を収め、そのことがその後もこの出版社からフランスの小説を出版するきっかけとなり、彼が専属の翻訳家となった。一八九三年ゾラが文芸家協会会長としてイギリスに招かれた際にはゾラの通訳兼ガイドを務めた。亡命中も多方面でゾラを助け、ヴィゼテリー夫人と娘と女中はゾラの引っ越しを手伝い、娘のヴァイオレットと女中のルイーズはしばらくゾラと一緒に住んだ。『ゾラとイギリスで』（一八九九）、『エミール・ゾラ――小説家そして改革者』（一九〇四）という回想録も出版している。

（高井奈緒）

ヴィゼテリー、ヘンリー …………（一八二〇—九四）

印刷業を営む家系に生まれた彼は、もともとは木版画家であった。イギリスにて三つのイラスト付き雑誌の共同創始者となり、通信員として一八六五年から一八七二年までパリで生活する。一八八〇年から自分の出版社を設立し、『ルーゴン゠マッカール叢書』の最初の十五巻を含む、フランスやロシアの多くの写実・自然主義小説の英訳を出版した。ゾラの『大地』の刊行後、卑猥な文学作品をとりしまる英国の国立監視団体より訴えられ裁判となり、一八八八年十月に百ポンドの罰金の判決が下った。翌年五月に行われた二回目の裁判では、『獲物の分け前』、『パリの胃袋』、『ムーレ神父のあやまち』、『生きる歓び』、モーパッサンの『ベラミ』とポール・ブールジェの『愛の罪』を出版したかどで、三ヶ月の投獄を言い渡され、彼の出版社は倒産に追い込まれた。

（髙井奈緒）

ヴェルガ、ジョヴァンニ ……（一八四〇—一九二二）

イタリアの作家。イタリアのレアリスム文学、ヴェリズモの始祖と言われる。シチリアの自由主義的な貴族の家に生まれ、大学で法学を学びながら歴史小説『山の炭焼き党員』を発表し文壇デビューする。フィレンツェを経てミラノに移り住み、同じヴェリズモ文学作家のルイージ・カプアーナにゾラを紹介される。一八七八年から『ルーゴン゠マッカール叢書』を手本にし、シチリアの様々な社会階層の人々を描く五連作小説『敗者たち』を構想するが、生前には『マラヴォリア家の人々』（一八八一）と『ドン・ジェズアルド親方』（一八八九）のみが出版された。『マラヴォリア家の人々』をゾラに送り、一八八二年にメダンを訪れた際、ゾラは序文を約束するが実現しないまま一八八五年にフランス語訳が刊行された。一八八四年『カヴァレリア・ルスティカーナ』の戯曲がトリノで大成功を収め、フランスでの上演を願ってゾラに助言を求めたが、良い返事はなかった。戯曲はアンドレ・アントワーヌがムニュ・プレジール座で上演するも、極端にレアリスムを追求した演出に対し、観客や批評家たちの理解が得られず失敗に終わった。（高井奈緒）

スタシュレーヴィチ、ミハイル（一八二六―一九一一）

モスクワ大学とサンクトペテルブルク大学で歴史を教えた後、政府による学生運動の抑圧に抗議して一八六一年に辞職。一八六六年に歴史・政治・文学を扱う月刊誌『ヨーロッパ通報』を創刊し、八千部という当時としては非常に多い発行部数を誇る大リベラル雑誌となる。一八六七年からツルゲーネフが作品の描き下ろしの発表を始め、彼がスタシュレーヴィチとフロベール、モーパッサン、ゾラなどフランスの作家を引き合わせた。ゾラは一八七五年、この雑誌に『ムーレ神父のあやまち』をフランスでの出版に先駆けて発表し、同年三月から一八八〇年十二月の間に六十四の「パリ便り」と題した長文記事を寄せ、原稿料を得ていた。だが、彼がユゴーに関して書いた一八七七年四月の記事で、社会問題に無関心だとの批判がロシアで高まったことや、ゾラの自然主義の信条表明にスタシュレーヴィチが難色を示したことなどにより、二人の関係は修復不能となる。二人は一八七六年九月にパリで一度会ったきりであったが、多くの書簡を交わした。（高井奈緒）

ストリンドベリ、アウグスト（一八四九―一九一二）

スウェーデンの劇作家・作家。さまざまな作家・思想家から影響を受けたが、一八八〇―九〇年に発表した作品にはゾラの影響が大きく、彼自身も自然主義運動に属していると宣言していた。一八七九年に処女小説『赤い部屋』を発表し名声を得る。この作品はスウェーデンで最初の自然主義小説であると言われている。一八八七―八九年にかけ、『父』、『令嬢ジュリー』、『債権者たち』の自然主義的戯曲を発表し、フランスでも自由劇場などで上演された。ストリンドベリは『父』を自ら翻訳し「スウェーデンの実験的及び自然主義運動のリーダー」であると自称してゾラに送り、フランス語訳出版の際、その返事を冒頭に掲載する。その中で、ゾラは戯曲の大胆さや独自性を称賛しつつも、分析が十分ではなく抽象的な部分は好まないと書いていた。一八九二年、ストリンドベリは自分の出版社に『ムーレ神父のあやまち』の翻訳を提案する。一八九四年にパリを訪れ、ゾラに到着を知らせるが、二人は実際に会うことはなかったようだ。（髙井奈緒）

ツルゲーネフ、イヴァン　…………（一八一八―八三）

ロシアの作家。裕福な貴族の家に生まれ、モスクワ、ベルリンなどで学んだ後、ロシアに一八四一年に戻り、文官として働きながら著作に励む。一八四三年にすでに夫と子のあった声楽家のポーリーヌ・ヴィアルドと出会い恋に落ち、一八四七年には彼女の後を追ってロシアを去る。一八五二年に農奴制の悲惨さを訴えた『猟人日記』を発表し、有名になった。一八七二年からはパリでヴィアルドの傍に住み、フロベール、ドーデ、エドモン・ド・ゴンクールらと知り合いになる。ゾラとは一八七二年にフロベール宅で知り合ったと考えられ、これらの五人で一八七四年から約月一度のペースで「野次られた作家の夕食会」を開いて親交を深めた。ツルゲーネフは、ゾラを『ヨーロッパ通報』に紹介し、ロシアの読者が興味をもつ主題を提案するなどして、ロシアでゾラや自然主義文学の知名度を上げるのに貢献した。二人は多くの書簡を交わし、フロベールの死後から距離ができたが、ゾラはツルゲーネフが死ぬまで親愛の情を抱いていた。（髙井奈緒）

ムア、ジョージ　……………（一八五二―一九三三）

アイルランド人の作家。一八七三年に画家を志しパリにやってきて、ルノワールやドガ、ヴィリエ・ド・リラダンらと親しくなり、『居酒屋』の舞踏会でマネからゾラに紹介され、新しい芸術の表現として自然主義に強く魅かれる。一八八〇年にロンドンに戻ってからも頻繁にフランスを訪れる。『テレーズ・ラカン』

や『居酒屋』を彷彿とさせる小説『役者の妻』（一八八五）の成功で「イギリスのゾラ」と称賛される。だが自然主義への情熱はその後冷め、自伝的小説『ある英国人青年の告白』（一八八八）では登場人物にゾラの文体を批判する台詞を吐かせた。ゾラは『役者の妻』のフランス語版への序文を約束していたが、これを知って取りやめた。その後もゾラとムアの親交は続き、ムアは一八八七年の「五人の宣言」の際はゾラを擁護し、一八九一年ロンドンでの『テレーズ・ラカン』上演に際して翻訳や稽古をチェックし、一八九三年ゾラが文芸家協会会長としてロンドンに招聘された時にはゾラ夫妻をグリニッジに案内し、亡命中も彼をサポートした。（高井奈緒）

ルモニエ、カミーユ …………（一八四四―一九一三）

ベルギーで自然主義運動を牽引した作家。絵画批評家として活躍後、ブリュッセルで芸術と文学のための雑誌をいくつも創刊し、一八七六年発刊の『アクチュアリテ』は一年という短命に終わったものの、自然主義の宣伝に大きな役割を果たした。この雑誌にユイスマンスが一八七七年に「エミール・ゾラと『居酒屋』」という書評を掲載している。小説家としては『雄』（一八八二）の大成功で一躍有名になり、フランスの自然主義作家たちに受け入れられる。工業労働者の悲惨な生活を描いた『搾取工場（アップ＝シェール）』はゾラに捧げられており、『居酒屋』及び『ジェルミナール』に着想を得たと言われている。また『ブルジョワの終わり』（一八九二）は『ルーゴン＝マッカール叢書』全体との多くの類似点が指摘されている。彼は自然主義に留まらず、退廃主義的、自然回帰主義的な作品も残し、絵画批評も晩年まで続けた。（高井奈緒）

11 ドレフュス事件関連

クレマンソー、ジョルジュ　…（一八四一―一九二九）

政治家。青年時代は医学を志す。共和主義者と交流し、帝政を批判するさまざまな新聞に寄稿し、投獄も経験する。一八七六年以降、急進左派の議員として活躍する。

一八八〇年代、ゾラはこの政治家を高く評価する記事を書く。また、一八八五年に『ジェルミナール』の翻案劇の上演が禁止されると、ゾラはクレマンソーに助言を求め、その指示に従っている。

ジョレス同様、当初ドレフュスは有罪だと思っていたが、その無実を確信すると擁護に奔走、三年で六五〇点以上を数える記事を書く。事件中、常にゾラの傍らにおり、「共和国大統領フェリックス・フォール氏への手紙」の新聞掲載の際、「私は告発する……！」の文言を大見出しに掲げ、また裁判後は、ラボリと共に、ゾラに亡命を勧めた。事件中、ゾラの名前で書いた記事さえもある。一九〇二年には上院議員、一九〇六年から一九〇九年までと一九一七年以降は首相、一九二〇年の大統領選に敗れて政界を引退する。

（宮川朗子）

ドレフュス、アルフレッド　…（一八五九―一九三五）
アルザス地方のミュルーズの商家に生まれる。一八八〇年、理工科学校卒業後、着実にキャリアを積み、一八八九年大尉に昇進、一八九二年には軍参謀本部研修生となる。一八九四年十月、機密文書をドイツへ渡した容疑で逮捕され、十二月、パリ軍法会議で終身流刑の判決が下される。一八九五年一月五日、位階剝奪式の後、流刑に処される。一八九九年、九四年の判決が破棄された後の七月にフランスに帰還。九月九日のレンヌ軍法会議で再度有罪判決が下るが、十九日、特赦となる。一九〇六年七月十二日、レンヌでの判決が破棄され、無罪判決が下る。翌日軍隊へ復帰した後、叙勲によって名誉を回復する。

ドレフュスが初めてゾラに会ったのは、一九〇〇年十二月一日のドレフュスの義父宅であった。その時の様子は、ドレフュスの『手帳 一八九九―一九〇七』(フィリップ・オリオル編、一九九八)に綴られている。一九〇二年十月のゾラの葬儀には、一時は参列を断念しようとしたが、葬列についた。 (宮川朗子)

ピカール、ジョルジュ ……… (一八五四―一九一四)

ストラスブールに生まれる。陸軍士官学校を卒業後、一八八八年には少佐、後、陸軍学校教師、ガリフェ将軍付参謀と、エリート街道を着実に進む。一八九五年七月、サンデールから引き継いだ参謀本部情報局局長の任期中に、ドレフュス有罪の証拠とされた明細書に関する再調査を行い、エステラジーが真犯人であることを突き止める。その報告の結果、上層部から疎まれ、さまざまな地への左遷が続く。さらに、エステラジーの無罪判決を受け、封緘電報偽造容疑で逮捕、収監される。一八九九年六月、レンヌ再審決定を受けて釈放される。一九〇六年七月、ドレフュスの無罪判決とともに軍職に復帰、同年十月クレマンソー内閣の陸相となる。

自身の地位を危うくさせながらもドレフュスを擁護したことは、多くの人々を感動させた。中でもプルーストの『ジャン・サントゥイユ』で描かれた肖像が有名であるが、ゾラも妻や弁護士に宛てた手紙やドレフュス事件関連記事において、ピカールを賞賛している。 (宮川朗子)

ベルナール=ラザール ……… (一八六五―一九〇三)

作家、ジャーナリスト。最初期からのドレフュス派。ニームのユダヤ系の家庭に生まれる。パリで象徴派の文学者と交流し、『伝説の鏡』(一八九二)、『松明を掲げる者たち』(一八九七)などを著す。並行して、数多くの新聞に記事を寄せ、革命思想家やアナーキストの擁護、『反ユダヤ主義　その歴史と原因』（一八九四）などで注目される。

ドレフュスを擁護した人々。「ドレフュスは無罪だ。人権、正義、真実の擁護者たち」（『世紀』紙によるポスター）

一八九四年末、マチュー・ドレフュスに請われ、その弟アルフレッドの冤罪を晴らす運動に身を投じる。『誤審　ドレフュス事件の真実』（一八九六）は、数多くの著名人やジャーナリストの手に渡り、参謀本部を動揺させる。事件以前、ゾラの作品には批判的だったが、ドレフュス派の中では、最も早くゾラに接近した。一八九七年十一月頃から、共和派の名士たちがドレフュス支持に動きだすのと逆行するかのようにその運動から遠ざけられ、一九〇三年に亡くなる頃には、忘れられてしまう。

（宮川朗子）

ラボリ、フェルナン …………（一八六〇―一九一七）

一八八四年に弁護士となる。一八九三年に起きた、アナーキスト、オーギュスト・ヴァイヤンの事件で、その弁護人を務めて名が知られるようになる。一八九八年、エステラジー裁判の際、リュシー・ドレフュスの弁護人となる。ついで、ゾラ、ピカール、ジョゼフ・レナックの弁護人となる。ゾラ裁判後、クレマンソーとともに、ゾラに亡命を勧める。一八九九年八月から九月のレンヌ裁判では、ドマンジュを補佐する。その最中の八月十四日、背中に銃弾を受ける。その後、ドマンジュと、裁判の方針をめぐって対立し、また、マチュー・ドレフュスとの不和から、次第に事件から遠ざけられる。一方で、ゾラとの親交は続き、亡命中のロンドンにもこの作家を訪ねている。一九〇六年から一九一〇年まで国民議会議員、一九一一年にはパリ弁護士会会長に選出される。

（宮川朗子）

12 歴史上の人物

オスマン、ジョルジュ＝ウジェーヌ（一八〇九―九一）

フランスの政治家、行政官。一八〇九年、パリに生まれる。七月革命後に政界に入り、地方の県知事などを歴任した後、第二帝政期の一八五三年にセーヌ県知事に任命され、ナポレオン三世の意向を受けて大規模なパリの都市改造を実行した。一般にオスマン計画と呼ばれるこの大事業によって、パリの道路網、公園、公共施設、上下水道などが整備され、フランスの首都は近代的な大都市に変化を遂げた。一八七〇年にセーヌ県知事を辞任し、一八九一年にパリで死去した。

『ルーゴン＝マッカール叢書』の第二巻『獲物の分け前』は、まさにオスマンの事業によって変貌しつつあるパリを舞台とした物語であり、主人公のアリスティッド・サッカールはこの都市改造に乗じた不動産投機で巨万の富を得る。ゾラは『獲物の分け前』や時評において、過剰な投機の誘発、莫大な工事費による財政難など、もっぱらオスマン計画がもたらした負の側面を強調しているが、歴史的な大事業を成し遂げたオスマンという人物については、高く評価していたにちがいない。

（田中琢三）

ジョルジュ＝ウジェーヌ・オスマン

ガンベッタ、レオン …………（一八三八―八二）

フランスの政治家。一八三八年、南仏のカオールに生まれる。第二帝政下で急進共和派の弁護士として活躍し、一八六九年の立法院選挙に当選し政界に入り、一八七〇年に第二帝政が崩壊すると国防政府の内務大臣となった。そして、第三共和政初期の議会において、共和派の指導者として活躍し、「オポルチュニスム」と呼ばれる臨機応変な穏健共和主義の立場で政治を行い、敵対する王党派を次第に弱体化させて共和政の確立に貢献した。一八八一年に首相に任命されるが短期

レオン・ガンベッタ

間で退陣し、一八八二年の大晦日に四十四歳の若さで急死した。

第三共和政の揺籃期を代表する共和派の政治家であり、国民の人気も高かったガンベッタであるが、ゾラは彼を政治家としてまったく評価していなかった。ゾラによればガンベッタはもっぱら演説の才能によって地位を築いた政治家であり、その演説は大衆に訴える力はあるものの内容的にはきわめて凡庸であるという。このようにゾラはガンベッタを酷評しているが、その背景として、『居酒屋』が刊行された時に、ガンベッタが発行する新聞やアルチュール・ランクら彼の陣営の人々から激しい攻撃を受けたことが挙げられる。

（田中琢三）

ティエール、アドルフ ………（一七九七―一八七七）

フランスの政治家、歴史家。一七九七年、マルセイユに生まれる。エクス＝アン＝プロヴァンスで弁護士をしていたが、一八二一年にパリに上京し、ジャーナリストとして王政復古の独裁的な政治を批判して名声を獲得する。一八三〇年の七月革命ではルイ＝フィリップを擁立してその立役者の一人となり、七月王政下で首相を二度つとめる。二月革命後は、秩序の回復を望んで当初はルイ＝ナポレオン・ボナパルトを支持するが、やがて彼と対立して一八五一年十二月二日のクーデタ時にはフランスから亡命する。帰国後はオルレアン派の政治家として自由主義の立場から反帝政のキャンペーンを展開する。普仏戦争によって第二帝政

アドルフ・ティエール

が瓦解すると、戦後処理のためにボルドーで開かれた国民議会で行政長官に指名される。行政長官としてプロイセンとの和平工作に尽力し、アルザスおよびロレーヌの一部を割譲することを条件に講和条約を締結させ、ヴェルサイユに政府を移した。さらに一八七一年に起きたパリ・コミューンを鎮圧したことで、ティエールの人気は高まった。同年、第三共和政の初代大統領となるが、共和政を目指すティエールからオルレアン派が離反し、一八七三年に議会で不信任案が可決され大統領を辞任する。また、歴史家としても評価が高く、主著として『フランス革命史』や『統領政府と帝政の歴史』がある。一八七七年に八十一歳で死去。

ゾラは第二帝政の崩壊後にボルドーとヴェルサイユで開かれた国民議会の取材を行っているが、その記事では、一貫してティエールの政策を擁護し、彼の政治的手腕の卓越さを称賛している。またティエールの死に際して『ヨーロッパ通報』に寄稿した長文の追悼文において、ゾラは彼をフランスの共和政を体現する政治家として高く評価している。このようなティエールに対するゾラの好意的な見方には、個人的な思い入れが反映されていると思われる。ティエールはゾラの父である土木技師フランソワ・ゾラが設計した運河（ゾラ運河と呼ばれる）の建設の実現を支援していた政治家だったのである。さらにフランソワの死後の一八四七年に、ゾラ運河を訪れたティエールに当時七歳のゾラ少年が面会するという出来事もあった。ゾラにとってティエールは、幼くして失った亡き父の記憶と結びついた特別な存在であったのかもしれない。（田中琢三）

ナポレオン三世 ……………………（一八〇八―七三）

フランス第二帝政の皇帝。本名ルイ＝ナポレオン・ボナパルト。一八〇八年にナポレオン一世の弟ルイ・ボナパルトの三男としてパリで生まれる。王政復古後は亡命生活を余儀なくされるが、一八四八年の二月革命時にフランスに帰国し、選挙で圧倒的勝利を収めて第二共和政の大統領になる。一八五一年にはクーデタ

によって独裁体制を樹立、一八五二年には国民投票を経て皇帝に即位し、ナポレオン三世を名乗り第二帝政を開始する。第二帝政の前期は皇帝による事実上の独裁政治が行われ、ナポレオン三世はその権力を背景にサン＝シモン主義に基づいた産業育成策を強力に推し進め、フランスに経済発展と資本主義の最盛期をもたらした。また、セーヌ県知事オスマンに命じてパリ改造を実行させ、フランスの首都を近代的な大都市に変貌させた。対外的には、クリミア戦争に勝利し、イタリア統一戦争に参戦して領土を獲得、さらにアジアやアフリカの植民地を拡張するなど、国民の人気を保つために積極的な外交政策を推進した。しかし、メキシコ出兵の失敗を機に反政府勢力が強くなり、一八七〇年に勃発した普仏戦争でプロイセンに敗北し、彼自身がプロイセン軍の捕虜となり第二帝政は崩壊した。釈放後はイギリスに亡命し、一八七三年にロンドン近郊で死去した。

ナポレオン3世

若い頃から一貫して共和主義者であったゾラは、ナポレオン三世および第二帝政に対してつねに批判的であり、それは彼の作品に色濃く反映されている。「第二帝政下における一家族の自然的・社会的歴史」という副題を持つ『ルーゴン＝マッカール叢書』の主要テーマのひとつは、ナポレオン三世の治世におけるフランスの政治的、社会的、道徳的な腐敗を描き、告発することにほかならない。『ルーゴン＝マッカール叢書』ではナポレオン三世の名前がたびたび言及されているだけではなく、『獲物の分け前』『ウジェーヌ・ルーゴン閣下』『壊滅』では、皇帝が作中に本人として登場する。これらの作品におけるナポレオン三世の描写は、濁った目、青白い顔、だらだらとした歩き方など否定的な印象を与えるものが多いが、ゾラはことさらに皇帝を戯画化しているわけではなく、これらの特徴は同時代人の証言におおよそ合致するものである。ただしゾラ自身はナポレオン三世の姿を直接見る機会はなかったと思われ、皇帝に関する情報は、マチルド皇女と親交があったフロベールから得ている。（田中琢三）

フォール、フェリックス …………（一八四一―一八九九）

フランスの政治家。一八四一年パリに生まれる。皮革商として成功した後、一八七〇年に穏健共和派としてル・アーヴルの市会議員選挙に立候補して当選。一八八一年に下院議員となり、海軍大臣などの要職を歴任した後、一八九五年に第七代のフランス共和国大統領に選出されるが、任期中の一八九九年二月にエリゼ宮で急死する。真偽は定かではないが、官邸で愛人と密会中に息を引き取ったという噂があり、このスキャンダラスな死によって後世に名を残した。

ゾラの「私は告発する……！」を契機にドレフュス事件が政治問題化し、フランスの国論を二分する論争に発展したのは、フォールが大統領の時期であった。その口火となった一八九八年一月十三日付『オロール』紙に掲載された「私は告発する……！」は、フォール大統領宛ての公開書簡として発表されている。なお、ゾラはその前年の二月に出版者のジョルジュ・シャルパンティエをレジオン・ドヌールの受勲者として推薦

フェリックス・フォール

するためにエリゼ宮でフォール大統領に面会しており、そのことは「私は告発する……！」の冒頭で言及されている。

（田中琢三）

13　ゾラと縁の深い町

エクス

南フランスの都市。ゾラはパリ生まれだが、一八四三年彼が三歳の時、父フランソワがダムと運河建設に携わるため家族でエクスに居を構えることになった。そして一八五八年、一足先に発っていた母を追うようにしてパリに転居するまで、ゾラはこの小都市で暮らした。土木技師だった父フランソワが一八四七年に急死すると、彼が事業のために借財していたこともあって、ゾラ母子は以後困窮状態に陥る。地元のブルボン中等学校に入学したゾラは、一八五三年、後の画家セザンヌやバイと親しくなり、その後長い友情の絆を結ぶことになる。

ゾラは学校では優等生だったが、学校生活そのものにはあまり馴染めず、硬直したようなエクスの町にも愛着を抱けなかった。当時のエクスはかなり閉鎖的で、政治的には保守的な町だった。後年ゾラは次のように回顧している。「私はエクスの町で成長した。古い都という傲慢さに凝り固まり、商業を営まず、政治的な力を失った慰めに法科大学を残してもらった町である。大通りには草が生えている。一握りの弁護士たちが活動しているのを除けば、ブルジョワジーは侵しがたい静寂の中で暮らしており、他方、古くからの貴族は人気のない館に埋もれて、反抗を続けている」（「現代フランスの青年層」、『ヨーロッパ通報』一八七八年四月）。

他方、ゾラはエクス郊外の野原や丘を愛し、セザンヌやバイといっしょに放浪することを好んだ。その放浪とプロヴァンス地方の風景はゾラの脳裏に幸福な思

19世紀半ばのエクスの街並み

い出を残し、それが後に『ニノンへのコント』で語られ、『制作』の主人公でセザンヌがモデルの一人である画家クロードや、彼の友人サンドーズによって想起されることになるだろう。

『ルーゴン゠マッカール叢書』で何度か舞台になる架空の都市プラッサンは、エクスがモデルである。作家自身が叢書の準備ノートの中で言明し、エクスの市街図までデッサンしている。叢書第一巻『ルーゴン家の繁栄』は、プラッサンが一八五一年十二月のルイ゠ナポレオンのパリでのクーデタを支持し、ボナパルト派の支配が確立するさまを物語る。『プラッサンの征服』や『パスカル博士』にも、エクスの思い出が織り込まれている。

エクス郊外に父フランソワが建設した運河は、一八七一年に「ゾラ運河」と名づけられた。またゾラの自筆原稿の一部がこの町のメジャーヌ図書館に所蔵されている。

（小倉孝誠）

ボルドー

フランス南西部の大都市で、ワインの集散地として有名。しかしゾラとの関わりは、きわめて政治的な次元に属する。一八七〇年の普仏戦争でフランスが敗れ、第二帝政が崩壊すると、妻が脅えたこともあり、ゾラ一家は同年九月首都を離れて南に向かった。レスタックを経由してマルセイユに落ち着き、ゾラは友人マリウス・ルーと共に新聞『マルセイエーズ』を創刊するが、続かなかった。

当時ゾラは、亡き父の南仏での知名度を利用して、政界で何らかの地位を得ることを目論んでいた。体制崩壊後の混乱の中、臨時国防政府がボルドーに移っていたので、ゾラは妻と母をマルセイユに残して、十二月十一日ボルドーに赴く。そこで当時国会議員を務めていた政治家・ジャーナリストのグレ＝ビゾワンの秘書となり、さらには内務大臣ガンベッタへの推挙を依頼した。ゾラは翌一八七一年三月までボルドーに滞在し、エクスの郡長職を狙っていたが果たせなかった。猟官運動に挫折した彼は、妻と母を伴ってパリに戻る。（小倉孝誠）

メダン

パリの西およそ二十五キロに位置する、閑静な住宅が並ぶ町。取り立てて特徴のないこの町がフランス人に記憶されているのは、もっぱらゾラの別荘があったからである。ゾラと母親は田舎に家を買い、そこで動物を飼いながら暮らすのが積年の夢だったのだが、一八七七年に刊行した『居酒屋』がベストセラーとなって経済的な余裕が生まれたゾラは、その夢を早速実現に移した。

当時メダンは鄙びた村で、地元の粗末な農家が売りに出ていたのを購入したのである。「家といっても、うさぎ小屋のようなものですが。九千フランでした。あまり大仰に思われないよう、値段をお知らせします。文学のおかげでこの質素な田舎の隠れ家を買えたのです。どの駅からも離れていて、近在にブルジョワが住

メダンにあるゾラ邸。現在はゾラ記念館になっている
（撮影・小倉孝誠）

んでいないのが長所です」と、一八七八年八月九日付のフロベール宛の手紙にゾラは書いている。最初は「うさぎ小屋」程度だったとはいえ、その後拡張され「ナナの塔」、「ジェルミナールの塔」が付け加わった。広大な庭には牛舎、馬小屋、家禽場が設けられていた。裕福になった作家は周辺の地所を買い足し、一八八〇年には近くのセーヌ川中州にある小さな島まで購入し、そこに舟遊び用のコテージまで造らせた。

別荘には数多くの友人、作家仲間、さらには外国のジャーナリストや芸術家も訪れた。来客をもてなすのが好きだったゾラ夫妻は、最寄りの鉄道駅まで馬車を差し向け、来客はその馬車に乗ってメダンに足を踏み入れた。来客たちをもてなすため、ゾラはビリヤード室まで設けた。別荘は社交と交遊の場だったが、それだけでなく、ゾラにとっては読書と執筆の空間でもあった。その意味でメダンは、自然主義文学形成の重要な場の一つであり、ゾラが文学仲間と編んだ短編集が『メダンの夕べ』と題されているのは偶然ではない。

一八八〇年代以降亡くなるまで、ゾラはこのメダンで毎年春から夏にかけての時期を過ごすようになる。そこでのゾラの生活は、じつに規則正しいものだった。朝は三階にある広い書斎に閉じこもり、小説や新聞記事を執筆し、午後一時に昼食を摂る。午後は読書や資料調査に当てられ、友人たちがいる時は釣りやボート遊びに興じたり、文学、芸術、社会などあらゆる話題をめぐって議論を交えたりした。

メダンの別荘は、現在ゾラ記念館として公開されている。

（小倉孝誠）

パリ

十九世紀後半、パリは近代的な都市に生まれ変わった。第二帝政期、ナポレオン三世によってセーヌ県知事に任命されたオスマンが、大英帝国の首都ロンドンと競い合うかのように、パリの町並みに根本的な都市計画を適用したのである。狭く暗い住居が密集する中心部の建物を取り壊し、広い道路を貫通させ、それを結ぶように美しい広場を設けた。治安のために街路照明を増設し、衛生対策として上下水道を整備し、市民の憩いの場として市内のあちこちに公園と緑地を設けた。鉄道駅、中央市場、デパートなど、当時の最先端の建築技術である鉄骨ガラス張りの巨大な建造物が都市の風景を彩った。第二帝政が崩壊した後に成立した第三共和政期に入ってもその流れは止まず、二十世紀初頭のベル・エポック（美しい時代）には、ヨーロッパを代表する壮麗な首都としての地位を確立した。

ゾラが暮らしたのは、そういう時代のパリである。パリ生まれのゾラは、少年時代を南フランスの町エクスで過ごした後、一八五八年、十八歳で再びパリに居を構えた。時あたかもオスマンによるパリの大改造が進行していた時代である。一人息子であるゾラは母と共に度重なる転居を繰り返しながら、一八六〇年代はセーヌ川左岸カルチエ・ラタンに住んだ。現在もそうだが当時から学生街であり、貧しいゾラ一家は部屋代の安い住居を探さざるをえなかった。当時の学生街の習俗は、ゾラの初期作品『クロードの告白』や『マドレーヌ・フェラ』に描かれている。

大きく変貌する首都の中で、ゾラはジャーナリスト、作家、美術批評家として活動を始め、頭角を現していった。ゾラは変貌するパリを、近代性の動きと活動の舞台となる首都をこよなく愛し、その風景を作品中でしばしば喚起した。『ルーゴン＝マッカール叢書』の半分以上はパリが舞台であり、庶民のパリ、小ブルジョワのパリ、上流階級のパリ、そして芸術家のパリなど、同時代のパリのあらゆる表情を活写した。さらに晩年の小説『パリ』では、十九世紀末アナーキズムテロに揺れるパリの不安を語ってみせた。

一八七〇年代以降はセーヌ川右岸、パリ北部の界隈に居を構えることが多く、一八八九年に借りたブリュッセル通りのアパルトマンが終焉の地となった。建物の壁には現在、ゾラがそこに長年住み、そこで逝去したことを示す記念プレートが据えられている。

（小倉孝誠）

レスタック

南フランス、マルセイユ湾に面した町。ゾラ夫妻とゾラの母は、一八七七年五月末から十月下旬までここで過ごした。妻アレクサンドリーヌの健康状態がすぐれないので、療養が第一の目的だったが、ゾラ自身も夏の時期を海辺で暮らすことを好んでいた。一八五八年パリに住み着いてから、久しぶりの長期にわたる南フランス滞在になった。

ゾラ一家は海に面した家を借り、バルコニーからはマルセイユと湾に浮かぶ島々が見えた。南仏の風景はゾラに少年時代のさまざまな思い出を甦らせた。「太陽と空は古い友人であり、ある種の草の香りは昔の喜びを想起させてくれます」と、八月三日付のユイスマンス宛の手紙にゾラは書いている。新鮮な魚介類と果物を味わい、マルセイユ名物ブイヤベースを堪能した。他方この地で、『ルーゴン＝マッカール叢書』第八巻『愛の一ページ』の半分以上を執筆し、友人が手がけた『居

酒屋』の戯曲版に目を通した。なおセザンヌも後年レスタックに滞在し、湾の風景を描いた美しい作品を残している。（小倉孝誠）

ルルド

スペインとの国境ピレネー山脈の麓に位置する町。一八五六年二月、町外れを流れるガーヴ川ほとりの洞窟で、地元の少女ベルナデットが聖母マリアの姿を見た。しかも一度だけでなく、その後七月までの間に二十回近く、マリアが少女の前に現れたのである。聖母出現の地であり、近くの泉から湧く水が人々の傷病を治す効力があるというので、ルルドはいちやく奇蹟の町としてキリスト教徒の一大巡礼地になった。

『三都市』の第一作『ルルド』は、主人公のフロマン神父が信仰の危機に襲われ、それを克服しようと巡礼団を率いてルルドを訪れる物語である。作品の舞台を視察するため、ゾラは一八九二年八月、ほぼ二週間にわたってルルドに滞在し、関係者に会って話を聞き、洞窟、泉、病院、傷病者が治療のために浸かる水浴施設、治癒の奇蹟を確認するための事務所を訪れ、その時の見聞を「ルルドへの旅」という表題の詳細なノートとして残している。小説の舞台となる地方や、町や、特定の場所を訪問してメモを取るのは、ゾラが若い頃から採用していた創作法である。「ルルドへの旅」には、麻痺していた少女が洞窟の前で治癒し、歩き出す姿が書き留められている。（小倉孝誠）

ロワイヤン

フランス南西部、ガロンヌ川の河口に位置する港町。ゾラの作品を刊行する出版人であり、ゾラの友人でもあったシャルパンティエが、この町に別荘を建てて友人たちを招待した。ゾラが妻を伴って初めてロワイヤンを訪れたのは、一八八六年九月中旬で、十日ほど滞在した。

翌年は九月一日から十月九日まで、ひと月以上過ごしている。同年五月から『ジル・ブラス』紙に連載され出した『大地』が激しい批判に晒され、八月十八日付『フィガロ』紙に掲載された若手作家による「五人の宣言」が、ゾラの文学的頽廃を叫んでいたこともあって、作家は休息の必要を感じていた。ゾラは有名作家だから、彼がロワイヤンに来るということは事前に知られ、地元の新聞で暴露されていた。ひっそり休暇を楽しもうとしたゾラは懸念を抱くが、シャルパンティエに説得されてやって来る。友人セアールも合流し、ゾラは海水浴や舟遊びを楽しみ、コニャック地方を発見した。翌年夏もロワイヤンに滞在し、この時ゾラは写真の手ほどきを受けており、これがゾラ晩年の趣味となる。

（小倉孝誠）

関連地図

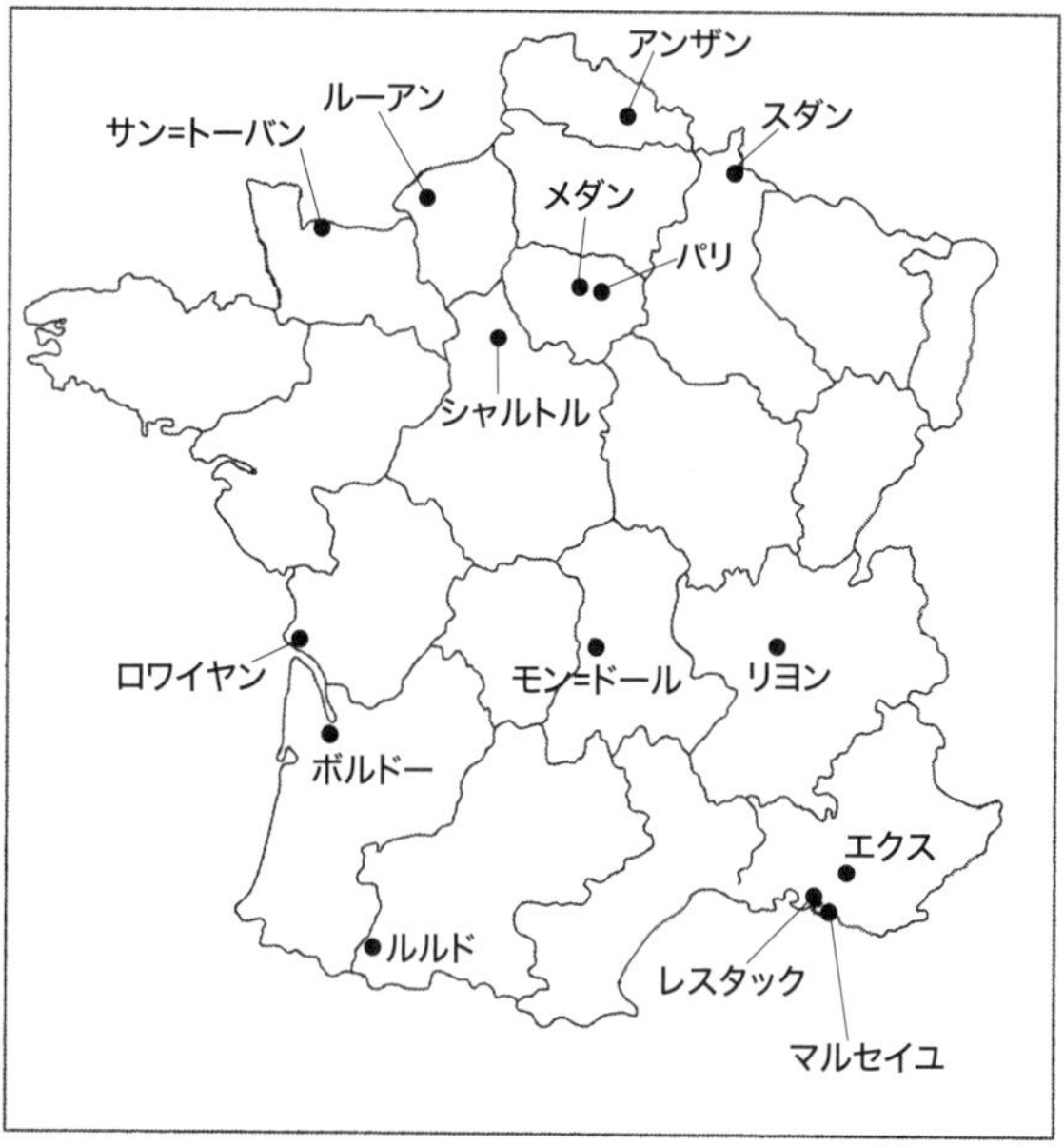

V　ゾラと日本

明治期の日本人はゾラをどう見たか

明治の日本人が西洋文学と接触した時、真っ先に紹介、翻訳したのは同時代の文学および少し前の時代の文学だった。フランス文学に関して言えば、ユゴー、デュマ・ペール、ジュール・ヴェルヌらと並んで、ゾラは早くから紹介され、その後の日本文学の形成に無視しがたい影響を及ぼした。序文で述べたように、自然主義文学は西洋諸国全体に同時代的に広まった現象である。そしてゾラの国際的な名声は、遠い極東の地、明治期の日本にまで届いたのだった。以下のページでは、明治から昭和にかけて日本人が『ルーゴン゠マッカール叢書』の作家をどのように読み解き、どのように位置づけてきたかを跡づけてみよう。

エミール・ゾラの名がはじめてわが国に紹介されたのは、中江兆民が明治十七（一八八四）年に邦訳したウジェーヌ・ヴェロンの『維氏美学』においてである。第二部に「詩学」の章があり、その中の小説にあてられた項でバルザック、フロベールとともにゾラにも言及している。ただ兆民が同時代のフランス作家で愛読したのはユゴーだけで、彼が実際にゾラの作品を読んでいたかどうか定かではない。一八八〇年代はゾラの創作活動が頂点に達した時期であり、その名声が西洋諸国全体にとどろきわたり、既に述べたように自然主義が西洋の文壇を席捲した時代にあたる。ゾラの名は、ほとんどリアルタイムで日本にも伝わったのである。

明治二十年代から三十年代にかけて、ゾラはもっとも頻繁に論じられる作家の一人だった。当初は小説家としてよりも、むしろ自然主義文学の理論家としての側面が強調されたということは、ここで指摘しておきたい。当時フランス語の原書でゾラを読める人はほとんどいないし、フランス文学の導入に寄与した英訳本にしても、手に取る人は限られていた。ゾラは作品が実際に読まれる以前に、文学理論家としてその名を知られた。外国の作家・思想家がわが国に紹介される時に、著作が実際に翻訳、紹介されることなく、それらをめぐる言説が——ときには先入観を伴い、歪曲されたかたちで——流布してしまうということが起こる。不幸にしてゾラの場合も例外ではなかった。

ゾラと自然主義を結びつけて論じたのは、森鷗外（一八六二—一九二二）が嚆矢とされる。「医家の説より出でたる小説論」（明治二十二年）では、クロード・ベルナールの『実験医学序説』（一八六五）に依拠してゾラがみずからの小説理論を練り上げ、それを『ルーゴン＝マッカール叢書』に適用したのは早計だったとされる。

> 分析と解剖は作者の用をなさざるにあらず。されどゾラが直ちに分析と解剖との結果を以て小説とせむといへるは妥ならず。蓋し試験の結果は事実なり……事実は良材なり。されど之を役することは、空想の力によりて做し得べきのみ。

分析することは作家にとって重要な資質だが、それだけですぐれた小説が書けるわけではなく、分析の結果という素材を文学的に活用するには想像力が要求されるというのである。現在のわれわれから見ればほとんど自明のことで、あえて議論するまでもないだろう。みずからも医者であり作家であった鷗外からすれば、ゾラの理論にはとうてい賛成できなかった。同じような見解は三年後、坪内逍遙との有名な「没理想論争」の際にあらためて表明されている。鷗外によれば、ゾラ流の自然主義は「没理想」のひとつのかたち、あるいはむしろ「没理想」は自然主義から派生した原理だった。逍遥はゾラを直接引き合いに出しているわけではないが、当時の美学、絵画、文学はすべて自然主義の支配下にあり、その基底に位置したのがゾラであって、逍遥もまたその影響圏に位置づけられるとされている。

> されば同じく自然といひ、造化といへど、ゾラが自然は弱肉強食の自然なるに、撫象子（評論家、巖本善治を指す）が造化は蝶舞ひ鳥歌ふ造化なり。

逍遥子が自然主義は則ちこれに反す。その没理想の造化は酷だゾラが造化に肖たり。されば逍遥子とゾラとは共に客観を揚げて主観を抑へ、叙事の間に評を挿むことを嫌ひたり。

（「エミール・ゾラが没理想」、明治二十五年一月）

こうして鷗外は、「図らざりき、逍遥子は覆面したるゾラならむとは」（「逍遥子と烏有先生と」、明治二十五年三月）と言い放つことになる。坪内逍遥の没理想論のうちに自然主義の変種を見てとり、なかんずくゾライズムを看破した鷗外の炯眼はさすがというほかない。

しかし鷗外の限界もまたそこにあった。このように逍遥をつうじてゾラ批判を展開した時、彼はゾラの作品をほとんど何も読んでいなかったようである。作品を知らずに、ゾラの理論の断片だけを捉えて批判の論拠にしていた。そうした鷗外の典拠になっていたのは、同時代のドイツの批評家ゴトシャルのゾラ論であり、ほとんどその受け売りに終始していたようである。ドイツの自然主義はハウプトマンの演劇に代表されるものの、小説の分野では顕著な成果をあげていない。ゾラ文学への理解と共感が不十分だったと思われるし、ドイツの文芸思潮を吸収して帰国した鷗外もその弊害を免れなかったということだろう。

鷗外が議論の中で念頭に置いているゾラの『実験小説論』の刊行は一八八〇年、『ルーゴン＝マッカール叢書』の最初の構想はそれより十年以上前にさかのぼる。叢書全体の理念をクロード・ベルナールの医学思想によって説明するのは、明らかな誤解なのである。当時の日本の文化状況を考えれば、鷗外にたいしてその誤解を責めることはできないにしても、当代を代表する知識人が自然主義にくだした判断は、その後も長い間日本人のゾラ観を呪縛することになった。

同時期に、鷗外と反対にゾラを擁護したのが内田魯庵（一八六八―一九二九）である。彼はみずからゾラの『水車小屋攻撃』（一八八〇）を『戦塵』という題で明治三十年に邦訳し、そこに長い「あとがき」を付した。

『戦塵』は、一八七〇年の普仏戦争を背景に、フランス人が犠牲を払いながらプロシア軍に抵抗する姿を描いた感動的な中編小説である。ゾラが不道徳な作家と誤解されていることを嘆く魯庵は、彼をトルストイに比肩しながら、人間性と社会を真摯に描いたとして称賛し、ゾラの新作『ルルド』（一八九四）と『ローマ』（一八九六）が社会思想への大きな貢献であると高く評価した。

本格的に作品が読まれるより前に、作品と作家に関する批評的な言説が流布してしまうのは、不幸な事態としか言いようがない。ましてや鷗外のように、作品をよく知らずに断罪してしまうのは嘆かわしい。この不幸な事態を償ったのは、英訳である。とくに広まっていたのは、イギリスのヴィゼテリー父子による翻訳だった。まだフランス語をきちんと読める人間が少なかったこの時代、ゾラの小説を読もうとすればそうした英訳に頼らざるをえなかったのである。ゾラの作品は長いものが多いから（少なくとも『居酒屋』や『ジェルミナール』といった代表作はかなり長い）、いくらかフランス語に通じているという程度では歯が立たない。明治二十年代に文壇を席巻していた硯友社グループの作家たちは、創作の糧にするため西洋文学の摂取につとめ、ゾラも英訳で読んでいた。田山花袋の回想録『東京の三十年』（一九一七）には、訪ねてきた花袋に尾崎紅葉がゾラの『ムーレ神父のあやまち』の英訳を見せ、次のようにコメントした逸話が語られている。

「評判の作家だそうだが、なるほど細かい、実に書くことが細かい、一間の中を三頁も四頁も書いている。日本文学にはとても見ることが出来ないものだ」。こう言って、傍にあった扇を取って開いて見せて、「この影と日向とを巧く書きわけてあるからね。それに、話の筋と言っては、ごく単純で、僧侶が病後色気のない娘に恋する道行を書いたものだが、その段々恋に引寄せられて行く心理が実に細かく書いてある。日本の文芸もこう

いかなくっちゃいかん」。（中略）

今日考えて見ると、紅葉の写実は、三馬から西鶴、それから一飛びにゾラに行ったという形であった。ゾラの作は、彼は常にその傍を離さなかったらしい。

「細かい」というのは、たとえば物語の舞台となるパラドゥーの庭園の描写や、ムーレ神父の内面的な危機の分析を指しているのだろう。そこに同時代の日本文学との差異を見たのは、実作者の感覚である。花袋の言うように、「紅葉の写実は、三馬から西鶴、それから一飛びにゾラに行った」というのが正しければ、そこには美学のうえでも人間観のうえでも大きな飛躍がある。紅葉がゾラ文学の本質をどこまで理解していたかは疑問だが、いずれにしてもゾラの革新性に気づいていたのは確かである。このエピソードを報告している花袋自身、『プラッサンの征服』を英訳で読んでいた。

明治三十年代に入ると、自然主義作家ゾラのほかに、ドレフュス事件における活動が報道されたのを機に、文明批評家や社会主義の論客としてのゾラが強調されるようになる。ゾラと社会主義の関係はかなり複雑なテーマだが、『労働』（一九〇一）に見られるように、彼がフーリエ的なユートピア思想に共鳴していたのは疑いの余地がない。したがって幸徳秋水、堺利彦ら社会主義運動家がゾラの思想的側面に着目したのは偶然ではない。ただまとまったゾラ論となるとけっして数が多いわけではなく、そうしたなかでは、永井荷風が明治三十六年に発表した「エミール・ゾラと其の小説」が傑出している。

全六節からなるこの論考において、荷風はゾラの生い立ちと青年期の知的形成について語り、初期の習作時代のことに触れ、『ルーゴン＝マッカール叢書』が構想された経緯を述べる。個々の作品に関してはほとんど論じていないが、作中人物の環境を重視するゾラが物語のプランを練る段階で実地調査をおこない、正確な観察にもとづいて執筆したことを指摘しながら、ゾラが語る人生は「活きたる真実の人生なりとなしぬ」と称賛する。ただこの時点での荷風は、叢書が人間の欲望、悪、狂気を描きつくしたことを強調するにとどまり、その社会・歴史的次元には思い至っていない。そうした欠落は、ゾラの影響下に書かれたとされる彼のいくつかの小説にも現れることになるだろう。

荷風のゾラ論で注目すべき点は、彼が『三都市』や『四福音書』にまで議論を広げ、その内容をかなり詳しく解説したうえ、人間観や世界観のうえで『ルーゴン＝マッカール叢書』との間にあるはっきりした差異を指摘していることだ。

> 前叢書（『ルーゴン＝マッカール叢書』）は悉く純然たる写実小説にして、社会は現在如何なる点まで腐敗しつつあるかを忌憚なく描き出せしに過ぎざりしが、後者に至りては、実に是れ小説的の体裁と結構とを有せる大哲学書ならずや。

『三都市』や『四福音書』が、同時代の社会、習俗、宗教に直面した作家の反応をかなり直截に提示した思想小説であると指摘する点で、荷風はまったく正しい。

翻案・翻訳の歴史

英訳やフランス語の原書を読めた人なら問題はないが、そういう人が例外であった当時において、やはり邦訳があるかどうか、どのような作品がどの程度まで翻訳されたかは、外国作家の受容と摂取という観点からいってきわめて重要な問題である。ここでゾラ邦訳の歴史を簡潔に跡づけておこう。

明治二十年代はゾラがさかんに論じられたわりに、翻訳はあまり出ていない。それもほとんど英訳からの重訳にすぎない。翻訳は八点を数えるが、多くは『洪水』や、先に触れた内田魯庵訳の『戦塵』など中短編小説であり、彼の主要作品はひとつも邦訳されていない。『ルーゴン＝マッカール叢書』およびそれ以降の作品はいずれも長いから、翻訳するのは容易でなかったはずである。わずかに『居酒屋』が同じく魯庵によって明治二十二年に『酒鬼』というタイトルで翻案されている。主人公のジェルヴェーズとクーポーがアルコール中毒に冒されていくことから付けられたタイトルである。筆者（小倉）は未読だから出来ばえのほどは知らないが、翻案とはいえすでに明治二十二年に日本語で紹介されたのには驚きを禁じえない。

三十年代に入ってから翻訳の数は増えるが、短編が主流だったことはそれ以前と変わらない。最初の完訳長篇は、『ウジェーヌ・ルーゴン閣下』を戸川秋骨が『大蔵大臣』（明治三十五年）と題して刊行したもののようである。そっけないタイトルだが、主人公の職業と物語の世界をよく示していることは認めざるをえない。ゾラ論を著し、ゾラの影響を隠さない小説を書いた荷風は、同時にゾラの作品の抄訳や翻案をおこなっている。『女優ナナ梗概』（明治三十六年）は抄訳、『戀と刃』（同年）は『獣人』を日本風に変えた人名・地名をもちいて翻案したものである。この作品の選択に、当時の荷風の関心のあり方がよく表れている。欲望と頽廃、犯罪心理、情欲の病理といった要素が荷風に強い印象をもたらしていたのである。

荷風が手がけなかったものに興味を示したのが、評論家の堺利彦である。彼は『ジェルミナール』、そして『四福音書』中の『豊饒』と『労働』を明治三十五年から三十九年にかけてそれぞれ抄訳している。同時代の小説家たちからは敬遠されていたこれらの作品が堺によって訳されたという事実は、もちろん当時勃興しつつあった社会主義や労働運動のインパクトを抜きにしては説明できないだろう。作品の選択は受容する国民の情況と心性を反映するものである。

その後大正から昭和初期にかけて、外国文学研究の進展も手伝ってゾラ文学の翻訳は原典からなされる完訳が主流となる。そのなかでも『居酒屋』、『ナナ』、『ジェルミナール』の翻訳が他をしのいで数が多く、その情況は二十世紀末まで変わらなかった。この三作が傑作で、ゾラの代表作であることに異論の余地はないのだが、逆にこの三作ばかりが繰り返し邦訳されてきたことが、わが国におけるゾラ理解を偏頗なものにしてきたとも言える。日本の読者がことさらこれらの作品を好んだからなのか、それとも一部の文学者・研究者の単なる思いこみに由来する選択なのか、にわかに判断しがたいところだろう。少なくとも、フランス人読者の嗜好とはかならずしも一致していないことは確かである。

二十一世紀になって、事態は大きく変わった。藤原書店から刊行された『ゾラ・セレクション』と、論創社から出た翻訳のおかげで、『ルーゴン＝マッカール叢書』全二十作がすべて新訳で読めるようになった。『ゾラ・セレクション』は小説のみならず、文学批評、美術批評、社会時評、さらには書簡集まで収めている。その多くは、文字通りの本邦初訳である。そして二〇一五年には奇しくも、異なる出版社から文庫版のゾラ中短編集が二冊刊行された。膨大な量にのぼる作品群を残したゾラだから未訳のものも少なくないが、ひと昔前と較べても隔世の感を否めない。

ゾラ的小説の出現

話を明治時代に戻そう。

ゾラ文学が紹介され、翻訳され、読まれるようになれば、創作の現場に波及してくるのは当然のなりゆきである。明治文学に影響をおよぼしたのはフランス文学にかぎらず、またけっしてゾラにとどまらない。しかし、同時代のヨーロッパを代表する作家として揺るぎない地位を築いていた作家ゾラであれば、その影響力がことのほか大きかったことは否定できない。

硯友社グループの領袖でゾラを英訳で読んでいた尾崎紅葉は、明治二十年代からすでに、ゾラの作品から着想されたと思われる作品をいくつか発表している。そのことはすでに、内田魯庵が『思い出す人々』（一九一六）の中で指摘したところであった。たとえば、山男が良家の令嬢に思いを寄せるという筋の『戀山賤』（明治二十二年）はいくつかの細部において、若い司祭と無垢な娘の禁じられた恋を語る『ムーレ神父のあやまち』との類縁性を指摘できようし、主人公の画家がモデルとなった女性と結婚する顚末を語る『むき玉子』（明治二十四年）は、ゾラの芸術家小説『制作』の趣向に近い。そして郵便局に勤務する内気な青年が隣に住む美しい女に心惹かれ、ある夜その女に招かれて訪れると、誤って死なせてしまった情夫の遺体の処理を頼まれるという『隣の女』（明治二十六年）は、ゾラの短編『一夜の愛のために』の筋立てをほぼ忠実になぞった作品になっている。

いずれも物語の主要なエピソードを借用しながら、作中人物の造型を明治の日本社会にあわせて換骨奪胎したと言ってよい。しかしゾラの原作に見られるような、愛がもつ破壊的な側面、芸術創造がはらむ昂揚と狂気や、周囲の社会との解消不能な軋轢、さらには愛と欲望と快楽が人間を死の淵に追いやるという次元、換言すればエロスとタナトスの相克は、紅葉の作品には見られない。美文調の風俗小説の作者として大成する紅葉の資質は、ゾラの作品世界とは相容れないものがあった。

明治三十年代になると、単なる挿話やモチーフの次元を超えて、あるいは日本の習俗に適合させた焼き直しの域を抜けでて、より根源的な人間観や文学観においで自然主義の波及効果が顕著なものとなった。その最初の例は小杉天外（一八六五―一九五二）である。『初すがた』（明治三十三年）は、ヒロインお俊の造型やエピソードの面で『ナナ』の意匠を感じさせるが、単なる借用ではなく独自の物語構造を有している。お俊にナナのような悪魔的な破壊性はそなわっていないが、新たな時代の女性像を創出しようとする作家の意図は際立つ。また代表作『はやり唄』（明治三十四年）はその序文によって有名である。明らかにゾラの美学に着想を汲みながら、作家はいまや人間性のあらゆる側面を美化したり歪曲したりすることなく表象すべきであると説き、戯作的な、あるいは教訓的な文学を否定した。

> 自然は自然である、善でも無い、悪でも無い、美でも無い、醜でも無い、ただ或時代の、或国の、或人が自然の一角を捉へて、勝手に善悪美醜の名を付けるのだ。小説また想界の自然である、善悪美醜のいづれに對しても、叙す可し、或は叙す可からずと羈絆(きはん)せらるる理屈は無い、ただ讀者をして、讀者の官能が自然界の現象に感触するが如く、作中の現象を明瞭に空想し得せしむればそれで澤山なのだ。

倫理的判断や価値判断を捨象するという自然主義の美学を、彼なりの言葉で述べたマニフェストである。作品のほうは、地方を舞台に美しい人妻の姦通事件を物語るもので、ヒロインの一家に流れる淫蕩な血筋と、不吉な環境をドラマの原動力にしているところに、ゾラへの傾倒が看取される。遺伝のテーマはその後『コブシ』（明治四十一年）でも、ふたたび取り上げられる。

明治の作家のなかでゾラにもっとも私淑し、もっとも深く学んだのは永井荷風であろう。はじめ硯友社文学に心酔し、広津柳浪の門下となって実作に励んでいた荷風だったが、二十代でフランス自然主義文学を発見し、当時としてはもっともよくゾラ文学を理解し、その精神を日本の文学風土に移植しようとした。

『野心』（明治三十五年）は、旧式の商売に飽き足りない男が店を近代的な勧工場（現代の百貨店の前身）に作りかえていくという一種の商業小説。『地獄の花』（明治三十五年）は、ヒロイン園子の周囲にむらがる人間たちの獣性を赤裸々に描き、『夢の女』（明治三十六年）では、遊郭を舞台にして女郎のお浪が彼女の肉体をもとめる男たちを次々に破滅させていく。それぞれゾラの『ボヌール・デ・ダム百貨店』、『獲物の分け前』、そして『ナナ』を思わせるテーマ設定であり、「ゾライズム三部作」と呼ばれている。荷風自身の言葉をもちいるならば、「人生の暗黒面」、「遺伝と環境に伴う暗黒なる幾多の慾情・腕力・暴行」などを語ったということになる。天外と同じく荷風もまたゾラ文学から、欲望とセクシュアリティと環境に支配される人間性の悲劇、それが端的に露呈する市民階級の頽廃と、売買春のテーマを汲み取った。二人の作家は、真実の名においてあらゆる理想化を拒否する姿勢を学んだと言ってよい。ただし荷風がゾラに学んだのは社会全体へのまなざしではなく、ペシミスティックな人間観であった。若書きだけに稚拙なところもあるが、二十代半ばの作品としては評価できるだろう。

以上が日本の自然主義の第一段階であるが、未熟さゆえに十分な展開を見ることはなかった。ゾラに触発された文学の潮流は、他にも同時的に進行していたさまざまな文学運動のひとつに過ぎない。天外と荷風にしても、この流れをその後も継承するということはなかった。

花袋以後

日本の自然主義はその数年後、別の二人の作家によって第二段階を迎える。田山花袋（一八七一―一九三〇）と島崎藤村（一八七二―一九四三）は荷風が切り拓いた文学潮流に位置づけられながら、しかし荷風とは距離を置くかたちで創作活動を展開し、一九一〇年頃に自然主義を主要な文学潮流にすることに貢献した。その二人もゾラの熱心な読者であり、みずからの作品にゾラ文学の影響の痕跡をとどめている。

小さな村の小学校で教師をする主人公・丑松が、被差別部落の出身であることを隠しながら教壇に立ち、その秘密ゆえに苦悩し、最後には生徒たちの前でみずからの出自を告白するという物語を展開する『破戒』（明治三十九年）は、自然主義文学の重要なテーマを創始した。小説家たちはこれ以降、地方の息詰まるような固陋因習に浸潤された生活と心性を好んで語る。若くして首都に出て、学業を修めた彼らは、出身地にたいして醒めた、批判的なまなざしを向けるようになっていくのだ。

他方、藤村にしても他の自然主義作家にしても、彼らが暮らし、それなりに知っていた東京の近代的な変貌を表象することはほとんどなかった。ゾラとフランス自然主義が、地方生活を描くと同時に、第二帝政期のオスマンによって近代化した首都パリの活力と相貌を倦むことなく物語ったのと較べると、その違いは際立つ。十九世紀後半のパリと明治期の東京では、都市としての発展様態や、政治的、社会的機能が異なるので単純な比較は慎むべきだが、地方性への執着は日本の自然主義の特徴だろう。

田山花袋の『蒲団』(明治四十年)は、作家自身の告白というもうひとつの流れを決定づけた。妻子ある中年作家が、彼を尊敬し、慕う若い女性を弟子として自宅に住まわせる。男は女を愛するようになるが、女のほうは彼のもとを去っていく。女の蒲団から立ちのぼる香りを嗅ぎながら、男が嗚咽に咽ぶという有名な場面で小説は閉じられる。周知のように、この小説は花袋自身のいくらか脚色された告白と受けとめられ、その大胆な告白という行為がもつ真実性ゆえに評価された。近代の一夫一婦制の原理に抵触する姦通の誘惑を誠実に告白し、しかも姦通の行為そのものに至らなかったことが、告白の真実性を高めたのである。そして「真実」を求め、想像力による物語の虚構性を拒んだ文学の潮流は、その後「私小説」として文壇の前面を占めるようになっていった。

『蒲団』は、現代の読者から見れば他愛ない内容と言えるような小説であるが、同時代の読者にあたえた衝撃は大きく、後世へのインパクトは絶大だった。柄谷行人によれば(『日本近代文学の起源』、第三章「告白という制度」)、この作品がスキャンダラスだったのは、抑圧され隠匿されるべきものとしての性がはじめて描かれたからである。告白という行為が、性を秘すべきものとして構築したということだ。そしてフーコーの

『性の歴史』に依拠しながら、告白、真理、性という三位一体の構成が、日本の近代文学を強く規定していったと主張する。

　ここには花袋が意識していなかった、そして柄谷も認識していなかったゾラとの近親性が見てとれる。ゾラ文学において、性と身体、それらをめぐるさまざまな逸脱と変容は根本的なテーマであり、それまでの文学で巧みに隠蔽されるか、せいぜい間接的に喚起されるだけだった性と身体が、その生理的な次元において露呈させられた。それがフランスの読者の顰蹙を買ったのであり、だからこそゾラの小説は「腐敗した文学」、不道徳な文学だと指弾されたのだった。またゾラ初期の作品は、多分に自伝的な色彩をおびている。『クロードの告白』（一八六五）は、二十代のゾラがパリの学生街で送ったボヘミアン的な生活と、哀れで健気な娼婦とのかりそめの恋を語り、『マドレーヌ・フェラ』（一八六八）は、二人の男への愛に翻弄された末に、みずからの命を絶つ女の物語である。性、告白そして真理がゾラ文学の重要な側面をなしていることは、疑問の余地がない。

　花袋の小説には、ゾラ文学のようなあからさまに官能的な身体描写や、むせ返るような欲望の喚起はない。しかし、抑圧され秘匿されるべき性と欲望を、それが充足されるかされないかは別として、文学タブーから解放した点で二人は共通していた。花袋の流れを汲む日本近代文学とゾラとの繋がりを論じられるとすれば、まさにそのことが重要になってくるだろう。

中村光夫の『風俗小説論』（一九五〇）

　ゾラの影響を強く受けた自然主義文学は明治三十年代から独自の発展をみせ、その後しばらく日本文学の主流をなす。しかし昭和期に入ると、自然主義とその延長上に生まれた私小説にたいする批判が高まる。その批判の代表的な論考が小林秀雄の『私小説論』（一九三五）であり、中村光夫の『風俗小説論』（一九五〇）

にほかならない。どちらも自然主義と私小説が西欧の近代文学をモデルとして出発しながら、西欧近代文学の精神と社会背景を十分に理解していなかったために歪んだものになった、という認識で一致している。

小林は徹底した個人主義の立場から作家のモラルという問題を中心に据え、西欧文学に現れる「私」はすでに社会化された自我であるのに反し、わが国の作家たちの「私」はそのプロセスを経験しておらず、結果として単なる主観主義に堕してしまったと主張する。他方、丹羽文雄との論争をきっかけとして考察を深めた中村は、歴史的な視点からわが国の近代リアリズム文学の消長をたどり、私小説や風俗小説が西欧近代文学の普遍性を捨象したところに誕生した脆弱な形式にすぎないとした。

本章にとってより重要なのは『風俗小説論』のほうである。中村光夫はフロベールやモーパッサンにかんする評論によって文壇にデビューした仏文学者でもあり、その議論には十九世紀フランス文学にたいする言及がしばしば出てくる。一連の著作をつうじて中村がフランス文学について語ったことは、少なくともある時期まで日本において一定のインパクトをもっていた。となれば、中村がゾラをどのように把握していたかを検証するのは無駄ではないだろう。

『風俗小説論』は四章に分かれ、それぞれ近代リアリズムの発生、展開、変質、崩壊と題されている。まるで生物の生涯や文明の興亡をたどるかのように、著者は日本リアリズム文学の誕生から崩壊までをあたかも明確な軌跡をえがく文化現象であるかのように語ってみせる。科学思想のモデルをなぞっているように思われる議論の運びかたそのものが、ゾラ的と言えないこともないし、ジャンルの盛衰を生物種の盛衰になぞらえて論じるのは、ゾラの論敵だったブリュンティエールが『自然主義文学論』(一八八二)のなかで、ゾラと自然主義を批判した際に援用した論法にほかならない。

フランス文学がしばしば言及されるのは、とりわけ

第三章「近代リアリズムの変質」である。フランスの自然主義作家は、人間および社会にかんする一般法則にもとづき、普遍的な真実を求める思想家としてふるまった。同時代の科学精神や実証主義が文学に影響をおよぼしたとするならば、その本質はこの点にある。ゾラが『実験小説論』のなかで、クロード・ベルナールの『実験医学序説』に依拠しつつ、当時の医学理論をあまりに安易に文学に応用し、作家と医者を同列に置いたのは科学にたいする迷妄の表れでしかないが、それにもかかわらずゾラがひとつの時代と社会の全体像を構築しえたのは、彼の理論が小説の技術論ではなく、思想的な立場表明だったからである。

ゾラやフロベールにとっての「自然」や「真実」とは、個人の物語をつうじて一般的な人間性と普遍性に到達するための概念であり、ゾラが医学や生物学に惹かれたのもそれによって統一的な人間観を手にするためであった。しかも、それが社会の複雑なメカニズムへのまなざしを妨げることはいささかもなく、だからこそ『ルーゴン＝マッカール叢書』という壮大な叙事詩が完成されたのである。

ヨーロッパの自然主義に培われた日本の自然主義は、その原理を摂取したつもりでいながらじつはその精神を見誤った、と『風俗小説論』の作者は述べる。伝統的なモラルや因習に反抗し、個人と自我の解放をもとめた日本の自然主義は、人間と社会の真実を赤裸々に描きだそうという強い意志に裏うちされていたものの、彼らがいう「自然」や「自我」はヨーロッパのそれとは違って普遍性と社会性を欠いていた。彼らの唱えた個人の解放はリアリズム以前のロマン主義的な理想であり、そのようなロマン主義の理想とリアリズムの理念を無媒介に接ぎ木しようとしたところに逸脱の原因があった。日本の作家たちは、自己の体験と観察を素朴に物語ることが文学の真実性を保証することにつながると考えたが、その体験と観察が作家個人の狭い世界に限定されてしまう時、彼らの文学が社会的な広がりをもたない主観主義に変質してしまったのは当然のなりゆきであった。自然主義を標榜し、「自然」の名において新たな文学を模索した彼らは、結局のところみずからの主観と体験以外に真実性を見いだしえなかったのである。

以上が『風俗小説論』の骨子である。異国の文化受容がしばしばそうであるように、ヨーロッパ近代文学の移植に際しても、同時代の日本の文学風土と知的情況が誤解を引き起こした、誤解という言葉が適切でないならば、ある種の偏向を引き起こしたという議論は、おそらく今日でも無効になっていないだろう。ゾラにかんする中村光夫の判断について言えば、彼はゾラの文学理論が粗雑であると指摘したうえで、それにもかかわらずゾラの作品がリアリズム文学の傑作として「叙事詩性」をおびていると評価する（同じような議論は後に『小説入門』〔一九五九〕のなかで繰り返されている）。そうした価値をもたらしたのは遺伝学や医学への直接的な参照ではなく、その背後に横たわっている実証主義や科学精神でもなく、むしろ作家の意図を超えたところで発揮された叙事詩人としての才能である、とされている。

ゾラにおいて理論と作品がずれているというのは、けっして目新しくはないが正しい指摘である。偉大な作家にあっては、作品がつねに理論を裏切る。換言すれば、想像力が生み出したフィクションの世界と表象システムは、作家が意識的に構築し、公言した思弁的な言説をつねに超えてしまう。バルザック然り、フロベール然り、そしてまたゾラ然りである。ゾラをその『実験小説論』ゆえにしりぞけるという愚を犯さないためにも、中村の所説はあらためて想起に値しよう。しかし、彼のゾラ理解の限界もまたそこにあった。日本近代小説の歪みを明らかにするためにヨーロッパ文学と対比する中村は、ゾラの特殊性を近代リアリズムの一般的性質のなかに解消してしまう。『風俗小説論』はフランス文学論ではないのだからあまり多くを要求できないのは確かだが、それにしてもゾラの作品を具体的に検討していないのは、やはり物足りない印象をあたえる。

ゾラをとおして見る日本の自然主義

中村光夫が一九五〇年代におこなったように、日本の文学者たちがヨーロッパの自然主義、とりわけゾラを中心とするフランス自然主義の本質をどこまで把握したか、と問いかけることは現在でも可能だろう。彼らは西洋近代文学、とりわけ十九世紀文学を熱心に、かつ勤勉に読み解き、その技法と美学を摂取しようと努めた。それだけでも、大きな敬意に値することは間違いない。他方で、この文学を支えていたさまざまな思想については、同時代的には理解が不足していたことは否めない。実証主義、医学思想、ダーウィンやスペンサーの進化論、テーヌやショーペンハウアーの哲学などを、彼らは明確に理解していなかった。いずれもゾラ文学の思想的基盤をなす言説である。もちろん当時の文化情況を考慮すれば、そのことで彼らを責めることはできない。

ゾラと比較した際に、日本の自然主義において社会的、政治的な次元が稀薄なことは否定できないだろう。藤村の『夜明け前』（一九二二―三五）のような貴重な例外を除けば、地理的、社会的、思想的に日本自然主義の物語世界はかなり狭隘である。わが国の作家たちはあらゆる社会階級を登場させるということがないし、その諸階級の対立を表象することもほとんどない。社会と人間集団を全体的に表現するのではなく、家族を襲う運命や悲劇を、作家自身と文学者仲間たちの平板な日常性を描くことに終始する傾向が強い。

しかし彼らとて、緊迫した国際情勢のなかで近代化に突き進む明治社会のダイナミズムと、人々の心性の変化に無知ではなかったのだから、より高度な社会的次元をおびる文学を志向することができただろう。すでに一九〇〇年代には、つまり花袋や藤村の作品が発表された頃には、社会主義的な傾向を有する小説も現れていたくらいなのだから。しかし、しばしば指摘されてきたように、一九一〇年に起こった大逆事件が事態を大きく変えた。天皇制の転覆を企てたという容疑で多数の社会主義運動家とジャーナリストが逮捕され、秘密裡におこなわれた簡単な裁判で有罪とされ、十二名が処刑されたこの事件は言論と思想の自由にたいする重大な侵害であり、明治政府の強圧的な権力をまざまざと見せつけた事件として悪名高い。今日では、思想弾圧を意図した冤罪であることはよく知られている。

大逆事件は、文学者の側に自己規制をもたらし、なかには象牙の塔に閉じこもる者も出た。その結果、文学者は政治的、イデオロギー的な問題に背を向け、私生活と内面を特権化する傾向をいっそう強めることになった。大逆事件はしばしば、フランスのドレフュス事件に比較される。ドレフュス事件は、ユダヤ人の陸軍将校ドレフュスがドイツ軍に軍事機密を漏らしたとして逮捕、投獄された冤罪事件であり、彼の無実を信じて立ち上がったのがほかならぬゾラだった。そのためにゾラは裁判にかけられ、国家誹謗罪を問われて罰金と禁錮刑を言い渡されたので、一年近いロンドン亡命を余儀なくされた。他方、大逆事件の際に、日本の作家や知識人は間接的に事件に言及するにとどまり、国家や権力をあからさまに批判することがなかった。一九一〇年の日本に、ゾラのような作家は存在しなかったということである。あの永井荷風は、被告人たちを乗せた馬車を偶然目にした時、ドレフュス事件のゾラを想起しながらみずからの無力を嘆いた。

> わたしはこれまで見聞した世上の事件の中で、この折程云ふに云はれない厭な心持のした事はなかった。わたしは文学者たる以上この思想問題について黙してゐてはならない。小説家ゾラはドレフユー［ママ］事件について正義を叫んだ為め国外に亡命したではないか。然しわたしは世の文学者と共に何も言はなかった。わたしは何となく良心の苦痛に堪へられぬやうな気がした。わたしは自ら文学者たる事について甚しき羞恥を感じた。

（『花火』、一九一九）

この大逆事件の首謀者として死刑になった幸徳秋水（一八七一―一九一一）は、一九〇二年九月末にゾラが死去すると、その数日後『万朝報』に「ゾーラを哭す」と題された格調高い追悼記事を寄せた。秋水はゾラの生涯をごく簡潔に辿った後、ゾラが社会の真実を容赦なくあざやかに剔抉した小説家であり、ドレフュス事件に際しては国家権力に抗してドレフュス無罪への道を拓いた「身を殺して仁を成し生を捨てて義を取る底の概ある偉人烈士」であると称賛した。それだけではない。さらに秋水が評価したのは、ゾラが「社会の虚偽を曝露」し、「社会の欠陥を排撃」したことである。その点ではニーチェやトルストイと似ているが、しかしニーチェの「本能主義」やトルストイのキリスト教的「愛他主義」とは異なり、科学的な基礎のうえに新たな社会組織を構想した点が強調される。ここで秋水が考えているのは、ゾラ最晩年の連作『四福音書』である。明治の日本で、ゾラは小説家としてのみならず、社会思想家や哲学者、さらには人類の良心を代弁する知識人として認識されていたのである。

（なおドレフュス事件と大逆事件の比較については、菊谷和宏『「社会」のない国、日本――ドレフュス事件・大逆事件と荷風の悲嘆』、講談社、二〇一五年、を参照願いたい）

自然主義の射程

江戸期以来の戯作文学や教訓的文学の伝統を払拭し、新たな時代状況のなかで個人の解放と、近代的自我の開花を希求した日本の近代文学者にとって、自然主義はそれを実現するための知的装置だった。抑圧的な家族制度や、過酷な社会環境のなかでもたくましく生きる男女の姿を描いた初期の小杉天外や永井荷風には、ゾラの美学と世界観の影響が明瞭に表れていた。その後、花袋の『蒲団』が嚆矢となった私小説の系譜は、作家の私生活の告白、とりわけ夫婦や男女の情愛とその破綻に力点を置くようになっていく。批評家たちはそれを、西洋近代文学という規範から日本文学が「逸脱」あるいは「偏向」したという構図でとらえてきた。

確かなのは、告白、内面性、自我の解放などは、西洋においては十九世紀初頭のロマン主義を席捲したテーマだということだ。日本の近代文学はテーマ上のロマン主義と、人間観の自然主義をこともなげに共存させていた。西洋では自然主義はロマン主義を否定し、乗り越えるところに誕生したが、日本では両者がほぼ同時代的な潮流として存在したのが特徴である。

いずれにしても、二十世紀初頭に成立した日本の自然主義が、未曾有の歴史的文脈のなかで、近代にふさわしい新たな文学を樹立しようとしたことは認めなければならない。その意味で、それに先立つ文学運動とも、その後に現れる潮流とも区別されるべきだろう。自然主義は、西洋文学と接触したことが契機となって生まれた最初の価値ある運動、そして明確な輪郭をまとって一時代をリードした運動である。それ以前にはなかった美学と主題系を定式化した自然主義は、近代社会に伴って新たな文学的、思想的そして社会的な意識が芽生えたことをよく証言している。ゾラ文学がその過程で決定的な役割を果たしたことは、あらためて強調するに値しよう。しかも影響は、狭義の文学者だけでなく、堺利彦や幸徳秋水のような社会運動家にまで及んだ。

そして二十一世紀の現在、ゾラは新訳の刊行と共に新たな読解と解釈を求めているのである。

現代日本におけるゾラ研究

「ゾラと日本」の項の最後に、現代日本におけるゾラ研究の成果を簡単にまとめておきたい。大作家のわりに冷遇されてきたことはすでに再三述べたが、かといってわが国の仏文学者あるいはフランス文化の研究者がまったくゾラを無視してきたわけではない。着実な研究の蓄積を踏まえたうえで、藤原書店から二〇〇二年、つまりゾラの没後百年を機に『ゾラ・セレクション』全十一巻の刊行が始まったのである。このシリーズは、小説のほかに中短編、文学評論、美術批評、ジャーナリズム的著作、そして書簡集にそれぞれ一巻をあて、作家の多面的な活動を示そうとした。研究面でも、その多面性に対応するように、大別すれば四つのカテゴリーを分類できるだろう。なおここでは紙幅の関係で、外国の著作の邦訳は除いて日本人自身の著作だけにかぎり、また学術誌や紀要に発表された論文ではなく単行本のみを対象にする。

まず、作家ゾラをめぐる一連の研究がある。宮下志朗・小倉孝誠編『いま、なぜゾラか――ゾラ入門』(二〇〇二) は、『ゾラ・セレクション』発刊と同時に、そのプレ企画として出版された。セレクションの編者二人が、ゾラの面白さと多面性について綴ったエッセイ風の短文を集めた入門書である。同じ編者による『ゾラの可能性――表象・科学・身体』(二〇〇五) は、ゾラ研究者だけでなく、またフランス文学研究者にかぎらず多様な分野の専門家が集い、歴史、科学、女性、視覚文化、都市、間テクスト性という六章立てで、ゾラの新しさを際立たせた論集である。簡便な概説書としては、作家の生涯、作品、思想を年代的に記述した尾崎和郎の『ゾラ』(一九八三) がすでに存在したが、研究の進展を考慮してアップデートされた入門書が求められていた。

これら三冊はゾラの全体像に迫ろうとする試みだが、他方で、ゾラ文学における特定のテーマ、技法、歴史性などを分析した研究がある。河内清の『ゾラとフランス・レアリスム』(一九七五) は、おもに青年時代のゾラの文学形成を分析したもので、彼がバルザック、スタンダール、フロベールなど私淑した作家たちから何を得たかを論じた手堅い仕事になっている。同じ河内の『ゾラと日本自然主義文学』(一九九〇) は、自然主義文学一般の特徴と、ゾラの同時代人の反応を記述した論文集である。清水正和は『ゾラと世紀末』(一九九二) において叙事詩性、神話、象徴などをキーワードにして、個々の小説の豊かな説話宇宙を際だたせている。そしてゾラの理論にこだわるのではなく、あくまで作品を読みこむことによってテーマの多様性と想像力の豊饒さを強調する。

寺田光徳の『欲望する機械——ゾラの「ルーゴン＝マッカール叢書」』（二〇一三）は、ミシェル・セールやドゥルーズ＝ガタリの思想を援用しながら、金銭、性、機械を中心テーマとしてゾラの主要な作品を精緻に読み解いてみせる。そこに浮かびあがるのは、欲望の資本主義をはじめて文学的な形象として定着させたゾラの強靭な想像力にほかならない。そして小倉孝誠は『ゾラと近代フランス——歴史から物語へ』（二〇一七）において、生成論（草稿研究）の成果を踏まえながら、戦争、女性、芸術、パリなどゾラ文学の大きなテーマを個別の作品にそくして分析しつつ、ゾラが小説世界の創造をつうじて近代の歴史を浮かび上がらせるさまを示す。

これらがモノグラフィックな研究であるのに対し、より広いテーマを視野に収めつつ、その一環としてゾラを論じた研究も少なくない。壇上文雄の『フランス鉄道時代の作家たち』（一九八一）は鉄道と汽車が登場する文学作品をめぐるエッセイで、『獣人』の作者は当然のことながら特権的な参照対象である。吉田城の『神経症者のいる文学』（一九九六）第三章は、神経症の文学的表象という観点からゾラの『パスカル博士』を論じ、個人をむしばむ根元的な病理のメタファーとして神経症をとらえている。病いはゾラにかぎらず自然主義文学に通底する重要なテーマであり、たとえば寺田光徳の『梅毒の文学史』（一九九九）はゾラにかんしてまとまった章を立てていないものの、梅毒という特定の病と十九世紀フランス小説のかかわりを考察した体系的な研究である。

十九世紀後半には出版産業が飛躍的に発展し、それにともなって資本主義のメカニズムに組みこまれていく。ゾラの世代はその推移を身をもって体験した。書物と出版をめぐる文化史に精通した宮下志朗は、『読書の首都パリ』（一九九八）や『書物史のために』（二〇〇二）のいくつかの章において、ゾラという作家が文学市場のなかでいかに振る舞い、作家という職業をどのように規定したかを興味深く論じた。出版業界が活況を呈した十九世紀には、一定の文学潮流およびそれに属する作家たちと、特定の出版社のあいだに密接な関係が成立していた。こうして石橋正孝・倉方健作の『あらゆる文士は娼婦である——19世紀フランスの出版人と作家たち』（二〇一六）は、エッツェル、ラクロワ、ルメールなどこの時代を代表する出版人の肖像を描く。その第二章がゾラとシャルパンティエの交流について語る。

他方、小倉孝誠は『歴史と表象』（一九九七）のなかで、歴史小説としてゾラの『壊滅』を分析し、さらに文化史の視点から、『〈女らしさ〉の文化史』（二〇〇六）では、身体論を踏まえつつゾラ作品における女性の身体表象を考察した。現代の文学研究ではジェンダーの視点は不可避だろう。村田京子は近年のジェンダー論の成果を取りいれて、身体、モード、性規範の視点から十九世紀小説を読み直そうとする。『ナナ』と『獲物の分け前』を論じた章を含む『イメージで読み解くフランス文学——近代小説とジェンダー』（二〇一九）はその見事な成果である。

第二に、ジャーナリスト・ゾラに焦点をあてた一連の研究がある。尾崎和郎は『若きジャーナリスト エミール・ゾラ』（一九八二）のなかで、一八六〇年代つまりゾラが二十代の頃に、書評、文学評論、政治・社会時評などジャーナリスティックな執筆活動をつうじて、同時代の社会と文学にかんする鑑識眼を養い、しだいにみずからの美学を確立していった経緯を跡づけてみせる。ゾラとジャーナリズムと言えば、何といってもドレフュス事件を忘れるわけにはいかない。ドレフュス事件に関しては、内外で文字どおり無数の論考が発表されているが、わが国ではたとえば渡辺一民が『ドレフュス事件』（一九七二）において、事件全体のなかのゾラの役割に触れている。

事件とゾラの関わりに的をしぼって論じたのは稲葉三千男で、『ドレフュス事件とゾラ――抵抗のジャーナリズム』（一九七九）、その続編とも言うべき『ドレフュス事件とエミール・ゾラ』（一九九六）では、作家が事件に積極的に参加するにいたった思想的、社会的文脈をくわしく辿っている。よく知られているエピソードとはいえ、身の危険を冒してまで真理と正義のために論陣を張ったゾラの姿は、やはり感動的としか言いようがない。彼はまさしく「アンガージュマン（社会参加）」の作家であった。また狭義のゾラ論ではないが、菊谷和宏の『「社会」のない国、日本』（二〇一五）は、大逆事件とドレフュス事件という国家が捏造した冤罪事件にたいする日本とフランスの作家、知識人の反応の違いに注目する。そして永井荷風の『花火』を引用しながら、ゾラの活動のうちに、国家にたいする市民の抵抗の典型を見ている。

第三は、美術批評家ゾラ、あるいはゾラと美術をめぐる研究である。すでに本書のいくつかの項目で述べられているように、ゾラはいち早く印象派を擁護し、マネやセザンヌやモネなどの画家と青年時代から親しく交流し、後に画家を主人公とする小説『制作』を書いた。これは十九世紀フランスで数多く書かれた「芸術家小説」の系譜につらなる作品である。清水正和の『フランス近代芸術――絵画と文学の対話』（一九九九）は、ゾラと十九世紀絵画の関係をめぐる考察を展開している。『制作』についての章では、小説のなかで主人公クロードの描く絵の着想源を探り、この作品がゾラの芸術観と創造の奥義を知るために貴重な自伝的小説であると結論づけている。寺田光徳の『ゾラの芸術社会学講義――マネと印象派の時代』（二〇一二）は、ブルデューやナタリー・エニックの社会学理論を参照しつつ、ゾラの美術批評の射程を問いかける大著である。サロンや美術アカデミーなどの制度、伝統と前衛の関係、画商の介入、公衆による受容、世代の問題など十九世紀後半の「芸術場」の力学が、ゾラを媒介にすることで明らかにされていく。

しかしもちろんこの主題に惹かれたのは、文学研究者以上に美術史家である。高階秀爾は『想像力と幻想――西欧十九世紀の文学・芸術』（一九八六）のなかの一章で、西欧の芸術家小説の流れを念頭におきながら『制作』を論じている。クロードの悲劇的な死は、芸術と社会、美と現実の避けがたい葛藤という十九世紀芸術に共通するテーマを文学的に表象したものであり、他方、彼の死によって未完のまま残された謎めいた絵は、サロメに代表されるような世紀末の「宿命の女」の系譜につらなる女のイコノグラフィーだとされる。同じく『制作』に着目したのは新関公子で、『セザンヌとゾラ――その芸術と友情』（二〇〇〇）においてゾラと印象派の相互影響を指摘した後に、クロードのモデルの一人とされるセザンヌとゾラが不和になったとされる原因について推論を展開している。稲賀繁美の『絵画の黄昏』（一九九七）は十九世紀後半の絵画をめぐって美学と政治、制度としての批評を体系的に論じた大著だが、そのなかでゾラの美術批評や、彼が同時代の画家、批評家たちと交わした手紙などをしばしば引用してその重要性を示唆している。

最後に、比較文学の視点からわが国におけるゾラ受容の歴史をたどった論考がかなり存在する。ことはゾラにかぎらず、一般に外国文学が日本でどのように紹介され、解釈されてきたかという受容の歴史の一ページを構成するものであり、フランス文学の問題というよりむしろ日本文学の課題ということになるだろう。

自然主義文学や、田山花袋、島崎藤村、永井荷風などの作家にかんする著作となれば、ゾラとの関わりに触れないわけにはいかない。吉田精一の『自然主義の研究』（全二巻、一九五六―五九）がその一例である。純粋に比較文学的な視座にたってゾラの受容を記述したのは、福田光治ほか編『欧米作家と日本近代文学　フランス篇』（一九七四）に収められている「ゾラ」と題された論文である。富田仁の『フランス小説移入考』（一九八一）第三章は、尾崎紅葉にみるゾラの影響を述べたものだが、むしろ巻末に付された「明治期フランス文学翻訳年表」のほうが有益であろう。また前出の河内清『ゾラと日本自然主義文学』にも、明治期の作家（坪内逍遥、森鷗外、二葉亭四迷、永井荷風）におけるゾライズムの反映を論じた章が含まれている。

個別の作家におけるゾラの影響を分析したものとなれば、やはり荷風にかんする著作が多い。赤瀬雅子の『永井荷風――比較文学的研究』（一九八六）があり、そのはじめの二章が荷風によるゾラ理解の問題をあつかっている。菅野昭正の『永井荷風巡歴』（二〇〇九）の一章は、ゾライズム三部作の『野心』『地獄の花』『夢の女』に触れながら、そこにゾラ文学に見られるような壮大な叙事詩性や社会的射程の広がりが欠けているとしつつも、新たな小説の美学を探求する青年作家の試みを評価する。ゾライズムの問題をもっとも深く掘り下げたのが、林信蔵の『永井荷風――ゾライズムの射程』（二〇一〇）である。荷風の初期作品を対象にして、理論や描写の美学や物語構築において荷風がゾラから何を学んだのか、さらには荷風が読んだゾラの原文や英訳までも参照しながら、文体のレベルで荷風がゾラに何を負っているかを精緻に分析してみせた功績は大きい。

『ゾラ・セレクション』全十一巻と、本書『ゾラ事典』によって、ゾラ文学のこれまでよく知られていなかった側面を日本の読者が知ることになるだろう。とはいえ小説家、文学評論家、ジャーナリスト、美術批評家としてのゾラについては、言うべきことがまだいくらでも残っている。本書が、わが国における今後のゾラ研究に役立つことを期待したい。

（小倉孝誠）

＊本稿は、宮下志朗・小倉孝誠編『いま、なぜゾラか――ゾラ入門』（藤原書店、二〇〇二）の第六章第五節と一部内容が重複していることをお断りしておく。

ゾラ略年譜（一八四〇―一九〇二）

＊本セレクション所収の作品（抄録も含む）は太字

年	ゾラの生涯と作品	政治・社会・文化
一八四〇（0歳）	四月二日、エミール・ゾラ、パリに生まれる。父フランソワはヴェネツィア生まれのイタリア人技師、母エミリーはセーヌ＝エ＝ワーズ県の出身。	プルードン『所有とは何か』
一八四三（3歳）	ゾラ一家、南フランスの町エクスに移る。	
一八四七（7歳）	父フランソワ没。一家は困窮状態におちいる。	
一八四八（8歳）		二月革命勃発。ルイ＝フィリップの七月王政が崩壊し、第二共和政成立。十二月、ルイ＝ナポレオン・ボナパルト、普通選挙により共和国大統領に選出される。
一八五〇（10歳）		バルザック死す。
一八五一（11歳）		十二月二日、ルイ＝ナポレオン、クーデタを決行。ロンドンで世界初の万国博覧会が開催される。

年	ゾラの生涯	社会・文化
一八五二（12歳）	ブルボン中等学校に寄宿生として入学。セザンヌやバイイとの交流が始まる。	ルイ＝ナポレオン、皇帝ナポレオン三世として即位し、第二帝政始まる（―一八七〇）。ブシコー、世界初のデパート〈ボン・マルシェ〉を創業。以後、第二帝政期にいくつかデパートが創られて、市民の消費行動を変える。
一八五三（13歳）		オスマン、セーヌ県知事に抜擢され、パリ大改造に着手。ユゴー『懲罰詩集』
一八五四（14歳）	この頃からデュマやシューの新聞小説、ユゴーやミュッセなどロマン派の作家を耽読する。	五月、クリミア戦争勃発（―一八五六）。フランスはイギリスとともにロシアに宣戦布告する。バルタール、鉄骨ガラス張りのパリ中央市場の建築に着手（完成は一八六六）。
一八五五（15歳）		パリで最初の万国博覧会開催。クールベ《画家のアトリエ》
一八五六（16歳）		フロベール『ボヴァリー夫人』
一八五七（17歳）		鉄道会社が六社に整理統合される。以後、フランスの鉄道網は急速に整備されてゆき、産業振興を支える。
一八五八（18歳）	前年からパリに出ていた母を頼って、ゾラは祖父とともにパリに居を構える。	一月、オルシーニによる皇帝暗殺未遂事件。ミシュレ『愛』
一八五九（19歳）	バカロレアに失敗し、学業を放棄。貧しく不安定なボヘミアン生活を送りながら、読書と詩作にはげむ。	二月、サイゴン占領、インドシナ侵略が本格化する。四月、レセップス、スエズ運河建設に着手。五月、イタリア統一戦争に参戦。ダーウィン『種の起源』

年	ゾラの生涯	社会・文化
一八六〇（20歳）		一月、英仏通商条約、自由貿易に移行。　三月、サヴォワ地方とニースがフランスに併合される。
一八六一（21歳）	パリに出て来たセザンヌと再会。サロン展やアトリエを訪れるうちに、若い画家たちと知り合う。	
一八六二（22歳）	アシェット社に就職し、広報部で働く。出版界、ジャーナリズムの内幕を知る機会となった。その後、仕事の関係でテーヌやリトレなどの作家と交流を始める。十月、フランス国籍を取得。	四月、メキシコに宣戦布告。以後一八六七年まで戦争は泥沼化する。　六月、サイゴン条約、フランスがコーチシナを併合。
一八六三（23歳）		クレディ・リヨネ銀行設立される。この頃、金融制度の改革が推進される。　マネ《草上の昼食》
一八六四（24歳）	短編集『ニノンへのコント』	
一八六五（25歳）	処女長編『クロードの告白』　この頃バルザック、テーヌ、ゴンクール兄弟の作品を熟読する。また活発なジャーナリズムへの寄稿が始まる。	一月、第一インターナショナルのパリ支部が設立される。　クロード・ベルナール『実験医学序説』　ゴンクール兄弟『ジェルミニー・ラセルトゥー』　マネ《オランピア》、スキャンダルを巻きおこす。　テーヌ『芸術哲学』　プルードン『芸術の原理とその社会的使命』
一八六六（26歳）	一月、アシェット社を退職。未来の妻アレクサンドリーヌ・ムレとの同棲生活が始まる。　五月、エドゥアール・マネの知遇を得る。　六—七月、『わが憎悪』、**『わがサロン評』**（評論集）	マネを中心とする「カフェ・ゲルボワの集まり」が始まり、ゾラも出入りする。
一八六七（27歳）	**『テレーズ・ラカン』**	第二回パリ万国博覧会。日本も出品し、ジャポニスム流行の端緒となる。　マルクス『資本論』

年		
一八六八（28歳）	『一家族の歴史』（全十巻）の構想を練る。	五月、出版法成立、新聞発行の自由化。共和主義思想の復興をうながす。　マネ《エミール・ゾラの肖像》
一八六九（29歳）	『ルーゴン＝マッカール叢書』のプランをラクロワ書店に提出し、受け入れられる。	フロベール『感情教育』　ゴンクール兄弟『ジェルヴェゼー夫人』
一八七〇（30歳）	五月、アレクサンドリーヌと結婚。　九月、普仏戦争が勃発したのにともない、ゾラ一家はマルセイユに移住、さらにその後、国防政府の置かれていたボルドーに向かう。	七月、普仏戦争勃発。　九月にナポレオン三世は降伏し、ここに第二帝政が崩壊する。共和政が宣言される。
一八七一（31歳）	議会通信を新聞に連載して、当時の政界を批判する。　三月、パリに戻る。　十月、『ルーゴン家の繁栄』	一月、休戦条約。　三月、パリ・コミューン成立するが、五月の「血の一週間」の弾圧により壊滅。　八月、第三共和政成立。
一八七二（32歳）	一月、『獲物の分け前』　七月、ラクロワ書店が倒産したため、以後シャルパンティエ社と出版契約を結ぶ。フロベール、ドーデ、モーパッサン、ツルゲーネフらとの親交が始まる。	
一八七三（33歳）	**『パリの胃袋』**	大統領ティエール失脚し、王党派のマク＝マオンが大統領となる。
一八七四（34歳）	五月、『プラッサンの征服』　マラルメとの交流が始まる。	第一回印象派展
一八七五（35歳）	三月、**『ムーレ神父のあやまち』**　サンクトペテルブルクの雑誌『ヨーロッパ通報』に寄稿する。	ビゼー『カルメン』　ガルニエによるパリ・オペラ座完成。
一八七六（36歳）	『ウジェーヌ・ルーゴン閣下』	二月、下院選挙で共和派が勝利する。　マラルメ『半獣神の午後』　第二回印象派展。

年	ゾラの生涯	事項
一八七七(37歳)	一月、『居酒屋』激しい毀誉褒貶にさらされながらベストセラーとなり、ゾラの生活は経済的に安定するようになる。 五月から十月にかけて南仏レスタックで休暇を過ごす。	エドモン・ド・ゴンクール『娼婦エリザ』
一八七八(38歳)	四月、『**愛の一ページ**』 五月、パリの西郊メダンに別荘を買う。これ以降、年に数か月はメダンで過ごすようになり、必要に応じてパリに出るという生活パターンをとる。ユイスマンス、セアール、ブールジェ、ヴァレスら若い作家たちとの親交が深まる。	第三回パリ万国博覧会
一八七九(39歳)	一月、小説を翻案した戯曲『居酒屋』がアンビギュ座で上演され、大成功を収める。地方や外国でも上演されて、やはり大きな成功を得た。ゴンクール、ドーデ、シャルパンティエ、モーパッサン、セザンヌなど友人たちがしばしばメダンにゾラを訪れる。	ユイスマンス『ヴァタール姉妹』
一八八〇(40歳)	二月、『ナナ』 十月、『**実験小説論**』(評論集) 母エミリー死去。	三月、パリ・コミューン関係者にたいする恩赦。 五月、フロベール死去。 七月、三色旗が国旗に制定される。 十二月、女子中等教育の世俗化(カミーユ・セー法)。この頃からフランスが中央アフリカへの植民地政策を推進。
一八八一(41歳)	過労のせいか、ゾラの健康状態すぐれず。評論集『演劇における自然主義』、『わが国の劇作家たち』、『**自然主義の小説家たち**』、『文学資料』がやつぎばやに刊行される。	六—七月、集会の自由、出版の自由にかんする法令。 フロベール『ブヴァールとペキュシェ』

一八八二（42歳）	二月、『論戦』（評論集） 四月、『ごった煮』作中人物の名前にからんで民事裁判となり、作家の表現の自由をめぐってジャーナリズムで論争が巻きおこる。	三月、初等公教育の無償・世俗・義務化法案（フェリー法）。
一八八三（43歳）	三月、**『ボヌール・デ・ダム百貨店』** フーリエ、プルードン、マルクスら社会主義者の著作を読む。	八月、ベトナムを保護国化。 モーパッサン『女の一生』
一八八四（44歳）	二月下旬から三月初めにかけて、『ジェルミナール』の準備のため北フランスの炭鉱町アンザンを訪れる。 二月、『生きる歓び』	ヴァルデック・ルソー法により、労働組合の結社の自由を認める。 ユイスマンス『さかしま』
一八八五（45歳）	三月、『ジェルミナール』 十月、『ジェルミナール』の戯曲への翻案が禁止される。ゾラは『フィガロ』紙で激しく抗議。	ドーデ『サフォー』
一八八六（46歳）	『作品』（『制作』）	
一八八七（47歳）	『大地』 この作品を機に反自然主義の傾向が鮮明になる。	
一八八八（48歳）	七月、レジオン・ドヌール・シュヴァリエ章受章。 八月、ジャーナリスト・ビヨーから写真の手ほどきを受ける。その後ゾラは終生、写真を愛好し、多くの写真を撮った。 十月、『夢』 十二月、女中ジャンヌ・ロズロとの関係が生じる。	ゴッホ《ひまわり》 バレス『蛮族の眼の下に』 ドーデ『パリ三十年』

年	ゾラの事績	社会の出来事
一八八九（49歳）	三月、鉄道小説を準備するため、ル・アーヴル、ルーアンを訪れ、さらにパリのサン＝ラザール駅を見学する。五月、アカデミー・フランセーズに立候補するが落選。以後一八九七年までしばしば立候補するがいずれも落選する。　五―十一月、パリ万博を数度にわたって見物。九月、ジャンヌとの間に長女ドゥニーズ誕生。	四月、ブーランジェ将軍によるクーデタ未遂事件。第四回パリ万国博覧会。エッフェル塔が評判になる。ブールジェ『弟子』
一八九〇（50歳）	**『獣人』**	
一八九一（51歳）	三月、**『金』**　四月、文芸家協会長に選出される（一八九四年まで務める）。また、戦争小説準備のためシャンパーニュ地方およびスダンに旅行。　九月、ジャンヌとの間に長男ジャック誕生。	フルミ炭鉱でストライキが発生し、軍隊が発砲して多くの犠牲者がでる。　ゴーギャン、タヒチに旅立つ。
一八九二（52歳）	五月、『壊滅』　八月、妻アレクサンドリーヌ、ゾラとジャンヌの関係に気づく。八―九月、南仏からイタリアに旅する。その途中ルルドに立ち寄り、その時の見聞をノートに記す。	二―三月、アナーキスト・テロが頻発する。アナーキスト、ラヴァショルが逮捕され死刑となる。この頃、全ヨーロッパ的にアナーキズムの嵐が吹き荒れる。パナマ運河汚職事件がフランス社会を揺るがす。
一八九三（53歳）	『パスカル博士』『ルーゴン＝マッカール叢書』全二十巻が完成し、それを祝う昼食会がブーローニュの森のレストランで催される。	
一八九四（54歳）	『ルルド』	十月、ユダヤ人将校ドレフュス、スパイ容疑で逮捕され、十二月に終身刑を宣告される。ドレフュス事件の始まり。ドビュッシー「牧神の午後への前奏曲」

年		
一八九五（55歳）	四月、文芸家協会長に再び選出される。夏、ジャンヌと二人の子供のためにヴェルヌイユに家を借りる。	労働総同盟（CGT）結成、革命的サンディカリズムが発展する。
一八九六（56歳）	『ローマ』	プルースト『楽しみと日々』
一八九七（57歳）	三月、『**新・論戦**』（評論集） 十月、ゾラ、ドレフュスの無実を確信し、暮れからドレフュス擁護の記事を発表しはじめる。	
一八九八（58歳）	一月、『オロール』紙に「**私は告発する……!**」を発表。この記事がもとでパリ重罪裁判所で懲役一年、罰金三千フランの判決を下される。七月、ヴェルサイユ地裁でも有罪となり、ゾラはただちにロンドンに亡命。亡命生活は十か月続く。 三月、『パリ』	スタンラン、ゾラ作『パリ』のポスターを描く。
一八九九（59歳）	六月、イギリスから帰国。 十月、『豊饒』	九月、ドレフュス再審で再び有罪となるが、大統領の特赦を受ける。 ミルボー『責苦の庭』
一九〇〇（60歳）	パリ万博を見物、数多くの写真を撮る。	第五回パリ万国博覧会、地下鉄一号線が開通する。同時期にパリで第二回オリンピックが開催される。
一九〇一（61歳）	二月、『**真実は前進する**』（評論集）。 四月、『労働』	修道会の認可制を強化する結社法成立。
一九〇二（62歳）	九月、一酸化炭素中毒により急死。暗殺の疑いがあるとされている。 葬儀では作家アナトール・フランスが弔辞を述べた。	コンブ内閣成立、教会当局との対立が激化する。
一九〇三	『真実』	

一九〇五		政教分離法。
一九〇六		ドレフュスの名誉回復。
一九〇八	ゾラの遺骸がパンテオンに移される。	

（作成・小倉孝誠）

編者あとがき

エミール・ゾラ（一八四〇―一九〇二）没後百周年にあたる二〇〇二年に、プレ企画『いま、なぜゾラか――ゾラ入門』の上梓によって始まった『ゾラ・セレクション』は、本巻をもって完結する。本巻の完成までに予想以上の長い時間を要してしまったことは、編著者として忸怩たる思いである。共著者の皆さんにはこの場を借りてあらためてお詫びすると同時に、協力に深く感謝したい。

本書『ゾラ事典』は、ゾラの多分野にわたる膨大な作品群、主要なテーマと技法、作家の想像力の構図を解説するにとどまらない。彼の文学とジャーナリズム活動をつうじて、同時代の社会、政治、芸術、思想、科学との関係性のあり方にも目を向けた。というのも、十九世紀後半のフランスにおいて、ゾラほど文学作品によって社会の実相を剔抉し、当時の社会や文化に深くコミットし、熱狂的に支持される一方で矯激な批判にさらされた作家はいないからである。ゾラ事典を編むことは必然的に、この時代のフランスの見取り図を作成することにつながった。

本書の執筆陣は、『ゾラ・セレクション』の翻訳にたずさわった訳者たちと、後続世代のゾラ研究者たちによって構成されている。長い期間におよぶ共同作業を経て刊行される本書は、現時点においてゾラに関するほぼ網羅的な知識と情報を提供してくれると思う。ゾラを愛読してきた、そしてゾラに関心をいだく読者にとっての有益なハンドブックとなり、これからゾラを読もうとするひとへの良き道案内になってくれることを願うものである。

最後に、編集を担当してくださった藤原書店の山﨑優子さん、そして『ゾラ・セレクション』の意義に理解を示し、企画の完結を辛抱強く見守ってくださった藤原良雄社長に深い謝意を表する次第である。

二〇二五年一月

小倉孝誠

＊本書の共著者の一人である吉田典子氏（神戸大学名誉教授）は、本書の初校を検討する時期に逝去された。そこで吉田氏の本文に編者・小倉が表記統一などごく軽微な修正を施し、吉田氏が担当した項目の図版も小倉が選択した。吉田氏は『ゾラ・セレクション』中の『ボヌール・デ・ダム百貨店』の翻訳も担当してくださった。この場を借りて衷心よりご冥福を祈る次第である。

九州大学フランス語フランス文学研究会、2011 年、pp. 149-182.
——「ゾラの美術批評と印象派——1879 年と 80 年の「印象派批判」を中心に」、『近代』第 106 号、神戸大学、2012 年、pp. 1-40.

松井裕美編、三元社、2023 年、pp. 298-329.

林 田 愛　Aï Hayashida, « Les Transformations du jardin de *La Conquête de Plassans*. Le sacrilège de l'athéisme tranquille », Gisèle Séginger (textes réunis par), *Zola à l'Œuvre*, Presses Universitaires de Strasbourg, 2003, pp. 175-185.
——「ゾラと科学——倫理的神秘主義の視座から」、金森修編著『エピステモロジーと 20 世紀のフランス科学思想史』、慶應義塾大学出版会、2013 年、pp. 409-480.
——「ゾラ『真実』における〈性的倒錯者〉——犯罪人類学的考察をめぐって」、真野倫平編『近代科学と芸術創造——19 世紀〜 20 世紀のヨーロッパにおける科学と文学の関係』、行路社、2015 年、pp. 77-102.

福田美雪「『ルーゴン゠マッカール叢書』における音楽的モチーフ——「パロディとオマージュの間で」、『青山フランス文学論集』30 号、青山学院大学フランス文学会、2021 年 12 月、pp. 44-76.
——「フェリシテ・ルーゴンの 2 つのサロン——『ルーゴン家の繁栄』と『プラッサンの征服』読解」、『青山フランス文学論集』第 31 号、青山フランス文学会、2022 年 12 月、pp. 110-136.
——「ウジェーヌ・ルーゴンの雄弁な沈黙——第二帝政下における「権威」と「自由」をめぐって」、『仏語仏文学研究』第 58 号、東京大学仏語仏文学研究会、2024 年 9 月、pp. 161-181.

宮川朗子「ゾラ『前進する真実（*La Vérité en marche*）』の構成」、『広島大学大学院文学研究科論集』、第 70 巻、2010 年 12 月、p. 53-70.
——Akiko Miyagawa, « Accueil de *Travail* de Zola au Japon: Traduction, publication et recherche du style dans les années 1900-1920 », *Re-Reading Zola and Worldwide Naturalism,* Edited by Carolyn Snipes-Hoyt, Marie-Sophie Armstrong and Riikka Rossi, Cambridge Scholars Press, 2013, pp. 298-311.
——「エミール・ゾラ『マルセイユの秘密 *Les Mystères de Marseille*』——大衆性と文学的価値」、宮川朗子、安川孝、市川裕史『フランス大衆小説研究の現在』、広島大学出版会、2019 年、pp. 69-101.

吉田典子「空虚と襞——ゾラ『獲物の分け前』におけるモード・身体・テクスト」、吉田城・田口紀子（編）『身体のフランス文学——ラブレーからプルーストまで』、京都大学学術出版会、2006 年、pp. 200-219.
——「ゾラはマネを理解しきれなかったのか」、『ステラ』第 30 号、

――「ゾラにおけるモニュメントを見る眼」、『CORRESPONDANCES コレスポンダンス』朝日出版社、2020 年、pp. 299-311.
――「ゾラとドレフュスにおける真実を語る言葉――悪魔島の沈黙と取り戻した声」、『ステラ』第 42 号、九州大学フランス語フランス文学研究会、2023 年、pp. 297-317.

田中琢三 TakuzoTanaka, « Rome fin de siècle chez Bourget et chez Zola », *Études de Langue et Littérature Françaises*, Société Japonaise de Langue et Littérature Françaises, nº 92, mars 2008, pp. 34-50.
――「ゾラのオペラにおけるイデオロギーの表象――『メシドール』を中心に」、『国際交流研究』、フェリス女学院大学国際交流学部、第 11 号、2009 年 3 月、pp. 165-186.
――「政治的事件としてのゾラのパンテオン葬」、『お茶の水女子大学人文科学研究』、お茶の水女子大学、第 14 巻、2018 年 3 月、pp. 109-119.

寺田寅彦「自然主義作家が見せてくれるもの」、マリアンヌ・シモン＝及川編『絵を書く』水声社、2012 年、p. 165-182.
――「ゾラ歿後十年と日本近代文学」、『比較文學研究』（東大比較文學會）第百號、2015 年、pp. 63-80.
――「エミール・ゾラと人権同盟――彫像をめぐって」、『超域文化科学紀要』（東京大学超域文化科学専攻）第 26 号、2021 年、pp. 109-126.

寺田光徳「三大社会病（結核、アルコール中毒、梅毒）と自然主義期の小説」、平成 19 ～ 21 年度科学研究費補助金（基盤研究 C）研究成果報告論考、平成 22 年 3 月
https://kumadai.repo.nii.ac.jp/record/23706/files/KaB19520240.pdf

中村翠　Midori Nakamura, « *L'Assommoir* et *Mon voisin Jacques* d'Émile Zola : étude comparée de la genèse des personnages secondaires », *Genesis*, No. 39, 2014, pp. 183-200.
――, Midori Nakamura, « Destin des personnages secondaires du roman au théâtre : L'exemple de la reine Pomaré dans *Nana* », *Lire Zola au XXIe siècle*, Classiques Garnier, 2018, pp. 287-299.
――「自然主義小説のアダプテーション――舞台、そして映画へ」、『レアリスム再考――諸芸術における「現実」概念の交叉と横断』

3）日本文学とゾラ

赤瀬雅子『永井荷風　比較文学的研究』荒竹出版、1986 年
菅野昭正『永井荷風巡歴』岩波書店、1996 年
富田仁『フランス小説移入考』東京書籍、1981 年
林信蔵『永井荷風　ゾライズムの射程』春風社、2010 年
吉田精一『自然主義の研究』全 2 巻、東京堂、1956-1959 年

本書執筆者による研究文献

（掲載は 50 音順）

小倉孝誠 Kosei Ogura, « Un nouveau Zola au Japon », *Les Cahiers naturalistes*, Nº 86, 2012, pp. 415-424.

——, « L'Inscription de l'histoire dans *La Débâcle* de Zola », *Comment la fiction fait histoire. Emprunts, échanges, croisements*, textes réunis par Noriko Taguchi, Honoré Champion, 2015, pp.171-182.

——「彷徨と風景のパリ——ゾラ『制作』」、小倉孝誠（編著）『世界文学へのいざない』新曜社、2020 年、pp. 166-173.

佐藤正年「La Fortune des Rougon 試論——空間サン・ミットルの誕生」、『熊本商大論集』第 29 巻 2 号、熊本商科大学、1983 年、pp. 415-439.

——「フォルトゥーナ神話の影——フェリシテ・ルーゴンの人物像をめぐって」、『海外事情研究』第 16 巻 2 号、熊本商科大学付属海外事情研究所、1989 年、pp. 45-68.

——「エミール・ゾラにおける動物性の美学——小説『人獣』分析への序説」、『文学・言語学論集』第 18 巻 1 号、熊本学園大学、2011 年、pp. 21-51.

高井奈緒　Nao Takaï, « Le tulle et la représentation du corps féminin chez les écrivains français du XIXe siècle – Balzac, Zola et les frères Goncourt » dans *Tissus et vêtements chez les écrivains au XIXe siècle : sociopoétique du textile,* Alain Montandon (dir.), Honoré Champion, 2015, pp. 187-197.

——, « Vêtement » dans *Dictionnaire des naturalismes,* Colette Becker et Pierre-Jean Dufief (dir.), Honoré Champion, 2017, pp. 972-975.

高橋愛「ゾラ『ルルド』、『パリ』とオーギュスト・パリの共和国像——屹立するマリア、生の表現としてのマリアンヌ」、『社会志林』第 62 巻第 1 号、法政大学社会学部学会、2015 年、pp. 141-152.

宮下志朗・小倉孝誠編『いま、なぜゾラか――ゾラ入門』藤原書店、2002年
宮下志朗・小倉孝誠編『ゾラの可能性――表象・科学・身体』藤原書店、2005年

2）部分的にゾラを論じる、あるいはゾラを論じた章を含む著作

石橋正孝・倉方健作『あらゆる文士は娼婦である――19世紀フランスの出版人と作家たち』白水社、2016年
稲賀繁美『絵画の黄昏――エドゥアール・マネ没後の闘争』名古屋大学出版会、1997年
江島泰子『「神」の人――19世紀フランス文学における司祭像』国書刊行会、2015年
沖田吉穂『近代フランス小説の力線』水声社、2018年
小倉孝誠『歴史と表象』新曜社、1997年
――『〈女らしさ〉の文化史』中公文庫、2006年（増補改訂版、2024年）
――『逸脱の文化史』慶應義塾大学出版会、2019年
――『ボヘミアンの文化史』平凡社、2024年
菊谷和宏『「社会」のない国、日本』講談社選書メチエ、2015年
清水正和『フランス近代芸術――絵画と文学の対話』小沢書店、1999年
高階秀爾『想像力と幻想――西欧十九世紀の文学・芸術』青土社、1986年
寺田光徳『梅毒の文学史』平凡社、1999年
中島廣子『「驚異」の楽園――フランス世紀末文学の一断面』国書刊行会、1997年
ピーター・ブルックス『肉体作品――近代の語りにおける欲望の対象』高田茂樹訳、新曜社、2003年
レイチェル・ボウルビー『ちょっと見るだけ――世紀末消費文化と文学テクスト』高山宏訳、ありな書房、1989年
宮下志朗『読書の首都パリ』みすず書房、1998年
――『書物史のために』晶文社、2002年
村田京子『イメージで読み解くフランス文学――近代小説とジェンダー』水声社、2019年
――『モードで読み解くフランス文学』水声社、2023年
吉田城『神経症者のいる文学』名古屋大学出版会、1996年

三浦篤・藤原貞朗訳、『時代を読む 1870-1900』小倉孝誠・菅野賢治訳、『書簡集 1858-1902』小倉孝誠・有富智世・高井奈緒・寺田寅彦訳

『ルーゴン=マッカール叢書』全 13 巻、小田光雄・伊藤桂子訳、論創社、2003-2009 年
『プラッサンの征服』『ウージェーヌ・ルーゴン閣下』『ナナ』『ごった煮』『ジェルミナール』『生きる歓び』『大地』『夢想』『壊滅』『パスカル博士』(以上、小田光雄訳)、『ルーゴン家の誕生』『獲物の分け前』『ボヌール・デ・ダム百貨店』(以上、伊藤桂子訳)。

『制作』(上下)清水正和訳、岩波文庫、1999 年
『獲物の分け前』中井敦子訳、ちくま文庫、2004 年
『パリ』上下、竹中のぞみ訳、白水社、2010 年
『水車小屋攻撃　他七篇』朝比奈弘治訳、岩波文庫、2015 年
『オリヴィエ・ベカイユの死/呪われた家』國分俊宏訳、光文社古典新訳文庫、2015 年

その他、岩波文庫、新潮文庫、中公文庫などに『居酒屋』『ナナ』『ジェルミナール』などの代表作が収められている。

II　研究文献

1) ゾラ論 (単行本)

稲葉三千男『ドレフュス事件とエミール・ゾラ――告発』創風社、1999 年
小倉孝誠『ゾラと近代フランス――歴史から物語へ』白水社、2017 年
尾崎和郎『若きジャーナリスト　エミール・ゾラ』誠文堂新光社、1982 年
――『ゾラ――人と思想』清水書院、1983 年
加賀山孝子『エミール・ゾラ断章』早美出版社、2000 年
河内清『ゾラとフランス・レアリスム』東京大学出版会、1975 年
――『ゾラと日本自然主義文学』梓出版社、1990 年
清水正和『ゾラと世紀末』国書刊行会、1992 年
寺田光徳『欲望する機械――ゾラの「ルーゴン=マッカール叢書」』藤原書店、2013 年
――『ゾラの芸術社会学講義――マネと印象派の時代』藤原書店、2021 年
新関公子『セザンヌとゾラ――その芸術と友情』ブリュッケ、2000 年

——, et Morgan Owen, *Guide Émile Zola*, Ellipses, 2002.
——, *Zola et le groupe de Médan*, Perrin, 2014.
——, *L'Affaire Dreyfus. Vérités et légendes*, Perrin, 2019.　邦訳：アラン・パジェス『ドレフュス事件　真実と伝説』吉田典子・高橋愛訳、法政大学出版局、2021年
Pierre-Gnassounou, Chantal, *Les Fortunes de la fiction*,Nathan, 1999.
Piton-Foucault, Émilie, *Zola ou la fenêtre condamnée. La crise de la représentation dans* « Les Rougon-Macquart », Rennes, PUR, 2015.
Reverzy, Éléonore, *La Chair de l'idée. Poétique de l'allégorie dans* « Les Rougon-Macquart », Droz, 2007.
Ripoll, Roger, *Réalité et mythe chez Zola*, Honoré Champion, 2 vol., 1981.
Robert, Guy, *Émile Zola. Principes et caractères généraux de son œuvre*, Les Belles Lettres, 1952.
Sacquin, Michèle, *Zola, catalogue de l'exposition*, BnF/Fayard, 2002.
Scharf, Fabian, *Émile Zola : De l'utopisme à l'utopie (1898-1903)*, Honoré Champion, 2011.
Serres, Michel, *Feux et signaux de brume. Zola*, Grasset, 1975.　邦訳：ミシェル・セール『火、そして霧の中の記号　ゾラ』寺田光徳訳、法政大学出版局、1993年
Takaï, Nao, *Le Corps féminin nu ou paré dans les récits réalistes de la seconde moitié du XIX*[e] *siècle*, Honoré Champion, 2013.
Ternois, René, *Zola et son temps. Lourdes, Rome, Paris*, Les Belles-Lettres, 1961.
Thorel-Cailleteau, Sylvie, *Émile Zola*, PUPS, 1998.
Toulouse, Édouard, *Enquête médico-psychologique sur les rapports de la supériorité intellectuelle avec la névropathie. Émile Zola*, Flammarion, 1896.
Vizetelly, Ernest, *Avec Zola en Angleterre. Un exil de l'affaire Dreyfus*, Versailles, Omblage, 2022.

日本語文献

I　ゾラ作品の邦訳

『ゾラ・セレクション』全11巻、宮下志朗・小倉孝誠責任編集、藤原書店、2002-2012年。

『初期名作集』宮下志朗訳、『パリの胃袋』朝比奈弘治訳、『ムーレ神父のあやまち』清水正和・倉智恒夫訳、『愛の一ページ』石井啓子訳、『ボヌール・デ・ダム百貨店』吉田典子訳、『獣人』寺田光徳訳、『金』野村正人訳、『文学論集 1865-1896』佐藤正年訳、『美術論集』

——, *La Fable documentaire. Zola historien*, Honoré Champion, 2017.
Hamon, Philippe, *Le Personnel du roman. Le système des personnages dans les « Rougon-Macquart » d'Émile Zola*, Genève, Droz, 1983.
——, *Imageries. Littérature et image au XIXe siècle*, José Corti, 2007.　邦訳：フィリップ・アモン『イマジュリー——十九世紀における文学とイメージ』中井敦子・野村正人・福田美雪・吉田典子訳、水声社、2019年
——, (dir.), *Le Signe et la consigne. Essai sur la genèse de l'œuvre en régime naturaliste. Zola*, Genève, Droz, 2009.
Jittani, Soichiro, *La pensée littéraire et artistique d'Émile Zola. Une esthétique vitaliste*, Honoré Champion, 2023.
Le Blond-Zola, Denise, *Émile Zola raconté par sa fille*, Paris, Fasquelle, 1931.
Le Blond-Zola, Jean-Claude, *Zola à Médan*, Médan, Société littéraire des Amis d'Émile Zola, 1999.
Leduc-Adine, Jean-Pierre (dir.), *Zola. Genèse de l'œuvre*, CNRS Édition, 2002.
Lumbroso, Olivier, *La Plume et le compas*, Honoré Champion, 2004.
——, *Zola autodidacte. Genèse de l'œuvre et apprentissages de l'écrivain*, Genève, Droz, 2013.
——, *Dans l'atelier d'Émile Zola*, Hermann, 2024.
Massis, Henri, *Comment Émile Zola composait ses romans. D'après ses notes personnelles et inédites*, Charpentier, 1906.
Ménard, Sophie, *Émile Zola et les aveux du corps. Les savoirs du roman naturaliste*, Classiques Garnier, 2014.
Mitterand, Henri, *Zola et le naturalisme*, PUF, 1986.　邦訳：アンリ・ミットラン『ゾラと自然主義』佐藤正年訳、白水社、文庫クセジュ、1999年
——, *Zola. L'histoire et la fiction*, PUF, 1990.
——, *L'Illusion réaliste*, PUF, 1994.
——, *Zola*, 3 volumes, Fayard, 1999-2002.
Mourad, François-Marie, *Zola critique littéraire*, Honoré Champion, 2003.
Noiray, Jacques, *Le Romancier et la machine. I. Zola*, José Corti, 1981.
——, *Le Simple et l'Intense. Vingt études sur Émile Zola*, Classiques Garnier, 2015.
Pagès, Alain, *La Bataille littéraire : essai sur la réception du naturalisme à l'époque de* Germinal, Séguier, 1989.
——, *Le Naturalisme*, PUF, 1989.　邦訳：アラン・パジェス『フランス自然主義文学』足立和彦訳、白水社、文庫クセジュ、2013年

1887』吉田典子・高橋愛訳、法政大学出版局、2019 年

草稿

Carnets d'enquête. Une ethnographie inédite de la France, édition établie et présentée par Henri Mitterand, Plon, coll. « Terre humaine », 1986 ; Presses Pocket, 1991.

Les Manuscrits et les dessins de Zola, édition dirigée par Olivier Lumbroso et Henri Mitterand, Paris, Textuel, 2001.

La Fabrique des « Rougon-Macquart », édition dirigée par Colette Becker (avec la collaboration de Véronique Lavielle), Honoré Champion, 2003-2023.

Manuscrits et dossiers préparatoires de Zola sur Gallica, BnF : <https://gallica.bnf.fr/>.

Portail ArchiZ : <http://archives-zoliennes.fr>.

研究文献

Alexis, Paul, *Émile Zola. Notes d'un ami*, Paris, Charpentier, 1882.

Barjonet, Aurélie et Macke, Jean-Sébastien (dir.), *Lire Zola au XXIe siècle*, Classiques Garnier, 2018.

Becker, Colette, *Les Apprentissages de Zola*, PUF, 1993.

——, *Zola. Le saut dans les étoiles*, Presses Sorbonne Nouvelle, 2002.

Bloch-Dano, Évelyne, *Chez les Zola. Le roman d'une maison*, Payot, 2006.

Borie, Jean, *Zola et les mythes, ou de la nausée au salut*, Seuil, 1971.

Cabanès, Jean-Louis, *Le Corps et la maladie dans les récits réalistes (1856-1893)*, Klincksieck, 1991.

Cnockaert, Véronique (dir.), *Émile Zola. Mémoire et Sensations*, Montréal, XYZ éd., 2008.

Colin, René-Pierre, *Dictionnaire du naturalisme*, t. I et II, Tusson, Du Lérot, 2012, 2023.

Delbrel, Sophie, *Zola peintre de la justice et du droit*, Dalloz, 2021.

Dezalay, Auguste, *L'Opéra des* « Rougon-Macquart ». *Essai de rythmologie romanesque*, Klincksieck, 1983.

Émile-Zola, François et Massin, *Zola photographe*, Denoël, 1979.

Falguière-Léonard, Mathilde, Grenaud-Tostain, Céline, Macke, Jean-Sébastien et Martin, Bruno (dir.), *Émile Zola et la photographie. Une page d'amour*, Hermann, 2023.

Guermès, Sophie, *La Religion de Zola. Naturalisme et déchristianisation*, Honoré Champion, 2003.

文献リスト

＊ゾラ作品の全集、個別作品の批評校訂版、さらにはポケットブックの普及版は膨大な数に上るので、以下の書誌は部分的なものである。またゾラに関する研究文献も無数にあるので、単行本を中心に主なものを挙げておくに留める。

フランス語文献

ゾラの作品

Œuvres complètes, 15 tomes, édition dirigée par Henri Mitterand, Lausanne, Cercle du livre précieux, 1966-1970.

Œuvres complètes, 21 tomes, édition dirigée par Henri Mitterand, Nouveau Monde, 2002-2010.

Œuvres complètes, édition dirigée par Didier Alexandre, Philippe Hamon, Alain Pagès et Paolo Tortonese, Classiques Garnier, 2012-（en cours).

Les Rougon-Macquart, 5 tomes, édition dirigée par Armand Lanoux, études, notes, variantes, bibliographies par Henri Mitterand, Gallimard, coll. « Bibliothèque de la Pléiade », 1960-1967.

Contes et nouvelles, édition établie par Roger Ripoll, Gallimard, coll. « Bibliothèque de la Pléiade », 1976.

書簡

Correspondance générale, 10 tomes, édition dirigée par Bard Bakker et Henri Mitterand, 1978-1995, Presses de l'Université de Montréal/Éditions du CNRS. Addition d'un volume de *Lettres retrouvées*, publié par Owen Morgan et Dorothy Speirs, 2010.

Correspondance, édition établie par Alain Pagès, GF-Flammarion, 2012.

Lettres à Jeanne Rozerot (1892-1902), édition dirigée par Brigitte Émile-Zola et Alain Pagès, Gallimard, 2004.

Lettres à Alexandrine, 1876-1901, édition dirigée par Brigitte Émile-Zola et Alain Pagès, avec la collaboration de Céline Grenaud-Tostain, Sophie Guermès, Jean-Sébastien Macke et Jean-Michel Pottier, Gallimard, 2014.

Paul Cézanne, Émile Zola, *Lettres croisées 1858-1887*, édition dirigée par Henri Mitterand, Gallimard, 2016.　邦訳：『セザンヌ＝ゾラ往復書簡 1858-

林田 愛（はやしだ・あい）

1976年生。元慶應義塾大学准教授。京都大学大学院文学研究科博士課程修了（文学博士）。

福田美雪（ふくだ・みゆき）

1980年生。青山学院大学教授。専門は19世紀のフランス文学、美術、文化史。パリ第3大学文学博士。

著書に『シンデレラの末永く幸せな変身』、『オペラの時代――音楽と文学のポリフォニー』、『人文学のレッスン』（以上共著、水声社）他。共訳書にフーコー『狂気・言語・文学』（法政大学出版局）、アモン『イマジュリー』（水声社）他。共編著に『世界文学アンソロジー』（三省堂）。

宮川朗子（みやがわ・あきこ）

広島大学大学院人間社会科学研究科教授。 専門は19–20世紀フランス語文学。グルノーブル第3大学（文学博士）。

著書に『フランス大衆小説研究の現在』（安川孝、市川裕史との共著。広島大学出版会）。論文に「ガストン・ルルーとドレフュス事件――『マタン』*Le Matin* 紙上のドレフュス事件関連記事から」（『広島大学フランス文学研究』40号、2021年）。訳書に、ダニエル・コンペール『大衆小説』（国文社）、ガストン・ルルー『シェリ=ビビの最初の冒険』（国書刊行会）。

吉田典子（よしだ・のりこ）

神戸大学名誉教授。専門は19世紀フランスの文学と美術、および社会文化史。京都大学大学院文学研究科博士課程修了（文学博士）。D.E.A.（パリ第4大学）。

共著に『身体のフランス文学』（京都大学学術出版会）、*Zola à l'œuvre* (Presses Universitaires de Strasbourg, 2003) 他。訳書に、アラス『モナリザの秘密』（共訳、白水社）、ウィリアムズ『夢の消費革命』（工作舎）、バルザック『金融小説名篇集』、ゾラ『ボヌール・デ・ダム百貨店』（以上藤原書店）、『セザンヌ＝ゾラ往復書簡 1858–1887』、パジェス『ドレフュス事件――真実と伝説』（以上共訳、法政大学出版局）他。

ヌ＝ゾラ往復書簡　1858-1887』、パジェス『ドレフュス事件――真実と伝説』（以上共訳、法政大学出版局）、コルバン『雨、太陽、風』（共訳、藤原書店）。

田中琢三（たなか・たくぞう）

1973年生。お茶の水女子大学准教授。専門は近代フランス文学、比較文学。東京大学大学院人文社会系研究科博士課程単位取得退学。パリ第4大学博士課程修了（文学博士）。
共編著に『高畑勲をよむ――文学とアニメーションの過去・現在・未来』（三弥井書店）、訳書にビュトール『レペルトワールIV［1974］』（共訳、幻戯書房）。

寺田寅彦（てらだ・とらひこ）

1966年生。東京大学大学院総合文化研究科教授。専門はフランス近現代文学、イメージとテクスト研究。パリ第7大学第三課程（文学博士）。
著書に *Paravents japonais : par la brèche des nuages*（共編・校訂、Citadelles & Mazenod, 2021）、「小説の挿絵――変換と変異としてのイラストレーション」（共著『19世紀の首都』竹林社）他。共訳に『ゾラ・セレクション11　書簡集』、A・コルバン『1930年代の只中で――名も無きフランス人たちの言葉』（藤原書店）他。

寺田光徳（てらだ・みつのり）

1947年生。熊本大学名誉教授。専門は19世紀フランス文学。大阪市立大学大学院文学研究科博士課程単位修得退学。博士（文学）。
著書に『梅毒の文学史』（平凡社）、『欲望する機械――ゾラの「ルーゴン＝マッカール叢書」』『ゾラの芸術社会学講義――マネと印象派の時代』（以上藤原書店）他。訳書に、『ゾラ・セレクション6　獣人』（藤原書店）、M・セール『火そして霧の中の信号――ゾラ』（法政大学出版局）、C・ケテル『梅毒の歴史』（藤原書店）他。

中村 翠（なかむら・みどり）

1978年生。京都市立芸術大学准教授。専門はフランス自然主義文学、生成研究およびアダプテーション研究。パリ第3大学文学博士。
共著に « La genèse de l'utopie chez Zola : la création du personnage socialiste dans *L'Argent* »（*La Fabrique du texte à l'épreuve de la génétique*, Éditions des archives contemporaines, 2018）、« Le fétichisme des chaussures. *La Vierge au cirage* de Zola et *Le Journal d'une femme de chambre* de Mirbeau »（*Émile Zola et Octave Mirbeau. Regards croisés*, Classique Garnier, 2020）他。

編著者紹介

小倉孝誠（おぐら・こうせい）

1956年生。慶應義塾大学教授。専門は近代フランスの文学と文化史。1987年、パリ第4大学文学博士。1988年、東京大学大学院博士課程中退。

著書に『身体の文化史』『愛の情景』（中央公論新社）、『犯罪者の自伝を読む』（平凡社）、『革命と反動の図像学』『ゾラと近代フランス』（白水社）、『歴史をどう語るか』（法政大学出版局）他。訳書に、コルバン『音の風景』『風景と人間』『空と海』『草のみずみずしさ』（共訳、以上藤原書店）、フローベール『紋切型辞典』（岩波文庫）他。監訳書に、コルバン他監修『身体の歴史』（全3巻、日本翻訳出版文化賞受賞）『男らしさの歴史』（全3巻）『感情の歴史』（全3巻、以上藤原書店）他。

著者紹介

佐藤正年（さとう・まさとし）

1948年生。熊本学園大学外国語学部英米学科元教授。専門は19世紀フランス小説。広島大学大学院博士課程中退。

論文に「文学評論家——地平の拡大に向かって」（『いま、なぜゾラか』藤原書店、所収）、「エミール・ゾラの文学批評のために」（熊本学園大学付属海外事情研究所『海外事情研究』第38巻2号）他。訳書に、ジャン＝ミシェル・アダン『物語論——プロップからエーコまで』（白水社、共訳）、ジャン・グロンダン『解釈学』（白水社、共訳）他。

髙井奈緒（たかい・なお）

日本女子大学国際文化学部国際文化学科准教授。19世紀フランス文学。パリ西ナンテール大学フランス語フランス文学博士。
著書に « Les vêtements masculins chez les Goncourt : portée sociale et valeur esthétique »（*L'Œuvre des frères Goncourt, un système de valeurs?*, Garnier, 2024所収）、*Le Corps féminin nu ou paré dans les récits réalistes de la seconde moitié du XIXe siècle* (Honoré Champion, 2013)、訳書に『ゾラ・セレクション11　書簡集』（共訳、藤原書店）。

高橋 愛（たかはし・あい）

1975年生。法政大学教授。専門は19世紀フランス文学。大阪大学大学院文学研究科博士後期課程修了。文学博士（大阪大学）。

著書に『CORRESPONDANCES　コレスポンダンス』『フランス文学小事典　増補版』（以上共著、朝日出版社）他。訳書に『セザン

〈ゾラ セレクション〉別巻 〈最終配本〉

ゾラ事典

2025年4月2日　初版第1刷発行 ©

編　者　小倉孝誠
発行者　藤原良雄
発行所　株式会社 藤原書店

〒162-0041　東京都新宿区早稲田鶴巻町523
電　話　03（5272）0301
FAX　03（5272）0450
振　替　00160-4-17013
info@fujiwara-shoten.co.jp

印刷・製本　中央精版印刷

Printed in Japan
ISBN978-4-86578-454-1

❺ボヌール・デ・ダム百貨店——デパートの誕生
Au Bonheur des Dames, 1883　吉田典子 訳＝解説

ゾラの時代に躍進を始める華やかなデパートは、婦人客を食いものにし、小商店を押しつぶす怪物的な機械装置でもあった。大量の魅力的な商品と近代商法によってパリ中の女性を誘惑、驚異的に売上げを伸ばす「ご婦人方の幸福」百貨店を描き出した大作。

656頁　**4800円**　◇978-4-89434-375-7（第6回配本／2004年2月刊）

❻獣人——愛と殺人の鉄道物語　*La Bête Humaine, 1890*　寺田光徳 訳＝解説

「叢書」中屈指の人気を誇る、探偵小説的興趣をもった作品。第二帝政期に文明と進歩の象徴として時代の先頭を疾駆していた「鉄道」を駆使して同時代の社会とそこに生きる人々の感性を活写し、小説に新境地を切り開いた、ゾラの斬新さが理解できる。

528頁　**3800円**　◇978-4-89434-410-5（第8回配本／2004年11月刊）

❼金（かね）　*L'Argent, 1891*　野村正人 訳＝解説

誇大妄想狂的な欲望に憑かれ、最後には自分を蕩尽せずにすまない人間とその時代を見事に描ききる、80年代日本のバブル時代を彷彿とさせる作品。主人公の栄光と悲惨はそのまま、華やかさの裏に崩壊の影が忍び寄っていた第二帝政の運命である。

576頁　**4200円**　◇978-4-89434-361-0（第5回配本／2003年11月刊）

❽文学論集　1865-1896　*Critique Littéraire*　佐藤正年 編訳＝解説

「実験小説論」だけを根拠にゾラの文学理論を裁断してきた紋切り型の文学史を一新、ゾラの幅広く奥深い文学観を呈示！　「個性的な表現」「文学における金銭」「淫らな文学」「文学における道徳性について」「小説家の権利」「バルザック」「スタンダール」他。

440頁　**3600円**　◇978-4-89434-564-5（第9回配本／2007年3月刊）

❾美術論集　*Écrits sur l'Art*　三浦篤 編＝解説　三浦篤・藤原貞朗 訳

セザンヌの親友であり、マネや印象派を逸早く評価した先鋭の美術批評家でもあったゾラ。鋭敏な観察眼、挑発的な文体で当時の業界に衝撃を与えた文章を本格的に紹介する、本邦初のゾラ美術論集。「造形芸術家解説」152名収録。

520頁　**4600円**　◇978-4-89434-750-2（第10回配本／2010年7月刊）

❿時代を読む　1870-1900　*Chroniques et Polémiques*
小倉孝誠・菅野賢治 編訳＝解説

権力に抗しても真実を追求する“知識人”作家ゾラの、現代の諸問題を見透すような作品を精選。「私は告発する」のようなドレフュス事件関連の他、新聞、女性、教育、宗教、共和国、離婚、動物愛護などテーマは多岐にわたる。

392頁　**3200円**　◇978-4-89434-311-5（第1回配本／2002年11月刊）

⓫書簡集　1858-1902　*Correspondance*
小倉孝誠 編＝解説　小倉孝誠・有富智世・高井奈緒・寺田寅彦 訳

19世紀後半の作家、画家、音楽家、ジャーナリスト、政治家らと幅広く交流したゾラの手紙から時代の全体像を浮彫りにする第一級史料の本邦初訳。セザンヌ、ユゴー、フロベール、ゴンクール、ツルゲーネフ、ドレフュス他宛。

456頁　**5600円**　◇978-4-89434-852-3（第11回配本／2012年4月刊）

別巻 ゾラ事典　小倉孝誠 編　小倉孝誠・佐藤正年・髙井奈緒・高橋愛・田中琢三・寺田寅彦・寺田光徳・中村翠・林田愛・福田美雪・宮川朗子・吉田典子

これ一巻でゾラのすべてが分かる。ゾラを通して19世紀フランスを見る。

624頁　**5800円**　◇978-4-89434-454-1（最終配本／2025年3月刊）